세상 종말 전쟁

세상 종말 전쟁 1

Mario Vargas Llosa
La guerra del fin del mundo

마리오 바르가스 요사

김현철 옮김

장편소설

샘물결

ⓒ MARIO VARGAS LLOSA, 1981
Korean Translation Copyright ⓒ Saemulgyul Publishing House, 2010

옮긴이 김현철
1961년 생으로 한국외국어대학교 스페인어과 대학원 박사 과정을 수료했다.
중남미 소설 전공. 번역한 책으로는 『중남미 현대 단편 소설집』과
호세 호아킨 페르난데스 데 리사르디의 『페리키요 사르니엔토』 등이 있다.

세상 종말 전쟁

지은이 마리오 바르가스 요사 | 옮긴이 김현철
펴낸이 홍도균 | 펴낸곳 새물결출판사
1판 1쇄 2003년 12월 10일 | 2판 1쇄 2010년 10월 8일
등록 서울 제15-52호(1989.11.9)
주소 서울특별시 마포구 연남동 565-31 1층 우편번호 121-869
전화 (편집부) 3141-8696 (영업부) 3141-8697 | 팩스 3141-1778
E-mail sm3141@kornet.net
ISBN 978-89-5559-297-3
ISBN 978-89-5559-296-5(세트)

이 책의 한국어판 저작권은 Agencia Literaria Carmen Balcells, Barcelona를 통해 저작
권자와 독점 계약한 새물결출판사에 있습니다.
신저작권법에 의해 한국 내에서 보호를 받는 저작물이므로 무단전재와 복제를 금합니다.

저 세상에 있는 에우클리데스 다 쿠냐와
이 세상에 있는 넬리다 피뇬에게.

적그리스도는
브라질을 통치하기 위해 왔다.
그러나 우리 선지자께서는
우리를 브라질로부터 해방시키기 위해 오셨다.

1

1

사내는 큰 키에 바싹 야위어 종잇장과 같은 모습이었다. 검은 피부에 뼈가 불거져 나왔으나 눈빛만큼은 찬란히 타오르고 있었다. 사내는 성직자들이 신는 샌들을 발에 꿰고 있었다. 몸에 걸친 검붉은 수도복은, 이따금 산골 마을을 찾아다니며 수많은 아이들에게 세례를 베풀고 정분이 난 연인들을 결혼시키기도 하는 전도사들의 복장과 같은 것이었다. 사내의 나이랄지, 고향이랄지, 경력이랄지 하는 것은 알 수 없었다. 그러나 차분한 인상에 소탈한 행동거지에 결연한 의지에 깃든 그 무언가가 그가 설교를 시작하기도 전에 사람들을 끌어모았다.

사내는 어느 날 갑자기 모습을 드러냈다. 처음에는 혼자였다. 항상 걸어다녔다. 먼지투성이였다. 사내는 특정한 달, 특정한 주면 어김없이 모습을 드러냈다. 해뜰 무렵이나 해질 무렵, 마을에 난 단 하나뿐인 거리를 서두르듯 성큼성큼 걸어가는 사내의 긴 그림자가 또렷이 드러나곤 했다. 사내는 목에 단 방울을 딸랑거리는 양떼를 헤치고, 개떼를 헤치고, 호기심 가득한 눈길로 길을 비켜주는 아이들을 헤치고 결연한 태도로 나아가며 아낙네들의 인사에 대꾸도 하지 않았다. 아낙네들은 사내를 알고 있었다. 그래서 인사도 건네고, 양젖을 담은 항아리와 빈대떡이나 강낭콩을 담은 접시를 서둘러 내오곤 했다. 그러나 사내는 마을 교회에 도착해서 허물어지고 칠이 벗겨진 교회를 다시 한번, 아니 수백 번이라도 확인하기 전까지는 아무것도 먹지도 마시지도 않았다. 허물어진 탑, 구멍 뚫린 벽, 파헤쳐진 바닥, 벌레가 갉아먹은 제단을. 치밀어오르는 고통에 사내의 얼굴이 일그러졌다. 가뭄이 아이들과 가축을 죽이고 재산을 앗아갔던 것이다. 주검도 수습하지 못하고 집을 떠날 수밖에 없었다. 그저 달아나는 것이었다. 어디로 가야할지도 알지 못했다. 사내는 때로 통곡했다. 그 통곡 속에서, 사내의 눈에서는 잦아들었던 불기가 섬뜩한 섬광과 함께 다시 타올랐다. 사내는 즉시 기도를 올렸다. 그러나 보통 사람들이 올리는 기도가 아니었다. 사내는 제단이 있거나, 혹은 있었거나, 혹은 있었어야 할 자리의 맞은편 땅바닥 혹은 자갈밭 혹은 도자기 파편 위에 엎드렸다. 사내는 그곳에서 기도를 올렸다. 때로는 조용히, 때로는 큰소리로. 한 시간, 두 시간. 마을 사람들은 존경과 감탄으로 그 모습을 지켜보았다. 사도신경, 주기도문, 여러 가지 아베마리아, 그리고 이전에 어느 누구도 들어보지 못한 기도를 올렸다. 그러나 날이 가고, 달이 가고, 해가 바뀜에 따라 새로운 기도문은 사람들의 기억 속에 남게 되었다. 주임 신부는 어디에 있는가? 사람들은 사내가 외치는 소리를 들었다. 어찌하여 이곳에는 양떼를 위한 목자가 없는가? 마을에 사제가 전혀 없다는 사실은 주님이 거하실 장소가 무너져내린 것만큼이나 한스러운 일이었으리라.

사내는 선하신 예수님께 거처의 형편에 대해 용서를 구한 후에야 비로소 마을 사람들의 성의에 대한 답례로 조금이나마 먹고 마셨다. 어려운 시절이었음에도 사람들은 사내를 대접하기 위해 노력했던 것이다. 사내는 산골 사람들이 겨우 엮어 만든 오막살이 안에 들어가 자는 것을 받아들이긴 했지만, 그물 침대나 평상에서 집주인이 내준 요를 깔고 자는 모습은 거의 볼 수 없었다. 아무것도 덮지 않고 맨바닥에 누워 검은 더벅머리를 팔베개하고 서너 시간 자면 그만이었다. 사내는 거의 잠을 자지 않는 편이었다. 매번 마지막으로 잠자리에 들었지만 부지런한 소몰이꾼이나 양치기들이 들에 나오면 교회 천장이나 벽을 손보고 있는 사내를 볼 수 있었다.

사내는, 해질 무렵 남정네들이 들에서 돌아오고, 아낙네들이 집안일을 끝내고, 아이들이 잠자리에 들고 나면 사람들을 가르쳤다. 산골 마을이라면 어느 곳에나 있는 이런 황량하고 돌무더기투성이 벌판에서, 마을 길이 만나는 네거리에서, 벤치나 정자나 정원의 자취가 가뭄과 역병과 게으름으로 파괴되고 이제 그 흔적만 남은, 한때는 마을 광장이라고 불렸을 법한 그런 장소에서 사내는 사람들을 가르쳤다. 브라질 북부 지방의 하늘이 어두워지기 바로 직전에, 뭉게구름·먹구름·쪽빛 구름 사이로 벌겋게 물들어 드넓은 창공 저 높은 곳에서 거대한 불꽃으로 타오르는 그런 시간에 사내는 사람들을 가르쳤다. 벌레를 쫓기 위해, 저녁을 짓기 위해 모닥불을 피우는 시간, 숨막힐 듯한 더위가 한풀 꺾이고 산들바람이 불어 사람들이 병마와 배고픔과 삶의 고통을 다독일 수 있는 힘을 다시금 회복하는 그런 시간에 사내는 사람들을 가르쳤다.

  사내는 단순하면서도 중요한 일들을 얘기했다. 사내는 그를 둘러싼 사람들 중 어느 누구에게도 특별한 눈길을 주지 않았다. 사내는 노인네들, 남정네들, 아낙네들, 아이들 무리에서 누군가를, 무엇인가를 뚫어지게 쳐다보곤 했지만 그것이 무엇인지는 오직 그만이 알 수 있었다. 사내의 얘기는 쉽게 알아들을 수 있었다. 기억할 수도 없는 먼 옛날부터 암암리에 알려져왔던 얘기, 엄마 젖을 빨면서부터 배워왔던 얘기였던 것이다. 지금 이 순간 매일매일 몸으로 겪는 피할 수 없는 문제들이었다. 가령 이런 것이었다. 사람들이 무너진 예배당을 다시 세우는 데 게으름을 피우는 사이에 세상의 종말과 최후의 심판이 들이닥칠지도 모른다. 그때 선하신 예수님께서 자신의 집이 버려진 꼴을 보시면 어떻게 되겠는가? 가난한 이들을 돕기는커녕 종교에 봉사한답시고 그들의 주머니나 터는 목자들의 꼴을 보시고 뭐라고 하시겠는가? 하나님의 말씀을 팔아먹을 수 있단 말인가? 은혜로 베풀어야 하는 것이 아닌가? 순결을 맹세하면서도 계집질을 일삼는 신부들이 우리 주님께 뭐라고 변명할 수 있겠는가? 빈 벌판에서 재규어의 자취를 읽어내듯 은밀한 곳을 살피시는 분께 거짓부렁이 통할 듯싶단 말인가? 죽음과 같이 매일매일 가족들이 겪는 실제적인 문제도 얘기했다. 깨끗한 영혼으로 죽으면 마치 잔치 자리에 드는 것처럼 행복해진다. 사람들이 짐승이란 말인가? 사람이 짐승이 아닐진대, 이제 곧 뵙게 될 그 분에 대한 존경의 표시로 가장 좋은 옷을 갖춰 입고 죽음의 문으로 들어가야 하지 않겠는가. 사내는 천국뿐만 아니라, 숯불이 타오르고 독사가 우글거리는 악마의 거처인 지옥에 대해서도 얘기했다. 그리고 악마가 얼마든지 모습을 바꾸어 선량한 척 나타나기도 한다는 점에 대해서도 얘기했다.

산골의 소몰이꾼들과 허드렛일꾼들은 조용히, 열심히, 겁에 질려, 넋을 놓고 사내의 얘기를 들었다. 해변가 공장의 노예들과 해방 노예, 아낙네들과 남정네들, 그리고 그들 모두의 자식들도 그렇게 사내의 얘기에 귀를 기울였다. 때때로 누군가가 궁금증에 안달이 나 사내의 말을 끊고는 했다. 그러나 사내의 진지한 모습, 우렁찬 목소리, 그 해박한 지식에 눌려 함부로 끼어들진 못했다. 이 세기가 이렇게 끝장나진 않을까요? 1900년에도 세상이 존재할까요? 사내는 눈길 한 번 주지 않고 침착하게 대답했다. 그러나 그 대답은 대부분 수수께끼와 같았다. 1900년이 되면 빛은 꺼지고 별이 쏟아질 것이다. 그러나, 그 전에, 범상치 않은 일들이 벌어질 것이다. 사내가 말을 마치자 침묵이 따랐다. 그 침묵 속에서 모닥불이 튀는 소리, 불길에 휩싸인 벌레들의 날갯짓소리가 들렸다. 그 동안 마을 사람들은 숨을 죽이고 다가올 미래에 대비하기 위해 미리미리 그 모습을 기억에 새겼다. 1896년, 거대한 무리가 해변을 떠나 산골로 몰려올 것이다. 바다는 뭍으로 변하고 뭍은 바다로 변할 것이다. 1897년, 황무지가 목초지로 변할 것이다. 목자들과 양떼는 하나로 섞여들고, 그후로는 오로지 한 무리의 양떼와 한 명의 목자만 남을 것이다. 1898년, 모자의 양은 늘어나고 머릿수는 줄어들 것이다. 1899년, 강들은 핏빛으로 물들 것이며 새로운 유성이 창공을 가를 것이다.

그러니 준비해야 한다. 교회와 묘지를 복구해야 한다. 묘지는 주님의 집 다음으로 중요한 장소이다. 천국 혹은 지옥의 입구이기 때문이다. 나머지 생을 가장 중요한 하나에 집중해야 한다. 그것은 영혼이다. 남자든 여자든, 두루마기와 정장과 펠트 모자와 가죽 구두, 우리 선하신 주님께서는 한 번도 입어보지 못한 면직물과 비단으로 만든 사치품을 걸치고 그곳에 감히 갈 수 있단 말인가?

실용적이고 단순한 가르침이었다. 사내가 떠나고 나면 사람들은 사내에 대해 얘기를 나누었다. 그 사람은 성자다. 그 사람은 기적을 행한다. 그 사람은 모세와 같이 사막에서 떨기나무 불꽃을 보았다. 한 소리가 있어 감히 입에 담을 수 없는 우리 주님의 이름을 알려주었다. 사람들은 사내의 가르침에 대해 얘기를 나누었다. 이렇게, 제국이 막을 내리기 전부터, 공화국이 탄생한 이후에도, 투카노와 수오레와 암파로와 폼발 주민들은 사내의 가르침을 들어왔던 것이다. 달이 가고 해가 바뀌면서, 봄 콘셀로의 교회가, 헤레모아보의 교회가, 마사카라의 교회가 인암부페의 교회가 폐허 속에서 되살아났다. 사내의 가르침에 따라, 몬테 산토의 묘지에, 엔트레 리오스의 묘지에, 아바디아의 묘지에, 바라상의 묘지에 토담과 벽감이 세워졌다. 이타피쿠루에서, 쿰베에서, 나투바에서, 모캄보에서 엄숙한 장례식이 치러졌다. 달이 가고 해가 바뀜에 따라, 알라고이나스에서, 우아우아에서, 하코비나에서, 이타바이아나에서, 캄포스에서, 이타바이아니나에서, 헤루에서, 리아창에서, 라가르토에서, 시망 디아스에서 밤이면 사람들이 가르침을 듣기 위해 모여들었다. 사내의 가르침은 모든 사람에게 유익한 것이었다. 그래서 처음에는 한 곳에서, 다음에는 다른 곳에서, 마침내 북부 지방 모든 마을에서 사내를 '선지자'로 부르게 되었다. 사내의 진짜 이름은 안토니오 비센테 멘데스 마시엘이었다.

『뉴스 저널』지의 편집부원과 사무원들은 나무 격자 저편에 격리되어 있다. 고딕체인 『뉴스 저널』이라는 명패가 입구 위에 걸려 있다. 사람들은 이 나무 격자까지 와서 광고문을 주문하거나 소식을 얻어간다. 신문기자는 네다섯 명에 불과하다. 그 중 한 명이 벽에 걸린 문서철을 뒤적이고 있다. 두 사람이 윗도리를 벗은 채 빳빳한 칼라와 나비 넥타이 차림으로 달력 옆에서 열심히 애기를 나누고 있다. 달력에서 보이는 날짜는 1896년 10월 2일

월요일이다. 두툼한 안경을 낀 굼떠 보이는 젊은이 한 명이 주변에서 벌어지는 일에 아랑곳하지 않고 옹색한 책상에 앉아 거위 깃털 펜으로 글을 쓰고 있다. 유리문 저편 구석이 주간실이다. 캡을 쓰고 토시를 낀 남자가 유료 광고 창구에 줄을 선 고객들을 상대하고 있다. 어느 부인이 이제 막 그 남자에게 종이쪽을 건넨다. 회계 담당은 검지에 침을 묻힌 후 글자 수를 센다. 지포니 세정제//임질, 치질, 백대하(白帶下), 기타 비뇨기 계통의 모든 질병에 특효//A. 카르바로 부인이 직접 제조//마르소 N. 8, 1번지. 남자는 값을 부른다. 부인은 돈을 지불하고 거스름돈을 챙긴 후 물러난다. 여자가 물러나자 그 뒤에서 기다리던 사람이 앞으로 나와 회계 담당에게 종이쪽을 건넨다. 검은 복장이다. 꽤나 낡고 뒤가 갈라진 프록코트에 실크 모자를 쓰고 있다. 불그스름한 곱슬머리 한 가닥이 귀를 덮고 있다. 키가 작지 않고 큰 편이며, 떡 벌어진 어깨에 다부진 체격의 중년이다. 회계 담당은 손가락으로 하나하나 짚어가며 광고 문구 글자 수를 센다. 회계 담당은 갑자기 이마를 찌푸리며 손가락을 떼고 종이를 눈에 바싹 갖다댄다. 잘못 읽지나 않았을까 걱정하는 눈치다. 마침내 어벙벙하게 손님을 올려다본다. 손님은 동상처럼 완강하게 버티고 서 있다. 회계 담당은 불안하게 눈을 깜박인다. 마침내 남자에게 기다리라고 말한다. 회계 담당은 발을 질질 끌며 방을 가로지른다. 종이쪽은 회계 담당의 손에서 나풀거린다. 손가락 마디로 주간실 창문을 두드린 후 안으로 들어간다. 몇 분 후 다시 나와 손님에게 오라고 손짓한다. 그러고는 자기 자리로 돌아간다.

검은 복장의 남자가 『뉴스 저널』 사무실을 가로지른다. 바닥에 편자라도 박은 듯 구두 뒤축 소리가 요란하다. 서류와 신문과 공화진보당의 선전 문구 — 통일된 브라질, 강력한 국가 — 로 어지러운 좁은 방으로 들어서자 한 남자가 기다리고 있다. 남자는 희귀한 짐승이라도 구경하듯 노골적인 호기심으로 그를 쳐다보고 있다. 남자는 방에 하나뿐인 책상을 차지하고 있다. 정장 구두에 회색 양복 차림이다. 가무잡잡한 피부의 젊은이로 야심만만한 태도다.

"에파미논다스 곤살베스입니다. 저희 신문 주간입니다." 입을 연다. "들어오십시오."

검은 복장의 남자는 가볍게 고개를 끄덕인 후 손으로 모자를 만지작거린다. 그러나 모자를 벗지도 말을 하지도 않는다.

"이것을 내고 싶어하신다고요?" 주간이 종이쪽을 흔들며 묻는다.

검은 복장의 남자가 고개를 끄덕인다. 턱수염도 머리색과 마찬가지로 불그스름하다. 눈빛은 예리하고 투명하다. 커다란 입은 완강하게 다물고 있고, 널따란 콧구멍은 필요 이상으로 숨을 헐떡이는 것 같다.

"언제나 2천 레이 안짝이었지." 알아듣기 힘든 포르투갈어로 중얼거린다. "내 가진 돈 전부요."

에파미논다스 곤살베스는 웃어야 할지 호통을 쳐야 할지 잠시 망설인다. 남자는 선 채 아주 진지하게 바라보고 있다. 주간은 결국 종이쪽을 눈으로 가져간다.

"'카누도스의 이상주의자 및 전세계 모든 반도(叛徒)들과의 연대모임에 참가하기를, 정의를 사랑하는 모든 이들에게 호소하노라. 10월 4일, 오후 6시, 자유 광장.'" 천천히 읽는다. "이 모임을 주최하는 측이 누군지 말씀해주실 수 있습니까?"

"현재로서 나는," 남자가 즉각 대답한다. "『뉴스 저널』이 이 기사를 실어준다면, 만족이외다."

"이 작자들이 저 카누도스에서 저지른 일을 알고 있습니까?" 에파미논다스 곤살베스는 책상을 치며 중얼거린다. "남의 땅을 빼앗고는 제멋대로 살고 있습니다. 짐승들처럼 말입니다."

"둘 다 우러러볼 만한 일이오." 검은 복장의 남자가 고개를 끄덕인다. "그래서 이 광고를 내는 데 내 돈을 쓰기로 결심한 거요."

주간은 잠시 입을 다문다. 다시 입을 열기 전에 목소리를 가다듬는다.

"선생, 선생은 대체 어떤 사람입니까?"

우쭐거리는 기색도 없이, 교만한 기색도 없이, 꾸민 기색도 없이, 남자는 이렇게 자신을 소개한다.

"자유를 위해 싸우는 전사요, 선생. 광고는 나가겠지요?"

"어림없습니다, 선생." 에파미논다스 곤살베스는 이제 주도권을 쥐고 대답한다. "바이아 당국은 이 신문사 문을 닫아버릴 구실거리만 찾고 있습니다. 외부에 신경 쓰느라 입으로는 공화정을 받아들였노라 하지만 아직도 군주제를 지지한단 말입니다. 이 나라에서 진짜 공화제를 지지하는 신문은 오로지 우리 신문 뿐입니다. 무슨 뜻인지 아시리라 봅니다."

검은 복장의 남자는 한심스럽다는 듯 이빨 사이로 내뱉는다. "이럴 줄 알았지."

"충고하건대 이 광고문을 『바이아 일보』로는 가져가지 마십시오." 주간은 종이쪽을 건네며 덧붙인다. "그 신문은 카냐브라바 남작 소유입니다. 카누도스의 주인이지요. 감옥에서 끝장나고 말 겁니다."

검은 복장의 남자는 인사말 한마디 없이 몸을 돌이켜 종이쪽을 호주머니에 쑤셔넣고 물러난다. 어느 누구도 쳐다보지 않고, 인사도 없이, 요란한 발걸음으로, 신문사 사무실을 가로지른다. 기자들과 유료 광고 고객들이 힐끔거린다. 장례식에서나 볼 수 있는 모습에 불타는 듯한 머릿결이 출렁인다. 남자가 지나간 후, 안경쟁이 젊은 기자가 책상에서 일어나 누르께한 종잇장을 손에 들고 주간실로 향한다. 주간실에서는 에파미논다스 곤살베스가 아직까지 그 낯선 남자를 살피고 있다.

"'바이아 주지사, 루이스 비아나 각하의 조치에 따라 금일 피레스 페레이라 중위가 지휘하는 보병 제9대대 살바도르 출발. 카누도스에서 농장을 탈취한 반도 축출과 그 수괴이자 세바스티안 추종자인 선지자 안토니오 검거가 목적.'" 젊은 기자는 문지방에서 기사를 읽는다. "1면 기사로 낼까요, 아니면 안쪽에 넣을까요, 주간님?"

"지 꼴리는 대로 하는 거지 뭐." 주간이 말한다. 주간은 검은 복장의 남자가 사라진 거리를 가리킨다. "저 작자, 누군지 아나?"

"갈릴레오 갈입니다." 안경쟁이 기자가 대답한다. "스코틀랜드 출신인데 바이아 사람들에게 머리를 만져보게 해 달라고 떼를 쓰고 다니는 사람입니다."

그는 폼발에서 태어났다. 어느 구두장이와 그 애인 사이에서 태어났다. 어머니는 병신이었다. 그럼에도 어머니는 그를 낳기 전에 이미 사내아이를 셋씩이나 낳았다. 그를 낳고 난 후에 어머니는 계집아이 하나를 더 낳았다. 계집아이는 가뭄을 이겨내고 살아남았다. 부모는 그에게 안토니오라는 이름을 붙여주었다. 세상이 원리 원칙대로만 움직였다면 그는 살아남지 못했을 것이다. 그가 아직 아장아장 걸어다닐 무렵 엄청난 재난이 닥쳐와 농작물, 사람, 짐승 할 것 없이 싹 쓸어버리고 주변 일대를 쑥대밭으로 만들고 말았다. 가뭄 때문에 거의 모든 폼발 주민은 해변으로 이주했다. 그러나 반백 년씩이나 살아오면서도 마을에서, 모든 사람들에게 자신이 지은 신을 신겨주었던 그 마을에서 한 치도 벗어난 적이 없었던 구두장이 티부르시오 다 모타는 집을 떠나지 않겠다고 선언했다. 그는 약속을 지켰다. 산 나사로 선교회마저 떠나버린 폼발 마을에 스물댓 명 남짓한 사람들과 함께 머물렀던 것이다.

1년 후, 폼발을 떠났던 사람들이 도랑에 다시 물이 차올라 농사를 지을 수 있게 되었다는 소식을 듣고 돌아오기 시작했을 때, 티부르시오 다 모타와 병신 애인과 위로 세 명의 자식은 이미 땅속에 묻힌 뒤였다. 먹을 만한 것은 모조리 먹었다. 그것마저 떨어지고 나자 푸른색을 띤 것이라면 무엇이든지, 마침내는 이빨로 씹을 수 있는 것이라면 무엇이든지 먹어치웠다. 돈 카시미로 신부는 가족을 물으며 그들이 죽은 것은 굶주려서가 아니라 멍청했기 때문임을 확신할 수 있었다. 그들은 구두가게에 있던 가죽을 먹고 '가축 연못'의 물을 마셨던 것이다. 그 연못은 모기가 들끓는 전염병의 온상으로 새끼 양조차도 피하던 곳이었다. 돈 카시미로는 안토니오와 여동생을 거두어 인공호흡을 시킨다. 간절한 기도를 올린다 해서 살려놓았다. 그리고 마을의 집들에 다시 사람들이 살게 되자 보금자리도 마련해주었다.

계집아이는 아이의 대모(代母)가 데려갔다. 대모는 카냐브라바 남작의 어느 농장에서 일하기 위해 떠났다. 당시 다섯 살이었던 안토니오는 폼발의 또 다른 구두장이가 거두었다. 싸움판에서 한쪽 눈을 잃어 '외눈박이'로 불리던 사람으로, 티부르시오 다 모타 가게에서 기술을 익혀, 폼발로 돌아온 후에 티부르시오 다 모타의 고객을 그대로 물려받았다. 인정머리라고는 없는 사람이었다. 자주 술에 취해 다녔으며 시큼한 냄새를 풍기며 길바닥에 쓰러져 밤을 새우기 일쑤였다. 아내도 없었다. 외눈박이는 안토니오를 소처럼 부려먹었다. 쓸고, 닦고, 못이나 가위나 받침대를 갖다 바치고, 무두질 공장까지 가야 했다. 외눈박이는 조그만 탁자 옆에 가죽 한 장을 깔아주고 거기서 안토니오를 자게 했다. 외눈박이는, 술을 마시지 않을 때면 그 탁자에서 온종일 패거리들과 어울려 보냈다.

어린 고아는 차분하고 얌전했다. 앙상한 뼈와 어진 눈매가 폼발 아낙네들의 연민을 불러일으켰다. 아낙네들은 틈만 나면 아이에게 먹을 것을 주거나 자식들이 못 입는 옷을 주고는 했다. 하루는 아낙네들이 외눈박이의 가게로 쳐들어갔다. 대여섯 명의 아낙네들은 아이의 병신 엄마를 잘 알고 있었고, 세례다 견진성사다 상갓집에서의 밤샘이다 혼인식이다 해서 수많은 시간을 그녀와 함께 보낸 적도 있었다. 아낙네들은 외눈박이에게 안토니오를 교리문답에 보내 첫번째 영성체 행사를 준비할 수 있게 해달라고 요구했다. 아이가 영성체도 못하고 죽기라도 한다면 하나님께서 반드시 책임을 물으실 거라는 말로 위협했다. 구두장이는 마지못해 매일 오후 저녁 기도 시간 전 선교회 교리 수업에 아이를 보내겠노라고 다짐했다.

그즈음 아이의 인생에 뚜렷한 징조가 나타났다. 교리를 배우기 시작하고 얼마 후, 산 나사로 선교회의 교리가 아이에게 가져온 변화로 사람들은 아이를 베아티토로 부르기 시작했다. 아이는 주변을 망각한 듯한 시선으로 교실을 나서곤 했는데 마치 불꽃으로 깨끗이 씻긴 듯한 모습이었다. 과연 아이가 밤이면 어둠 속에서 무릎 꿇고 그리스도의 고난 때문에 흐느끼는 모습을 자주 보게 된다고, 너무 열중해 있어 흔들어 깨워야 정신을 차린다고 외눈박이가 전했다. 유다의 배신에 대해, 막달라 마리아의 회개에 대해, 가시 면류관에 대해 잠꼬대를 하는 밤도 자주 있다고 말했다. 어느 날 밤, 열한 살이 될 무렵에는, 산 프란시스코 데 살레스처럼 평생 순결을 지키겠다는 서약을 하는 소리도 들었다고도 했다.

안토니오는 평생을 헌신할 수 있는 일을 발견했다. 외눈박이가 시키는 일은 계속 고분고분하게 따랐다. 그러나 눈을 반쯤 감고 입술을 달싹이며 일하는 모습을 보면, 비록 빗자루질을 하고, 가죽 공장으로 달려가고, 외눈박이가 망치질하는 구두 밑창을 붙잡고 있어도, 실제로는 기도하는 중이라는 사실을 누구라도 알 수 있었다. 아이의 행동은 의붓아비를 당혹스럽고 겁나게 했다. 베아티토는 잠자리로 사용하는 구석에 선교회에서 나눠준 판화와 손수 깎고 칠한 나무 십자가로 제단을 쌓았다. 잠자리에서 일어나거나 잠자리에 들 때면 제단에 초를 켜고 기도를 올렸다. 자유 시간이 주어지면 그곳에 무릎꿇고 앉아 두 손을 모으고 간절한 기도로 시간을 보냈다. 폼발의 여느 아이들처럼 목장을 싸돌아다니지도, 야생 짐승을 안장도 없이 타거나 하는 놀이도, 비둘기 사냥도, 소를 거세하는 광경을 보러 다니지도 않았다.

베아티토는 첫 영성체 후에 돈 카시미로 신부의 복사가 되었고, 돈 카시미로 신부가 죽은 후에도 왕복 하루나 걸리는 거리를 걸어다니며 산 나사로 선교회의 미사를 계속해서 도왔다. 행진 때에는 향을 흔들었고 길모퉁이 곳곳에 마련된 관과 제단을 장식하는 일도 도왔다. 이 길모퉁이 제단은 성모마리아와 선하신 예수님의 상이 잠시 쉬기 위해 걸음을 멈추는 곳이었다. 베아티토의 믿음은 그의 착한 심성만큼 대단했다. 그가 장님 아델포를 극진히 섬기는 모습은 폼발 사람들에게는 익숙한 장면이었다. 또한 그는 가끔 장님 아델포를 페레이라 대령의 망아지 목장까지 데려다주기도 했다. 아델포는 백내장에 걸릴 때까지 그 농장에서 일을 했고 여지껏 망아지를 돌보며 쓸쓸하게 살고 있었다. 베아티토는 아델포의 팔을 잡고 벌판을 가로질렀다. 손에 든 막대기로는 땅 속에 숨어 있는 뱀을 쫓으며 아델포의 넋두리를 참을성 있게 들어주었다. 안토니오는 문둥이 시메온을 위해서도 먹을 것과 입을 것을 모았다. 시메온은 폼발 사람들이 마을로 들어오지 말라고 한 후부터는 산짐승처럼 사는 사람이었다. 1주일에 한 번 베아티토는 시메온을 위해 구걸한 빵쪼가리, 육포 부스러기, 잡곡 등을 보자기에 싸서 가져다 주었다. 마을 사람들은 멀찍이 떨어져 지켜보았다. 그가 시메온의 동굴이 있는 바위투성이 언덕 사이로 시메온을 이끌고 물웅덩이를 찾아가는 모습을. 노인네는 맨발에, 봉두난발에 색 바랜 가죽 한 조각을 걸치고 있을 뿐이었다.

베아티토는 열네 살 때 선지자를 처음으로 만났다. 그는 몇 주 전부터 심한 환멸에 빠져 있었다. 산 나사로 선교회의 모라에스 신부가 찬물을 끼얹었기 때문이다. 신부가 베아티토에게 사생아는 신부가 될 수 없다고 알려 주었던 것이다. 하지만 신부는 그를 위로했다. 서품을 받지 않고도 주님을 똑같이 모실 수 있다고 설명했다. 카푸친 수도원과 상의해보겠다고, 그곳이라면 평수도사로 받아줄 수도 있을 것이라고 말했다. 베아티토는 그날 밤 서러움에 겨워 통곡했다. 화가 치민 외눈박이는 실로 오랜만에 베아티토에게 손찌검을 했다. 그로부터 20일 후, 가무잡잡한 피부에, 검은 머리칼에, 이글거리는 눈빛에, 검붉은 수도복을 걸친 거대한 그림자 하나가 한낮의 땡볕 아래 폼발의 중심가로 파고들었다. 그 뒤를 여섯 사람이 따랐다. 모두가 거지꼴이었으나 표정만은 밝았다. 그들은 마을을 질풍같이 가로질러 벽과 천장만 겨우 남아 있는 오래된 예배당을 향해 전진했다. 예배당은 돈 카시미로가 죽은 후에는 전혀 손보지 않아 새들이 성상 사이에 둥지를 틀 정도였다. 베아티토는 여느 폼발 사람과 마찬가지로 순례자가 추종자들과 더불어 바닥에 엎드려 기도 드리는 모습을 지켜보았다. 그리고 그날 오후 영혼을 구하기 위해 베푸는 가르침과, 믿음이 없는 자를 꾸짖는 소리와, 다가올 미래를 예언하는 소리를 들었다.

 그날 밤 안토니오는 구두 가게에서 자지 않고 마을 광장에서, 성자를 둘러싸고 땅바닥에 드러누운 순례자들 곁에서 잤다. 다음날 오전과 오후 내내, 성자가 폼발에 머문 동안 내내, 베아티토는 성자와 그 추종자들을 따라다녔다. 그들은 예배당 의자 다리와 등받이를 고쳤고, 바닥을 골랐으며, 마을과 묘지를 구별할 수 없을 정도로 무너져내린 묘지를 둘러싼 돌담을 다시 쌓았다. 매일 밤 성자 곁에 웅크리고 앉아 넋을 놓고 그 입이 토해내는 진리의 말씀에 귀를 기울였다.

 선지자가 폼발에 머물던 마지막 날 밤, 안토니오 베아티토는 그를 따라 세상에 나가보고 싶으니 허락해 달라고 그에게 청했다. 처음에는 성자의 눈 — 열렬한 만큼 냉엄하기도 한 — 이, 나중에는 그의 입이 안 된다고 했다. 베아티토는 선지자 곁에 무릎 꿇고 절망에 몸부림쳤다. 한밤중, 폼발은 잠이 들었다. 거지떼도 하나둘 잠이 들었다. 모닥불은 꺼진 지 오래였다. 반면에 별들이 얼굴을 밝혔고 매미 소리가 들렸다. 선지자는 베아티토가 울게 내버려두었다. 옷자락에 입을 맞추는 것은 허락했지만 베아티토가 다시 한번 따라가게 해 달라고 간청했을 때는 미동도 하지 않았다. 그렇게 해야 선하신 예수님을 더욱 잘 섬길 수 있다는 마음속의 외침을 베아티토는 들었던 것이다. 소년은 선지자의 발목을 감싸안고 굳은살이 박인 발에 입을 맞추었다. 선지자는 베아티토가 지쳤음을 알고는 소년의 머리를 두 손으로 잡고 그를 똑바로 쳐다보도록 했다. 선지자는 소년에게 얼굴을 가까이 가져가며 엄숙하게 물었다. 기꺼이 고통을 감수할 수 있을 만큼 주님을 사랑하는가. 소년은 그렇다고 수없이 고개를 끄덕였다. 선지자는 수도복을 들어올렸다. 희미한 빛 속에서 소년은 볼 수 있었다. 살점을 파고들 정도로 허리에 동여매어진 철사 줄을 풀어내는 선지자의 모습을. "이제 네 차지다." 소년은 그 소리를 들었다. 선지자는 베아티토를 도와 옷을 올리고 고행을 위한 철사 줄을 허리에 감고 매듭을 지어주었다.

  7개월 후, 선지자와 그 추종자들 — 그 동안 몇몇의 얼굴이 바뀌고, 수가 늘어나고, 몸집이 거대한 반벌거숭이 흑인 한 명이 끼어들게 되었지만 그들의 궁핍함과 눈에 서린 생기는 예전과 같았다 — 이 먼지 구름을 일으키며 폼발에 다시 모습을 드러냈을 때에도 베아티토의 허리에는 고행을 위한 철사 줄이 동여매어져 있었다. 허리는 검붉게 부어올랐다가, 상처가 벌어졌다가, 다시 시커먼 딱지가 앉았다. 철사 줄은 단 하루도 풀리지 않았다. 매일 몸을 움직이므로 느슨해진 철사 줄은 정기적으로 다시 조여졌다. 모라에스 신부는 철사 줄을 벗어버리라고 열심히 설득했다. 어느 정도의 자발적인 고통은 하나님을 기쁘게 할 수 있다. 그러나 그 희생도 도가 지나치면 악마의 꼬드김에 놀아나는 병적인 희열로 떨어질 수 있고, 지금이야말로 바로 그 도를 지나칠 위험한 순간이다.

그러나 베아티토는 말을 듣지 않았다. 선지자와 그 추종자들이 폼발로 돌아온 날, 베아티토는 움베르토 살루스티아노라는 카보클로 혼혈인의 가게에 있었다. 바로 코앞에서, 그 추종자들과 마을 주민 수십 명에 둘러싸여, 지난번과 마찬가지로, 예배당으로 직행하는 그의 모습을 보는 순간 베아티토의 심장은 순간적으로 얼어붙었다. 숨이 막히는 순간이었다. 소년은 뒤를 좇았다. 그 무리에, 열광하는 마을 사람들 틈에 끼어들었다. 그리고 사람들과 한데 어울려, 그와 어느 정도 거리를 두고, 기도했다. 피가 들끓는 것 같았다. 그날 밤, 소년은 모닥불이 타오르는 가운데 사람들로 가득한 광장에서 그의 설교를 들었다. 아직까지 그에게 다가갈 용기가 나지 않았다. 이번에는 폼발 사람 모두가 모여 설교를 듣고 있었다.

날이 밝을 무렵, 기도하고, 찬양하고, 그에게 병든 자식들을 데려와 병이 낫도록 하나님께 기도해 달라고 애원하고, 자신들의 근심 걱정을 털어놓고, 닥쳐올 미래가 어떨지를 묻던 사람들이 돌아가고, 이전과 마찬가지로 추종자들이 서로서로 베개가 되고 덮을 것이 되어 잠들고 난 후에, 베아티토는, 성체를 받으러 다가갈 때와 같이 무한한 존경심을 품고, 누더기를 걸친 몸뚱이들을 건너, 검은 그림자 쪽으로 다가갔다. 검은 그림자는 봉두난발 머리를 한쪽 팔로 받치고 있었다. 모닥불은 마지막 안간힘을 쓰고 있었다. 선지자는 베아티토가 다가오는 낌새를 채고 눈을 번쩍 떴다. 베아티토는 바로 그 순간 그 눈길에서 무엇을 보았는지 앞으로 그의 얘기를 듣는 사람들에게 빠짐없이 얘기해줄 것이다. 남자는 베아티토를 기다리고 있었던 것이다. 소년은 한마디 말도 없이 ─ 말을 할 수도 없었다 ─ 올이 굵은 옷자락을 벌려 허리에 동여맨 철사 줄을 보여주었다.

선지자는 눈을 똑바로 뜨고 잠시 살펴본 후 고개를 끄덕였다. 그 얼굴에 잠깐 미소가 스쳤다. 앞으로 베아티토는 수도 없이 이 얘기를 할 것이다. 바로 승낙이었던 것이다. 선지자는 옆에 겨우 난 빈자리를 가리켰다. 그 수많은 사람들의 틈바구니에서도 그를 위해 마련해둔 자리 같았다. 소년은 웅크리고 앉았다. 말이 필요 없었다. 소년은 깨달았다. 악마에 맞서 싸우기 위한 여정에 동참할 수 있는 자격이 소년에게 있다는 사실을 선지자는 인정했던 것이다. 잠이 없는 마을 개들과 새벽 일을 하는 사람들은 베아티토의 울음소리를 한참이나 들어야 했다. 그러나 그것이 행복에 겨운 울음소리라는 사실은 생각지도 못했다.

그의 본명은 갈릴레오 갈이 아니었다. 그러나 자유를 위해 싸우는 전사인 것은 분명했다. 본인의 말에 따르면 혁명가이자 골상학자였다. 세상 법정에서 두 번의 사형 선고를 받았고, 46년을 사는 동안 5년을 감옥에서 보냈다. 19세기 중반경 그는 스코틀랜드 남부의 어느 마을에서 태어났다. 아버지는 의사였지만 프루동과 바쿠닌의 사상을 선전하기 위한 자유주의 비밀 결사를 만들기 위해 공연히 애를 쓰기도 했다. 보통 아이들이 동화를 듣고 자라는 동안, 그는 사유재산이 모든 사회악의 근원이다, 가난한 사람들은 폭력을 통해서만 착취와 우민화의 사슬을 끊을 수 있다는 말을 듣고 자랐다.

아버지는 당시에 진지한 학자 중의 한 명으로 여겨지던 사람의 제자였다. 프란츠 조셉 갈. 그는 해부학자이며 물리학자로 골상학을 정립시킨 사람이었다. 갈의 제자들이 보통 믿는 골상학은 이런 것이었다. 지능과 본능과 감정은 두뇌 피질에 위치한 기관의 지배를 받는다. 따라서 측정할 수 있고 자극할 수 있다. 그러나 갈릴레오의 아버지는 이 원칙이 의미하는 바를 종교의 죽음으로, 유물론의 실제적인 토대로 받아들였다. 영혼이라는 것도 말로 형용할 수도 없고 만질 수도 없는 현학적인 술수로 설명되는 것이 아니라, 감각이 임상학적으로 연구 취급되는 것과 마찬가지로 육체의 한 영역으로 설명되어야 한다고 보았다. 이 스코틀랜드인은 자식이 말귀를 알아듣기 시작하자 다음과 같은 명쾌한 원칙을 아들의 머리에 주입시켰다. 혁명은 이 세상을 속박에서 해방시킬 것이고, 과학은 개개인을 속박에서 해방시킬 것이다. 갈릴레오는 자신의 존재 이유를 이 두 가지 목표를 위한 투쟁에 두게 되었다.

하지만 그런 혁명적인 사상을 갖고 스코틀랜드에서 살기는 힘들었기 때문에 아버지는 프랑스 남부로 이주했다. 1868년, 아버지는 파업 기간 동안 보르도의 방적 공장 노동자들을 도왔다는 혐의로 체포되어 카예나로 이송되었다. 그리고 그곳에서 죽었다. 다음해에 갈릴레오도 수감되었다. 교회 방화 사건에 연루되었던 것이다. 신부는 군인과 은행가 다음으로 그가 증오하는 사람이었다. 그러나 몇 달 후 탈출에 성공해서 아버지의 죽마고우였던 파리 출신 의사와 일하게 되었다. 그즈음에 경찰에 널리 알려진 자신의 이름을 갈릴레오 갈로 바꾼 후 『혁명의 불꽃』이라는 리용의 신문을 통해 정치적 단평을 발표하고 과학을 대중화시키기 시작했다.

그가 자랑스럽게 생각하는 것 가운데 하나는 1871년 3월에서 5월까지 인류의 자유를 위하여 파리의 공산주의자들과 함께 투쟁했으며 티에르 군대가 남녀노소를 포함해 3만 명이나 학살한 사건의 증인이었다는 것이다. 그 역시 사형을 언도받았다. 그러나 형이 집행되기 전에 감방 중사를 살해한 뒤 군복으로 바꿔 입고 병영을 탈출할 수 있었다. 바르셀로나로 건너가 수년 동안 마리아노 쿠비 곁에서 의학을 연구하며 골상학을 실습했다. 마리아노 쿠비는 손가락 끝으로 두개골을 한번 만져보기만 해도 그 사람의 감추어진 성향과 특징을 알아내는 것으로 유명했다. 갈릴레오가 의사 자격증을 막 얻을 무렵, 자유와 진보에 대한 열정 혹은 모험가로서의 기질에 다시 발동이 걸리기 시작했다. 그는 뜻을 같이하는 동료 몇 명과 함께 몬주익 병영을 야간 급습했다. 에스파냐를 근본에서부터 뒤흔들 수 있다고 믿었던 폭풍에 불을 지피기 위해서였다. 그러나 누군가의 밀고에 의해 군인들은 총알 세례로 그들을 맞았다. 대항하는 동안 그는 동료들이 하나하나 쓰러져가는 모습을 지켜봐야 했다. 체포되었을 때 그 역시 여러 곳에 총상을 입고 있었다. 다시 사형이 선고되었다. 그러나 에스파냐 법에 의하면 부상자를 교수대 의자에 앉힐 수 없었기 때문에 당국은 그를 죽이기 전에 먼저 치료해주기로 결정했다. 그 틈을 타서 여자친구들과 유력한 인사들이 그를 병원에서 빼돌린 후 위조 서류를 꾸며 화물선에 태웠다.

여러 나라와 여러 대륙을 전전하는 동안에도 그는 어릴 때의 이상에 충실했다. 피부색이 노란 사람, 검은 사람, 붉은 사람, 하얀 사람의 두개골을 고루 만져보았다. 상황이 허락되면 정치적 행동과 과학적 실험을 번갈아가며 행했다. 모험가로서의 한평생을 사는 동안 감방살이, 주먹다짐, 비밀 결사, 탈출, 재도전 등이 일기를 장식했고 용기를 북돋아주기도 했다. 스승들 — 아버지, 프루동, 갈, 바쿠닌, 스푸르츠하임, 쿠비 — 의 가르침이 훌륭한 모범이 되었다. 그는 사회 질서를 해치고 종교 사상을 공격한다는 이유로 터키, 이집트, 미국에서 수감되기도 했다. 그러나 타고난 행운과 과감함으로 오랫동안 철창 속에 갇혀 있지는 않았다.

1894년, 그가 의사로 근무하고 있던 독일 선적 배가 브라질 바이아 해안에서 좌초하여 배의 잔해는 산 페드로 요새 앞에 영원히 수장되었다. 브라질이 노예제를 폐지한 지 겨우 6년, 제국에서 공화국으로 바뀐 지 겨우 5년이 지난 때였다. 인종과 문화가 혼합된 나라, 사회·정치적으로 들끓는 나라, 유럽과 아프리카 그리고 아직까지 알 수 없는 그 무엇인가가 대등하게 어깨를 겨루는 브라질이라는 나라가 그를 매료시켰다. 의사자격증이 없어 진료소를 열 수 없었기 때문에 그는 다른 곳에서와 마찬가지로 영어를 가르치고 막일을 해서 생활비를 벌었다. 브라질 구석구석을 돌아다녔지만 매번 살바도르로 돌아왔다. 그곳 살바도르에서 그는 카틸리나 서점에 처박히거나, 미라도르 데 로스 아플리히도스(약한 자를 굽어보는 자)의 야자나무 그늘에서, 혹은 시 저지대의 뱃사람들이 모이는 선술집에서 마주치는 사람들에게 떠벌리곤 했다. 삶의 중심이 믿음이 아니고 이성이라면 어떤 덕목이라도 참을 수 있다. 자유의 진정한 제왕은 하나님이 아니라 최초의 반항아인 사탄이다. 혁명으로 구질서가 무너지면 자유롭고 정의로운 새 사회가 곧바로 꽃을 피울 것이다. 그의 말에 귀를 기울이는 사람이 있기는 했어도 모두들 크게 신경 쓰는 것 같지는 않았다.

2

 1877년의 가뭄 때, 굶주림과 전염병으로 사람과 동물이 절반씩이나 죽어 나가자 선지자는 이제 혼자가 아니라 여러 사람들과 함께 다니게 되었다. 아니 정확히 말해 그들을 이끌고 다니게 되었다. 그러나 선지자 자신은 긴 꼬리를 이루어 뒤를 좇는 사람들을 거의 알아차리지도 못하는 것 같았다. 그의 가르침에 감명을 받은 사람도 있었지만 호기심 때문에 혹은 게을러서 가진 것을 모두 버리고 그를 따라 나선 사람들도 있었다. 적당한 거리를 두고 그를 호위하는 사람도 있고 항상 곁에 바싹 붙어 있는 사람도 몇 있었다. 가뭄에도 불구하고 그는 계속 돌아다녔다. 들판은 온통 짐승 뼈를 뿌려놓은 듯했고 그 뼈를 까마귀들이 쪼고 있었다. 그를 맞이하는 마을도 반나마 비어 있는 상태였다.
 1877년 한 해 내내 가뭄이 드는 바람에 강줄기는 말라붙었고 고향을 저버린 사람들의 무리가 수도 없이 떠돌아다녔다. 사람들은 보잘것없는 짐 보따리를 마차에 싣거나 어깨에 짊어지고 물이나 식량거리를 찾아 정처 없이 헤매고 다녔다. 그렇다고는 해도 그 험악한 해에 볼 수 있었던 가장 흉측한 꼴은 아니었다. 아마도 북부 산악 지대에 출몰했던 떼강도와 코브라가 가장 끔찍한 무리였을 것이다. 한편 가축을 훔치기 위해 농장을 습격하는 무리가 끊이지 않았다. 그들은 지주들이 고용한 총잡이들과 총격전을 벌였고 외진 마을을 습격했다. 경찰 토벌대는 정기적으로 출동해 폭도들을 쫓았다. 그러나 굶주림으로 인해 폭도들의 무리는 성경에 나오는 오병이어의 기적처럼 늘어만 갔다. 최후로 남은 먹을거리와 가재도구와 옷가지를 차지하기 위한 잔악한 살인으로 말미암아 여러 마을에서 1할 이상의 주민이 죽어갔다. 폭도들이 대항하는 마을 사람들을 총으로 쏴 죽였던 것이다.

그러나 폭도들은 말로도 행동으로도 선지자를 해치지는 않았다. 그들은 선지자와 함께 사막 길을 건넜다. 납덩이 같은 하늘 아래, 선인장과 바위 사이를, 덤불이 시들어들고 관목이 쩍쩍 벌어지는 숲을 헤치고 다녔다. 열 명씩 스무 명씩, 자르거나 찌르거나 뚫거나 뽑을 수 있는 온갖 무기로 무장한 폭도들은 검붉은 옷을 입은 비쩍 여윈 남자가 몸에 밴 무관심으로, 무언가에 사로잡힌 냉혹한 시선으로, 항상 하던 동작으로, 잠시잠깐 그들을 지나치는 모습을 지켜보았다. 남자는 기도했고, 명상에 잠겼고, 걸었고, 가르쳤다. 순례자들은 폭도들과 마주치면 혼비백산하여 병아리 떼가 어미 닭 품속으로 뛰어들듯 선지자 옆으로 몰려들었다. 폭도들은 순례자들의 비참한 몰골을 보고는 그냥 지나쳤다. 성자의 예언을 들어본 경험이 있는 사람들은 성자를 만나보기 위해 잠시 발걸음을 멈추기도 했다. 설교하는 중에는 방해하지 않았다. 한 번쯤 돌아봐주기를 기대했다. 그는 가슴을 파고드는 우렁우렁한 목소리로 결국에는 폭도들에게도 얘기했다. 이해하기 쉽고 믿을 수 있는 진리를 얘기해주었다. 지금 이 재난은 죽은 자들의 부활과 최후의 심판에 앞서 벌어질 적그리스도의 출현과 그 재앙의 첫번째 전조가 틀림없다. 영혼을 구원하고자 한다면 적그리스도의 마귀들 — 개종자들을 모집하기 위해 이 땅에 나타난 개새끼도 마찬가지다 — 이 지역을 불기둥으로 공격할 때 벌어지게 될 싸움에 대비해야 한다. 소몰이꾼, 막일꾼, 해방 노예, 노예들과 마찬가지로 폭도들도 생각에 잠겼다. 그들 중 몇몇 — 외팔이 파혜우, 거인 페드랑, 심지어 잔혹하기로 그 누구도 따를 자 없었던 사탄 조앙조차 — 은 자신의 죄악을 뉘우치고 선의 편으로 돌아서 선지자를 따르게 되었다.

　가뭄으로 인하여 들판에 지천으로 깔리게 된 방울뱀조차 폭도들과 마찬가지로 선지자를 존경했다. 길다랗고, 미끈덕거리고, 삼각형 대가리에, 몸뚱이를 배배 꼰 놈들 역시 사람들과 마찬가지로 자신의 보금자리를 떠나 방황했다. 놈들은 떠돌아다니며 아이들과 송아지와 새끼 양을 닥치는 대로 물어 죽였고, 먹을 것을 찾아 대낮에도 주저 없이 마을로 스며들었다. 그 수가 너무 많았기 때문에 놈들을 잡아먹는 새들로는 역부족이었다. 모든 것이 뒤집힌 당시에는 이런 일도 드물지 않았다. 옛날 같으면 부리에 먹이를 물고 날아오르는 새들을 볼 수 있었지만 이제 그 새들을 뱀들이 잡아먹었던 것이다. 사람들은 밤낮 없이 몽둥이나 낫을 들고 다녀야 했고, 하루 동안에 100여 마리의 방울뱀을 죽인 이들도 있었다. 밤에 뱀의 공격을 받을 수도 있었지만 선지자는 계속해서 땅바닥에서 잠을 잤다. 어느 날 오후, 선지자는 추종자들에게 뱀에 대해 얘기해주었다. 이런 일이 처음이 아니라고 했다. 이스라엘의 자손들이 이집트를 탈출해 가나안 땅으로 들어갈 때, 그들이 사막에서 겪는 어려움에 불평을 늘어놓았을 때, 하나님께서는 그에 대한 벌로 뱀을 보내어 그들을 치셨다. 모세가 중재에 나섰다. 하나님께서는 모세에게 청동으로 뱀을 만들라 명령하셨다. 뱀에 물린 사람들은 그 청동 뱀을 쳐다보기만 해도 회복되었다. 그 사람들도 그렇게 해야 했을까? 아니다. 기적은 되풀이되지 않기 때문이다. 그러나 자신의 독생자의 얼굴을 방패로 삼는 자들은 하나님께서 어여삐 여기실 것이 틀림없었다. 당시에 마리아 쿠아드라도라는 몬테 산토 출신의 여자가 선하신 예수님의 형상이 그려진 천 조각을 납골함에 담아 가지고 다녔다. 그 형상은 착한 행실로 인하여 베아티토라는 이름으로 불리던 폼발의 어느 아이가 그린 그림이었다. 그들의 가상한 노력은 하나님을 기쁘게 해드렸음이 분명했다. 순례자 중 한 사람도 뱀에 물리지 않았던 것이다.

전염병 역시 선지자를 경외했다. 가뭄과 굶주림으로 몇 달 몇 해 동안 계속해서 전염병이 창궐하여 겨우겨우 살아남은 사람들을 위협했다. 여자들은 임신하자마자 유산했고, 아이들은 이빨과 머리칼이 빠졌으며, 어른들은 느닷없이 피를 토하고 피똥을 누었고, 커다란 종기가 생겼고, 두드러기가 일어 좀이 옮은 개처럼 자갈밭에 뒹굴었다. 그러나 말라깽이 남자는 역병과 대학살 사이를 침착하게 불사조처럼 뚫고 다녔다. 마치 노련한 사공이 태풍을 헤치고 안전한 항구를 향해 몰아가는 조각배와 같았다.

선지자가 이 끝없는 순례를 거쳐 도달하려는 항구는 대체 어디란 말인가? 아무도 물어보지 않았고 그 역시 말해주지 않았다. 어쩌면 그 역시 알지 못했을 것이다. 이제 수십 명이 그 주위에 몰려들었다. 그들은 영혼을 구원하기 위해 모든 것을 버렸다. 가뭄이 몇 달 계속되는 동안 선지자와 그 제자들은 굶주림으로 페스트로 절망으로 죽어간 주검들을 쉴 틈도 없이 묻어주었다. 길섶에 버려진 그 주검들은 짐승들에게 심지어 사람에게까지 물어뜯긴 채 썩어가고 있었다. 그들은 이 형제자매를 위해 관을 짜고 구덩이를 팠다. 인종도 출신지도 직업도 각각인 잡다한 사람들의 무리였다. 군 출신 목장주들의 가축을 돌보며 살아가던 헐벗은 사람들도 있었고, 적의 심장을 파먹고 살던 반벌거숭이 인디오를 조상으로 둔 불그스름한 피부의 개척민도 있었고, 한때는 십장, 양철공, 대장장이, 구두장이, 목수였던 사람도 있었고, 흑백 혼혈도 있었다. 해안 사탕수수 농장에서, 고문 형틀, 족쇄, 소금물을 적신 가죽 채찍, 그밖에 노예를 다스리기 위해 교묘하게 발명된 온갖 형벌로부터 도망쳐 나와 산 속을 헤매던 흑인들도 있었다. 늙거나 젊은, 온전하거나 몸이 불편한 여자들도 있었다. 이 여자들이야말로 한밤중 선지자가 죄와 흉악한 사탄 마귀와 성모마리아의 자비에 대해 얘기할 때 가장 먼저 감동받는 사람들이었다. 엉겅퀴 가시로 바늘을 만들고 야자나무에서 실을 뽑아 선지자의 옷을 꿰매준 사람들도 이 여자들이었고, 낡은 옷이 나뭇가지에 걸려 찢어졌을 때 새로 지어준 사람들도 역시 이 여자들이었다. 선지자의 샌들을 수선해준 사람들도 이 여자들이었다. 늙은이들은 선지자가 걸쳤던 옷가지를 유물로 차지하기 위해 서로 다투기까지 했다. 매일 오후, 남자들이 모닥불을 피워놓으면 순례자들을 먹이기 위해 쌀가루나 옥수수가루나 달짝지근한 만디오카나무 뿌리 가루를 물로 반죽해 부친 빈대떡과 호박 요리를 준비하는 사람들도 이 여자들이었다. 순례자들은 먹을 것에 대한 걱정은 없었다. 그들은 검소했고 들르는 마을에서 먹을 것을 얻기도 했다. 가난한 사람들은 선지자에게 닭이나 옥수수 자루나 새로 만든 치즈를 가져오기도 했다. 지주들 역시, 그 거지 떼가 농장 빈집에서 밤을 세운 후 돈 한푼 받지 않고 자발적으로 농장 예배당을 쓸고 닦아주었기 때문에 하인들을 시켜 신선한 우유와 양식거리를 보내주었고, 때로는 양이나 산양을 한 마리 통째로 주기도 했다.

　선지자는 산골을 몇 차례에 걸쳐 돌고 또 돌고, 걷고 또 걸었다. 수없이 언덕을 오르내렸다. 이제 모든 사람이 그를 알게 되었다. 신부들도 그 소식을 듣게 되었다. 신부는 많지 않았다. 그나마 있는 신부들조차도 그 거대한 지대에서는 없는 것과 마찬가지였다. 마을 수호 성자 축일에나 겨우 하루 찾아가는 것만으로 그 무수한 교회를 제대로 살려놓을 수는 없는 일이었다. 투카노와 쿰베 같은 일부 지역의 대리 사제들은 선지자가 설교대에서 회중에게 설교하는 것을 허락했다. 그들은 선지자와 잘 지냈다. 그러나 엔트레 리오스나 이타피쿠루의 대리 사제들은 설교를 금지시켰고 박해했다. 그 외 지역의 대리 사제들은, 선지자가 예배당과 묘지에 쏟은 정성에 갚음하여, 혹은 지역 사람들에게 미치는 선지자의 영향력이 너무나 막강하여 교구민들과의 불화를 방지하기 위해, 정식 미사 후에 선지자가 교회 마당에서 기도하고 설교하는 것을 마지못해 허용했다.

1888년, 저 아득한 지역에서, 난생 처음 들어보는 그 낯선 도시 — 상파울루, 리우데자네이루, 이 나라 수도인 바로 그 살바도르 — 에서 온, 나라에서 노예제를 폐지했고 또 그 조치로 인하여 졸지에 수족을 잘린 바이아의 재주꾼들 사이에 동요가 일어났다는 소식을 선지자와 그 고행자 무리는 언제 알게 되었던가? 제국의 가장 끝 변방에 도달하는 다른 소식들 — 지연되고, 왜곡되고, 때로는 효력을 상실한 — 과 마찬가지로 그 소식 또한 발표된 지 몇 달 만에 산지(山地)에 전달되었다. 당국은 광장에서 그 조치를 발표했고 포고문을 시 입구에 내걸었다.

그 다음해, 선지자와 그 무리는 자신들도 의식하지 못한 채 몸담고 있던 조국이라는 나라가 제국에서 공화국으로 탈바꿈하였다는 소식 역시 그만큼 뒤늦게 알게 되었을 것이다. 이 사건이 과거 권력을 누렸던 자들에게, 과거 노예를 소유했던 자들에게 (그들은 여전히 사탕수수 농장과 목축 떼를 소유하고 있었다), 전문가들에게, 바이아 관원들에게 일말의 감격도 불러일으키지 못했다는 사실을 선지자와 그 무리는 결코 알 수 없었다. 바이아 관원들은 이 변화를, 과거 2백 년 동안 브라질 정치·경제의 중심지와 옛 수도의 관리로서 주도권을 행사했지만 이젠 가난뱅이로 추억만 되씹고 있는 자신들, 한때 자신들이 누렸던 모든 것 — 번영, 권력, 부, 노예, 역사 — 이 북쪽으로 사라지는 모습을 지켜보았던 자신들에게 베풀어진 한낱 동정으로만 생각했다. 어쨌든 선지자와 그 무리가 그런 일을 알았다고 해도 이해할 수 없었을 뿐만 아니라 중요하게 생각하지도 않았을 것이다. 선지자와 그 무리가 염려했던 것은 전혀 다른 것이었기 때문이다. 이름 몇 개 바뀐 것 외에 그들을 위해 무엇이 변했단 말인가? 말라비틀어진 땅덩이와 납덩이 같은 하늘은 여전하지 않은가? 여러 해 전에 가뭄이 지나갔음에도 사람들은 여전히 상처를 어루만지고, 죽은 사람을 그리워하고, 잃어버린 재산을 복구하기 위해 애쓰고 있지 않은가? 시련을 겪는 북쪽 땅에 황제 대신 대통령이 있다 해서 무엇이 달라졌단 말인가? 농부는 옥수수를 강낭콩을 감자를 만디오카를 가꾸기 위해, 돼지와 닭과 양을 살리기 위해 변함 없이 황폐한 땅과 부족한 물 때문에 애를 먹고 있지 않은가? 마을에 게으름뱅이가 넘쳐나기는 마찬가지고, 도둑 떼 때문에 길 다니기가 무섭기는 여전하지 않은가? 1877년 재해 때와 판박이로 거지 부대가 사방에 깔려 있지 않다는 말인가? 장터 이야기꾼들도 같은 얼굴이 아닌가? 선지자가 그렇게 애를 썼음에도 불구하고 선하신 예수님의 집은 계속 허물어지고 있지 않다는 말인가?

공화국과 더불어 변한 것도 있었지만 그것은 세상에 해롭고 혼란만 가중시키는 일이었다. 교회가 국가와 분리되었다. 종교의 자유가 보장되었고 장례식도 세속화되었다. 묘지는 교구의 관리에서 시의 관리로 넘어갔다. 혼이 나간 사제들은 이 변화 앞에 할 말을 잊었고 교회측으로서는 받아들일 수밖에 없었다. 선지자는 즉시 사태를 파악했다. 그것은 신자로서 도저히 받아들일 수 없는 불경 행위였다. 혼인 신고법이 실시되었을 때 ― 마치 하나님께서 이루신 성사로는 부족하다는 듯이 ― 선지자는 주임 신부들이 입 안에서 웅얼거리던 것을 설교 시간에 큰소리로 외치는 용기를 보여주었다. 이따위 추잡한 짓거리는 개신교도 놈들과 프리메이슨 놈들이 꾸민 일이다. 사람들에게 하나하나 들려온 그 이상야릇하고 의심스러운 조치들, 즉 통계표, 인구 조사, 미터법 등도 바로 놈들이 꾸민 짓이다. 도대체 이 무슨 뜻이냐며 허둥지둥 몰려온 사람들에게 선지자는 차근차근하게 설명해주었다. 사람들은 궁금해했다. 노예제를 다시 부활시켜 검둥이를 빼앗긴 주인들에게 어떤 인종으로 보상하게 할 것인지를, 박해가 시작될 때 가톨릭교도로 간주될 수 있는 믿음은 과연 어떤 것인가를. 선지자는 차분하게 설명했다. 그따위 문제는 신경 쓸 것 없다. 미터나 센티미터 따위로 자와 치를 대신할 수 없다.

1893년 어느 날 아침, 나투바로 들어서는 순간 선지자와 순례자들은 성난 말벌 떼가 마트리스 광장에서 하늘로 날아오르는 소리를 들었다. 광장에는 사람들이 최근에 게시판에 내걸린 포고문을 보기 위해 혹은 얻어듣기 위해 떼거리로 모여 있었다. 세금을 걷어들일 것이다. 공화국이 그들에게 세금을 부과하려 한다. 세금이라니, 대체 뭔 소린가? 많은 사람들이 궁금해했다. 십일조와 같은 것이야. 다른 사람들이 설명했다. 그러니까, 이전에, 누가 병아리 50마리를 낳으면 다섯 마리를 교회에 바치고, 추수 때 열 가마당 한 가마를 바치는 것과 같았다. 어떤 것이든지 상속받거나 생산한 것이 있다면 그 중 일부를 공화국에 바치라는 법이었다. 그에 따라 주민들은 얼마를 바칠 것인지 결정하기 위해 시에 자발적으로 신고를 해야 한다는 것이었다. 세무 관리들은 몰래 감추거나 값을 속인 것은 모조리 압수할 것이다, 공화국을 위해.

동물적 본능과 상식과 수세기를 살아온 경험으로 사람들은 알 수 있었다. 이따위 조치는 어쩌면 가뭄보다 더 무서울 것임을, 세무 관리들은 까마귀나 강도 떼 보다 더 악랄할 것임을. 사람들은 어처구니가 없어, 깜짝 놀라, 핏대를 세워 서로 옆구리를 찔러가며 우려와 분노를 드러냈다. 선지자와 그 누더기 떼가 시포 거리를 따라 마을로 들어섰을 때, 마구잡이로 떠들어대는 사람들의 목소리가 악다구니가 되어 하늘로 치솟아올랐던 것이다. 사람들은 검붉은 옷의 남자를 둘러싸고 성모수태 교회(지난 수십 년간 선지자 자신이 고치고 칠을 입힌)로 가는 길을 막았다. 선지자는 근엄한 눈빛으로 사람들을 쏘아본 후에 방금 들은 내용을 설명해주기 위해 여느 때와 같이 교회로 서둘러 가려 했다.

그러나 잠시 후, 속에서 치민 분노가 눈에 불꽃을 튀긴 순간,

선지자는 길을 열어주는 사람들을 헤치고 법령이 나붙은 게시판을 향해 달리기 시작했다. 게시판에 도달한 선지자는 굳이 읽어볼 필요도 없이 게시판을 쓰러뜨렸다. 모든 사람들의 분노를 다 담은 듯한 일그러진 표정이었다. 그리고 떨리는 목소리로 이 추잡한 글귀를 태워버리라고 명령했다. 시의원들이 눈을 동그랗게 뜨고 있는 가운데 사람들은 불을 질렀다. 그뿐만이 아니었다. 사람들은 장날이라도 맞은 듯 폭죽을 터뜨리며 즐거워했다. 불꽃은 포고문과 사람들의 놀란 가슴을 연기 속으로 쓸어가버렸다. 선지자는 성모수태 교회로 기도하러 가기 전에 이 한구석 벽촌 사람들에게 처음으로 중대한 선언을 했다. 적그리스도는 벌써 세상에 나타났다. 그 이름은 공화국이다.

"그렇습니다, 의원님, 피리 소리입니다." 피레스 페레이라 중위는 자신이 직접 겪었던, 자신이 분명히 기억하고 또 수 차례 얘기해온 그 일로 다시 한번 흠칫하며 되풀이한다. "밤에는 아주 분명합니다. 그러니까, 동틀녘에 말입니다."

야전 병원은 부상병을 수용하기 위해 적당히 판자로 벽을 세우고 야자수 잎으로 지붕을 덮은 헛간이다. 야전 병원은 조아세이로 외곽에 위치한다. 조아세이로의 집과 거리는 거대한 상프란시스쿠 강을 따라 늘어서 있다. 흰 칠을 하거나 얼룩덜룩한 칠을 한 집들은 먼지를 뒤집어쓴 조아세이로 나무 숲(마을 이름은 이 나무에서 유래되었다) 아래 방벽 사이에서 유난히 눈에 띈다.

"여기서 우아우아까지 12일이 걸렸습니다. 바로 카누도스 입구입니다. 성공적이었습니다." 피레스 페레이라 중위가 말한다. "부하들은 지쳐 떨어졌습니다. 그래서 그곳을 숙영지로 결정했습니다. 그런데 잠시 후, 피리 소리에 깨어났던 것입니다."

16명의 부상병들이 두 줄로 그물 침대에 누워 마주보고 있다. 엉성하게 감긴 붕대, 머리와 팔과 다리는 피범벅이다. 벌거숭이, 반벌거숭이 몸뚱이. 넝마가 되어버린 군복. 방금 도착한 흰 가운을 걸친 군의관이 휴대용 약상자를 든 위생병과 함께 부상병들을 돌아보고 있다. 혈색 좋고 세련된 군의관의 외모가 병사들의 일그러진 표정, 땀에 번들거리는 몸뚱이와 대조적이다. 헛간 안쪽에서 고통에 겨운 목소리가 참회의 기도를 올리고 있다.

"보초를 세우지 않았단 말이오? 습격을 해올 수도 있다는 생각을 못했단 말이오, 중위?"

"보초가 네 명이었습니다. 의원님." 피레스 페레이라는 손가락 네 개를 힘차게 펴 보이며 항변한다. "습격당한 것이 아닙니다. 피리 소리를 듣고 전 부대가 일어나 전열을 갖추었습니다." 목소리를 낮춘다. "그러나 우리 눈에 들어온 것은 적이 아니라 행렬이었습니다."

병원 헛간 한쪽에, 수박을 실은 배들을 위해 고랑을 낸 강 언저리에, 소규모 막사가 눈에 띈다. 나머지 병사들은 그곳에 있다. 나무 그늘 아래 누워 있는 병사들, 네 자루씩 서로 기대어 줄을 세워놓은 소총들, 야전 천막. 앵무새 떼가 요란하게 지나간다.

"종교적인 행렬 말입니까, 중위님?" 코맹맹이 소리가 뜻밖이라는 듯 끼어든다.

장교는 말을 건넨 사람을 힐끗 쳐다본 후 고개를 끄덕인다.

"카누도스로 가는 길을 따라왔습니다." 장교는 의원만을 상대로 설명해나간다. "5,6백 명, 아니 한 천 명은 됐을 겁니다."

의원은 양손을 내젓는다. 수행원도 고개를 젓는다. 믿을 수 없다는 표정이다. 그들은 언뜻 보기만 해도 도시내기가 분명하다. 그들은 살바도르에서 기차를 타고 오늘 아침 조아세이로에 도착했다. 그들은 기차에 시달린 탓에 정신이 없고 등허리도 얼얼한 상태다. 이미 엉망이 되어버린 폭이 넓은 외투와 멋을 부린 바지와 신발에 기분이 상해 있다. 열이 끓어오른다. 상처 난 몸뚱이, 전염병에 둘러싸여 패전 상황을 조사해야 한다는 것에 심히 불쾌한 것이 틀림없다. 그들은 피레스 페레이라 중위와 얘기를 나누는 동안 그물 침대를 이리저리 돌아다닌다. 깊은 생각에 잠긴 의원은 가끔 몸을 숙여 부상병을 토닥여준다. 의원은 중위의 말을 듣기만 하고 수행원이 받아 적는다. 제3의 인물 또한 방금 도착한 듯싶다. 코맹맹이 소리, 연신 재채기를 해댄다.

"5백, 천이라?" 의원은 빈정대는 투다. "카냐브라바 남작의 보고가 사무실로 올라와 이미 알고 있소, 중위. 카누도스를 습격한 놈들은, 계집년들과 애새끼들을 포함해 2백이었소. 남작의 말이 틀림없을 것이오. 그가 농장의 주인이니까."

"천 명, 아니 수천 명이었습니다." 바로 옆 그물 침대에 누운 부상병이 중얼거린다. 밝은 피부에 곱슬머리 혼혈이다. 어깨에 붕대를 감고 있다. "맹세합니다, 의원님."

피레스 페레이라 중위는 말을 막기 위해 갑자기 몸을 돌린다. 그래서 자기 어깨 부근에 있던 부상병의 다리를 건드리게 되고 부상병은 비명을 내지른다. 중위는 젊다. 체구도 작은 편이다. 저 멀리, 살바도르에서, 차 마실 시간이면 칠레가(街) 다방으로 몰려드는 멋쟁이들 같이 잘 손질된 콧수염을 기르고 있다. 그러나, 창백한 피부에 눈가에 보랏빛 기미가 끼고 얼굴을 일그러뜨린 이 프랑스 콧수염쟁이를 현재 둘러싸고 있는 것은 피로와 실망과 신경질이다. 면도도 못했고 머리도 산발이다. 군복은 찢어졌고 오른쪽 팔에는 붕대가 감겨 있다. 한구석에서는 참회와 회개의 목소리가 끊어질 듯 이어지고 있다.

피레스 페레이라가 의원을 돌아본다.

"저도 어릴 때 농장에서 자랐습니다. 한눈에 가축 떼 수를 알아보는 법을 배웠습니다." 중얼거린다. "과장이 아닙니다. 5백 명 이상이었습니다. 어쩌면 천 명 정도."

"엄청난 나무 십자가와 성령의 깃발을 들고 있었습니다." 어느 그물 침대에서 누군가가 덧붙인다.

중위가 제지하기 전에 다른 병사들도 질세라 입을 연다. 성자상도 있었습니다, 염주를 들고 있었습니다, 모두 피리를 불거나 '주여 불쌍히 여기소서'를 부르거나, 세례 요한, 성모마리아, 선하신 예수, 선지자를 소리쳐 불렀습니다. 부상병들은 침대에서 몸을 일으켜 서로 다툰다. 마침내 중위가 입 다물라고 명령한다.

"그러다가, 갑자기 우릴 덮쳤습니다." 조용해지자 계속한다. "그렇게 평화롭게 보였는데, 성주간의 행렬과도 같았는데, 어떻게 공격한단 말입니까? 놈들은 느닷없이 죽이라고 소리치더니 이내 총질을 해대기 시작한 겁니다. 우린 한 사람이 여덟, 아니 열 놈을 상대해야 했습니다."

"죽이라고 소리치다니요?" 제3의 목소리가 끼어든다.

"공화국을 죽이라고," 피레스 페레이라 중위는 말한다. "적그리스도를 죽이라고." 중위는 의원 쪽으로 몸을 튼다. "제 잘못은 전혀 없습니다. 놈들은 맹수처럼 달려들었습니다. 우린 네 시간 이상 버텼습니다, 의원님. 탄약이 떨어져서야 저는 후퇴를 명령했습니다. 의원님도 아시겠지만, 우리 만리처 소총은 문제가 있습니다. 그래도 훈련이 잘 되어 있었기 때문에 단 열흘만에 이곳으로 돌아올 수 있었습니다."

"전진보다 후퇴가 신속했단 말이지." 의원이 비꼰다.

"여깁니다, 이리 와서 이걸 보시오." 한구석에서 흰 가운을 걸친 군의관이 그들을 부른다.

민간인 무리와 군인이 그물 침대를 지나 군의관에게 다가간다. 군의관은 가운 아래 파란색 군복을 입고 있다. 군의관은 고통으로 몸부림치는 인디오 병사의 붕대를 풀어놓고 병사의 복부를 세심히 살피고 있다. 군의관은 중요한 것이라도 되는 듯 그들에게 복부를 가리킨다. 서혜부 곁에 주먹만한 크기의 곪은 부위가 입을 벌리고 있다. 가장자리에는 피가 엉겨붙어 있고 살점이 떨고 있다.

"폭약탄입니다!" 군의관은 하얀 분가루를 부어오른 살갗에 뿌리며 흥분해서 외친다. "유산탄과 마찬가지로 몸을 관통하면서 터지는 겁니다. 조직을 파괴하고 이와 같은 구멍을 만드는 거죠. 영어로 쓰인 군대 요람(要覽)에서나 볼 수 있었습니다. 어떻게 저 거지 망나니 같은 놈들이 이런 최신 무기를 구할 수 있었을까요? 브라질 정규군에도 없는 겁니다."

"보셨지요, 의원님." 피레스 페레이라 중위가 의기양양하게 외친다. "놈들은 완벽하게 무장하고 있었습니다. 소총, 라이플 소총, 대포, 낫, 단도, 몽둥이 등으로 말입니다. 반면에, 우리 만리처 소총은 구멍이 막혀……"

정신이 혼미한 가운데 고해를 하고 종유식을 받고 있던 병사가 이제는 비명을 내지르며 성자 상과 성령의 깃발과 피리 소리에 대해 횡설수설하기 시작한다. 부상을 당한 것 같지는 않다. 병사는 말뚝에 묶여 있다. 군복은 중위의 군복보다 더 말짱한 상태다. 병사는 군의관과 한 떼의 민간인들이 다가오는 것을 보고 눈물을 글썽이며 애원한다.

"여러분, 회개하십시오! 부탁입니다! 이렇게 빕니다!"

"이 사람이 당신 부대 군의관인 안토니오 알베스 데 산토스 박사요?" 가운을 걸친 군의관이 묻는다. "왜 묶어놓았소?"

"자살을 하려고 했습니다." 피레스 페레이라는 더듬거린다. "총을 쏘는 순간 기적적으로 팔을 쳐 빗나가게 할 수 있었습니다. 우아우아 전투 후에 이런 상태가 되고 말았습니다. 어떻게 해야 할지 몰랐습니다. 도움이 되기는커녕 골칫덩어리였습니다. 특히 후퇴 중에 골머리였습니다."

"여러분은 물러서십시오." 가운을 걸친 군의관이 말한다. "저희 둘만 있게 해주십시오. 제가 진정시키겠습니다."

민간인들과 중위가 군의관의 말에 따라 돌아설 때 코맹맹이 소리가 다시 들린다. 중위의 설명을 여러 차례 방해한 남자다. 날카롭게 캐묻는 어투다.

"사상자의 수가 모두 몇입니까, 중위님? 중위님 부대와 폭도들 모두 합해."

"제 부하는, 전사 10명, 부상 16명입니다." 피레스 페레이라는 안절부절못하며 답한다. "적은 적어도 100명 이상 죽었습니다. 제가 드린 보고서에 모두 기록되어 있습니다."

"저는 위원회 사람이 아닙니다. 바이아의 『뉴스 저널』에서 왔습니다." 남자가 말한다.

남자는 공무원이나 그들과 함께 온 흰 가운을 걸친 군의관과는 다른 모습이다. 젊고 눈이 나빠 두터운 안경을 끼고 있다. 남자는 연필이 아니라 거위 깃털로 메모를 하고 있다. 올이 풀린 바지, 색 바랜 연미복, 챙이 달린 모자, 볼품 없는 몸에 걸친 옷가지가 모두 어색하고 비뚤어져 있다. 종이가 수북이 쌓인 받침판을 들고 있고, 연미복 소맷부리에 매달린 잉크병에 거위 깃털을 담가 적신다. 잉크병 뚜껑은 코르크 병마개다. 그 꼴이 허수아비와 흡사하다.

"단지 이걸 알기 위해 6백킬로미터를 달려왔습니다, 피레스 페레이라 중위님." 말을 마치자 재채기가 터진다.

조앙 그란데는 바닷가 근처, 레콘카보의 어느 공장에서 태어났다. 공장주 아달베르토 데 구무시오는 말을 무척이나 아끼는 사람이었다. 그는 바이아에서 힘이 가장 센 밤색 수말과 발목이 가장 날렵한 암말을 소유한 것으로 자부심이 대단했다. 그것도 영국산 종마도 필요 없이, 자신이 손수 연구한 짝짓기로 그런 것들을 얻었다는데 자부심이 대단했다. 노예들과의 짝짓기로도 근사한 것을 만들어냈다는 사실은 공개적으로는 떠들지 않았다. 교회와 카냐브라바 남작이 제기한 문제들이 널리 퍼지는 것을 방지하기 위해서였다. 그러나 그가 말들을 짝짓기해서 거둔 것만큼 노예들과의 짝짓기에서도 성공을 거두었다는 점은 사실이었다. 그는 눈썰미가 있었고 영감이 풍부했다. 민첩하고 날씬한 흑인 여자아이들을 선택해서 남자 흑인들과 관계를 갖도록 했다. 남자 흑인들은 몸의 균형과 맑은 피부색을 갖춘, 그가 순수 혈통이라고 부르는 점에 합당한 이들 중에서 골랐다. 이상적인 쌍은 특별한 음식을 제공받았고, 언제라도 출산할 수 있는 상태를 유지하기 위해 일에서도 특권을 누렸다. 사제, 선교사, 살바도르 교회측이 수차에 걸쳐 '노예를 짐승과 같이 다룬다'면서 흑인들을 교배하는 것을 금지시켰지만 그는 실험을 멈추지 않았다. 쏟아지는 질책은 일을 더욱 은밀하게 만들뿐이었다.

이 완벽주의자 농장주가 마침내 이룩한 조합의 결과가 바로 조앙 그란데였다. 농장주에게는 최고의 걸작임이 분명했다. 아이의 눈망울은 초롱초롱했다. 웃을 때 드러나 보이는 이빨 몇 개는 푸른색이 감도는 둥근 얼굴을 빛으로 가득 채웠다. 아이는 통통했고 귀여웠고 장난꾸러기였다. 아이 엄마 — 아홉 달마다 아이를 생산해냈던 예쁜 여자 — 는 아이에게서 특별한 미래를 보았다. 실수가 아니었다. 구무시오는 아이가 기어다닐 때부터 아이를 귀여워하기 시작했다. 그는 아이를 노예의 거처에서 대저택 — 네모난 저택, 사방에 물받이가 있는 지붕, 토스카나식 기둥, 사탕수수밭, 신고전주의풍으로 지은 예배당, 사탕수수를 빻는 제분소, 증류 공장, 늠름한 야자수가 심어진 대로(大路) 등이 한눈에 내려다보이는 목재 난간 — 으로 옮겼다. 아이는 딸아이들의 시종으로, 더 자라면 집사나 마차꾼으로 써먹을 작정이었다. 어린 나이에 몸을 다치게 하고 싶지 않았던 것이다. 땅을 파고 씨를 뿌리고 거두는 일을 맡은 아이들이 일찍 병신이 되는 경우가 종종 있었던 것이다.

그러나 조앙 그란데를 차지한 사람은 아델리냐 이사벨 데 구무시오 양이었다. 그녀는 구무시오와 함께 살던 동생으로 독신녀였다. 자그마한 키에 바싹 마른 여자로 그 작은 콧구멍으로 세상의 온갖 사악한 냄새는 다 맡고 다니는 것 같았다. 그녀는 머리 그물이나 숄을 뜨거나, 식탁보나 침대 시트나 블라우스에 수를 놓거나, 과자를 준비하거나 자기가 할 수 있는 집안일을 하는 것으로 시간을 보냈다. 그녀가 만든 크림 케이크, 아몬드 부침, 초콜릿 카스텔라, 부드러운 편도빵은 거의 언제나 조카나 올케나 오라버니를 즐겁게 했지만 그녀 자신은 입도 대지 않았다. 아델리냐 양은 조앙 그란데가 물통 위로 기어오르는 것을 본 이후로 아이에게 빠지게 되었다. 그녀는 이제 겨우 섰다를 시작한 아이가 2미터 높이로 올라간 것에 놀라 내려오라고 했지만 조앙은 사다리를 계속해서 기어올랐다. 아델리냐 양이 하인을 불러왔을 때는 아이가 막 물통 속으로 빠진 뒤였다. 그녀는 놀라 휘둥그레진 눈으로, 구역질까지 해가며, 아이를 꺼냈다. 아델리냐 양은 아이의 옷을 갈아입히고 잠들 때까지 품에 안아주었다.

얼마 후, 구무시오 씨의 여동생은 조앙을 자신의 방으로 데려가 조카들이 썼던 요람에 눕혀 자기 옆에 재웠다. 보통 여자들이 자신이 믿을 수 있는 하녀나 애완견을 대하는 태도와 같은 것이었다. 조앙은 그때부터 특권층에 속하게 되었다. 아델리냐는 아이에게 손수 바느질한 옷을 입혔다. 색은 언제나 바다와 같은 푸른색, 핏빛과 같은 붉은색, 황금과 같은 노란색이었다. 아이는 매일 오후 그녀를 따라 바닷가 언덕으로 갔다. 그곳에서는 섬들과 섬들을 붉게 물들이는 석양을 볼 수 있었다. 그리고 그녀가 산간 마을을 방문해 자선을 베풀 때에도 따라나섰다. 주일이면 기도대를 들고 그녀를 따라 교회에 갔다. 아델리냐 양은 아이에게 실 잣는 법을 가르쳤다. 베를 짜기 위해서였다. 베틀에서 북을 교체하는 방법을, 색을 섞는 방법을, 바늘귀를 꿰는 방법을 가르쳤다. 그런 식으로 부엌에서 보조로 일할 수 있도록 아이를 훈련시켰다. 무엇을 삶을 때에는 그들은 함께, 설명서에 써 있는 대로, 사도신경과 주기도문을 큰소리로 외면서 시간을 쟀다. 그녀는 몸소 아이에게 첫 영성체를 준비해주었고, 아이와 함께 성체를 받았으며, 이 일을 축하하기 위해 초콜릿을 푸짐하게 만들어주었다.

그러나, 내부를 금은 비단으로 장식한 홍목 가구, 유리그릇이 가득한 벽장 등을 갖춘 화려한 벽지를 바른 방에서, 섬세한 여인을 따라 가사를 배운 여느 아이들과는 달리, 집안일 거드는 여느 노예들과 달리, 조앙은 상냥해지지도 고분고분해지지도 않았다. 조앙은 어려서부터 이상하리 만치 몸집이 컸다. 요리사의 아들인 조앙 메니뇨와 동갑내기였지만 훨씬 더 나이 들어 보였다. 장난질에 있어서도 아주 난폭했다. 아델리냐 양은 걱정스러운 듯 읊조리곤 했다. "교양 있는 삶과는 거리가 있어. 밖으로만 쏘다니니." 소년은 틈만 나면 들판으로 나가 싸돌아다녔던 것이다. 한번은 두 사람이 함께 사탕수수밭을 지나게 되었다. 소년은 반벌거숭이 흑인들이 푸른 사탕수수 밭 가운데서 낫을 휘두르며 일하는 모습을 부러운 듯 바라보았다. 아델리냐 양은 소년을 떠보았다. "부러운 모양이구나." 소년이 대답했다. "네, 마님. 부럽습니다." 얼마 후 구무시오는 소년에게 상복을 입혀 어머니 장례식에 참석하도록 공장으로 보냈다. 조앙은 별다른 감정을 느낄 수 없었다. 어머니를 별로 본 적이 없었기 때문이다. 장례식 내내 짚으로 만든 장식대 아래 서 있어야 하는 것이 그저 불편할 뿐이었다. 묘지로 가는 길에서도 마찬가지였다. 여자 남자 할 것

없이 검둥이들이 모두 소년을 둘러싸고 소년의 바지와 줄무늬 셔츠와 구두를 부러운 듯, 혹은 업신여기듯 노골적으로 쳐다보았다. 검둥이들의 면 작업복과 벌거벗은 발과는 너무나 대조적이었던 것이다. 조앙은 여주인에게 전혀 살갑게 굴지 않았다. 소년이 생각하기에 구무시오 가(家)는 자신들을 먹여살리는 사람들에게 침을 뱉는 그런 인정머리 없는 촌뜨기들과 똑같은 인간들이었다. 그러나 조앙이 앞으로 무슨 일을 저지를지는 그 누구도 예측할 수 없었다.

아델리냐 아가씨가 엔카르나시온 수녀원에 들어가게 되었다. 아가씨는 그곳에서 평생을 보내게 될 것이다. 조앙 메니뇨가 두 필의 말이 끄는 마차를 몰고 조앙 그란데는 그 옆에 앉아 함께 갔다. 여행은 여덟 시간 남짓 걸렸다. 오후 참에 수녀원에 도착하기 위해 새벽녘에 농장을 출발했다. 그러나 이틀 후에, 수녀원에서 사람이 와서 왜 정해진 날짜에 아델리냐 아가씨가 도착하지 않았는지를 물었다. 구무시오는 바이아 경찰과 농장 하인으로 수색대를 조직해 한 달 동안 지역 구석구석을 뒤지며 만나는 사람마다 심문했다. 수녀원과 농장 사이의 길을 세심하게 조사했지만 마차도 하인도 짐승의 자취도 찾을 수 없었다. 그들은 마치 중세 때 유행한 괴담에서나 볼 수 있는 것처럼 하늘로 올라 사라져버린 듯했다.

진실은 몇 달 후에 밝혀졌다. 살바도르에서 고아를 담당하던 어느 판사가 시내에 사는 어느 상인으로부터 헐값으로 산 마차에서 구무시오 가의 문장을 발견했다. 문장에는 덧칠이 되어 있었다. 상인은 사실을 털어놓았다. 마차는 카푸소 혼혈들이 사는 어느 시골 마을에서 구한 것이다. 훔친 물건인 줄은 알았지만 도둑놈들이 살인까지 저질렀으리라고는 꿈도 꾸지 못했다. 카냐브라바 남작이 몸소 조앙 메니뇨와 조앙 그란데의 목에 고액의 현상금을 내걸었고, 구무시오는 그들을 사로잡아야 한다고 애원했다. 산지에서 활동하던 폭도들 중 한 패거리가 조앙 메니뇨를 경찰에 넘기고 현상금을 받았다. 요리사의 아들은 꾀죄죄한데다 봉두난발이어서 못 알아볼 지경이었다. 그에게 자백을 받아내기 위해 고문을 가했다.

조앙 메니뇨는 악마에 사로잡힌 어릴 적 친구가 꾸민 일이지 자기는 전혀 상관하지 않았다고 맹세했다. 그는 휘파람을 불며 마차를 몰았다. 엔카르나시온 수녀원에서 얻어먹게 될 과자를 생각하고 있었다. 그런데 갑자기 조앙 그란데가 마차를 세우라고 명령했다. 아델리냐 아가씨가 마차를 왜 세우느냐고 물었을 때 조앙 메니뇨는 볼 수 있었다. 친구가 아가씨의 얼굴을 세차게 후려쳤고 그 때문에 아가씨는 기절했다. 놈은 고삐를 빼앗아 쥐고 아가씨가 섬들을 바라보던 언덕까지 말을 몰아붙였다. 그 언덕에서, 겁에 질린 조앙 메니뇨로서는 감히 맞설 엄두도 못 낼 정도로 험악하게, 조앙 그란데는 아델리냐 아가씨에게 온갖 몹쓸 짓을 저질렀다. 놈은 아가씨의 옷을 벗기고 조롱했다. 아가씨는 부들부들 떨면서 한손으로는 젖가슴을 다른 손으로는 사타구니를 가렸다. 메니뇨가 들어본 욕 중에서 가장 심한 욕을 해대며 놈이 돌멩이를 집어던지자 아가씨는 엉금엉금 기면서 이리저리 돌을 피했다. 눈 깜짝할 사이에 놈이 아가씨 배에 칼을 꽂았다. 아가씨가 숨을 거두자 놈은 아가씨를 난도질했다. 젖가슴과 머리를 잘라냈다. 놈은 헐떡이며, 땀에 흠뻑 젖어, 그 피 웅덩이 옆에서 잠이 들었다. 조앙 메니뇨는 너무 무서워 다리에 도망칠 힘도 없었다.

잠시 후 잠에서 깬 조앙 그란데는 침착해졌다. 주변에 널린 시신 조각을 멍하니 쳐다보았다. 그러고는 메니뇨에게 묘를 파는데 도와 달라고 했다. 두 사람은 아가씨의 시신을 묻었다. 도망치기 위해 어두워지기를 기다렸다. 그리고 범죄 현장에서 달아났다. 낮에는 마차를 동굴이나 숲이나 협곡에 감추어두고 밤을 타고 달렸다. 바다 반대편으로 가야 한다는 생각만은 분명했다. 그들은 마차와 말을 팔아치우고 양식을 구한 후 내륙으로 파고들었다. 전설에 따르면 산 속에 원시인들이 우글거린다는데 그들 속에 끼어들게 되기를 희망했다. 이리저리 피해.다녔다. 마을을 멀리했다. 비럭질을 해서 먹거나 좀도둑을 털어먹었다. 조앙 메니뇨는 단 한 번 조앙 그란데에게 그 일에 대해 말을 걸 수 있었다. 두 사람은 나무 밑에 누워 담배를 피우고 있었다. 용기를 내서 불쑥 물었다. "아가씨를 왜 죽였지?" "내 속에 악마가 있기 때문이야." 조앙 그란데가 곧바로 대답했다. "이 일은 더이상 얘기 말자." 메니뇨는 친구의 말이 사실이라고 생각했다.

어릴 적 친구는 점점 더 두려움을 안겨주었다. 아가씨를 죽인 후에는 점점 더 알 수 없었다. 말도 거의 나누지 않았다. 그 대신 핏발이 선 눈으로 혼잣말을 중얼거려 놀라게 했다. 어느 날 밤에는 악마를 '아버지'라고 부르며 와서 도와 달라고 간청하는 소리를 들었다. "이것으로 부족하단 말입니까, 아버지?" 몸부림치며 더듬거렸다. "무얼 더 어떻게 하란 말입니까?" 조앙이 악마와 계약을 맺은 것이 분명했다. 메니뇨는 계속해서 공덕을 쌓기 위해 그가 자신도 아가씨처럼 희생양으로 삼지 않을까 두려웠다. 선수를 치기로 결심했다. 준비 완료. 밤을 틈타, 쑤셔 넣기 알맞은 칼을 들고, 기어서 친구에게 다가갔다. 그러나 몸이 너무 떨렸기 때문에 일을 벌이기도 전에 조앙 그란데가 눈을 뜨고 말았다. 메니뇨는 칼을 들고 부들부들 떨며 내려다보고 있었다. 조앙의 태도는 분명했다. 그는 놀라지도 않았다. "죽여라, 메니뇨." 소리가 들렸다. 메니뇨는 내달렸다. 악마들이 떼거리로 쫓아오는 것 같았다.

메니뇨는 살바도르 감옥에서 교수형을 당했고, 아델리냐 아가씨의 시신은 농장의 신고전주의식으로 지은 예배당으로 옮겨졌다. 그러나, 구무시오 가가 계속해서 현상금을 올렸음에도 불구하고 범인은 잡히지 않았다. 메니뇨가 달아난 후로 조앙 그란데는 더이상 몸을 숨기지 않았다. 가련한 반벌거숭이 거인. 덫에 걸린 것을 먹거나 나무 열매를 따먹으며 고행자처럼 길을 걸었다. 대낮에도 구걸하며 마을을 돌아다녔다. 그 고통스러운 표정이 사람들의 마음을 움직여 먹고 남은 것을 그에게 나누어주게 만들었다.

어느 날, 조앙 그란데는 폼발 외곽의 어느 갈림길에서 한 떼의 사람들이 말라깽이 남자의 말에 귀를 기울이고 있는 것을 보게 되었다. 검붉은 수도복을 걸치고, 머리카락은 어깨까지 늘어지고, 눈빛은 숯불과 같은 남자였다. 남자는 악마에 대해 말하고 있었다. 악마를 루시퍼, 개, 칸, 베엘제붑으로 정확히 구분했고, 악마가 세상에 초래한 재앙과 범죄에 대해, 구원받기를 원한다면 무엇을 해야 할지에 대해 얘기했다. 남자의 말은 감동적이었다. 머리를 거치지 않고 영혼을 파고들었다. 그 자신과 같이 혼돈으로 갈피를 잡지 못하는 사람들의 고질적인 깊은 상처를 감싸주는 몰약과 같았다. 조앙 그란데는 꼼짝도 않고, 눈도 깜박이지 않고, 남자의 말을 듣고 있었다. 음악과 같이 들리는 그의 말이 뼛속까지 파고들었다. 쏟아지는 눈물 때문에 성자의 모습이 때때로 흐려졌다. 남자가 다시 길을 나서자 그 역시 멀리서 그 뒤를 좇았다. 그의 모습은 흡사 겁이 많은 짐승 같았다.

산 살바도르 데 바이아 데 토도스 로스 산토스(간편하게 '바이아' 또는 '살바도르'로 불린다) 시(市)의 밀수꾼 한 명과 의사 한 명이 갈릴레오 갈에 대해 더 자세히 알게 되었다.『혁명의 불꽃』에 우송한 편지(그 시절에는 자주 보냈다)에서 혁명가는 브라질에 대한 자신의 의견을 피력했지만 그 의견들 중 어느 것 하나 공감을 얻을 수는 없었다. 난파당한 그 주에 쓴 첫번째 편지에 그는 바이아에 대해 이렇게 썼다. "뚜렷한 역사관을 가지고 지켜보면, 인류의 여러 발전 단계를 보잘것없는 것으로 만들어버린 흉측한 자국들이 한데 뒤섞인 만화경이다." 이 편지는 노예제에 대해 쓴 것이었다. 노예제는 명목상 이미 폐지되었지만 실제로는 여전히 존재하고 있었다. 해방된 흑인들은 굶어죽지 않기 위해 다시 주인에게 매달렸고 주인은 그들을 거두었다. 주인들은 쓸모 있는 흑인들하고만 저임금으로 계약을 체결했다. 그런 이유로 바이아 거리는, 갈의 주장에 따르면, '구걸하거나 훔치는 노인, 병자, 거지들과 매춘부들이 우글거리는, 역사상 가장 추악한 항구였던 알렉산드리아나 아젤과 같은' 지경이었다.

두 달 후에 보낸 '반계몽주의와 개발의 동거'에 대해 쓴 두번째 편지에서는 상류층의 주일(主日) 행렬을 묘사했다. 상류층은 주일이면 하인들에게 기도대와 초와 기도서를 들게 하고, 심지어 부인네들의 얼굴이 볕에 그을리지 않도록 양산까지 들게 하고, 성모마리아 교회에 미사를 들으러 간다. "이 부인네들은" 갈은 이렇게 썼다. "식민지의 영국 관리들처럼 하얀 피부를 미(美)의 최고 요소로 추어올렸다." 그러나 이 골상학자는 이후에 쓴 논문에서 리용의 동료들에게 이렇게 설명했다. 편견이 있었음에도 불구하고 포르투갈의 후예와 인디오와 아프리카인들은 이 땅에서 충분히 피를 섞었고, 그로 인하여 물라토, 마멜루코, 카푸소, 카보클로, 쿠리보카와 같은 다양한 혼혈이 생겨나게 되었다. 그리고 이렇게 덧붙였다. "그외에도 많은 것을 과학에 도전거리로 제시했다." 이런 다양한 인종과 이런저런 이유로 바이아 해안으로 스며든 유럽인들이 바이아에 인종의 도가니와 같은 분위기를 형성시켰다.

갈릴레오 갈 — 이제 서투르게나마 포르투갈어를 할 수 있었다 — 은 바로 그 외국인들 사이에 처음으로 알려지게 되었다. 처음에 그는 캄포 그란데에 있는 '외국인 호텔'에서 살았지만 얀 반 리히스테드와 사귀면서부터 그가 살던 카틸리나 서점 위층으로 옮겼다. 얀 반 리히스테드는 그에게 야전 침대 하나와 책상 하나를 빌려주었고 생활비에 보탤 수 있도록 프랑스어와 영어 과외도 주선해주었다. 반 리히스테드는 네덜란드인으로 올린다에서 태어났다. 열네 살 때부터 카카오, 비단, 향료, 담배, 술, 무기 등을 유럽, 아프리카, 아메리카에서 다루었으나 단 한 번도 감옥살이를 한 적이 없었다. 그는 동료들 — 상인, 선주, 선장 — 이 거래품을 상당량 빼돌리는 바람에 부자가 될 수는 없었다. 폭도나 큰 범죄자나 좀도둑들이 닥치는 대로 경제의 토대를 갉아먹기는 해도 그들 역시 적 — 국가 — 과 싸운다는 사실을 눈치챘다. 바로 이 점이 한때 건달이었던 친구와 갈릴레오 갈과의 우정을 두텁게 만들어주었다. 한때 건달이었다고 한 것은 이제는 그런 장난질에서 손을 씻었기 때문이다. 반 리히스테드는 독신이었지만 한때는 자기보다 서른 살이나 어린 여자와 함께 살기도 했다. 이집트나 모로코인의 피가 섞인 눈이 맑은 아랍 여자로 마르세유에서 만나 사랑에 빠졌다고 했다. 그는 여자를 바이아로 데려왔다. 그녀를 기쁘게 해주기 위해 시내에 저택을 구입해 한밑천 들여 장식까지 했다. 그러나 언젠가 그가 여행에서 돌아왔을 때 이쁜이는 달아나고 없었다. 집 안에 있던 모든 것을 팔아치우고 그가 금붙이와 보석을 감추어둔 작은 금고까지 훔쳐가 버렸다. 그는 부두를 거닐며 갈에게 미주알고주알 털어놓았다. 바다와 범선을 둘러보며 영어, 프랑스어, 포르투갈어를 섞어가며 얘기했다. 무덤덤한 어투였다. 혁명가는 그 점을 평가했다. 얀은 이제 연금으로 살아가고 있었다. 죽을 때까지 먹고 마실 수는 있다고 했다. 죽음이 멀리 있지만 않다면.

네덜란드인은 배운 것은 없지만 호기심은 많은 사람이었다. 그래서 자유와 인간의 행위를 규정하는 두개골의 형태에 대한 갈릴레오의 이론에 착실하게 귀를 기울였다. 그러나 한 쌍의 연인들의 사랑은 불행의 뿌리라고 스코틀랜드 사람이 주장했을 때는 거부감을 드러내기도 했다. 『혁명의 불꽃』에 보낸 갈의 다섯 번째 편지는 미신에 관한 것이었다. 기적을 바라거나 기적에 대해 감사하기 위해 순례자들이 갖다 바친, 나무나 유리로 만든 다리, 손, 팔, 머리, 가슴, 눈 따위로 가득 찬 본핌 주님 교회에 대해 썼다. 공화국의 도래에 대해 쓴 여섯번째 편지에서는 바이아 상류 사회에서 바뀐 것이라고는 몇몇 사람들의 이름뿐이라고 주장했다. 그 다음 편지에서는 네 명의 물라토 — 모두 재단사였던 루카스 단타스, 루이스 곤사가 데 라스 비르헤네스, 후안 데 디오스, 마누엘 파우스티노 — 에게 경의를 표했다. 이들은 한 세기 전에 프랑스혁명에 고무받아 제국을 무너뜨리고 흑인종과 황인종과 백인종이 모두 평등한 사회를 만들기 위해 힘을 모았다. 얀 반 리히스테드는 이 장인들이 교수형 당하고 사지가 잘린 좁은 광장으로 갈릴레오를 데리고 갔다. 놀랍게도 그곳에 몇 송이

꽃이 놓여 있었다.

갈릴레오 갈은 카틸리나 서점에서 지내던 어느 날, 호세 바우티스타 데 사 올리베이라 박사를 알게 되었다. 그는 이미 노년기로 접어든 의사로 '진화론과 법의학자의 관점에서 본 바이아 거주 인종의 두개골 비교 측정법'이라는 갈릴레오가 관심을 보인 책을 쓴 사람이었다. 노인네는 이탈리아에 있는 동안 체자레 롬브로소를 알게 되었고 그의 이론에 매료되었다. 노인네는 적어도 한 명의 독자를 얻었다는 것으로 행복해했다. 노인네는 자비로 책을 출판했다. 동료들은 터무니없는 짓이라고 여겼다. 갈의 의학 지식 — 거의 대부분 빗나가고 자주 자신의 의견에 토를 달았지만 — 에 놀란 올리베이라 박사는 스코틀랜드 사람에게서 이야기 상대를 발견했다. 박사는 스코틀랜드 사람과 함께 때로 수시간에 걸쳐 범죄자의 심리 상태, 생물학적 유전 혹은 보편성, 갈이 횡설수설하는 제도 등에 대해 격렬하게 토론을 벌였다. 육체 노동과 정신 노동을 구분하는 제도가 바로 문제다, 이로 말미암아 귀족 정치나 황금만능주의보다 더 나쁜 사회적 불평등이 초래된다고 갈은 주장했다. 올리베이라 박사는 갈을 자신의 진료소로 받아들여 가끔 피를 뽑는 일이나 설사약 조제를 부탁했다.

반 리히스테드와 올리베이라 박사는 갈을 자주 만나고 해서 어느 정도 평가해주기는 했지만, 불그스름한 머리와 수염, 흑인같이 아무렇게나 입은 옷, 뜨거운 이상은 있지만 차분한 삶을 사는 것 같은 이 사람을 진정으로 안다고 두 사람 모두 자신할 수 없었다. 오후까지 자고, 집집을 돌아다니며 말을 가르치고, 지칠 줄 모르고 시내를 돌아다니거나 방구석에 처박혀 무언가를 쓰거나 읽는 그 사람을. 소식도 없이 몇 주일씩이나 사라진 적도 있었다. 다시 나타났을 때는, 그가 극도로 위험한 조건에서 브라질을 장기간 훑고 다녔다는 사실을 알 수 있었다. 과거나 앞으로의 계획에 대해서는 입도 뻥긋하지 않았다. 이런 일을 캐묻기라도 하면 건성건성 대답할 뿐이었다. 두 사람은 그냥 그런 대로, 보이는 대로 받아들이기로 했다. 외롭고, 이국적이고, 불가해하고, 독창적인 남자, 선동적인 사상을 피력했지만 온순한 사람이었다.

갈릴레오 갈은 2년 만에 혼자서도 포르투갈어를 구사할 수 있게 되었고 『혁명의 불꽃』에는 더 자주 편지를 보냈다. 여덟번째 편지에는 마당이나 시내 길거리에서 노예를 구분하면서 가해지던 체형에 대해 썼다. 아홉번째 편지에는 노예 제도 시절에 사용되었던 고문 기구 — 고문대, 족쇄, 쇠사슬, 쇠뭉치, 엄지손가락을 으깨는 쇠고리 — 에 대해 썼다. 열번째 편지에는 시내에 있는 교수대인 펠로우리노에 대해 썼다. 이곳에서는 지금까지도 범죄자들 — 같은 이들을 '형제' 라고 불렀다 — 이 날가죽으로 만든 채찍으로 매질을 당하고 있었다. 이 채찍은 '대구' 라는 바닷가에 걸맞은 이름으로 상점에서 팔리고 있었다.

밤이나 낮이나 살바도르 뒷골목을 돌아다닌 끝에 그는 드디어 그 도시에 푹 빠지고 말았다. 그러나 갈릴레오 갈이 관심 있게 본 것은 바이아의 아름다움이 아니라 끊임없이 그를 격동시키는 광경이었다. 그것은 바로 부당 행위였다. 갈릴레오는 리옹으로 보낸 편지에 이곳에는 유럽과 달리 사람이 살 만한 장소가 없다고 썼다. "빈민층의 오두막이 공장주들의 궁전처럼 으리으리한 대저택에 붙어 있고, 길거리는 사람들로 넘쳐난다. 15년 동안의 가뭄은 수많은 산골 난민들을 이 도시로 밀어붙였다. 노인네 같은 아이들, 아이 같은 노인네들, 싸리비처럼 여윈 여자들이 함께 몰려들었다. 식견이 있는 사람이라면 이 무리에서 가벼운 증세로부터 시작해 치명적인 증상까지 즉 열병, 각기병, 전신 부종, 이질, 천연두 등등, 온갖 종류의 질병을 찾아낼 수 있을 것이다." 갈릴레오는 어느 편지에서 이렇게 썼다. "대혁명에 대한 자신의 결심이 흔들리는 혁명가는 누구든지 지금 내가 살바도르에서 보고 있는 상황을 주시해야 한다. 그러면 의심이 사라질 것이다."

3

몇 주 후, 나투바라는 어느 구석 마을에서 신생 공화국의 새로운 세금법을 알리는 포고문이 불에 타버렸다는 소식이 살바도르에 알려지자, 당국은 폭도들을 소탕하기 위해 바이아 경찰 병력을 그곳에 파견하기로 결정했다. 파란색과 푸른색의 군복을 입고 공화국이 교체해주지 못해 아직까지도 제국의 문장이 새겨져 있는 군모를 쓴 서른 명의 경비대가 위험스러운 원정에 나섰다. 처음에는 기차를 타고 나중에는 행군으로 지도에서나 볼 수 있었던 그 장소를 향해 전진했다. 선지자는 나투바에 없었다. 온몸이 땀에 전 경찰은 그 폭도를 찾아 나서기 전에 시의원과 주민들을 심문했다. 이 폭도의 이름은 소문과 전설이 되어 해안 지방에 퍼지고 바이아 거리 거리에 알려질 것이다. 경찰은 그 지역 사람을 길잡이 삼아 밝은 햇살 아래 푸른빛을 번쩍이며 길을 나섰다.

쿰베로 가는 언덕길 뒤로 그들의 모습이 사라졌다.
경찰은 검붉은 땅덩이를 1주일간이나 오르내렸다. 가시밭투성이 언덕을 지나, 썩은 나뭇잎을 파헤치는 허기에 지친 양떼를 지나, 선지자의 발자취를 뒤쫓았다. 모든 사람들이 선지자를 목격했다. 주일이면 그는 교회에서 기도를 드렸고, 광장에서 설교했고, 바위틈에서 잤다. 투카노에서 70여 리 떨어진, 오보 산자락에 위치한 마세테라는 마을, 벽돌로 벽을 치고 이엉을 얹은 오두막이 옹기종기 모인 마을에서 경비대는 마침내 선지자를 발견했다. 해질녘이었다. 머리에 물 항아리를 인 여자들이 경비대를 쳐다보고 있었다. 여자들은 드디어 박해가 시작되었음을 알고 한숨을 내쉬었다. 선지자는 마을에서 천 미터 정도 떨어진 곳에서 옥수수밭을 일구며 살던 세베리노 비안나라는 사람의 집에 머물고 있었다. 경찰은 잎이 날카로운 조아세이로 나무를 헤치고, 살갗을 자극하는 벨라메 풀숲을 헤치고 그곳으로 달려갔다. 그곳에 도착했을 때는 이미 어두컴컴한 밤이었다. 그곳에는 통나무집이 한 채 있었고, 한 떼의 어중이떠중이들이 한 사람을 둘러싸고 웅성거리고 있었다. 목표물이 분명했다. 군복을 보고도, 총을 보고도 누구 하나 도망치지 않았다. 누구 하나 떠들지 않았다.
백, 백오십, 이백? 남자들만큼 여자들도 많았다. 몸에 걸친 옷으로 볼 때 대부분이 거지 중의 상거지 같은 꼴이었다. 그들 모두 눈초리에 굳은 결심을 나타내 보이고 있었다. 바이아로 돌아간 경찰은 이 얘기를 자기 부인에게, 애인에게, 창녀에게, 친구들에게 해줄 것이다. 그러나 사실 그들을 자세히 살펴볼 시간도, 두목을 가려낼 시간도 없었다. 경찰을 인솔해온 중사가 선지자라고 불리는 사람을 넘기라고 명령하자 그 어중이떠중이 떼가 하룻강아지 범 무서운 줄 모르듯 막무가내로 경찰에게 덮쳐들었다. 경찰은 총으로 무장하고 있었지만 그들에게는 고작 몽둥이, 낫, 돌멩이, 부엌칼, 엽총이 전부였던 것이다. 그러나 너무나 돌발적인 상황이었기 때문에 경찰은 허망하게 포위되고, 흩어지고, 쫓기고, 얻어맞고, 부상당했다. "공화주의자!"라고 외치는 소리도 들었다. 마치 욕질처럼 들렸다. 경찰은 총을 쏘기 시작했다. 그러나 그 거지 떼는 가슴에 구멍이 뚫리고 머리가 터져 거꾸러지면서도 전혀 두려워하지 않았다. 바이아 경찰은 재빨리 달아나기 시작했다. 그리고 이 어처구니없는 패배에 넋을 잃고 말았다. 나중에 밝혀진 바에 따르면, 그들을 공격한 무리는 처음에 생각했던 것처럼 미친놈과 광신자들만이 아니었다. 그 무리에는 전문적인 범죄자도 끼어 있었다. '잘린 머리' 파제우와 그 잔인함으로 인해 '사탄 조앙'으로 불리는 강도가 그들과 함께 있었던 것이다. 이 사건으로 경찰 세 명이 죽었다. 땅에 묻히지 못한 그들의 시체는 오보 산 새떼의 양식거리가 되었다. 소총 아홉 자루가 분실되었다. 경찰 한 명은 마세테에서 목을 맸다. 순례자들은 경찰을 추적하지 않았다. 대신 그들 일부는 다섯 명의 죽은 동료를 매장하고 다수의 부상당한 사람들을 치료했고, 일부는 선지자와 함께 무릎 꿇고 하나님께 감사 기도를 드렸다. 밤 늦게까지 세베리노 비안나의 밭에 마련된 무덤가에서 죽은 자를 위한 탄식과 기도 소리가 들렸다.

처음보다 단단하게 무장한 60명으로 구성된 두번째 바이아 경찰 수색대가 기차를 타고 세리냐에 도착했을 때, 경찰을 대하는 지역 주민의 태도에 변화가 있었다. 반도를 사냥하기 위해 산에 오를 때 자신들을 맞는 주민들의 냉대를 수색대는 잘 알고 있었지만 이번만큼 고의적으로 따돌림당한 적은 없었다. 상점은 매번 텅텅 비어 있었고, 값을 잘 쳐준다 해도 식료품을 구할 수 없었다. 수고비를 높이 책정했음에도 세리냐에서는 어느 누구도 길잡이로 나서는 사람이 없었다. 이번에는 폭도들의 집결지에 대해 실마리를 제공해줄 수 있는 사람도 전혀 없었다. 경찰은 올로 다구아에서 페드라 알타로, 트라쿠파에서 티리리카로, 또 그곳에서 투카노, 또 그곳에서 카라이바로 폰탈로 헤매고 다닌 끝에 결국 세리냐로 되돌아왔다. 길에서 마주친 소몰이꾼, 농사꾼, 직공, 여자들을 통해 볼 수 있었던 것은 무심한 눈초리, 상심한 거절, 그저 한번 으쓱거리는 어깻짓이 고작이었다. 마치 신기루를 좇고 있는 것 같았다. 폭도들은 그곳을 지나지 않았다. 검붉은 옷을 입은 가무잡잡한 사람을 아무도 보지 못했다. 나투바에서 포고문이 불태워졌다는 사실을 기억하는 사람도, 마세테에서 무력 충돌이 있었다는 사실을 알고 있는 사람도 없었다. 경찰은 무사히 그러나 맥이 빠져 이 나라 수도로 복귀했다. 광신자 무리 ─ 다른 여러 경우와 마찬가지로 어느 무당이나 설교사를 중심으로 모였다가 덧없이 사라진 ─ 는 분명히 흩어졌다. 지금 이 시간 그 무리는 자신들이 저지른 잘못에 놀라 우두머리를 살해하고 뿔뿔이 도망쳤음이 틀림없다고 그들은 주장했다. 그 지역에서 이런 일이 어디 한두 번이었던가?

그러나 그것은 착각이었다. 겉으로 보기에는 과거 역사가 되풀이되는 듯했으나 이번에는 전혀 달랐다. 이제 순례자들의 수는 더욱 늘어났다. 마세테에서의 승리 이후 성자를 희생양으로 삼기는커녕, 하늘이 내려준 표적으로 보고 성자를 더더욱 우러러보게 되었다. 충돌이 있은 다음날, 죽은 사람들의 무덤에서 기도로 밤을 새운 선지자가 무리를 깨웠다. 무리의 눈에 선지자는 매우 슬퍼 보였다. 어젯밤에 일어났던 일은 더 지독한 폭력의 서곡임이 분명하다고 선지자는 무리에게 말했다. 그러니 집으로 돌아가라고 무리를 타일렀다. 나를 계속해서 따르면 감옥에 갈 수도 있고, 지금 하나님 앞에 있을 이 다섯 형제들처럼 죽을 수도 있다고 했다. 아무도 움직이지 않았다. 선지자는 백, 백오십, 이백 명의 누더기 떼를 하나하나 둘러보았다. 그들은 지난밤의 감동에서 벗어나지 못한 채 선지자의 말을 듣고 있었다. 선지자는 그들의 속마음을 꿰뚫고 있는 듯했다. "선하신 예수님께 감사드리시오." 그는 부드럽게 입을 열었다. "예수님께서 본보기를 보이기 위해 여러분을 선택하신 듯하오."

무리는 감격에 겨워 선지자를 따랐다. 선지자가 말한 내용에 감격했다기보다는 그 부드러운 어투에 감격한 것 같았다. 그의 말투는 언제나 신랄하고 냉정했던 것이다. 어떤 사람들은 다리가 긴 새처럼 성큼성큼 걷는 그의 걸음걸이 때문에 뒤처지지 않기 위해 안간힘을 써야 했다. 그들은 이번에는 없는 길을 만들어갔다. 그들은 짐승이 다니는 소로길이나 오솔길을 택하지 않고 선인장과 모래와 자갈뿐인 황무지를 선택했다. 선지자는 길을 가며 조금도 망설이지 않았다. 첫째날 밤, 감사의 기도와 로사리오 기도를 드린 후에 휴식을 취하면서 선지자는 전쟁에 대해, 썩은 고기를 차지하기 위해 다투는 하이에나처럼 전리품을 차지하기 위해 서로 싸우는 나라들에 대해 얘기했다. 선지자는 고통스럽게 말했다. 이제 공화국이 된 브라질은 이교도 나라처럼 정책을 펴나갈 것이다. 무리는 선지자의 말에 귀를 기울였다. 악마칸이 축제를 벌이고 있을 것이다. 이제 뿌리를 내리고 성전을 건축해야 할 때가 이르렀다. 이 성전은 태초에 노아의 방주가 맡았던 역할을 이 세상 끝날 감당할 것이다.

그렇다면 어느 곳에 뿌리를 내리고 성전을 건축할 것인가? 협곡과 여울과 산맥과 카아팅가 — 해가 뜨면 나타나고 해가 지면 사라지는 오솔길 — 를 지난 후에, 산을 넘고 밧사 바리스라는 얕은 강을 건너면 알게 될 것이다. 선지자는 저 멀리, 그곳이 한때 농장이었을 무렵, 인부들이 잠자리로 삼았던 오두막과 대저택으로 사용되었던 허물어진 건물을 가리키며 입을 열었다. "우린 저곳에 자리잡을 것이오." 수년 전, 깊은 밤 설교중에 예언하곤 했던 얘기를 몇몇 사람들은 기억했다. 세상에 종말이 오기 전에 선하신 예수님이 택하신 백성들은 저 높은 곳 선택된 땅에서 안식처를 얻을 것이다. 그곳에는 더러운 것은 결코 침입해 들어올 수 없다. 그곳에 오르는 자는 영원한 안식을 확실히 보장받을 것이다. 그렇다면, 드디어 구원의 땅에 도달했단 말인가?

무리는 지쳤지만 기쁨에 겨워 지도자를 따라 카누도스를 향해 전진했다. 그곳에 빌라노바 형제의 가족과 그곳에 상점을 차리고 있던 두 명의 상인과 마을 사람 모두가 그들을 맞이하기 위해 나와 있었다.

태양이 이글거린다. 햇살은 이타피쿠루 호수의 검푸른 물결 위에 반짝인다. 검붉은 바위 절벽 아래, 강 오른편 언저리에 위치한 케이마다스 마을, 점점이 뿌려진 집 위로 태양빛이 비치고 있다. 듬성듬성한 나무가 돌투성이 길 위로 그늘을 던지고 있다. 길은 남동쪽 리아초 다 온사 쪽으로 구불구불 아득히 이어져 있다. 노새를 탄 사람 — 장화를 신고 챙이 넓은 모자를 쓰고 짙은 색 프록코트를 입고 있다 — 이 천천히 가고 있다. 자신의 그림자와 노새의 그림자를 이끌고 납덩이처럼 가라앉은 관목 숲을 향해 간다. 어깨 너머 저 멀리 케이마다스 마을 지붕이 태양 빛을 반사하고 있다. 그의 오른편 수백 미터 떨어진 언덕 위에 오두막 한 채가 웅크리고 있다. 모자 아래로 흘러내린 불그스름한 머리카락, 수염, 옷이 온통 먼지투성이다. 땀이 줄줄 흘러내린다. 가끔 손으로 이마를 훔치고 마른 입술을 혀로 축인다. 덤불 숲에 이르자 노새를 세운다. 그의 눈빛은 게걸스럽게 이쪽 저쪽을 둘러본다. 마침내 몇 발자국 떨어진 곳에서 쪼그리고 앉아 덫을 살피는 남자를 발견한다. 남자는 샌들을 신고 가죽 모자를 쓰고 낫을 허리에 차고 면바지와 면 셔츠를 입고 있다. 갈릴레오 갈은 노새에서 내려 노새 고삐를 당기며 남자에게 다가간다.

"루피노?" 그가 묻는다. "케이마다스 사람, 길잡이 루피노?"

남자는 천천히 몸을 반쯤 돌린다. 얼마 전부터 그의 존재를 알아차린 듯싶다. 손가락을 입술로 가져가며 조용히 하라고 한다. 쉿, 쉿. 그와 동시에 그를 힐끗 쳐다본다. 곧바로 남자의 검은 눈에 놀라움이 스친다. 방금 도착한 남자가 포르투갈어를 발음하는 어투에, 혹은 상복과 같은 남자의 복장에 놀란 듯싶다. 루피노 — 체격이 호리호리하고, 모가 나고 수염도 없고 기후 탓에 얼굴이 많이 달아오른 젊은이 — 는 낫을 허리에 차고 다시 나뭇잎과 그물로 위장한 덫으로 몸을 수그린다. 입구에서 까욱거리는 소리와 함께 검은 깃털 뭉치가 빠져나온다. 까마귀 새끼다. 다리 하나가 그물에 걸려 날 수가 없다. 길잡이의 얼굴에 실망의 빛이 어린다. 길잡이는 낫 끝으로 까마귀 새끼를 풀어주고 그것이 허겁지겁 날갯짓하며 푸른 하늘로 사라지는 모습을 지켜본다.

"언젠가 이만한 재규어 한 마리가 걸린 적이 있죠." 그가 덫을 가리키며 중얼거린다. "장시간 구덩이에 빠져 있는 바람에 거의 눈이 멀어 있었죠."

갈릴레오 갈이 고개를 끄덕인다. 루피노는 몸을 일으켜 두 발짝 다가온다. 이제 말을 나눌 수 있게 되자 외지인이 망설이는 듯하다.

"자네 집으로 찾아갔었네." 시간을 벌기 위해 이렇게 말을 시작했다. "자네 부인이 이곳으로 가보라 하더군."

노새는 뒷다리로 땅을 파헤치고 있다. 루피노는 노새 머리를 잡고 입을 벌려본다. 능숙하게 노새 이빨을 살펴보면서 다른 생각에 빠진 듯 큰소리로 말한다.

"하코비나의 역장이 제 조건을 알고 있습니다. 한마디만 하시면 됩니다. 케이마다스 사람은 누구나 그렇게 얘기할 겁니다. 그건 굉장한 일이죠."

갈릴레오 갈이 입을 다물고 있기 때문에 루피노가 돌아본다.

"철도에서 온 사람이 아닙니까?" 그는 또박또박 묻는다. 이 낯선 사람이 말귀를 잘 알아듣지 못한다고 생각하는 모양이다. 갈릴레오 갈은 모자를 뒤로 젖히고 턱으로 주위에 펼쳐진 황무지 언덕을 가리키며 우물우물한다.

"카누도스로 가고 싶네." 그는 잠시 말을 멈춘다. 눈빛에 나타난 흥분을 감추기 위해서인 듯 눈을 깜박거린 후 덧붙인다. "자네가 여러 차례 그곳에 갔었다는 사실을 알고 있네."

루피노는 바싹 긴장한다. 그의 눈은 노골적으로 드러나 보이는 불신감을 그대로 담고 갈을 노려본다.

"카누도스에 목장이 있을 때 가본 적이 있죠." 신중하게 입을 연다. "카냐브라바 남작이 그곳을 떠난 후에는 못 가봤어요."

"길은 여전하다네." 갈릴레오 갈이 대꾸한다.

두 사람은 가까이 붙어 서로를 살핀다. 숨죽인 긴장감이 노새에게까지 미친 듯하다. 노새는 갑자기 머리를 내저으며 뒷걸음질치기 시작한다.

"카냐브라바 남작이 명령했소?" 루피노는 노새 목덜미를 쓰다 듬어 노새를 진정시키며 묻는다.

갈릴레오 갈은 아니라고 고개를 젓는다. 길잡이는 더이상 묻지 않는다. 루피노는 손으로 노새 뒷다리를 붙잡아 들어올린 후 쭈그리고 앉아 발굽을 살펴본다.

"카누도스는 변하고 있어요." 중얼거린다. "남작의 농장을 점령한 사람들이 우아우아에서 국군 병사들을 공격했어요. 여럿 죽였다고 하더군요."

"자네도 죽일 거라고 두려워하는 건가?" 갈릴레오 갈은 허탈하게 웃으며 묻는다. "자네가 군인인가?"

루피노는 마침내 발굽에서 찾던 것을 발견한다. 가시다. 어쩌면 그 크고 투박한 손에서 미끄러져 나간 돌멩이일지도. 루피노는 빼낸 것을 던져버리고 노새를 풀어준다.

"두렵다니, 어림없습니다." 피식 웃으며 부드럽게 대답한다. "카누도스는 아주 멉니다."

"제대로 값을 치르겠네." 갈릴레오 갈은 숨을 몰아쉬며 열심이다. 모자를 벗고 불그스름한 곱슬머리를 긁적인다. "1주일 내로, 아니 넉넉잡아 열흘 내로 떠날 것이네. 맞아, 준비를 충분히 해야 하니까."

길잡이 루피노는 안색도 변하지 않고, 어떤 것도 묻지 않고 쳐다만 보고 있다.

"우아우아에서 있었던 일도 있고 하니," 갈릴레오 갈은 혀로 입술을 축이며 덧붙인다. "우리가 카누도스로 간다는 사실을 아무도 알아서는 안 되네."

루피노는 쓸쓸하게 서 있는 오두막을 가리킨다. 진흙과 나뭇가지로 지은 집이다. 오두막은 높은 언덕 위에서 햇빛을 받아 가물거린다.

"집으로 가서 이 일에 대해 얘기해보시죠."

두 사람은 걸음을 옮긴다. 갈릴레오가 고삐를 잡고 노새를 앞세운다. 두 사람 키가 거의 비슷하다. 외지인의 몸집이 좀더 크고 발걸음도 거칠고 힘이 넘친다. 반면에 길잡이는 땅 위를 나는 듯하다. 한낮이다. 하늘에는 희뿌연 구름이 간간이 흩어져 있다. 두 사람이 멀어져감에 따라 발자국 소리도 허공 속으로 잦아든다.

"누구한테서 제 얘기를 들었죠? 그러니까, 방정맞은 질문일지는 모르겠지만, 그 먼 길을 왜 가려고 해요? 카누도스에서 무슨 찾을 것이라도 있나요?"

비도 없는 새벽, 키힌게로 가는 언덕길 위로 나무 십자가를 끌고 나타났다. 스무 살밖에 되지 않았지만 고생을 너무 해 훨씬 늙어 보였다. 넓적한 얼굴, 피멍이 든 발, 볼품 없는 몸매, 쥐새끼 같은 피부. 여자였다.

마리아 쿠아드라도라는 여자였다. 살바도르에서 몬테 산토까지 걸어서 가는 중이었다. 3개월하고도 하루를 십자가를 끌고 다녔다. 바위 협곡을 지나, 선인장이 곤두선 벌판을 지나, 회오리바람이 휘몰아치는 사막을 건너, 진흙탕길 하나와 세 그루 야자수뿐인 부락을 거쳐, 네발짐승들이 박쥐를 피해 빠져든, 역병이 우글거리는 늪을 건너왔다. 마리아 쿠아드라도는 하늘을 지붕 삼아 잠을 청했다. 아주 가끔 그녀를 성녀로 여긴 몇몇 산지기나 목동들이 잠자리를 제공하기도 했다. 인정 많은 사람들이 보태주는 사탕수수 과자 조각을 양식으로 삼았고, 오랜 금식으로 인해 속이 쓰라릴 때는 야생 열매를 따먹기도 했다. 바이아를 떠날 때, 피쿠아라사 산에 있는 저 기적과 같은 갈보리까지 순례하기로 결심했다. 그곳은 2킬로미터에 걸쳐 산자락을 파 길을 만들고 곳곳에 예배당을 세운 장소였다. 그 예배당은 주님께서 십자가를 지고 가실 때 잠시잠시 머무신 일을 기리기 위한 것이었다. 예배당은 몬테 산토의 산타 크루스 교회까지 이어져 있었다. 죄를 속죄하기 위해 그곳까지 걸어서 갈 작정이었다. 마리아 쿠아드라도는 치마를 두 벌이나 입고, 머리는 끈으로 몇 갈래로 묶고, 푸른색 셔츠를 입고, 끈이 달린 구두를 신고 있었다. 그러나 길을 가는 도중에 옷가지는 거지들에게 나누어주었고, 구두는 팔메이라에서 두 명의 인디오에게 빼앗겼다. 그래서 그날 새벽 멀리 몬테 산토가 눈에 들어왔을 때에는 맨발이었다. 몸에는 스파르트 풀로 엮은 자루를 뒤집어쓰고 자루에 구멍을 뚫어 팔을 내놓고 있었다. 어설프게 자른 머리카락, 한쪽 머리를 밀어버린 머리통은 살바도르 병원에 수용된 정신병자를 연상시켰다. 그녀는 네 번씩이나 강간당한 후에 스스로 머리를 밀어버렸다.

그녀는 길을 나선 후 네 번씩이나 강간당했다. 경찰에게 한 번, 소몰이꾼에게 한 번, 두 명의 사슴 사냥꾼에게 한 번, 자기 동굴에서 묵게 해준 양치기에게 한 번. 처음 세 번 당하는 동안에는, 산 비토의 악령에 사로잡혀 그녀 위에서 헐떡이는 짐승 같은 사내들에게서 혐오감만을 느꼈을 뿐이고, 제발 임신만 되지 않게 해 달라고 하나님께 애원하며 그 짓거리를 참아냈다. 그러나 네번째에는, 자신에게 반한 젊은이에게 갑자기 연민을 느끼게 되었고, 양치기가 자신을 범하기 위해 때려눕힌 후에는 그의 귓가에 부드러운 말을 속삭여주었다. 그녀는 자신의 이 같잖은 동정심을 벌하기 위해 머리를 밀어, 마치 집시 서커스단이 산골 마을을 돌아다니며 보여주는 괴물과 같이 볼썽사나운 꼴이 되고 말았다.

마침내 몬테 산토가 내려다보이는 언덕에 도착했다. 그 동안의 온갖 노력 — 비아 사크라의 그 회백색 돌계단, 예배당의 그 둥근 천장을 기어오르던 일, 매년 성주간이면 바이아 끝에서부터 무수한 사람들이 몰려들던 저 위 갈보리까지 이어지던 길 — 에 대한 보상으로, 저 아래 산자락 밑에, 몬테 산토의 집들이 광장을 중심으로 빽빽이 들어차 있었고 타마린도 나무 숲이 이리저리 흔들리며 광장에 그늘을 드리우고 있었다. 마리아 쿠아드라도는 바닥에 쓰러져 땅에 입을 맞추었다. 그곳에 있었다. 양떼가 풀을 뜯는, 새순이 무성한 푸른 초원 한가운데. 꿈에 그리던 장소. 길을 떠나도록 용기를 주었고, 피로와 배고픔과 추위와 더위와 능욕을 이겨나가게 도와준 그 이름. 여자는 지금껏 껴안고 있던 십자가에 입을 맞추며 맹세를 지킬 수 있도록 허락해주신 하나님께 감격에 겨워 감사드렸다. 여자는 다시 한번 십자가를 어깨에 둘러메고 몬테 산토를 향해 발걸음을 옮겼다. 흡사 사냥감이나 새끼를 찾아 서두르는 짐승과 같았다.

사람들이 잠에서 깰 무렵 그녀가 마을에 도착했다. 그녀가 문으로 창문으로 한 집 두 집 지나칠 때마다 궁금증이 퍼져 나갔다. 호기심 어린 얼굴이, 연민을 담은 얼굴이 그녀 — 더럽고, 못생기고, 고생한 흔적이 역력한 각진 얼굴 — 를 보기 위해 하나둘씩 나타났다. 쓰레기를 태우고, 마을 돼지들이 흙을 파고, 비아 사크라로(路)가 시작되는, 언덕 위에 낸 산토스 파소스가(街)를 지날 때 한 떼의 사람들이 그녀를 따라붙었다. 그녀는, 일손을 놓은 마부와 수선공과 빵장수와 몰려든 아이들과 죽은 사람에 대한 9일간의 새벽 근행에서 풀려난 신실한 여자들에 둘러싸여 무릎을 꿇은 채 산을 오르기 시작했다. 마을 사람들은 여자가 산을 오르는 모습을 보고는 머리가 좀 이상하겠거니 생각했다. 사람들은 자기 몸무게만한 십자가를 지고 무릎을 꿇은 채 힘겹게 나아가는 여자를 바라보았다. 여자는 어느 누구의 도움도 받아들이지 않았다. 여자는 스물네 개의 예배당 하나하나 앞에서 멈추고는 두 눈에 사랑을 가득 담고 바위에 새겨진 모든 형상들의 발에 입을 맞추었다. 여자는 아무것도 먹지 않고, 물 한 모금 마시지 않고 몇 시간을 버티었다. 저물녘이 되자 이제 모두 그녀를 진정한 성녀로 우러러보게 되었다. 마리아 쿠아드라도는 정상 ― 1년 내내 춥고 이끼 낀 바위틈에 난초가 자라는 전혀 새로운 세상이었다 ― 에 도달했다. 여자는 마지막 남은 기력으로 은혜를 베푸신 하나님께 감사드렸다. 그리고 쓰러졌다.

몬테 산토 주민들은 친절하기로 소문이 났다. 순례자들이 귀찮을 정도로 드나들었지만 친절을 잃지 않았다. 많은 주민들이 마리아 쿠아드라도에게 잠자리를 마련해주려고 했다. 그러나 그녀는 비아 사크라로 옆에 있던 동굴에 자리잡았다. 그때까지 새나 쥐가 잠을 자던 곳이었다. 좁은 동굴이었다. 천장도 너무 낮아 바로 설 수조차 없었다. 물이 스며 눅눅했다. 벽은 이끼로 뒤덮여 있었고 바닥에는 모래가 많아 재채기를 유발시켰다. 이런 곳에 살면 머지않아 죽고 말 것이라고 주민들은 생각했다. 그러나 십자가를 지고 세 달이 넘도록 걸어온 바로 그 의지로 마리아 쿠아드라도는 몬테 산토에 머물렀던 수년 동안 내내 그 척박한 동굴에서 지냈다.

마리아 쿠아드라도의 동굴은 성지가 되어 갈보리와 더불어 순례자들이 가장 많이 방문하는 장소가 되었다. 그녀는 몇 달에 걸쳐 동굴을 꾸몄다. 식물에서 얻은 즙, 광석 가루, 쥐며느리 피(재단사들이 옷감에 물을 들일 때 사용하는)로 물감을 만들었다. 푸른 이끼가 낀 안쪽 벽을 하늘 배경 삼아 그리스도의 수난을 나타내는 그림을 그렸다. 손바닥과 발등에 박힌 못, 어깨에 지고 가 매달려 숨을 거둔 십자가, 관자놀이를 파고드는 가시 면류관, 수난 때 입은 겉옷, 살갗을 꿰뚫은 백부장의 창, 못질을 한 망치,

후려친 채찍, 신 포도주를 머금은 해융, 불경한 자들이 예수님 발치에서 가지고 놀았던 주사위, 유다가 배신의 대가로 받아 챙긴 돈주머니. 동방 박사와 양치기들을 베들레헴으로 안내한 별과 칼날에 찢긴 성스러운 심장도 그렸다. 제단도 세우고 감실도 만들었다. 순례자들은 그곳에 촛불을 켜고 봉헌물을 바쳤다. 그녀는 제단 밑에 짚방석을 깔고 잤다.

몬테 산토 주민들은 그녀의 헌신과 친절에 감동해 그녀를 매우 사랑하게 되었고 평생을 같이 살아온 것처럼 받아들이게 되었다. 아이들은 금세 그녀를 아줌마로 부르게 되었고, 개들은 그녀가 집을 방문하고 울타리를 드나들어도 짖지 않았다. 그녀의 삶은 하나님을 경외하고 이웃을 섬기는 데 바쳐졌다. 그녀는 병자 머리맡에 붙어 앉아 이마에 찬 수건을 얹어주거나 기도해주는 데 많은 시간을 보냈다. 임산부를 돌보는 산파를 도와주었고 집을 비우게 된 이웃 여자들의 아이들도 맡아주었다. 무거운 짐을 지고 가는 사람이 있으면 짐을 나누어 졌다. 스스로 몸을 움직이지 못하는 노인들에게는 손발이 되어주었다. 혼기 찬 처녀들은 구혼자에 대해 의견을 물어왔고, 구혼자들은 완고한 부모들이 결혼을 허락해주도록 주선해 달라고 부탁했다. 부부싸움을 무마시키기도 했다. 남편들이 마누라가 게으르다며 두드려패려 달려들거나 바람을 피웠다고 죽이겠다고 달려들면 여자들은 그녀의 동굴로 달려가 숨었다. 몬테 산토 주민 모두가 그녀를 보호자로 여기기 때문에 어느 남자도 감히 나서서 자기들을 해칠 것으로 보지 않았기 때문이다. 그녀는 사람들이 보태주는 것을 먹고 살았다. 그러나 너무 적게 먹어 신자들이 동굴로 가져다 준 음식은 항상 남았다. 따라서 남은 음식을 가난한 사람들에게 다시 나누어주는 그녀의 모습을 매일 오후 볼 수 있었다. 주민들이 선물한 옷도 가난한 사람들에게 나누어주었다. 날이 궂으나 좋으나 처음 올 때 걸쳤던 그 구멍 뚫린 자루 외에 다른 옷을 입은 모습은 볼 수 없었다.

그러나 마사카라 선교회 선교사들과의 관계는 좋지 않았다. 선교사들은 사그라도 코라손 데 헤수스 교회에서 미사를 드리기 위해 몬테 산토에 왔다. 그들은 잘못 이해된 신앙심, 교회의 지배를 벗어난 신앙심에 대해 떠들었다. 그들은 페르남부코, 플로레스 지역에 있는 '악마에 들린 바위'를 상기시켰다. 그곳에서 이단에 물든 조앙 페레이라와 개종자 무리가 바로 그 바위에 수십 명(그들의 동료까지 포함한)의 피를 뿌렸다고 말했다. 그들 무리는 이렇게 하면 돈 세바스티안 왕을 깨울 수 있고, 그 왕이 희생자들을 부활시켜 천국으로 인도할 것으로 믿는다고 했다. 마사카라 선교사들이 보기에는 마리아 쿠아드라도 역시 위태위태한 지경에 놓인 듯했다. 그녀는, 비록 선교사들이 지나가면 무릎을 꿇고 손에 입을 맞추고 축복해주기를 바라기는 했지만, 선교사들과는 일정한 거리를 두고 있었다. 화려한 복장에 긴 수염을 늘어뜨리고 알아먹기 힘든 말을 떠벌리는 신부들과 그녀와의 관계는 그녀와 주민들을 하나로 묶어주는 그 가족적이고 허물없는 관계와는 전혀 달랐다.

선교사들은 설교를 통해 양떼를 잡아먹기 위해 양가죽을 뒤집어쓰고 울타리를 넘어오는 이리 떼를 조심하라고 신자들에게 일 렀다. 다시 말해, 꿀에 파리가 끓듯 몬테 산토로 거짓 예언자들 이 몰려든다고 했다. 그들 거짓 예언자들은 세례 요한처럼 양가 죽 옷이나 선교사 복장을 흉내낸 옷을 걸치고 나타나, 갈보리로 올라가 그곳에서 알아듣기 힘든 설교를 미친듯이 늘어놓곤 했 다. 그들은 주민들에게는 큰 볼거리였다. 옛날이야기꾼이나 집 시 서커스단이 데리고 다니는 '거인 페드린'이나 '수염 난 여자' 나 '뼈 없는 남자'와 하나 다를 것 없는 구경거리였다. 그러나 마 리아 쿠아드라도는 그런 엉터리 예언자를 둘러싸고 있는 무리라 면 가까이 다가가지도 않았다.

그래서 어느 날, 마리아 쿠아드라도가 묘지로 다가가는 것을 보고 주민들은 놀라지 않을 수 없었다. 한 무리의 자원자들이 담 을 세우고 있었다. 그들은 긴 머리에 검붉은 옷을 걸친 가무잡잡 한 한 남자의 설교에 감동받았다. 그는 바로 그날 한 무리의 사 람들과 함께 마을에 들어온 남자였다. 그 무리 속에는 반은 사람 이고 반은 짐승 같은 사람도 끼어 있었다. 그 남자는 마을로 달 려와서는 죽은 자들이 쉬고 있는 묘지 주변에 담을 세울 수고조 차 하지 않은 마을 사람들을 심하게 꾸짖었다. 사람이 하나님의 얼굴을 뵈올 수 있게 해주는 죽음은 존경받아 마땅하지 않겠는 가? 마리아 쿠아드라도는 사람들이 돌을 주워 햇볕에 색이 바랜 십자가 주위로 구불구불한 벽을 길게 쌓고 있는 곳으로 조용히 다가가 일을 거들기 시작했다. 그녀는 해가 질 때까지 사람들과 어깨를 부딪혀가며 일했다. 그리고 가무잡잡한 사람의 말을 듣기 위해 타마린도 나무 밑 마트리스 광장에 모인 사람들 틈에 머물렀다. 그 사람은 하나님에 대해 얘기했다. 영혼을 살리기 위해서는 바로 자기 자신의 의지 — 자기 주변의 잡신보다 자기 자신을 더 위대한 작은 신으로 믿게 만드는 독약 — 를 죽이는 것이 중요하다. 따라서 자신의 의지를 제3자의 의지로 바꾸어야 한다, 이 의지가 부지런한 개미처럼 우리를 세워주고 우리를 위해 기도해준다고 설교했다. 그외 다른 것에 대해서도 명확하게 말해주었다. 누구나 알아들을 수 있는 내용이었다. 그의 이야기는, 비록 종교적이고 심오했지만, 가족들이 저녁을 먹은 후 바깥으로 나와 저녁 바람을 쐬면서 주고받는 재미있는 잡담과 같았다. 마리아 쿠아드라도는 선지자의 말에 귀를 기울였다. 웅크리고 앉은 채 질문을 하지도 눈을 떼지도 않았다. 늦은 시간, 남아 있던 사람들이 낯선 남자에게 쉬도록 잠자리를 마련해주려고 나섰을 때 그녀 역시 수줍은 듯 동굴로 가자고 했다. 모두 그녀를 돌아보았다. 바싹 여윈 남자는 주저 없이 그녀를 따라 산으로 올랐다.

선지자는 설교도 하고 일 — 산 속에 있는 모든 예배당을 청소하거나 수리하고, 비아 사크라로에 이중 돌담을 쌓기도 했다 — 도 하면서 몬테 산토에 머무는 동안 마리아 쿠아드라도의 동굴에서 잠을 잤다. 나중에 밝혀진 바로는 선지자도 마리아도 잠을 자지 않았다고 했다. 두 사람은 갖가지 색이 칠해진 작은 제단 아래에서 영혼의 문제에 대해 밤을 세워가며 얘기를 나누었다고 했다. 선지자가 짚방석 위에서 잠이 들면 마리아가 그 옆에서 밤을 지켰다는 얘기도 있었다. 마리아 쿠아드라도가 잠시도 선지자 곁을 떠나지 않았던 것은 사실이다. 낮에는 선지자 옆에서 돌을 날랐고 밤에는 눈을 커다랗게 뜨고 선지자의 말에 귀를 기울였다. 그렇게까지 했음에도, 어느 날 아침, 선지자가 마을을 떠났고 마리아 쿠아드라도 역시 추종자들과 함께 마을을 떠났다는 사실에는 마을 주민 모두 놀라지 않을 수 없었다.

바이아 시내 어느 광장에는 돌로 지은 낡은 건물이 한 채 있다. 건물은 하얗고 까만 조개껍질로 장식이 되어 있고 형무소처럼 두툼한 누런 벽으로 둘러싸여 있다. 눈치를 챈 독자도 있겠지만, 이 건물은 저 반계몽주의 시절의 요새다. 자비로운 성모마리아 수도원이다. 카푸친파 수도원 중 하나. 선교에 대한 질투심으로, 영혼을 억압하는 것으로 유명한 그 교단 말이다. 자유주의자의 눈에는 가증스러울 뿐인 장소에 대해 왜 얘기를 꺼내는 것일까? 나는 이틀 전에 그곳에서 오후 한나절을 꼬박 보낸 적이 있다. 이 얘기를 하고 싶은 것이다.

　나는 병영, 수도원, 총독부, 착취를 위해 혹은 미신 타파를 위해 건설한 요새 등에서 벌어진 폭력을 교훈 삼기 위해 취재차 둘러본 것은 아니다. 노동자들에게 이미 익숙한 금기와 맞서 싸우기 위해서는 이런 기관들을 보여주고 이런 기관들이 해롭다는 사실을 반드시 알려주어야 한다. 많은 동료들이 그렇게 생각한다. (당신들은 바르셀로나 사람들로 구성된 일당이 수녀들에게 수녀원을 되돌려주기 위해 공격한 것을 기억하는가? 임신한 여자들이, 여자라는 조건이, 그들의 일을 망쳐버렸다는 사실을 기억하는가?) 나는 몬테 마르시아노 출신 조앙 에반헬리스타라는 신부를 만나러 그 수도원을 찾았다. 이 인물에 대해서는 우연히 어느 흥미 있는 기록에서 읽은 바 있다.

호세 바우티스타 데 사 올리베이라 박사 — 박사가 쓴 두개골 측정법에 관한 책에 대해서는 이미 언급했다. 나는 박사와 자주 만난다 — 의 환자 중에 카냐브라바 남작이라는 이 지역에서 가장 막강한 권력을 행사하는 사람의 측근이 있다. 내가 말하는 사람은 바로 렐리스 피에다데스라는 변호사다. 올리베이라 박사가 촌충약을 조제해주었을 때 이런 이야기를 털어놓았다. 남작의 농장 중 하나가 2년 가까이 어떤 미친놈들에게 점령당했는데 놈들은 그곳을 주인 없는 땅으로 선언했다. 자신은 지금 주인이 땅을 회복할 수 있도록 법적 절차를 밟고 있다. 주인은 소유권을 주장하며 열심히 변론해야 할 것이다, 틀림없는 일이다. 착취만 당하던 사람들이 귀족의 재산을 가로챘다는 소식은 혁명가의 귀에는 언제나 달콤하게 들리기 마련이다. 그 가난뱅이들이 광신자들일지라도. 변호사는 약 기운으로 흐늘흐늘해진 기생충을 빼내기 위해 항문에 힘을 주면서 이런 말을 늘어놓았다. 그러나 그들이 민사상의 혼인 신고를 거부하고 난장판(렐리스 피에다데스의 표현대로라면)을 벌인다는 말을 불쑥 듣게 되었을 때 나는 바싹 긴장했다. 그 난장판이라는 것도 일반 교양인이 보기에는 자유 연애 정도일 뿐이다. "그렇게 타락한 증거가 명백하니 당국으로서는 그 광신자들을 그곳에서 몰아내는 수밖에 없을 겁니다." 그 엉터리 변호사가 제시한 증거가 바로 위에서 언급한 기록이다. 이 기록은 교회 관계자들이 작성한 것으로, 이 변호사는 교회를 위해서도 일하고 있다. 몬테 마르시아노 출신의 조앙 에반헬리스타 신부는 바이아 대주교에 의해 파견되어 농장을 방문했었다. 이단에 대한 고발장이 접수되었던 것이다. 신부는 카누도스에서 무슨 일이 벌어지는지 보러 갔다. 신부는 자기가 목격한 사실에 당황하고 분노한 채 서둘러 돌아왔다.

기록에는 이렇게 쓰여 있다. 카푸친파인 그 신부에게 그러한 경험은 불쾌한 것이었음이 틀림없다. 그러나 종교적인 관점에서 써지긴 했지만, 자유주의자들이 그 기록에서 유추해볼 수 있는 내용은 고무적인 것이다. 가족, 학교, 종교, 국가라는 억압적인 장치로 기성 사회가 숨통을 막고 있는 자유 의지는 어쩌면 폭도들처럼 보이는 사람들의 발걸음을 이끌어, 다른 무엇보다 먼저, 감정과 욕구를 제어하려 드는 제도에 대항하게 만든다. 제국이 무너지고 난 뒤 브라질 전지역에 선포된 민사상의 혼인 신고를 거부함으로써 카누도스 주민들은 자유롭게 맺어지거나 헤어지는 법을 배우게 되었다. 남녀가 서로 동의하기만 하면 되었고, 뱃속에 든 아이의 아버지를 따지지도 않았다. 그들의 배후 인물 혹은 지도자 — 선지자로 불린다 — 가 모든 인간은 단지 태어났다는 사실 하나만으로도 정당한 대우를 받을 수 있다고 가르쳤기 때문이다. 어딘가에서 들어본 적이 있는 얘기가 아닌가? 우리 혁명의 중심 사상이 그곳에서 실현되었다고 생각하지 않는가? 자유 연애, 모권 사회, 적자와 서자를 구분하는 그 치졸한 편가름의 부재, 명예도 불명예도 상속받지 않는다는 확신. 자연스럽게 솟아나는 혐오감을 극복하고 카푸친파를 찾아가는 행위가 옳은가, 아니면 옳지 않은가?

카냐브라바 남작의 엉터리 변호사가 몸소 수도사와의 면담을 주선해주었다. 내가 몇 년 전부터 종교적인 미신에 흥미를 가지고 있다고 믿은 모양이었다(어쨌든 그 점도 사실이었다). 면담은 소강당에 붙어 있는 수도원 식당에서 이루어졌다. 벽에는 성자와 순교자의 그림이 빽빽이 걸려 있었고, 바닥은 납작한 돌로 포장되어 있었다. 물통이 하나 놓여 있었고, 이따금 하얀색 끈이 달린 밤색 수도사 복장에 두건을 눌러쓴 사람들이 물을 길러 왔다. 수도사는 내 질문을 듣고만 있었다. 그러나 우리가 자신의 모국어인 이탈리아어로 얘기를 나눌 수 있음을 알고는 수다스러워지기 시작했다. 그는 아직 젊은 남쪽 출신이었다. 땅딸막한 체구에 털북숭이였다. 넓은 이마로 보아 공상을 즐긴다는 점을 알 수 있었고, 자주 이마를 찡그리고 목젖이 없는 것으로 보아 신경질적이고 인색하고 예민한 성격을 짐작할 수 있었다. 사실, 그와 이야기를 나누다 보니 카누도스에 대해 증오로 가득하다는 사실을 눈치챌 수 있었다. 자신이 맡았던 임무도 실패한데다 그 '이단자들'과 함께 지내야만 했던 그 두려움 때문인 것 같았다. 증언에는 과장도 있었고 원한도 있었다. 하지만 그걸 감안하더라도 그가 들려준 나머지 진실은 인상적이었다. 여러분도 곧 알게 될 것이다.

나는 그 수도사에게서 들은 내용을 『혁명의 불꽃』에 수차례에 걸쳐 보낼 것이다. 중요한 점은 그 면담이 내가 추측했던 바를 분명히 밝혀주었다는 것이다. 비천하고 미숙한 사람들이 카누도스에 있다. 우리 유럽 혁명가들이 이 땅에 정의를 실현시키기 위해 필요하다고 여기는 많은 일들을 그들은 본능과 상상력만으로 실행에 옮기고 있다. 여러분 자신이 판단해보시라. 조앙 에반헬리스타 신부는 두 명의 동료와 함께 1주일간 카누도스에 머물렀다. 바이아에서 파견된 카푸친파 수도사와 카누도스 이웃 마을 주임 신부가 그와 동행했다. 조앙 에반헬리스타 신부는 돈 조아킴이라는 이 주임 신부를, 언뜻 듣기로는, 증오했다(주정뱅이라고, 음탕하다고, 반도들을 동정한다고 비난했다). 세 사람은 카누도스에 도착하기도 전에 — 18일이나 걸린 힘든 노정이었다 — '반항과 무질서의 징후'를 짐작할 수 있었다. 그들을 데려다 주겠다는 길잡이 하나 없었다. 그들은 농장에서 30리쯤 떨어진 곳에서 구식 장총과 낫으로 무장한 무리와 마주치게 되었다. 그 무리는 세 사람을 원수 대하듯했고 돈 조아킴이 중재에 나섰을 때에야 비로소 그곳을 지나가도록 했다. 그들은 돈 조아킴은 잘 알고 있었던 것이다. 카누도스에서는 진흙과 풀로 엮은 오두막에서 우글거리는 다 죽어갈 듯한 더러운 무리를 만났다. 무리는 '당국이 목숨을 노리는 선지자를 보호하기 위해' 중무장을 하고 있었다. 그 수많은 무기를 목격했을 때 느낀 인상을 기억해내던 카푸친 수도사의 겁에 질린 목소리가 아직까지 귀에 쟁쟁하다. "먹을 때도 기도할 때도 무기를 놓지 않았소. 허리에 두른 나팔총, 기병총, 권총, 식칼, 탄약통 등이 번쩍번쩍거리는 것이 마치 곧장 전쟁이라도 벌어질 것 같았단 말이오." (나는 남작의 땅을 무력으로 빼앗은 날부터 이미 전쟁은 시작되었다고 설명했지만 그 수도사의 눈을 뜨게 할 수는 없었다.) 수도사는 그 무리 중에 범죄를 일삼는 유명한 악당들도 끼어 있다고 확신하며 한 사람의 이름을 언급했다. '잔악하기로 유명한' 사탄 조앙. 그는 부하들을 이끌고 카누도스에 들어갔다. 그는 선지자의 심복 중 하나다. 조앙 에반헬리스타는 그들을 이렇게 꾸짖었다고 한다. "당신들이 진정으로 그리스도인이 되고자 한다면 어찌하여 범죄자들을 카누도스에 받아들이시오?" 대답은 이랬다. "그들을 선한 사람으로 이끌기 위해서입니다. 그들이 훔치고 죽이고 했다면 그것은 살기가 어려웠기 때문입니다. 이곳에서는 모두가 같은 인간으로 한가족처럼 지냅니다. 그들은 감사하고 있고 속죄를 위해서라면 무슨 일이든지 할 것입니다. 우리가 그들을 거부한다면 다시 죄를 저지를 것입니다. 우리는 그리스도께서 본을 보이신 자비가 진정한 자비라고 생각합니다." 동지들이여, 이 말은 자유주의 철학과 일치하는 것이다. 당신들은 알고 있다. 폭도란 어쩔 수 없이 생겨난 반항아이며 누구도 알아주지 않는 혁명가다. 당신들도 기억할 것이다. 그 드라마틱했던 코뮌 시절, 범죄자로 분류되었던 많은 형제들이 부르주아가 만든 감옥에서 나와 투쟁의 선봉에 섰다. 그들은 노동자들과 어깨를 나란히 하고 용맹스러움과 고결함의 본을 보여주었다.
　주목할 만한 사항이 있다. 카누도스 사람들은 스스로를 '야군소'라고 부른다. 떨치고 일어난 사람이라는 뜻이다. 수도사는, 선교를 위해 내륙 지방을 자주 돌아다녔지만, 그 맨발의 여자들을, 예전에 교회와 하나님께서 파견한 사람들을 아주 조심스럽게 대하고 존경을 표했던 그 남자들을 알아보지 못했다. "누가 누구인지 분간할 수 없었습니다. 그들은 불안해했고 열광했습니다. 큰소리로 떠들었습니다. 그리스도교인이라면 귀가 솔깃할 멍청한 짓거리를, 질서와 도덕과 믿음을 교란시키는 교리를 마구 떠들었습니다. 구원받고자 한다면 카누도스로 가야 한다, 그 외 세상은 적그리스도의 수중에 떨어졌다고 말입니다." 야군소들이 적그리스도라고 칭하는 것이 무엇인지 당신들은 아는가? 바로 공화국이다! 그렇다, 동지들이여, 바로 공화국이다. 모든 악이 공화국 때문에 생긴 것이라고 한다. 물론 추상적인 악도 있다. 그러나 굶주림과 세금과 같은 구체적이고도 실제적인 악은 공화국에 책임이 있다고 한다. 몬테 마르시아노 출신의 조앙 에반헬리스타 신부는 들은 얘기에 확신을 가질 수 없었다. 그 신부나 교단이나 전체 교회가 브라질의 새로운 체제에 너무 과민 반응을 보이는 것은 아닌지 의심스럽다. 이전 편지에 언급했듯이 프리메이슨이 넘쳐나는 공화국은 바로 교회의 약화를 의미하는 것이기 때문이다. 그러나 그곳에서는 공화국을 적그리스도로 간주하고 있다. 내게 겁을 주기 위해 혹은 나를 화나게 하기 위해 하는 얘기였지만 카푸친파 신부의 말은 내게 음악과 같이 들렸다. "그들은 이 나라 입헌 정부를 전복시키기 위한 정치·종교적인 분파입니다. 나라 안에 나라를 세웠습니다. 법도 받아들이지 않고 정부 당국도 인정하지 않고 심지어 공화국에서 발행한 화폐도 인정하지 않습니다." 신부의 그 아둔한 지성으로는 이 형제들이 본능적으로 한 치의 오차도 없이 자유의 철천지원수인 권력에 대항해 봉기했다는 사실을 이해할 수 없다. 그렇다면, 이 사람들을 억압하고 토지와 문화와 평등에 대한 이 사람들의 권리를 부정하는 권력이란 과연 무엇인가? 공화국이 아니란 말인가? 공화국에 대항하기 위해 그들이 무장했다는 사실은 그들이 올바른 수단을 찾았다는 얘기가 아니겠는가? 착취당하는 사람들이 족쇄를 깨부술 수 있는 유일한 방법, 바로 무장 투쟁 말이다.

그러나 이것이 다는 아니다. 더 놀라운 사실이 아직 남아 있으니 준비하기 바란다. 조앙 에반헬리스타 신부는 이렇게 확신했다. 카누도스에서는 성(性)과 관련한 난장판이 벌어진 것처럼 재산에 대해서도 난장판이 벌어졌다고 한다. 모든 것이 모든 사람의 것이다. 선지자는 사람들을 설득했을 것이다. 잘 들어보라. 동산(動産)이든 가축이든 어떤 것이라도 사유 재산으로 간주하는 것은 죄다. 집도 밭도 가축도 공동체의 것이다. 모든 사람의 것이면서 어느 누구의 것도 아니다. 선지자는 사람들을 납득시켰다. 많이 가지면 많이 가질수록 최후의 심판날에 선택된 사람들 틈에 낄 수 있는 가능성은 적어진다. 마치, 자신을 따르는 비천한 사람들의 문화적인 수준을 고려하여 종교적인 교리를 전술

적 수단으로 삼아 우리의 이상을 실현시키고 있는 듯하다. 브라질 한구석에서 한 무리의 반란자들이 결혼 제도와 화폐 제도를 철폐하고 사유 재산 제도 대신 공동 재산 제도를 옹호하는 사회를 건설했다는 사실이 놀랍지 않은가?

몬테 마르시아노 출신 조앙 에반헬리스타 신부가 말을 하는 동안 머릿속이 들끓었다. 카누도스에서 1주일 동안 암암리에 드러내 보이던 그 적대감 한가운데에서 설교를 하고 나자, 사람들은 신부를 야군소들을 집으로 강제로 돌려보내기 위해 온 프리메이슨 단원이나 프로테스탄트로 간주했다. 공화국에 복종하라고 신부가 요구했을 때 그들은 분노했다. 그래서 신부는 카누도스에서 도망쳐 나올 수밖에 없었다. "교회는 한 미친놈 때문에 그곳에서 권위를 잃고 말았습니다. 그 미친놈은 돌로 성전을 세운다며 온종일 사람들을 부려먹고 있습니다." 나는 그 사람에 대해 실망하지 않았다. 나는 그 사람들로 인해 기뻤고 그들을 응원했다. 그 사람들 덕분에 브라질 한구석에서 우리가 꿈꾸어왔던 이상이 다시 불붙기 시작한 것이다. 반동 분자들이 그곳 유럽에 패배한 혁명가들의 피와 함께 묻혔다고 믿었던 그 이상이. 다시 만날 때까지, 아니 영원히.

4

카냐브라바 남작의 변호사 렐리스 피에다데스가 카누도스 농장이 폭도들에게 습격당했다는 사실에 대한 고발장을 살바도르 법정에 접수시켰을 때, 선지자는 3개월째를 그곳에서 보내고 있었다. 바위산으로 둘러싸인 카누도스라는 곳에 4반세기에 걸쳐 이 넓은 세상을 두루 순례하던 성자가 뿌리를 내렸다는 소식이, 예전부터 사람들이 담배 피우던 갈대 물부리를 통해, 산악 지대 전체에 알려지게 되었다. 가축 떼가 밧사 바리스 강가에서 밤을 새우던 곳이라 소몰이꾼들은 잘 알고 있던 장소였다. 그로부터 몇 주일, 몇 달에 걸쳐 사람들이 그곳으로 몰려들었다. 뜻이 있는 사람과 죄인과 병자와 떠돌이와 도망자들이, 북쪽에서 남쪽에서 서쪽에서 동쪽에서, 용서나 안식처나 건강이나 행복을 찾을 수 있으리라는 막연한 기대나 뜨거운 소망을 품고 카누도스로 향했다.

 선지자는 도착한 다음날부터 성전을 세우기 시작했다. 선지자는 말했다. 이 성전은 순전히 돌로 세워질 것이다. 두 개의 높은 탑을 세울 것이다. 선하신 예수님께 봉헌될 것이다. 농장 예배당이었던 낡은 산 안토니오 교회 맞은편에 성전을 세우기로 결정했다. "부자들은 손을 들지어다." 선지자는 이제 막 모양을 갖추기 시작한 마을에서 모닥불 불빛을 받으며 설교했다. "나는 손을 든다. 나는 하나님의 아들이기 때문이다. 하나님께서 내게 진정한 보화인 천국을 누릴 수 있는 영원불멸의 영혼을 주셨다. 나는 손을 든다. 아버지께서 저 세상에서 부를 누리게 하시기 위해 이 세상에서 나를 가난하게 하셨기 때문이다. 그러니 부자들은 손을 들라!" 흔들리는 그림자 속에서, 누더기 속에서, 날가죽 속에서, 낡아빠진 면 셔츠 속에서 팔뚝이 불쑥 솟아 숲을 이루었다. 사람들은 설교 전이나 설교 후에 기도를 드렸다. 기도가 끝난 후에는 반쯤 지어진 오두막과 누더기를 엮어 만든 피난처와 잠자리로 사용하는 널빤지 사이를 행진했다. 산골에 밤이 깊어지면 성모마리아와 선하신 예수님을 찬양하는 소리와 개새끼와 적그리스도를 저주하는 소리가 들렸다. 미란델라 출신으로 장날에 쓰이는 불꽃을 만들던 남자 — 폭약 전문 안토니오 — 는 처음부터 순례에 참가했던 사람이었다. 그때부터 그는 카누도스에서 행진이 벌어지면 불꽃을 쏘아올리고 폭죽을 터뜨렸다.

 선지자는 한 석수 장인(匠人)의 조언을 받아 성전 건축 작업을 감독했다. 그 석수 장인은 많은 예배당을 수리하는 데 도움을 주었고 크리소폴리스의 선하신 예수님 교회에는 기초 공사에서부터 도움을 준 사람이었다. 선지자는 돌을 쪼개는 일, 모래를 치는 일, 목재를 모으는 일 등을 순례자들에게 지정해주었다. 날이 저물어 소박한 저녁을 먹은 후에 — 금식 기간이 아니라면, 저녁 식사는 빵 조각 하나, 과일 몇 개, 만디오카 빈대떡 한 입, 물 몇 모금이 전부였다 — 선지자는 최근에 도착한 사람들을 맞이했고 기존의 사람들에게는 사이 좋게 지내기를 당부했다. 사도신경, 주기도문, 아베마리아 기도 후에는 우렁찬 목소리로 절약과 금욕과 절제에 대해 설교했다. 그리고 무리에게 옛날이야기에서나 들었을 법한 이야기에 귀를 기울이도록 만들었다. 종말이 다가왔다. 카누도스에서와 마찬가지로 파벨라 고원에서도 다 보인다. 공화국은 그를 체포하기 위해, 그러니까 그가 가난한 사람들에게 말을 못하게 하기 위해, 제복과 총으로 무장한 부대를 계속 파견할 것이다. 그러나 아무리 많은 피를 흘린다 해도 개새끼는 예수님을 물지 못할 것이다. 대홍수가 있고 그후에 대지진이 있을 것이다. 태양이 사라지고 세상이 칠흑 같은 어둠에 잠기면 사람들은 장님처럼 더듬거리며 다녀야 할 것이다. 그 동안 저 멀리에서 전쟁이 벌어질 것이다. 수많은 사람들이 겁에 질려 죽을 것이다. 그러나 안개가 걷히고 날이 환하게 밝아오면 사람들은 자기 주위에, 카누도스의 산과 언덕 위에 돈 세바스티안의 군대가 주둔한 것을 볼 것이다. 위대한 왕이 우리 주님을 위해 사탄의 주구들을 물리치고 세상을 깨끗이 씻을 것이다. 돈 세바스티안을 보게 될 것이다. 그의 찬란한 갑옷과 검을 보게 될 것이다. 그 자비로운 미소년의 얼굴을 보게 될 것이다. 황금과 금강석으로 장식된 높은 안장 위에서 미소를 던질 것이다. 그리고 구원자로서의 임무를 완수하고 군대를 이끌고 깊은 바다 속으로 사라져 가는 그의 모습을 볼 수 있을 것이다.

달구지나 당나귀 등에 보따리를 싣고 밤낮으로 수일 동안 여행한 끝에 카누도스에 도착한 무두질장이, 소작인, 돌팔이 의사, 행상인, 세탁부, 산파, 여자 거지들이 이제 그곳에 있었다. 어둠 속에 웅크린 채 그의 말에 귀를 기울이고 있었다. 그 말이 사실이기를 소망했다. 눈이 젖어들었다. 그들은 초기 순례자들과 똑같은 확신으로 기도하고 찬양했다. 초기 순례자들은 기도나 찬양이나 말씀을 빨리 배우지 못했다. 카누도스의 상인 안토니오 빌라노바는 간절히 알기 원했던 사람 중 하나였다. 그는 밤마다 안토니오 베아티토와 함께 강가나 이제 막 일구기 시작한 밭을 따라 오래오래 거닐었다. 안토니오 베아티토는 종교의 율법과 금기를 차근차근 설명했다. 안토니오 빌라노바는 그후 배운 내용을 동생 오노리오에게, 부인 안토니아에게, 제수 아순시온에게 그리고 두 부부의 자식들에게 가르쳤다.

먹을 것은 부족하지 않았다. 곡식이 있었고 야채가 있었고 고기도 있었다. 밧사 바리스 강에 물이 마르지 않아 씨도 뿌릴 수 있었다. 새로운 사람들이 생필품을 들고 오기도 했고 이웃 마을에서 새고기, 토끼, 돼지, 곡류, 산양 등을 보내오기도 했다. 선지자는 안토니오 빌라노바에게 양식을 관리하며 의지가지없는 사람들에게 고루 돌아갈 수 있도록 하라고 일렀다. 특별한 지시가 없어도 선지자의 가르침이 제대로 지켜지면서 삶이 자리를 잡아갔다. 실수가 없지는 않았다. 베아티토는 새로 온 사람들을 교육시키고 기부금을 받는 일을 맡았다. 어떤 경우에도 돈으로는 받지 않았다. 그들이 바치는 레이라는 공화국 화폐는 쿰베나 조아세이로로 보내 사용했다. 이 일은 조앙 아바데나 파헤우가 맡았다. 그들은 성전 건축을 위해 필요한 물건, 즉 삽, 돌 쪼는 망치, 추, 질이 좋은 목재, 성자상, 그리스도 수난상 등을 구하는 방법을 알았다. 마리아 쿠아드라도 수녀는 사람들이 갖다바치는 반지, 귀고리, 핀, 목걸이, 장식용 빗, 옛날 동전, 점토나 뼈로 만든 간단한 장신구 등을 상자에 담아 보관했다. 쿰베의 조아킴 신부나 다른 신부가 미사를 드린다거나 세례를 베푼다거나 마을 사람을 결혼시키기 위해 올 때마다 산 안토니오 교회에 그 보물들이 전시되었다. 경찰에 쫓기는 두 사람, 즉 마을에서 가장 힘이 좋은 조앙 그란데와 페드랑은 성전 건축을 위해 주변 채석장에서 필요한 돌을 운반하는 조를 이끌었다. 조앙 아바데의 부인 카타리나와 쿰베 출신 알레한드리냐 코레아 — 기적을 행한 적이 있다는 여자다 — 는 성전 건축 일꾼들이 먹을 음식을 준비했다. 완벽한 삶과는 거리가 있어 보였지만 말썽은 없었다. 선지자가 노름, 흡연, 음주를 멀리하라고 설교했지만 노름을 즐기고 담배를 피우고 당밀주를 마시는 사람이 있었다. 그리고 카누도스가 점점 번창해감에 따라 여자 문제로 싸우는 사람, 도둑질하는 사람, 술에 취하는 사람, 심지어 칼부림하는 사람까지 생겨났다. 그러나 이런 일도 다른 지역에 비해서는 드물게 일어났다. 이 생동감 넘치고 우애 있고 열렬하고 금욕적인 사람들 중심에 선지자와 그 제자들이 버티고 있었던 것이다.

선지자는 여자들이 꾸미는 것을 막지 않았다. 그러나 수차에 걸쳐 이렇게 경고했다. 자기 몸에 너무 신경 쓰다 보면 영혼을 등한시하게 된다. 루스벨과 마찬가지로 아름다운 외모 뒤에는 추악하고 역겨운 영혼이 감추어져 있는 법이다. 젊으나 늙으나 여자들의 옷에서 색이 사라져갔다. 여자들의 옷은 발목을 덮고 목을 감싸고 급기야 수녀들이 입는 옷처럼 펑퍼짐해졌다. 앞가슴에서 장식이 사라졌으며 심지어 머리띠조차 찾아볼 수 없게 되었다. 머리는 그냥 풀어놓거나 수건으로 가리고 다녔다. 때때로 '막달라 마리아'와 같은 사고가 발생했다. 이 가엾은 여자들은 모진 고생 끝에 이곳에 와서 선지자의 발에 입맞추며 용서를 구했다. 그러나 속 좁은 여자들이 이 여자들을 학대했고 회개한다는 증거로 가시로 만든 빗을 꽂고 다니도록 강요했다.

그러나 전반적으로 삶은 평온했고 주민들 사이에 화합의 정이 넘쳤다. 사용을 금지시킨 공화국에서 발행한 화폐가 골칫덩어리 중 하나였다. 어떠한 경우든 이 돈을 사용하다가 들키게 되면 선지자 편 사람들은 가진 것을 뺏고 카누도스에서 추방했다. 돈 페드로 황제나 그의 딸 이사벨 공주의 초상이 담긴 돈으로 거래가 이루어지긴 했지만 아주 드문 일이었다. 대부분 물건으로 바꾸거나 일손을 거드는 것으로 거래했다. 머리를 자르면 샌들을 만들어주었고, 약초로 병이 나으면 닭을 주었고, 편자를 박으면 만디오카 가루를 주었고, 천은 기와와 바꾸고, 그물 침대를 만들어주면 낫을 만들어주거나 일을 해주었다. 밭에서 집에서 농장에서 서로 품앗이를 했던 것이다. 선하신 예수님께 바쳐진 시간과 노력에 대해 어느 누구도 대가를 받을 수 없었다. 성전을 세우고 나서는 앞으로 요양원이라고 부르게 될 집들을 세웠다. 이곳에서 병자, 노인, 고아들을 보살피고 잠자리와 먹을 것을 제공하기 시작했다. 처음에는 마리아 쿠아드라도가 이 일을 맡았다. 그러나 기도소 ― 흙으로 벽을 쌓고 짚으로 지붕을 이은 방 두 개짜리 작은 오두막으로, 쉴 틈도 없이 사람들에게 시달린 선지자가 몇 시간만이라도 쉴 수 있도록 세워졌다 ― 가 세워지자 만인의 어머니는 오직 선지자 한 사람만 섬기기로 결심했다. 그래서 요양원은 빌라노바 형제의 부인들인 사르델리냐 여자들 ― 안토니아와 아순시온 ― 의 관리하에 들어갔다. 한번은 밧사 바리스 강 주변의 개간할 수 있는 땅을 놓고 분쟁이 일어났다. 이 땅을 카누도스 토박이들이 차지하려고 했고 다른 사람들은 반대했다. 상인 안토니오 빌라노바가 이 분쟁을 해결했다. 안토니오는 선지자의 위임을 받고 추첨을 통해 새로 온 사람들의 주거지를 배정해주었고, 신자들이 선물로 보내거나 가져온 짐승을 키울 목장도 선별했다. 그는 재산이나 소유권에 대한 분쟁이 일어나면 판사 역을 감당했다. 사실 분쟁은 많지 않았다. 사람들이 탐욕이나 한밑천 잡겠다는 생각에 이끌려 카누도스에 온 것이 아니었기 때문이다. 공동체는 영적인 문제에 관심을 두고 살았다. 기도, 장례, 금식, 행렬, 선하신 예수님께 바칠 성전, 그리고 무엇보다도 설교. 저물녘 시작된 설교는 한밤중까지 이어졌고 설교 시간 중에는 카누도스에서 모든 일이 중단되었다.

뜨거운 한낮, 공화진보당이 조직한 대회가 '통일된 브라질, 강력한 국가' 라고 써진 벽보와 에파미논다스 곤살베스라는 이름으로 케이마다스의 벽이란 벽을 온통 도배해놓았다. 그러나 갈릴레오 갈은 은혜로우신 성모마리아 여관에 마련한 자기 방에 처박혀 저 바깥에서 소란을 피우고 있는 정치적 축제와는 무관하게 루피노에게서 발견한 모순된 기질에 대해 생각하고 있다. '이건 매우 희귀한 조합이로군.' 생각한다. 어쨌든 '방향성'과 '집중성'은 유사한 것이다. 여행자나 사냥꾼이나 호송대를 안내하며, 우편 배달부 일을 하거나 길 잃은 가축의 자취를 좇아 저 거대한 지역을 돌아다니는 데 평생을 바친 사람에게서 그 두 가지 요소를 한꺼번에 발견한다는 것은 전혀 이상하지 않다. 그러나 '신비성'이라니? 환상, 정신착란, 초현실 등 예술가나 비현실적인 사람들의 특징인 이 기질이 어떻게 모두가 물질주의자, 현실주의자, 실용주의자로 지목하는 사람에게 있을 수 있단 말인가? 그렇지만 그의 두개골이 말해주는 것은 방향성, 집중성 그리고 신비성이었다. 갈릴레오 갈은 길잡이의 두개골을 만져보고 나서야 이 점을 알 수 있었다. 생각한다. '이것은 이치에 맞지 않는, 도무지 어울리지 않는 조합이다. 수줍어하면서 자기를 드러내려

는 것이요, 인색하면서 헤픈 것과 같은 것이다.'

물통 위로 몸을 기울여 얼굴에 물을 축인다. 물통은 칸막이 뒤에 있다. 칸막이에는 메모지, 오페라 공연 장면이 실린 신문 조각, 깨진 거울 등이 덕지덕지 붙어 있다. 커피색을 띤 바퀴벌레들이 나타났다가 방바닥 틈 사이로 사라진다. 천장에는 작은 도마뱀 한 마리가 말라비틀어진 채 달라붙어 있다. 가구는 시트도 없는 엉성한 침대 하나가 전부다. 바깥의 축제 분위기가 격자 창을 통해 방으로 새어든다. 시끄러운 확성기 소리, 심벌즈 소리, 북을 두드리는 소리, 연을 날리는 아이들의 아우성. 누군가가 바이아 자치당과 루이스 비아나 주지사와 카냐브라바 남작을 싸잡아 비난하고 에파미논다스 곤살베스와 공화진보당을 추켜세우는 연설을 하고 있다.

갈릴레오 갈은 바깥의 소란과는 상관없이 여전히 세수를 하고 있다. 세수를 마치자 옷자락으로 얼굴을 닦고 침대 위로 몸을 던진다. 한 팔을 베개 삼아 천장을 바라본다. 바퀴벌레와 도마뱀을 쳐다본다. 생각한다. '인내심을 길러야지.' 케이마다스에서 8일을 보냈다. 그는 인내심이 강한 사람이었지만 안달이 나기 시작했다. 너무 초조해서 루피노에게 머리를 만지게 해 달라고 했다. 납득하기가 쉽지 않았다. 길잡이는 의심이 많다. 갈은 기억한다. 머리를 만져보는 동안 그가 바싹 긴장한 채 언제라도 덤벼들 준비가 되어 있음을 생생히 느꼈다. 그들은 날마다 만났다. 수월찮게 서로 통할 수 있었다. 기다리는 시간을 때우기 위해 길잡이의 행동을 관찰하며 기록했다. '마치 책을 읽듯 하늘과 나무와 땅을 읽는다. 단순하고 고집이 있는 남자다. 자부심이 강하고, 자연과 사람을 대하는 태도로 보아 확고한 윤리관도 있는 듯하다. 글을 모르는 걸로 보아 공부는 하지 않았다. 믿음이 깊지 않은 걸로 봐서는 종교에도 관심이 없다.' 이 모든 것이 손가락으로 감지한 것과 일치한다. 신비성만 제외하고. 언제 그런 모습이 나타나는가? 루피노와 8일 동안이나 함께 하면서 어떻게 그런 징조를 전혀 찾아볼 수 없었단 말인가? 마을 외곽에 있는 그의 오두막에서 카누도스로 가기 위해 협상도 했고, 기차역에서 함께 음료수도 마셨고, 이타피쿠루 강가에 있는 무두질 공장을 함께 돌아다니기도 했으면서? 반면, 길잡이의 부인 후레마에게서는 이 위험천만하고도 비과학적인 성향 ― 일상 현실에서 벗어나 환각과 몽상에 잠기는 ― 이 분명히 드러났다. 후레마는 갈릴레오 갈 앞에서 조심스럽게 행동했다. 하지만 그녀가 케이마다스 교회 대제단 위에 놓인 산 안토니오 나무 조각상에 대해 하는 얘기를 들을 수 있었다. "몇 년 전 어느 동굴에서 발견해 교회로 가져왔는데 다음날 사라졌다가 동굴에 다시 나타났어요. 그래서 못 달아나게 하려고 제단에 붙잡아 맸지요. 그랬는데도 다시 동굴로 돌아갔어요. 어떤 선교단이 케이마다스에 올 때까지 그렇게 왔다 갔다했지요. 카푸친파 신부 네 분과 주교님 한 분이었어요. 그분들은 교회를 산 안토니오님께 봉헌하고 성자의 이름으로 산 안토니오 다스 케이마다스 주민들에게 다시 세례를 주었죠. 그제야 성자상이 제단에 얌전히 남아 있더군요. 이제 사람들이 그곳에 초도 밝혀놓았어요." 갈릴레오 갈은 기억한다. 부인의 얘기를 믿느냐고 루피노에게 묻자 어깨를 으쓱하더니 어림없다는 듯 웃었다. 그러나 후레마는 믿었다. 갈릴레오 같은 부인의 머리도 만져보고 싶었다. 그러나 그러지 않았다. 낯선 남자가 자기 부인의 머리를 만지는 짓을 루피노가 달갑게 여기지 않을 것이 분명했던 것이다. 그렇다. 루피노는 의심이 많은 사람이다. 카누도스까지의 동행을 허락받는데도 무진 애를 먹었다. 값을 따지고 트집을 잡고 캐묻고 한 끝에 겨우 허락했다. 갈릴레오가 선지자와 야군소에 대해 얘기를 꺼냈을 때 길잡이가 몹시 불안해하는 것을 눈치챘다.

저도 모르게 루피노 생각은 지워지고 밖에서 떠드는 소리가 귀에 들린다. "지방 자치와 지방 분권은 비아나 주지사와 카냐브라바 남작과 그 도당들이 기득권을 유지하고 바이아가 브라질의 다른 주와 동등한 발전을 추구하기 위해 내세우는 핑계에 불과하다. 자치주의자들이 과연 누구란 말인가? 그들은 위장한 군국주의자들이다. 만일 우리가 없다면 놈들은 부패한 제국을 부활시켜 우리 공화국을 전복하고 말 것이다. 그러나 우리 에파미논다스 곤살베스가 이끄는 공화진보당은 결단코 허용하지 않을 것……." 조금 전에 떠들던 사람이 아니다. 좀더 명확하다. 갈릴레오는 연설 내용을 전부 이해할 수 있다. 신념이 강한 사람인 것 같다. 좀 전 사람은 소리만 왕왕 질러댔었다. 창가로 가서 밖을 내다볼까? 아니다. 침대에서 꼼짝도 하지 않는다. 보나마나 뻔한 광경일 것이다. 먹을 것 마실 것이 차려진 곳에 어중이떠중이들이 몰려들어 옛날이야기꾼에게 귀를 기울이거나, 기다란 장대로 점을 치는 점쟁이를 둘러싸고 있거나 할 것이다. 연단 위에 서서 엽총을 둘러멘 경호원의 보호 아래 공화진보당을 선전하는 사람 쪽을 가끔 힐끗거리겠지만 신경 써서 듣지는 않을 것이다. '무관심한 게 당연하지.' 갈릴레오 갈은 생각한다. 카냐브라바 남작의 자치당이 공화진보당이 주장하는 중앙 집권에 반대한다는 사실이, 공화진보당이 상대 당이 주장하는 지방 분권과 연방제에 반대한다는 사실이 케이마다스 시민에게 무슨 소용이란 말인가? 부르주아 정당간의 말싸움이 가난한 사람들과 무슨 상관이란 말인가? 그들은 떡이나 얻어먹고 연설꾼의 얘기에는 신경도 쓰지 않는다. 어젯밤, 케이마다스가 술렁대는 것을 감지할 수 있었다. 공화진보당이 준비하는 대회 때문이 아니었다. 카냐브라바 남작의 자치당이 깡패를 동원해, 이전처럼, 판을 깨뜨리고 총질을 가할지 궁금했다. 정오가 가깝다. 아무 일도 없다. 틀림없이 그런 일은 없을 것이다. 아무 도움도 받지 못하는 저 보잘것없는 무리를 번거롭게 공격할 이유가 무엇인가? 갈은 생각한다. 자치당이 준비하는 대회도 지금 저 바깥에서 벌어지는 것과 똑같은 꼬락서니일 것이다. 아니다. 바이아에는, 브라질에는 정치라는 것이 없다. 생각한다. '저 멀리에 있다. 이 나라의 진정한 정치인은 바로 저들 사이에 있다.' 오래 기다려야 할까? 갈릴레오 갈은 침대에 걸터앉는다. 중얼거린다. '인내심을 길러야지.' 바닥에 놓여 있던 가방을 연다. 옷가지와 권총을 한쪽으로 치우고 수첩을 꺼낸다. 요 며칠간 시간을 때우느라 케이마다스 무두질 공장에 대해 기록해둔 게 있다. 페이지를 넘겨본다. '벽돌 건물, 기와 지붕, 거친 기둥. 망치와 칼로 썰고 다진 안히코 나무 껍질이 여기저기 묶여 있다. 강물을 가득 채운 물통에 안히코 껍질을 넣는다. 털을 제거한 가죽을 통 속에 넣어 8일 동안 방치한다. 그후에 무두질에 들어간다. 안히코 나무 껍질에서 무두질에 필요한 탄닌을 얻는다. 가죽을 그늘에서 건조시킨다. 건조시킨 가죽을 칼로 긁는다. 찌꺼기를 제거하기 위해서다. 네발 가진 짐승, 양, 산양, 토끼, 사슴, 여우, 들고양이를 모두 이런 식으로 처리한다. 안히코는 핏빛이며 냄새가 고약하다. 무두질은 한 가족이 꾸려가는 원시적인 사업이다. 아버지, 어머니, 자식, 친척이 함께 일한다. 가공하지 않은 가죽은 케이마다스 경제에서 가장 큰 몫을 차지한다." 수첩을 호주머니에 집어넣는다. 무두질장이들은 친절했다. 자신들의 작업을 설명해주었다. 그러나 카누도스 얘기만 나오면 말을 삼갔다. 알아듣기 힘든 포르투갈어를 주절거리는 사람은 믿지 못한단 말인가? 그는 케이마다스의 중심 화제가 카누도스와 선지자라는 사실을 이미 알고 있다. 그러나 아무리 애를 써도 말을 붙일 수 없었다. 루피노와 후레마와도 이 얘기는 나눌 수 없었다. 무두질 공장에서도, 역에서도, 은혜로우신 성모마리아 여관에서도, 케이마다스 광장에서도 이 얘기를 꺼내기만 하면 사람들은 하나같이 의심스럽다는 듯한 눈길로 입을 다물었다. 기껏 하는 대답도 발뺌이었다. '용의주도한 사람들이야. 의심이 많아.' 생각한다. 또 생각한다. '잘 알고들 행동해. 현명한 사람들이야.'

다시 옷가지와 총을 치우고 안에 있던 책을 꺼낸다. 책은 한

권뿐이다. 짙은 색 표지의 손때가 묻은 낡은 책이다. 피에르 조셉 프루동이라는 이름이 흐릿하게 보인다. 그러나 '모순의 체계'라는 책 제목만큼은 선명하다. 리용에서 출간된 책이다. 오랜 시간 책에 집중할 수 없다. 장터에서 들리는 소음도 방해거리였지만 무엇보다 조바심이 치밀어오른다. 이를 악물고 객관적인 문제에 집중한다. 일반적인 문제나 사상에는 무관심한 남자. 특수성에 매달려 사는 남자. 찌를 듯이 귀 뒤편으로 튀어나온 두 개의 뼈가 구부러진 정도로 알 수 있다. 과연 루피노가 그랬던가? 어쩌면 그가 보여주었던 그 자부심에 대한 유별난 애착에서 신비성을 찾아볼 수 있지는 않을까? 루피노의 윤리적 상상력이라고 할 만한 바로 그것이 그를 카누도스로 데려다주지 않을까?

그가 가장 생생하게 기억하는, 가장 행복했던 유년 시절의 기억은 그를 버리고 국군 토벌대를 이끌고 강도 떼를 쫓아 쿠스토디아를 지나간 중사를 따라나선 어머니에 대한 것도 아니었고, 얼굴도 모르는 아버지에 대한 것도 아니었고, 그를 데려다 키워준 삼촌 내외 — 제 파우스티노와 도냐 안헬라 — 에 대한 것도 아니었고, 쿠스토디아의 30여 채 되는 오두막이나 늘 돌아다니던 거리에 대한 것도 아니었고, 떠돌이 소리꾼들에 대한 것이었다. 소리꾼들은 결혼을 축하하기 위해, 농장에서 벌어지는 가축몰이 행사를 위해, 수호 성일 축일에 마을에서 벌어지는 장터에서 한몫하기 위해, 정기적으로 마을을 찾아왔다. 당밀주 한 모금과 육포 한 접시에 올리베이로스, 마갈로나 공주, 프랑스의 샤를마뉴 대제와 그 기사들에 대한 얘기를 늘어놓았다. 조앙은 눈을 크게 뜨고 이야기에 귀를 기울였다. 소리꾼들의 입놀림에 따라 조앙의 입도 달싹거렸다. 그때부터 야무진 꿈을 꾸게 되었다. 이단자들로부터 그리스도의 세계를 지켜냈던 기사들의 창이 그 꿈속에서 번뜩였다.

그러나 정말로 사무치게 그의 가슴을 파고들었던 이야기는 악마 로베르토에 대한 이야기였다. 노르망디 공작의 아들이었던 이 사람은 수많은 악행을 저지른 끝에 회개했다. 그는 네 발로 기어다녔고, 말을 하는 대신 개처럼 짖었고, 짐승들과 같이 잤다. 마침내 그는 선하신 예수님의 자비를 얻을 수 있었고, 회교도들의 공격에서 황제를 구해냈고, 브라질 여왕과 결혼했다. 소리꾼들이 하나하나 자세히 들려주는 이 이야기를 소년은 고스란히 받아들였다. 악마 로베르토는 망나니로 놀던 시절에 수많은 아가씨들과 수도자들의 목구멍에 비수를 꽂았다. 고통스러워하는 모습을 즐기기 위해서였다. 그랬던 그가, 하나님의 종으로 살던 시절에는, 희생자의 가족을 찾아 온 세상을 헤매었고, 그들의 발에 입을 맞추며 벌을 내려 달라고 청했다. 쿠스토디아 주민들은 조앙이 산골 소리꾼이 될 것이라고 생각했다. 어깨에 기타를 둘러메고 마을 마을을 돌아다니며 소식도 전하고 이야기와 노래로 사람들을 즐겁게 해줄 것이라고 생각했다.

조앙은 가게에서 제 파우스티노를 거들었다. 제 파우스티노는 옷감, 곡식, 음료, 농기구, 과자, 잡동사니 등을 주변 지역에 조달했다. 제 파우스티노는 자주 여행을 떠났다. 농장에 물건을 배달하기도 하고 물건을 사기 위해 도시로 나가기도 했다. 제 파우스티노가 자리를 비울 동안에는 도냐 안헬라가 사업을 맡았다. 그들은 진흙을 빚어 지은 집에서 살았다. 닭을 가두어 키우는 마당도 있었다. 도냐 안헬라는 자식이 없었기 때문에 모든 애정을 조카에게 쏟았다. 언젠가는 살바도르를 구경시켜주겠다고, 본핌의 주님상 발치에 엎드릴 수 있게 해주겠다고 조앙에게 약속했다. 침대머리는 본핌의 주님상 그림으로 가득했다.

쿠스토디아 주민들은 정기적으로 마을을 갉아먹는 두 가지 재앙을 가뭄이나 페스트처럼 두려워했다. 강도 떼와 국군 토벌대가 그 두 가지 재앙이었다. 강도 떼는, 처음에는, 경계표나 물이나 초지를 확보하기 위해, 때로는 정치적인 신념이 달라 농장 사이에 벌어지는 싸움으로 인하여 예비역 대령 농장주들이 조직한 일꾼들로 구성된 사병들이었다. 그러나 얼마 후에는 나팔총과 낫으로 무장한 무리들이 대부분 독립해 따로 돌아다니면서 약탈과 습격으로 살아갔다. 국군 토벌대는 강도 떼를 소탕하기 위해 생겼다. 그 두 무리가 쿠스토디아 주민들의 양식을 번갈아가며 축냈다. 그들은 당밀주에 취해 마을 여자들을 겁탈하려고 덤벼들었다. 조앙은 철이 들기 전부터 비상종이 울리면 제 파우스티노가 준비해둔 비밀 장소에 술병과 양식과 물건을 숨기는 법을 배웠다. 마을 사람들 사이에 제 파우스티노가 첩자라는 소문이

돌았다. 그러니까 강도 떼와 협상해서 정보도 제공하고 비밀 장소도 알려준다는 것이었다. 제 파우스티노는 노발대발했다. 그의 가게가 깡그리 털린 것을 보지 못했단 말인가? 강도 떼들이 돈 한푼 내지 않고 옷가지와 담배를 싹쓸이해간 사실을 모른단 말인가? 조앙은 삼촌이 그따위 터무니없는 소문 때문에 괴로워하는 모습을 자주 보았다. 그 소문은 쿠스토디아 주민들이 삼촌을 질시해 조작해낸 것이었다. "날 함정에 빠뜨릴 게 분명해." 삼촌은 중얼거리곤 했다. 바로 그랬다.

어느 날 아침, 30명의 토벌대가 쿠스토디아에 왔다. 잔인하기로 유명한 젊은 카보클로 혼혈인 알페레스 헤랄도 마세도가 대장으로 안토니오 실비노 무리를 쫓는 중이었다. 안토니오 실비노 무리는 쿠스토디아를 지나가지 않았다. 그러나 알페레스는 그렇다고 우겼다. 큰 키에 당당한 체격이었다. 약간 사팔뜨기였고 계속해서 금이빨을 핥았다. 강도 떼가 자기 애인을 욕보여 죽을둥살둥 쫓는 중이라고 했다. 부하들이 집들을 뒤지는 동안 알페레스가 직접 주민들을 심문했다. 저물녘, 그는 함박 웃음을 머금고 가게로 들어왔다. 제 파우스티노에게 실비노의 은신처로 안내하라고 명령했다. 가게 주인은 뭐라고 변명할 새도 없이 한 방 얻어맞고 땅바닥을 굴렀다. "다 알고 있다, 이 예수생이 놈아. 다들 네 놈을 찍었어." 제 파우스티노가 아무리 결백을 주장해도 도냐 안헬라가 아무리 부탁해도 소용이 없었다. 실비노가 어디로 갔는지 불지 않으면 첩자질에 대한 처벌로 새벽에 총살할 것이라고 했다. 가게 주인은 결국 동의하는 것 같았다. 토벌대는 그날 새벽 쿠스토디아를 떠났다. 제 파우스티노를 앞장세운 30명의 마세도 토벌대는 강도 떼를 습격할 수 있다고 확신했다. 그러나 제 파우스티노는 떠난 지 몇 시간 만에 토벌대를 따돌리고 도냐 안헬라와 조앙을 데려가기 위해 쿠스토디아로 돌아왔다. 보복이 떨어질까 두려웠던 것이다. 짐을 꾸리고 있는 도중에 알페레스가 달려들었다. 남자만 죽이면 끝날 일이었지만 도냐 안헬라가 끼어드는 바람에 여자마저 죽이고 말았다. 바지자락을 붙잡고 늘어졌던 조앙은 권총 부리에 얻어맞고 기절했다. 조앙이 다시 정신을 차리고 보니 쿠스토디아 주민들이 잔뜩 얼굴을 찌푸린 채 두 개의 관을 지키고 있었다. 조앙은 주민들의 위로를 받아들이지 않았다. 조앙은 피범벅이 된 얼굴을 손으로 훔치며 어른스런 목소리 — 그때 겨우 열두 살이었다 — 로 말했다. 삼촌 내외의 복수를 위해 언젠가는 돌아올 것이다. 당신들이 진짜 살인자들이기 때문이다.

만다카루스 선인장투성이 사막을 정처 없이 떠돌던 몇 주일 동안 그를 살린 것은 복수에 대한 집념이었다. 검은 독수리 떼가 그를 쫓으며 하늘에서 원을 그리고 있었다. 그가 쓰러지면 달려들어 그의 살을 파먹을 것이었다. 때는 1월이었고 비 한 방울 내리지 않았다. 조앙은 말라비틀어진 열매를 줍고 야자 열매에서 즙을 빨고 죽은 갑옷쥐까지 먹었다. 마침내 양치기의 도움을 받을 수 있었다. 말라버린 강바닥에 쓰러져 창칼과 기마병과 본핌의 주님을 꿈꾸고 있던 그를 양치기가 발견했다. 소년은 우유 한 사발을 마시고 사탕수수 과자 몇 입을 삼키고 나서야 기운을 차렸다. 두 사람은 여러 날을 함께 지내며 안고스투라를 향해 갔다. 양치기는 그곳으로 양떼를 몰고가는 중이었다. 그러나 도착하기 전 어느 날 저녁, 두 사람은 한 무리의 남자들을 만나게 되었다. 무리는 가죽 모자를 쓰고, 표범이 그려진 탄약통을 차고, 유리 구슬로 수놓은 자루를 등에 지고, 나팔총을 어깨에 메고, 무릎까지 닿는 긴 낫을 차고 있었다. 모두 여섯 명이었다. 곱슬머리에 빨간색 수건을 목에 두른 카푸소 혼혈인 대장이, 무릎을 꿇고 제발 데려가 달라고 애원하는 조앙을 보고 웃으며 왜 강도가 되고자 하는지를 물었다. "군인 놈들을 다 죽여버리려고요." 소년이 대답했다.

그때부터 조앙은 새로운 삶을 시작했고, 이 삶이 조앙을 빠르게 남자로 성장시켰다. 앞으로 20년 동안 돌아다닐 지역 사람들은 조앙을 '악당'이라고 평할 것이다. 처음에는 무리의 곁가지로 붙어다니며 옷을 빨고, 음식을 준비하고, 장화를 깁고, 옷에서 이를 털어냈다. 그러다가 망나니짓에 동등하게 참가하게 되었고, 명사수가 되었고, 싸움꾼이 되었고, 칼잡이가 되었고, 전령이 되었고, 참모가 되었고, 부대장이 되었고, 마침내 무리의 대장이 되었다. 아직 스물다섯도 되지 않은 나이에 바이아, 페르남부코, 피아우이, 세아라 부대에 최고의 현상금이 걸린 범인이 되었다. 매복에 걸려 많은 동료들이 쓰러지고 붙잡혔지만 그는 살아남았다. 비록 전투에서 겁을 먹기는 했지만 타고난 운으로 총알도 피해가는 듯했다. 그래서 그가 악마와 결탁했다는 얘기도 나돌았다. 사실은 이렇다. 다른 사람들은 훈장을 달고 다니며,

십자가나 그리스도상을 보게 되면 성호를 긋고, 적어도 1년에 한 번은 마을에 숨어들어 신부에게 하나님과의 평화를 빌어달라고 강요했다. 그러나 조앙(처음에는 꼬마 조앙, 그후에는 날쌘돌이 조앙, 그후에는 얌전한 양 조앙, 그후에는 사탄 조앙이라고 불렀다)은 종교에 반감을 가진 듯했다. 그는 자신이 저지른 수많은 잘못을 보상하기 위해 지옥에 떨어지는 것을 담담하게 받아들였다.

제 파우스티노와 도냐 안헬라의 조카는 걷고, 싸우고, 훔치는 것이 강도의 삶이라고 보았을 것이다. 무엇보다도 걷는 일이 큰 몫을 차지했다. 한 번도 쉬지 않고 스무 시간을 내달릴 수 있는 이 남자는 굽힐 줄 모르는 튼튼한 근육질 다리로 수만 리를 걷지 않았던가? 이 남자의 다리는 산골 구석구석을 헤치고 다녔다. 골짜기 골짜기, 산골짜기에서 벌어지는 온갖 사건, 강줄기 굽이굽이, 깊은 골 동굴, 이 남자보다 더 빠른 발을 볼 수 없었다. 뚜렷한 목적지도 없이 길도 없는 벌판을 연이어 행진했다. 쫓는지 안 쫓는지도 모르는 국군 토벌대를 따돌리기 위해 혹은 혼란시키기 위해 걷고 또 걸었다. 총소리에 놀라, 부상자들의 신음 소리에 몸서리치며, 어디를 가나 마찬가지인 장소를, 자신을 기다리고 있을 것 같은 어느 장소 혹은 어떤 알 수 없는 사건을 찾아 끝도 없이 헤매고 다녔던 일이 조앙의 기억에 유일하게 남아 있었다.

조앙은 쿠스토디아로 돌아가 복수를 하겠다는 결심을 오랫동안 품고 있었다. 삼촌 내외가 죽은 지 몇 년 후, 어느 달 밝은 밤,

그는 열두 명의 남자를 이끌고 어린 시절을 보낸 마을로 은밀히 잠입했다. 이 마을에서 피비린내 나는 사건이 벌어질 것인가? 가뭄이 쿠스토디아에서 많은 가족을 몰아냈다. 그래도 사람이 살고 있는 오두막들이 있었다. 잠이 덜 깬 사람들을 한 군데로 모아놓고 부하들은 집들을 약탈했다. 전에 본 적이 없는 여자들이 눈에 띄었지만 조앙은 단 한 명도 용서하지 않았다. 노소를 불문하고 여자들은 쿠스토디오에 남아 있던 술에 흥건히 취한 강도 떼와 강제로 춤을 춰야 했고 남자들은 노래를 부르고 기타를 쳐야 했다. 여자들은 번갈아 근처 오두막으로 끌려가 강간당했다. 마침내 마을 사람 하나가 무력감 때문인지 두려움 때문인지 울음을 터뜨렸다. 사탄 조앙은 즉시 칼을 꽂아 그의 배를 갈랐다. 마치 짐승을 잡는 백정과 같았다. 일단 피를 보자 모든 일이 일사천리로 진행되었다. 미친 듯이 흥분한 강도 떼가 즉시 나팔총을 내갈기기 시작했고 쿠스토디아의 유일한 거리는 피바다를 이루고 말았다. 살인이 다는 아니었다. 사탄 조앙을 전설 속의 인물로 만든 일이 또 있었다. 조앙은 남자들의 숨이 끊어진 후에 하나하나 복수를 감행했다. 남자들의 불알을 잘라 입 안에 쑤셔박았던 것이다(경찰 끄나풀이 매번 당하는 일이었다). 조앙은 쿠스토디아에서 철수하면서 다음과 같은 글을 벽에 써놓으라고 부하에게 명령했다. "삼촌 내외는 이제 빚을 받았다."

사탄 조앙이 저질렀다는 그 악랄한 행위가 대체 어디까지 진실일까? 그처럼 수많은 방화, 납치, 강탈, 고문을 저지르기 위해서는 서른 살이라는 조앙의 나이로는 어림도 없었고 또 그가 이

끄는 무리의 수로도 역부족이었다. 20명을 넘어본 적이 없기 때문이다. 조앙이 남들과 다르다는 점이 이름을 떨치게 만들었다. 파헤우와 같은 경우였다. 다른 사람들은 자신들이 뿌린 피에 대해 흥청망청 씀으로 보상했다. 그들은 가난한 사람들에게 전리품을 나눠주었고, 지주의 창고를 소작인들에게 열어주었고, 예배당 건축을 위해 혹은 마을 수호 성인 축제 비용으로 인질극으로 벌어들인 몸값 전부를 마을 신부에게 바치기도 했다. 사람들에게서 동정을 구하기 위해서 혹은 하나님의 용서를 구하기 위해서 조앙이 그런 행동을 했다는 얘기는 전혀 없었다. 그 두 가지 일에 그는 전혀 신경 쓰지 않았다.

조앙은 강인한 사람이었다. 보통 산골 사람보다 키도 컸다. 번들번들한 피부, 툭 튀어나온 광대뼈, 쫙 찢어진 눈, 넓은 이마, 과묵한 성격의 운명론자였다. 동료나 부하는 있었지만 진정한 친구는 없었다. 여자가 하나 있기는 했다. 키세라모빈 출신 아가씨였다. 강도 떼의 끄나풀로 일하던 어느 지주의 집에서 세탁부로 일했던 연고로 알게 된 아가씨였다. 이름은 레오폴디나였다. 둥근 얼굴, 매력적인 눈매, 단단한 몸집이었다. 도피처에서 조앙과 함께 살면서 그를 따라다녔다. 오래 따라다니지는 못했다. 조앙이 여자들이 따라붙는 것을 싫어했기 때문이었다. 조앙은 아라카티에 자리를 잡아주고 정기적으로 찾아갔다. 여자와 결혼은 하지 않았다. 그래서 레오폴디나가 어느 판사를 따라 아라카티를 떠나 헤레모아보로 도망갔다는 소식이 들렸을 때 사람들은 조앙이 이 사건을 마누라가 도망친 것과 같이 모욕으로 여기지는 않을 것이라고 생각했다. 예상과 달리 조앙은 마치 마누라이기라도 한 듯이 그녀에게 복수했다. 조앙은 키세라모빈으로 갔다. 레오폴디나의 두 귀를 잘랐고, 남자 형제 둘을 불로 지졌고, 마리키나라는 열세 살 먹은 여동생을 끌고 갔다. 어느 날 새벽, 소녀가 헤레모아보 거리에 나타났다. 얼굴에는 J와 S라는 글자가 칼로 새겨져 있었다. 임신한 상태였고 커다란 종이쪽을 목에 걸고 있었다. 종이에는 강도 무리의 모든 남자가 아이의 아비라고 적혀 있었다.

 다른 강도들의 꿈은 멀리 떨어진 지방에서 땅을 장만할 수 있는 돈을 충분히 모으는 것이었다. 그곳에서 이름을 바꾸고 나머지 삶을 보낼 것이었다. 조앙은 돈을 모으지도 않았고 미래를 설계하지도 않았다. 무리가 가게나 농장을 털거나 인질을 이용해 몸값으로 한몫 건지게 되면, 조앙은 ㅍ나풀을 시켜 무기나 탄약이나 약품을 구할 몫을 떼어낸 후 나머지 돈을 부하들과 똑같이 나누었다. 이러한 대범함, 토벌대를 대비한 매복이나 토벌대의 매복에 걸려들었을 때 빠져나가는 방법을 터득한 지혜, 군기를 잡을 때 보여주는 혹독함과 수완이 부하들에게 개와 같은 충성심을 갖도록 만들었다. 부하들은 조앙과 함께 있으면 안전함을 느꼈고, 조앙은 부하 모두를 동등하게 대했다. 자기도 못하는 위험한 일을 부하들에게 강요하지 않았지만 부하들의 잘못을 결코 용납하지도 않았다. 보초를 설 때 잠이 들거나 행군할 때 뒤에 처지거나 동료의 물건을 훔친 자에게는 매질을 가했다. 버티라고 명령했음에도 후퇴한 부하가 있으면 얼굴에 이름 첫 자를 새겨 넣거나 한쪽 귀를 잘랐다. 그 자신이 손수 냉정하게 벌을 내렸다. 배신자는 자지를 잘라버렸다.

부하들은 조앙을 두려워했을 뿐만 아니라 좋아하는 것도 같았다. 어쩌면 조앙이 전쟁터에 부하를 한 사람이라도 남겨두고 도망치지 않아서였을 것이다. 아무리 위험한 지경에 빠져들더라도 부상자는 나뭇가지로 들것을 만들어 은신처까지 데려왔다. 그리고 자신이 손수 부상자를 치료했다. 필요하면 간호사를 강제로 끌고 와 부상자를 돌보게 했다. 전사자 역시 끌고 와 토벌대나 맹금류의 손이 닿지 않는 곳에 묻어주었다. 이런 일과 전투에서 부하를 지휘하는 확실한 능력 — 부하들을 나누어 일부 병력이 적을 공격하는 동안 일부는 우회하여 적의 후미를 습격하는 전술, 포위망을 뚫기 위한 작전 등 — 이 조앙의 권위를 세워주었다. 무리를 보강하기 위해 새롭게 사람을 뽑을 때도 전혀 어려움이 없었다.

그 과묵하고 집념이 강하고 유별난 대장은 부하들에게 부담스러운 존재였다. 대장은 부하들과 같은 모자를 쓰고 부하들과 같은 샌들을 신었다. 그러나 화장품이나 향수 — 부하들이 상점을 털 때 가장 먼저 달려드는 물건 — 같은 것에는 전혀 취미가 없었다. 손가락에 반지를 끼지도 않았고 가슴에 훈장을 달지도 않았다. 대장의 자루는 무리의 신참 자루보다 더 볼품이 없었다. 대장이 유일하게 약점을 보이는 대상은 떠돌이 소리꾼들이었다. 그들만큼은 부하들이 함부로 다루는 것을 결코 용납하지 않았다. 소리꾼들을 정중하게 모셨다. 무슨 얘기를 청하고는 조용히 귀를 기울였다. 이야기가 진행되는 동안에는 말을 가로막지 않았다. 집시 서커스단을 만나면 공연을 하게 했고 선물을 주어 보냈다.

언젠가, 누군가가 사탄 조앙의 말을 들었다. 병이나 가뭄보다 술 때문에 더 많은 사람들이 죽어가는 것을 보았다. 술은 조준을 흐리게 하고 말도 안 되는 일로 서로 칼부림하도록 만든다. 이 말을 증명이라도 하려는 듯, 헤랄도 마세도 대위가 토벌대를 이끌고 습격했을 때 무리 모두가 술에 취해 있었다. 강도 사냥꾼이라는 별명이 붙은 대위는 조앙이 바이아 자치당이 파견한 대표단을 습격한 이후에 그를 추격해왔다. 대표단은 칼룸비 농장에서 카냐브라바 남작과 면담을 마치고 돌아오던 중이었다. 조앙은 매복한 채 대표단을 기다렸다. 조앙은 호위병들과 정치인들을 쫓아버리고 가방, 말, 옷, 돈을 약탈했다. 남작이 직접 마세도 대위에게 전갈을 보내 강도 우두머리 머리에 특별 현상금을 걸었다.

로사리오에서 일은 벌어졌다. 50여 호쯤 되는 마을이었다. 조앙의 부하들이 2월 어느 날 새벽에 나타났다. 파헤우가 이끄는 경쟁자 무리와 한바탕 피비린내 나는 싸움을 끝낸 직후였다. 쉬고만 싶었다. 마을 주민이 먹을 것을 가져왔다. 조앙은 나팔총, 엽총, 화약 총알 등을 받고 그에 대한 값을 치렀다. 로사리오 주민들은 무리에게 기다렸다가 이틀 후에 있을 소몰이꾼 남자와 마을 주민의 딸과의 결혼식에 참석해 달라고 청했다. 조아킴 신부가 결혼식을 집전하기 위해 쿰베에서 올라왔을 때, 바로 그날 정오, 예배당은 꽃으로 장식되어 있었고 마을 주민들은 최고로 좋은 옷을 차려입고 있었다. 신부는 너무 긴장해 있었다. 그래서 말을 더듬거리며 기를 못 펴고 있는 신부를 보고 강도 떼가 웃음을 터뜨렸다. 신부는 미사를 드리기 전에 마을 주민 절반의 고해를 들었다. 물론 강도들도 여럿 끼어 있었다. 강도 떼는 폭죽 놀이를 구경한 후에 바깥 나무 그늘 아래에서 점심을 먹으며 주민들과 건배했다. 그리고 신부는 쿰베로 돌아가기 위해 급히 서둘렀다. 조앙은 문득 의심이 들었다. 조앙은 누구도 로사리오를 빠져나갈 수 없다고 선언했다. 조앙이 직접 주변을 수색했다. 이쪽 산자락에서 맞은편 산자락까지. 바싹 마른 강바닥까지 뒤졌다. 위험한 징조는 전혀 찾을 수 없었다. 조앙은 인상을 쓰고 잔치 자리로 돌아왔다. 술에 취한 부하들이 주민들과 섞여 춤을 추고 노래를 불렀다.

30여 분 후, 조바심을 이기지 못한 조아킴 신부는 몸을 부들부들 떨며 울먹이는 소리로 실토했다. 마세도 대위와 토벌대가 이곳을 공격하기 위해 산 위에서 지원병을 기다리고 있다. 강도 사냥꾼이 무슨 수를 써서라도 시간을 끌라고 했다. 이때 강 쪽에서 첫번째 총성이 울렸다. 마을은 포위되어 있었다. 조앙은 우왕좌왕하는 부하들에게 외쳤다. 어두워질 때까지 버텨야 한다. 그러나 부하들은 너무 취해 있었기 때문에 어느 쪽에서 총알이 날아오는지조차 파악하지 못했다. 부하들은 토벌대의 콤블레인 기관총 앞에 여지없이 드러났고 울부짖으며 쓰러져갔다. 십자포화 속에서 빠져나가려는 여자들이 내지르는 비명 소리에 정확히 총알이 날아들었다. 어둠이 내렸을 때는 네 명의 강도만 살아남았다. 어깨에 관통상을 입고도 끝까지 싸운 조앙은 정신을 잃었다. 부하들은 조앙을 들것에 싣고 산을 오르기 시작했다. 갑자기 쏟아진 소나기를 틈타 포위망을 뚫었다. 동굴에서 4일간 숨어 있다가 테피도로 숨어들었다. 돌팔이 의사 하나가 조앙의 열을 내려주고 상처를 싸매주었다. 사탄 조앙이 걸을 수 있게 되기까지 2주간 그곳에서 지체했다. 테피도를 빠져나가던 날 밤에 소식이 들렸다. 마세도 대위가 로사리오에서 전사한 동료들의 머리를 잘라 나무통에 담아 갔다고 했다. 머리를 육포처럼 소금에 절였다고 했다.

조앙은 다른 사람들의 행운이나 불운에 신경 쓰지 않고 다시 치열한 삶으로 뛰어들었다. 다시 행군을 시작해 약탈하고 싸움을 벌이고 몸을 숨겼다. 한 치 앞도 내다볼 수 없는 삶을 살았다. 사탄 조앙의 가슴속에는 무엇이라 단정할 수 없는 느낌이 살아 있었다. 확실한 느낌이었다. 그렇다, 언제라도, 오래도록 기억에 남아 있던, 그를 기다렸던 그 무언가가 이제 곧 닥칠 것이었다.

다 허물어져가는 오두막 한 채가 칸산사오로 가는 길목 어귀에 나타났다. 50여 명의 누더기들 앞에서 검붉은 수도복을 걸친 가무잡잡하고 키가 큰 남자 하나가 얘기하고 있었다. 남자는 말을 끊지도 않았고 방금 도착한 사람들 쪽으로 눈길 한 번 주지 않았다. 조앙은 성자의 말을 듣는 동안 머릿속이 아찔해오는 것을 느낄 수 있었다. 어느 죄인에 대해 얘기하고 있었다. 이 남자는 세상의 온갖 죄는 다 저질렀다. 그러나 회개한 후에는 개처럼 살았다. 하나님의 용서를 받고 천국으로 올라갔다. 남자는 애기를 마치고 새로 온 사람들을 쳐다보았다. 남자는 주저 없이 눈을 내리깔고 있던 조앙을 향했다. "네 이름이 무엇이냐?" 조앙에게 물었다. "사탄 조앙입니다." 강도는 우물우물 대답했다. "이제부터는 조앙 아바데라 부르는 것이 좋겠다. 선하신 주님의 사도니라." 남자는 쉰 목소리로 말했다.

몬테 마르시아노 출신 조앙 에반헬리스타 신부와의 면담 내용을 『혁명의 불꽃』에 우송한 지 3일이 지났다. 갈릴레오 갈은 누군가 카틸리나 서점의 골방 문을 두드리는 것 같았다. 형사들임을 한눈에 알 수 있었다. 형사들은 신분증을 요구하고, 방을 수색하고, 살바도르에서 무슨 일을 하는지 캐물었다. 다음날 추방 명령이 떨어졌다. 불순한 외국인이라는 것이었다. 얀 반 리히스테드 노인이 손을 쓰고, 호세 바우티스타 데 사 올리베이라 박사가 루이스 비아나 주지사에게 편지를 써 보증을 서겠다고 했다. 그러나 당국은 완강하게 갈에게 통고했다. 1주일 후 유럽행 '라 마르세유' 호를 타고 브라질을 떠나야 한다고 했다. 3등석 표를 무료로 끊어주었다. 갈은 친구들에게 말했다. 추방 — 투옥이든 사형이든 — 은 모든 혁명가들이 감수해야 할 일이다. 나는 어려서부터 이런 일을 일용할 양식으로 삼아왔다. 그는 확신했다. 추방 명령을 받은 후에 영국 영사와 프랑스 영사와 에스파냐 영사를 만났다. 그러나 그 어느 곳에서도 경찰이 손대지 않았다. '라 마르세유' 호가 아프리카에 기항할 때 아무데서나 연기처럼 사라질 수 있다. 아니면 리스본 항구에서 사라질 수도 있다. 그는 두렵지 않은 것 같았다.

얀 반 리히스테드와 마찬가지로 올리베이라 박사 역시 갈이 자비로운 성모마리아 수도원을 방문했던 일에 대해 토해냈던 열변을 들었다. 그러나 갈이, 브라질에서의 추방 명령이 임박해서, 떠나기 전에 "카누도스의 형제들을 위해 무슨 일인가 해야겠다"고 했을 때는 놀라지 않을 수 없었다. 카누도스 형제들과의 연대를 위해 대중 집회를 소집하겠다는 것이었다. 바이아에 있는 자유를 사랑하는 사람들을 불러내서 설명해주어야 한다고 했다. "카누도스에서 자발적으로 혁명이 싹트고 있습니다. 진보적인 사람이라면 그 혁명을 지지해야 합니다." 얀 반 리히스테드와 올리베이라 박사는 갈을 설득시키기 위해 애를 썼다. 무분별한 짓이라고 누누이 지적했다. 그러나 갈은 좌우지간 바이아의 유일한 야당 신문에 호소문을 싣겠다고 고집했다. 『뉴스 저널』이 호소문을 실어주지 않았지만 갈은 포기하지 않았다. 유인물을 찍어서 길거리에서 직접 나눠주는 방법에 대해 가능성을 타진해보았다. 결국 어떤 사건이 터지면서 그는 유인물을 쓸 수 있게 되었다. "마침내! 너무 안이하게 살았어. 그러니 정신머리가 썩어들어갈 밖에."

추방 이틀 전, 저물녘에 일이 터졌다. 얀 반 리히스테드가 다

꺼져가는 파이프를 손에 들고 골방으로 들어왔다. 두 사람이 갈에 대해 캐물었다고 전했다. "경호원 놈들이야." 그는 경고했다. 권력자들이나 당국이 수상쩍은 짓거리에 사용하기 위해 고용한 사람들을 그렇게 부른다는 사실을 갈은 알고 있었다. 실제 그 사람들의 인상은 고약했다. 그러나 무장은 하지 않았고 태도도 겸손했다. 뵙고자 하시는 분이 계십니다. 누군지 알 수 있습니까? 안됩니다. 찜찜한 기분으로 놈들을 따라나섰다. 그들은 갈을 호위하여 대본당 광장을 지나, 시내 중심가를 지나, 변두리를 지나, 시를 빠져나왔다. 어둠 속을 헤쳐 포장도로 — 콘셀레이로 단타스로(路), 포르투갈로, 다스 프린세사스로 — 와 산타 바르바라 시장과 산 후안 시장을 뒤로 했을 때, 그들은 갈을 마차가 다니는 샛길로 들어서게 했다. 바라로 향하는 해안 도로였다. 갈릴레오 갈은 당국이 자신을 추방하는 대신 죽이기로 결정한 것은 아닐까 하는 생각이 들었다. 그러나 함정은 아니었다. 석유등이 밝혀진 여관에서 『뉴스 저널』 주간이 기다리고 있었다. 에파미논다스 곤살베스는 악수를 청하고 자리를 권했다. 거두절미하고 본론으로 들어갔다.

"추방 명령에도 불구하고 브라질에 머물고 싶으십니까?"

갈릴레오 갈은 대답 없이 쳐다만 보고 있었다.

"저 카누도스에서 벌어지는 일에 진심으로 관심이 있습니까?" 에파미논다스 곤살베스가 물었다. 방에는 두 사람뿐이었다. 밖에서 경호원들의 말소리와 단조로운 파도 소리가 들렸다. 공화진보당 당수가 갈을 주시하고 있었다. 매우 진지한 표정이었다.

구두 뒤축을 울리고 있었다. 갈릴레오가 『뉴스 저널』 사무실에서 만났을 때처럼 그는 회색 양복을 입고 있었다. 그러나 그때처럼 무사태평하고 엉큼한 표정이 아니었다. 긴장하고 있었다. 이마에 잡힌 주름이 그 앳된 얼굴을 나이 들어 보이게 했다.

"둘러대는 것은 성미에 맞지 않습니다." 갈이 입을 열었다. "요점을 말씀해주시지요."

"카누도스로 폭도들에게 무기를 가져다주실 의향이 있으신지 알고 싶습니다."

갈릴레오는 아무 말 없이 상대방 눈을 똑바로 쳐다보며 잠시 기다렸다.

"바로 이틀 전 일입니다. 폭도들에게 일말의 동정도 보이지 않으셨죠." 천천히 얘기했다. "남의 땅을 빼앗아 뒤죽박죽 사는 것이 짐승들 같다고 했습니다."

"그건 공화진보당의 생각입니다." 에파미논다스 곤살베스는 인정했다. "제 생각도 마찬가집니다."

"그렇다면……." 갈은 머리를 앞으로 조금 내밀며 말을 재촉했다.

"그렇지만 우리 적의 적은 우리편입니다." 에파미논다스 곤살베스는 구두 뒤축 울리기를 멈추고 단언했다. "바이아는 반동 지주 놈들의 거점입니다. 군국주의자들의 온상입니다. 우리가 공화국을 세운 지 8년이나 지났는데도 말입니다. 바이아에 대한 카냐브라바 남작의 독재를 종식시키기 위해서는 내륙 지방에 있는 강도 떼와 세바스티아니스타 패거리를 도울 필요가 있습니다.

저는 그렇게 할 것입니다. 우리는 점점 뒤처지고 있고 점점 가난해지고 있습니다. 늦기 전에 무슨 수를 써서라도 저 독재자를 몰아내야 합니다. 카누도스가 버티게 되면 루이스 비아나 정권은 위기에 빠질 것이고, 조만간 연방에서 개입하게 될 것입니다. 리우데자네이루가 개입하는 순간 바이아는 더이상 자치주의자들의 영지가 될 수 없습니다."

"그럼 공화진보주의자들의 왕국이 되겠지요." 갈이 중얼거렸다.

"우리는 왕을 믿지 않습니다. 우린 골수까지 공화주의자입니다." 에파미논다스 곤살베스가 지적했다. "제 말을 이해하신 것으로 알겠습니다."

"그 점은 이해합니다." 갈이 말했다. "그러나 이해 못할 점이 있습니다. 공화진보당이 야군소들을 무장시키겠다면, 왜 하필 저를 통해야 합니까?"

"공화진보당은 범법자들을 도와주는 것도 그들과 관계를 맺는 것도 원치 않습니다." 에파미논다스 곤살베스는 또박또박 말을 끊었다.

"존경하는 에파미논다스 곤살베스 의원님, 그렇다면," 갈릴레오 갈이 말했다. "왜 저를 통해서입니까?"

"존경하는 에파미논다스 곤살베스 의원님께서는 폭도들을 지원할 수 없습니다." 『뉴스 저널』 주간은 또박또박 말을 끊었다. "가깝거나 멀거나, 어느 누구도 이 분과 연관되어서는 안 됩니다. 존경하는 의원님께서는 공화주의와 민주주의의 이상을 수호하기 위해 자치주의자들, 막강한 적수입니다. 틈바구니에서 불리한 싸움을 치르고 계십니다. 그래서 그와 같은 위험을 감수하실 수 없습니다." 웃었다. 갈은 그의 탐욕스러운 하얀 치열을 볼 수 있었다. "본인 스스로 제안한 일입니다. 그러니까, 그저께 당신의 그 이상스런 방문이 없었더라면 이런 일은 결코 없었을 겁니다. 당신의 방문으로 생각해보게 되었습니다. 당신의 방문으로 이런 생각을 해낸 것입니다. '폭도들을 위해 대중 집회를 호소할 정도로 미친 사람이라면 그들에게 총도 갖다줄 수 있을 것이다.'" 그는 웃음을 멈추고 진지하게 말했다. "이런 경우에는 솔직한 것이 최선입니다. 당신만이 할 수 있습니다. 당신은 어떤 경우에도, 발각되거나 체포되어도, 나나 우리 정당 동지들을 끌어들이지 않을 겁니다."

"그 말은 그러니까, 체포된다 해도 당신들 도움은 기대할 수 없다는 뜻입니까?"

"이제 이해하셨군요." 에파미논다스 곤살베스는 또박또박 말을 끊었다. "거절하신다면, 안녕히 가십시오. 저를 본 사실을 잊어주십시오. 승낙하신다면, 값을 흥정해봅시다."

스코틀랜드인은 의자에서 몸을 뒤척였다. 작은 나무 의자가 삐걱거렸다.

"값이라니?" 갈은 눈을 깜박이며 중얼거렸다.

"수고비 말입니다." 에파미논다스 곤살베스가 말했다. "잘 해주겠소. 이후에 출국하실 때 안전도 보장하겠소. 그러나 신념에 따라 그냥 하신다 해도, 당신이 판단할 일입니다."

"잠깐 바람 좀 쐬어야겠소." 갈릴레오 갈이 자리에서 일어나며 말했다. "혼자 있을 때 생각이 잘 나니까. 오래 걸리지 않소."

여관에서 나오자 비가 오는 것 같았다. 파도에서 떨어져 나온 물기였다. 경호원들이 길을 열어주었다. 경호원들에게서 강하고 독한 담배 냄새를 맡을 수 있었다. 달이 떠 있었다. 부글거리는 듯한 바다는 상쾌하고 짭짤한 향기를 내뿜었다. 향기가 가슴속 깊이 파고들었다. 갈릴레오 갈은 모래사장과 드문드문 흩어진 바위를 지나 작은 요새까지 걸었다. 대포 한 문이 수평선을 겨냥하고 있었다. 그는 생각했다. "지금 공화국이 바이아에 대해 갖고 있는 권위는 로브 로이 맥그레거가 활약하던 시대, 아버보일 너머에서의 영국 왕의 권위만큼이나 미약하다." 피가 끓어올랐지만 문제를 객관적으로 보려고 애썼다. 몸에 밴 습관이었다. 혁명가가 부르주아 정치꾼과 결탁하는 짓이 윤리적으로 옳은가? 그 결탁으로 야군소들을 도울 수 있다면, 옳은 일이다. 무기를 공급하는 것이야말로 최선의 도움이 될 것이다. 카누도스 사람들에게 내가 무슨 도움이 될 수 있을까? 쓸데없는 겸손은 집어치우자. 정치 투쟁에 몸을 단련시키며 평생을 혁명에 헌신한 사람이라면 그들을 도울 수 있을 것이다. 어떤 일을 결정할 때나 전투가 벌어질 때. 어쨌든 경험이 최고다. 세상 모든 혁명가들에게 그들의 경험을 들려줄 수도 있다. 그곳에 뼈를 묻을 수도 있다. 그렇다 해도, 병들어 죽거나 늙어 죽는 것보다는 더 바람직한 결말이 아니겠는가. 갈릴레오 갈은 여관으로 돌아왔다. 문턱에서 에파미논다스 곤살베스에게 말했다. "저는 그 일을 할 정도로 미친놈입니다."

"원더풀." 정치인은 눈을 반짝이며 갈릴레오 갈을 흉내냈다.

5

 선지자는 설교를 통해 악마의 주구들이 자신을 잡으러 올 것이며 도시를 살육할 것이라고 수도 없이 예고했다. 그래서 바이아 보병 제9대대 소속 1개 중대가 성자 체포 임무를 띠고 바이아를 출발했다는 소식을 조아세이로에서 말을 타고 온 순례자들이 전해주었을 때 카누도스 사람들은 누구 하나 놀라지 않았다.
 예언이 실현되기 시작했다. 선지자의 말이 구체적 현실로 나타나기 시작했던 것이다. 소식은 사람들을 흥분시켰다. 남녀노소 모두 하나같이 나섰다. 엽총, 소총, 심지어 총구멍에 기름칠을 해야 하는 부싯돌식 철포까지 즉시 동원되었다. 탄약통에는 총알이 채워졌다. 사람들은 즉시 단도와 식칼을 허리에 차고 호미, 낫, 창, 송곳, 새총, 활, 몽둥이, 돌멩이를 손에 들었다.
 이 세상 종말이 시작되던 바로 그날 밤, 카누도스의 모든 주민들이 선지자의 말씀을 듣기 위해 선하신 예수님의 성전 — 골조만 갖춘 2층 건물, 탑은 막 올라가기 시작했고 벽은 세우는 중이었다 — 주변으로 몰려들었다. 선택된 사람들의 열기가 공기를 뜨겁게 달구었다. 선지자는 그 어느 때보다도 더 깊은 생각에 잠긴 듯했다. 조아세이로 순례자들이 소식을 전한 후로 전혀 입을 열지 않았다. 성전 건축에 사용될 돌, 다져진 바닥, 모래와 자갈이 섞인 비율 등을 살피고 다닐 뿐이었다. 너무나 열중해 있었기 때문에 아무도 감히 방해할 수 없었다. 그 고난에 찬 그림자가 그들이 준비하는 것을 허락했다는 사실을 누구나 느낄 수 있었다. 활에 기름칠하면서도, 대포나 나팔총 총신을 손보면서도, 화약을 말리면서도, 그날 밤 하나님께서 선지자의 입을 통해 가르침을 주실 것임을 누구나 알 수 있었다.

선지자의 목소리는 별이 총총한 하늘 아래, 바람 한 점 없는 허공 속에 울려 퍼졌다. 목소리가 허공 속에 멈추어선 것 같았다. 맑고 고요한 그 목소리는 모든 두려움을 말끔히 씻어주었다. 전쟁을 얘기하기 전에 우선 평화에 대해, 죄와 고통이 없는 미래의 삶에 대해 얘기했다. 악마가 패배하면 성령이 다스리는 왕국이 세워질 것이다. 최후의 심판 전에 있을 마지막 천년 왕국이 도래할 것이다. 카누도스가 이 왕국의 수도가 될 것인가? 선하신 예수님께서 원하시면 그렇게 될 것이다. 그때에는 공화국의 사악한 법령이 폐기될 것이고 신부들은 처음에 그랬던 것처럼 다시 돌아와 양떼를 위해 헌신할 것이다. 산골은 은혜로운 비로 푸르름을 되찾을 것이다. 옥수수가 열릴 것이고 가축도 넘쳐날 것이다, 모두가 함께 먹을 것이며 각 가정마다 우단으로 치장한 관에 죽은 이들을 장사지낼 것이다. 그러나 먼저 적그리스도를 물리쳐야 한다. 십자가와 성령의 형상을 새긴 깃발을 만들어야 한다. 그것을 보고 적은 진정한 종교가 누구 편인지 알 수 있을 것이다. 그리고 예루살렘을 탈환하기 위해 출정했던 십자군처럼 싸움터로 나갈 것이다. 찬양하며 기도하며 성모마리아와 우리 주님께 감사하며 나아갈 것이다. 십자군이 승리를 거둔 것처럼 우리 선하신 주님의 십자군 부대 역시 공화국을 쳐부술 것이다.

  그날 밤, 카누도스에서 잠을 잔 사람은 하나도 없었다. 기도를 드리는 사람, 전쟁을 준비하는 사람, 모두 서서 밤을 지샜다. 부지런한 사람들은 십자가를 만들고 깃발을 꿰맸다. 날이 밝기 전에 모든 준비가 끝났다. 십자가는 길이가 아홉 자에 넓이가 여섯 자였다. 깃발은 시트 네 장을 연결해 만들었다. 베아티토는 깃발에 날개를 활짝 편 하얀색 비둘기를 그려 넣었고 레온 데 나투바가 달필로 격문을 써 넣었다. 성전 건축 공사를 계속하기 위해 (건축 공사는 주일을 제외하고 밤낮으로 진행되었다) 안토니오 빌라노바가 지명한 몇 사람만을 카누도스에 남기고 나머지 주민은 모두 새벽 여명을 뚫고 벤뎅고와 조아세이로를 향해 출발했다. 마침내는 선(善)이 승리한다는 진리를 증명하기 위해 이 땅의 악(惡)의 수령들과 싸우기 위해서였다. 선지자는 사람들이 떠나는 모습을 보지 않았다. 산 안토니오 교회에서 그 사람들을 위해 기도를 드리고 있었던 것이다.

  군인들을 만나기까지 백여 리를 걸어야 했다. 사람들은 찬양하며 기도하며 하나님과 선지자에게 감사를 드리며 걸었다. 캄바이오 산을 넘은 후에 잠시 쉬었다. 용무가 급한 사람들은 구불구불한 행렬을 살며시 벗어나 바위 뒤에서 용무를 마치고 행렬을 따라잡았다. 꼬박 하루 낮 하루 밤 동안 메마른 벌판을 걸었다. 잠시 쉬어가자는 사람은 하나도 없었다. 작전도 없었다. 가끔 마주치는 여행객들은 그들이 싸우러 간다는 말에 놀라곤 했다. 그것은 마치 축제 행렬 같았다. 나들이옷을 입은 사람도 있었다. 무기를 들고 악마와 공화국을 저주했지만 얼굴에 나타난 밝은 표정이 고함 소리에 담긴 증오심을 희석시켰다. 십자가와 깃발이 길을 열었다. 십자가는 한때 강도였던 페드랑이 졌고 깃발은 한때 노예였던 조앙 그란데가 들었다. 그 뒤를 마리아 쿠아드라도와 알레한드리냐 코레아가 베아티토가 그린 선하신 예수님의 초상이 든 상자를 들고 따랐고, 그 뒤를 먼지를 뒤집어쓴 선택된 사람들이 어수선하게 따라붙었다. 옛날 옛날에 물부리로 사용되었고 또 목동들이 구멍을 뚫어 양떼를 모으기 위한 피리로 사용하였던 갈대를 불며 기도문을 읊는 사람들이 많았다.

행진중에, 알게 모르게, 피는 물보다 진한 것인지라, 대열이 다시 정돈되었다. 한때 같이 몰려다니던 사람들이 서로 모였고, 같은 부락, 같은 동네 사람들이 서로를 찾았고, 가족들이 한자리에 모였다. 시간이 다가옴에 따라 누군가 아는 사람이, 어려운 순간을 함께 보낸 사람이 옆에 있어주기를 바라는 것 같았다. 사람을 죽여본 경험이 있는 사람들이 앞장섰다. 밤을 밝히는 반딧불이 때문에 우아우아라고 불리는 마을로 다가감에 따라 조앙 아바데, 파헤우, 타라멜라, 호세 베난시오, 마캄비라 형제 등 반란을 일으켰거나 도망 다니던 사람들이 행렬 혹은 군대의 선주인 십자가와 깃발 주위로 모여들었다. 누가 말해주지 않아도 그들은 알고 있었다. 공격이 시작되면 시범을 보이기 위해, 자신들의 노련함과 죄악 때문에, 자신들이 부름받았다는 사실을.

한밤이 지났다. 마을의 소작인 하나가 빠져나와 그들에게 정보를 제공했다. 전날 104명의 군인들이 조아세이로에서 올라와 우아우아에서 야영하고 있다고 했다. 투지를 불사르는 우렁찬 함성 — 선지자 만세! 선하신 예수님 만세! — 이 선택된 사람들에게 용기를 주었다. 그들은 열광하며 걸음을 재촉했다. 새벽녘에 우아우아가 멀리 보였다. 몬테 산토에서 쿠라사로 가는 몰이꾼들이 반드시 쉬어 가는 오두막 몇 채가 있는 마을이었다. 마을 수호 성인인 세례 요한에게 바치는 기도문을 읊조리기 시작했다. 마을 외곽, 저수지 언저리에서 보초를 서며 졸고 있던 군인들 앞에 느닷없이 행렬이 나타났다. 군인들은 믿을 수 없다는 듯 잠시 행렬을 쳐다보더니 달리기 시작했다. 선택된 사람들은 기도하며 찬양하며 피리를 불며 우아우아로 들어왔다. 12일이나 걸려 겨우 이곳에 도착한 백여 명의 군인들을 잠에서 끌어내 이 고통스러운 현실 속으로 패대기쳤다. 군인들은 자신들의 잠을 깨운 그 기도 소리를 이해하지 못했다. 우아우아에는 군인들만 있었다. 주민들은 밤새 모두 도망가 버렸다. 주민들은 길에서, 광장 타마린도 나무 주위를 맴돌면서 군인들을 지켜보고 있었다. 군인들은 문이나 창문으로 얼굴을 내밀고 두려움을 삭이며 총을 쏘아야 할지, 달아나야 할지, 아니면 그물 침대나 평상으로 돌아가 잠을 잘 것인지 망설이고 있었다.

수탉의 꼬끼오 소리를 삼켜버린 울부짖는 듯한 호령 소리로 사격이 시작되었다. 군인들은 오두막 칸막이 뒤에 숨어 총을 쐈다. 그리고 선택된 사람들이 피칠갑이 되어 쓰러지기 시작했다. 대열은 흩어졌다. 대부분의 사람들이 뿔뿔이 흩어지는 가운데 몇몇 대담한 무리는 조앙 아바데, 호세 베난시오, 파헤우를 뒤따라 오두막을 향해 돌진했다. 사각 지대로 달아나 몸을 숨기는 사람도 있었고 타마린도 나무 뒤에 몸을 숨기는 사람도 있었다. 선택된 사람들도 응사했다. 소총이나 나팔총으로 무장한 사람들과 구식 대포에 화약을 채워 흙먼지 구름 속에서 목표물을 겨눌 수 있었던 사람들은 총을 쏘았다. 십자가와 깃발은, 수시간에 걸친 전투와 소란 속에서도, 하나는 곧게 하나는 춤을 추면서 줄곧 서 있었다. 그 십자로 한가운데에서, 깃발은 비록 갈기갈기 찢겼지만 다른 깃발들과 함께 오래 보존되었다. 뒷날 모든 사람들이 알게 될 것이었다. 무엇이 승리의 비결이었는지. 페드랑도, 조앙 그란데도, 예수님의 얼굴이 든 상자를 맡았던 만인의 어머니도 그 전투에서 살아남았던 것이다.

승리는 쉽지 않았다. 그 장시간에 걸친 소란 속에서 많은 순교자가 발생했다. 내달리고 총을 쏘는 중간중간 정적이 감돌기도 했다. 그것도 잠시, 다시 소란이 벌어졌다. 그러나 정오가 되기 전에 선지자측 사람들은 옷을 반만 걸친 무리가, 상관의 명령에 의해서인지 혹은 야군소들 앞에서 주눅이 들어서인지, 들을 가로질러 허둥지둥 달아나는 것을 보고 승리했음을 알 수 있었다. 군인들은 무기도, 군복도, 각반도, 군화도, 배낭도 내버리고 달아났다. 맞힐 수 없다는 것을 알면서도 총을 쏘아댔지만 추적하는 사람은 아무도 없었다. 탈출에 성공한 군인들도 있었지만 길모퉁이에 매복해 있던 야군소들에게 걸려들어 몽둥이질과 칼질로 졸지에 목숨을 잃은 군인들도 있었다. 군인들은 죽어가면서 개새끼, 악마라고 부르는 소리와 몸뚱이가 썩어드는 바로 그 순간 영혼도 벌받게 될 것이라고 예언하는 소리를 들었다. 승리 후에 몇 시간 동안 사람들은 우아우아에 머물렀다. 대부분이 서로서로 몸을 의지해 졸면서 행군으로 인한 피로와 전투로 인한 긴장감을 풀었다. 몇몇은 조앙 아바데를 필두로 군인들이 버리고 간 소총, 탄약, 총검, 탄약통을 찾아 오두막을 뒤졌다. 마리아 쿠아드라도, 알레한드리냐 코레아 헤르투르디스, 팔에 총을 맞고도 여전히 생생한 테레이나 출신 행상 여자는 야군소의 시체를 카누도스에 묻기 위해 그물 침대로 옮겼다. 의술을 안다는 여자나 남자, 산파, 접골사, 거들기 좋아하는 사람들은 부상자를 둘러싸고 피를 닦아주고 붕대를 감아주었고, 그도 못하면 그냥 기도를 해주며 고통을 나눠가졌다.

선택된 사람들은 시체와 부상병을 들것에 싣고 밧사 바리스강을 따라 백여 리 길을 되짚어왔다. 이번에는 서두르지 않았다. 하루하고도 반나절이 지나 선지자 만세를 외치며 카누도스로 귀환했다. 성전 건축 공사를 위해 남아 있던 사람들이 박수를 치고 얼싸안고 웃음을 터뜨렸다. 사람들이 떠난 후 식음을 전폐했던 선지자는 그날 오후 성전 탑에 세워놓은 발판에 올라 설교했다. 죽은 사람들을 위해 기도를 올렸고 승리를 허락하신 선하신 예수님과 세례 요한에게 감사 드렸다. 그리고 악이 어떻게 이 땅에 뿌리를 내리게 되었는지 설명했다. 태초 이전에는 하나님께서 모든 것을 주관하셨고 이 세계는 존재하지 않았다. 이 세상을 창조하시기 위해, 공간을 만들기 위해 아버지께서는 스스로 몸을 움츠리시어야 했다. 아버지께서 내주신 그 빈 공간에 7일에 걸쳐 별과 빛과 물과 식물과 동물과 사람이 생겨났다. 그러나 신성한 것을 취해 이 세상을 지으실 때 그에 합당한 조건 역시 제시되었다. 아버지의 철천지원수, 다시 말해 죄악, 또한 자리를 차지하게 되었다. 그렇게 해서 이 세상은 악마의 세계처럼 악하게 태어났다. 그러나 아버지께서는 우리를 너무나 불쌍히 여기셔서 독생자를 보내시어 악마가 다스리는 이 세상을 하나님을 위해 회복하게 하셨다.

카누도스 거리 하나에 우아우아의 수호 성인인 세례 요한의 이름을 붙일 것이라고 선지자는 선언했다.

"비아나 주지사는 카누도스에 새로 원정대를 파견하려 하고 있소." 에파미논다스 곤살베스가 말한다. "내가 잘 아는 페브로니오 데 브리토 소령이 지휘하는 부대요. 이번에는 우아우아에서 습격당했던 것처럼 소부대가 아니오. 1개 대대요. 언제라도 바이아를 출발할 것이오. 아니 벌써 출발했는지도 모르오. 시간이 없소."

"내일 당장 떠날 수 있소." 갈릴레오 갈이 대답한다. "길잡이가 대기중이오. 무기를 가져갑니까?"

에파미논다스가 갈에게 여송연을 권한다. 갈은 고갯짓으로 거절한다. 두 사람은 버들가지 발걸이 의자에 앉아 있다. 케이마다스와 하코비나 중간 지점에 있는 어느 농장의 어수선한 테라스다. 성경에서 따온 가야바라는 이름의 벌거숭이 마부가 갈을 이곳까지 안내했다. 길을 제대로 기억하지 못하게 하기 위해 산지를 돌고 또 돌고 했다. 날이 저물 무렵이다. 나무 난간 너머로 한 줄로 늘어선 야자나무, 비둘기집 한 채, 가축 울타리 몇 개가 보인다. 검붉은 둥근 태양은 지평선을 불태우고 있다. 에파미논다스 곤살베스는 느긋하게 여송연을 빨아들인다.

"프랑스제 소총 스무 자루, 품질이 좋은 것이오." 담배 연기 사이로 갈을 바라보며 중얼거린다. "실탄이 1만. 가야바가 케이마다스 외곽까지 마차로 실어다줄 것이오. 피곤하지 않으시면, 내일 당장 카누도스에 도착하기 위해서는 오늘 밤 무기를 갖고 돌아가는 게 좋아요."

갈릴레오 갈은 동의한다. 피곤하다. 그러나 몇 시간만 눈을 붙이면 충분할 것이다. 테라스에는 모기가 들끓는다. 한손을 얼굴로 들어올려 모기를 쫓는다. 피곤했지만 뿌듯했다. 기다림에 지쳐 안달이 나기 시작했다. 저 공화당 정객이 계획을 바꿀까봐 걱정이었다. 그날 아침, 벌거숭이 남자가 은혜로우신 성모마리아 여관에 불쑥 나타나 약속한 암호를 대고 그를 끌어냈을 때, 너무 흥분해서 아침마저 잊을 정도였다. 먹지도 마시지도 못하고 납덩이 같은 태양을 이고 이곳까지 왔다.

"오래 기다리시게 해서 죄송합니다. 그러나 무기를 모아 이곳까지 운반하는 일이 만만치가 않았습니다." 에파미논다스 곤살베스가 말한다. "마을들을 지날 때 시의원 선거 운동을 볼 수 있었습니까?"

"바이아 자치당이 당신네보다 선거 비용을 더 많이 쓰고 있더군요." 갈이 하품한다.

"놈들은 필요한 것을 다 가졌소. 비아나의 돈, 정부 공자금, 바이아 의회 자금. 뭐니뭐니해도 남작의 돈이 큽니다."

"남작은 크레소만큼 억만장자가 아니오?" 갈이 갑자기 관심을 보인다. "신화적인 인물. 고고학에서도 관심을 보이는 인물. 케이마다스에서 그 사람에 대해 몇 가지 알 수 있었습니다. 당신이 소개시켜준 루피노를 통해서 말이죠. 그 사람 부인은 한때 남작의 소유였습니다. 그렇죠, 암양이나 암송아지처럼 남작의 소유였습니다. 남작이 그 여자를 루피노에게 부인으로 선물했습니다. 루피노 자신도 남작의 소유물이었던 듯 그에 대해 얘기했습니다. 원한도 없이, 충실한 개새끼처럼 말입니다. 흥미 있는 일이죠, 곤살베스 씨. 중세가 이곳에 살아 있는 겁니다."

"우리는 바로 그것에 대항해 투쟁하는 겁니다. 바로 그렇기 때문에 우리는 이 땅을 근대화시키고자 합니다." 여송연 재를 입으로 불어내며 에파미논다스가 말한다. "바로 그렇기 때문에 제국이 무너졌습니다. 바로 그렇기 때문에 공화국이 존재하는 겁니다."

'그에 대항해서 싸우는 사람들은 오히려 야군소들이오.' 갈릴레오 갈은 머릿속으로 잘못을 고쳐준다. 언제라도 잠들어버릴 것 같다. 에파미논다스 곤살베스가 자리에서 일어난다.

"길잡이에게는 뭐라고 했소?" 테라스를 거닐며 묻는다. 귀뚜라미가 울기 시작했다. 이제 덥지 않다.

"사실을." 갈이 대답했고 『뉴스 저널』 주간은 순간 얼어붙는다. "당신 이름은 전혀 언급하지 않았소. 내 얘기만 했소. 원리원칙에 의거해 카누도스에 가려 한다. 이념적이고도 윤리적인 연대를 확보하기 위해서다."

에파미논다스 곤살베스는 조용히 그를 쳐다본다. 갈릴레오의 말이 진심인지, 자신의 말을 믿을 만큼 진짜 미친놈이거나 멍청한 놈은 아닌지. 지금 에파미논다스 곤살베스가 생각중이라는 사실을 갈릴레오 갈은 알고 있다. 갈릴레오 갈은 생각한다. '나는 그런 놈이다.' 그리고 손을 휘저어 모기를 쫓는다.

"무기를 가져간다는 얘기도 했소?"

"물론 아닙니다. 가면서 알게 되겠죠."

에파미논다스는 다시 테라스를 거닌다. 뒷짐을 지고 있다. 담배 연기를 내뿜는다. 셔츠는 벌어졌고, 조끼 단추는 다 떨어져 나갔고, 작업복 바지에 말장화를 신고 있다. 면도도 하지 않은 것 같다. 신문사 주간 사무실이나 바라의 여관에서 보던 모습과는 딴판이다. 그러나 그 몸짓에 밴 활기와 표현에 묻어나는 자신만만한 결단력을 갈은 알아볼 수 있다. 직접 만져보지 않아도 두개골이 어떤 모양일지 훤하다. '권력에 목마른 놈.' 이 농장이 그의 것인가? 음모를 꾸미기 위해 빌린 것인가?

"일단 무기를 건네준 후에는 이곳으로 해서 살바도르로 돌아오지 마시오." 에파미논다스는 난간에 기대며 입을 연다. 등을 지고 있다. "길잡이더러 조아세이로 데려다 달라 하시오. 아주 눈치가 빠른 놈이오. 조아세이로에서 이틀마다 기차가 있소. 열두 시간이면 바이아에 도착하오. 내가 책임지고 충분한 수고비와 함께 안전하게 유럽으로 보내주겠소."

"충분한 수고비라." 갈이 긴 하품과 함께 반복한다. 하품이 표정과 말소리를 희극적으로 만든다. "내가 이 일을 돈 때문에 한다고 당신은 매번 생각하는군요."

에파미논다스가 담배 연기를 내뿜는다. 연기는 연속 무늬를 그리며 테라스로 퍼진다. 저 멀리서 태양이 지기 시작한다. 들판은 그림자로 물들어간다.

"아니오. 원리 원칙에 의거해 이 일을 하신다는 사실을 압니다. 적어도 공화진보당에 대한 애정으로 이 일을 하시지는 않는다고 생각합니다. 어쨌든, 우리에게 이로운 일이고, 이미 말씀드렸듯이, 우리는 우리를 도와주는 사람에게는 항상 답례를 하고 있소."

"바이아로 돌아올지는 장담 못합니다." 갈이 기지개를 켜며 말머리를 가로챈다. "우리 계약에 그런 조항은 없소."

『뉴스 저널』 주간은 갈을 돌아본다.

"이 얘기는 다시 꺼내지 맙시다." 웃는다. "원하시는 대로 할 수 있소. 되돌아오는 최선을 방법을 알게 되었고, 정부의 간섭 없이 출국할 수 있도록 내가 도울 수 있다는 점은 아셨으니 그걸로 됐습니다. 폭도들과 합류하시겠다면 그렇게 하셔야지요. 내 확신컨대 그들을 만나보면 생각이 바뀔 겁니다."

"그 사람들 중 한 명을 이미 알고 있소." 가볍게 놀리듯 갈이 중얼거린다. "그건 그렇고, 이 편지를 바이아에서 프랑스로 대신 부쳐주실 수 있습니까? 봉하지 않았습니다. 프랑스어를 아시면 이 편지에 당신을 위험에 빠뜨릴 내용은 전혀 없다는 사실을 알 수 있을 겁니다."

그는 부모, 조부모, 동생 오노리오처럼 아사레의 세아렌세 마을에서 태어났다. 이 마을에서 하구아리베로 보낼 가축과 카리리 계곡으로 보낼 가축이 길을 달리했다. 마을 주민 모두 농부였거나 소몰이꾼이었다. 그러나 안토니오는 어려서부터 장사에 소질을 보였다. 마티아스 신부(문법과 수학 역시 이 신부가 지도했다)가 지도하는 교리 문답 시간 때부터 장사를 시작했다. 안토니오는 팽이, 새총, 유리 구슬, 연, 찌르레기, 노래하는 개구리 등을 다른 아이들과 거래했다. 대단한 이문을 남겼다. 집은 별로 부유하지 않았지만 안토니오와 동생은 수키에타 가게의 과자를 엄청나게 사먹을 수 있었다. 다른 형제들이 개와 고양이와 같은 사이였다면 빌라노바 형제는 이와 잇몸과 같은 사이였다. 형제는 아주 진지하게 서로를 '동지'로 불렀다.

어느 날 아침, 아사레 마을 목수의 딸인 아델리나 알렌카르는 고열로 잠에서 깨어났다. 도냐 카문차가 열을 내리기 위해 태운 약초가 효과를 보지 못했다. 며칠 후, 아델리나의 온몸에서 종기가 터졌다. 그래서 마을에서 가장 아름다웠던 여자는 가장 추악한 여자가 되고 말았다. 1주일 후, 여섯 명의 주민이 고열과 종기로 사경을 헤매게 되었다. 토비아스 신부는 미사를 드리며 신부 자신마저 감염되어 쓰러지기 전에 이 페스트를 몰아내 달라고 하나님께 빌었다. 전염병이 퍼지기 시작하면서 환자들이 줄줄이 죽어나가기 시작했다. 막을 수가 없었다. 겁에 질린 주민들이 탈출을 시도했을 때 미겔 페르난데스 비에이라 대령이 페스트가 전 지역으로 퍼져나가는 것을 차단하기 위해 길을 막았다. 그는 지역 정치 지도자였고 마을 사람들이 일구는 땅의 지주였고 마을 사람들이 치는 가축의 주인이었다. 비에이라 대령은 길목에 경호원을 배치시키고 포고문을 무시하는 자들을 사살하라고 명령했다.

빌라노바 형제를 포함해서 몇 명이 살아남았다. 페스트는 부모, 누나 루이스 마리아, 매형, 세 명의 조카를 앗아갔다. 친족 모두를 묻고 난 후에 안토니오와 오노리오는 탈출을 결심했다. 곱슬머리에 초롱초롱한 눈을 가진 열대여섯 살의 건장한 소년들이었다. 그들은 다른 사람들처럼 칼이나 총으로 경호원들과 싸우지 않았다. 안토니오는 천부적인 재능을 발휘하여 경호원들에게 송아지 한 마리, 설탕 한 부대, 흑사탕 한 부대를 뇌물로 주고 눈감아줄 것을 부탁했다. 그들은 두 명의 친척 여자아이 — 안토니아 사르델리냐와 아순시온 사르델리냐 — 와 전 재산 — 소 두 마리, 노새 한 마리, 옷가방 하나, 1만 레이가 든 돈주머니 — 을 챙겨 밤을 틈타 탈출했다. 안토니아와 아순시온은 빌라노바 형제의 먼 친척뻘이었다. 안토니오와 오노리오는 의지가지 없는 그녀들을 동정해 데려왔다. 전염병으로 고아가 되었던 것이다. 그녀들은 너무 어려 길을 가는 데 방해가 되었다. 산길을 걸을 줄도 몰랐고 목이 마르면 참을 줄도 몰랐다. 그러나 그 적은 무리는 아라리페 산맥을 넘었고, 산 안토니오와 오우리쿠리와 페트롤리나를 지났고, 상프란시스쿠 강을 건넜다. 조아세이로에 도착했을 때 안토니오는 이 바이아 주에 속한 마을에서 운명을 시험해보자고 결정했다. 두 자매는 임신중이었다. 안토니아는 안토니오의 아이를, 아순시온은 오노리오의 아이를.

다음날, 안토니오는 장사를 시작했고 오노리오는 사르델리냐 자매의 도움을 받아 오두막을 지었다. 아사레에서 끌고 온 소 두 마리는 오는 도중에 팔아치웠지만 노새는 남아 있었다. 안토니오는 노새에 소주통을 지워 도시를 돌아다니며 잔술을 팔았다. 처음에는 노새 한 마리로 시작했지만 달이 가고 해가 바뀔수록 노새 수가 늘어났고 파는 물건도 늘어났다. 처음에는 한집 한집 찾아다녔다. 그후에는 주변 마을을 찾아다녔고 마침내 산골 전

체를 돌아다니게 되었다. 이제 그 지역 전체를 손바닥 들여다보
듯 훤하게 알게 되었다. 대구, 쌀, 강낭콩, 설탕, 후추, 흑사탕, 포
목, 술을 취급했고 주문도 받았다. 거대한 농장에 물건을 댈 뿐
아니라 가난한 소작인에게도 물건을 팔았다. 안토니오의 대상
(隊商)은 마을에서, 선교회에서, 군부대에서 집시 서커스만큼이
나 유명하게 되었다. 조아세이로 자비 광장에 벌인 가게는 오노
리오와 사르델리냐 자매가 지켰다. 10년도 되기 전에 빌라노바
형제가 돈방석에 앉을 것이라는 소문이 돌았다.

바로 그때 두번째 재앙이 닥쳐 가정을 파탄으로 몰았다. 풍년
이 들 때면 12월에 비가 시작되었고 흉년이 들 때면 2월이나 3
월에 비가 시작되었다. 그 해에는 5월까지 비가 한 방울도 내리
지 않았다. 상프란시스쿠 강은 수위가 3분의 1로 떨어졌다. 조아
세이로는 겨우겨우 필요를 충당하고 있었고 주민 수는 산골에서
피난 온 사람들로 인해 네 배로 불어났다.

그 해에 안토니오 빌라노바는 빚을 한 푼도 받지 못했다. 고객
들은, 농장주나 가난뱅이나 하나같이, 주문을 취소했다. 카냐브
라바 남작의 재산 중 가장 풍요로운 마을이었던 칼룸비에서조차
소금 한 주먹 사지 않을 것이라고 전해왔다. 이 어려운 상황을
이용해야 했다. 안토니오는 품귀 현상으로 값이 천정부지로 뛰
어오를 때 내다 팔기 위해 양곡을 상자에 담아 천막 천으로 싸서
땅에 묻었다. 그러나 이번 재앙은 안토니오가 헤아릴 수 없을 만
큼 엄청난 것이었다. 한 번에 내다 팔지 않으면 고객을 영영 잃
어버리게 될 것을 재빨리 알아차렸다. 사람들이 그나마 갖고 있

던 것을 미사에, 행진에 내다바치며 비를 내려 달라고 하느님께 빌었던 것이다(모든 사람이 머리를 가리고 자기 몸에 채찍질을 가하는 고행자 동맹에 참여하기를 원했다). 안토니오는 바로 상자를 파냈다. 천막 천으로 싸두었음에도 불구하고 양곡은 썩어 있었다. 그러나 안토니오는 낙망하지 않았다. 안토니오 자신, 오노리오, 사르델리냐 자매, 심지어 아이들 — 안토니오의 자식이 하나, 동생의 자식이 셋 — 까지 힘을 합하여 할 수 있는 데까지 양곡을 썻었고 사람을 사서 다음과 같이 알리게 했다. 다음날 빌라노바 형제 가게가 마트리스 광장에서 어쩔 수 없이 폐업 할인 판매를 개시할 것이다. 안토니오와 오노리오는 소란을 막기 위해 무장을 갖추고 몽둥이를 든 네 명의 점원을 현장에 배치했다. 처음에는 일이 순조로웠다. 사르델리냐 자매는 판매대에서 물건을 팔았고 남자 여섯은 가게문을 지키면서 한 번에 열 명씩만 가게로 들여보냈다. 그러나 밀려드는 사람들을 오래 막고 있을 수는 없었다. 사람들은 한 덩어리가 되어 문과 창문을 무너뜨리고 가게 안으로 쳐들어왔다. 가게에 있던 물건이 순식간에 사라졌다. 금고에 있던 돈마저 없어졌다. 훔쳐갈 수 없는 물건은 산산조각내버렸다.

약탈은 채 30분도 걸리지 않았다. 피해는 엄청났지만 가족 중 누구도 다치지는 않았다. 오노리오, 안토니오, 사르델리냐 자매, 아이들은 길거리에 나앉아 시에서 가장 많은 물건을 갖추고 있던 상점에서 물건을 훔쳐 달아나는 사람들을 쳐다만 보고 있었다. 여자들 눈에 눈물이 가득했다. 아이들은 땅바닥에 흩어진,

자신들이 잠자던 침대의 파편, 자신들이 입었던 옷가지, 자신들이 가지고 놀던 장난감 조각을 바라보았다. 안토니오는 얼굴이 창백해졌다. "우린 다시 시작해야 해, 동지." 오노리오가 중얼거렸다. "이 마을에서는 아냐." 형이 대답했다.

안토니오는 채 서른 살도 안 된 나이였다. 그러나 과로, 힘겨운 여행, 사업에 따르는 마음고생으로 인해 더 늙어 보였다. 머리도 빠졌다. 그래서 넓은 이마와 얼굴을 뒤덮은 수염이 지적인 인상을 주었다. 어깨는 약간 처졌지만 강인한 남자였다. 안짱다리로도 소몰이꾼처럼 걸을 수 있었다. 사업 이외에는 어느 것에도 한눈팔지 않았다. 오노리오는 축제를 구경 가서 이야기꾼의 얘기를 들으며 아니스가 든 소주를 한잔 정도 들곤 했다. 때로는 친구들과 어울려 잡담을 나누거나 상프란시스쿠 강으로 나가 생생한 빛깔의 뱃머리 장식이 다가오는 모습을 즐기곤 했다. 그러나 안토니오는 사교 생활을 전혀 즐기지 않았다. 여행을 떠나지 않을 때에는 계산대 뒤에 앉아 장부를 검토해보거나 새로운 사업을 구상했다. 고객은 많았지만 친구는 별로 없었다. 주일이면 동굴에 계신 성모마리아 교회에 모습을 드러냈고, 연옥에 있는 영혼을 위해 고행자 동맹 사람들이 자기 몸에 채찍질을 가하는 행렬에 때때로 참석하기는 했지만 종교에 대해 열심을 보이지는 않았다. 진지하고 침착하고 집요한 남자였다. 코앞에 닥친 위기도 극복해낼 수 있는 남자였다.

굶주림과 목마름에 시달리는 지역을 거쳐가는 빌라노바 가족의 이번 순례는 페스트를 피해 달아났던 10년 전의 순례보다 훨씬 길었다. 가축은 이내 사라졌다. 떠돌이 무리와 처음 충돌을 빚은 후(형제는 이 무리에게 총질을 가할 수밖에 없었다), 다섯 마리나 되는 노새가 산골을 헤매는 굶주린 사람들에게는 거절할 수 없는 유혹이라고 안토니오는 판단했다. 그래서 바로 베르멜로에서 노새 네 마리를 한 줌의 보석과 바꿨다. 나머지 한 마리는 죽여 포식했고 남은 고기는 소금에 절였다. 이것을 양식 삼아 수일을 견뎌야 했다. 오노리오의 아들 중 하나가 이질로 죽어 보라차에 묻었다. 그곳에 피난처가 하나 세워져 있었다. 사르델리냐 자매는 임푸세이로 고구마, 모조, 시케시케로 죽을 끓여 먹었다. 그러나 그곳에서도 오래 버틸 수 없어 파타무테와 마토 베르데를 향해 떠났다. 그곳에서 오노리오가 전갈에 물렸다. 그래서 그가 몸을 회복한 후 남쪽으로 향했다. 수주에 걸친 힘든 노정이었다. 유령 마을, 버려진 농장, 귀신에 홀려 길을 잃고 헤매던 장사꾼들의 해골만이 눈에 띌 뿐이었다.

페드라 그란데에서 오노리오 부부의 아들 하나가 단순한 감기로 죽고 말았다. 죽은 아이를 담요로 싸서 땅에 묻고 있을 때, 분홍빛 먼지 구름을 일으키며 스무 명의 남녀 ― 그 사람들 속에 사람 얼굴에 네 발로 기는 것 하나와 반벌거숭이 검둥이 한 명이 섞여 있었다 ― 가 마을로 들어왔다. 대부분 바싹 마른데다 닳아빠진 수도복을 걸치고 온 세상을 돌아다닌 듯한 샌들을 신고 있었다. 가무잡잡한 키 큰 남자가 무리를 인솔하고 있었다. 머리는 어깨까지 늘어졌고 두 눈은 수은처럼 빛났다. 남자는 곧장 빌라노바 가족에게로 다가와 시체를 막 구덩이로 내려놓으려던 형제를 손짓으로 제지했다. "네 아들이냐?" 남자가 근엄한 목소리로 오노리오에게 물었다. 오노리오가 그렇다고 했다. "이런 식으로 묻을 수 없다." 가무잡잡한 남자가 강력하게 주장했다. "잘 준비하고 잘 보내야 한다. 천국의 영원한 잔치에 참가하기 위해서는." 오노리오가 항의하기도 전에 남자는 추종자들을 돌아보았다. "아버지께서 기꺼이 받아들이시도록 엄숙한 장례를 치르도록 하자." 빌라노바 형제는 순례자들이 힘을 내, 숲으로 달려가, 나무를 잘라, 못질을 하여, 관을 짜고 십자가를 만드는 모습을 지켜보았다. 손에 익은 능숙한 솜씨였다. 가무잡잡한 남자가 두 손으로 아이를 안아 관에 안치시켰다. 빌라노바 형제가 묘를 메우는 동안 남자는 큰소리로 기도했고 나머지 사람들은 십자가 주위에 꿇어앉아 찬송을 부르며 기도문을 외었다. 잠시 후, 순례자들은 나무 밑에서 휴식을 취한 후에 길 떠날 준비를 했다. 안토니오 빌라노바는 돈을 꺼내 성자에게 내밀었다. "감사를 표하고 싶습니다." 남자는 돈을 무시하고 조롱하듯 쳐다만 보고 있었다. 안토니오는 계속 돈을 내밀었다. "내게 감사할 필요 없다." 마침내 남자는 말을 꺼냈다. "이런 돈을 천 배나 바친다 해도 아버지께 빚진 것을 갚을 수 없을 것이다." 잠시 말을 끊었다가 부드럽게 덧붙였다. "아직까지 계산하는 법을 배우지 못했구나, 아들아."

무리가 떠나고 한참이 지나도록 빌라노바 형제는 벌레를 쫓기 위해 지펴놓은 모닥불 옆에 앉아 생각에 잠겨 있었다. "미친 사람이 아닐까, 동지?" 오노리오가 물었다. "돌아다니면서 온갖 미친놈들을 만나봤지만 이 사람은 미친놈 이상인 것 같아." 안토니오가 대답했다.

가뭄과 재앙이 물러난 지 2년 만에 다시 비가 내렸다. 빌라노바 형제는 카아팅가 도 모우라에 터를 잡았다. 안토니오가 발견한 소금산 근처에 있는 마을이었다. 나머지 가족 — 사르델리냐 자매와 두 명의 자식 — 은 모두 살아남았다. 그러나 안토니오 부부의 아들은 눈에 눈곱이 끼어 오랫동안 눈을 비비더니 시력이 떨어지기 시작했다. 이제는 밤과 낮은 구별해도 사람들의 얼굴이나 물건의 형체는 분간하지 못하게 되었다. 소금산은 노다지로 판명되었다. 오노리오, 사르델리냐 자매, 아이들이 낮 동안 소금을 말려 소금 자루를 준비하면 안토니오가 내다 팔았다. 그들은 달구지를 하나 만들었다. 그리고 습격에 대비해 2연발 엽총으로 무장했다.

거의 3년을 카아팅가 도 모우라에서 머물렀다. 비가 옴에 따라 농부들은 다시 돌아와 땅을 일구었고 소몰이꾼들은 형편없이 줄어든 가축을 돌보기 시작했다. 이 모든 것이 안토니오에게는 새로운 성공을 의미하는 것이었다. 안토니오는 소금산 외에 즉시 가게를 내 말이나 당나귀 등을 취급하기 시작해 사고 팔면서 상당한 차익을 챙겼다. 그런데 12월에 홍수가 나는 바람에 — 안토니오에게는 결정적인 순간이었다 — 마을을 통해 흐르던 개천이 범람해 집과 축사를 쓸어가버렸다. 닭이나 가축 새끼들은 물에 빠져 죽었다. 또 어느 날에는 밤에는 토사가 쏟아져 소금산을 뒤덮어버렸다. 그때 안토니오는 노르데스티나에 선 장에 가고 없었다. 소금을 내다 팔고 노새를 사올 계획이었다.

안토니오는 1주일 후에 돌아왔다. 물이 줄기 시작했다. 오노리오, 사르델리냐 자매, 그들이 고용한 여섯 명의 일꾼들이 넋을 놓고 있었다. 그러나 안토니오는 새로운 재앙을 담담하게 받아들였다. 남은 것을 살펴 수첩에 치부했다. 아직 받을 수 있는 빚이 많다는 말로 사람들을 위로했다. 자신은 고양이 같이 목숨이 여럿이기 때문에 홍수 따위로 넘어지지 않는다고 말했다.

그래도 그날 밤 눈을 붙일 수 없었다. 가족들은 친구로 지내는 주민 집에 신세를 지고 있었다. 모든 주민이 피난 온 언덕에 집이 있었다. 부인은 남편이 그물 침대에서 몸을 뒤채는 것을 느낄 수 있었다. 달빛에 드러난 남편의 얼굴에는 걱정이 하나 가득했다. 다음 날 아침, 안토니오는 가족들에게 카아팅가 도 모우라를 떠날 것이니 짐을 챙기라고 했다. 너무나 단호하게 명령했기 때문에 동생도 여자들도 그 이유를 감히 물어보지 못했다. 안토니오의 가족은 가져가지 못할 것을 다 처분한 후에 짐보따리로 가득한 달구지를 끌고 다시 한번 막막한 길을 떠났다. 그 즈음에 가족은 안토니오가 잘 알아들을 수 없는 말을 하는 소리를 들었다. "세번째 경고다." 그는 중얼거렸다. 그 맑은 눈동자 속에 그늘이 드리워졌다. "무엇인지는 모르겠지만 뭔가를 해야 한다고 경고하기 위해 홍수를 보낸 것이다." 오노리오는 부끄러운 듯이 물었다. "동지, 하나님으로부터 온 경고일까?" "악마가 보낸 경고일 수도 있어, 동지." 안토니오가 대답했다.

그들은 이리저리 헤매고 다녔다. 1주일 후에는 여기, 한 달 후에는 저기. 가족이 행여 이곳에 정착하지 않을까 싶으면 안토니오는 떠나기로 결정했다. 도저히 알 수 없는 그 무엇 혹은 그 누군가를 찾아 헤매면서 가족은 애간장을 녹였지만 그 누구도 왜 그렇게 헤매고 다니느냐고 따지지 않았다.

거의 8개월간 산골을 헤맨 끝에, 마침내 가뭄으로 버려진 카냐브라바 남작의 농장에 정착하는 것으로 일단락지었다. 남작이 가축을 모두 끌고 가버린 후였다. 몇몇 가정이 근처에 흩어져 밧사 바리스 강 언저리에서 손바닥만한 밭을 일구며, 1년 내내 풀이 자라는 카냐브라바 산에서 양을 먹이며 살아가고 있었다. 주민 수가 적어서, 산으로 둘러싸여 있어서, 카누도스는 상인에게 주목받지 못한 장소였던 것 같다. 옛 관리인이 살았던 거의 허물어진 집을 차지하게 되면서 안토니오는 부담에서 벗어난 듯싶었다. 안토니오는 예전의 활기를 되찾아 사업을 구상하고 가족의 생활을 꾸려가기 시작했다. 1년 후, 열심히 노력한 덕에 빌라노바 형제의 가게는 사방 100리 내에 있는 모든 물건을 거래하게 되었다. 안토니오는 다시 부지런히 사업을 위해 여행을 다녔다.

그러나 순례자들이 캄바이오 기슭에 나타나 선하신 예수님께 가슴이 터져라 찬양을 드리며 카누도스의 유일한 길을 따라 마을로 들어왔을 때 안토니오는 집에 있었다. 이제는 집과 가게로 함께 사용하는 옛 관리인의 집 베란다에서 그 열정적인 무리가 다가오는 것을 지켜보았다. 무리를 인도하던 가무잡잡한 남자가 다가왔을 때 안토니오의 얼굴이 창백해지는 것을 동생과 부인과 제수가 볼 수 있었다. 활활 타오르는 눈동자, 우렁찬 목소리, 바싹 야윈 몸집을 알아볼 수 있었다. "이제 계산하는 법을 깨우쳤느냐?" 성자는 상인의 팔을 잡아당기며 웃는 얼굴로 물었다. 안토니오 빌라노바는 무릎을 꿇고 방금 도착한 남자의 손가락에 입을 맞추었다.

동지들, 나는 이전에 보낸 편지에서 편견에 사로잡힌 증인(카푸친파 신부)을 통해 알게 된 브라질 내륙에서 일어난 민중 봉기에 대해 이야기했다. 오늘은 카누도스에 대해 더 확실한 증언을 전하고자 한다. 분명히 동참자를 모집하려는 임무를 띠고 그 지역을 돌아본, 혁명의 와중에서 돌아온 한 남자의 증언이다. 좀더 고무적인 사실도 알려줄 수 있다. 무력 충돌이 있었다. 야군소들이 카누도스로 진입하려던 군인 100여 명을 무찔렀다. 혁명의 징조가 확실하지 않은가? 어떤 점에서는 그렇다. 그러나 이 형제들에 대해 모순된 평가를 내리는 이 사람이 판단하건대 그것은 상대적이다. 그들을 살펴보면, 정확한 직관과 정당한 행동에 신빙성 없는 미신이 섞여 있음을 알 수 있다.

나는 지금 이름을 밝힐 수 없는 어느 마을에서 이 편지를 쓰고 있다. 여성들이 윤리적으로 육체적으로 극도로 착취당하는 곳이다. 주인과 아버지와 남자 형제와 남편이 여성들을 학대한다. 이곳에서는 지주가 밑에 있는 남자들에게 아내를 골라준다. 여성들이 대로에서 성질 사나운 아버지나 술에 취한 남편에게 구타당해도 누구 하나 거들떠보지 않는다. 동지들, 이 점을 숙고해보기 바란다. 혁명은 남성에 의한 남성의 착취를 종식시킬 뿐만 아니라 남성에 의한 여성의 착취를 근절시키며, 계급의 평등뿐만 아니라 성(性)의 평등도 구축해야 한다.

  카누도스의 밀사 한 명이 길잡이를 따라 이곳에 왔었다. 길잡이 역시 표범이나 수수아라나를 사냥하는 사냥꾼(멋진 직업이다. 미지의 땅을 탐험하며 양떼를 약탈하는 짐승을 죽일 수 있으니까)이었다. 나는 길잡이 덕분에 밀사를 만날 수 있었다. 면담은 어느 무두질 공장에서 이루어졌다. 햇볕에 널어놓은 가죽과 도마뱀을 가지고 노는 아이들이 주변에 있었다. 밀사를 만나게 되자 내 심장은 격렬하게 뛰었다. 땅딸막한 체구의 사람이었다. 노란색과 회색이 감도는 엷은 피부로 인디오를 조상으로 둔 혼혈임을, 얼굴에 난 흉터로 한눈에 과거 경력이 경호원이나 폭도나 범죄자임을 알 수 있었다(어쨌든 그 역시 희생자다. 바쿠닌은 이렇게 말했다. 사회가 범죄를 사주하고 범죄자는 범죄를 실행에 옮기는 도구에 불과하다). 가죽옷 ― 소몰이꾼들은 가시투성이 벌판을 말을 타고 달리기 위해 가죽옷을 입고 다닌다 ― 을 입고 모자를 쓰고 엽총을 소지하고 있었다. 눈이 깊었고 말이 없었다. 비스듬한 자세에 회피하려는 몸짓. 이곳에서는 자주 보는 모습이다. 그는 단독 면담을 원치 않았다. 우리는 무두질 공장 주인과 그 가족 앞에서 면담을 가졌다. 주인 가족은 바닥에 앉아 식사를 하면서 우리를 쳐다보지도 않았다. 나는 말했다. 나는 혁명가다. 저 세상에는 여러분이 카누도스에서 거둔 업적에 갈채를 보내는 동지들이 많다. 즉 구시대 봉건 영주의 땅을 빼앗고 자유로운 사랑을 구축하고 군대를 무찌른 일 말이다. 그 사람이 내 말을 이해했는지는 알 수 없다. 내륙 사람들은 바이아 사람들과는 다르다. 바이아 사람들은 아프리카의 영향으로 수다스럽고 감정이 풍부하다. 이곳 사람들은 표정이 없다. 감정이나 생각을 감추기 위해 가면을 뒤집어쓰고 있는 것 같다.

그에게 새로운 공격에 대비하고 있는지 물어보았다. 부르주아는 그 신성한 사유 재산이 침해당하게 되면 맹수처럼 달려들기 때문이다. 그가 중얼거리는 소리를 겨우 알아들을 수 있었다. 모든 땅의 주인은 선하신 예수님이시다, 선지자께서 카누도스에 이 세상에서 가장 큰 성전을 세우고 계신다. 나는 설명해주었다. 교회를 세우기 때문에 정부가 군대를 파견했던 것이 아니다. 그러나 그 사람은 그렇다고 했다. 정확히 그 때문이다, 공화국은 종교를 근절시키고 싶은 것이다. 동지들이여, 그때 나는 전혀 색다른 정부에 대한 비판을 들었던 것이다. 그 사람은 전혀 감정을 드러내지 않고 담담하게 그러나 확실하게 말했다. 공화국은 교회와 신도들을 억압한다, 정부는 예수회를 없애버렸듯이 모든 율법을 파괴시키려 한다, 가장 명백한 증거가 바로 혼인 신고법을 제정한 것이다, 하나님께서 창조한 혼인성사가 존재하는 한 그것은 용납할 수 없는 불경 행위다.

많은 독자들이 이 글을 읽고 카누도스에 대해 환멸을 느끼거나 의심을 품을 줄 안다. 혁명이 신부들의 사주로 일어났을 때 그것을 보수 반동적인 운동이라고 여겼던 프랑스 방데 사람들처럼 말이다. 동지들, 그렇게 단순한 문제가 아니다. 이전에 보낸 편지로 알 수 있는 바와 같이 교회는 선지자와 카누도스를 정죄했고 야군소들은 남작의 땅을 빼앗았다. 브라질 빈민에게는 군주국이 더 좋았었는지를 나는 그 흉터 난 사람에게 물어보았다. 그는 대번에 그렇다고 했다. 군주국일 때 노예제를 폐지시켰기 때문이라고 말했다. 그는 설명했다. 악마가 노예제를 다시 회복하기 위해 프리메이슨과 개신교도를 이용해 페드로 2세 황제를 무너뜨렸다. 들어보라. 공화주의자들은 노예제 지지자라는 생각을 선지자는 사람들에게 주입시켰다(정곡을 찌를 것이 아닌가. 공화 체제에 입각해서 자본가들이 노동력을 착취하는 행위는 봉건 시대에 노예를 착취했던 것과 마찬가지이기 때문이다). 밀사는 단정적으로 말했다. "가난한 사람들은 많은 고통을 당했다. 그러나 이제 끝났다. 우리는 인구 조사에 응하지 않을 것이다. 그 목적이 해방 노예를 파악하여 다시 족쇄를 채워 주인에게 되돌려주려는 것이기 때문이다." "카누도스에서는 아무도 공화국에 세금을 내지 않는다. 우리는 공화국을 인정하지 않고 또 공화국이 하나님의 사업에 공헌한다고 보지 않기 때문이다." 하나님의 사업이라니, 예를 들면? "남녀를 혼인시키거나 십일조를 받는 것이다." 화폐가 카누도스에서 무슨 역할을 하는지 물었다. 이사벨 공주의 초상이 새겨진 돈, 즉 제국이 발행한 돈만 받는다고 했다. 그러나 제국은 이미 사라졌다. 따라서 돈도 사라지고 있다. "돈은 필요 없다. 카누도스에서는 가진 자들이 못 가진 자와 나누고 일할 수 있는 자들이 일 못하는 사람을 위해 일하기 때문이다."

나는 설명했다. 어떤 명분으로든, 허깨비 같은 망상에 사로잡혀서든, 사유 재산과 화폐를 없애고 공동 소유 공동체를 세우는 일은 이 세상 무산자들에게는 고무적인 일이다. 전 인류의 해방을 위한 첫걸음이다. 그러나 이런 방법을 사용하면 조만간 무산자들에게 지독한 억압이 닥칠 것이다. 지배층은 이런 사례가 전파되는 것을 결코 용납하지 않을 것이기 때문이다. 이 나라 모든 농장을 차지할 수 있을 정도로 빈민들이 이 땅에 넘친다. 선지자와 그를 따르는 사람들은 지금 자신들을 추적하는 군대에 대해 알고 있는가? 남자는 눈을 치켜뜨고 내 눈을 똑바로 쳐다보며 알쏭달쏭한 말을 읊조렸다. 이런 얘기도 있었다. 군인들은 정부의 힘을 나타내는 것이 아니라 나약함을 드러내는 것이다. 밧사바리스 강에 물이 마르면 우유가 쏟아져 나올 것이고 계곡에서 쿠스쿠스 과자가 피어날 것이다. 돈 세바스티안 왕(16세기에 아프리카에서 죽은 포르투갈 왕)의 군대가 나타나면 야군소들은 부활하여 영생을 누릴 것이다.

이 미신적인 악마, 황제, 우상들이 바로 전략이란 말인가? 선지자는 이따위 전략으로 가난한 사람들을 혁명의 좁은 길로 몰아넣었단 말인가? 실제 행동 — 말로만 듣는 것과는 다르다 — 에 있어서는 적확한 전술이다. 계급 사회의 경제·사회 체제와 군에 대항에 봉기하도록 부추길 수 있었기 때문이다. 수세기 동안 미신에 빠진 교회가 가했던 독재에 길들여진 무력한 인민들에게 활기를 불어넣을 수 있는 유일한 무기가 바로 그 종교적이고 신화적이며 군국주의적인 상징이 아니겠는가? 그래서 선지자는 그걸 이용하는 것이 아니겠는가? 아니면 이 모든 일이 단지 우연일 뿐인가? 동지들, 우리는 잘 알고 있다. 역사에 우연이란 있을 수 없다. 아무리 마구잡이인 것 같아도, 그 혼란스러운 표면 뒤에 합리성이 숨어 있기 마련이다. 선지자는 역사의 대전환을 획책하고 있는가? 선지자는 역사를 꿰뚫어보는 능력을 지녔는가 아니면 그저 교활할 뿐인가? 어떠한 가정도 버릴 수 없다. 특히 사전 계획 없이 자발적으로 일어난 민중 운동인 것만은 확실하다. 합리성은 모든 인간의 머릿속에 각인되어 있다. 전혀 배우지 못한 사람도 마찬가지다. 누구라도 어떤 상황에 처하게 되면 합리적 사고를 끌어낼 수 있다. 교조주의라는 구름이 눈을 가리고 편견이 말을 막아도 역사가 진행하는 방향으로 따라갈 수 있는 것이다. 우리와는 의견이 다른 몽테스키외도 인간의 행·불행은 우리 신체 기관의 특정한 배열에 달렸다고 했다. 혁명 운동 역시 우리를 지배하는 신체 기관의 명령으로 발생할 수 있다. 가난한 사람들을 굳이 가르칠 필요도 없다. 바이아 산골에서 이런 일이 벌어지고 있단 말인가? 카누도스에 가봐야 확인할 수 있는 일이다.

다시 만날 때까지, 아니 영원히.

6

우아우아에서의 승리로 카누도스에서는 이틀 동안 축제가 열렸다. 폭약 전문 안토니오가 준비한 폭죽이 터졌고 불꽃놀이도 있었다. 베아티토는 행렬을 조직해 농장에 지어놓은 오두막 사이를 행진했다. 선지자는 저녁마다 성전 발판에 올라 설교했다. 강력한 증거가 카누도스를 보호하고 있다, 두려움 때문에 패배할 수는 없다, 선하신 예수님께서 믿음을 갖도록 도와주실 것이다. 이 세계의 종말이 주로 언급되었다. 수세기에 걸쳐 식물을 키우고 동물을 먹이고 인간을 보호하느라 지친 이 땅은 하나님께 안식을 달라고 청할 것이다. 하나님께서는 그 청을 받아들이시고 파괴가 시작될 것이다. 성경에서 하시는 말씀이 바로 이것이다. "내가 세상에 화평을 주려고 온 줄로 아느냐. 내가 너희에게 이르노니 아니라. 도리어 분쟁케 하려 함이로라."

한편 바이아에서는, 우아우아에서 벌어진 사건으로 『뉴스 저널』과 공화진보당으로부터 신랄하게 비난당한 정부 당국은 처음 파견했던 토벌대의 6배 규모로 2차 토벌대를 조직했다. 7.5구경 크룹 대포 2문, 노덴펠트 기관총 2정을 보강했고 페브로니오 데 브리토 소령에게 지휘를 맡겼다. 토벌대는 기차로 케이마다스까지 이동했다. 이곳에서부터는 도보로 행군하여 야군소들을 소탕할 것이다. 한편 카누도스에서는 야군소들이 최후의 심판에 대비하고 있었다. 몇몇 조급한 사람들은 최후의 심판을 앞당기기 위해 혹은 땅에 안식을 주기 위해 밖으로 나가 일을 서둘렀다. 그들은 불타는 사랑으로 판잣집에, 카누도스를 이 세상으로부터 격리시키고 있는 숲에 불을 질렀다. 많은 농장주와 농민들이 땅을 지키기 위해 선물을 갖다바쳤다. 그러나 상당수의 마을, 목장, 버려진 집, 목동들의 휴식처, 도망자들의 소굴이 불타버렸다. 잿더미로 만들어 자연에게 안식을 주겠다고 나선 과격한 사람들을 호세 베난시오, 파헤우, 조앙 아바데, 조앙 그란데, 마캄비라 형제가 나서서 말려야 했고, 베아티토, 만인의 어머니, 레온 데 나투바는 성자의 말씀을 잘못 이해한 것이라고 설명해주어야 했다.

새로 온 순례자들이 있었지만 그 당시 카누도스는 굶지 않았다. 마리아 쿠아드라도는 몇 명의 여자들 — 베아티토는 이 여자들을 성가대라고 불렀다 — 과 함께 기도소에서 지냈다. 여자들은 마리아 쿠아드라도를 도왔다. 마리아 쿠아드라도는 금식으로 다리가 풀린 선지자를 부축했고, 비록 빵 조각을 조금씩밖에 먹지 않았지만 식사 시중을 들었고, 선지자의 몸을 만지기 위해 달려드는 사람들, 눈이 먼 딸이나 병약한 아들이나 실종된 남편을 위해 선하신 주님께 기도해 달라고 몰려드는 사람들을 막는 방패 역할까지 했다. 다른 야군소들은 마을에 식량을 조달하고 마을을 방어하는 일을 맡았다. 과거 그들은 조앙 그란데 같이 비천한 노예들이었고, 파헤우나 조앙 아바데 같이 살아오면서 수많은 사람을 죽인 살인자들이었다. 그러나 이제는 하나님의 사람이 되어 있었다. 그래도 여전히 실속파였고 현실주의자였고 굶주림과 전쟁에 민감했다. 우아우아에서와 마찬가지로 선두에 나선 쪽은 바로 이 사람들이었다. 그들은 불을 지르는 무리를 진정시키는 한편 각 농장에서 선하신 예수님께 헌납한 말, 노새, 당나귀, 양떼 등 가축 떼를 카누도스로 몰고 왔고, 빌라노바 형제의 창고에서 밀가루, 양곡, 의류, 특히 적을 습격해서 얻은 무기를 실어왔다. 며칠 만에 카누도스에는 물자가 넘쳐났다. 그와 동시에 성경에 나오는 예언자들처럼 밀사들이 순례자로 가장해 산골을 돌아다녔다. 밀사들은 해안 지방까지 내려가 사람들에게 카누도스로 올라가 악마가 세운 공화국에 대항해 싸우는 선택된 사람들과 합류하라고 호소했다. 그들을 하늘에서 내려온 사자로 보기에는 의심스러운 점이 있었다. 그들은 예언자의 수도복 대신 바지와 가죽 셔츠를 입고 있었고 그들의 입은 무식한 사람들의 말을 더듬거렸다. 모두가 아는 얼굴이었다. 한 지붕 아래서 고통을 함께 겪다가 어느 날 천사에 이끌려 카누도스로 떠난 사람들이었다. 바로 그 사람들이었다. 예전과 같은 칼이나 총이나 낫으로 무장하고 있었다. 그러나 변한 모습이었다. 이제는 오로지 선지자와 하나님과 카누도스에 대해 신념과 자부심을 가지고 얘기했다. 귀가 솔깃했다. 사람들은 그들을 따뜻하게 맞아 그들의 말에 귀를 기울였다. 많은 사람들이 난생 처음으로 희망이라는 것을 품고 짐을 꾸려 떠났다.

페브로니오 데 브리토 소령이 지휘하는 부대가 케이마다스에 주둔하고 있었다. 바이아 보병 3개 대대 — 제9, 제26, 제33대대 — 에서 차출된 사병 543명, 장교 14명, 군의관 3명으로 구성된 부대를 그 작은 도시가 맞아들였다. 시장의 연설이 있었다. 사람들은 산 안토니오 교회에서 미사를 드렸다. 시의회가 열려 그날을 공휴일로 선포했다. 주민들은 마트리스 광장 주변에서 군악대 반주에 맞춘 분열식(分列式)을 즐겼다. 분열식이 시작되기 전에 이미 염탐꾼들이 토벌대의 인원, 무장, 작전 계획 등에 대한 정보를 가지고 카누도스를 향해 북쪽으로 출발했다. 소식이 전해졌지만 카누도스는 동요하지 않았다. 하나님께서 선지자의 입을 통해 하신 말씀이 현실로 나타났을 뿐, 놀랄 이유가 없었다. 새로운 소식이라고는 군인들이 이번에는 카리아카, 아카리 산맥, 이푸에이라스 계곡을 통해 온다는 것 정도였다. 조앙 아바데는 캄바이오 기슭에 참호를 파 화약과 무기를 옮기고 사람들을 매복시키자고 제안했다. 적들은 반드시 그곳을 통과할 것이기 때문이었다.

그런 상황에서도 선지자는 전쟁보다 성전 건축이 우선이라고 생각하는 듯했다. 선지자는 새벽부터 일꾼들을 독촉했으나 일꾼들은 돌이 없어 손을 놓고 있었다. 점점 멀어지는 채석장에서 돌을 운반해야 했고, 돌을 탑 위로 끌어올리는 일도 힘들었다. 돌을 들어올리는 중에 끈이라도 끊어지면 석공들은 뼈가 부러지거나 깊은 상처를 입곤 했다. 때때로 성자는 이미 세워진 벽을 허물고 다른 쪽에 세우라고 하거나 창문을 다시 내라고 했다. 하나님을 향해 바로 세워지지 않았다는 말씀이 들린다는 것이었다. 선지자는 레온 데 나투바, 베아티토, 마리아 쿠아드라도, 성가대 여자들에게 둘러싸여 일꾼들 사이를 누비고 다녔다. 성가대 여자들은 성가시게 선지자에게 달려드는 파리 떼를 손사래를 쳐 쫓고 있었다. 3명, 5명, 10명으로 구성된 가족이나 순례자 무리가 몇 마리 가축이나 짐수레를 끌고 날이면 날마다 카누도스로 몰려들었다. 안토니오 빌라노바는 그들에게 난잡하게 뒤엉킨 오두막 사이에서 빈터를 찾아내 직접 살 집을 지으라고 했다. 저녁마다 선지자는 설교 전에 지붕도 얹지 않은 성전에서 새로 도착한 사람들을 맞이했다. 그들은 베아티토에게 이끌려 늘어선 신자들을 통과해 선지자에게 다가갔다. 선지자가 "하나님은 다른 분이시다"라는 말로 제지하려고 했지만 그들은 땅바닥에 엎드려 선지자의 발에 입을 맞추었고, 축복을 내리는 동안 옷자락을 잡았다. 선지자는 항상 그렇듯, 마치 허공 중에 있는 그 무엇을 바라보듯 그 사람들을 바라보았다. 환영회가 끝나면 선지자는 자리에서 일어났다. 사람들은 길을 열었고 선지자는 사다리를 타고 발판으로 올랐다. 선지자는 미동도 하지 않고 울부짖는 듯한 목소리로 설교했다. 항상 같은 주제였다. 영혼을 우선시해야 한다는 점, 가난하고 소박한 삶이 갖는 장점, 불신자에 대한 증오, 정의로운 사람들의 안식처인 카누도스를 지켜야 할 필요성.

사람들은 빨려들듯 그의 말에 귀를 기울였고 감동을 받았다. 삶은 이제 종교로 충만했다. 그 복잡한 거리가 하나씩 생길 때마다 행렬이 벌어졌고 거리는 성자의 이름으로 세례를 받았다. 길모퉁이마다 벽감과 성모마리아, 아기 예수, 선하신 예수님, 성령 상이 세워졌다. 동네마다 사무소마다 수호 성인을 정해 제단을 세웠다. 새로 도착한 사람들 중 대부분이 새롭게 시작한 삶을 기념하기 위해 이름을 바꾸었다. 그러나 가톨릭의 관례에 괴상한 풍습이 기생충처럼 섞여들었다. 그래서 몇몇 물라토 혼혈은 기도중에 춤을 추면서 열광적으로 발을 구르면 땀과 함께 죄악도 몰아낼 수 있다고 주장했다. 흑인들은 카누도스 북쪽 지역에 따로 모여 살았다. 이 지역은 흙으로 벽을 세우고 짚으로 지붕을 인 초가삼간이 모여 있는 곳으로 후에 모캄보라는 이름으로 알려졌다. 생각지도 않게 카누도스로 이주한 미란델라 인디오들은 사람들이 지켜보는 앞에서 냄새가 고약한 풀을 다려 먹고 무아지경 속을 헤매기도 했다. 순례자들뿐만 아니라 신비주의자, 장사꾼, 모험가, 심지어 단지 호기심만으로 카누도스에 온 사람도 있었다. 다닥다닥 달라붙은 오두막을 따라가다 보면, 손금을 봐주는 여자, 죽은 사람과 대화를 나눌 수 있다고 우기는 사기꾼, 집시 서커스처럼 옛날이야기를 들려주거나 몸에 바늘을 찌르며 먹고사는 소리꾼도 만날 수 있었다. 몇몇 돌팔이 의사들은 후레마 풀과 마나카 나무로 만병통치약이라는 것을 만들어 팔았고,

회개해야 한다는 강박증으로 시달리는 신실한 사람들은 귀 있는 자는 듣고 죄에 합당한 벌을 내려달라고 자기 죄를 목청껏 외치며 다녔다. 조아세이로에서 온 무리는 그 시에서 했던 것처럼 카누도스에서도 고행자 동맹 의식, 즉 금식, 금욕, 대중 앞에서의 채찍질을 시작했다. 고통스럽고 금욕주의적인 삶 — 고난이 믿음을 굳건하게 만든다고 했다 — 을 살아온 선지자조차 염려하지 않을 수 없는 형편이었다. 선지자는 베아티토에게 순례자들을 잘 살펴 미신이나 우상 숭배 등 헌신을 가장한 어떠한 불경 행위도 들여오지 못하도록 당부했다.

카누도스에서는 가지각색의 사람들이 다툼 없이 함께 살았다. 선택된 사람들이 이전에 알 수 없었던 형제애와 고양된 분위기가 감돌았다. 가난했지만 진정으로 부자인 것 같았고, 하나님의 자녀인 것 같았고, 특권을 누리는 것 같았다. 매일 저녁 구멍투성이 옷을 걸친 남자가 해주는 얘기와 똑같았다. 선지자를 향한 사랑이, 이웃을 향한 사랑이 과거 그들을 편갈랐던 차이를 없애 버렸다. 처음에는 100여 명 남짓했지만 이제는 수천으로 불어난 사람들은 선지자의 얘기라면 하나같이 고분고분해졌고 존경을 표했다. 선지자는 자신의 모든 것을 바칠 준비가 되어 있었다. 사람들에게 희망을 주고 자신들의 운명에 자부심을 갖게 하기 위해 선지자는 있는 힘을 다했고, 굶주림도 불사했고, 이가 물어뜯는 것까지 참아냈던 것이다. 사람들이 늘어났지만 생활에 혼란은 없었다. 밀사들과 순례자들이 가축과 생필품을 조달했다. 목장은 가축 떼로 가득했고 저장해둔 생필품도 가득했다. 다행히 밧사 바리스 강이 마르지 않아 밭도 일굴 수 있었다. 조앙 아바데, 파헤우, 호세 베난시오, 조앙 그란데, 페드랑이 전쟁을 준비하는 동안 빌라노바 형제는 카누도스를 관리했다. 순례자들로부터 봉헌물을 받았고, 땅과 식량과 옷을 분배했고, 환자와 노인과 고아가 수용된 요양원을 감독했다. 이웃간에 소유 문제로 분쟁이 생기면 그들 형제에게 와서 호소했다.

적그리스도에 대한 소식은 날마다 전달되었다. 페브로니오 데 브리토 소령이 지휘하는 토벌대는 케이마다스를 출발해 몬테 산토에 도착했다. 12월 29일 저녁 무렵, 방울뱀의 습격으로 죽은 사람이 묻힌 몬테 산토의 신성한 장소가 토벌대에 의해 더럽혀졌다. 선지자는 무슨 일이 벌어졌는지를 적의를 드러내지 않고 설명했다. 이 세상 모든 순례자들이 찾는 성스러운 장소에 파괴를 위해 파견된 총포로 무장한 군인들이 야영한다는 것은 신성 모독이요 저주받을 짓이 아닌가?, 그러나 카누도스 ― 그날 밤에는 아름다운 산으로 불렀다 ― 는 불신자들에게 짓밟힐 수 없다. 선지자는 흥분하여 종교의 적에게 굴복하지 말라고, 적들은 다시 노예에게 족쇄를 채울 것이라고, 세금으로 주민들의 피를 빨아먹을 것이라고, 교회에서 결혼도 장례도 치르지 못하게 할 것이라고, 미터법이나 통계표나 인구 조사와 같은 함정으로 혼란시킬 것이라고, 그 진짜 목적은 사람들을 속이고 죄를 짓게 하는 것이라고 호소했다. 그날 밤 모두 무기를 지척에 두고 뜬눈으로 밤을 새웠다. 프리메이슨 놈들은 오지 않았다. 그들은 몬테 산토에 있었다. 험한 길을 오면서 총열이 어긋난 크룹 대포를 손보며 지원 부대를 기다리고 있었다. 2주일 후, 토벌대는 대열을 갖춰 카누도스를 향해 출발했다. 카이아카 계곡을 통과했다. 토벌대가 거쳐가는 모든 길에 밀정들이 심어져 있었다. 밀정들은 짐승 굴에, 산골짜기에, 지하 굴에 숨어 짐승의 시체로 변장하고 있었다. 이미 뼈만 남은 짐승의 시체는 망루 역할을 해주었다. 적들의 전진과 지체에 대한 모든 소식이 신속하게 카누도스에 전해졌다.

토벌대가 온갖 어려움 끝에 대포와 기관총을 끌고 마침내 물룬구에 도착했다는 소식이 전해졌을 때, 토벌대가 굶주림에 지쳐 대포를 끌고 온 마지막 남은 소 한 마리와 노새 두 마리를 희생시킬 수밖에 없는 상황에 처하게 되었을 때, 선지자는 다음과 같이 선언했다. 전쟁이 시작되기도 전에 공화국 군인들이 죽어나가기 시작했으니 이는 하나님께서 카누도스를 사랑하시는 것이 틀림없다.

"당신 남편이 한 짓을 보고 뭐라고들 하는지 알아?" 갈릴레오 갈은 말을 더듬는다. 너무 흥분한 상태라 목소리까지 갈라진다. "배반이야! 아니, 이중 배반이지. 약속을 한 나를 배반했고, 또 카누도스 형제들까지 배반했어. 자기 계급을 팔아먹은 거란 말야."

후레마는 그를 보고 웃는다. 못 알아들은 듯 혹은 듣지 못한 듯하다. 그녀는 화덕에 몸을 구부린 채 무엇인가를 끓이고 있다. 젊은 여자다. 반들반들 윤기가 흐르는 얼굴이다. 머리는 묶지 않았다. 민소매 수도복을 걸치고 맨발이다. 조금 전 갈이 왔을 때 막 잠을 깬 듯 아직 눈동자가 흐릿하다. 희미한 새벽빛이 벽 판자 틈을 통해 오두막 안으로 스며든다. 등잔이 하나. 한구석 항아리 사이에서 닭들이 일렬로 잠들어 있다. 낡은 세간, 높이 쌓인 땔나무, 상자 몇 개, 라파의 성모마리아상이 하나 있다. 털북숭이 강아지 한 마리가 후레마의 발을 핥는다. 후레마가 발길질을 해도 다시 달려든다. 갈릴레오는 그물 침대에 걸터앉아 숨을 고르며 후레마를 쏘아본다. 길을 안내한 가죽옷 남자를 따라 밤새 걸어 케이마다스로 무기를 운반해온 것이다. 후레마는 김이 나는 나무 그릇을 들고 갈릴레오에게 다가간다. 그릇을 내민다.

"하코비나 철도 사람들하고 같이 가지 않을 거라고 했소." 갈은 그릇을 두 손으로 들고 여자의 눈을 쳐다보며 중얼거린다. "왜 계획을 바꾸었을까요?"

"가지 않으려 했어요. 요구한 것을 그 사람들이 주기 싫어했으니까요." 그녀는 손에 든 그릇에서 김을 불어내며 부드럽게 말한다. "생각을 바꾸었죠. 와서 주겠다고 했으니까요. 어제 당신을 찾으러 은혜로우신 성모마리아 여관에 갔어요. 당신은 떠나고 없었죠. 어디로 가는지, 다시 돌아올지 알리지도 않고 말예요. 루피노는 일을 놓칠 수 없는 형편이었어요."

갈릴레오는 지겹다는 듯 한숨을 내쉰다. 그릇을 들어 한 모금 마신다. 입천장을 덴다. 상을 찡그린다. 김을 불어가며 다시 한 모금 마신다. 피로와 분노로 상을 찌푸린다. 눈가에 기미까지 돋아 있다. 때때로 아랫입술을 깨문다. 숨을 헐떡인다. 땀이 난다.

"이 빌어먹을 여행은 얼마나 걸리오?" 한 모금 마신 후, 결국 신음하듯 묻는다.

"3, 4일쯤이오." 후레마는 맞은편 가죽끈이 달린 궤짝 위에 앉는다. "당신이 기다리실 거라고 했어요. 돌아와서 카누도스로 모셔다드릴 거라고요."

"3, 4일쯤이라." 갈은 신경질적으로 눈알을 굴린다. "차라리 3,4백 년쯤이라고 하지."

밖에서 방울 소리가 들린다. 털북숭이 강아지가 요란하게 짖더니 문가로 달려간다. 밖으로 나가고 싶은 모양이다. 갈릴레오는 몸을 일으킨다. 벽으로 다가가 밖을 살핀다. 짐마차는 오두막 옆 가축 울타리 옆에 세워둔 그대로 있다. 울타리 안에는 양이 몇 마리 있다. 양들은 눈을 크게 뜨고 있지만 이제 조용하다. 방울 소리도 그쳤다. 오두막은 언덕 위에 있다. 해가 뜨면 케이마다스가 내려다보인다. 그러나 오늘같이 하늘에 구름이 잔뜩 껴 음울하게 밝는 날이면 황량한 사막만 가물거릴 뿐이다. 갈릴레오는 자리로 돌아온다. 후레마가 다시 그릇을 채워준다. 털북숭이 강아지는 문가에서 낑낑거리며 흙을 파고 있다.

'3, 4일쯤이라.' 갈은 생각한다. 3,4백 년만큼 긴 시간이다. 수만 가지 불상사가 일어날 수 있는 시간이다. 다른 길잡이를 구해야 할까? 혼자 몬테 산토로 가서 거기서 길잡이를 구해 카누도스로 가야 하나? 무슨 일이든 해야 한다. 무기를 지닌 채 이곳에서 머뭇거릴 수는 없다. 조바심 때문에 참고 기다릴 수 없을 것이다. 게다가, 에파미논다스 곤살베스가 우려한 것처럼, 브리토 소령의 토벌대가 케이마다스에 먼저 들이닥칠 수도 있다.

"루피노가 하코비나 철도 사람들을 따라간 것에 책임을 못 느끼시오?" 같이 중얼거린다. 후레마는 부지깽이로 불을 끄고 있다. "당신은 루피노가 나를 데리고 카누도스로 가는 것을 못마땅하게 생각했어."

"못마땅한 일이죠." 후레마가 너무 자신 있게 말하는 바람에 갈릴레오는 순간 노여움이 사라지고 웃음이 터지려 한다. 여자는 진지한 표정으로 남자를 똑바로 쳐다본다. 갸름한 얼굴. 팽팽한 피부 밑으로 광대뼈와 턱뼈가 두드러진다. 머리칼로 감춰진 부분도 저렇게 선명하고 확실하게 튀어나와 있을까? "우아우아에서 군인들을 죽였죠." 후레마가 덧붙인다. "모두 카누도스로 더 많은 군인을 보낼 거라고 해요. 그이가 죽는 것도 잡히는 것도 싫어요. 그이는 잡혀 살 수 없어요. 항상 움직여야 하니까요. 시어머니가 그이에게 이래요. '산 비토의 마가 끼었다'라고요."

"산 비토의 마." 갈릴레오가 되풀이한다.

"가만히 있지 못하는 사람들 말예요." 후레마가 설명한다. "항상 싸돌아다니는 사람들."

강아지가 다시 요란하게 짖는다. 후레마는 문가로 가서 문을 열고 발길질로 강아지를 밖으로 내보낸다. 밖에서 개 짖는 소리와 방울 소리가 다시 들린다. 갈릴레오는 맥이 빠진 채 후레마를 계속 쳐다보고 있다. 후레마는 화덕으로 가서 나뭇가지로 숯불을 뒤적인다. 가느다란 연기 한 줄기가 회오리치며 오른다.
"그뿐이 아녜요. 카누도스는 남작 것이고, 우린 항상 남작의 신세를 지고 살아요." 후레마가 말한다. "이 집, 이 땅, 저 양들, 모두 남작 덕에 차지할 수 있었죠. 당신은 야군소들 편을 들고 돕고 싶어하시죠. 당신을 카누도스로 모셔 가는 것은 그들을 돕는 것과 마찬가지 일이에요. 자기 농장을 약탈한 도둑놈들을 루피노가 돕는 걸 남작이 좋아할 거라고 생각해요?"
"물론 좋아하지 않겠지." 갈이 딴전 부리듯 신음한다.
양떼가 내는 방울 소리가 다시 끼어든다. 아주 요란하다. 갈은 깜짝 놀라 일어나 단 두 걸음 만에 벽에 달라붙는다. 밖을 살핀다. 날이 밝아옴에 따라 나무들이, 선인장이, 바위가 모습을 드러내기 시작한다. 짐마차는 여전하다. 모래 빛깔 천막 천을 덮어씌운 짐도, 짐마차 옆 말뚝에 묶어둔 노새도 그대로다.
"선하신 예수님께서 선지자를 보냈다고 믿으세요?" 후레마가 묻는다. "선지자의 말을 믿으세요? 바다가 육지가 되고 육지가 바다가 된다는 말을? 밧사 바리스 강물이 우유로 변하고 바위 절벽이 옥수수 과자로 변해 가난한 사람들을 먹일 것이라는 말을?"
말에도 표정에도 놀리는 기색이라고는 전혀 없다. 갈릴레오 갈은 후레마가 무슨 의도로 이런 말을 하는지 알아보기 위해 눈을 똑바로 쳐다본다. 놀리는 기색은 전혀 없다. 갸름하고 반질반질한 평온한 얼굴이다. 인도 사람이나 중국 사람처럼 표정만 보고는 도무지 알 수 없다. 이타피쿠루 무두질 공장에서 면담한 카누도스 밀사의 얼굴도 마찬가지였다. 그 단순한 남자가 무엇을 느끼는지 무엇을 생각하는지 얼굴만 보고는 알 수 없었던 것이다.

"굶주림으로 죽어 나가는 상황에서는 본능이 믿음보다 더 강해지는 경우가 있지." 갈은 그릇에 남은 마지막 한 방울까지 들이킨 후에 후레마의 반응을 살피며 중얼거린다. "헛소리도 터무니없는 소리도 미친 소리도 다 믿을 수 있단 말이오. 그건 중요하지 않소. 무슨 일을 하느냐가 중요한 거지. 사유 재산과 결혼과 사회 계급을 없애버렸고, 교회와 국가의 권위를 무시했으며, 군대를 전멸시켰소. 정부에, 돈에, 군복에, 교회에 대항하고 있는 것이오."

후레마의 표정은 아무 말도 하지 않는다. 얼굴 근육 하나 움직이지 않는다. 살짝 찢어진 눈은 호기심도, 동정심도, 놀라움도 없이 갈릴레오를 바라보고 있다. 촉촉이 젖은 입술을 앙다물고 있다.

"우리가 포기했던 투쟁을 다시 시작한 것이오. 물론 그들은 모를 테지. 우리의 이상을 부활시킨 것이오." 갈은 여전히 지껄이고 있다. 자기 말을 듣고 후레마가 무슨 생각을 할지 궁금하다. "그래서 내가 여기 있는 것이오. 그래서 그들을 돕고자 하는 것이오."

연설이나 한 듯 숨이 가쁘다. 이제, 지난 이틀 동안의 피로가, 루피노가 케이마다스에 없다는 사실을 알고 느낀 실망감을 더해, 온몸으로 엄습해온다. 자고 싶다. 늘어지고 싶다. 눈을 감고 싶다. 갈릴레오는 그 욕구를 참지 못하고 짐마차 밑에서 몇 시간 누워 있기로 결심한다. 여기 이 그물 침대에서 잘 수도 있지 않을까? 부탁하면 후레마가 욕이나 하지 않을까?

"저쪽에서 온 그 사람, 성자가 보낸 바로 그 사람, 당신이 만난 사람, 어떤 사람인 줄 알기나 하세요?" 후레마의 소리가 들린다. "파헤우라는 사람이죠." 갈이 반응을 보이지 않자 당황하여 덧붙인다. "파헤우에 대해 못 들으셨어요? 산사람들 중에서 가장 악랄한 사람이에요. 강도 살인으로 살았죠. 길에서 마주친 억세게 재수 없는 사람들의 귀와 코를 잘랐어요."

방울 소리가 다시 울린다. 그와 동시에 문가에서 강아지가 숨가쁘게 짖어대고 노새까지 운다. 갈은 카누도스의 밀사를 생각하고 있다. 얼굴을 파먹은 흉터, 이상스러울 정도의 평온함, 그리고 무관심. 무기에 대해 말해주지 않은 것이 실수는 아닐까? 아니다. 그때는 보여줄 수 없었다. 믿지도 않았을 것이다. 불신만 키웠을 것이다. 계획만 위험하게 되었을 것이다. 개는 밖에서 미친 듯이 짖어댄다. 갈은 본다. 후레마가 불을 끈 부지깽이를 들고 재빠르게 문가로 달려간다. 갈릴레오는 멍청하게 카누도스의 밀사만 생각하고 있다. 혼잣말로 중얼거린다. 그 사람이 전과자라는 사실을 알았더라면 얘기가 훨씬 쉬웠을 것이다. 후레마가 빗장에 손을 댄다. 빗장을 들어올리는 순간 미묘한 그 무언가가, 소리가, 예감이, 육감이, 우연이, 무슨 일이 벌어질지 알려준다. 문이 벌컥 열리는 충격 ― 밖에서 밀어붙였거나 발로 걷어찼다 — 으로 후레마가 뒤로 나동그라지자마자 소총으로 무장한 남자의 그림자가 문지방에 나타난다. 갈릴레오는 이미 권총을 꺼내들고 침입자를 겨누고 있다. 소총 소리가 구석에서 잠자던 닭들을 깨운다. 닭들은 기겁해서 날뛰고 총알을 피해 바닥에 엎드린 후레마는 비명을 질러댄다. 침입자는 발 밑에 널브러진 여자를 보고 멈칫거린다. 날뛰는 닭들 사이에 있는 갈릴레오를 발견하기까지 약간 시간이 걸린다. 갈릴레오에게 총을 겨누는 순간 갈릴레오가 먼저 발사한다. 바보 같은 표정이다. 침입자는 총을 놓치고 씩씩거리며 뒷걸음질친다. 후레마가 다시 비명을 내지른다. 역습에 성공한 갈릴레오가 소총을 향해 달려든다. 갈릴레오는 몸을 숙여 총을 잡고 문구멍을 통해 밖을 살핀다. 부상을 입은 남자는 신음을 토해내며 땅바닥을 뒹굴고 있다. 또 다른 남자가 부상자에게 뭐라고 외치며 총을 겨눈 채 달려온다. 그 뒤로 제3의 남자가 무기를 실은 짐마차에 말을 붙들어매고 있다. 제대로 겨누지도 못하고 총을 쏜다. 달려들던 남자가 돌부리에 채여 땅바닥을 구르며 으르렁거린다. 갈릴레오가 다시 총을 쏜다. 생각한다. '두 발 남았다.' 옆에 있는 후레마를 본다. 후레마는 문을 닫아걸고 오두막 안쪽으로 기어간다. 갈릴레오는 몸을 일으킨다. 어느 순간에 땅바닥으로 떨어졌는지 알 수 없다. 흙범벅이다. 땀이 줄줄 흐른다. 이가 딱딱 마주친다. 권총을 너무 꽉 쥐고 있어 손가락이 아플 정도다. 판자 벽 틈으로 밖을 살핀다. 무기를 실은 짐마차가 먼지 구름을 일으키며 멀리 사라진다. 오두막 밖에서는 양 울타리를 향해 기어가는 부상자 두 명을 향해 개가 미친 듯이 짖어댄다. 그들을 겨누고 권총에 남은 마지막 두 발을 쏜다. 개 짖는 소리와 방울 소리에 섞여 사람이 내는 신음 소리가 들리는 것 같다. 그렇다. 명중이다. 오두막과 가축 울타리 한 중간에서 움직이지 않는다. 후레마는 계속 비명을 질러댄다. 닭들은 미친 듯이 꼬꼬댁거리며 사방을 날아다닌다. 집 안에 있는 물건을 마구 뒤집고, 판자 벽으로 갈릴레오의 몸으로 마구 달려든다. 그는 손사래를 쳐 닭들을 쫓아내고 다시 좌우를 살핀다. 겹쳐진 채 늘어져 있는 두 개의 몸뚱이만 없다면 아무 일도 없었던 듯싶다. 숨을 고르며 닭들을 헤치고 문가로 기어간다. 문틈으로 썰렁한 풍경, 갈고리 모양으로 쓰러져 있는 몸뚱이를 살핀다. 생각한다. '무기를 빼앗겼다.' 생각한다. '죽는 것보단 낫지.' 눈을 크게 뜨고 가쁜 숨을 몰아쉰다. 마침내 빗장을 올리고 문을 연다. 아무것도, 아무도 없다.

　몸을 낮추어 짐마차가 있던 곳으로 달려간다. 울타리 안에서 우왕좌왕하는 양들의 방울 소리가 들린다. 속이 쓰리고 목덜미가 뻐근하다. 지평선에서 먼지 자국이 사라진다. 리아초 다 온사 방향이다. 한숨이 터진다. 불그스름한 턱수염을 손으로 쓸어본다. 이는 계속 딱딱거리고 있다. 말뚝에 묶인 노새는 충실하게 되새김질을 하고 있다. 천천히 오두막으로 돌아온다. 땅바닥에 쓰러진 몸뚱이 앞에서 걸음을 멈춘다. 이미 시체다. 그 낯선 얼굴, 햇볕에 검게 그을린 딱딱하게 굳은 찡그린 얼굴을 살펴본다. 느닷없이, 분노가 치밀어 오르면서 널브러진 몸뚱이에 발길질을 가하기 시작한다. 몰인정하게, 욕지거리를 퍼부으며. 분노가 개한테까지 옮겨진다. 개는 으르렁거리며, 팔딱팔딱 뛰며, 두 남자의 샌들을 물어뜯는다. 결국 갈릴레오는 침착해진다. 발을 질질 끌며 오두막으로 돌아온다. 닭들이 달려든다. 손을 들어 얼굴을 막는다. 후레마는 방 한가운데 서 있다. 벌벌 떤다. 옷은 찢어졌고, 입은 반쯤 벌리고 있고, 눈에는 눈물이 가득하고, 머리는 헝클어져 있다. 멍청하게 난장판이 되어버린 주위를 쳐다보고 있다. 대체 이 집에서 무슨 일이 벌어졌는지 모르는 것 같다. 갈을 보고 달려온다. 가슴에 안긴다. 알아들을 수 없는 말을 더듬거린다. 갈은 딱딱하게 굳어 있다. 아무 생각이 없다. 가슴에 안긴 여자를 느낀다. 겁에 질린 채, 자신의 몸뚱이에 달라붙은 몸뚱이를, 눈 아래서 흔들리는 목덜미를 무심히 쳐다본다. 여자 냄새를 맡을 수 있다. 겨우겨우 생각을 더듬는다. '여자 냄새로구나.' 가슴이 뛴다. 힘들여 팔을 들고 후레마의 어깨를 감싼다. 여태 손에 쥐고 있던 권총을 떨어뜨린다. 손가락으로 헝클어진 머리칼을 어설프게 빗어준다. "나를 죽이려 했어요." 후레마의 귀에 속삭인다. "이제 위험하지 않소. 원하던 것을 가져갔으니까." 여자는 진정되어간다. 흐느낌이 멈춘다. 몸도 떨리지 않는다. 여자는 손으로 갈을 밀어낸다. 갈은 여전히 여자를 품에 안고, 머리칼을 어루만진다. 후레마가 빠져나가려 하자 그녀를 꼭 붙잡는다. "Don't be afraid(걱정마)." 눈을 깜박이며 속삭인다. "They are gone. They……(놈들은 갔어. 놈들은……)." 어떤 새로운, 잘못된, 긴박한, 강렬한 느낌이 시시각각 커져간다. 이제 겨우 알아차린 듯하다. 입술 가까이에 후레마의 목덜미가 있다. 후레마가 가슴을 싸안으며 뒤로 힘껏 물러난다. 갈에게서 벗어나려고 애를 쓴다. 그러나 갈은 놓치지 않는다. 여자를 부둥켜안으며 여자가 알아들을 수 없는 말만 계속 반복한다. *"Don't be afraid. Don't be afraid."* 후레마는 두 손으로 치고 할퀴고 몸을 비틀어 그에게서 겨우 벗어난다. 갈릴레오는 여자를 쫓아 방을 맴돈다. 여자를 따라붙는다. 여자를 붙잡는다. 낡은 궤짝에 부딪혀 여자와 함께 땅바닥을 뒹군다. 후레마는 발버둥친다. 온힘을 다해 싸운다. 그러나 소리치지는 않는다. 두 사람이 헐떡이는 소리, 몸부림치는 소리, 닭들이 꼬꼬댁거리는 소리, 개가 짖는 소리, 양들의 방울 소리만 들린다. 납덩이 같은 구름 사이로 태양이 빠져나온다.

그는 짧은 두 다리와 커다란 머리를 갖고 태어났다. 나투바 사람들은 본인이나 부모를 위해 다행이라고 생각했다. 살아봐야 바보 병신밖에 못 될 것이니 선하신 예수님께서 얼른 데려가실 것이었다. 다행인 것은 사실이었다. 야생마 조련사 셀레스티노 파르디나스의 작은 아들은 다른 사람들처럼 걷지는 못했다. 그러나 총명했다. 무엇이든지 배우려 들었다. 사람들이 놀리는 그 대갈머리에 일단 들어간 것은 결코 잊지 않았다. 신통방통한 아이였다. 파르디나스 집처럼 아주 평범한 가정에서 불구에다 약골로 태어났지만, 다른 사람들처럼 두 발로 걷는 대신 네 발로 기었고 그 가녀린 몸뚱이가 받치고 있다는 것이 신기할 정도로 머리가 컸지만, 죽지도 않았고 병치레도 하지 않았다. 그러나 바로 이런 점이 빌미가 되어 나투바 사람들은 수군거리기 시작했다. 이 아이는 야생마 조련사의 씨가 아니라 악마의 씨다, 아무도 가르치지 않았어도 읽기와 쓰기를 배운 것을 보면 뻔한 것 아니냐.

아이를 돈 아세니오에게 데려갈 생각은 셀레스티노도 도냐 가우덴시아도 하지 못했다. 소용없을 거라고 생각했던 것이다. 돈 아세니오는 벽돌공장 주인이면서 포르투갈어와 라틴어구와 종교에 대해 가르치는 사람이었다. 한번은 이런 일이 있었다. 어느 날, 우편 배달부가 와서 마트리스 광장 게시판에 포고문 하나를 붙였다. 배달부는 해 지기 전에 아직도 열 개 지역을 더 찾아가야 한다며 큰소리로 읽어주지도 않고 가버렸다. 주민들이 꼬부랑 글자를 읽지 못해 애를 태우는 중에 발 밑에서 레온이 재잘거리는 소리를 들었다. "동물들에게 전염병 위험이 있다고 하네요, 크레졸로 축사를 소독하고, 쓰레기는 태우고, 물이나 우유는 반드시 끓여 먹으라고 하네요." 돈 아세니오는 바로 그런 내용이라고 인정했다. 주민들은 누가 글을 가르쳐주었느냐고 아이에게 캐물었다. 레온은 대답했고 모두가 놀랐다. 돈 아세니오처럼 글을 아는 십장 펠리스벨로, 돌팔이 의사 아벨라르도, 양철공 소시모 같은 사람들을 보고 배웠다고 말했다. 그 사람들 중 누구도 직접 가르친 적은 없었다. 그러나 그들이 책상머리에 앉아 글을 읽거나 이웃 주민이 불러주는 편지를 대신 써줄 때 레온의 밤송이 같은 대갈머리와 호기심으로 가득 찬 두 눈이 슬그머니 다가왔다는 사실을 네 사람 모두 기억해낼 수 있었다. 레온은 그런 식으로 글을 깨쳤다. 레온은 하루 온종일 나투바 자스민 나무 그늘 밑에 웅크리고 앉아 신문, 기도서, 주보, 포고문 등 인쇄물이란 인쇄물은 닥치는 대로 읽고 또 읽었다. 레온은 직접 깎은 새깃털 펜과 연지벌레와 야채 즙으로 만든 잉크로 생일 축하 엽서나 사망, 결혼, 출생, 병 등을 알리는 글이나 우스갯소리를 담은 소식지를 발간하기 시작했다. 커다랗고 균형 잡힌 글씨였다. 이 소식지로 나투바 주민들은 이웃 마을 주민들과 서로 소식을 주고받을 수 있었다. 1주일에 한 번 소식지를 가지러 배달부가 아이에게 들렀다. 레온은 마을 주민들이 받은 편지를 대신 읽어주기도 했다. 다른 사람들의 글을 대신 써주기도 했고 이야기책을 읽어주기도 했지만 돈은 한푼도 받지 않았다. 수고했다고 가지고 오는 선물은 이따금 받았다.

아이의 원래 이름은 레온이 아니라 펠리시오였다. 종교를 믿다 보면 종종 있을 수 있는 일로, 레온(사자)이라는 별명이 붙자 아예 이름을 바꿔버렸다. 사람들은 분명 그 대갈머리 때문에 놀리려고 레온이라고 불렀을 것이다. 놀림꾼들의 말도 일리는 있었다. 귀를 덮은 머리가 점점 덥수룩해지더니 몸짓에 따라 휘날리게 되었기 때문이다. 어쩌면 그의 걸음걸이 때문에 그런 별명이 붙었는지도 모른다. 두 손(편자나 싸개처럼 가죽으로 만든 보호대로 손을 보호했다)과 두 다리에 의지해 아무 두려움 없이 성큼성큼 걷는 짐승. 짧은 두 다리와 긴 두 팔로 땅에 찰싹 달라붙어 쉬엄쉬엄 기는 모습은 사실 사자보다는 원숭이에 가까웠다. 레온이 항상 웅크리고 있는 것은 아니었다. 잠시나마 두 발로 설 수도 있었고 그 우스운 다리로 몇 발자국 사람처럼 걸을 수도 있었다. 그러나 서거나 걷거나 너무 피곤한 일이었다. 걸음걸이가 그렇다 보니 바지는 생전 입어보지 못했다. 여자들이나 선교사들이나 선하신 예수님을 위해 고행하는 사람들처럼 수도복만 입을 수 있었다.

레온은 이웃사람들에게 편지를 써주고 읽어주고 했지만 사람들은 그를 결코 받아들이지 않았다. 하물며 친부모조차 한 핏줄이라는 것을 부끄러워했고 그 부끄러움을 감추려 들지 않았고 아이를 위로하는 일조차 하지 않는 형편이었는데 어떻게 나투바 주민들이 이 물건을 자기들과 같은 사람으로 인정해줄 수 있었겠는가? 열둘이나 되는 형제자매도 그를 사람으로 취급하지 않았다. 아이는 형제들과 식사조차 함께 할 수 없었고 혼자 따로 형편없는 상자 위에서 먹었다고 했다. 이렇게 아이는 부모의 사랑도, 형제간의 사랑도(어떤 다른 사랑을 갈구하는 것도 같았지만), 친구도 몰랐다. 같은 또래 아이들은 처음에는 그를 무서워했고 나중에는 더러워했다. 레온이 아이들이 노는 것을 구경하러 올라치면 아이들은 그에게 돌멩이를 집어던지고 침을 뱉고 욕을 퍼부었다. 아이는 좀처럼 아이들 틈에 끼려 하지 않았다. 어려서부터 빈틈없는 직관 혹은 지성으로 알 수 있었던 것이다. 사람들은 언제까지나 그를 무시하고 배신하고 때로는 괴롭힐 것이다, 그러니 사람들을 멀리해야만 한다. 아이는 그렇게 했다.

적어도 개천 사건이 벌어질 때까지는 그랬다. 사람들은 축제에서나 장터에서 그를 신중하게 따돌렸다. 나투바에 어느 선교회가 왔을 때, 레온은 고양이처럼 성모수태 교회 지붕 위에서 설교를 들었다. 그러나 아이가 아무리 숨고 숨어도 위험에서 벗어날 수 없었다. 최악의 위험이 닥쳤다. 아이가 집시 서커스에 팔아넘겨지고 말았던 것이다. 집시 서커스는 1년에 두 번 나투바를 지나갔다. 괴물들의 순례였다. 곡예사, 점쟁이, 소리꾼, 어릿광대가 있었다. 어느 땐가, 집시는 야생마 조련사와 도냐 가우덴시아에게 레온을 데려가 서커스 단원으로 만들겠다고 제안했다. "아이가 따돌림당하지 않을 유일한 장소가 바로 우리 서커스단입니다." 집시의 말이었다. "아주 쓸모 있을 겁니다." 부모는 동의했다. 집시는 아이를 데려갔다. 그러나 1주일 후, 레온은 탈출에 성공해 다시 나투바로 돌아왔다. 그때부터 집시 서커스가 나타날 때마다 아이가 사라지곤 했다.

아이가 무엇보다 무서워했던 것은 술주정뱅이 소몰이꾼들이었다. 소몰이꾼들은 소몰이나 낙인을 찍는 일이나 거세 작업이나 털깎기 작업이 끝나면 마을로 돌아와 말에서 내리자마자 도냐 에피파니아 주점으로 목을 축이기 위해 달려갔다. 그들은 어깨동무를 하고 콧노래를 부르며 비틀거렸다. 흥겨워하는 때도 있었지만 성깔을 부리는 때도 있었다. 그들은 놀리거나 화풀이를 하기 위해 아이를 찾아 골목골목을 누비고 다녔다. 아이는 놀라울 정도로 귀가 예민했다. 아이는 아주 멀리에서도 그들의 너털웃음과 횡설수설을 알아들을 수 있었다. 아이는 눈에 띄지 않기 위해 벽에 바싹 달라붙어 있다가 한걸음에 집 안으로 뛰어들었다. 집에서 멀리 떨어져 있을 때에는 덤불숲이나 지붕 위에 숨어 위험한 순간이 지나가기를 기다렸다. 그렇지만 항상 달아날 수는 없었다. 언젠가, 그들은 꾀 — 예를 들면, 모모라는 사람이 시장에게 청원서를 쓰려고 아이를 찾는다는 전갈을 보낸다 — 를 써서 아이를 붙잡았다. 그들은 몇 시간 동안 아이를 괴롭히며 놀았다. 눈에 보이는 것 외에 다른 볼거리가 수도복 속에 감춰져 있는지 알아보기 위해 아이의 옷을 벗겼다. 말 등에 올려놓기도 했고, 어떤 것이 태어나는지 시험해보기 위해 양과 짝짓기를 시키려고도 했다.

셀레스티노 파르디나스와 그 피붙이는 이런 일을 알게 되면 중간에 나서서 그 장난꾼들을 몰아냈다. 그러나 그것은 애정 때문이라기보다는 체면 때문이었다. 어느 날, 나이 든 형제들이 이웃사람들로부터 아이를 빼내기 위해 칼부림과 몽둥이질까지 하게 되었다. 사람들은 술에 취해 아이를 술로 목욕시키고 쓰레기장을 뒹굴게 한 후 신기한 짐승이나 되는 것처럼 가죽끈에 매달아 길거리로 끌고 다녔던 것이다. 그러나 피붙이들도 저따위 물건 때문에 온가족이 난리법석을 떨어대는 짓거리에 지쳐버리고 말았다. 레온은 그 누구보다 그 사실을 잘 알고 있었다. 그래서 어떤 꼴을 당해도 집에 얘기하지 않는 법을 배우게 되었다.

어느 날, 셀레스티노 파르디나스의 작은 아들의 운명은 완전히 뒤바뀌고 만다. 양철공 소시모의 어린 딸 알무디아가 열병에 걸려 토하게 되었다. 여섯 형제 중에 유일하게 살아남은 자식이었다. 다른 아이들은 출산중에 죽거나 태어났어도 오래 살지 못했다. 돈 아벨라르도의 처방과 부적은 아무 소용없었다. 부모가 아무리 기도를 올려도 역시 소용없었다. 돌팔이 의사는 계집아이가 '저주'에 걸려들었다고 선언했다. 저주하는 사람을 찾지 못한다면 어떤 수단 방법도 소용없다고 말했다. 삶의 유일한 희망이었던 계집아이의 운명에 절망한 소시모와 부인 에우프라시아는 범인을 찾기 위해 나투바의 집집을 뒤지고 다녔다. 이내 이런 소문이 들려왔다. 계집아이가 미란돌라 농장으로 흐르는 개천가에서 레온과 몰래 만나는 것을 본 적이 있다. 계집아이는 추궁을 받고 정신이 없는 와중에서 고백했다. 그날 아침, 대부인 돈 나우틸로를 만나러 가기 위해 계집아이가 개천가를 지날 때 레온이 그녀를 위해 작곡한 노래를 불러주어도 좋은지를 물어왔다, 그리고 노래를 들려주기 시작했다. 알무디아는 즉시 내뺐다. 말을 붙인 것은 그때가 처음이었다. 그러나 그 이전에도, 기억난다. 레온이 마을을 돌아다닐 때 우연히도 가끔 마주친 적은 있었다. 만날 때마다 걸음을 멈추는 것이 뭔가 말을 걸고 싶어하는 것 같았다.

 소시모는 엽총을 집어들고 역시 무장을 갖춘 조카, 동서, 친구들에게 둘러싸여, 수많은 사람들을 뒤에 달고 파르디나스의 집으로 쳐들어갔다. 그들은 레온을 붙잡았다. 총부리를 미간에 대고 돈 아벨라르도가 저주를 풀 수 있도록 노래를 읊어보라고 그를 족쳐댔다. 레온은 입을 다물었다. 눈을 부릅뜨고 버텼다. 저주를 풀지 않으면 대갈통을 박살내버리겠다고 수십 번 을러댄

후 양철공은 방아쇠에 손가락을 걸었다. 순간 공포로 그 영악스러운 두 눈이 달아올랐다. "만일 나를 죽인다면, 저주를 풀 수 없을 것이고 알무디아는 죽을 겁니다." 겁에 질려 알아들을 수 없는 소리가 새나왔다. 정적이 감돌았다. 소시모는 식은땀을 흘렸다. 피붙이들은 총을 들고 셀레스티노 파르디나스와 그 자식들을 에워싸고 있었다. "털어놓으면 놔주겠습니까?" 괴물의 기어들어가는 목소리가 다시 들렸다. 소시모는 동의했다. 그러자 레온은 몸을 움츠리고 새벽닭 소리에 맞춰 노래를 부르기 시작했다. 노래했다. 그곳에 있었던 나투바 사람들은 두고두고 이 얘기를 기억해내 안주 삼을 것이었다. 이곳에 없었던 사람도 이 일을 직접 목격했노라 우길 것이었다. 알무디아의 이름이 등장하는 사랑의 찬가였다. 노래를 마쳤을 때 레온의 눈은 수줍음으로 가득 차 있었다. "이제 풀어주세요." 애원했다. "딸아이가 나은 후에 풀어주겠다." 양철공은 냉정하게 거절했다. "만일 낫지 않는다면, 그 무덤 곁에서 네 놈을 불태워버릴 것이다. 딸아이의 영혼을 걸고 맹세한다." 파르디나스 가족 — 엽총 앞에서 굴신도 못하는 아버지, 어머니, 형제들 — 을 노려보며 결연한 투로 쏘아붙였다. "네 놈을 산 채로 불태울 것이다. 두고두고 서로를 잡아 죽이게 된다 해도."

그날 밤, 알무디아는 피를 토해낸 끝에 죽고 말았다. 이웃 사람들은 소시모가 울부짖고 머리털을 쥐어뜯고 하나님을 원망하고 완전히 뻗을 때까지 술을 마실 것이라고 생각했다. 그러나 그런 일은 전혀 없었다. 이전에 안절부절못하던 때와는 달리 이제는 냉정해졌다. 딸자식의 장례와 딸자식에게 저주를 내린 자의 죽음을 동시에 준비했다. 욕을 하지도, 악랄하게 굴지도, 행패를 부리지도 않았다. 그는 친절한 이웃이었고 다정한 친구였다. 그래서 모두 동정했다. 그가 하려는 일을 미리 눈감아주었다. 그 일에 찬성하는 사람까지 있었다.

 소시모는 사람들에게 무덤 곁에 기둥을 세우게 하고 짚과 마른 나뭇가지를 쌓도록 했다. 파르다니스 가족은 집에 포로로 잡혀 있었다. 레온은 사지가 묶인 채 양철공의 가축 울타리 안에 갇혀 있었다. 레온은 그곳에서 밤을 새웠다. 철야 기도 소리, 조사, 연속 기도, 곡소리를 들었다. 다음날 아침, 나귀가 끄는 짐마차에 실렸다. 항상 그렇듯 멀리까지 사람들이 뒤를 따랐다. 마차가 묘지에 도착했다. 관이 내려지고 새로 기도를 올리고 하는 중에, 양철공의 지시에 따라 두 명의 조카가 레온을 기둥에 묶고 짚과 나뭇가지를 주변에 쌓고 불을 당기려 했다. 화형식을 구경하기 위해 마을 사람 대부분이 그곳에 모여 있었다.

 바로 이 순간 성자가 나타났다. 성자는 전날 밤이나 오늘 새벽에 나투바에 도착해야만 했다. 무슨 일이 벌어질지 누군가가 알려준 듯했다. 그러나 이런 설명은 너무나 고리타분하다. 현실적인 것보다는 초현실적인 것을 더 믿는 사람들에게는 그렇다. 앞을 내다보는 능력 혹은 선하신 예수님께서 실수를 바로잡기 위해, 범죄를 예방하기 위해, 혹은 단지 주님의 능력을 보여주기 위해 성자를 이곳 바이아 산골 마을로 데려왔을 것이라고 사람들은 생각할 것이다. 나투바에서 처음 설교했을 때처럼 성자는 혼자가 아니었다. 몇 년 후 두번째 나타났을 때처럼 두세 명의 순례자를 대동한 것도 아니었다. 두번째 나타났을 때는 설교를 했을 뿐만 아니라 마트리스 광장에 버려진 예수회 수도원 예배당을 수리하기까지 했었다. 이번에는 못해도 서른 명은 될 것 같은 사람들과 함께 왔다. 모두가 성자처럼 야위고 가난한 사람들이었지만 눈동자만은 기쁨으로 넘치고 있었다. 성자는 사람들을 이끌고 나타나 사람들을 헤치고 마무리 삽질을 하고 있던 무덤으로 향했다.

가무잡잡한 남자는 소시모에게 다가갔다. 소시모는 고개를 숙인 채 땅바닥을 쳐다보고 있었다. "잘 짠 관에 가장 좋은 옷을 입혀 묻었겠지?" 부드러운 목소리로 성자가 물었다. 다정다감하다고는 볼 수 없었다. 소시모는 겨우 고개를 끄덕였다. "천국에서 기뻐 맞으시도록 아버지께 기도 드리자꾸나." 선지자가 말했다. 선지자와 순례자들은 무덤 곁에서 시편을 외고 찬양했다. 찬양이 끝난 후 선지자는 레온이 묶여 있던 기둥을 가리켰다. "형제여, 이 아이를 어찌할 작정이냐?" 물었다. "불태울 겁니다." 소시모가 대답했다. 그 이유를 설명했다. 침묵이 소리를 내는 것 같았다. 성자는 아무런 표정 변화 없이 인정했다. 이윽고 성자는 레온에게 다가갔다. 손짓으로 사람들을 조금 물러나게 했다. 사람들이 몇 걸음 뒤로 물러났다. 성자는 몸을 숙여 묶인 아이의 귀에 뭐라고 속삭였다. 그리고 대답을 듣기 위해 레온의 입으로 귀를 가져갔다. 이렇게 두 사람은 서로의 입과 귀를 번갈아 기울이며 속삭였다. 아무도 움직이지 않았다. 뭔가 볼거리를 기대하고 있었다.

　사실 산 사람을 화형시킨다는 것은 끔찍하면서도 애간장 녹이는 일이었다. 얘기를 마치고 나서 성자는 여전히 침착하게 꼼짝도 않고 명령했다. "와서 아이를 풀어라." 양철공은 화들짝 놀라 성자를 쳐다보았다. "네가 직접 아이를 풀어주어라." 가무잡잡한 남자가 울부짖었다. 모든 사람이 그 소리에 얼어붙었다. "딸자식이 지옥에 떨어지기를 바라는가? 네가 지피려는 불보다 그곳 불이 더 뜨겁고 더 오래 간다는 사실을 모른단 말이냐?" 그가 다시 울부짖었다. 그 어리석음에 난감해하는 것 같았다. "미신에 빠진 놈, 불신자, 죄인. 네 놈이 하려던 짓을 회개하라. 와서 아이를 풀어. 용서를 빌어. 네 놈의 비겁함과 악행과 하나님께 대한 부족한 믿음 때문에 딸아이를 악마에게 보내지 않기를 아버지께 구해." 그렇게 욕을 퍼부었다. 다그쳤다. 아비의 잘못으로 알무디아가 지옥으로 떨어질까 두려워했다. 사람들은 그 광경을 지켜보고 있었다. 소시모는 그 짐승을 총으로 쏘지도, 칼로 후비지도, 불로 태우지도 않았다. 대신 성자의 말을 따랐다. 흐느끼며, 무릎을 꿇고 아버지께, 선하신 예수님께, 성령께, 성모마리아께 빌었다. 알무디아의 영혼이 지옥으로 떨어지지 않기를.

　선지자가 나투바에서 2주일 동안 기도하며, 설교하며, 병자를 위로하며, 성한 사람을 일깨우며 지낸 후 모캄보를 향해 떠날 때, 나투바의 묘지에는 벽돌담이 둘려졌고 무덤마다 새로운 십자가가 세워졌다. 추종자의 수도 불어났다. 짐승들과 사람들 무리에 새로운 모습이 더해졌다. 만다카루스로 뒤덮인 지평선 너머로 순례자 무리가 사라져갈 때, 누더기들 사이에 끼어 뒤뚱거리며 뛰어가는 그림자가 하나 있었다. 말이나 양이나 노새가 뛰듯……

꿈이었던가, 생시였던가. 나는 지금 케이마다스 외곽 지역에 있다. 낮이다. 루피노의 그물 침대다. 나머지는 혼란스럽다. 우선, 그날 새벽 일련의 사건이 다시 한번 그의 삶을 뒤집어놓았다. 비몽사몽간에, 두려움이 그를 끈질기게 사로잡았고, 여자와 몸을 섞은 후 이내 잠에 빠지고 말았다.

그렇다. 운명이란 대체로 선천적이며 두개골에 새겨져 있기 때문에 손끝이 야무지거나 눈썰미가 있는 사람이라면 꼭 집어낼 수 있다고 믿는 사람으로서는, 예측할 수 없는 측면이 존재한다는 사실을, 다른 사람들이 자신의 의지와 자신의 기질을 온통 쥐고 흔들 수 있다는 사실을 인정하기 힘들었다. 얼마 동안이나 쉬고 있었을까? 어쨌든 피로는 사라졌다. 여자도 사라져버렸을까? 도움을 청하러 갔을까? 사람을 불러와 그를 붙잡게 할까? 생각했다. 어쩌면 꿈을 꾸었다. '불행은 홀로 오지 않는다.' 자신을 속이고 있음을 알아챘다. 루피노가 없었기 때문에, 죽을 지경이었기 때문에, 두 사람이나 죽였기 때문에, 카누도스로 운반해야 할 무기를 빼앗겼기 때문에 불안했고 그래서 착란이 일어났던 것은 아니었다. 느닷없는, 이해할 수 없는, 참을 수 없는 감정이었다. 그래서 10년 동안이나 여자 경험이 없었지만 후레마를 범하게 되었다. 그렇게 갈릴레오 갈은 비몽사몽을 헤매고 있었다.

젊을 때는 사랑했던 여자도 꽤 있었다. 여자친구 — 같은 이상을 위해 싸웠던 동지 — 도 있었고 데이트를 즐기기도 했다. 바르셀로나 시절에는 여직공과 살림을 차렸다. 병영을 습격했을 때 여자는 임신중이었다. 에스파냐를 탈출한 후에 그 여자가 결국 어느 빵장수와 결혼했다는 소식을 들었다. 그러나 갈릴레오 갈의 삶에서 여자는 과학이나 혁명처럼 큰 몫을 차지하지는 않았다. 갈에게 섹스는 양식과 같은 것이었다. 기본적인 필요는 채워주지만 곧 시들해지는 것이었다. 생의 가장 은밀한 결정은 10년 전에 내려졌다. 11년 전이었던가? 어쩌면 12년 전? 날짜가 머릿속에서 가물거렸다. 장소는 아니었다. 로마. 바르셀로나를 탈출해 로마로 숨어들었다. 어느 약제사의 집이었다. 약제사는 무정부주의자 신문의 공동 발행인이었고 감옥 생활도 경험한 사람이었다. 갈의 기억 속에 그 당시 상황이 생생하게 살아있었다. 처음에는 긴가민가했지만 나중에는 확실해졌다. 이 친구는 콜로세움 주변에서 창녀들을 집적거렸다. 갈이 집을 비우면 창녀를 데려와 채찍질을 허용하는 조건으로 돈을 지불했다. 어느 날 밤, 갈은 친구를 나무랐다. 가련한 친구는 눈물을 쏟으며 고백했다. 매질을 해야만 희열을 느낄 수 있다. 피멍이 들고 두려움에 떠는 몸뚱이를 봐야 성욕을 느낄 수 있다. 꿈인지 생시인지. 비몽사몽 간에 다시 친구의 목소리가 들렸다. 그가 도움을 요청했다. 그날 밤, 같은 친구의 머리를 만져보았다. 아랫사람에 대한 애정이 나타나는 부분이 부풀어 있었고 끝에 열이 있었다. 스퍼자임이 성기능을 통제하는 기관이 있다고 했던 곳이었다. 아래쪽 곡선 후두부도 기형이었다. 목이 시작되는 부분에서 파괴적인 성향을 알려주는 홈도 나타났다. (바로 그 순간 마리아노 쿠비의 후텁지근한 연구실이 생각났고, 마리아노 쿠비가 항상 들어 설명하던 사례도 생각났다. 제네바의 방화광이었던 조바르 졸리의 경우였다. 참수 후에 그의 두개골을 해부했다. "잔혹성을 드러내는 그 부분이 커다란 종양처럼 엄청나게 컸다네. 마치 두개골 속에 임신을 하고 있는 것 같았다네.") 그래서 치료약을 처방해주었다. "동지, 자네 삶에서 없애야 할 것은 나쁜 습관이 아니라 바로 섹스야." 그리고 처방전을 설명해주었다. 섹스를 멀리하면 그 파괴적 본성이 윤리 · 사회적인 목적을 향해 매진할 것이고, 자유를 쟁취하고 억압을 말살하는 투쟁에 힘을 배가시킬 것이라고 말해주었다. 목소리도 떨지 않고, 눈을 똑바로 쳐다보며, 의리 있게 제안했다. "같이 해보세. 동지, 이제 다시는 여자를 건드리지 않기로 맹세하잔 말일세." 약제사는 맹세를 지켰을까? 그날 밤 실망한 친구의 눈초리와 목소리가 생각났다. 꿈인지 생시인지. '의지가 약한 놈이었어.' 태양빛이 내려감은 눈꺼풀을 뚫고 들어와 눈동자를 아리게 했다.

　그는 의지가 약한 사람이 아니었다. 그는 그날 새벽까지 맹세를 지켜낼 수 있었다. 이성과 지식이 하잘것없는 충동을 이겨내고 동료애를 지킬 수 있도록 토대를 마련해주었고 힘을 실어주었다. 욕구를 채우기 위해 본능에 굴복하는 짓거리는 거처도 없이 전쟁에 뛰어든 사람에게는 위험한 짓이 아니었던가? 섹스에 대한 조급함으로 이상을 저버릴 수 있었단 말인가? 당시 갈을 괴롭혔던 것은 살아가면서 여자를 멀리하는 일이 아니었다. 그가 했던 일을 그의 적도, 가톨릭 신부도 했다는 사실이었다. 이렇게 말할 수는 있었다. 여느 사람들과 달리 그가 내세웠던 이유는 무지에서 나온 것도 편견에서 나온 것도 아니었다. 그는 적들이 독차지하기 위해 그 누구보다 노력하는 것 — 즉 하늘과 땅, 물질과 영혼 — 에 다가가 혼란에 빠뜨리기 위한 투쟁을 위해 더 가볍고 싶었고, 더 자유롭고 싶었고, 더 강하고 싶었던 것이다. 그 결심은 결코 흔들리지 않았다. 갈릴레오 갈은 비몽사몽간을 헤매었다. '오늘까지는.' 갈은 여자를 멀리하면 지적인 욕구가 그만큼 왕성해지고 더 활발한 활동을 할 수 있을 것이라고 확신했다. 아니었다. 또다시 눈가림이었다. 눈을 뜨고 있을 때는 이성으로 성욕을 잠재울 수 있었다. 그러나 꿈속에서는 어림없었다. 당시 밤이면 밤마다 꿈만 꾸면 유혹적인 여자의 몸뚱이가 침대로 파고들어 몸을 비벼대며 욕구를 자극했다. 꿈인지 생시인지. 피와 살을 지닌 여자들보다 그 허깨비들이 물리치기 더 힘들었다. 갈은 기억했다. 이 세상 어디든 한창 때의 젊은이나 감옥에 갇힌 동료들과 마찬가지로 자기 자신도 자신의 욕구가 만들어낸 그 만질 수 없는 허깨비들과 수도 없이 사랑을 나누었던 것이다.

괴로웠다. 꿈인지 생시인지. '어떻게 그럴 수 있었을까? 왜 그랬단 말인가?' 무슨 이유로 여자에게 달려들었단 말인가? 여자는 저항했다. 여자를 때려눕혔다. 절망에 휩싸여 생각해보았다. 여자가 아무 저항 없이 벌거벗고 누워 있었을 때도 여자를 때렸던가? 동지, 대체 어찌된 셈인가? 꿈인지 생시인지. '갈, 넌 자신을 몰라.' 아니다. 그 자신은 자기 두개골을 알 수 없었다. 그러나 다른 사람들은 만져보았다. 충동적인 성향이 발달해 있고, 호기심이 강하며, 가만 있지 못하는 성격이었다. 예술 쪽으로 타고났으며, 몸을 활발하게 움직이는 등 모든 속박에서 벗어나려는 경향을 보여주었다. 그러나 누구도 그 두개골에서 일말의 변태적 성향을 찾아내지 못했다. 꿈인지 생시인지. 예전에 생각했던 내용이 떠올랐다. '과학이란 칠흑 같은 거대한 동굴 안에서 깜박이는 등불에 지나지 않는다.'

이 일이 그의 삶에 어떤 식으로 영향을 미칠 것인가? 로마에서의 맹세가 아직도 유효하단 말인가? 이런 일도 있고 하니 맹세를 수정하거나 보완해야 하지 않을까? 단순한 사고였나? 오늘 새벽 일을 과학적으로 설명할 방도가 있는가? 완전히 뿌리 뽑았다고 자신했던 그 욕정이, 육체적 희열보다 더 나은 목표를 위해 진로를 수정했다고 믿었던 그 에너지가 그의 영혼 속 — 아니다, 정신 속이다. 영혼이라는 말은 종교의 때가 끼어 더럽혀졌다 — 에, 의식 뒤에 숨어, 계속 쌓여갔던 것이다. 그렇게 비밀스럽게 쌓여가던 것이 상황을 빌미 삼아 그날 아침에 폭발했다. 그러니까 흥분과 긴장과 불안과 습격, 강탈, 총질, 살인 등으로 인한 경악에 힘입어. 정당한 설명인가? 아! 모든 것을 남의 일인 양, 쿠비 노인네 같은 사람과 함께 객관적으로 살펴볼 수 있었더라면. 그 골상학자가 '소크라테스식'이라고 이름 지었던 대화를, 바르셀로나 항구와 고딕식 마을 뒷골목을 거닐며 나누었던 대화를 기억했다. 마음은 향수에 젖어들었다. 아니다. 로마에서의 맹세에 연연해하는 것은 몰지각하고 어리석고 멍청이 같은 짓이리라. 오늘 아침과 똑같은 일이나 그보다 지독한 일을 준비하는 것과 마찬가지 꼴이리라. 꿈인지 생시인지. 고약한 일이었다. 씁쓰레했다. '갈릴레오, 넌 범할 수밖에 없는 거야.'

 후레마를 생각했다. '생각이 있는 여자였던가? 오히려 길들인 짐승 같았지. 부지런하고, 싹싹했지. 산 안토니오 교회의 형상들이 교회에서 빠져나와 처음 만들어진 동굴로 도망친다는 말까지 믿는 여자였어. 남작의 다른 하녀들처럼 능숙하게 닭과 양을 치고, 남편에게 밥을 지어주고, 옷을 빨아주고, 남편에게만 가랑이를 벌려주는 여자였어.' 생각했다. '이제, 어쩌면, 잠에서 깨어나 불의를 깨우쳤을 수도 있지.' 생각했다. '바로 내가 불의를 깨우쳐준거야.' 생각했다. '잘한 짓도 있군 그래.'

 습격해서 짐마차를 끌고 간 사람들을 생각했다. 자신이 죽인 사람들을 생각했다. 선지자 쪽 사람들이었을까? 케이마다스 무두질 공장에서 만났던 그 파헤우라는 사람이 끌고 갔을까? 잠을 자는 것도 꿈을 꾸는 것도 아니었지만 눈을 꼭 감고 움직이지 않았다. 당연히 파헤우, 그 사람이 아니었을까? 군에서 보낸 스파이나 자기 사람들을 등쳐먹는 욕심쟁이 장사꾼을 붙잡아 정보를 얻어낸 것은 아닐까? 지켜보게 했다가 무기가 수중에 들어오자 카누도스로 가져가기 위해 손을 댄 것은 아닐까? 그렇다면 다행이지. 지금 이 순간, 그 무기들이 야군소들의 수중에 들어가 그들이 무장해서 코앞에 닥친 위험에 대비한다면 다행한 일이다. 파혜우는 무슨 이유로 그를 신뢰할 수 있었단 말인가? 자기 나라말도 잘 못하고 알쏭달쏭한 이야기만 주절거린 이방인을 믿게 만든 것이 과연 무엇이었단 말인가? '갈, 자네는 두 명의 동료를 살해했어.' 생각했다. 깨어났다. 더운 걸 보니 아침 해가 뜬 것이다. 이 소리는 양들이 내는 방울 소리다. 그냥 강도들 손에 넘어간 것이라면? 전날 밤, 에파미논다스가 무기를 건네준 농장에서부터 그와 가죽옷을 미행해왔을 수도 있었다. 주변에 강도 떼가 들끓는다고 하지 않았던가? 경솔하게 굴면 그런 일이 수도 없다고 하지 않았던가? 생각했다. '무기를 내려 안에 들여놨어야 했어.' 생각했다. '그랬다면 넌 이미 죽은 몸이고 무기 역시 가져갔을 것이다.' 속이 타 죽을 지경이었다. 바이아로 돌아가야 할까? 그래도 카누도스로 가야 할까? 눈을 뜰 것인가? 침대에서 일어날 것인가? 결국 현실을 받아들여야 하는가? 방울 소리가 들렸다. 개 짖는 소리도 들렸다. 이윽고 발자국 소리와 목소리까지 들렸다.

7

 페브로니오 데 브리토 소령이 인솔하는 토벌대와 그때까지 토벌대를 좇아온 한 무리의 여자들이 카누도스에서 20리 떨어진 물룬구에 집결했을 때는 짐꾼도 길잡이도 남아 있지 않았다. 정찰대를 안내하기 위해 케이마다스와 몬테 산토에서 징용당한 길잡이들은 불에 탄 부락을 마주치게 되면서부터 점점 말을 잃어 가더니 어둠이 내리자 일제히 사라지고 말았다. 군인들은 서로 몸을 기댄 채 쪽빛 하늘을 배경으로 우뚝 솟아 있는 산봉우리 너머에서 자신들을 기다리고 있을지도 모를 부상과 죽음을 곱씹고 있었다. 하늘은 이내 어두워졌다.
 여섯 시간 후, 탈영병들이 가쁜 숨을 몰아쉬며 카누도스에 도착했다. 그들은 개새끼를 위해 일한 것을 용서해 달라고 선지자에게 빌 작정이었다. 그들은 빌라노바 형제의 가게로 끌려갔다.

조앙 아바데가 그들을 심문했다. 토벌대에 대해 많은 정보를 얻어낸 후 베아티토에게 인계했다. 베아티토는 여전히 새로운 사람들을 맞이하고 있었다. 탈영병들은 베아티토 앞에서 공화주의자가 아님을, 교회와 국가의 분리, 황제 페드로 2세의 하야를 인정하지 않음을, 혼인법도 세속적인 장례도 미터법도 인정할 수 없음을, 인구 조사에 응하지 않을 것을, 다시는 훔치지 않고 다시는 술에 취하지 않고 다시는 돈내기를 하지 않을 것임을 맹세해야 했다. 그리고 적그리스도와의 전쟁에서 피를 뿌리겠다는 의지를 증명하기 위해 칼로 자신의 몸에 작은 상처를 냈다. 그런 후에야, 무장을 갖춘 사람들, 탈영병들의 도착 소식에 이제 막 잠에서 깨어난 사람들, 박수를 치는 사람들, 손을 잡아주는 사람들의 틈바구니를 뚫고 기도소로 안내되었다. 선지자가 문 밖으로 나왔다. 탈영병들은 무릎을 꿇고 십자가를 그었다. 선지자의 수도복을 만지려 했고 그 발에 입맞추려 했다. 감정을 이기지 못한 사람들은 흐느껴 울었다. 선지자는 축복을 내리는 것으로 그치지 않았다. 새로이 선택받은 사람들을 대할 때와 마찬가지로 그들을 살펴보고 몸을 숙여 그들을 일으켜 세웠다. 그 까맣게 타오르는 눈길로 그들 하나하나를 쳐다보았다. 그 누구도 그 눈길을 잊을 수 없을 것이었다. 이윽고 선지자는 마리아 쿠아드라도와 여덟 명의 성가대 여자들 — 아마포 끈으로 묶은 푸른색 수도복을 입고 있었다 — 에게 선하신 예수님 성전의 촛대에 불을 밝히라고 명했다. 매일 오후 선지자가 설교를 하기 위해 탑으로 오를 때와 같았다.

잠시 후 선지자는 발판에 올랐다. 베아티토, 레온 데 나투바, 만인의 어머니와 성가대가 선지자를 에워싸고 있었다. 동 터 오는 새벽, 선지자의 발 밑으로 카누도스 사람들이 간절한 심정으로 모여들었다. 심상치 않은 일이 벌어졌음을 모두 눈치채고 있었다. 선지자는 항상 그래왔듯이 곧바로 본론으로 들어갔다. 성화(聖化), 둘이면서 하나인 성부와 성자, 성령과 삼위일체 하나님에 대해 얘기했다. 어둠을 밝히기 위해서는 벨로 몬테 역시 예루살렘이 될 수 있다고 설명했다. 선지자는 검지로 파벨라 방향에 있는 올리브 동산을 가리켰다. 그곳에서 하나님의 독생자께서 유다의 배신으로 인하여 참담한 밤을 보내셨다. 그 너머, 카냐브라바 산맥에 있는 갈보리 산을 가리켰다. 그곳에서 불신자들이 두 명의 강도와 함께 예수님을 십자가에 못 박았다. 예수님께서 묻히신 성스러운 무덤은 2.5리 떨어진 회색 바위산 그라하우에 있다. 그곳에 이름 모를 신도들이 십자가를 세웠다. 그리고 놀라서 입을 다문 선택된 사람들에게 자세히 설명해주었다. 카누도스의 좁은 길 하나하나가 왜 갈보리 길인지를. 어디서 그리스도께서 처음 쓰러지셨는지, 어디서 어머니 마리아를 만나셨는지, 어디서 용서받은 죄지은 여자가 예수님의 얼굴을 닦아주었는지, 시몬이란 구레네 사람이 어디서부터 어디까지 예수님의 십자가를 지고 갔는지. 이푸에이라 계곡이 여호사밧 계곡임을 설명할 무렵 총소리가 들렸다. 카누도스를 세상과 구분 짓는 봉우리와 반대 방향이었다. 선지자는 침착하게 사람들 — 선지자의 달콤한 말과 총소리 사이에서 갈팡질팡하는 — 에게 베아티토가 작곡한 성가 '그룹(케루빈)을 찬양하라'를 부르도록 당부했다. 찬양이 끝난 후, 조앙 아바데와 파헤우는 사람들을 이끌고 캄바이오 산자락에서 페브로니오 데 브리토 소령의 선발대와 접전을 벌이고 있던 야군소들을 지원하기 위해 떠났다.

서둘러 달려가 바위틈, 참호, 튀어나온 바위 뒤에 자리를 잡기 시작했을 때는 적록색과 청록색 군복을 입은 군인들이 산을 기어오르고 있었다. 이미 숨이 끊어진 군인도 있었다. 조앙 아바데가 길목에 배치한 야군소들은 어둠 속에서 접근해오는 군인들을 발견했다. 주력부대가 란초 다스 페드라스 ― 여덟 채의 오두막이 방화로 사라지고 말았다 ― 에서 휴식을 취하는 동안 얼룩말을 탄 중위 한 명이 1개 보병 중대를 이끌고 캄바이로 전진해왔다. 야군소들은 그들이 근접해올 때까지 기다렸다. 호세 베난시오의 신호에 따라 소총, 구식 소총, 철포가 불을 뿜었고, 돌팔매와 불화살이 날았다. 욕지거리도 함께했다. '개새끼들' '메이슨 놈들' '개신교 놈들'. 그제야 군인들은 자신들이 적에게 노출되었음을 알아차렸다. 군인들은 몸을 돌려 후퇴했다. 총상을 입은 세 명은 발광하는 야군소들에게 덜미가 잡혀 죽임을 당했다. 혼비백산한 말은 주인을 내팽개치고 자갈밭에 굴러 다리를 부러뜨렸다. 중위는 바위 뒤로 몸을 숨겨 총을 쏘기 시작했다. 짐승은 바닥에 쓰러져 총성이 멈추고 나서 한참이 지나도록 처참하게 울부짖었다.

수많은 야군소들이 크룹 대포에 의해 몸이 갈기갈기 찢겼다. 대포는 첫 전투가 시작되자 곧바로 불을 뿜기 시작했다. 산이 흔들리고 파편이 비처럼 쏟아져 내렸다. 호세 베난시오와 함께 있던 조앙 그란데는 한군데 모여 있는 짓은 자살 행위나 다름없음을 알아챘다. 그는 바위 사이를 뛰어다니며 두 팔을 활개치며 흩어지라고, 밀집한 채 표적이 되지 말라고 소리쳤다. 야군소들은 명령에 따랐다. 몇몇은 바위에서 바위로 뛰어다녔고 몇몇은 땅바닥에 몸을 밀착시켰다. 아래쪽에서는 중위, 중사, 하사 등의 지휘로 부대를 편성한 군인들이 나팔수의 신호에 따라 먼지 구름을 헤치며 캄바이오 산을 기어오르기 시작했다. 조앙 아바데와 파헤우가 지원군을 이끌고 도착했을 때 적들은 산중턱에 다다라 있었다. 야군소들은 전력의 1할 가량을 잃었지만 물러서지 않고 꿋꿋하게 적을 막아내고 있었다. 화기를 가진 사람은 소리소리 외치며 즉각 총을 쏘기 시작했다. 낫이나 칼, 혹은 산사람들이 오리나 사슴을 사냥할 때 쓰는 활, 혹은 안토니오 빌라노바가 카누도스 목공소에 주문해 만든 활밖에 없는 사람들은 총을 가진 사람 주변에 옹기종기 모여 화약을 건네주거나 꼬질대를 꽂아주거나 하며 선하신 예수님께서 총을 물려받게 하시거나 적들이 육박전을 하기에 충분할 정도로 가까이 다가오기를 기다렸다.

크룹 대포는 끈질기게 산 정상을 향해 포탄을 쏟아부었다. 바위 파편에 당하는 사람들이 총탄에 당하는 사람만큼 많았다. 날이 저물녘, 적록색 청록색 그림자들이 선택된 사람들의 저지선을 뚫기 시작했을 때, 조앙 아바데는 사람들을 설득해 후퇴를 감행했다. 만일 후퇴하지 않으면 포위당할 것이 분명했다. 수십 명의 야군소가 전사했고 부상자 수는 더 많았다. 명령을 수행할 정도의 상태에 있던 사람들은 후퇴했다. 그들은 타볼레리뇨라는 평야를 통해 미끄러져 나와 벨로 몬테로 향했다. 전날 밤에 비해 반수도 채 되지 않는 인원이 다음날 아침 왔던 길을 되짚어갔던 것이다. 지팡이에 의지해 오그라든 피범벅 다리를 끌며 마지막 후퇴 행렬에 끼었던 호세 베난시오는 어깨에 총을 맞고 성호를 그을 사이도 없이 숨을 거두고 말았다.

그날 아침, 선지자는 계속 성전에 머물렀다. 선지자는 끊임없이 기도했다. 성가대 여자들, 마리아 쿠아드라도, 베아티토, 레온 데 나투바, 수많은 신도들도 선지자를 에워싼 채 기도를 드리고 있었다. 그러나 그들의 귀는 북풍에 실려 때로 선명하게 카누도스까지 들려오는 굉음에 쏠려 있었다. 페드랑, 빌라노바 형제, 조아킴 마캄비라 그리고 그곳에 남아 공격에 대비해 도시를 사수하고 있던 사람들은 밧사 바리스 강을 따라 산개해 있었다. 무기, 화약, 총탄 등 가진 것 모두를 강가로 운반했다. 마캄비라 노인은 캄바이오로부터 귀환하는 야군소들이 나타나자 중얼거렸다. 보아 하니 선하신 예수님께서 개새끼들이 예루살렘으로 들어오는 것을 원하신다고. 자식들 중 누구도 노인네가 말실수를 저질렀다는 사실을 눈치채지 못했다.

그러나 그들은 오지 않았다. 그날 전투는 타볼레리뇨에서 밤이 되기 전에 끝났다. 바로 그 순간, 페브리노 데 브리토 소령의 3개 중대 병사들은 야군소들이 최후 거점에서 후퇴하는 것을 보고 피로와 기쁨으로 뒤범벅이 되어 땅바닥에 쓰러졌다. 군인들은 10리도 채 되지 않는 거리에 있는 오밀조밀한 초가지붕들과 거대한 돌탑 두 개를 이제 곧 접수하게 될 전리품으로 생각했다. 살아남은 야군소들이 카누도스로 돌아가는 동안 — 야군소들이 도착하자 혼란이 일었다. 사람들이 들떠드는 소리, 울부짖는 소리, 외치는 소리, 목에 걸린 기도 소리로 떠들썩했다 — 군인들은 땅바닥에 쓰러져 적록색 청록색 군복을 풀어 제치고 각반을 풀었다. 적들을 물리친 기쁨을 서로서로 나눌 만한 기운조차 없을 정도로 녹초가 되어 있었다. 페브로니오 소령과 14명의 장교는 작전 회의를 열고 흔적도 없이 말라버린 호수 옆 여울 바닥에서 야영하기로 결정했다. 지도상에는 시포라고 표시된 곳이었지만 그날 이후로는 피바다로 불리게 될 것이다. 다음날 아침 여명에 광신자들의 소굴을 급습할 예정이었다.

그러나 한 시간도 채 지나기 전에, 중위, 중사, 하사들이 녹초가 된 병사들을 둘러보며 전사자, 부상자, 실종자를 조사하고 있을 때 후방에 남아 있던 적들이 바위틈에서 나타나 공격해왔다. 성한 사람이나 병든 사람이나, 남자나 여자나, 어린애나 노인이나, 싸울 힘이 있는 사람들은 모조리 동원되어 군인들을 덮쳤다. 눈사태가 난 것 같았다. 조앙 아바데가 주장했다. 바로 지금, 바로 이곳을 우리 모두 한꺼번에 덮쳐야 한다, 지금이 아니면 다음 기회는 없다. 사람들은 떨쳐 일어나 조앙을 따라왔다. 네발짐승처럼 여울을 건너뛰었다. 카누도스에 있던 모든 성상 — 선하신 예수님, 성모마리아, 성령 — 으로 무장했고, 나팔총, 엽총, 카빈총, 철포, 우아우아에서 탈취한 만리처 소총뿐만 아니라 몽둥이,

작대기, 호미, 가래, 칼, 낫을 손에 들었다. 총을 쏘고, 쇠붙이나 못이나 화살이나 돌멩이를 던지며 비명을 질렀다. 태어나면서부터 속으로만 삭여온 분노가 이제 선지자가 일깨워준 하나님에 대한 사랑과 어둠의 왕자에 대한 증오와 하나가 되어 터져 나왔다. 그 느닷없는 상황에 놀란 군인들은 정신을 차릴 틈도 없었다. 그 허허벌판에서, 완전히 물리쳤다고 믿었던 그 사람들이 소리소리 외치며 달려들었던 것이다. 군인들은 혼비백산 정신을 차리고 자리에서 일어나 총을 잡았지만 이미 때는 늦었다. 야군소들은 군인들 위에서, 군인들 사이에서, 군인들 앞에서, 군인들 뒤에서 총을 쏘고, 칼을 휘두르고, 돌멩이를 던지고, 못으로 찌르고, 물어뜯고, 총과 탄약과 머리칼과 눈을 뽑아내고 있었다. 무엇보다 전에 결코 들어본 적이 없는 이상한 소리로 욕을 퍼붓고 있었다. 군인들은 하나 둘 달아나기 시작했다. 군인들은 그 갑작스런 기습에, 그 인간 같지도 않은 무자비한 악다구니에 정신을 차릴 수 없었다. 산꼭대기 뒤로 불덩어리가 사라지고 이내 그림자가 내렸다. 군인들은 홀로 혹은 무리를 지어 캄바이오 산자락으로 흩어졌다. 하루 온종일 기를 쓰고 오른 산이었다. 사방으로 내달렸다. 자빠지고, 일어나고, 군복에서 계급장도 떼어내 버렸다. 붙잡히지 않기만 바랐다. 빨리 밤이 와 어두워지기만 바랐다.

전멸했을 수도 있었다. 잠깐 승리했다가 이내 패배한 이 무용담을 세상에 알릴 군인이 장교든 사병이든 하나도 남지 않았을 수도 있었다. 전쟁의 논리란 적을 전멸시키는 것이라는 사실을 승리자들이 알았더라면, 겁에 질리고 혼란에 빠진 그 5백여 명의 패잔병들을 끝까지 추적해 끝장을 내고 말았을 것이다. 그러나 선하신 예수님께서 선택한 사람들의 논리는 이 세상의 논리와 달랐다. 자신들이 벌인 전쟁을 외부 세계에 대항하는 전쟁, 제복과 누더기 사이의 전쟁, 해안 지역과 내륙 사이의 전쟁, 새로운 브라질과 전통적인 브라질 사이의 전쟁이라고 보는 것은 피상적인 견해일 뿐이다. 야군소들은 모두 알고 있었다. 자신들은 심오하고 시간을 초월하며 영원히 계속될 전쟁, 즉 태초로부터 시작된 선과 악의 대결에서 꼭두각시 노릇을 할 뿐이라는 사실을. 그래서 군인들이 도망치도록 내버려두었다. 야군소들은 횃불을 밝혀 여울 바닥과 캄바이오 산자락에 널린 죽거나 부상당한 형제를 찾아냈다. 고통으로 일그러진 표정도 있었고 하나님에 대한 사랑이 드러난 얼굴도 있었다(총탄으로 얼굴이 으깨지지 않았다면). 밤을 새워 부상자들을 벨로 몬테 요양원으로 옮겼다. 시신은 가장 좋은 옷을 입히고 신속하게 짠 관에 안치시켜 선하신 예수님 성전과 산 안토니오 교회로 옮겼다. 선지자는 쿰베의 주임신부가 와서 장례 미사를 올릴 때까지 장례를 치르지 않기로 결정했다. 알레한드리냐 코레아라는 성가대 여자 중 한 명이 신부를 모시러 갔다.

　신부를 기다리는 동안 폭약 전문 안토니오는 폭죽을 준비했다. 행렬도 있었다. 다음날, 많은 야군소들이 전투 현장으로 되돌아갔다. 군인들의 옷을 벗겼다. 벌거벗은 시체는 그대로 방치되어 썩어갔다. 카누도스에서 군복을 속에 든 내용물과 함께 불태웠다. 공화국 지폐, 담배, 초상화, 애인이나 딸자식의 머릿단, 불태워버려야 할 것으로 보였던 모든 유물들. 그러나 소총, 총검, 탄약 등은 보관했다. 조앙 아바데, 파헤우, 빌라노바 형제가 그리 할 것을 주장하고 나섰고, 게다가 다시 공격을 받게 되면 꼭 필요한 것으로 여겼던 것이다. 몇몇 사람이 불태워버릴 것을 고집했다. 선지자가 직접 중재에 나서야 했다. 선지자는 만리처, 윈체스터, 권총, 화약 상자, 탄띠, 기름통 등을 안토니오 빌라노바가 관리하도록 했다. 크룹 대포 2문은 산 정상을 향해 발포했던 바로 그 장소인 캄바이오 산자락에 그대로 남아 있었다. 대포 부품 중에서 태울 수 있는 것 — 바퀴와 포 다리 — 은 모두 불태웠고 포열은 노새에 실어 카누도스로 옮겨 대장장이들이 녹여버렸다.

페브로니오 데 브리토 소령 부대의 마지막 주둔지였던 란초 다스 페드라스에서 페드랑의 부하들이 머리를 산발한 채 굶주림에 지쳐 있던 여자 여섯 명을 발견했다. 군인들을 따라다니며 음식을 만들고 빨래를 하고 때로는 잠자리도 같이 한 여자들이었다. 여자들을 카누도스로 데려왔지만 베아티토가 쫓아버렸다. 자발적으로 적그리스도를 위해 일한 사람들은 벨로 몬테에 머물 수 없다고 했다. 여자들 중 한 명은 임신중이었다. 호세 베난시오 무리에 속했던 카푸소 혼혈 두 명은 대장의 죽음에 이를 갈고 있었다. 이들은 카누도스 외곽에서 임신한 여자를 붙잡아 날카로운 낫으로 배를 갈라 태아를 긁어내고 그 자리에 수탉을 산 채로 집어넣었다. 이러는 것이 저 세상에 있을 대장에게 충성을 바치는 것이라고 생각했던 것이다.

 알아들을 수 없는 말 사이로 가야바라는 이름이 두세 번 들린다. 힘을 주어 눈을 뜬다. 루피노의 아내가 있다. 그물 침대 옆. 몸을 떤다. 입을 움직여 무슨 소리를 낸다. 벌써 한낮이다. 문을 통해, 판자 벽 틈을 통해 햇빛이 홍수처럼 집 안으로 밀려든다. 햇빛에 눈이 따갑다. 몸을 일으키는 동안 눈을 깜박이며 눈두덩을 문지른다. 흐릿한 물을 통해 보이듯 분명치 않은 그림자가 다가온다. 정신이 맑아지고 세상이 분명해짐에 따라 갈릴레오 갈의 시선과 의식은 집 안이 변한 것을 알아챈다. 세심하게 정리되어 있다. 바닥, 벽, 가구가 반짝인다. 쓸고 닦고 윤을 낸 듯싶다. 이제 후레마의 말을 알아들을 수 있다. 가야바가 와요, 가야바가 와요. 길잡이의 아내는 그가 찢어버린 수도복을 벗고 검은색 셔츠와 치마를 입고 있다. 맨발에 무척 놀란 표정이다. 오늘 새벽 어디에 권총을 떨어뜨렸는지를 생각하는 중에 걱정할 필요 없다는 소리가 들린다. 에파미논다스 곤살베스에게 그를 데려갔던 사람, 무기를 가지고 함께 돌아왔던 사람, 지금 당장 가장 필요한 바로 그 가죽옷이 온다고 한다. 권총은 가방 곁에 있다. 못에 걸린 라파의 성모마리아상 발치다. 권총을 집었다. 총알에 떨어졌음을 알아채는 순간 가야바가 오두막 문으로 들어선다.

"They tried to kill me(그들이 날 죽이려고 했소)." 외친다. 허둥거린다. 실수를 깨닫고 포르투갈어로 말한다. "날 죽이려 했어. 무기를 가져가버렸어. 에파미논다스 곤살베스를 만나야 해. 지금 당장."

"안녕하세요." 가야바가 인사한다. 가죽을 덧댄 자국이 있는 모자로 손가락 두 개를 가져간다. 후레마에게로 향한다. 갈이 보기에는 터무니없을 정도로 정중한 태도다. 갈을 향해 몸을 돌리며 같은 동작을 취하며 반복한다. "안녕하세요."

"안녕." 갈이 답한다. 갑자기 손에 든 권총이 어색하게 느껴진다. 권총을 허리춤에 넣고 가야바에게로 두 걸음 다가간다. 가야바가 오면서부터 후레마가 당혹스러워하고 부끄러워하고 불편해하는 것을 눈치챈다. 움직이지 않는다. 땅만 내려다보고 있다. 손을 어찌할 바를 모른다. 갈릴레오가 밖을 가리킨다.

"저 밖에서 죽은 두 사람을 보았나? 한 놈 더 있었어. 무기를 가져간 놈이야. 에파미논다스와 얘기해야 해. 사실을 알려줘야 해. 그가 있는 곳으로 데려다주게."

"놈들을 봤습니다." 가야바가 덤덤하게 말한다. 후레마를 향한다. 후레마는 여전히 고개를 숙인 채 굳어 있다. 쥐라도 난 듯 손가락을 꼼지락거린다. "군인들이 케이마다스에 도착했습니다. 5백 명이 넘습니다. 카누도스로 가기 위해 길잡이를 찾고 있습니다. 가기 싫다는 사람은 강제로 끌고 갑니다. 루피노에게 알려주려고 왔습니다."

"여기 없어요." 후레마는 고개도 들지 않고 떠듬거린다. "하코비나에 갔어요."

"군인들?" 갈은 한 걸음 내딛는다. 이제 막 도착한 사람과 부딪힐 뻔한다. "브리토 소령의 토벌대가 벌써 도착했다고?"

"분열식을 하려고 합니다." 가야바가 대답한다. "광장에 집결해 있습니다. 오늘 아침 기차로 도착했어요."

갈은 알 수가 없다. 이 작자는 오두막으로 들어올 때 밖에서 본 주검에 왜 놀라지 않는가, 무슨 일이 있었는지, 어떻게 된 일인지 왜 물어보지 않는단 말인가. 왜 이렇게 침착하게 냉정하게 무표정하게 남아 있는가. 무엇을 기다린단 말인가? 다시 하는 말이지만 이곳 사람들은 참으로 이상하다. 도무지 속을 알 수 없다. 중국인이나 인도인과 똑같다. 가야바는 바싹 마른 남자다. 앙상하고 반질반질하다. 튀어나온 광대뼈, 전혀 깜박거리지 않아 불편한 벌건 눈. 목소리도 거의 들을 수 없다. 같이 왕복 여행을 했지만 거의 입을 열지 않았다. 가죽 윗도리와 엉덩이 부분과 무릎 부분에 가죽을 댄 바지, 끈으로 엮은 샌들조차 몸의 일부로 보인다. 부스럼 딱지처럼 몸의 일부가 되어버린 것 같은 거친 피부를 덧입고 있다. 왜 후레마는 이 작자가 도착하자 저렇게 안절부절못하는가? 몇 시간 전에 두 사람 사이에 무슨 일이라도 있었단 말인가? 털북숭이 강아지가 어느 구석에선가 나타나 후레마의 발치에서 알짱거리며 장난친다. 이때 갈릴레오 갈은 방에서 닭들이 사라졌음을 눈치챈다.

"세 놈밖에 못 봤어. 달아난 놈이 무기를 가져갔어." 갈은 헝클어진 검붉은 머리를 손가락으로 빗으며 말한다. "가능한 한 빨리 에파미논다스에게 알려야 해. 그 사람이 위험할 수도 있어. 농장까지 데려다줄 수 있겠지?"

"이제 그곳에 없습니다." 가야바가 말한다. "어제 직접 들었지 않습니까. 바이아로 갈 것이라는 말을."

"그래." 갈이 대답한다. 방법이 없다. 그 역시 바이아로 돌아가야 할 것이다. 생각한다. '군인들은 이미 이곳에 도착했다.' 생각한다. '루피노를 찾으러 올 것이다, 주검을 보게 되고, 나를 발견하게 될 것이다.' 가야만 한다. 나를 짓누르는 나른함과 졸음을 떨치고 일어나야 한다. 그러나 움직이지 않는다.

"어쩌면, 에파미논다스의 적들이었을 거야. 루이스 비아나 주지사와 남작이 보낸 놈들이겠지." 중얼거린다. 가야바를 향해 하는 말인 듯싶다. 그러나 사실 혼자 하는 말이다. "그렇다면, 왜, 경찰들이 오지 않았단 말인가? 저 세 놈은 경찰이 아니었다. 어쩌면, 도둑놈들이 강도질을 하기 위해 혹은 팔아먹으려고?"

후레마는 여전히 움직이지 않는다. 고개를 숙이고 있다. 한 발짝 떨어진 곳에 가야바가 있다. 조용히, 침착하게, 표정도 없이. 강아지가 깡충거리며 헐떡인다.

"게다가, 이상한 점이 있어." 갈은 큰소리로 중얼거린다. 생각한다. '군인들이 떠날 때까지 숨어 있다가 살바도로로 돌아가야 한다.' 이런 생각도 든다. 브리토 소령의 토벌대가 2킬로미터도 안 되는 곳에 있다. 토벌대는 카누도스로 갈 것이다. 토벌대는 틀림없이 내가 신뢰하는, 아니 좋아하는, 그 맹목적인 폭도들을 진압할 것이다. 나는 그들에게서 혁명의 씨앗을 보았다. "무기만 찾는 것이 아니었어. 날 죽이려 했어. 이건 분명해. 그런데 알 수가 없어. 이곳 케이마다스에서 도대체 누가 나를 죽이려 하느냔 말이야?"

"접니다, 선생." 가야바의 소리가 들린다. 아무런 색깔도 없는 목소리다. 그와 동시에 목덜미에 닿는 칼날을 느낀다. 그러나 가죽옷이 단도를 들고 그를 덮치는 순간 몸에 밴 반사 작용으로 신속하게 몇 밀리미터쯤 고개를 뒤로 젖힌다. 단도는 목을 빗나가 오른편 목 바로 아래 부분을 찌른다. 고통보다는 섬뜩하고 당혹스러운 느낌이 온몸을 타고 흐른다. 바닥으로 구른다. 상처를 감싼다. 손가락 사이로 흘러나오는 피를 느낄 수 있다. 눈을 크게 뜬다. 성경에서 이름을 따온 가죽옷 남자를 원망스레 쳐다본다. 남자의 표정은 지금 이 순간에도 전혀 변화가 없다. 침침하던 눈동자가 지금 이 순간 반짝이는 것 같기는 하다. 피칠갑이 된 단도를 왼손에 쥐고 손잡이에 자개가 박힌 조그만 권총을 오른손에 쥐고 있다. 몸을 기울여 권총으로 머리를 겨누며 설명이랍시고 늘어놓는다. "에파미논다스 곤살베스 대령의 명령이오, 선생. 오늘 아침 내가 무기를 가져갔소. 선생이 죽인 놈들의 대장이 바로 나야."

"에파미논다스 곤살베스?" 갈릴레오 갈이 으르렁거린다. 이제 목덜미가 엄청나게 아파온다.

"영국인 시체가 필요하답니다." 가야바는 유감을 표하는 것 같다. 방아쇠를 당기는 순간 갈은 자동적으로 고개를 돌린다. 턱 주변에 불이 난 것 같다. 마치 귀를 뽑아낸 것 같다.

"나는 스코틀랜드 사람으로 영국인을 증오한다." 겨우 말을 내뱉을 수 있다. 생각한다. 두번째 총알은 이마, 입, 혹은 가슴을 겨냥할 것이다. 그럼 의식을 잃고 죽을 것이다. 가죽옷이 다시 손을 뻗는다. 그러나 눈에 띄는 것은 무언가 떨어졌다가 다시 날아오르는 모습이다. 후레마가 가야바를 덮쳐 붙잡고 늘어진다. 생각을 멈추고 다시 기력을 회복한다. 버틸 힘이 없다고 생각했었다. 일어난다. 가야바에게 달려든다. 피를 흘리고 있다는 사실도, 고통스럽다는 사실도 잊었다. 생각하기 이전에, 무슨 일이 일어났는지 알려고 애쓰기 이전에, 무엇이 그를 살렸는지 알아보기 이전에, 권총 손잡이로 있는 힘을 다해 후레마가 붙잡고 있는 가죽옷을 내리치고 있다. 가야바가 의식을 잃기 전에, 몸을 가리며 얻어맞는 동안 줄곧 쳐다본 사람은 그가 아니라 후레마였음을 알아차릴 수 있다. 그 벌건 두 눈에는 증오도 분노도 없다. 헤아릴 수 없을 정도로 멍한 눈빛이다. 여자가 무슨 짓을 하는지 이해할 수 없다는 표정이다. 여자가 그를 덮쳐 손을 쳤고 그래서 적이 일어나 자신을 공격했다는 그 모든 일이 꿈에도 생각 못한 일이었다는 표정이다. 마치 꿈을 꾸고 있는 표정이다. 가야바는 얻어맞아 으깨진 얼굴로, 자신의 피와 갈의 피로 뒤범벅이 된 채 거의 정신을 잃고 단도와 자그만 권총을 떨어뜨린다. 갈은 권총을 집어들고 가야바를 겨눈다. 이번에도 후레마가 팔을 붙잡고 가로막는다. 가야바를 막고 나섰을 때와 똑같다. 후레마는 미친 듯이 소리친다.

"*Don't be afraid(두려워 말아요)*." 갈이 말한다. 이제 버틸 힘도 없다. "난 이곳을 떠나야 합니다. 군인들이 닥칠 것이오. 부인, 노새를 타게 도와주시오."

계속 입을 열었다 닫았다 한다. 바로 이 순간 가야바 곁으로 무너져 내릴 것 같다. 가야바의 몸뚱이가 꿈틀대는 것 같다. 힘이 들어가자 얼굴이 구겨진다. 목덜미가 점점 더 아려온다. 이젠 뼈마디가 손톱이 심지어 머리칼까지 아파온다. 걷는다. 집 안에 있는 궤짝이나 가구에 발이 걸린다. 투명한 빛이 타오르는 곳, 문을 향하여 걷는다. 생각한다. '에파미논다스 곤살베스.' 생각한다. '그래 나는 영국인 시체다.'

쿰베에 새로 부임한 돈 조아킴 주임 신부는 폭풍이 예견되는 어느 잔뜩 흐린 오후에 도착했다. 폭죽도 없었고 종도 울리지 않았다. 소가 끄는 수레를 타고 왔다. 짐이라고는 다 낡은 가방 하나와 우산으로도 쓸 수 있는 양산 하나가 전부였다. 2년 동안 주임 신부로 있던 페르남부코의 벤갈라스에서부터 긴 여행을 했다. 어린 여자아이와 연애질을 했다고 해서 주교가 전임지에서 쫓아냈다는 얘기가 몇 개월 후에 알려졌다.

주민들은 쿰베 입구까지 나가 신부를 맞이했다. 신부를 교회 광장으로 모셔와 신부들이 쭉 살아왔던 다 쓰러져가는 사택을 보여주었다. 사택은 벽에 구멍이 뻥뻥 뚫렸고 지붕도 없었다. 지금은 쓰레기장으로, 주인 없는 짐승들의 피난처로 사용되는 곳이었다. 돈 조아킴은 자그마한 성모마리아 교회에 거처를 정했다. 신부는 아직 쓸 수 있는 의자를 늘어놓고 침대 모양을 꾸며 옷을 입은 채로 잠이 들었다.

젊은이였다. 약간 구부정한 몸에 키가 작았고 배도 조금 나와 있었다. 성격은 쾌활해서 오자마자 사람들의 호감을 샀다. 복장이나 머리 모양이 아니었다면 영혼의 세계를 다루는 영악한 장사꾼 정도로밖에는 받아들이지 않았을 것이다. 이 세상의 일들(특히 여자들)이 그에게 가장 중요하다는 사실만 알면 그와 사귀기는 쉬웠다. 쿰베에 도착한 날부터 신부는 본색을 드러냈다. 그는 마치 한 고향 사람인 것처럼 마을 사람들과 어울릴 수 있었다. 그의 존재로 인해 마을 사람들의 생활 방식에 근본적인 변화가 일어날 것 같지는 않았다. 거의 모든 마을 사람들이 환영 인사를 하기 위해 교회 광장에 모였을 때 신부는 긴 잠에서 깨어나 눈을 떴다. 잔뜩 흐린 밤이었다. 비가 오다 그쳤다. 후텁지근한 가운데 귀뚜라미가 울었고 하늘에는 별이 총총했다. 소개가 시작되었다. 길게 늘어선 여자들이 신부의 손에 입을 맞추었고, 남자들은 신부 앞을 지나면서 모자를 벗고 이름을 댔다. 잠시 후, 조아킴 신부는 알현을 중지시켰다. 허기와 갈증으로 죽을 지경이라고 말했다. 세마나 산타의 역들을 둘러보면서도 이와 비슷한 일이 벌어졌다. 신부는 집집을 찾아다녔고 주민들은 최선을 다해 좋은 음식으로 대접했다. 다음날, 아침 해가 떴을 때 신부는 쿰베의 두 군데밖에 없는 술집 중 한 곳에서 밤을 새우고 있었다. 앵두나무술과 소주를 마시며 카보클로 혼혈인 마티아스 데 타바레스와 십일조를 흥정하고 있었다.

신부는 즉시 업무를 시작했다. 미사를 드리고, 새로 태어난 아이들에게 세례를 주었고, 어른들의 고해를 들었고, 죽어가는 사람들에게 종부 성사를 베풀었고, 새로 맺은 쌍이나 이미 동거중이지만 하나님 앞에서 떳떳해지기를 원하는 쌍들을 결혼시켰다. 넓은 지역을 담당했기 때문에 여행도 뻔질나게 다녔다. 활발했고 주임 신부로서의 역할을 온몸을 던져 수행했다. 하지만 무슨 일을 하든 적당한 대가를 챙겼다. 외상을 주기도 했고 떼이기도 했다. 신부는 악행을 저지르기는 했지만 그래도 악착같이 탐욕을 부리지는 않았다. 악행을 저질러도 공평하게 저질렀다. 농장 주인이 화롯가에서 베푸는 진수성찬과 소작인이 대접하는 보잘것없는 과자에 똑같은 기쁨으로 감사했다. 오래 묵은 소주와 어려운 시절 마시곤 했던 물에 타 먹는 독한 럼주도 신부의 목에서는 차이가 없었다. 여자라면 치마만 두르면 그만이었다. 눈이 짓무른 노인네도, 철없는 계집아이도, 천벌을 받은 곰보도, 언청이도, 좀 모자란 여자도 물리치지 않았다. 신부는 시도 때도 없이 모든 여자들을 집적거리며 와서 교회 장식을 도와 달라고 떼를 썼다. 잔치라도 벌어져 얼굴이 불콰하게 달아오르면 주저하지 않고 여자에게 손을 댔다. 성직자라는 자격 때문에 부모나 남편이나 남자 형제들이 그따위 대담한 짓거리를 눈감아주고 참아내는 것 같았다. 다른 사람 같았으면 벌써 칼을 뽑아들었을 것이다. 어쨌든, 사람들은 조아킴 신부가 알레한드리냐 코레아와 평생 가약을 맺었을 때에야 비로소 안도의 한숨을 쉴 수 있었다. 이 계집아이는 환상을 꾸고 난 다음 성자들의 옷을 짓게 되었다.

전설과 같은 얘기였다. 알레한드리냐의 기적과 같은 능력은 아주 어릴 적부터 알려졌다. 혹독한 가뭄이 들어 물이 말라버리자 쿰베 주민들은 필사적으로 사방에 우물을 팠다. 사람들은 조를 짜서 풀이 한 번이라도 났던 곳을 찾아 새벽부터 땅을 팠다. 지하수가 있다는 증거로 본 것이다. 여자들과 아이들도 그 힘겨운 작업에 힘을 보탰다. 그러나 바싹 마른 땅은 물기를 보이기는커녕 검은 모래층이나 도저히 팔 수 없는 바위층을 드러낼 뿐이었다. 알레한드리냐가 정신 없이 뭐라고 떠들어댄 바로 그날까지 그 모양이었다. 알레한드리냐는 마치 방금 들은 얘기를 되풀이하듯 하면서 아버지가 속해 있던 조의 작업을 방해했다. 이곳을 파지 말고 좀더 위쪽, 마사카라로 오르는 길목을 파야 한다고 했다. 사람들은 신경 쓰지 않았다. 그러나 계집아이는 발을 구르고 손을 휘저으며 계속 고집했다. 영감을 받은 것 같았다. "좋아, 한 군데만 더 파지 뭐." 아버지가 말했다. 사람들은 확인해보기로 했다. 카르나이바와 마사카라 쪽으로 길이 갈리는 누런 자갈밭이었다. 이틀 동안 흙을 파고 돌을 주워냈다. 흙이 점점 짙은 색을 띠더니 물기가 보였다. 마침내, 사람들의 환호성 속에 물줄기가 터졌다. 주변에 세 개의 샘을 더 팠다. 덕분에 수많은 사람들이 죽어간 그 비참한 2년 동안 쿰베 주민들은 다른 지역 주민에 비해 곤란을 덜 겪을 수 있었다.

그때부터 알레한드리냐 코레아는 경배와 호기심의 대상이 되었다. 부모에게는 좀더 특별했다. 부모는 딸아이의 직관력을 이용해 지역 주민들에게 물이 있는 곳을 가르쳐주고 돈을 벌어볼 작정이었다. 그러나 알레한드리냐의 능력은 사업에는 소용이 없었다. 계집아이는 알아맞힐 때보다 틀릴 때가 더 많았다. 그 작은 들창코로 주변을 냄새 맡은 후에 "몰라요. 아무 생각도 안 나요."라고 할 때가 잦아졌다. 그러나 이런 허탕질과 실수는 성공담에 밀려 매번 사라져버렸다. 명성은 커갈 뿐 흐려지지 않았다. 환상을 꾸는 능력은 그녀를 유명하게 만들었지만 행복하게 하지는 못했다. 그런 능력이 있음이 알려진 후부터 그녀 주변에 담이 쌓여갔고 그 담이 사람들로부터 그녀를 떼어놓았다. 또래 아이들은 그녀를 불편해했고 어른들은 그녀를 자연스럽게 대할 수 없었다. 그녀를 집요하게 관찰했고, 미래랄지 죽음 후의 삶이랄지 하는 이상한 것을 물어보았다. 병자 머리맡에 무릎 꿇고 앉아 생각으로 병자를 치료해 달라고까지 했다. 아무리 노력해도 다른 여자들처럼 될 수 없었다. 남자들은 항상 외경심을 가지고 멀리 떨어져 있었다. 장날이 되어도 춤을 추자는 사람이 없었고 사랑가를 불러주는 사람도 없었다. 어느 누구도 그녀를 여자로 보지 않았다. 그녀를 사랑한다는 것을 신성모독으로 여겼던 것이다.

　주임 신부가 새로 부임할 때까지 그런 형편이었다. 조아킴 신부는 여자와 관계된 일이라면 성자의 후광이나 마법 때문에 기가 죽을 인물이 아니었다. 알레한드리냐는 20년 세월을 살아왔다. 다 자란 처녀였다. 항상 무언가를 찾는 듯한 코, 불안한 눈동

자. 그녀는 아직도 네 명의 여동생과 달리 부모 집에 얹혀 살고 있었다. 동생들은 다 결혼해서 분가했던 것이다. 쓸쓸한 삶을 살아왔다. 천진난만했지만 결코 떨어내버리지 못한, 속에서 솟는 종교에 대한 두려움으로 살아왔다. 코레아 집안의 딸자식으로 주일 미사에 참석할 수 있었고 사적인 잔치(사람들은 초자연적인 능력을 지닌 그녀가 분위기를 깰까 봐 두려워했다)에 몇 차례 초대받았을 뿐이었다. 그런 이유로 새로 온 주임 신부가 그녀를 만나기까지는 시간이 걸렸다.

사랑은 아주 느리게 서서히 진행되어야 했다. 교회 광장 울창한 카하라나스 나무 밑에서, 혹은 신부와 환상을 꾸는 여자가 마주치게 되어 있는 쿰베의 뒷골목에서. 신부는 시험을 치르는 사람처럼 뻔뻔스럽고 들뜬 그러면서도 은근한 눈초리로 여자를 훑어보았다. 신부는 그녀의 얼굴을 바라보면서 호탕한 웃음을 지어 노골적인 반가움을 짐짓 무마시켰다. 신부가 먼저 말을 걸어야 했을 것이다. 물론 이런 내용이었을 것이다. 마을 축제가 언제입니까, 12월 8일이에요, 로사리오 기도회 때 왜 볼 수 없는지요, 혹은, 물을 찾으셨다는데 어찌된 일입니까. 여자는 재빨리, 직설적으로, 선입견 없이, 부끄러워하지도 않고 빤히 쳐다보며 대답해야 했을 것이다. 그런 식으로 우연적인 만남과 덜 우연적인 만남이 계속되어야 했을 것이다. 그리고 얘기를 나누어야 했을 것이다. 강도들과 토벌대와 마을 사람들의 말싸움과 연애 사건을 얘기하다가 서로 신뢰를 갖게 되고, 그래서 서서히 수단이 늘어 대범해졌을 것이다.

사실은 이렇다. 어느 맑은 날, 쿰베 사람들은 모두 알레한드리냐의 변화에 대해 큰소리로 떠들었다. 마을에서 가장 무기력했던 여자가 가장 부지런한 여자로 돌변했던 것이다. 그녀는 날마다 아침 일찍부터 교회 의자를 걸레질하고 제단을 정리하고 바닥을 쓸었다. 그리고 주임 신부의 사택에도 모습을 드러내기 시작했다. 그녀는 이웃 사람들의 도움을 받아 천장과 문과 창문을 수리했다. 두 사람 사이에 애정 이상의 것이 있다는 사실이 어느 날 백일하에 드러났다. 알레한드리냐가 조아킴 신부가 있던 술집으로 보무 당당하게 걸어 들어왔던 것이다. 신부는 세례 축하연 후에 친구 몇 명과 함께 술집에 파묻혀 흥겹게 술을 마시며 기타를 치고 있었다. 알레한드리냐가 들어서자 신부는 입을 다물었다. 여자는 신부에게 다가가 이렇게 쏘아붙였다. "지금 당장 저랑 같이 가요. 충분히 마셨어요." 신부는 아무 소리 못하고 여자를 따라갔다.

성자가 처음 쿰베에 나타났을 때, 알레한드리냐 코레아는 수년 동안을 주임 신부의 사택에서 살고 있었다. 그녀는 로사리오 마을, 사탄 조앙의 무리와 강도 사냥꾼 헤랄도 마세도 대위의 토벌대가 총격전을 벌인 마을에서 신부가 부상을 당하자 그를 치료하기 위해 사택으로 거처를 옮겼다. 세 명의 자식을 낳았지만 모두 알레한드리냐의 자식으로 불릴 뿐이었고 알레한드리냐 자신은 돈 조아킴의 지킴이라고 불렸다. 그녀의 존재는 신부의 삶을 어느 정도 조절하는 효과를 보았다. 그렇다고 신부가 버릇을 완전히 뜯어고치지는 않았다. 신부가 꼭지가 돌도록 마셔 말썽을 피우게 되면 사람들은 그녀를 불렀다. 아무리 술에 취해 있어도 신부는 그녀 앞이라면 고분고분해졌다. 바로 이런 점 때문에 사람들은 두 사람의 결합을 그리 탓하지 않았을 것이다. 성자가 처음 쿰베에 나타났을 때, 알레한드리냐는 마을에서 어느 정도 인정받은 상태였다. 알레한드리냐의 부모와 형제가 찾아오기도 했고 그녀의 자식을 거리낌없이 '손주' 나 '조카' 로 인정하게 되었다.

그래서 쿰베 교회 설교대에서 행한 성자의 첫번째 설교는 폭탄과 같은 것이었다. 조아킴 신부는 키가 크고 깡마른, 눈에 불길이 일고 나사렛 예수처럼 긴 머리를 늘어뜨리고 검붉은 수도복을 걸친 남자를 기꺼이 단상 위로 오르게 했다. 남자는 목자들이 저지르는 악행을 고발했다. 사람들로 가득 찬 교회는 죽음과 같은 정적에 휩싸였다. 아무도 주임 신부를 쳐다보지 않았다. 주임 신부는 제일 앞자리에 앉아 눈을 크게 뜨고 몸을 부르르 떨며 꼼짝도 하지 않았다. 시선은 정면에 고정되어 있었다. 그리스도 수난상을 쳐다보는 것도 같았고 굴욕감을 참고 있는 것도 같았다. 사람들은 알레한드리냐 코레아조차 쳐다볼 수 없었다. 그녀는 세번째 줄에 앉아 얼굴이 하얗게 질린 채 설교자를 똑바로 바라보고 있었다. 성자는 이 두 연인의 적들의 사주를 받고 쿰베에 온 것 같았다. 근엄하고 흔들림 없는 목소리가 튼튼하지 못한 벽과 오목한 천장을 뒤흔들었다. 주님께서 선택한 사람들, 성직을 받고 사제복을 입었지만 사탄의 졸개로 전락해버린 성직자들을 신랄하게 비판했다. 조아킴 신부의 죄악을 낱낱이 꾸짖었다. 절식의 모범을 보이기는커녕 정신을 잃을 정도로 술을 마시는 짓은 성직을 부끄럽게 하는 짓거리다. 금식을 하거나 소박하게 먹기는커녕 겨우겨우 먹고 살아가는 사람들에 둘러싸여 있으면서도 그것도 모르고 배가 터지게 먹는 짓은 성직을 천박하게 만드는 짓거리다. 지옥의 악마들에게 가엾은 영혼을 팔아먹은 여자들을 영적으로 인도하기는커녕 순결 서약을 잊고 그 여자들과 놀아나는 짓은 성직을 더럽히는 짓거리다. 사람들이 겨우 눈을 들어 둘러보았을 때, 신부는 여전히 정면을 응시한 채 자기 자리를 지키고 있었다. 얼굴이 벌겋게 물들어 있었다.

이런 일이 있었던 것이다. 이 일은 여러 날 동안 사람들의 입질에 올랐다. 선지자는 쿰베에 머무는 동안 계속해서 성모마리아 교회에서 설교했다. 몇 달 후, 한 떼의 복 있는 사람들을 이끌고 다시 왔을 때도 설교했고, 그후로도 수년 동안 계속해서 설교했다. 설교 시간에 조아킴 신부가 자리를 비운다는 사실이 첫번째 설교와는 다른 점이었다. 반면에 알레한드리냐는 참석했다. 항상 들창코를 들고 세번째 줄 자기 자리를 지키며 성자가 들려주는 부와 무절제에 대한 훈계에, 엄격한 관습에 대한 변호에, 자기 희생과 기도를 통해 죽음에 대비해 영혼을 준비해야 한다는 충고에 귀를 기울였다. 믿음이 깊어짐에 따라 이미 없어졌다고 생각했던 환상을 꾸는 능력이 되살아나기 시작했다. 거리 곳곳에 있는 벽감에 불을 밝혔고, 명상에 잠긴 것처럼 오랜 시간 제단 앞에 무릎 꿇고 앉아 있었고, 자선 행사, 기도 모임, 로사리오 기도회를 조직했고, 죽은 사람을 위한 9일간의 근행에 참여했다. 어느 날, 알레한드리냐는 검은색 누더기를 걸친 채 나타났다. 가슴에는 선하신 예수님의 형상이 달려 있었다. 비록 같은 지붕 밑에서 살지만 신부와 그녀 사이에 하나님을 노엽게 만들 만한 일은 없다는 얘기도 들렸다. 사람들이 용기를 내 조아킴 신부에게 알레한드리냐에 대해 물어보면 신부는 말머리를 돌렸다. 당황하는 모습이 역력했다. 계속 즐겁게 살기는 했지만, 같은 집에서 살며 자식까지 낳아준 여자와의 관계는 변했다. 적어도 사람들 앞에서는 두 사람 모두 방금 사귄 사람들처럼 서로 예의를 지켰다. 선지자가 쿰베의 신부에게 무어라 이름할 수 없는 감정을 일깨운 것이었다. 신부는 선지자를 두려워했던가? 존경했던가? 시기했던가? 혹은 동정했던가? 선지자가 올 때마다 교회 문을 열어주었다. 고해도 했다. 성체를 주게 하기도 했다. 선지자가 쿰베에 머물러 있는 동안 신부는 절제와 헌신의 모범이었다.

성자가 마지막으로 쿰베를 찾아왔을 때 알레한드리냐는 순례자들 틈에 끼어 성자를 따라갔다. 모든 것을 팽개치고 갔다. 마을 사람들 중 놀라지 않은 사람은 조아킴 신부 한 사람뿐이었다.

생각했다. 단 한 번도 죽음을 두려워해본 적이 없었다. 지금도 역시 두렵지 않았다. 그러나 손이 떨렸다. 오한이 일었다. 속이 얼어붙는 것 같아 점점 더 모닥불 가까이 다가갔다. 그럼에도 땀이 흘렀다. 생각했다. '갈, 넌 무서워 죽을 지경이야.' 이 땀방울, 이 오한, 이 냉기, 이 떨림은 죽음에 대한 공포로 생긴 것이었다. 친구, 자넨 자신을 몰라. 어쩌면 변했을까? 확신할 수 있었다. 파리의 지하 감방에서 총살을 기다리고 있을 때도 어린애 같은 꼴은 보이지 않았다. 바르셀로나 병실에서 그 멍청한 부르주아 놈들이 성한 몸뚱이를 교수대에 세워 쇠줄로 목을 조르기 위해 치료를 해줄 때도 이렇지는 않았다. 죽게 되겠지. 이제 다 됐다, 갈릴레오.

　목이 졸리거나 잘릴 때 흔히 일어나듯 그 결정적 순간에 자지가 뻣뻣해질까? 어떤 거북살스러운 진실이 이 어처구니없는 신념에 불을 당겼다. 섹스와 죽음의 의식간의 미묘한 연관성. 만일 그렇지 않다면, 오늘 새벽 일도 방금 전의 일도 없었을 것이다. 방금 전? 몇 시간 전이겠지. 칠흑 같은 밤이었고 하늘엔 별이 가득했다. 기억했다. 케이마다스 여관에서 기다리고 있을 때,『혁명의 불꽃』에 편지를 보낼 생각이었다. 이곳에서는 대지의 모습보다 하늘의 모습이 훨씬 더 변화무쌍하며 이런 점이 이곳 사람들의 종교적 경향에 영향을 주었음이 틀림없다고 쓸 작정이었다. 꺼져가는 모닥불 튀는 소리에 섞여 후레마의 숨결이 느껴졌다. 그렇다. 뻣뻣한 자지로 하루에 두 번씩이나 이 여자를 덮치게 만든 것은 가까이 다가온 죽음의 낌새를 알아차렸기 때문이었다. '두려움과 정액간의 야릇한 관계일 뿐 더이상은 아냐.' 생각했다. 무슨 이유로 그녀는 가야바가 총을 쏘려는 순간 달려들어 자신을 살려냈을까? 무슨 이유로 노새에 올려주고 여기까지 따라와 치료해주고 길을 안내하고 있는가? 무슨 이유로 당연히 증오해야 할 남자와 함께 있단 말인가?

기억을 짜냈다. 종종걸음치던 노새가 넘어지면서 두 사람은 동시에 땅바닥을 굴렀다. 그 순간, 주체할 수 없는 충동이 느닷없이 밀려와 뻐근해졌다. '가슴이 다 익은 과일처럼 터져버릴 것 같았지.' 생각했다. 케이마다스로부터 얼마나 왔을까? 상처를 씻고 붕대를 감은 여울이 페이헤 강줄기가 아니었던가? 리아초다 온사 마을을 우회해서 지나온 것인가, 아니면 아직 멀었나? 머릿속이 온갖 질문으로 들끓었다. 다행히 두려움은 사그라들었다. 노새가 미끄러져 몸이 굴러 떨어질 때 두려움을 느꼈던가? 그렇다. 이제 설명이 됐다. 두려움. 짐승이 죽었을 때 떠오른 순간적인 의혹. 지쳐서 죽은 것이 아니다. 영국인 시체를 얻기 위해 그를 추격해온 경호원들이 쏜 총에 맞아 죽은 것이다. 본능적으로 몸을 피할 곳을 찾아야 했다. 그와 함께 땅바닥으로 굴러 떨어진 여자를 덮쳤다. 후레마는 그를 미친놈이나 악마로 여겼을까? 그런 상황에서, 그런 순간에, 그런 상태로 여자를 취했다. 당혹스런 여자의 눈초리, 몸부림. 여자는 옷을 벗기려는 갈의 손놀림으로 지금 무슨 짓을 하려는지 알아차렸다. 이번에는 저항하지 않았다. 그러나 불쾌감을 감추려들지 않았다. 오히려 무관심한 것 같았다. 체념으로 꼼짝하지 않던 몸뚱이가 갈의 뇌리에 박혀 있었다. 갈 역시 땅바닥에 널브러져 있었다. 혼란스러웠고 곤혹스러웠다. 욕망, 두려움, 고뇌, 불확실성, 지금 빠져 있는 함정에서 벗어나려는 맹목적인 몸부림으로 부접지 못하고 있었다.

땀이 줄줄 흐르는 가운데 어깨와 목덜미에 입은 상처가 쓰라려 왔다. 상처가 다시 벌어져 목숨이 흘러내리는 것 같았다. 후레마를 쳐다보았다. 날이 어두워지고 있었다. 후레마는 노새를 살펴보고 있었다. 노새의 눈과 입을 벌려보았다. 남자는 땅바닥에 앉은 채 나뭇가지와 잎사귀를 주워 불을 지피는 후레마를 쳐다보았다. 여자는 말없이 남자가 옆구리에 차고 있던 칼을 가져가 짐승 옆구리에서 검붉은 살점을 잘라내 다진 후 소금을 쳤다. 평상시 집안일을 하는 것 같았다. 아무 이상한 일도 없었다는 듯, 오늘 있었던 일련의 사건들이 그녀의 삶에 어떤 풍파도 일으키지 않은 듯했다. 생각했다. '이 세상에서 가장 알 수 없는 사람들이다.' 생각했다. '좋든 나쁘든 혹독하든 어쨌든 삶이 가져다주는 것을 그대로 받아들이도록 길들여진 숙명론자들이다.' 생각했다. '그녀에게는 너 자신이 혹독한 시련이다.'

잠시 후 자리에서 일어나 물을 몇 모금 마실 수 있었다. 목구멍이 쓰라려 씹는 데 힘이 들었다. 다행히 고기 몇 점으로 식욕을 찾을 수 있었다. 식사를 하는 동안 후레마가 오늘 일로 혼란스러워 할 것이라고 판단하고 설명해주려고 했다. 에파미논다스 곤살베스가 누구인지, 그가 무기에 관해 제안했던 일, 하얀 피부에 붉은 머리 시체가 필요하다는 이유로 자기가 준 무기를 다시 빼앗고 그를 죽이기 위해 루피노의 집을 공격했던 사람이 어떤 사람인지를 설명했다. 그러나 후레마는 들은 얘기에 전혀 신경을 쓰지 않는 것 같았다. 여자는 가지런한 작은 이빨을 깨물며, 파리를 쫓으며 그저 듣고만 있었다. 맞장구를 치지도 질문을 하지도 않았다. 때때로 어둠 속으로 파묻혀가는 눈동자만 마주볼 뿐이었다. 그 눈을 보자 자신이 바보멍청이처럼 느껴졌다. 생각했다. '나는 바보멍청이다.' 그는 바보멍청이였다. 바보멍청이임이 분명했다. 야심에 찬 부르주아 놈을 의심했어야 했다. 무기 건과 같이 적에게 대항하기 위해 음모를 꾸밀 수 있는 놈이라면 갈 자신에 대해서도 음모를 꾸밀 수 있다는 점을 고려하고 의심했어야 했다. 윤리적으로도 그렇고 정치적으로도 그렇다. 영국인 시체! 무기에 대해서도 실수나 착오가 아니었다. 무기가 영국제인 것을 알면서도 프랑스제라고 속였다. 갈릴레오는 루피노의 집에 도착해 짐마차에서 상자를 정리하면서 그런 사실을 발견했다. 개머리판에 붙은 상표가 눈에 들어왔던 것이다. 리버풀, 1891. 속으로 농담까지 했다. '내가 알기로 프랑스가 아직 영국을 침공하지 않았는데. 총이 영국제네, 프랑스제가 아니고.' 영국제 총과 영국인 시체. 어쩌자는 건가? 짐작할 수 있었다. 냉혹하고 잔인하고 혹독한 생각이었다. 적어도 지금까지는 정확했다. 다시 가슴이 쓰라렸다. 생각했다. '날 죽일 것이다.' 길도 모른다. 부상당했다. 외국인으로서 어딜 가나 흔적이 남을 것이다. 어디에 숨어야 한단 말인가? '카누도스다.' 그래, 그렇다. 그곳이라면 살아남을 수 있을 것이다. 하다 못해 바보멍청이였다는 쓰라린 후회 없이 죽을 수 있을 것이다. '친구, 카누도스는 자넬 용서할 것이네.' 이런 생각이 들었다.

추워서 몸이 떨렸다. 어깨와 목덜미와 머리가 아팠다. 상처를 잊기 위해 페브로니오 데 브리토 소령의 부대를 생각했다. 벌써 몬테 산토로 향해 케이마다스를 출발했을까? 내가 도착하기도 전에 내 미래의 피난처를 박살내버리지나 않을까? 생각했다. '총탄을 맞지는 않았다. 피부를 건드리지도 않았다. 약간 스쳐 조금 아릴 뿐이다. 게다가 총알도 작을 것이다. 권총이 아니냐. 겨우 참새나 잡을 수 있을 정도다.' 문제는 총알이 아니라 칼이었다. 깊숙이 찔렀다. 정맥과 신경을 잘랐다. 그곳에서 고열과 통증이 귀, 눈, 목덜미까지 차 올랐다. 오한이 머리끝에서 발끝까지 훑어내렸다. 갈, 자네 죽는 건가? 갑자기 유럽의 눈이 생각났다. 이 마구잡이 자연과 비교해 질서가 잡힌 풍경이었다. 생각했다. '유럽의 어느 곳에 이처럼 적대적인 자연이 있단 말인가?' 에스파냐 남부, 터키, 그리고 러시아에는 분명 있을 것이다. 11개월 동안 감옥 벽에 갇혀 있다가 탈출한 바쿠닌이 생각났다. 아버지가 어린 자신을 무릎 위에 앉히고 얘기해주었다. 광활한 시베리아 벌판, 아무르 강, 캘리포니아, 다시 유럽. 런던에 도착했을 때 어안이 벙벙했다. '이 나라에도 동굴이라는 것이 있나?' 유럽의 도로마다 점점이 박혀 있던 여관들이 생각났다. 언제나 훈훈한 벽난로 앞에서 따끈한 수프를 먹을 수 있었다. 다른 여행객들과 함께 담배를 피우며 여행에 대해 얘기를 나누었다. 생각했다. '갈, 향수는 비겁이야.'

자기 연민과 고독으로 빠져들었다. 갈, 부끄러운 줄 알아! 당당하게 죽는 방법도 배우지 못했어? 유럽이든 브라질이든 어디든 무슨 상관이란 말인가? 결과는 마찬가지 아닌가? 생각했다. '풍화, 분해, 부패, 구더기. 허기진 짐승이 건드리지 않는다면 말라비틀어진 가죽을 뒤집어쓴 누런 뼈다귀만 푸석거리며 남게 되겠지.' 생각했다. '자네 몸이 뜨거워 얼어죽을 거야. 이걸 열병이라 하는 거지.' 두려움이 아니었다. 참새를 잡는 총알도 아니었다. 칼부림도 아니었다. 병이었다. 가죽옷이 덤벼들기 전부터, 에파미논다스 곤살베스와 농장에 있을 때부터 몸이 불편했다. 조심스럽게 신체 기관을 짚어보았다. 온몸을 더듬어보았다. 병이 난 것이었다. 상처가 심한 것이 아니었다. 친구, 새로운 사실인데. 생각했다. '운명이 죽기 전에 자네 교육을 완성시키려는 것 같군. 경험해보지 못한 것을 안기면서 말일세.' 처음에는 정신이 혼미해지고 이윽고 병이 난다! 아주 어릴 적 기억까지 끄집어내도 이런 경우는 없었다. 상처는 여러 차례 입었다. 바르셀로나에서는 중태에까지 빠졌다. 그러나 앓아본 적은 전혀 없었다. 언제 정신을 잃을지 모른다는 느낌이 왔다. 도대체 무슨 이유로 기를 쓰고 생각을 하려 하는가? 생각하는 동안에는 살아 있을 수 있다는 생각은 어디서 나온 것인가? 후레마가 사라져버렸다는 생각이 들었다. 겁에 질려 귀를 기울였다. 오른편에서 그녀는 여전히 숨을 쉬고 있었다. 모닥불이 다 타버려 이제 그녀를 볼 수 없었다.

쓸모 없는 짓인 줄 알면서도 용기를 내려고 애를 썼다. 진정한 혁명가는 적대적인 상황에서 용기를 얻는다고 중얼거렸다. 카누도스에서 벌어지는 상황에 대해 『혁명의 불꽃』에 편지를 쓰겠다고 중얼거렸다. 바쿠닌이 쇼-드-퐁과 생티미에 계곡의 시계공과 기술자들에게 들려준 훈시를 쓰고 싶었다. 이렇게 주장하고 싶었다. 마르크스가 예견한 것처럼 산업화가 이루어진 사회에서는 위대한 혁명이 일어날 수 없다. 혁명은 에스파냐와 러시아 같은 후진 농업국에서 일어날 수 있다. 농업에 종사하는 비참한 인민은 더이상 잃어버릴 것이 없기 때문이다. 브라질이라고 안 될 것 없다. 그리고 에파미논다스 곤살베스를 향해 욕을 퍼부었다. '이 부르주아 놈, 네 놈도 당할 것이다. 네 놈 손아귀에, 그곳 농장 테라스에 있었을 때 날 죽여야 했다. 난 회복될 것이다. 난 탈출할 것이다.' 회복할 것이다. 탈출할 것이다. 여자가 안내할 것이다. 탈 것을 훔칠 것이다. 그리고, 카누도스에서 네 놈으로 대표되는 모든 것에 맞서 싸울 것이다, 부르주아, 이기주의, 냉소주의, 탐욕, 또…….

2

1

 어둠이 내려도 더위는 가시지 않는다. 여느 여름밤과는 다르다. 바람 한 점 불지 않는다. 이미 어두워졌다. 열두 시경이다. 시 당국의 명령으로 가로등이 꺼졌다. 밤잠이 없는 사람들의 집에서도 방금 전에 등불이 꺼졌다. 구 시가지 고지대에 위치한 『뉴스 저널』의 창문만 불을 밝히고 있다. 입구 유리에 붙은 신문사명을 나타내는 고딕체 글자가 불빛을 받아 한층 도드라져 보인다.
 문 앞에 포장 마차 한 대가 서 있고 마부와 말은 한가지로 졸고 있다. 그러나 에파미논다스 곤살베스의 경호원들은 깨어 있다. 신문사 건물 옆 담벼락에 팔꿈치를 괴고 담배를 피우고 있다. 저 아래쪽에 있는 무언가를 가리키며 속닥이고 있다. 해변에 있는 성모마리아 교회 건물과 암초에 부서지는 파도 자락이 희미하게 보인다. 말을 탄 야경꾼들이 방금 전에 지나갔고 새벽까지는 오지 않을 것이다.

신문사 안, 편집부와 관리부가 함께 쓰는 방에 그 젊은 기자가 혼자 있다. 마르고 촌스럽고 두꺼운 안경을 쓴 남자다. 잦은 재채기와 더불어 글을 쓰는 데 철필이 아니라 거위 깃털을 고집하는 그의 성격은 사무실 사람들의 놀림감이다. 책상에 몸을 기울이고, 등불을 그 볼품 없는 머리에 후광처럼 달고, 꼽추처럼 보이는 자세로 널빤지를 비스듬하게 부여잡은 채 급하게 글을 써내려가고 있다. 펜에 잉크를 적시거나 수첩을 들여다볼 때나 겨우 멈출 뿐이다. 수첩이 안경에 닿을 정도로 가까이 대고 본다. 펜 긁적이는 소리가 오늘 밤 유일하게 들리는 소리다. 오늘은 파도 소리도 들리지 않는다. 주간 사무실에도 불은 켜져 있지만 조용하다. 에파미논다스 곤살베스는 책상에 엎드린 채 잠이 든 것 같다.

안경쟁이 기자는 기사에 마침표를 찍고 나서 급하게 넓은 사무실을 가로질러 주간 사무실로 들어간다. 공화진보당 당수는 눈을 뜨고 기다리고 있다. 팔꿈치를 책상 위에 올려놓고 팔짱을 끼고 있다. 기자를 보자 당수의 얼굴 — 각이 진 가무잡잡한 얼굴이다. 이목구비가 뚜렷하고 광대뼈도 튀어나와 있다. 밤을 세워가며 정치 모임을 가진 후에도 다음날 전혀 피로한 기색 없이 하루 온종일 일할 수 있는 힘이 속에 감추어져 있음을 알 수 있다 — 이 바싹 긴장한다. '마침내' 라는 말이 튀어나올 것 같다.

"끝났소?" 중얼거린다.

"끝났습니다." 안경쟁이 기자가 종이 다발을 건넨다. 그러나 에파미논다스 곤살베스는 받지 않는다.

"당신이 읽는 게 낫겠소. 듣는 편이 더 잘 알 수 있겠어요, 어떻게 나왔는지 말입니다. 거기, 불 가까이 앉으시오."

기자가 읽기 시작할 때 재채기가 터져 나온다. 다시 또 한번. 결국 침이 튀자 안경을 벗어야 한다. 옷소매에서 엄청나게 큰 손수건을 꺼내 입과 코를 막는다. 마치 마술사 같다.

"여름 습기 때문에." 기자가 벌겋게 달아오른 얼굴을 훔치며 변명한다.

"좋소." 에파미논다스 곤살베스가 가로막는다. "제발, 읽기나 하시오."

2

통일된 브라질, 강력한 국가

뉴스 저널

(발행인 : 에파미논다스 곤살베스)

1897년 1월 3일, 바이아

카누도스 산지에서

페브로니오 데 브리토 소령 토벌대 패배

새로운 국면으로 전개

공화진보당은 바이아 주지사와 자치당을 공화국을 전복시키고 케케묵은 제국을 재건하려는 음모를 꾸민 혐의로 고발한다

'영국 스파이' 시체
공화진보당 위원회, 연방 정부가 연방군을 동원해 난동을 일으킨 광신자들을 진압해 주기를 요청하기 위해 리오로 출발

바이아 애국자들이 모레이라 세사르 대령에게 보내는 전문:
"공화국을 수호하라!"

보병 제9, 26, 33대대로 구성된 페브리토 데 브리토 소령 휘하 군 토벌대의 패배와, 영국 왕실과 바이아 지주들(왕정 시대의 영화를 그리워하는 자치당 당원들)이 카누도스의 광신도들과 음모를 꾸몄다는 증거가 속속 드러나면서, 바이아 주 입법의회에서는 월요일 밤 또다시 격론이 벌어졌다.

공화진보당은 총재 돈 에파미논다스 곤살베스 의원을 통해 바이아 주지사 돈 루이스 비아나와 예전부터 카냐브라바 남작 ─ 제국 시대에 장관을 역임했고, 페드로 2세 황제 시절에는 주영 대사를 지낸 인물 ─ 과 그 추종자들을 카누도스 반란을 공모하고 지원했다는 혐의로, 영국의 지원을 받아 공화국을 무너트리고 왕정을 복구하려고 했다는 혐의로 공식적으로 고발했다.

공화진보당 의원들은 연방 정부가 즉시 개입해 돈 에파미논다스 곤살베스 위원이 '브라질 주권을 위협하는 탐욕스런 영국과 자국 국민의 음모'라고 규정한 반란을 진압해 줄 것을 요구했다.

한편, 바이아 저명 인사들로 구성된 위원회가 프루덴테 데 모라이스 대통령에게 바이아 주민들의 탄원서를 전달하기 위해 리우데자네이루로 출발했다. 탄원서에서 바이아 주민들은 연방 정부가 연방군을 파견해 안토니오 선지자의 반란을 진압해 줄 것을 요청했다.

공화진보당 측은 다음과 같은 사실을 상기시켰다. 브리토 소령의 토벌대가 병력과 장비에서 우세한 반란군에게 패한지 2주나 지났다. 게다가 카누도스로 향하던 영국제 무기가 발견되었고, 이푸피아라 지역에서는 영국인 첩자 갈릴레오 갈의 시체도 발견되었다. 그러나 돈 루이스 비아나 주지사를 필두로 주 정부 당국은 이러한 사태에서도 손을 놓고 방관만 하고 있다. 바이아 애국국민들의 요청에도 불구하고 브라질의 요충지를 위협하는 반란을 진압하기 위해 연방군의 개입을 요청하지 않고 있다.

공화진보당 부총재 돈 엘리시오 데 로케 의원은 브라질 군의 영웅이며 산타 카탈리나의 왕정복고 반란을 진압했고 플로리아노 페이소토 원수의 측근인 모레이라 세사르 대령에게 보낸 전문을 읽었다. 전문의 내용은 간단명료했다. '공화국을 수호해주시기 바랍니다.' 대부분의 의원들이 반대했지만 돈 엘리시오 데 로케 의원은 전문에 서명한 325명의 명단을 발표했다.

한편 바이아 자치당 의원들은 혐의 내용을 강력하게 부인했고 구차한 변명으로 일관했다. 회의 시간 내내 격렬한 입씨름이 오갔고 빈정거림과 욕설, 심지어 결투 신청까지 난무했다. 5시간이 넘는 팽팽한 긴장감 속에서 의원들은 몸싸움 일보직전까지 갔다.

자치당 부총재며 입법의회 의장인 돈 아달베르토 데 구무시오 의원은 다음과 같이 주장했다. 이 나라를 위해 도로, 철도, 교량, 자선병원, 학교, 수많은 일자리 등을 마련한 카냐브라바 남작과 같은 바이아의 대표적인 인물을, 그것도 본인이 없는 자리에서, 브라질 주권을 위협했다는 혐의로 고발하는 것은 명예훼손이다.

돈 플로리아노 마르티르 의원은 이렇게 주장했다. 의회 의장은 감언이설로 인척지간인 자치당의 실질적 지배자 카냐브라바 남작을 추켜세우려 한다. 의장은 우아우아와 캄바이오에서 세바스티안을 추종하는 반도들에 의해 목숨을 잃은 군인들의 피와 산골에서 발견된 영국제 무기와 지역수비대가 이푸피아라에서 발견한 영국인 첩자 갈릴레오 갈의 시체에 대해서는 언급을 피하고 있다. 돈 플로리아노 마르티르 의원은 이렇게 물었다. '이런 주제들이 존경하는 의회 의장을 불편하게 하는 무슨 야바위 짓이라도 된단 말인가?' 돈 에두아르도 글리세리오 자치당 의원은 다음과 같이 주장했다. 공화당은 권력에 눈이 어두워 다 타버린 시체와 금발머리로 자작극을 펼쳐 현명한 바이아 주민들을 우롱하고 있다. 그리고 이렇게 물었다. '저 무도한 광신도들의 반란으로 맨 먼저 피해를 당한 사람이 카냐브라바 남작이 아니란 말인가? 반도들이 남작의 땅을 불법적으로 차지하지 않았단 말인가?' 돈 단타스 오르카다스 의원이 이렇게 주장하며 돈 에두아르도 글리세리오 의원의 말을 막았다. '그럼 그 땅을 빌려준 것이 아니라 빼앗겼다는 말인가?' 돈 에두아르도 글리세리오 의원이 돈 단타스 오르카다스 의원에게 '신사가 발언하는 중에는 끼여들어서는 안 된다는 사실을 살레시아노 대학에서 배우지 못했느냐?'고 꼬집었다. 돈 단타스 오르카다스 의원은 자신은 신사의 말을 끊은 적이 없다고 답했다. 돈 에두아르도 글리세리오 의원은 이러한 모욕적인 발언은 지금 당장 사과하지 않으면 결투장에서 대가를 치르게 될 것이다라고 소리쳤다. 아달베르토 데 구무시오 의회 의장은 돈 단타스 오르카다스 의원에게 의회의 화합과 권위를 위해 동료 의원에게 사과하도록 권고했다. 돈 단타스 오르카다스 의원은 자신은 아직까지 브라질에, 좁은 의미에서, 신사랄지 남작이랄지 자작이랄지 하는 것이 남아 있는지 몰랐었노라, 우리 브라질 국민이 영원히 가슴에 간직 할 조국의 구원자이신 플로리아노 페이소토 원수께서 영광스러운 공화정부를 수립한 이후로 모든 귀족 명칭은 쓸모 없는 종잇장에 불과한 것이 아니냐, 자신은 돈 에두아르도 글리세리오 의원을 비롯한 그 누구도 모욕할 의사가 없었다고 주장했다. 이것으로 이 문제는 해결되었다.

돈 로차 세아브라 의원이 다음과 같이 발언했다. 카냐브라바 남작과 같이 이 주를 대표하는 명예로운 인사가 개인적 원한을 품은 사람들에 의해 더럽혀질 수는 없는 일이다. 바이아에 자치당을 만들기 위해 수많은 재산을 사용한 남작과 비교해 그들은 아무 일도 한 것이 없다. 모레이라 세사르와 같은 자코뱅당 인물을 바이아로 불러들이기 위해 전문을 보낸 것도 이해할 수 없는 일이다. 산타 카탈리나 반란을 진압할 때 보여준 잔인함으로 판단해 볼 때 대령이 바라는 것은 브라질 곳곳에 단두대를 세우는 것이다. 대령은 로베스피에르와 같은 존재이다. 이 발언에 공화진보당 의원들이 발끈했다. 의원들은 자리를 박차고 일어나 군부대 만세, 플로리아노 페이소토 원수 만세, 모레이라 세사르 대령 만세를 외치며 공화국 영웅을 모욕하는 근거를 대라고 요구했다. 다시 발언권을 얻은 돈 로차 세아브라 의원은 이렇게 발언했다. 자신은 모레이라 세사르 대령을 모욕할 의사가 없다, 대령의 군인으로서의 덕성을 존경한다, 플로리아노 페이소토 원수의 뛰어난 업적도 모욕할 의사가 없다, 원수가 이 나라를 위해 얼마나 수고했는지 잘 알고 있다, 그러나 군부의 정치개입은 분명히 반대한다, 우리 브라질이 군부 반란으로 점철된 남아메리카의 다른 나라들과 같은 전철을 밟게 할 수는 없다. 돈 엘리세오 데 로케 의원이 발언을 막고 나서 다음과 같이 주장했다. 수백 년을 끌어온 왕정을 타도하고 공화국을 세운 것은 바로 군대다. 이 순간 공화진보당 의원들이 모두 자리에서 일어나 군대 만세, 플로리아노 페이소토 원수 만세, 모레이라 세사르 대령 만세를 외쳤다. 다시 발언권을 차지한 돈 로차 세아브라 의원은 존경하는 돈 루이스 비아나 주지사가 수차에 걸쳐 광신도 세바스티안 추종자들의 반란을 주 정부 차원에서 진압하겠다고 밝혔음에도 연방의 개입을 요구하는 것은 부당하다고 주장했다. 돈 에파미논다스 곤살베스 의원은 폭도들이 산골에서 두 차례에 걸쳐 토벌대를 격퇴시킨 점을 상기시킨 후 돈 로차 세아브라 의원에게 다음과 같이 질문했다. 연방의 개입을 정당화시키기 위해 얼마나 더 많은 토벌대가 희생되어야 하는가. 돈 단타스 오르카다스 의원이 발언했다. 조국을 사랑하는 마음에서 그런 결정을 한 것이다. 진흙벽돌을 만들겠다고 결심한 사람은 진흙 밭을 구를 수밖에 없다. 공화국에 대항해 더러운 영국과 공모해 왕정복고를 노리는 자들을 뿌리뽑아야 한다. 돈 렐리스 피에다데스 의원이 발언했다. 카냐브라바 남작이 카누도스의 반도들이 일으킨 일련의 사건과 전혀 관계없다는 결정적인 증거는 남작이 몇 달 전부터 브라질을 떠나 있다는 사실에 있다. 플로리아노 마르티르 의원이 발언했다. 브라질에 없다는 점으로 혐의를 벗을 수 없다. 오히려 혐의를 더 짙게 한다. 그 따위 알리바이로는 누구도 속일 수 없다. 카냐브라바 남작의 동의나 명령 없이는 주 정부가 손가락 하나 까닥하지 않을 것이라는 사실은 바이아 주민이라면 모두 알고 있다. 돈 단타스 오르카다스 의원이 발언했다. 다수당 의원들이 영국제 무기와 영국 왕실이 사악한 의도로 반도들을 지원하기 위해 보낸 영국 첩자 갈에 대해 토론하기를 완강하게 거부하는 것으로 볼 때 혐의가 짙고 명백하다. 아달베르토 데 구무시오 의회 의장은 원한에 의해 꾸며낸 헛소리는 진리 한 마디로 분쇄할 수 있다고 말했다. 의장은 다음과 같이 발언을 계속했다. 카냐브라바 남작은 수일 내로 바이아로 돌아올 것이다. 자치당 뿐만 아니라 모든 주민이 남작을 열광적으로 맞이할 것이다. 카누도스의 도덕적 문란과 강도 짓에 따른 일련의 불상사에 남작과 자치당과 바이아 당국을 얽어매려는 음모는 여지없이 분쇄될 것이다. 그 순간 다수당 의원들이 자리를 차고 일어나 당 총재 카냐브라바 남작의 이름을 연호했다. 그러나 공화진보당 의원들은 자리에 앉아 있거나 자리를 뜸으로써 자신들의 반감을 표시했다.

몇 분간 휴회에 들어갔다. 의원들은 음료수를 마시며 감정을 다스렸다. 그러나 휴회 중 의회 복도에서 격렬한 입씨름이 벌어졌다. 돈 플로리아노 마르티르 의원과 돈 로차 세아브라 의원을 동료 의원들이 뜯어말려야 했다. 두 의원은 주먹다짐 일보 직전까지 간 상태였다.

회의가 재개되었다. 아달베르토 데 구무시오 의회 의장이 의사 일정에 따라 당국이 제안한 주 내륙 종단 철도 신설안에 대해 토의할 것을 제안했다. 공화진보당 의원들이 발끈해서 일어섰다. 공화진보당 의원들은 '배신이다!' '철면피한 술책이다!' 라고 외치며 바이아와 이 나라의 가장 중요한 문제에 대한 토의를 계속할 것을 요구했다. 돈 에파미논다스 곤살베스 의원은 다수당이 카누도스의 왕정복고 반란과 브라질 내부 문제에 대한 영국 왕실의 개입을 날치기로 처리하려 한다면 자신과 동료 의원들은 의회를 떠날 것이다. 엉터리 속임수로 국민을 우롱하려는 짓거리를 더 이상 참아낼 수 없다라고 항의했다. 돈 엘리세오 데 로케 의원은 주장했다. 의회 의장이 토론을 방해하려는 의도는 명백하다. 자치당은 영국 첩자 갈과 영국제 무기에 대해 부담을 느끼는 것이다. 물론 당연한 일이다. 그들 모두 카냐브라바 남작처럼 왕정복고를 꿈꾸는 친영파들이기 때문이다.

아달베르토 데 구무시오 의회 의장은 다음과 같이 주장했다.

야당 의원들은 공갈협박으로 위기감을 조성하려 하지만 성공하지 못할 것이다. 바이아 자치당은 카누도스 광신도들의 반란을 진압하여 산악 지역에 평화와 질서를 회복하는 문제에 누구보다 많은 관심을 가지고 있다. 모두 나라를 사랑하기 때문이다. 어떤 문제라도 회피할 생각은 없다. 오히려 환영한다.

돈 조앙 세이사스 데 폰데 의원이 발언했다. 유머감각이 형편없는 사람들이나 바이아 지역 수비대에 의해 이푸피아라에서 불에 탄 채 발견되었다고 하는 영국 첩자로 추정되는 갈릴레오 갈에 대해 물고늘어질 뿐이다. 지역 수비대란 누구인가, 여론에 따라 야당이 모집하고 자금을 대고 조종하는 꼭두각시들이 아닌가. 이 발언이 나온 순간 공화진보당 의원들이 격렬하게 항의했다. 돈 조앙 세이사스 데 폰데 의원이 덧붙였다. 바이아 주재 영국 영사가 다음 사실을 확인해 주었다. 갈이라는 성(姓)을 가진 남자가 전과자라는 사실을 인지하고 적절한 조치를 취하도록 주 정부에 알렸다. 벌써 두 달 전 일이다. 바이아 경찰국도 다음 사실을 확인했다. 경찰국은 이 남자에게 내려진 공식적인 추방령을 확인하고 프랑스 선박 '라 마르세유' 호에 태워보내려 했다. 그러나 갈릴레오 갈은 추방 명령에 따르지 않고 한 달 후에 무기와 함께 주 내륙에서 죽은 채로 발견되었다. 여기에 무슨 정치적 음모나 외국 세력의 개입이 있을 수 있단 말인가. 위에 언급한 불한당은 확실한 고객들에게 무기를 몰래 팔아먹으려고 했다. 그 고객들도 강도질로 떼돈을 번 사람들이었고 그들이 바로 안토니오 선지자가 이끄는 세바스티안 추종자 광신도 무리였다.

돈 조앙 세이사스 데 폰데 의원의 발언에 야당 의원들이 야유했다. 야당 의원들은 천사 나셨네, 성인 나셨네 하며 조롱했다. 아달베르토 데 구무시오 의회 의장은 정숙해 줄 것을 요구했다. 돈 조앙 세이사스 데 폰데 의원은 계속해서 주장했다. 산골에서 무기를 발견했다고 해서 이렇게 수선을 피울 수는 없는 일이다, 불행하게도 무기 밀매는 내륙 지방에서는 공공연한 일임을 모두 알고 있다. 그렇지 않다면 야당 의원들이 한번 말해 보라, 진보당은 어디서 무기를 구해 경호원들과 바이아 지역 수비대라는 명목으로 모집한 사병(私兵)들을 무장시켰는가, 그 부대는 주 당국의 정식 기구도 아니지 않는가. 공화진보당 의원들이 돈 조앙 세이사스 데 폰데 의원의 모욕적인 발언에 야유를 퍼부었다. 의회 의장은 다시 한번 정숙해 줄 것을 요구해야만 했다.

에파미논다스 곤살베스 의원이 발언했다. 다수당 의원들은 갈수록 자가당착적인 거짓말만 늘어놓고 있다, 계속해서 거짓말을 꾸며내야 할 테니 그럴 수밖에 없을 것이다. 지역 수비대가 영국제 무기와 영국 첩자 같을 발견하게 해주신 하나님께 감사 드린다, 지역 수비대는 정신이 건강하고 애국심이 넘치는 진정한 공화주의자들로 구성된 독립적인 단체이기 때문이다. 이제 이 일련의 사태가 얼마나 심각한지 연방 정부에 경각심을 일깨워주게 되었다. 브라질 주권을 위협하는 천성적인 왕정복고주의자들과 영국 왕실간의 음모에 대한 증거도 이제 만천하에 밝혀지게 되었다. 카누도스가 바로 그 출발점이다, 지역 수비대가 아니었으면 공화국은 영국 첩자에 대해 전혀 몰랐을 것이다, 바로 영국 첩자들이 카누도스의 왕정복고주의자들에게 무기를 대주고 있었던 것이다. 돈 에두아르도 글리세리오 의원이 에파미논다스 곤살베스 의원의 발언을 제지하고 이렇게 주장했다. 그 알량한 영국 첩자에 대해 알고 있는 것이라고는 고작 머리카락 한 줌이다. 어느 금발머리 여자의 것일 수도 있고 말갈기일 수도 있다. 이 발언에 여당 의원석에서 뿐만 아니라 야당 의원석에서도 웃음소리가 터져 나왔다. 에파미논다스 곤살베스 의원이 다시 발언권을 얻어 이렇게 말했다. 재치 있는 참견에 박수를 보낸다, 그러나 조국이 최대의 위기에 빠져 있는 이 상황에서, 공화국을 수호하기 위해 우아우아와 캄바이오에서 죽어간 애국 군인들의 피가 아직 식지 않은 이 시점에서 농담은 적절치 못하다. 그 순간 야당 의원들이 우레와 같은 박수갈채를 보냈다.

  돈 엘리시오 데 로케 의원이 다음과 같은 사실을 상기시켰다. 이푸피아라에서 무기와 함께 발견된 시체의 신원을 밝힐 수 있는 명백한 증거가 있다. 이 증거를 부정하는 것은 하늘의 해를 손바닥으로 가리는 것과 같다. 영국 첩자 갈릴레오 갈이 바이아에 머물렀을 때 두 사람을 알고 사귀었다. 그 두 사람은 얀 반 리히스테드라는 시민과 호세 바우티스타 데 사 올리베이라 박사라는 저명한 전문의다. 이 두사람이 영국 첩자의 옷과 코트와 바지 혁대와 구두, 특히 지역 수비대가 시체에서 한 움큼 잘라온 눈에 띄게 붉은 머리카락을 확인해 주었다. 두 사람 모두 영국인의 폭력적인 사상과 카누도스와 연루된 명백한 음모에 대해 증언했다. 그리고 두 사람 모두 영국인의 시체가 그 지역에서 발견되었다는 사실에 전혀 놀라지 않았다. 내륙 지방의 많은 사람들도 머리색이 이상하고 이상한 포르투갈 어를 사용하는 외국인이 카누도스로 안내해줄 길잡이를 찾으러 돌아다니는 것을 목격했다고 지역 수비대에게 증언했다. 돈 조앙 세이사스 데 폰데 의원이 발언했다. 갈릴레오 갈이라는 남자가 이푸피아라에서 무기와 함께 죽은 채로 발견되었다는 사실을 부인하는 사람은 없다. 그러나 그 사람이 영국 첩자라는 것은 시인할 수 없다. 외국인이라는 사실 하나만으로 그 사람에 대해 전부 알 수는 없는 일이다. 덴마크나 스웨덴이나 프랑스나 독일이나 베트남 첩자로 볼 수도 있지 않은가?

돈 에파미논다스 곤살베스 의원이 발언했다. 다수당 의원들의 발언을 들어보면 이런 것을 알 수 있다. 외국 세력이 브라질 내부 문제에 끼여들어 공화국을 전복하고 구시대적인 귀족 봉건 사회를 재건하려 한다는 사실에 대한 증거가 명백한데도 불구하고 다수당 의원들은 분노하기는커녕 국민들의 관심을 사소한 문제로 분산시키려고 하고 있다. 변명거리나 찾고 죄를 희석시키기 위해 분투하고 있다. 아주 명백한 증거가 있지 않느냐. 바이아 주 정부는 카누도스 반란을 진압하기 위해 손가락 하나 까닥하지 않을 것이다. 오히려 그 반란을 속으로 즐기고 있다. 그러나 카냐브라바 남작과 자치당의 마키아벨리 같은 음모는 성공하지 못할 것이다. 브라질 군대는 바로 이 음모를 분쇄하기 위해 존재하기 때문이다. 군대는 공화국을 전복하기 위해 남부 지방에서 일어난 왕정복고 반란을 지금까지 잘 진압해 온 것처럼 카누도스 반란도 진압할 것이다. 우리 조국이 위험에 처해 있는 이 순간에 말잔치만 벌이고 있을 수는 없다. 공화진보당은 내일 당장 모금을 시작할 것이다. 모금한 돈으로 무기를 구입해 연방 군대를 무장시킬 것이다. 에파미논다스 곤살베스 의원은 공화진보당 의원들에게 이렇게 호소했다. 의회는 구체제에 연연해하는 사람들에게 넘기고 밖으로 나가자, 캄포 그란데에서 군중 집회를 열자, 플로리아노 페이소토 원수를 기념해 세운 대리석 동산 앞에서 공화국을 위한 맹세를 상기시키자. 공화진보당 의원들은 다수당 의원들의 반대를 무시하고 즉시 행동으로 들어갔다.

잠시 후, 아달베르토 데 구무시오 의회 의장은 폐회를 선언했다.

캄포 그란데의 플로리아노 페이소토 원수 대리석 동상 앞에서 공화진보당 의원들이 새벽녘부터 개최한 애국 시민 행사 내용은 내일 신문에서 자세히 보도하겠다.

3

 "점 하나 더하거나 뺄 것도 없군요." 에파미논다스 곤살베스가 말한다. 만족 이상이다. 한숨 돌린 듯한 표정이다. 지금 막 기자가 읽은 내용에 좋지 않은 점이라도 있을까 걱정했던 모양이다. 기자는 재채기도 하지 않고 단숨에 읽어 내려갔다. "축하합니다."

 "사실이든 거짓이든 참 이상한 이야기입니다." 신문 기자는 중얼거린다. 주간의 말을 듣지 못한 것 같다. "장날에 떠들고 다니던 사람이, 살바도르 거리를 돌아다니며 두개골에 사람의 영혼이 쓰여있다고 하던 그 사람이, 술집에서 무정부주의와 무신론을 떠들던 바로 그 사람이 세바스티안 추종자들과 공모해 군주국을 재건시키려고 영국에서 파견한 첩자로 밝혀져 산골에서 산 채로 불태워졌다는 이야기가 이상하지 않습니까?"

"이상하지요." 공화진보당 당수가 인정한다. "더욱 이상한 것은 광신자 무리가 대포와 기관총으로 무장한 일개 대대를 괴멸시켰다는 것이지요. 분명히 이상한 이야기입니다. 무엇보다 이 나라 장래를 위해서는 무서운 소식이지요."

점점 더워진다. 안경쟁이 기자의 얼굴은 땀 범벅이다. 기자는 손수건으로 사용하는 시트로 얼굴을 훔친다. 그리고 김이 서린 안경을 옷자락에 대고 문지른다.

"제가 직접 이것을 식자공에게 가져가 조판이 될 때까지 기다리겠습니다." 책상 위에 흩어진 종이를 정리하며 말한다. "오자는 없을 겁니다. 걱정 마십시오. 이제 조용히 쉬십시오, 사장님."

"남작의 신문에서 일할 때보다 나와 일하는 것이 더 만족스럽소?" 상사가 노골적으로 묻는다. "『바이아 일보』에서보다 이곳에서 더 많이 번다는 것은 압니다. 일을 말하는 거요. 여기가 더 좋소?"

"사실, 그렇습니다." 기자는 안경을 벗고 잠시 멈칫한다. 눈을 반쯤 감고 입을 반쯤 벌리고 코를 벌렁거리며 재채기가 나오기를 기다린다. 그러나 재채기는 나오지 않는다. "리베이라 데 이타파히페에서 폭탄을 터뜨려 물고기를 잡아 피해가 막심하다거나 마갈량에스 초콜릿 가게에 불이 났다는 소식을 쓰기보다는 정치 기사를 쓰는 것이 훨씬 더 즐겁습니다."

"그것만이 아니지요. 나라를 건설하는 일입니다, 국가에 공헌하는 일이지요." 에파미논다스 곤살베스가 말한다. "왜냐하면, 당신도 우리편이니까, 그렇지 않소?"

"제가 어떤지는 모르겠습니다, 사장님." 기자가 대답한다. 목소리가 보기와는 딴판이다. 때로는 쩌렁쩌렁하고 때로는 엄숙하다. 울림이 있다. "정치적 소견도 없고 정치에 관심도 없습니다."

"솔직해서 좋소." 신문사 사장이 자리에서 일어나 가방을 집어들며 웃음을 터뜨린다. "당신에게 만족하고 있소. 당신 기사는 흠잡을 데가 없소. 해야 할 말을 적확한 단어를 통해 표현하지요. 가장 미묘한 지면을 마음놓고 맡길 수 있으니 대만족이오."

등불을 들고 입으로 불을 끈다. 사무실을 나간다. 기자가 뒤를 따른다. 편집부 겸 관리부 사무실 문턱을 넘을 때 침 뱉는 통이 발에 걸린다.

"그건 그렇고, 부탁이 있습니다, 사장님." 급히 말한다. "모레이라 세사르 대령이 카누도스 사태를 진압하기 위해 오면 따라갔으면 합니다. 『뉴스 저널』이 파견한 종군기자로 말입니다."

에파미논다스 곤살베스는 기자를 돌아보고 찬찬히 살피며 모자를 쓴다.

"가능할 것 같소. 보시오, 당신도 우리편이오, 정치에 관심이 없다 해도. 모레이라 세사르 대령을 존경하기 위해서는 철두철미한 공화주의자가 되어야 하오."

"존경하는지는 모르겠습니다." 기자는 종이로 부채질하며 단어를 신중하게 사용한다. "뼈와 살을 가진 한 영웅을 보는 것이죠. 그렇게 유명한 사람 가까이 가본다는 것은 대단한 유혹입니다. 소설 속에서나 본 인물을 직접 보고 만져본다고 생각하면."

"조심해야 할거요. 대령은 신문 기자를 좋아하지 않아요." 에

251

파미논다스 곤살베스가 말한다. 문을 향해 멀어진다. "리우 거리에서 군을 헐뜯는 먹물을 총으로 쏴 죽이는 것으로 공인으로서의 삶을 시작한 사람이오."

"안녕히 가십시오." 기자가 중얼거린다. 반대 방향으로 달려간다. 어두운 통로가 인쇄소로 연결되어 있다. 당직을 서는 식자공들이 기사를 기다리고 있다. 분명히 커피 한잔을 대접할 것이다.

3

1

　기차가 기적을 울리며 케이마다스 역으로 들어선다. 곳곳에 모레이라 세사르 대령을 환영하는 깃발들이 장식되어 있다. 빨간색 기와를 얹은 좁은 승강장에 사람들이 북적거린다. 선로 위로 커다란 하얀색 천이 출렁거린다. '케이마다스는 우리의 영웅 모레이라 세사르 대령과 그 용맹스런 연대를 환영합니다. 브라질 만세!' 신발도 신지 않은 한 떼의 아이들이 작은 깃발을 흔든다. 정장을 차려입은 여섯 명의 신사들이 시의회 배지를 가슴에 달고 모자를 벗어 손에 든 채 누더기를 걸친 사람들에게 둘러싸여 있다. 사람들은 호기심으로 눈을 번뜩이고 있다. 구걸을 하는 거지들과 흑사탕이나 과일을 파는 장사꾼들이 사람들 사이로 돌아다닌다.
　기차 출입구에 모레이라 세사르 대령이 모습을 드러내자 함성과 박수 소리가 환영한다. 기차 창문마다 총을 멘 군인들로 가득하다. 대령이 승강장으로 내려선다. 푸른색 모직 예복, 금도금한 단추와 박차, 붉은색 테두리와 장식 끈, 허리에는 검을 차고 있다. 구루병 환자처럼 키가 작지만 매우 민첩해 보인다. 더위 때문에 사람들 얼굴이 달아올랐지만 대령은 땀을 흘리지 않는다. 대령의 보잘것없는 외모는 그 눈초리에 드러난 활력이나 절도 있는 동작에서 우러나오는 분위기와는 전혀 딴판이다. 자신감이 넘치는 모습, 자신이 원하는 것을 확실하게 알고 명령하는 데 익숙한 모습이다.

박수 소리와 만세 소리가 승강장을 지나 길거리로 이어진다. 길거리에 있는 사람들은 마분지 조각으로 햇볕을 가리고 있다. 아이들은 손에 쥐고 있던 잘게 자른 종잇조각을 공중에 뿌리고 깃발을 든 아이들은 깃발을 흔든다. 시의회 의원들이 앞으로 나선다. 그러나 모레이라 세사르 대령은 악수를 하기 위해 걸음을 멈추지 않는다. 한 떼의 장교들이 대령을 호위하고 있다. 대령은 의원들에게 가볍게 목례를 올린 후 군중을 향해 소리친다. "공화국 만세! 플로리아노 원수 만세!" 시의회 의원들은 당황한다. 분명 그들은 환영 연설을 하고 대령과 대화를 나누고 대령을 수행하기를 고대했을 것이다. 대령은 부하 장교들의 호위를 받으며 역 사무실로 들어가버린다. 의원들도 대령을 따르려 한다. 그러나 보초들이 그들을 제지하고 그때 문은 닫혀버린다. 말 울음소리가 들린다. 아름다운 백마가 한 마리 기차에서 내려진다. 어린 아이들이 환호성을 내지른다. 백마는 몸을 솟구치고 갈기를 흔들며 운다. 들판이 가까이 있음을 알고 기뻐하는 듯하다. 이제 기차 문과 창문을 통해 군인들이 내려오기 시작한다. 화물 상자, 배낭, 탄약 상자, 기관총도 내린다. 번쩍거리는 대포가 나타나자 환호성이 터져나온다. 군인들은 무거운 대포를 끌기 위해 소들을 몰고 온다. 의원들은 체념한 듯 문과 창문 앞에서 웅성거리는 사람들 틈으로 끼어든다. 호기심 강한 사람들이 안을 엿보고 있다. 분주하게 움직이는 장교들 부관들 전령들에 둘러싸여 모레이라 세사르 대령이 무얼 하는지 엿보고 있다.

역 사무실은 아주 넓은 방이다. 칸막이 뒤에서 전신수가 일을 하고 있다. 승강장 건너편에 2층 건물이 하나 있다. 콘티넨탈 호텔이라는 간판이 걸려 있다. 마트리스 광장으로 통하는, 나무 한 그루 없는 이타피쿠루 거리를 군인들이 온통 차지하고 있다. 창문에 얼굴을 박고 역 사무실 안을 들여다보는 수십 명의 사람들 뒤에서 군인들의 하역 작업이 계속되고 있다. 아주 열심이다. 군인 한 명이 연대 깃발을 들고 나타나 군중 앞에서 흔든다. 다시 박수 소리가 울린다. 콘티넨탈 호텔과 역 사무실 사이 공지에서 군인 한 명이 현란한 갈기를 지닌 백마를 빗질해주고 있다. 사무실 한쪽에 기다란 식탁이 하나 있다. 그 위에 항아리, 병, 음식 접시 등이 차려져 있다. 파리 떼를 막기 위해 망사 천으로 덮어 놓았다. 그러나 아무도 신경 쓰지 않는다. 깃발과 화관이 천장을 장식하고 있다. 공화진보당과 바이아 자치당 포스터 사이에 모레이라 세사르 대령과 공화국과 브라질 보병 제7연대를 기리는 포스터가 붙어 있다.

활력이 넘치는 사무실. 모레이라 세사르 대령은 모직 예복을 전투복으로 갈아입는다. 전신수 칸막이 앞에서 군인 두 명이 모포를 한 장 펼쳐들고 있다. 그 임시 탈의실에서 대령은 당번병에게 옷을 건네고 당번병은 옷을 받아 트렁크에 보관한다. 옷을 갈아입는 동안 대령은 부동 자세로 앞에 서 있는 세 명의 장교와 얘기한다.

"현 상황을 보면, 쿠냐 마토스."

대령은 가볍게 발뒤꿈치를 부딪혀보고 말을 시작한다.

"83명이 천연두나 기타 질병에 걸렸다." 서류를 보며 말한다. "병력이 1,253명. 실탄이 1,500만 발. 포탄 70발이 양호한 상태. 훌륭해."

"두 시간 내로 선발대가 몬테 산토로 출발할 수 있어, 조금 더 늦어질 수도 있지만." 대령의 목소리는 극히 사무적이다. 감정이 전혀 실려 있지 않다. "올림피오, 자네는 시의원들에게 내 대신 유감을 표해주게. 잠시 후 그들을 만나보겠네. 의식이나 환영회 따위로 시간을 낭비할 수 없다고 설명하게."

"예, 각하."

올림피오 데 카스트로 대위가 물러나자 세번째 장교가 나선다. 대령임을 나타내는 장식 끈을 달고 있다. 늙은 남자다. 키가 땅딸막하고 눈이 선하게 생겼다.

"피레스 페레이라 중위와 페브로니오 데 브리토 소령이 대령했네. 고문관 자격으로 연대에 편입을 명 받았다고 하네."

모레이라 세사르는 잠시 생각에 잠긴다.

"연대에 무슨 득이 된다고." 중얼거린다. 거의 들리지 않는 소리다. "데려오시오, 타마린도."

당번병이 무릎을 꿇고 대령에게 승마화를 신겨준다. 박차는 없다. 잠시 후, 타마린도 대령의 인솔하에 페브로니오 데 브리토와 피레스 페레이라가 모포 앞으로 다가와 부동 자세를 취한다. 구두 뒤축을 부딪히고 관등성명을 댄다. "명령받고 대령했습니다"라고 외친다. 모포가 바닥으로 떨어진다. 모레이라 세사르는 권총과 검을 허리에 차고 있다. 소매를 걷어올렸다. 팔은 짧고 가늘고 털이 거의 없다. 방금 도착한 두 사람을 머리끝에서 발끝까지 말없이 살핀다. 차가운 눈빛이다.

"브라질에서 가장 뛰어난 지휘관을 위해 이곳에서의 저희 경험을 보탤 수 있어 무한한 영광입니다, 각하."

모레이라 세사르 대령은 페브로니오 데 브리토의 눈을 똑바로 쳐다본다. 페브로니오 데 브리토는 당황한다.

"그 경험이라는 것이 한 줌도 못 되는 좀도둑들 앞에서 귀관들에게 아무 소용없었지." 목소리를 높이지 않는다. 그러나 사무실은 순식간에 감전으로 얼어붙어버린 듯하다. 벌레를 쳐다보듯 소령을 노려보면서 모레이라 세사르는 손가락으로 피레스 페레이라를 겨냥한다. "이 장교는 1개 중대를 지휘했소. 그러나 귀관은 500명이나 되는 병력으로도 신출내기처럼 패배했소. 군의 사기를 떨어뜨렸고 그래서 공화국의 사기도 떨어뜨렸소. 귀관의 존재는 제7연대의 수치요. 귀관들은 작전에 참가할 수 없소. 후방에 남아 환자와 가축을 돌보도록 하시오. 물러가도 좋소."

두 명의 장교는 안색이 창백해진다. 페브로니오 데 브리토는 땀을 뻘뻘 흘린다. 무슨 말인가 하려는 듯 입을 반쯤 벌린다. 그러나 경례를 하고 물러난다. 몸이 휘청거린다. 중위는 그 자리에 굳어 있다. 눈이 벌겋게 충혈되어 있다. 모레이라 세사르가 그 앞을 지나간다. 쳐다보지도 않는다. 장교들과 당번병들이 다시 자기 일에 몰두한다. 탁자 위에 작전 지도와 서류가 산더미처럼 쌓여 있다.

"쿠냐 마토스, 통신원들을 들여보내." 대령이 명령한다.

소령이 통신원들을 들여보낸다. 통신원들은 제7연대와 같은 기차를 타고 왔다. 기차에 시달린 탓에 피곤한 기색이 역력하다. 다섯 명이다. 연령층도 다양하다. 각반을 차고 모자를 쓰고 승마 바지를 입고 있다. 펜과 수첩으로 무장하고 있다. 그들 중 한 명은 사진기, 주름 상자, 삼각대를 들고 있다. 『뉴스 저널』에서 파견한 안경쟁이 젊은 기자가 특히 두드러진다. 그 동안 자란 볼품없는 카이저 수염이 너저분한 모습, 터무니없이 큰 글 쓰는 판자, 소맷부리에 달린 잉크병, 거위 깃털 펜과 썩 잘 어울린다. 안경쟁이 기자는 사진 기자가 카메라를 설치하는 동안 거위 깃털 펜을 잘근잘근 씹고 있다. 사진을 찍는 순간 피어오른 연기가 유리창 바깥에서 바글거리는 아이들의 함성을 자아낸다. 모레이라 세사르 대령은 신문 기자들의 인사에 가볍게 고개를 끄덕인다.

"살바도르에서 높은 분들을 찾아뵙지 않은 일로 많이 놀란 것 같은데." 말을 시작한다. 거드름을 피우는 투도 아니고 애정이 담긴 투도 아니다. 그저 인사치레다. "여러분, 비밀 같은 것은 없습니다. 문제는 시간입니다. 바이아에서 우리가 맡은 임무를 위해서는 일분일초가 소중합니다. 우리는 그 임무를 수행할 것입니다. 제7연대는 카누도스의 폭도를 반드시 응징할 것입니다. 산타 크루스 요새와 라제 요새에서 반란군을 응징한 것처럼, 산타 카탈리나의 연방주의자들을 응징한 것처럼 말입니다. 이제 공화국에 대한 더이상의 반란은 없을 것입니다."

창문 바깥에 모인 사람들도 입을 다물고 무슨 말을 하는지 듣기 위해 애를 쓴다. 장교와 당번병들도 가만히 귀를 기울인다. 다섯 명의 기자는 기대 반 의심 반으로 대령을 바라본다. 그렇다. 바로 이 사람이다. 마침내 이곳에 그 모습을 드러낸 것이다. 왜소한 몸을 바르르 떤다. 불꽃이 튀는 상대방을 꿰뚫어버릴 것 같은 눈초리. 말을 할 때면 칼을 휘두르듯 팔로 삿대질을 한다. 풍자 만화에 그려진 바로 그 모습이다. 기자들은 이틀 전 살바도르에서부터 이 순간을 기다려왔다. 다른 바이아 사람들과 마찬가지로 기자들도 큰 기대를 걸고 있었지만 대령은 모두를 실망시켰다. 대령을 위해 준비한 연회에도 무도회에도 참석하지 않았다. 공식적인 리셉션에도 기념식에도 참석하지 않았다. 군인 클럽과 루이스 비아나 주지사를 잠깐 방문한 것 외에는 어느 누구와도 말하지 않았다. 그는 군인들이 항구에 내려 칼사다 역 광장으로 이동하는 모습을 온종일 직접 지켜보았다. 그리고 다음 날 기차를 타고 이 산골로 들어온 것이다. 대령은 살바도르 시를 도망치듯 빠져나왔다. 그 분위기에 감염될까 봐 두려워하는 듯했다. 이제 겨우 자신의 행동을 해명하고 있다. 시간 때문이다.

그러나 대령의 몇 마디 말에 기대를 걸고 있는 다섯 명의 기자들은 지금 대령이 하는 말을 생각하고 있지 않다. 그들은 대령에 대해 듣고 읽은 내용을 되새기고 있다. 지독히 미움을 당하면서도 신격화되는 이 신화적인 인물을 막상 마주하고 보니 왜소한 체구에 근엄한 표정으로 마치 기자들 따위는 안중에도 없다는 듯이 말을 하고 있다. 기자들은 대령의 모습을 그려본다. 대령은 어릴 때 자원하여 파라과이와의 전쟁에 참전했다. 그 전쟁에서는 수여받은 훈장만큼 많은 부상을 입었다. 초년 장교 시절, 리우데자네이루에서 과격한 공화주의로 인해 군대에서 쫓겨나 옥살이를 할 뻔한 적도 있었다. 군주정에 대항하는 음모를 꾸며 이끌기도 했다. 대령의 눈초리, 거동, 목소리에서 우러나오는 활력에도 불구하고, 이 나라 수도 우비도르 거리에서 대령이 어느 불쌍한 신문 기자를 총알 다섯 방으로 쏴 죽이는 장면을 상상하기는 힘들다. 그러나 재판정에서 자신의 행위를 당당하게 변호하던 모습, 누구라도 다시 한번 군을 비방하면 똑같은 일이 벌어질 것이라고 하던 모습을 상상하기란 그리 어렵지 않다. 기자들은 대령이 제국이 무너지던 날까지 추방당해 있던 마토 그로소에서 돌아와 공적인 활동을 시작하던 때를 기억한다. 대령은 플로리아노 페이소토 대통령의 오른팔이 되어 있었다. 대령은 공화국 초기에 있었던 모든 반란을 철저하게 진압했다. 그 격동의 시기에 대령은 자신의 자코뱅주의적 이념인 독재적 공화주의를 수호했다. 의회도 정당도 없는 공화국, 이 공화국에서는 군대가 과거 교회가 맡았던 역할을 수행할 것이다. 과학적 진보를 향해 매진

하는 무신론 사회의 중심 축은 군대가 차지할 것이다. 말들이 많았다. 플로리아노 페이소토 원수가 죽었을 때 장례식에서 고인을 위한 조사를 읽으며 대령이 진짜 감정을 이기지 못해 기절했었는지 아닌지. 프루덴테 데 모라이스가 민간 정부의 대통령 직에 오르면서 모레이라 세사르 대령과 그 '자코뱅당 놈들'의 운명도 끝장났다는 말도 있었다. 그러나 그렇지 않다고도 했다. 만일 그렇게 됐다면 대령이 브라질 보병 중에서도 가장 막강한 부대를 이끌고 케이마다스에 나타날 리가 없다. 정부 당국이 임무를 맡겼고 대령은 틀림없이 더 큰 명성을 얻어 리우로 돌아가게 될 것이다.

"나는 지역적인 정치 투쟁에 개입하기 위해 바이아에 온 것이 아닙니다." 대령은 천장에 걸린 공화진보당과 자치당의 포스터를 가리키며 얘기를 계속한다. 기자들은 쳐다보지도 않는다. "군대는 쓸모 없는 정치 논쟁을 벗어난 곳에 있습니다. 군은 정치 집단간의 투쟁에는 관여하지 않습니다. 제7연대는 군주국을 다시 세우려는 음모를 분쇄하기 위해 이곳에 있는 것입니다. 카누도스의 그 도둑놈과 광신자들의 배후에 공화국을 위협하는 음모가 있기 때문입니다. 저 불쌍한 악귀들은 기득권을 포기 못하는, 브라질이 근대적인 국가가 되는 것을 원치 않는 귀족들의 도구에 불과합니다. 국가와 교회가 분리되는 것을 원치 않는 몇몇 미친 신부들의 하수인에 불과합니다. 그놈들은 가이사에게 속한 것을 가이사에게 돌려주기를 원치 않는 것입니다. 바로 영국이 이 일에 관련된 것으로 밝혀졌습니다. 영국은 헐값으로 브라질

산 사탕수수를 전부 차지하기 위해 부패한 제국을 다시 세우려는 것입니다. 그들은 속은 것입니다. 귀족도 신부도 영국도 다시는 브라질에 법을 세울 수 없습니다. 우리 군이 용납하지 않습니다."

목소리가 점점 커지더니 마지막 말에 힘을 준다. 오른손을 탄띠에 매달린 권총 위에 올려놓고 있다. 말이 멈추자 사무실 안에 있는 사람들이 모두 감탄한 듯하다. 파리 떼가 윙윙거리는 소리가 들린다. 음식 접시 위에 새까맣게 몰려 있다. 달아오른 주위 분위기에도 불구하고 체크 무늬 윗도리를 줄곧 입고 있던 기자 — 신문 기자들 중 흰머리가 가장 많은 사람 — 가 우물쭈물 손을 든다. 논평이나 질문을 하려는 것 같다. 그러나 대령은 말을 허용하지 않는다. 대령이 신호하자 두 명의 당번병이 달려와 바닥에서 상자를 들어올려 탁자 위에 올려놓고 상자를 연다. 소총이다.

모레이라 세사르는 뒷짐을 진 채 다섯 명의 기자 앞을 천천히 서성인다.

"여러분, 바이아 산지에서 포획한 것입니다." 누군가를 놀리는 것처럼 빈정대는 투로 말을 계속한다. "적어도 이것들만은 카누도스로 들어가지 않았습니다. 어디에서 온 것입니까? 상표조차 뜯어내지 않았습니다. 리버풀, 정확합니다! 이런 총은 브라질에 전혀 없었습니다. 폭발하는 탄알을 쏘기 위해 특별히 제작된 것입니다. 상처 구멍을 보고 외과의사들이 놀란 것도 이해가 갑니다. 직경이 10내지 12센티미터입니다. 총알이 아니라 수류탄을 맞은 것 같습니다. 저 단순한 야군소들이, 그저 가축이나 훔치는 놈들이 폭발탄이라는 유럽의 신무기를 알고 있다는 사실이 가당키나 합니까? 게다가 출신이 의심스러운 저 사람들은 또 무엇을 의미합니까? 이푸피아라에서 발견된 시체. 파운드 화가 가득한 자루를 들고 카핌 그로소에 나타나 영어를 쓰던 말 탄 무리를 안내했다고 고백하는 사람도 있습니다. 벨로 오리손테에서조차 카누도스로 양식과 화약을 싣고 가려던 외국인들이 발견되었습니다. 그 배후에 공화국을 전복시키려는 음모가 있음을 알아차리기에 충분할 정도로 일치된 증거가 많은 것입니다. 놈들은 포기하지 않습니다. 그러나 그것은 허황한 꿈입니다. 이미 리우에서 실패했습니다. 리우그란데두술에서도 실패했습니다. 바이아에서도 역시 실패할 것입니다, 여러분."

대령은 다섯 명의 기자 앞에서 두세 바퀴 돈다. 종종걸음으로 신경질적이다. 이제 처음에 서 있던 자리, 지도가 놓인 탁자 옆에 서 있다. 기자들을 향한 목소리는 다시 강압적이고 위협적이다.

"나는 여러분이 제7연대를 따라와도 좋다고 승낙했습니다. 그러나 몇 가지 지시 사항을 지켜야 합니다. 여기서 보내는 전보 내용은 쿠냐 마토스 소령이나 타마린도 대령에게 사전 검열을 받아야 합니다. 작전 기간 중에 심부름꾼을 통해 보내는 기사도 마찬가지입니다. 미리 알려드리지만, 누구든 내 부관의 허락 없이 기사를 보내려 한다면 그것은 심각한 죄를 범하는 것입니다. 이해하셨으리라 믿습니다. 어떤 과오나 실책이나 경거망동도 적을 이롭게 하는 것입니다. 우리는 지금 전쟁중입니다. 잊지 마십시오. 우리 연대와 함께 즐거운 시간이 되기를 기원합니다. 이상입니다, 여러분."

대령은 참모부 장교들에게 몸을 돌린다. 장교들은 대령을 둘러싸고 즉시 활기를 되찾는다. 마법이 풀려 정신을 차린 듯하다. 케이마다스 역 사무실은 다시 소음과 활기로 가득 찬다. 그러나 다섯 명의 기자들은 그 자리에 남아 있다. 멍청하게 하릴없이 허무하게 서로를 쳐다본다. 도대체 무슨 이유로 모레이라 세사르 대령이 자신들을 잠재적 적으로 대하는지, 도대체 무슨 이유로 한마디 질문도 하지 못하게 하는지, 도대체 무슨 이유로 일말의 동정을 베풀지 않는지, 심지어 예의조차 지키지 않는지 이해할 수 없다. 대령을 둘러싼 원은 명령이 하나하나 내려짐에 따라 줄어든다. 장교들이 차려 자세를 취한 후 여러 방향으로 물러간다. 대령은 혼자 남게 되자 주위를 둘러본다. 순간 다섯 명의 기자들은 대령이 자기들 쪽으로 올 것으로 믿는다. 그러나 착각이다. 대령은 이제 막 발견한 듯 문과 창문에 달라붙어 있는 얼굴들을 쳐다보고 있다. 굶주리고 볕에 그을린 불쌍한 얼굴들이다. 대령은 무엇이라 설명할 수 없는 표정으로 그들을 살펴보고 있다. 이마는 찌푸려지고 아랫입술이 나와 있다. 갑자기 가장 가까이 있는 문 쪽으로 단호하게 다가간다. 문을 활짝 열고 남자, 여자, 아이들, 노인네 무리를 반긴다. 대부분 누더기를 걸치고 있다. 맨발인 사람도 많다. 사람들은 대령을 존경 어린 시선으로, 경외심을 가지고 바라본다. 대령은 다급한 몸짓으로 사람들을 불러들인다. 잡아당기고 끌고 부추긴다. 기다란 식탁을 가리킨다. 케이마다스 시의회가 대령을 위해 마련한 음식이 탐욕스러운 파리 떼로 뒤덮여 있다.

"들어오시오, 들어와." 대령은 사람들을 이끌고 와서 직접 식탁보를 걷는다. "제7연대가 여러분을 초대합니다. 들어오시오. 겁낼 것 없소. 여러분을 위한 것이오. 우리보다 여러분이 더 필요로 하는 것이오. 어서 어서 드시오."

이제 더이상 권하지 않아도 된다. 사람들은 고픈 배를 움켜쥐고, 믿을 수 없다는 표정으로, 기쁨에 넘쳐, 접시며 대접이며 술잔이며 항아리로 달려든다. 서로 팔꿈치로 찌르며, 서로 몸을 부대껴가며, 서로 몸을 밀어대며 음식을 다툰다. 대령은 안쓰럽다는 듯 그들을 지켜보고 있다. 기자들은 입이 헤벌어진 채 그 자리에 그대로 있다. 늙은 여자 하나가 이빨 자국이 있는 고기 한 점을 손에 쥐고 물러 나오려다 모레이라 세사르 앞에서 걸음을 멈춘다. 감사의 빛이 얼굴에 가득하다.

"성모마리아께서 보호해주시기를 빕니다, 대령님." 노파는 허공에 십자가를 그으며 중얼거린다.

"이것이 나를 보호하는 성모요." 기자들은 듣는다. 모레이라 세사르는 허리에 찬 검을 다독이며 대답한다.

집시 서커스단도 한창 잘나가던 시절에는 20명 이상의 단원을 자랑했었다. 그러니까 수염 난 여자, 난쟁이, 거미 인간, 거인 페드린, 두꺼비를 산 채로 삼키는 줄리앙 등이 인간 축에 낀다면 말이다. 서커스단은 빨간색으로 칠한 짐마차를 타고 다녔다. 짐마차는 곡예사들의 모습이 그려져 있고 네 마리의 말이 끌었다. 이 네 마리 말은 프랑스인 형제와 함께 곡예를 펼치기도 했다. 보잘것없지만 동물들도 있었다. 집시가 돌아다니면서 수집한 신기한 동물들이었다. 다리가 다섯 달린 양, 머리가 둘 달린 새끼 원숭이, 작은 새를 먹이며 키운 코브라 한 마리(이놈은 정상이었다), 치열(齒列)이 세 줄씩이나 나 있던 산양(페드린이 칼 손잡이로 주둥이를 벌려 보여주곤 했다). 천막은 한 번도 친 적이 없었다. 공연은 장날이나 수호성인 축제일에 광장에서 열렸다.

공연은 차력 시범, 줄타기, 마술, 독심술 등 다양했다. 검둥이 솔리망은 칼을 삼켰다. 거미 인간은 기름칠한 기둥을 날렵하게 타고 올랐고, 자기처럼 따라해보라며 구경꾼들에게 한몫 걸고 내기를 하기도 했다. 거인 페드린은 쇠사슬을 끊었다. 수염 난 여자는 코브라를 놀려 춤을 추게 했고 코브라와 입을 맞추었다. 단원 모두가 불태운 코르크와 쌀가루로 어릿광대 분장을 하고 바보의 몸뚱이를 두 겹, 네 겹, 여섯 겹으로 접었다. 바보는 뼈가 없는 것 같았다. 그러나 진짜 스타는 난쟁이였다. 난쟁이는 애절하고 박진감 넘치는 이야기를 구구절절 실감나게 들려주었다. 나폴리 왕의 여식으로 기사 피에르에게 납치되어 그 보석이 어느 어부에 의해 물고기 뱃속에서 발견된 마갈로나 공주 이야기,

다른 모든 사람을 물리치고 친아버지가 결혼하고자 했던 미녀 실바니나 이야기, 샤를마뉴 왕과 그 기사들에 관한 이야기, 사탄에게 겁탈당하여 악마 로베르토를 낳은 석녀 공작 부인 이야기, 올리베로스와 피에라브라스 이야기. 공연은 난쟁이가 항상 대미를 장식했다. 사람들이 놓아주려 하지 않았던 것이다.

집시는 해안 지방의 경찰들과 문제가 있었음이 틀림없었다. 가뭄이 계속될 때에도 해안 지방으로는 내려가지 않았던 것이다. 아주 난폭한 남자였다. 무슨 이유에서든 일단 손을 댔다 하면 무자비했다. 성질을 돋구면 남자든 여자든 짐승이든 가리지 않았다. 그러나 아무리 학대가 심해도 단원들 중 어느 누구도 달아날 생각은 꿈도 꾸지 않았다. 집시야말로 서커스단의 정신적 지주였다. 서커스단을 만든 사람도 집시였다. 마을이나 집에서 문제덩어리였던 인간들을, 다른 사람들이 하나님의 징벌이나 인간의 실수로 여겼던 이 병신 인간들을 한자리에 모은 사람도 바로 집시였다. 난쟁이, 수염 난 여자, 거인, 거미 인간, 심지어 바보(이해는 못해도 느낌은 있었다)까지 모두가 자신들의 집에서보다 유랑 서커스단에서 더 포근한 가정을 발견할 수 있었다. 가마솥 같은 산골을 훨훨 오르내리며 수치심과 공포심을 잊을 수 있었고 비정상을 정상처럼 포용할 수 있었다.

그래서 그 누구도 나투바에서 만난 소년을 이해할 수 없었다. 가운데 가르마를 탄 긴 머리, 초롱초롱한 검은 눈, 다리랄 것이 없어 네 발로 기던 아이였다. 그들은 공연을 하는 도중에 알아챌 수 있었다. 집시가 소년을 주의 깊게 살펴보고 있었다. 의심할

여지가 없었다. 집시는 사람이든 짐승이든 기형적인 것이라면 무엇에나 관심을 나타냈다. 거기에는 이용 가치 이상의 어떤 뜻이 담겨 있었다. 어쩌면 이 인간쓰레기들이 모인 유별난 사회에서 자기 자신은 좀더 건강하고 좀더 온전하고 좀더 완벽하다고 느꼈을지도 모른다. 공연이 끝난 후 집시는 소년의 집을 물어 찾아갔다. 그리고 부모를 만나 소년을 넘겨 달라고 설득했다. 예능인으로 만들어주겠노라고 약속했다. 이해할 수 없는 점은, 1주일 후 뒤뚱거리며 걷던 소년이 도망가버렸다는 것이다. 집시가 소년에게 조련사 일을 가르치기 시작했을 때였다.

불길한 전조가 대가뭄과 함께 시작되었다. 집시는 완강하게 해안 지방으로 내려가지 않겠다고 고집을 부렸지만 단원들은 내려가자고 간청했다. 마을들은 텅텅 비어버렸고 농장에는 짐승 뼈만 나뒹굴었다. 목이 말라 죽을지도 모른다는 생각이 들었다. 그러나 집시는 굴하지 않았다. 어느 날 밤, 집시는 단원들에게 말했다. "자유를 주겠다. 떠나라. 그러나 지금 떠나지 않겠다면, 두 번 다시 서커스단이 갈 방향에 대해 내게 이래라저래라 하면 안 된다." 아무도 떠나지 않았다. 지금 닥친 재앙보다 다른 사람들이 더 두려웠을 것이 틀림없다. 카아팅가도모우라에서 집시의 부인 다디바가 병으로 쓰러졌다. 열이 올라 정신을 잃었다. 그래서 타카란디에 여자를 묻어야 했다. 드디어 짐승을 잡아먹어야 했다. 1년 반 후 다시 비가 내렸을 때 동물 중에서 살아남은 것은 코브라뿐이었다. 단원들 중에서 줄리앙과 그의 부인 사비나, 검둥이 솔리망, 거인 페드린, 거미 인간, 작은별이 죽었다. 그림이 그려진 짐마차도 잃었다. 이제 서커스단은 짐을 두 대의 손수레에 실어 직접 끌고 다녀야 했다. 사람들이 돌아오고, 물이 불어나고, 생명이 소생하게 되자 집시는 노새 두 마리를 살 수 있게 되었다.

　다시 공연이 시작되었고 먹고살기에 충분한 돈을 다시 벌어들였다. 그러나 아무래도 예전과 같지 않았다. 자식을 잃고 넋이 빠진 집시는 공연에 신경 쓰지 않았다. 집시는 세 명의 자식을 칼데이랑 그란데 마을의 어느 집에 맡겨 보살펴 달라고 했었다. 가뭄이 끝나고 아이들을 찾아갔을 때는 캄피나스 가족과 자식들 소식을 전해줄 수 있는 사람이 마을에 하나도 없었다. 집시는 포기하지 않았다. 가뭄이 끝난 후 집시는 몇 년을 마을 마을을 돌아다니며 아이들을 보았는지 소식은 들었는지 캐묻고 다녔다. 실종된 자식들 — 사람들은 모두 죽었다고 생각했다 — 은 집시에게 삶의 활력소였다. 이제 집시는 넋을 잃고 원한만 키웠다. 자주 술에 취했고 모든 것에 화를 냈다. 어느 날 오후, 산타 로사의 어느 마을에서 공연할 때였다. 집시는 예전에 거인 페드린이 공연하던 역할을 맡았다. 누구든 자기를 땅바닥에 쓰러뜨릴 수 있는 사람은 나와보라고 했다. 장사 한 명이 나와서 대번에 집시를 쓰러뜨리고 말았다. 집시는 벌떡 일어나 주장했다. 미끄러졌을 뿐이다, 다시 한번 해야 한다. 장사는 다시 한번 집시를 땅바닥에 패대기쳤다. 집시는 눈에 불을 켜고 벌떡 일어나 서로 손에 칼을 들고 겨뤄볼 수 있는지 물었다. 장사는 싸움을 피하려 했다. 그러나 이성을 잃은 집시가 막무가내로 장사를 놀려댔다. 장사는 할 수 없이 도전을 받아들여야 했다. 장사는 예사롭게 집시를 땅바닥에 내팽개쳤다. 목이 잘린 집시의 눈에서 생기가 빠져나갔다. 그제야 사람들은 알 수 있었다. 서커스단 단장이 감히 덤벼든 남자가 바로 강도 페드랑이었다는 사실을.

어쨌든, 살 목숨은 결국 살기 마련(이 말은 수염 난 여자가 한 말이다)이라는 말을 증명이라도 하듯 서커스단은 사라지지 않았다. 이제 서커스단은 과거 화려했던 모습을 잃어버리고 부스러기만 남았다. 군데군데 기운 천막을 친 짐마차 한 대, 짐마차를 끄는 나귀 한 마리, 짐마차에 실린 기운 자국이 역력한 텐트 하나. 그 텐트 밑에서 마지막까지 남은 단원들이 잠을 잤다. 수염 난 여자, 난쟁이, 바보 그리고 코브라. 공연은 계속되었다. 난쟁이의 사랑과 모험이 넘치는 이야기는 예전과 같이 성공을 거두었다. 나귀의 힘을 덜기 위해 단원들은 걸어다녔다. 코브라만이 짐마차를 타는 호강을 누릴 수 있었다. 코브라는 버들가지 바구니 안에서 살았다. 마지막 남은 서커스 단원들은 세상을 떠돌며 성자, 강도, 순례자, 떠돌이 들을 만났다. 전혀 예기치 않았던 인물들도 만나게 되었다. 그러나 그날 아침 일은 참으로 예상 밖이었다. 단원들은 그날 붉은 머리 남자를 만났다. 남자는 땅바닥에 쓰러져 있었다. 리아초다온사로 통하는 샛길 모퉁이를 돌아가는 중이었던 것 같았다. 움직이지 않았다. 검은색 옷이 하얀 흙먼지를 뒤집어쓰고 있었다. 몇 걸음 떨어진 곳에 검은 독수리가 내장을 파먹은 노새 한 마리와 불 꺼진 잿더미가 있었다. 잿더미 옆에서 젊은 여자가 가까이 다가오는 단원들을 바라보고 있었다.

애처로워 보이지는 않았다. 나귀는 명령이라도 받은 듯 걸음을 멈추었다. 수염 난 여자와 난쟁이와 바보는 남자를 살펴보았다. 몸은 열이 펄펄 끓었고, 어깨에 보랏빛 상처가 있었고, 턱과 귀와 가슴에 피딱지가 붙어 있었다.

"죽었어요?" 수염 난 여자가 물었다.

"아직은." 후레마가 대답했다.

"불길이 이곳을 사를 것이다." 선지자는 침대에서 몸을 일으키며 말했다. 겨우 네 시간 쉬었을 뿐이었다. 지난 밤 행렬은 자정이 넘어 끝났다. 귀가 밝은 나투바의 레온은 잠결에 분명한 목소리를 알아듣고 벌떡 일어나 펜과 종이를 들고 결코 놓쳐서는 안 되는 말을 받아적기 시작했다. 선지자는 눈을 감은 채 환상에 젖어 덧붙였다. "불길이 네 번 타오를 것이다. 처음 세 번의 불길은 내가 잡을 것이다. 네번째 불길은 선하신 예수님의 손에 맡길 것이다." 이제 선지자의 말소리가 옆방에 있던 성가대 여자들을 깨웠다. 나투바의 레온은 글을 쓰면서 문이 열리는 것을 느낄 수 있었다. 마리아 쿠아드라도가 푸른색 수도복을 뒤집어쓰고 들어왔다. 베아티토와 나투바의 레온을 제외하고 밤이든 낮이든 허가 없이도 기도소를 출입할 수 있는 사람은 마리아 쿠아드라도 한 사람뿐이었다. "우리 주 예수 그리스도를 찬양하라." 성가대를 이끄는 여자가 십자가를 그으며 말했다. "찬양하라." 선지자가 눈을 뜨며 대답했다. 애처롭게 목소리가 떨리는 것으로 봐서 아직 꿈에서 깨어나지 못한 것 같았다. "나를 죽이려고 할 것이다. 그래도 나는 주님을 배반하지 않을 것이다."

레온은 한눈팔지 않고 받아적었다. 그는 베아티토가 자신에게 맡긴 임무의 중요성을 그 뿌리까지 속속들이 깨닫고 있었다. 베아티토는 레온에게 한시라도 선지자에게서 떨어지지 말라고 당부했다. 옆방에서 성가대 여자들이 마리아 쿠아드라도의 허락을 받고 이 방 안으로 들어오기를 노심초사 기다리고 있다는 사실을 레온은 느낄 수 있었다. 성가대는 모두 여덟 명이었고 마리아 쿠아드라도와 마찬가지로 푸른색 수도복을 입고 있었다. 수도복은 소매와 흰색 끈이 달리고 앞가슴 장식이 없는 것이었다. 맨발이었고 머리는 역시 푸른색 천으로 가렸다. 희생 정신과 전적으로 선지자만 모시겠다는 열심을 기준으로 만인의 어머니가 뽑은 여자들이었다. 여덟 명의 여자는 순결하게 살겠다고, 다시는 가족에게 돌아가지 않겠다고 맹세했다. 여자들은 문 반대편 땅바닥에서 잠을 잤다. 선지자가 선하신 예수님 성전 공사 현장을 둘러볼 때, 산 안토니오 교회에서 기도를 올릴 때, 행렬이나 로사리오 기도회나 장례식을 치를 때, 요양원을 방문할 때 여자들은 후광처럼 선지자를 수행했다. 성자의 생활 자체가 검소했기 때문에 여자들이 할 일은 별로 없었다. 검붉은 수도복을 세탁해 수선하는 일, 새하얀 어린양을 돌보는 일, 기도소 바닥과 벽을 청소하는 일, 채로 침대를 터는 일 등이 여자들의 일거리였다. 여자들이 방으로 들어오고 있었다. 마리아 쿠아드라도는 여자들이 들어오도록 문을 연 후 이내 닫았다. 알레한드리냐 코레아가 어린양을 안고 왔다. 여덟 명의 여자는 찬송가를 부르며 십자가를 그었다. "우리 주 예수 그리스도를 찬양하라." "찬양하라." 선지자는 어린양을 어루만지며 대답했다. 나투바의 레온은 손에 펜을 들고 책상으로 사용하는 작은 의자에 종이를 올려놓고 웅크리고 있었다. 영악한 눈 — 얼굴을 덮을 듯한 머리카락 속에서 빛을 발했다 — 은 선지자의 입을 주시하고 있었다. 선지자는 기도를 드리기 시작했다. 선지자가 바닥에 엎드렸다. 마리아 쿠아드라도와 성가대 여자들도 선지자를 둘러싸고 무릎을 꿇었다. 선지자와 함께 기도를 드리기 위해서였다. 그러나 나투바의 레온은 바닥에 엎드리지도 무릎을 꿇지도 않았다. 맡은 바 임무가 기도조차 면제시켜주었다. 베아티토는 그에게 항상 깨어 있으라고 당부했다. 성자가 기도를 드리는 중에 언제 '계시'를 밝힐지 모르기 때문이었다. 그러나 그날 아침 선지자는 조용히 기도를 드렸다. 날이 서서히 밝아왔다. 천장 틈서리와 판자 벽과 문을 통해 먼지 입자가 점점이 박힌 황금빛 실타래가 스며들었다. 벨로 몬테가 깨어나고 있었다. 닭 울음소리, 개 짖는 소리, 사람들의 소리가 들려왔다. 틀림없이 저 바깥에 순례자와 마을 주민들이 선지자를 만나 축복을 빌기 위해 모여 있을 것이었다.

선지자가 몸을 일으키자 성가대 여자들이 양젖이 담긴 나무사발, 빵 한 조각, 물에 삶은 옥수수 가루 요리, 망고 열매 바구니를 내밀었다. 그러나 선지자는 우유 몇 모금으로 만족했다. 여자들이 세수를 하도록 물통을 가져왔다. 여자들은 조용하면서도 부지런히, 충분한 연습을 한 것처럼 서로 방해가 되지 않도록 맡은 일에 열중했다. 여자들은 침대 주위로 모여들어 선지자의 손을 닦아주고 얼굴을 씻겨주고 두 발을 문질렀다. 선지자는 움직이지 않았다. 생각에 잠긴 듯, 기도를 드리는 듯했다. 잠잘 때 벗어둔 목자들이 신는 샌들을 신겼을 때 베아티토와 조앙 아바데가 기도소로 들어왔다.

너무 판이한 모습이었다. 두 사람이 나란히 서 있으면 베아티토는 더 약해 보였고 더 말라 보였고, 조앙 아바데는 더 비대해 보였다. "선하신 예수님을 찬양하라." 한 사람은 이렇게 말했고, "우리 주 예수 그리스도를 찬양하라." 한 사람은 이렇게 말했다. "찬양하라." 선지자가 팔을 내밀었다. 두 사람이 손에 입을 맞추는 동안 선지자가 초조하게 물었다.

"조아킴 신부에 관한 무슨 소식이라도 있나?"

베아티토가 없다고 대답했다. 비록 약하고 병들고 늙었지만 그 얼굴에서 꺾을 수 없는 의지가 엿보였다. 베아티토는 그 의지로 예배에 필요한 모든 일을 준비했고 순례자들을 맞고 행렬을 인도하고 제단을 관리하고 또 틈틈이 찬송가를 짓고 기도문을 썼다. 밤색 수도복은 기운 자국으로 가득했고 헤진 틈으로 고행을 위한 철사줄이 내비쳤다. 어릴 때 선지자가 묶어준 이후로 한 번도 푼 적이 없다고들 했다. 베아티토가 말을 하기 위해 한 걸음 나섰다. 이제 사람들이 마을의 대장이요 거리의 총사령관이라고 부르는 조앙 아바데는 뒤로 물러났다.

"조앙에게 좋은 생각이 있습니다. 하늘이 내려준 생각입니다, 아버지." 베아티토가 말했다. 선지자와 대화할 때만 나타나는 조심스러우면서도 존경이 가득 담긴 목소리였다. "이곳 벨로 몬테에서 전투가 벌어졌을 때, 모두 싸우러 나섰을 때 아버지께서는 홀로 탑에 남아 계셨습니다. 아무도 아버지를 지키지 않았습니다."

"하나님 아버지께서 나를 보호하신다, 베아티토." 선지자가 중얼거렸다. "너나 믿는 사람 모두 마찬가지다."

"우리 모두 죽는다 해도 아버지께서는 사셔야 합니다." 베아티토가 고집했다. "제발 저희를 위해 자비를 베풀어주십시오, 선지자님."

"아버지를 보호하도록 경비대를 하나 만들까 합니다." 조앙 아바데가 우물쭈물 말했다. 눈을 내리깔고 말을 더듬었다. "아무도 아버지를 해치지 못하도록 지킬 것입니다. 마리아 쿠아드라도가 성가대를 뽑은 것처럼 우리가 뽑겠습니다. 가장 착하고 가장 용감한 사람들, 전적으로 믿을 수 있는 사람들을 뽑겠습니다. 몸 바쳐 아버지를 모실 겁니다."

"하늘의 천사들이 선하신 예수님을 모시는 것처럼 말입니다." 베아티토가 말했다. 문 쪽을 가리켰다. 웅성거리는 소리가 커졌다. "날마다, 매순간, 사람들이 늘어갑니다. 수백 명이 지금 기다리고 있습니다. 우리가 모든 사람들을 다 알아볼 수는 없습니다. 만일 개새끼들이 아버지를 해치기 위해 끼어든다면 어떻게 합니까? 경비대가 아버지의 방패가 될 것입니다. 그리고 전쟁이 나면 결코 혼자 계셔서는 안 됩니다."

성가대 여자들은 조용히 말없이 웅크리고 있었다. 마리아 쿠아드라도만이 지금 막 도착한 사람들과 함께 서 있었다. 나투바의 레온은 사람들이 얘기를 나누는 동안 선지자에게 기어갔다. 그리고 사랑받는 강아지가 주인에게 하듯이 성자의 무릎에 얼굴을 기대었다.

"아버지 생각만 마시고 다른 사람들을 생각하세요." 마리아 쿠아드라도가 말했다. "하늘이 주신 생각입니다, 아버지. 받아들이십시오."

"가톨릭 경비대나 선하신 예수님 부대라 불릴 것입니다." 베아티토가 말했다. "십자군이 될 것입니다. 진리를 수호하는 믿음의 용사들이 될 것입니다."

선지자는 거의 알아볼 수 없을 정도로 고개를 끄덕인다. 그러나 모두 선지자가 승낙했음을 알 수 있었다.

"누가 지휘하게 되지?" 선지자가 물었다.

"괜찮으시면, 조앙 그란데가 어떨까 합니다." 한때 강도였던 남자가 제안했다. "베아티토도 그가 적임자라고 생각합니다."

"믿음이 좋은 사람이지." 선지자가 잠시 말을 끊었다. 다시 말을 시작했을 때 선지자의 목소리에는 감정이 실려 있지 않았다. 이제 그들을 향해 하는 말이 아니었다. 더 많은 군중, 무한한 군중을 향해 하는 얘기 같았다. "영혼과 육체로 고통받았어. 그래, 영혼으로 고통받아야지. 그래야 선한 사람이 더 선하게 될 수 있어."

베아티토가 주의를 주기 전에 나투바의 레온은 기대고 있던 선지자의 무릎에서 고개를 들고 고양이처럼 날렵하게 펜과 종이를 들고 들은 내용을 적었다. 다 쓰고 나서 다시 고양이처럼 기어서 선지자에게 다가가 뒤엉킨 머리를 선지자의 무릎 위에 올려놓았다. 조앙 아바데가 몇 시간 전에 일어났던 일을 보고하기 시작했다. 몇 명의 야군소들이 정찰에 나섰고, 또 몇 명은 양식과 소식을 갖고 왔고, 또 몇 명은 선하신 예수님께 협조를 거부하는 농장에 불을 질렀다고 말했다. 선지자는 그 소리를 듣고 있었던가? 선지자는 눈을 감은 채 움직이지 않았고 말도 하지 않았다. 성가대 여자들도 마찬가지였다. 천상의 대화 — 베아티토는 이렇게 불렀다 — 에 참여하기 위해 영혼이 빠져나간 것 같았다. 그곳에서 계시와 진리를 가져와 벨로 몬테 사람들에게 전해줄 것이었다. 새로 군인들이 온다는 조짐은 전혀 없었지만 조앙 아바데는 카누도스에서 헤레모아보, 우아우아, 캄바이오, 로사리오, 초로초, 쿠랄로 통하는 길목 길목에 사람들을 심어놓았다. 밧사 바리스 강을 따라 참호도 파고 홍벽도 세우고 있었다. 선지자는 질문을 하지 않았다. 베아티토가 벌인 전투 얘기를 해도 질문하지 않았다. 베아티토는 기도문을 읊듯 얘기했다. 어젯밤과 오늘 새벽에 몇 명의 순례자들이 왔는지를 설명했다. 카보보, 자코비나, 봄 콘셀로, 폼발에서 온 사람들이 지금 산 안토니오 교회에서 선지자를 기다리고 있다고 전했다. 오늘 아침 선하신 예수님 성전 건축 현장을 둘러보기 전에 그들을 만나볼 것인지 아니면 오후 설교 시간에 만나볼 것인지를 선지자에게 물었다. 베아티토는 성전 작업 상황을 계속해서 설명했다. 아치를 만들기 위한 목공 작업은 마무리되었지만 천장 작업은 시작할 수 없다고 했다. 계약을 위해 목수 두 명이 조아세이로 출발했다고 했다. 다행히 돌은 부족하지 않아 석공들이 계속 벽을 쌓고 있다고 했다.

"선하신 예수님 성전 공사는 조속히 마무리되어야 한다." 선지자가 눈을 뜨면서 중얼거렸다. "이 일이 가장 중요한 일이야."

"그렇습니다, 아버지." 베아티토가 대답했다. "모두 돕고 있습니다. 일손은 부족하지 않습니다만, 자재가 부족합니다. 거의 다 썼습니다. 그래도 목재를 구할 것입니다. 돈을 지불해야 한다면 지불하겠습니다. 모두 가진 것을 다 내놓을 준비가 되어 있습니다."

"조아킴 신부가 안 온 지도 꽤나 되었군." 선지자는 불안한 듯했다. "벨로 몬테에서 미사를 드린 지도 벌써 오래야."

"도화선 때문일 겁니다, 아버지." 조앙 아바데가 말했다. "이제 다 떨어져갑니다. 신부가 카사부 광산에서 구해오겠다고 했습니다. 거기서 구해놓고 우리가 가서 가져오길 기다릴 겁니다. 찾아보라고 할까요?"

"올 것이야. 조아킴 신부는 우릴 배반하지 않아." 선지자가 말했다. 그리고 눈으로 알레한드리냐 코레아를 찾았다. 그 여자는 쿰베의 신부 이름이 언급되면서부터 어깻죽지 사이에 고개를 처박고 있었다. 당황하는 기색이 역력했다. "이리 오너라. 부끄러워할 필요없다, 내 딸아."

알레한드리냐 코레아 — 세월이 흘러 그녀도 이제 많이 야위었고 주름살도 많아졌다. 그러나 들창코와 고분고분한 태도와는 전혀 다른 고약한 성질머리는 여전했다 — 는 선지자에게 기어왔지만 감히 선지자를 쳐다보지는 못했다. 선지자는 여자의 머리 위에 손을 올려놓고 말했다.

"알레한드리냐, 그 악한 것에서 선한 것이 나오는 거란다. 그는 악한 목자였다. 죄를 지었기 때문에 고통을 받았고 또 회개도 했다. 이제 하늘의 빚을 다 갚았다. 지금은 하나님 아버지의 착한 아들이다. 결국 네가 그에게 선을 베푼 것이다. 그리고 벨로몬테의 형제들에게도 선을 베푼 것이야. 조아킴 신부 덕에 아직까지 가끔씩이나마 미사를 드릴 수 있지 않느냐."

이 마지막 말에는 슬픔이 담겨 있었다. 과거에 환상을 품었던 여자가 몸을 굽혀 수도복 자락에 입을 맞춘 후 구석 제자리로 돌아간 것을 느끼지도 못하는 듯했다. 카누도스 시절 초기에는 여러 신부가 와서 미사도 드리고 아이들에게 세례도 베풀고 결혼식을 주재하기도 했었다. 그러나 살바도르에서 파견한 카푸친파 선교사들과 함께 온 선교회가 낭패를 당한 후에 바이아의 대주교가 신부들에게 카누도스에서의 영적인 봉사를 못하도록 금지시켰다. 오로지 조아킴 신부만이 계속해서 찾아왔다. 조아킴 신부는 종교적인 평안만을 가져다준 것이 아니었다. 나투바의 레온을 위해 종이와 잉크를 가져왔고, 베아티토를 위해 초와 향을 가져왔고, 조앙 아바데와 빌라노바 형제를 위해 잡다한 심부름도 해주었다. 과거 교회 권위에 도전했던 사람이 이제는 정부에

도전하는 것인가? 카누도스에 올 때마다 자기 자식을 낳아준 알레한드리냐 코레아가 기도소나 산 안토니오 예배당에서 만나 혹독하게 닦아세웠기 때문인가? 혹은, 선지자만 만나면 항상 주눅들고 혼란스러워하더니 그 때문인가? 혹은, 하늘과 산골 사람들에게 진 묵은 빚을 올 때마다 조금씩 갚을 수 있다고 생각했기 때문인가?

베아티토가 다시 보고를 시작했다. 그날 오후 시작될 주님의 보혈을 위한 3일간의 근행에 관한 내용이었다. 갑자기 밖이 소란해지더니 문을 두드리는 소리가 들렸다. 마리아 쿠아드라도가 가서 문을 열었다. 쿰베의 신부가 문지방에 나타났다. 등뒤로 태양빛이 찬란했고 안을 들여다보려는 사람들의 얼굴이 바글거렸다.

"우리 주 예수 그리스도를 찬양하라." 선지자가 몸을 벌떡 일으키며 말했다. 나투바의 레온도 재빠르게 몸을 피해야 했다. "우리는 지금 신부님 생각을 하고 있었소. 그런데 신부님이 나타나시는구려."

선지자는 신부를 맞으러 다가갔다. 옷깃을 여미고 얼굴색도 가지런히 했다. 신부 앞에서 몸을 숙이고 손을 잡고 입맞추었다. 선지자가 신부를 맞이할 때 보이는 겸손과 존경이 신부를 매번 불편하게 만들었다. 그러나 그날은 매우 흥분해 있어 그런 점을 느끼지도 못하는 것 같았다.

"전보가 왔습니다." 베아티토, 조앙 아바데, 만인의 어머니, 성가대 여자들이 손에 입을 맞추는 동안 입을 열었다. "연방 보병 1

개 연대가 리우에서 옵니다. 그 지휘관은 아주 유명한 군인입니다. 모든 전투를 승리로 이끈 영웅입니다."

"지금까지 하나님 아버지와 싸워 이긴 사람은 아무도 없습니다." 선지자가 느긋하게 말했다.

나투바의 레온은 웅크리고 앉아 급하게 써 내려갔다.

루피노는 이티우바에서 자코비나 철도 사람들과 계약을 마친 후 벤덴고 산맥의 험한 산길로 몇 명의 소몰이꾼을 안내한다. 언젠가 하늘에서 커다란 돌이 떨어진 곳이다. 그들은 호세 베르나르도 무라우 대령의 페드라 베르멜랴 농장에서 50여 마리의 가축을 훔쳐간 강도 떼를 추격하는 중이다. 그러나 가축을 발견하기 전에 페브로니오 데 브리토 소령의 토벌대가 캄바이오에서 패배했다는 소식을 전해 듣고 추격을 포기하기로 한다. 야군소들을 만나거나 후퇴하는 군인들을 만나게 될까 두려운 것이다. 루피노는 시에라 그란데 산자락에서 소몰이꾼들과 갈라진 후 일단의 도망병들 손에 떨어지고 만다. 페르남부코 출신 중사가 지휘하는 부대다. 군인들은 그에게서 엽총과 낫과 식량과 길잡이 노릇으로 벌어 모은 돈이 든 자루를 빼앗는다. 그러나 그를 해치지는 않는다. 오히려 몬테 산토 쪽으로 가지 말라고 충고한다. 그곳에 브리토 소령의 패잔병들이 집결하고 있으며 잘못하면 징

병당할 수도 있다고 일러준다.

전쟁으로 그 지역 전체가 혼란에 빠졌다. 그날 밤, 카라이사 강 근처에서 길잡이는 총소리를 듣게 된다. 다음날 새벽, 카누도스에서 온 사람들이 불을 지르고 약탈해간 산타 로사 농장을 보게 된다. 길잡이가 잘 아는 농장이다. 나무 난간이 있고 야자나무가 물결치던 널찍하고 시원했던 집은 새까만 잔해로 남아 있다. 외양간도 비어 있고 일꾼들의 오두막도 불에 타고 말았다. 인근에 사는 노인이 모두 짐승을 몰고 불을 피한 것을 챙겨 벨로 몬테로 떠났다고 알려준다.

루피노는 몬테 산토를 멀리 돌아간다. 다음날, 카누도스로 향하던 순례자 가족이 조심하라고 일러준다. 지역 경비대가 무리를 지어 돌아다니며 젊은 사람을 찾아 군에 집어넣는다는 것이다. 정오경에 반쯤 부서진 예배당에 도착한다. 엔고르다 산맥의 누런 언덕배기 사이에 예배당이 있다. 이곳은 옛날부터 손에 피를 묻힌 사람이 찾아와 자기 죄를 회개하는 곳이다. 제물을 갖다 바치는 사람도 있다. 쓸쓸하게 서 있는 작은 건물이다. 문도 없다. 하얀 벽으로 도마뱀이 기어다닌다. 사면 벽이 제물로 가득하다. 말라비틀어진 음식이 담긴 나무 그릇, 나무로 깎아 만든 조각상, 초를 녹여 만든 팔과 다리와 머리들, 무기, 옷가지, 수만 가지 모형이 있다. 루피노는 칼과 낫과 엽총을 살펴본다. 날이 선 단검을 집는다. 갖다둔 지 얼마 되지 않은 것이다. 제단 앞에 무릎을 꿇는다. 제단에는 십자가 하나밖에 없다. 선하신 예수님께 설명 드린다. 단검은 빌려가는 것입니다. 가진 것을 모두 털리는 바람에 집에 가기 위해서는 단검이 필요합니다. 주님의 것을 훔치고 싶지 않습니다. 반드시 새것과 함께 돌려놓을 것입니다. 기꺼이 받으실 줄 믿습니다. 도둑질한 적은 한 번도 없습니다. 항상 약속을 지키며 살았습니다. 믿어주십시오. 루피노는 십자가를 긋고 이렇게 말한다. "감사합니다, 선하신 예수님."

　루피노는 계속 길을 간다. 한결같은 걸음걸이다. 지치지도 않는다. 비탈길이면 기어오르고 벼랑이면 기어 내린다. 바윗길이나 자갈길을 가로지른다. 그날 오후에는 갑옷쥐를 한 마리 잡아 모닥불에 구워먹는다. 이 정도 고기면 이틀은 버틸 수 있다. 3일째, 노르데스티나 부근에 도착한다. 예전에 간혹 함께 밤을 보냈던 마을 사람을 찾아간다. 그 가족은 예전보다 더 극진하게 맞이한다. 부인은 음식을 준비해준다. 루피노는 어떻게 도망병들이 자신을 털어먹었는지 설명한다. 캄바이오 전투 후에 무슨 일이 벌어질지에 대해 가족과 얘기를 나눈다. 캄바이오 전투에서 사람이 많이 죽은 것 같다. 말을 나누는 동안 루피노는 부부가 눈짓을 교환하는 것을 눈치챈다. 무슨 할 말이 있는 것 같은데 감히 꺼내지 못하는 듯하다. 루피노는 입을 다물고 기다린다. 마을 사람은 헛기침을 하고 난 후에 묻는다. 가족 소식을 들은 지 얼마나 되었소? 한 달 가까이 됩니다. 어머니가 돌아가셨소? 아뇨. 그럼, 후레마가? 부부는 입을 다물고 루피노를 쳐다본다. 결국 남편이 입을 연다. 당신 집에서 총격전이 있었고 사람이 죽었다고들 합디다. 당신 부인은 붉은 머리 남자와 도망갔다고도 해요. 루피노는 친절에 감사하고 즉시 부부와 헤어진다.

다음날 새벽, 길잡이의 그림자가 언덕 위에 나타난다. 그 언덕에서 길잡이의 오두막이 내려다보인다. 길잡이는 자갈투성이 덤불 숲을 가로질러 간다. 갈릴레오 갈을 처음 만났던 곳이다. 길잡이는 자기 오두막이 있는 작은 언덕을 향해 내달린다. 여행할 때면 항상 취하는 걸음걸이다. 걷는 것보다는 빨리, 달리는 것보다는 느린 걸음걸이다. 얼굴에 긴 여행의 흔적이 남아 있다. 여행중에 겪었던 고생과 지난밤에 들었던 나쁜 소식이 얼굴에 고스란히 드러나 있다. 날카롭고, 심각하고, 경련까지 인다. 가진 짐이라고는 선하신 예수님께 빌린 단검뿐이다. 오두막을 지척에 두고 눈초리에 의구심이 스친다. 가축 울타리는 문이 열린 채 텅 비었다. 그러나 루피노가 눈에 불을 켜고 의아하게 쳐다보는 곳은 가축 울타리가 아니라 마당이다. 전에 없던 십자가 두 개가 돌무더기에 꽂혀 있다. 집 안으로 들어선다. 촛대, 그릇, 평상, 그물 침대, 궤짝, 라파의 성모마리아 상, 냄비, 나무 그릇, 높이 쌓인 장작이 눈에 들어온다. 모든 것이 제자리에 있는 것 같다. 더구나 정리까지 해놓은 것 같다. 루피노는 다시 한번 천천히 살핀다. 그가 자리를 비운 사이에 일어났던 일을 그 물건들 속에서 찾으려는 것 같다. 너무 조용하다. 개 짖는 소리, 닭들이 꼬꼬댁거리는 소리, 양의 방울 소리, 마누라의 목소리가 들리지 않는다. 마침내 방을 돌아다니며 조심스럽게 하나하나 조사한다. 조사가 끝날 즈음에는 눈이 벌겋게 충혈되어 있다. 밖으로 나와 문을 살며시 닫는다.

케이마다스를 향해 걷는다. 케이마다스는 하늘 한가운데 떠 있는 태양 아래 아슴푸레하게 나타난다. 루피노의 그림자가 언덕 모퉁이로 사라진다. 다시 나타난다. 납덩이 같은 바위, 선인장, 누렇게 뜬 덤불 숲, 뾰족한 농장 울타리를 지나 종종걸음친다. 반시간 후 마을에 도착한다. 이타피쿠루 거리를 지나 마트리스 광장으로 올라간다. 태양은 옹기종기 모인 하얀 집들 위로 아지랑이를 피우고 있다. 문에는 파란색이나 푸른색 칠이 되어 있다. 캄바이오 전투에서 패한 뒤 후퇴해온 군인들이 다시 모여들기 시작했다. 누더기를 걸친 낯선 얼굴들이 모퉁이 모퉁이 모여 있거나 나무 그늘 밑에서 잠을 자거나 강에서 목욕을 하고 있다. 길잡이는 군인들 앞을 지나친다. 군인들을 쳐다보지도 않는다. 아니 눈에 들어오지도 않을 것이다. 길잡이는 오로지 마을 사람들만 생각하고 있다. 무두질한 가죽옷을 걸친 소몰이꾼들, 자식에게 젖을 먹이는 아낙네들, 길을 떠나는 마부들, 볕을 쪼이는 노인네들, 달음질치는 아이들. 사람들은 길잡이에게 인사를 건네거나 이름을 부르거나 한다. 길잡이는 알고 있다. 자신이 지나갈 때 사람들이 돌아보며, 손가락질하며, 귓속말을 주고받는다는 사실을. 인사를 받으면 고개를 숙여 답한다. 앞만 보고 있다. 웃지도 않는다. 어느 누구도 자신에게 말을 걸지 못하게 하기 위해서이다. 마트리스 광장을 가로지른다. 광장은 태양으로, 개들로, 사람들로 가득하다. 길잡이는 인사를 하면서도 신경은 온통 사람들의 두런거림에 눈초리에 몸짓에 생각에 쏠려 있다. 로사리오 성모마리아 예배당에 도착하기까지 걸음을 멈추지 않는다. 예배당 앞 작은 상점에서 걸음을 멈춘다. 초와 종교적 장식물들이 바깥에 걸려 있다. 모자를 벗는다. 물에 뛰어들기라도 하려는 듯 숨을 고른다. 상점에 들어간다. 손님에게 꾸러미를 건네주고 있던 안노인네가 길잡이를 보고 눈을 휘둥그레 뜨며 활짝 웃는다. 그러나 참는다. 손님이 가야 얘기를 꺼낼 수 있다.

상점은 구멍이 송송 뚫린 네모난 집이다. 태양이 구멍으로 혀를 내밀고 있다. 커다란 초와 작은 초가 못에 걸려 있다. 진열대에도 나란히 서 있다. 벽은 봉헌물과 성자, 그리스도, 성녀의 그림과 인쇄물로 가득하다. 루피노는 무릎을 꿇고 노인네의 손에 입을 맞춘다. "안녕하셨어요, 어머니." 노인네는 마디가 굵고 손톱 밑이 새카만 손가락으로 이마에 십자가를 긋는다. 뼈만 앙상한 노인네다. 찡그린 상에 엄한 눈길, 찌는 듯한 더위에도 불구하고 모포를 뒤집어쓰고 있다. 한쪽 손에 알이 굵은 로사리오 묵주를 들고 있다.

"가야바가 널 보고 싶어한단다. 설명을 하고 싶어해." 말하기 힘든 내용이어서 그런지 이빨이 없어서 그런지 어렵게 말을 꺼낸다. "토요일 장에 올 것이야. 토요일마다 왔어. 네가 돌아왔는지 보려고 말야. 먼 길이지만 그래도 왔어. 네 친구야. 설명을 하고 싶어해."

"그 동안 어머니께서 아시는 대로 설명해주세요." 길잡이가 속삭인다.

"널 죽이러 온 건 아니었어." 노인네가 즉시 대답한다. "그 아이도 아니고. 외국인만 죽이려 했어. 그런데 그 사람이 맞서 싸워 두 사람을 죽였어. 저쪽 집 앞에서 십자가 둘을 봤지?" 루피노가 끄덕인다. "아무도 시체를 치우지 않아 그냥 그곳에 묻었어." 십자가를 긋는다. "이제 당신의 품에 있습니다, 주님. 집이 깨끗하지? 내가 틈날 때마다 가보았어. 네게 너저분한 꼴을 보이기 싫어서 말야."

"가시지 말아야 했어요." 루피노가 말한다. 손에 모자를 들고 고개를 숙이고 있다. "걸음도 잘 못하시면서. 게다가 집은 항상 너저분했어요."

"그건 그렇고, 너도 알다시피." 노인네가 중얼거린다. 아들의 눈을 마주보려 한다. 루피노가 눈길을 피한다. 땅바닥만 뚫어지게 쳐다보고 있다. 노인네가 한숨을 쉰다. 잠시 후 덧붙인다. "훔쳐가지 못하도록 양들은 내가 처분했어. 닭도 마찬가지야. 돈은 이 상자 속에 있다." 잠시 시간을 벌기 위해 말을 멈춘다. 이제 루피노가 알고 싶어하는, 루피노가 가장 궁금해하는 이야기가 남았다. "사람들이 나빠. 네가 돌아오지 않을 거라고들 했어. 어쩌면 군에 끌려갔을 거라고, 어쩌면 전쟁통에 죽었을 거라고들 했지. 케이마다스에 있는 군인들 봤지? 그곳에서 무척 많이 죽은 것 같아. 페브로니오 데 브리토 소령도 지금 이곳에 있어."

루피노가 말을 막는다.

"누가 보냈는지 아세요? 그 외국인을 죽이려던 사람들 말입니다."

"가야바야." 노인네가 대답한다. "그 사람이 보냈어. 설명해줄 거야. 내겐 설명했어. 네 친구야. 널 죽이려 했던 게 아냐. 그 아이도 그래. 단지 머리 붉은 사람, 그 외국인만을."

노인네가 입을 다문다. 루피노도 입을 다문다. 뜨거운 열기 속, 어두운 구석에서 말파리 소리가, 조각상 사이를 휘젓고 다니는 파리 떼 소리가 들린다. 마침내 노인네가 결심한 듯 다시 말을 꺼낸다.

"많은 사람들이 그들을 목격했어." 소리친다. 목소리가 떨리고 눈에 불길이 인다. "가야바도 그들을 봤어. 가야바가 얘기해주었을 때 나는 생각했어. 내가 죄를 지었다, 하나님께서 벌하시는 거다. 내가 내 자식을 욕보였다. 그래, 루피노. 후레마야, 후레마. 걔가 그놈을 살렸어. 걔가 가야바의 팔을 붙잡았어. 그리고 그놈과 함께 떠났어. 그놈을 얼싸안고, 그놈에게 기댄 채로." 손을 들어 바깥 거리를 가리킨다. "모두가 알아. 이젠 이곳에 붙어 있을 수 없단 말이다, 아들아."

각이 지고, 수염도 없고, 어두운 실내에서 더욱 어두워진 얼굴. 근육 하나 움직이지 않는다. 눈도 깜박이지 않는다. 노인네는 갈퀴 같은 손가락을 모아 쥐고 흔든다. 더럽다는 듯 길거리로 침을 뱉는다.

"나를 위로한답시고 뻔질나게 드나들며 네 얘기를 꺼내더구나. 한마디 한마디가 가슴을 후벼파는 거야. 독사 새끼 같은 놈들이야!" 마치 눈물이 나는 듯 검은 모포로 눈을 가린다. 하지만 눈에는 물기가 없다. "네게 들씌워진 수치를 씻어낼 수 있겠지? 그렇지? 네 눈을 파내는 것보다, 날 죽이는 것보다 더 수치스러운 일이야. 가야바와 얘기해보거라. 그 사람은 치욕이 무엇인지, 명예가 무엇인지 알고 있단다. 그 사람이 설명할 거야."

다시 한숨을 내쉰다. 로사리오 묵주에 경건하게 입을 맞춘다. 루피노를 바라본다. 루피노는 움직이지도 고개를 들지도 않는다.

"많은 사람들이 카누도스로 갔단다." 좀더 차분해진 목소리로 말한다. "사도들이 왔었어. 나도 갔으면 했다. 하지만 네가 돌아올 줄 알고 남은 거야. 이 세상은 곧 끝날 거야, 아들아. 그래서 이런 일들이 생기는 거지. 그래서 이런 일들이 벌어진 거야. 이제 나도 갈 수 있겠구나. 그 먼 길을 내 다리로 걸어갈 수 있을까? 하나님 아버지께서 알아서 하실 거야. 모든 것을 결정하시니까."

입을 다문다. 잠시 후, 루피노가 몸을 굽혀 다시 손에 입을 맞춘다.

"너무 먼 길입니다. 권하고 싶지 않습니다, 어머니." 루피노가 말한다. "전쟁이 벌어지고, 불이 나고, 먹을 것도 없습니다. 그래도 원하신다면, 가시지요. 어머니께서 하시는 일은 항상 옳으니까요. 가야바의 얘기는 잊어버리세요. 그 일로 고통스러워하시거나 부끄러워하지 마세요."

카냐브라바 남작 부부는 자리를 비운 지 수개월 만에 살바도르 마리나 조선소에 도착해 배에서 내렸을 때 자신들을 영접하는 사람들을 보고 왕년에 최대 권위를 자랑했던 바이아 자치당과 그 당을 창립한 당수의 권위가 얼마나 땅에 떨어졌는지를 알 수 있었다. 예전에, 제국의 장관을 지내던 시절이나 런던 주재 전권 대사로 있던 시절, 심지어 공화국 초기까지만 해도 남작의 귀향은 떠들썩한 축하연을 벌일 구실거리가 되곤 했다. 시의 유명 인사나 농장주들은 모두 하인들을 이끌고 환영 플래카드를 들고 항구로 마중 나왔었다. 시 당국자들도 매번 모습을 드러냈었다. 군악대도 있었다. 유치원생들이 에스텔라 남작 부인에게 꽃다발을 바치기도 했었다. 환영 리셉션은 주지사의 주재로 빅토리아 궁전에서 열렸고 수십 명의 참가자들이 축배를 외쳤고 연설을 요청했었다. 지역 문인들의 축하시가 방금 도착한 남작 부부를 끝도 없이 찬양했었다.

그러나 이번에는 달랐다. 남작 부부가 마리나 조선소에 발을 내디뎠을 때 두 사람을 환영하는 인사는 채 2백 명을 넘지 않았다. 시 당국자, 군 관계자, 교회측 인사는 한 사람도 없었다. 아달베르토 데 구무시오 기사와 에두아르도 글리세리오 의원, 로차 세아브라 의원, 렐리스 피에다데스 의원, 조앙 세이사스 데 폰데 의원 — 자치당이 당수를 영접하기 위해 보낸 환영위원회 — 이 다가와 남작과 악수를 나누고 남작 부인의 손에 입을 맞추었다. 심각한 표정들이었다.

그러나 남작 부부는 그 차이점을 굳이 따지지 않았다. 남작 부부의 태도는 평소와 다름없었다. 남작 부인이 환영에 놀랐다는 듯 웃음을 지어 보이며 항상 데리고 다니는 하녀 세바스티아나에게 꽃다발을 보여주는 동안, 남작은 줄을 지어 다가오는 당원, 친지, 친구 들과 어깨를 서로 두드려주며 포옹했다. 이름을 하나 하나 불러주며 인사했고, 부인들의 안부를 물었고, 환영까지 나와준 수고에 감사를 표했다. 남작은 의무라도 되는 듯 간간이 이런 말을 되풀이했다. 매번 바이아에 올 때마다 이 태양과 신선한 공기와 사람들을 다시 보게 되니 기쁘다고 말했다. 부두에 대기하고 있던 자동차 — 제복을 입은 운전기사는 남작 부부를 보고 수없이 허리를 굽혔다 — 에 오르기 전에 남작은 두 팔을 치켜들고 인사했다. 남작은 부인과 세바스티아나의 맞은편에 자리를 잡았다. 두 여자의 치마는 꽃으로 덮여 있었다. 아달베르토 데 구무시오가 남작 옆에 앉았다. 자동차는 해변의 성모마리아 언덕길을 오르기 시작했다. 언덕은 온통 초록색이었다. 여행객들은 곧바로 바이아 항에 정박한 범선, 산 마르셀로 요새, 시장을 볼 수 있었다. 많은 흑인과 물라토 혼혈인들이 물 속에서 게를 잡고 있었다.

"유럽은 언제나 젊음이 흘러 넘치는 곳이야." 구무시오가 남작 부부에게 인사치레를 했다. "가실 때보다 십 년은 젊어 보이십니다."

"유럽보다는 배 위에서 더 많은 시간을 보냈어요." 남작 부인이 말했다. "내 평생에 가장 편안했던 3주였어요."

"반면에, 자넨 10년은 더 늙어 보이는군." 남작은 차창을 통해 펼쳐지는 웅장한 바다와 섬을 바라보았다. 자동차가 점점 높은 곳으로 오를수록 바다와 섬은 더 크게 부각되어왔다. 이제 자동차는 시 중심지를 향해 산 벤토 언덕길을 오르고 있었다. "그렇게 심각한가?"

바이아 입법의회 의장의 얼굴이 주름으로 뒤덮였다.

"자네 상상 이상으로 심각하다네." 항구를 가리켰다. "우리는 무력 시위를 해볼 참일세, 거대한 대중 시위를 말일세. 모두가 사람들을 동원하겠다고 약속했어. 내륙에서까지 동원하겠다고 했단 말일세. 수천 명을 예상할 수 있지. 자네가 본 것처럼 말일세."

남작은 생선 장수들에게 인사를 건넸다. 생선 장수들은 자동차가 신학교 앞을 지날 때 밀짚모자를 벗었다. 남작은 농담처럼 친구를 꾸짖었다.

"숙녀들 앞에서 정치 얘기를 꺼내다니, 교육이 틀려먹었군 그래. 아니면 에스텔라를 숙녀로 보지 않는 건가?"

남작 부인은 웃었다. 가볍고 편안한 웃음이었다. 더욱 젊어 보였다. 밤색 머리에 새하얀 피부. 가늘고 긴 손가락이 새처럼 움직였다. 남작 부인과 하녀 — 갈색 인종이다 — 는 희색이 만면하여 짙푸른 바다와 퍼렇게 빛나는 해안과 핏빛으로 번쩍이는 기와 지붕을 하염없이 바라보고 있었다.

"주지사가 나오지 못한 것은 그럴만한 이유가 있어서 그래." 구무시오가 말했다. 남작의 말을 듣지 못한 듯했다. "우리가 결정했어. 주지사도 시 위원회와 함께 오고 싶어했지. 그래도, 세상사가 늘 그렇듯이, 논쟁하고 말 것도 없어. 그냥 그대로 있는 게 좋아. 루이스 비아나는 계속 충성이야."

"말 사진첩을 하나 선물로 가져왔네." 남작이 용기를 북돋아주었다. "정치 투쟁도 자네에게서 말에 대한 애착을 끊지 못했다고 생각했거든, 아달베르토."

자동차가 시 중심지로 들어서 나사렛 구역으로 향하자 남작 부부는 만면에 웃음을 띠고 행인들에게 인사를 하기 시작했다. 여러 대의 자동차와 수많은 마차가, 항구에서부터 따라온 사람과 높은 언덕 위에서 기다리던 사람들이 포장 도로에 늘어선 채 남작을 호위했다. 사람들이 남작을 보기 위해 인도로 몰려들었다. 발코니로 나와 보는 사람도 있었고, 당나귀가 끄는 마차에서 얼굴을 내밀고 보는 사람도 있었다. 카냐브라바 가족은 궁전에서 살았다. 궁전은 포르투갈에서 수입해온 푸른색 타일로 장식하고 지붕에는 붉은색 기와를 얹었다. 주조한 철로 된 발코니는 풍만한 가슴을 지닌 여인상들이 받치고 있었고, 건물 정면은 번쩍이는 황금색 도자기 상 네 개 — 갈기가 풍성한 사자 두 마리와 솔방울 두 개 — 로 마감되었다. 두 마리 사자는 바이아로 들어오는 배들을 지키는 것 같았고 솔방울 두 개는 선원들에게 이 도시의 화려함을 알리는 것 같았다. 건물을 둘러싼 과수원은 프람보얀 나무, 망고 나무, 피마자 나무, 무화과 나무로 울창했고 바람까지 막아주었다. 궁전은 주인을 맞이하기 위해 식초로 소독되었고 방향초로 향긋했으며 화병으로 장식되어 있었다. 하얀 바지를 입은 남자 하인들과 붉은 앞치마를 두르고 머리에 수건을 쓴 흑인 여자들이 문에 도열해 주인 내외에게 박수를 쳤다. 남작 부인은 하인들과 인사를 나누기 위해 걸음을 멈추었다. 남작은 현관으로 올라가 수행원들에게 작별을 고했다. 구무시오와 에두아르도 글리세리오 의원, 로차 세아브라 의원, 렐리스 피에다데스 의원, 조앙 세이사스 데 폰데 의원만이 남작을 따라 집으로 들어갔다. 남작 부인은 하녀와 함께 2층으로 올라갔다. 남자들은 현관을 지나 목재 가구가 있는 접견실로 들어갔다. 남작은 책장이 있는 방문을 열고 들어갔다. 그 방에서 과수원이 내다보였다. 스무 명 남짓한 사람들이 남작을 보고 입을 다물었다. 앉아 있던 사람들은 자리에서 일어났다. 모두 박수를 쳤다. 남작과 첫번째로 포옹을 나눈 사람은 루이스 비아나 주지사였다.

"항구에 나가지 않은 것은 내 생각이 아닐세." 주지사가 말했다. "어쨌든, 자 보게나, 정부와 위원회가 모두 여기 있네. 명령만 내리게."

활기찬 남자였다. 확실하게 벗겨진 머리에 불쑥 솟은 배, 전혀 신경 쓰지 않는 것 같았다. 남작이 참석한 사람들과 인사를 나누는 동안 구무시오가 문을 닫았다. 담배 연기가 서서히 스러져갔다. 탁자 위에 과일 음료수가 담긴 단지가 놓여 있었다. 자리가 부족해서 의자 팔걸이에 앉은 사람도 있었고 책장에 기댄 채 서 있는 사람도 있었다. 남작은 겨우 두루두루 인사를 끝냈다. 남작이 자리에 앉자 살얼음 같은 침묵이 내려앉았다. 사람들은 남작을 쳐다보았다. 그들 눈 속에는 불안감뿐만 아니라 숨죽인 간구와 애처로운 신뢰가 고여 있었다. 조금 전까지 밝았던 남작의 표정이 죽을상을 한 사람들을 하나하나 둘러볼 때마다 점점 심각해졌다.

"프랑스 니스의 카니발이 우리 카니발을 닮았다는 얘기를 꺼내기에는 뭔가 안 될 것 같은 분위기인데," 남작은 루이스 비아나를 눈으로 좇으며 심각하게 말했다. "안 좋은 일부터 시작하지. 안 좋은 일이 뭔가?"

"자네가 도착하는 순간 전보가 한 통 왔는데," 주지사가 더듬거렸다. 그는 소파에 푹 파묻혀 있었다. "리우가 바이아 일에 군사적으로 개입하기로 했다네. 국회에서 만장일치로 통과됐다는 거야. 카누도스에 연방 보병 1개 연대를 파견한다네."

"그 말은, 정부와 국회가 음모설을 공식화했다는 뜻이지." 아달베르토 데 구무시오가 끼어들었다. "그러니까, 세바스티안을 추종하는 광신도들이 제국을 재건하려 한다, 에우 백작, 군국주의자들, 영국, 그리고, 그러니까, 바이아 자치당의 지원을 업고. 자코뱅당 놈들이 꾸며낸 허무맹랑한 이야기가 공화국의 공식 사실로 인정되었단 말이야."

남작은 조금도 놀란 표정이 아니었다.

"연방 보병이 온다는 것은 놀라운 일이 아니야." 남작이 말했다. "당시로서는 부득이한 일이었지. 놀라운 것은 카누도스 일이야. 토벌대가 두 번씩이나 패하다니!" 남작은 비아나를 쳐다보며 한심스럽다는 손짓을 했다. "이해할 수 없네, 루이스. 그 미친놈들을 가만 놔두거나 애초에 박살냈어야 했어. 그러나 일을 그렇게 망쳐선 안 되는 거야. 국가적 문제가 되기 전에 막아야 했어. 우리 적에게 선물로 안겨줘선 안 되는 거였단 말이야."

"한 떼의 망나니들과 미친 여자들을 상대하기 위해 동원된 5

백 명의 군인과 대포 2문과 기관총 두 자루가 부족해 보인단 말인가?" 루이스 비아나가 강력하게 대들었다. "페브로니오 데 브리토 같은 부대가 그 같잖은 놈들에게 당할 줄 누가 상상이나 할 수 있었겠나?"

"음모는 있지만 우리와는 상관없네." 아달베르토 데 구무시오가 다시 끼어들었다. 눈살을 찌푸리고 손을 떨었다. 남작은 생각했다. 구무시오는 정치적 위기로 저렇게까지 흥분한 적이 한 번도 없었다. "페브로니오 소령은 그렇게 무능한 사람이 아니었어. 그래서 우리가 믿게 된 거였지. 리우데자네이루의 자코뱅당 놈들이 미리부터 소령의 패배를 계획하고 협상하고 결정한 거였어. 에파미논다스 곤살베스를 통해서 말야. 플로리아노 페이소토가 권좌에서 물러났을 때부터 이런 국가적 음모를 꾸미고 있었단 말이지. 그때부터 군부가 국회를 폐쇄하고 공화국을 독재국가로 만들기 위해서, 군국주의자들이 연루된 음모를 꾸몄단 말일세!"

"짐작으로 하는 얘기라면 나중에 하세, 아달베르토." 남작이 말했다. "우선, 무슨 일이 벌어지는지 정확히 알고 싶네. 사실을 말하게."

"사실은 없어. 더 황당무계한 헛소리와 음모만 난무할 뿐일세." 로차 세아브라 의원이 끼어들었다. "우리가 세바스티안 추종자들을 부추기고 무기를 대주고 제국을 재건하기 위해 영국과 음모를 꾸몄다고 비난들 하지."

"『뉴스 저널』은 이 일뿐만 아니라 돈 페드로 2세 하야 이후에 벌어진 모든 안 좋은 일을 우리에게 다 덮어씌워 비난한단 말일세." 남작은 경멸을 가득 담고 웃었다.

"차이점이라면, 이제 『뉴스 저널』뿐만 아니라 브라질 절반이 그렇게 생각한다는 거지." 루이스 비아나가 말했다. 남작은 루이스 비아나가 신경질적으로 의자에서 바둥거리며 손으로 대머리를 쓰다듬는 모습을 지켜보았다. "갑자기 리우에서, 상파울루에서, 벨로 오리손테에서, 사방에서 공화진보당이 만들어낸 가당찮은 헛소리를 지껄여대기 시작했단 말야."

여러 사람이 한꺼번에 말을 토해내기 시작했다. 남작은 순서를 지키라고 손짓했다. 친구들 머리 사이로 과수원을 내다볼 수 있었다. 관심이 가는 얘기나 신경이 쓰이는 얘기에는 귀를 기울였지만, 방으로 들어온 후 줄곧 자신에게 묻고 있었다. 나무와 관목 사이에 카멜레온이 숨어 있을까. 카멜레온은 남작이 개나 고양이처럼 귀여워하는 동물이었다.

"에파미논다스가 무슨 이유로 향토 부대를 조직했는지 이제 알아냈어." 에두아르도 글리세리오 의원이 말했다. "적당한 때에 증거를 조작하기 위해서야. 야군소들을 위해 밀수한 무기와 심지어 외국인 스파이까지 말일세."

"아, 그 점이라면 자네가 잘못 짚은 거네." 남작이 놀라는 모습을 보고 아달베르토 데 구무시오가 말했다. "그야말로 해괴한 얘기야. 산골에서 발견된 영국인 첩자! 불에 타버렸지만 영국인이었어. 어떻게 알았느냐고? 붉은 머리 때문이지. 놈의 머리카락을 리우 의회에 전시했어. 이푸피아라에서, 시체 옆에서 발견된 것으로 추정되는 무기와 함께 말일세. 리우에서는 아무도 우리 말을 믿지 않아. 우리와 가장 친한 친구들조차 말야. 그 터무니없는 소리에 넘어간 거야. 공화국이 카누도스 때문에 위기에 처했다고 나라 전체가 믿고 있단 말일세."

"음모의 핵심 배후 인물로 내가 찍힌 거로군." 남작이 중얼거렸다.

"다른 누구보다 자네가 더 욕을 먹는 거지." 『바이아 일보』 주간이 말했다. "자네가 카누도스를 반도들에게 넘기고 유럽으로 건너가 제국의 망명자들과 만나 반란을 획책한 거지. 이런 얘기까지 있다네. '음모 자금'이라는 것이 있는데, 자네가 반을 대고 영국이 나머지 반을 댄다는 얘기야."

"내가 영국 왕권과 맞먹는다는 얘기로군." 남작이 중얼거렸다. "이런 제길, 날 꽤나 높이 쳐주는군."

"군국주의자들의 폭동을 진압하기 위해 누굴 파견했는지 아나?" 주지사가 앉은 의자의 팔걸이에 걸터앉아 있던 렐리스 피에다데스 의원이 물었다. "모레이라 세사르 대령과 제7연대라네."

카냐브라바 남작은 고개를 앞으로 내밀며 눈을 깜박였다.

"모레이라 세사르 대령이라고?" 한참 동안 생각에 잠겼다. 무슨 말을 하는듯 입술이 움직였다. 잠시 후 구무시오를 향해 입을 열었다. "어쩌면 자네 말이 옳겠어, 아달베르토. 자코뱅당 놈들의 최후의 몸부림인지도 모르지. 플로리아노 원수가 죽은 후로는 모레이라 세사르 대령이 마지막 카드일 테니까. 권력을 회복하기 위해 그 영웅을 붙잡았단 말이지."
 다시 사람들이 중구난방 떠들었다. 이번에는 막지 않았다. 친구들이 토론에 열을 올리는 동안 남작은 귀를 기울이는 듯했지만 생각은 딴 데 가 있었다. 남작은 대화가 지지부진하거나 상대방의 말보다 자신의 생각이 더 중요할 때면 쉽게 다른 생각에 잠겨들었다. 모레이라 세사르 대령! 그 사람이 오다니, 좋지 않았다. 대령은 광신자였다. 그리고 다른 모든 광신자들과 마찬가지로 위험한 인물이었다. 4년 전 산타 카탈리나에서 일어난 연방주의 혁명을 그가 얼마나 무자비하게 진압했는지 기억할 수 있었다. 연방 의회가 대령이 명령한 총살형에 대해 해명하라고 요구했을 때, 대령은 간단명료, 오만불손의 표본이 된 전문을 보냈을 뿐이었다. '싫다.' 저 남부에서 대령이 총살시킨 사람 가운데는 대령과 친했던 원수, 남작, 제독이 각각 한 명씩 포함되어 있었다. 공화국이 세워졌을 때, 플로리아노 페이소토 원수는 대령에게 과거 군주제 정부와 연루되었다고 밝혀진 모든 장교를 군에서 축출하도록 지시했다. 보병 제7연대와 카누도스의 대결! 생각했다. '아달베르토가 옳다. 그야말로 해괴한 얘기다.' 남작은 정신을 가다듬고 친구들 얘기에 귀를 기울였다.
 "산골에서 세바스티안 추종자들을 몰아내려고 오는 것이 아니라 우리를 쓸어버리기 위해 오는 거야." 아달베르토 구무시오가 말했다. "자네, 루이스 비아나, 자치당을 쓸어버리려고 온단 말일세. 그리고 바이아를 에파미논다스 곤살베스에게 넘기겠지. 그 작자 역시 자코뱅당 놈이니까."

"스스로 무덤을 팔 이유는 없습니다, 여러분." 남작은 목소리를 약간 높여 말을 막았다. 이제는 생글거리지 않았다. 아주 심각했다. 남작은 단호하게 말했다. "스스로 무덤을 팔 이유는 없어." 되풀이했다. 사람들을 둘러보았다. 자신이 냉정해지면 다른 사람들도 냉정해질 것을 확신했다. "어느 놈도 우리 것을 가로챌 수 없어. 지금 이 자리에 바이아 입법부, 바이아 행정부, 바이아 사법부, 바이아 언론이 다 모여 있지 않은가? 지금 이곳에 바이아의 모든 땅, 모든 재산, 모든 가축이 다 모여 있지 않은가? 제 아무리 모레이라 세사르 대령이라 해도 이 사실은 어쩌지 못해. 우릴 끝장낸다는 것은 바이아를 끝장내는 것과 같아. 에파미논다스 곤살베스와 그를 따르는 놈들은 이 땅에서는 허수아비에 지나지 않아. 놈들에게 수단 방법이 있기나 해? 사람들이 있어? 바이아라는 말의 고삐를 손에 쥐어줘도 끌고 갈 수 있는 경험이 있기나 해? 말이 곧장 놈들을 땅바닥으로 내치고 말 거야."

잠시 말을 멈추었다. 누군가가 재빠르게 음료수 한 잔을 건네주었다. 달게 마셨다. 과야바 열매의 달짝지근한 맛이 느껴졌다.

"어쨌든, 자네의 낙관주의가 맘에 드는군." 루이스 비아나였다. "그건 그렇고, 우리가 곤란을 겪고 있다는 사실은 알아두게. 최대한 빨리 손을 써야 하네."

"당연지사." 남작이 수긍했다. "그렇게 해야지. 최대한 서둘러야지. 지금 당장 모레이라 세사르 대령에게 전보를 치는 거야. 우리가 환영한다고, 바이아 당국과 자치당이 협조하겠다고 해. 땅을 빼앗고, 농장을 약탈하고, 일꾼들이 조용히 일을 하지 못하도록 하는 강도놈들로부터 우릴 해방시켜주기 위해 오는데 관심을 안 보일 수 있어? 그리고 오늘 당장 사람들을 뽑아 연방 부대에 편입시켜야지. 강도놈들과 싸우도록 말이야."

다시 음료수를 마시며 사람들의 웅성거림이 잦아들기를 기다렸다. 더웠다. 이마에 땀이 맺혔다.

"자네 기억하나. 수년 전부터 우리의 모든 정책은 중앙 정부가 바이아 문제에 너무 깊게 간섭하지 못하도록 막는 데 집중되어 있었네." 마침내 루이스 비아나가 입을 열었다.

"그래, 지금 우리가 유일하게 취할 수 있는 정책은, 우리 스스로 목을 매는 것을 제외한다면 말야, 우리가 공화국의 적이 아니라는 사실을, 브라질 절대 권력의 적이 아니라는 사실을 모든 국민에게 보여주는 것이라네." 남작이 차갑게 말했다. "코앞에 닥친 음모를 깨부수어야 하며, 또 다른 대안도 없어. 모레이라 세사르와 제7연대를 위해 대대적인 환영회를 개최할 거네. 공화당이 아닌 우리가 해야지."

손수건으로 이마를 닦았다. 이전보다 더 소란한 웅성거림이 멈추기를 기다렸다.

"너무 급작스런 변화야." 아달베르토 데 구무시오가 말했다. 남작은 여러 사람이 고개를 끄덕이는 것을 보았다.

"의회에서, 신문을 통해, 우리의 모든 정치 운동에서, 우리는 연방 정부의 간섭을 배제하려고 노력해왔어." 로차 세아브라 의원이 말했다.

"바이아의 이익을 지키기 위해서는 권력을 잡아야 하고, 권력을 잡기 위해서는 정책을 바꿀 필요가 있지. 적어도 현 시점에서는 그래." 남작이 차분하게 설명했다. 반대 의견은 안중에도 없다는 듯이 계속해서 지시를 내렸다. "우리 농장주들은 대령에게 협력해야 한다. 연대에 숙영지를 제공하고, 안내인을 주선하고, 물자를 제공한다. 우리는, 모레이라 세사르 대령과 힘을 합하여, 빅토리아 여왕으로부터 자금을 지원받아 군주국을 재건시키려는 음모를 꾸미는 도당을 분쇄한다." 짐짓 웃음을 지어 보이며 다시 한번 손수건으로 이마를 닦았다. "가소로운 짓거리이기는 하지만, 대안이 없어. 대령이 카누도스의 거지 떼와 사이비 무리를 끝장내면, 우리는 대영제국과 브라간사 놈들의 패배를 대대적으로 축하한다."

아무도 맞장구치지 않았다. 아무도 웃지 않았다. 모두 입을 다물고 불편해했다. 그러나 남작은 사람들을 관찰하며 알 수 있었다. 모두들 분통을 터뜨리고 있지만 몇 명은 다른 대안이 없음을 인정하고 있었다.

"칼룸비로 가겠네." 남작이 말했다. "조금 전까지만 해도 그럴 계획이 없었는데, 이제 필요하게 되었네. 내가 직접 제7연대에 필요한 물품을 대겠네. 이 지역 모든 농장주들도 그렇게 해야 하네. 모레이라 세사르가 보도록 만들어야지. 이 땅이 누구 것인지, 누가 이곳을 지배하는지."

긴장이 고조되었다. 모두들 묻고 대답을 듣고 싶어했다. 그러나 남작은 이제 토론은 필요없다고 판단했다. 오후 내내, 아니 밤까지 먹고 마시다 보면 근심걱정을 쉽게 털어버릴 수 있을 것이었다.

"자, 식사들 해야지, 여자들도 만나보고." 남작이 자리에서 일어나며 제안했다. "얘기는 나중에 하도록 하지. 정치가 인생의 전부는 아니거든. 좀 즐길 줄도 알아야 하는 거야."

2

 군 야영지로 변한 케이마다스는 흙먼지 속에서 활발하게 움직이고 있다. 여기저기서 명령 소리가 들리고, 군도를 차고 큰소리로 외치거나 손짓을 하는 기마병들 사이로 편대들이 서로 부딪힌다. 나팔 소리가 갑자기 새벽을 가른다. 구경꾼들이 이타피쿠루 강가로 나와 몬테 산토 쪽으로 펼쳐지는 메마른 평원을 쳐다본다. 제7연대의 전초 부대가 출발하고 있다. 군인들이 목청껏 부르는 국가가 바람에 실려온다.
 역 사무실 안, 모레이라 세사르 대령은 새벽부터 지형도를 연구하고, 명령을 내리고, 서류에 서명하고, 대대장들의 업무 보고를 받는다. 졸음에 겨운 신문 기자들은 역 사무실 문 앞에서 노새와 말과 짐차를 점검하고 있다. 『뉴스 저널』의 말라깽이 기자는 그 자리에 없다. 말라깽이 기자는 받침판을 팔 밑에 끼고, 잉크 병을 소매에 달고, 대령에게 다가갈 틈을 노리며 서성거리고 있다. 이른 아침이었음에도 제7연대 연대장을 환송하기 위해 시의원 여섯 명이 나와 있다. 시의원들은 의자에 앉아 기다린다. 장교들과 부관들이 시의원들 앞을 왔다갔다하지만 누구 한 사람 쳐다보지 않는다. 아직까지 천장에 걸려 있는 공화진보당과 바이아 자치당 포스터에도 신경 쓰지 않는다. 그러나 군인들 허수아비 같은 신문 기자를 보고 재미있는 듯 수군거린다. 허수아비 기자는 잠시 조용한 틈을 타 마침내 모레이라 세사르에게 다가간다.

"대령님, 질문 한 가지 해도 되겠습니까?" 코맹맹이 소리로 더듬거린다.

"기자 회견은 어제였소." 장교가 대답한다. 마치 외계인이라도 상대하고 있다는 투다. 그러나 기자의 너절한 외모 혹은 배짱이 장교의 태도를 느슨하게 만든다. "하시오. 무슨 일이오?"

"포로에 관해." 사팔뜨기 눈이 장교를 쳐다보며 속닥거린다. "강도와 살인자를 연대에 편입시킨 점이 흥미롭습니다. 어제 두 명의 중위와 함께 감옥에 갔었는데, 7명을 입대시키는 장면을 목격했습니다."

"그렇소." 모레이라 세사르는 호기심을 드러내며 묻는다. "질문의 요지가 뭐요?"

"질문의 요지는, 왜 그렇게 합니까? 무슨 이유로 저 범죄자들을 풀어주겠다고 약속한 겁니까?"

"싸움을 아니까." 모레이라 세사르 대령이 말한다. 잠시 후 덧붙인다. "범죄란 인간의 과다한 에너지가 잘못된 방향으로 분출된 것이오. 전쟁은 그 에너지를 올바른 방향으로 이끌 수 있소. 그들은 왜 싸우는지를 알고 있소. 그 점이 그들을 용감하게, 때로는 영웅으로 만드는 거요. 나는 몸소 체험했소. 당신이 카누도스까지 갈 수 있다면 당신에게도 증명해 보이겠소. 보아하니," 대령은 기자를 머리끝에서 발끝까지 훑어본다. "산악 지역에서는 하루도 견디지 못할 것 같은데."

"견디도록 노력하겠습니다, 대령님." 안경쟁이 기자가 물러난다. 기자 뒤에서 대기하던 타마린도 대령과 쿠냐 마토스 소령이 앞으로 나선다.

"전초 부대가 막 출발했네." 타마린도 대령이 말한다.

소령이 보고한다. 페레이라 로차 대위의 정찰대가 탄키노로 가는 길을 확인했다. 야군소들의 흔적은 없다. 그러나 길이 굴곡이 심하고 장애물이 많아 포병대가 진군하기에 어려움이 많다. 페레이라 로차 대위의 정찰병들이 장애물을 제거할 수 있는 방법을 강구중이다. 어쨌든 공병 1개 소대가 길을 고르기 위해 출발했다.

"포로들은 잘 분배했겠지?" 모레이라 세사르가 묻는다.

"중대별로 나누었고 서로 만나거나 얘기를 나누는 것을 철저히 금지시켰습니다." 소령이 대답한다.

"가축 수송대 역시 출발했네." 타마린도 대령이 말한다. 잠시 망설인 후에, "페브리노 데 브리토가 아주 낙담하고 있네. 울부짖고 난리였네."

"자결이라도 할 일이지." 모레이라 세사르의 반응은 이뿐이다. 자리에서 일어난다. 명령이 떨어지자 책상으로 쓰던 탁자에서 서류가 재빠르게 정리된다. 대령은 장교들을 인솔하고 입구로 향한다. 대령을 보기 위해 사람들이 달려온다. 대령은 문에 이르기 전에 무언가를 생각해낸다. 방향을 바꿔 케이마다스 시의원들이 기다리고 있는 곳으로 간다. 시의원들이 일어난다. 촌사람들이다. 모두 농부들이거나 얌전한 상인들이다. 모두 존경을 표하기 위해 나들이옷을 차려입고 구두를 닦아 신었다. 모자를 벗어 손에 들고 황송해하고 있다.

"호의를 베푸시고 협조해주셔서 감사 드립니다, 여러분." 대령은 판에 박힌 투로 인사한다. 거의 쳐다보지도 않는다. "제7연대는 케이마다스가 베풀어주신 호의를 잊지 않을 것입니다. 여기 남는 부대를 부탁합니다."

대답할 틈도 주지 않는다. 대령은 개별적인 인사를 나누지 않고 거수 경례로 한꺼번에 싸잡아 인사한다. 그리고 몸을 돌려 입구로 향한다.

모레이라 세사르와 참모들이 연대가 집결해 있는 거리로 나오자 — 연대는 중대별로 선로와 나란히 일렬로 정렬해 있다. 끝이 보이지 않는다 — 박수 소리와 만세 소리가 울려 퍼진다. 보초들이 밀려드는 구경꾼들을 제지하고 있다. 아름다운 백마가 어서 떠나고 싶은 듯 울부짖는다. 타마린도, 쿠냐 마토스, 올림피오 데 카스트로가 말에 오른다. 이미 말에 타고 있던 호위대와 신문기자들이 대령을 둘러싼다. 대령은 정부 최고위층에 보낼 전문을 다시 한번 읽는다. '금일 2월 8일, 제7연대는 브라질 주권 수호를 위한 장정에 돌입한다. 어떤 경우에도 군기 문란은 허용되지 않는다. 우리는 선지자 안토니오와 재건파 도당들이 카누도스에 남아 있기만을 바랄 뿐이다. 공화국 만세!' 대령이 전문을 건넨다. 전신수는 즉시 전문을 타전하기 위해 사무실로 들어간다. 대령은 올림피오 데 카스트로 대위에게 신호한다. 대위는 나팔수에게 명령을 내린다. 나팔수들이 날카롭고도 음울한 신호로 새벽을 깨운다.

"이것이 우리 연대 신호입니다." 쿠냐 마토스가 옆에 있는 백발 기자에게 말한다.

"제목이 뭡니까?" 『뉴스 저널』 기자가 귀에 거슬리는 목소리로 묻는다. 노새에 커다란 자루를 묶어놓고 그 위에 받침판을 올려놓고 있다. 그 꼴로 노새는 캥거루처럼 보인다.

"백병전을 뜻하는 신호요." 모레이라 세사르가 대답한다. "우리 연대는 파라과이 전쟁 때부터 이 신호를 사용합니다. 총알이 떨어져 군도와 대검과 단검으로 적을 공격해야 했지요."

대령은 오른손으로 출발 신호를 내린다. 노새, 사람, 말, 짐마차, 무기가 움직이기 시작한다. 바람이 몰아쳐 먼지 구름이 인다. 여러 부대가 일사불란하게 케이마다스를 빠져나간다. 호위대가 든 부대 깃발이 어수선하게 나부낄 뿐이다. 흙먼지를 뒤집어쓰자 장교와 사병간의 구별도 이내 사라지고 만다. 장교 사병 가릴 것 없이 모자챙을 내리고 손수건으로 입을 가리는 군인도 많다. 대대와 중대와 소대가 점점 멀어져간다. 역을 완전히 빠져

나간다. 부대는 쩍쩍 갈라진 땅 위를 기어가는 기다란 뱀처럼 보인다. 말라비틀어진 파벨라 나무 숲 사이를 지나간다. 간혹 줄이 끊어지기도 한다. 새끼 뱀들도 하나하나 사라져간다. 굽이치는 벌판, 시야에서 사라졌다 다시 나타났다 한다. 기병들이 끊임없이 오르내린다. 정보를 제공하고, 명령을 하달하고, 사실을 확인하기 위해 왔다갔다한다. 부대별 선두에 지휘관들이 자리잡고 있다. 행군을 시작한 지 얼마 지나지 않아 첫번째 마을이 눈앞에 보인다. 파우 세코 마을이다. 모레이라 세사르 대령은 쌍안경으로 전초 부대가 지나간 자국을 오두막 사이에서 발견한다. 기수 한 명과 사병 두 명이 기다리고 있다. 틀림없이 정보가 있을 것이다.

대령과 참모 본부 몇 미터 앞에 호위대가 간다. 참모 본부 뒤로 신문 기자들이 일사불란한 군인들 틈에 군더더기처럼 끼어가고 있다. 기자들은 다른 장교들과 마찬가지로 말에서 내려 걷고 있다. 서로 얘기를 나눈다. 행렬 정 중앙에 포병 중대가 간다. 20여 명의 사병이 대포를 끄는 소들을 몰고 있다. 소매에 포병을 나타내는 붉은색 마름모꼴 장식을 단 장교가 지휘한다. 호세 아고스티노 살로망 다 로차 대위다. 소를 몰거나 길에서 벗어난 소를 다시 원위치시키기 위해 내지르는 사병들의 소리만 들린다. 군인들은 힘을 절약하기 위해 혹은 정숙을 유지하기 위해 낮은 소리로 말한다. 생전 처음 보는 이 헐벗은 경치에 어안이 벙벙하다. 뜨거운 태양, 꽉 끼는 군복, 무거운 배낭과 총으로 모두 땀을 흘린다. 명령에 따라 수통을 자주 입에 대지 않기 위해 애를 쓴다. 벌써 전투가 시작되었음을 알고 있다. 물과의 전쟁이다. 반나절만에 보급 부대를 따라잡는다. 1개 중대와 소몰이꾼들이 소, 양, 염소를 몰고 간다. 이들은 전날 밤에 출발했다. 이들 선두에 페브리노 데 브리토 소령이 침울한 표정으로 가고 있다. 상상의 대화 속에서 무언가를 반박하고 수긍하는 것처럼 입술을 달싹거리고 있다. 기병 중대가 후미에 있다. 호전적이며 날렵한 페드레이라 프란코 대위가 지휘하는 부대다. 모레이라 세사르는 잠시 동안 입을 열지 않는다. 수행원들도 대장의 생각을 방해하지 않기 위해 침묵을 지킨다. 파우 세코로 이어지는 직선 도로로 들어서자 대령은 시계를 본다.

"이 정도 속도라면 카누도스 양반들께서 우릴 허탕치게 만들겠는데." 타마린도와 쿠냐 마토스 쪽으로 몸을 돌리며 말한다. "몬테 산토에 중무장 부대를 잔류시키고 배낭도 가볍게 해야겠어. 정말이지 탄약이 너무 많아. 거기까지 가서 겨우 까마귀나 보게 된다면 서글픈 일이지."

연대는 실탄 1,500만 발, 포탄 70발을 보유하고 있다. 실탄과 포탄을 실은 짐마차를 끄는 노새들이 행군에 가장 큰 방해거리다. 몬테 산토에서부터는 행군이 더 느려질 거라고 타마린도 대령이 알려준다. 부대 기술 고문인 도밍고 알베스 레이테와 알프레도 도 나시멘토의 보고에 따르면 그곳에서부터 지형이 더 험해진다.

"게다가 벌써 전초전이 벌어졌을지도 모르고." 덧붙인다. 더위로 얼굴이 시뻘겋게 부어 있다. 얼룩덜룩한 손수건으로 얼굴을 닦는다. 전역할 나이가 지났다. 이곳에 있을 의무도 없다. 그러나 갖은 애를 써서 연대를 따라오게 되었다.
"놈들에게 도망갈 틈을 줄 순 없지." 모레이라 세사르 대령이 중얼거린다. 부하 장교들이 리우에서 배에 오를 때부터 자주 들어오던 말이다. 대령은 무더위에도 땀을 흘리지 않는다. 때로 강박관념으로 시달리는 이글거리는 눈초리, 창백한 작은 얼굴. 거의 웃지 않는다. 억양 변화가 거의 없는 단조롭고도 가는 목소리, 사나운 말을 길들이기 위해 거는 고삐에 목이 묶인 것 같다. "우리가 간다는 사실을 알게 되면 끝이야. 전투는 완전히 망치는 거야. 그렇게 할 수는 없어." 부하들을 돌아본다. 부하들은 아무 말 없이 듣고만 있다. "브라질 남부는 공화국을 거역하지 못할 것으로 이해하고 있어. 우리가 그렇게 이해시켰지. 그러나 이곳 바이나에는 귀족들이 많이 남아 있고, 놈들은 굴복하지 않아. 원수 각하께서 돌아가시고 난 후에 더 심해. 신념도 없는 민간인이 정부 자리를 차고앉아 대세를 거스를 수 있다고 믿는단 말이야. 혹독한 꼴을 보기 전에는 물러서지 않을 거란 말이야. 이게 현재 상황이야, 제군."
"모두 난리가 났습니다, 각하." 쿠냐 마토스가 말한다. "자치당이 살바도르에서 환영 축하연을 준비하고 공화국을 수호하기 위해 모금을 하고 한 것이 다 꽁지를 내렸다는 얘기가 아니겠습니까?"
"칼사다 역에 세운 개선문을 보면 명약관화한 얘길세. 우릴 구세주라고 부르지 않았나." 타마린도가 일깨워준다. "연방군의 바이아 개입을 며칠 전에는 기를 쓰고 반대하더니 이제 길거리로 몰려나와 우리에게 꽃을 던졌어. 카냐브라바 남작은 우리에게 사람을 보내 알려주더군. 칼룸비로 가서 자기 농장을 연대 주둔지로 내놓겠다고 말이야."

타마린도 대령이 기분 좋게 웃는다. 그러나 그 좋은 기분이 모레이라 세사르에게까지 전달되지 못한다.

"남작이 그나마 패거리들 사이에서는 가장 똑똑하다는 뜻이야." 모레이라 세사르가 말한다. "리우가 폭동에 개입하는 것을 제때에 막지 못했어. 그래서 애국심 쪽으로 손을 벌린 거지. 공화주의자들이 손을 못 대게 말이야. 재기를 노리기 위해 지금 수를 쓰는 것뿐이야. 남작에게는 뒤가 있어. 영국이라는 배경 말이야, 제군."

파우 세코는 사람도 물건도 짐승도 없이 텅 비어 있다. 두 명의 사병이 경례를 붙인다. 전초 부대가 가지도 없는 나무 줄기에 꽂아두고 간 깃발이 춤을 추고 있다. 모레이라 세사르가 말을 멈춰 세우고 흙집을 둘러본다. 문짝은 활짝 젖혀지거나 떨어져 나가 집 안이 훤히 들여다보인다. 어느 집에서 이빨이 다 빠져버린 여자가 한 명 나온다. 맨발에 구멍투성이 겉옷을 걸치고 있다. 거무튀튀한 살이 내다보인다. 비쩍 마른 아이 둘이 여자를 붙잡고 있다. 아이들 눈에 생기가 없다. 한 아이는 벌거숭이에 올챙이배다. 여자와 아이들은 겁을 먹고 군인들을 바라본다. 모레이라 세사르는 말 위에 앉아 여자와 아이들을 살펴보고 있다. 체념이라는 것이 바로 저런 모습일 것이다. 얼굴이 일그러진다. 슬픔과 분노와 원한이 뒤섞인 표정이다. 대령은 줄곧 그들을 바라보며 호위대 중 한 명에게 명령한다.

"먹을 것을 주어라." 그리고 부관들을 돌아본다. "제군들 눈에도 보이지, 이 나라 백성들이 지금 어떤 꼴인지?"

목소리가 떨린다. 눈에 불꽃이 튄다. 갑자기 허리에 차고 있던 칼을 뽑아 얼굴로 가져간다. 칼에 입을 맞추려는 듯싶다. 신문기자들은 목을 길게 빼고 본다. 제7연대 연대장은 행군을 재개하기 전에, 파우 세코의 가련한 세 주민에게 칼을 빼들고 경의를 표한다. 국기 앞에서, 최고위층 앞에서 분열을 할 때와 똑같은 모습이다.

서커스단 단원들이 슬픈 표정의 여자와 검은 독수리가 파먹은 노새 곁에서 그를 발견한 후로 잘 알아들을 수 없는 말소리가 돌발적으로 터져 나오곤 했다. 시도 때도 없이, 떠들썩하게, 요란하게, 혹은 잦아들듯, 중얼거리듯, 비밀스럽게, 밤이고 낮이고 터져 나오는 소리. 바보는 때때로 그 소리에 놀라 몸을 떨어댔다. 수염 난 여자는 붉은 머리 남자를 냄새맡아보고 난 후 후레마에게 말했다. "열이 아주 심해요. 우리 다디바가 죽었을 때와 같아요. 오늘 죽을지도 몰라요. 좀더 버틸 수도 있겠고." 그러나 가끔씩 눈을 허옇게 뒤집고 마지막 숨을 깔딱거리는 것 같았지만 남자는 죽지 않았다. 잠시 죽은 듯 엎어져 있다가 상을 찡그리고 몸부림치며 그들로서는 도저히 알아들을 수 없는 헛소리를 뱉어냈다. 가끔씩 눈을 뜨고 어리둥절 그들을 바라보기도 했다. 난쟁이는 남자가 집시의 말을 한다고 우겼고 수염 난 여자는 미사에서 듣던 라틴어 같다고 고집했다.

그들을 따라가도 좋은지 후레마가 물었을 때 수염 난 여자는 허락했다. 동정해서였거나 그저 거절하기 귀찮아서 허락했을 것이다. 네 사람은 힘을 합쳐 남자를 수레 위로 올렸다. 코브라 바구니 옆에 남자를 눕혔다. 그리고 길을 재촉했다. 새로운 동반자들이 행운을 가져다주었다. 저물녘, 케레라 농장 사람들이 그들을 먹여주었다. 꼬부랑 할머니가 갈릴레오 갈에게 연기를 뿜고 상처에 약초를 올려놓고 뜸을 놓았다. 그리고 나을 것이라고 말했다. 그날 밤, 수염 난 여자는 코브라를 놀려 소몰이꾼들을 즐겁게 해주었다. 바보는 어릿광대 짓을 했고, 난쟁이는 기사들의 무용담을 들려주었다. 여행을 계속했다. 외국인은 그들이 먹여주는 음식을 한 입씩 받아먹었다. 수염 난 여자가 후레마에게 남자의 부인이냐고 물었다. 아닙니다. 부인이 아닙니다. 남편이 없을 때 남자가 욕보였습니다. 욕을 본 후에는 남자를 따라나설 수밖에 없었습니다. "왜 표정이 그리 슬퍼 보이는지 이제 알겠네." 난쟁이가 호감을 보이며 토를 달았다.

그들은 북쪽을 향했다. 행운의 별이 그들을 안내했다. 날마다 먹을 것을 구할 수 있었던 것이다. 3일째 되던 날, 어느 산간 마을 장터에서 공연을 펼쳤다. 사람들이 가장 재미있어했던 것은 수염 난 여자의 수염이었다. 가짜 수염이 아닌지 확인해보기 위해 돈을 냈다. 사람들은 수염 난 여자의 젖가슴을 더듬어보고 진짜 여자라는 사실을 확인했다. 그 동안 난쟁이는 수염 난 여자가 정상적인 꼬마였을 때부터의 삶을 들려주었다. 여자의 고향은 세아라였다. 여자는 등에, 팔에, 다리에, 얼굴에 털이 나기 시작하면서 어느 날 갑자기 가족의 애물단지가 되고 말았다. 죄를 지어서 그렇다는, 어느 수도사가 악마와 관계를 맺어 생긴 아이라는 소문이 돌았다. 계집아이는 분을 이기지 못하고 유리 조각을 삼켰다. 그러나 죽지 않았다. 계집아이는 서커스의 제왕 집시가 나타날 때까지 구박덩어리로 살았다. 집시가 계집아이를 거두어 재주꾼으로 키웠다. 후레마는 난쟁이가 순전히 꾸며낸 이야기라고 생각했다. 그러나 난쟁이는 진짜배기 사실이라고 못박았다. 후레마와 난쟁이는 가끔 나란히 앉아 얘기를 주고받았다. 난쟁이는 친절했고 속을 털어놓을 수 있는 사람이었다. 후레마는 난쟁이에게 자신이 지나온 삶을 들려주었다. 칼룸비 농장에서 보낸 어린 시절과 세상에서 가장 아름답고 가장 착한 카냐브라바 남작 부인을 모셨던 일을 들려주었다. 남편 루피노가 남작 곁을 떠나 케이마다스로 옮겨 길잡이 노릇을 시작했을 때는 너무 슬펐다. 항상 나돌아다니는 혐오스러운 일이었다. 아들 하나 낳아 주지 못했을 때는 더욱더 슬펐다. 하나님께서는 왜 나를 벌하시는가? 왜 애도 못 갖게 하시는가? "누가 알겠습니까." 난쟁이가 중얼거렸다. 하나님의 결정은, 때때로, 이해하기 어렵거든요.

며칠 뒤, 길이 여러 갈래로 나뉘는 이푸피아라에 천막을 쳤다.

마을에 불행한 사고가 난 직후였다. 마을 사람 하나가 정신이 돌아 낫으로 자식들을 죽이고 스스로 목숨을 끊고 말았다. 무고하게 죽은 아이들 장례식으로 인하여 단원들은 정식 공연은 하지 않고 다음날 있을 공연의 맛보기를 보여주었다. 작은 마을이었지만 주변 마을에서 물건을 구하러 오는 가게가 하나 있었다.

아침에 경호원들이 왔다. 말을 타고 허겁지겁 달려온 사람들이 수염 난 여자의 잠을 깨웠다. 수염 난 여자는 누가 왔는지 보기 위해 천막 밖으로 기어 나왔다. 이푸피아라 마을 전체가 갑작스럽게 몰아닥친 경호원들 때문에 놀라 집 밖으로 뛰쳐나왔다. 무장을 한 여섯 남자가 말을 타고 왔다. 복장으로 봐서 강도 떼도 아니었고 지방 경찰도 아니었다. 경호원들이었다. 말 엉덩이에 어느 농장을 나타내는 표시가 확실하게 나 있었다. 선두에 선 남자 ― 가죽옷이었다 ― 가 말에서 내렸다. 수염 난 여자는 남자가 자기를 향해 걸어오는 것을 보았다. 후레마는 이제 막 자리에서 일어났다. 후레마가 몸서리치는 것을 느낄 수 있었다. 후레마는 입을 반쯤 벌린 채 낯빛이 창백해졌다. "네 남편이니?" 수염 난 여자가 물었다. "가야바야." 젊은 여자가 대답했다. "널 죽일 것 같아?" 수염 난 여자가 계속 물었다. 그러나 후레마는 대답도 않고 천막을 엉금엉금 기어 나갔다. 후레마는 몸을 일으켜 세우고 경호원을 향해 갔다. 경호원이 걸음을 멈추고 여자를 기다렸다. 수염 난 여자의 가슴이 쿵쾅거렸다. 저 가죽옷 ― 새카맣게 탄 말라깽이 남자, 눈에는 살기가 흘렀다 ― 가 짐마차 안에서 꼼지락거리고 있는 붉은 머리 남자의 몸에 칼을 쑤셔 박기 전에, 먼저 후레마를 후려치고 발로 차고 칼을 쑤셔 박을 것 같았다. 그러나 여자를 때리지 않았다. 오히려 상전을 대하듯 모자를 벗고 절을 했다. 나머지 다섯 명의 남자도 말을 탄 채 그들을 바라보고 있었다. 다섯 명의 남자도 수염 난 여자도 두 사람의 입술이 움직이는 모습만 볼 수 있었다. 무슨 얘기를 나누었던가? 난쟁이와 바보도 잠에서 깨어나 밖으로 나와 있었다. 잠시 후, 후레마가 돌아서서 부상당한 외국인이 잠들어 있는 짐마차를 손가락으로 가리켰다.

가죽옷 남자가 젊은 여자를 따라 짐마차 쪽으로 다가왔다. 남자는 천막 안으로 고개를 디밀었다. 꿈을 꾸는지 잠을 깼는지 모를 남자가 헛소리를 질러대는 모습을 가죽옷 남자는 무심하게 쳐다보았다. 수염 난 여자는 계속 지켜보았다. 경호원 대장의 눈빛은 평온했다. 바로 저런 눈빛으로 사람을 죽인다는 사실을 수염 난 여자는 알고 있었다. 강도 페드랑이 집시를 패대기치고 죽였을 때도 바로 저런 눈빛이었다. 하얗게 질린 후레마는 경호원이 조사를 끝내기를 기다리고 있었다. 마침내 경호원은 후레마에게 돌아갔다. 남자가 말을 하자 후레마가 끄덕였다. 남자는 부하들에게 말에서 내리라고 지시했다. 후레마는 수염 난 여자에게 다가와 가위를 빌려 달라고 말했다. 수염 난 여자는 가위를 찾으며 중얼거렸다. "널 죽이지 않아?" 후레마가 아니라고 했다. 후레마는 예전에 다디바의 것이었던 가위를 손에 들고 짐마차 안으로 기어들었다. 경호원들은 고삐를 손에 잡고 이푸피아라 가게를 향해 가고 있었다. 수염 난 여자는 후레마가 무슨 짓을 하는지 보기 위해 용기를 내 가까이 다가왔다. 난쟁이가 수염 난 여자를 따라왔고 또 그 뒤를 바보가 따라왔다.

후레마는 남자 곁에 무릎을 꿇고 앉아 ― 두 사람이 비좁은 공간을 가득 채우고 있었다 ― 외국인의 머리카락을 밑동에서부터 자르고 있었다. 한손으로 붉은 머리채 잡고 서툴게 가위질을 해나갔다. 갈릴레오 같이 입고 있던 너덜너덜한 프록코트에는 핏자국, 먼지, 새똥이 덕지덕지 말라붙어 있었다. 갈릴레오 같은 누더기, 형형색색의 상자, 쇠고리, 숯덩이, 반달과 별이 그려진 마분지 모자에 파묻혀 누워 있었다. 눈을 감고 있었다. 길게 자란 수염에도 피가 말라붙어 있었다. 구두를 벗겨놓았기 때문에 구멍난 양말에서 발가락이 비죽 나와 있었다. 커다랗고 하얀 발가락. 발톱 밑에 때가 새카맣게 끼어 있었다. 목에 난 상처는 무허가 의사 노인이 싸매준 붕대와 약초로 가려져 보이지 않았다. 바보가 웃기 시작했다. 수염 난 여자가 옆구리를 찔렀지만 계속해서 웃었다. 수염도 나지 않은 얼굴, 때가 끼어 빤질빤질한 얼굴, 멍청한 눈빛. 입을 벌리고 웃었다. 입에서 침이 줄줄 흘러내렸다. 바보는 우스워 죽겠다는 듯 몸을 비비 꼬았다. 후레마는 신경 쓰지 않았다. 그러나 외국인이 눈을 떴다. 자기가 처해 있는 상황에 얼굴이 굳어졌다. 놀라서인지, 아파서인지, 두려워서인지. 힘이 없어 일어나지는 못했다. 그저, 그 모습 그대로, 서커스 단원들이 알아들을 수 없는 소리를 내뱉으며 꼼지락거릴 뿐이었다.

후레마는 한참 만에야 일을 끝냈다. 후레마가 일을 끝냈을 때는, 경호원들이 이미 가게 안으로 들어가 어느 미친놈에게 아이들이 살해되었다는 말을 듣고, 묘지로 가 이푸피아라 마을 사람들을 망연자실하게 만들고 만 사건을 일으킨 다음이었다. 경호원들은 자식을 살해한 아비의 시체를 파내 관째로 가져가기 위해 말에다 묶어두었던 것이다. 갈릴레오 갈의 머리칼이 완전히 밀려 울퉁불퉁하고 알록달록한 대머리가 나타나자 바보가 다시 웃음보를 터뜨렸다. 후레마는 치마 위에 내려놓은 머리채를 한 다발로 뭉쳐 자기 머리를 묶고 있던 끈으로 묶었다. 수염 난 여자는 계속 지켜보았다. 후레마는 외국인의 호주머니를 뒤져 조그만 자루를 꺼냈다. 돈이 들어 있으니 필요하면 쓰라고 했던 바로 그 자루였다. 후레마는 한손에는 머리채를 다른 손에는 자루를 들고 짐마차에서 내려와 수염 난 여자와 바보와 난쟁이 사이를 빠져나갔다.

경호원 대장이 후레마를 찾아왔다. 수염 난 여자는 계속 지켜보았다. 대장은 후레마에게서 머리채를 건네받아 쳐다보지도 않고 자기 자루에 집어넣었다. 후레마를 향해 조심스럽게 예의를 표했지만 그 아무 표정 없는 눈동자는 끔찍했다. 대장은 집게손가락으로 이빨을 한 번 훔쳤다. 수염 난 여자는 이제 그들의 말소리를 들을 수 있었다.

"호주머니 안에 이게 있었어요." 후레마가 조그만 자루를 내밀며 말했다.

그러나 가야바는 자루를 받지 않았다.

"나는 받을 수 없습니다." 눈에 보이지 않는 무언가에 쫓기는 듯했다. "이것 역시 루피노 것입니다."

후레마는 아무 소리 없이 자루를 옷 속에 감추었다. 수염 난 여자는 이제 후레마가 떠날 것이라고 생각했다. 그러나 젊은 여자는 가야바의 눈을 똑바로 쳐다보며 부드럽게 물었다.

"만일 루피노가 죽었다면?"

가야바는 표정 변화 없이 잠시 생각했다. 눈도 깜박이지 않았다.

"만일 죽었다면, 누군가가 언젠가는 그 사람 명예를 회복시켜 줄 겁니다." 수염 난 여자는 가야바의 말소리를 들었다. 난쟁이가 들려주는 왕자와 기사들의 무용담을 듣는 것 같았다. "가족이든, 친구든, 필요하면 나 자신이 할 수도 있습니다."

"당신이 저지른 일을 당신 주인이 알게 된다면요?" 후레마가 계속 물었다.

"내 주인은 주인일 뿐입니다." 가야바가 확신에 차 말했다. "루피노는 주인 이상입니다. 그는 외국인이 죽기를 원합니다. 그리고 외국인은 죽을 겁니다. 상처가 도져서 죽거나, 루피노가 죽이겠죠. 머지않아 거짓이 진실로 밝혀질 겁니다. 이건 죽은 사람의 머리털입니다."

가야바는 말에 올라타기 위해 등을 돌렸다. 후레마는 다급하게 안장을 붙들었다.

"나도 함께 죽일까요?"

수염 난 여자는 계속 지켜보았다. 가죽옷은 여자를 담담하게 쳐다보았다. 어쩌면 비웃듯 쳐다보았는지도 모른다.

"내가 루피노라면 당신을 죽일 겁니다. 당신에게도 잘못이 있으니까. 아니 당신 잘못이 더 클 수도 있습니다." 가야바는 말 위에 올라 여자를 내려다보며 말했다. "하지만 내가 루피노가 아니니 알 수 없는 일입니다. 그는 알겠죠."

말에 박차를 가했다. 경호원들은 떠났다. 그 이해할 수 없는 전리품, 그 썩어가는 관과 함께 왔던 길을 되돌아갔다.

산 안토니오 예배당에서 조아킴 신부가 주재한 미사가 끝나자마자 조앙 아바데는 주문을 받아 기도소에 보관해둔 상자를 가지러 갔다. 질문 하나가 머릿속에서 계속 들끓고 있었다. '연대라면 도대체 몇 명이란 말인가?' 조앙 아바데는 상자를 어깨에 짊어진 후 벨로 몬테의 울퉁불퉁한 길을 내달리기 시작했다. 사람들이 몰려나와 또 다른 군대가 온다니 사실이냐고 물어댔다. 그렇다고 대답했다. 그러나 걸음을 멈추지는 않았다. 발치에 걸리는 닭, 양, 개, 아이들을 밟지 않기 위해 겅중겅중 뛰었다. 이제는 가게로 변한 오래된 농가에 도착했다. 상자 무게로 어깨가 뻐근했다.

문에 몰려 있던 사람들이 길을 터주었다. 가게 안, 자기 부인 안토니아와 제수 아순시온에게 무언가 지시하고 있던 안토니오 빌라노바가 말을 멈추고 조앙 아바데를 맞았다. 그네를 타고 있던 앵무새가 미친 듯이 떠들었다. "축하해, 축하해."

"1개 연대가 온다네." 조앙 아바데가 짐을 내려놓으며 말했다. "대체 몇 명이야?"

"드디어 도화선이 도착했군." 안토니오 빌라노바가 탄성을 질렀다. 안토니오는 웅크리고 앉아 신이 나서 상자 안을 들여다보았다. 얼굴이 만족한 듯 밝아져갔다. 도화선만이 아니었다. 설사약, 소독약, 붕대, 염화수은, 석유, 알코올도 있었다.

"조아킴 신부가 우릴 위해 해준 일에 어떻게 보답해야 할지." 안토니오는 상자를 진열대 위로 올려놓으며 말했다. 선반은 깡통, 병, 상품, 샌들에서부터 모자까지 온갖 종류의 옷가지로 넘쳐났다. 사방에 자루와 상자가 널려 있고 그 사이를 사르델리냐 자매와 다른 사람들이 부지런히 돌아다녔다. 진열대 — 나무통 위에 나무 판자를 올려놓은 것 — 위에 농장에서 쓰는 장부처럼 생긴 검은색 책이 몇 권 놓여 있었다.

"신부가 새로운 정보까지 물어왔어." 조앙 아바데가 말했다. "1개 연대라면 천 명쯤 되는 거야?"

"그래, 나도 군대가 온다는 소식은 들었어." 안토니오 빌라노바가 주문품을 진열대에 늘어놓으며 대답했다. "1개 연대? 천명 이상이야. 한 2천쯤 될까?"

이번에 사탄이 카누도스로 보내는 군인들의 숫자가 안토니오 빌라노바에게는 중요하지 않다는 사실을 조앙 아바데는 알아차렸다. 조앙 아바데는 약간 대머리에 통통한 안토니오 빌라노바가 자신감에 넘쳐 꾸러미와 병들을 정리하는 것을 지켜보았다.

목소리도 불안하지 않았고 관심조차 보이지 않았다. '걱정거리가 많지.' 조앙 아바데는 생각했다. 지금 당장 몬테 산토에 사람을 보내야 한다고 상인에게 설명했다. '저 사람이 옳아. 저 사람은 전쟁에 관여치 않는 게 좋아.' 어쩌면 안토니오는 수년 전부터 카누도스에서 잠은 가장 적게 자고 일은 가장 많이 하는 사람이었다. 선지자가 도착한 후 처음 얼마 동안 안토니오는 물건을 사고 파는 일을 계속했었다. 그러나 점점 사람들의 묵인하에 자신의 본업에 새로운 사회를 조직하는 일을 보태더니 나중에는 새로운 일에만 매달리게 되었다. 사방에서 순례자들이 카누도스로 몰려들기 시작했을 때 안토니오가 없었다면 먹지도 자지도 살아남지도 못했을 것이다. 안토니오는 사람들이 집을 세우고 농사를 짓도록 땅을 분배했고, 무슨 씨를 뿌려야 할지 무슨 짐승을 길러야 할지 일일이 지적해주었고, 카누도스에서 생산한 것을 주변 지역에 내다 팔아 필요한 것을 구해왔고, 기부금이 들어오기 시작했을 때는 선하신 예수님 성전 건축에 필요한 것을 골라내고 나머지로는 무기와 예비 물자를 구입했다. 베아티토가 받아들인 새로운 이주자들은 안토니오 빌라노바를 찾아가 정착할 수 있게 도와 달라고 요청했다. 노인과 병자와 의지가지없는 사람들을 위한 요양원도 안토니오가 생각해낸 것이었다. 우아우아와 캄바이오에서 전투가 벌어졌을 때 조앙 아바데의 동의를 구해 탈취한 무기를 보관하고 배분한 사람도 안토니오였다. 안토니오는 거의 매일 선지자를 만나 일의 진행 상황을 보고하고 지시를 받았다. 그리고 다시는 여행을 떠나지 않았다. 조앙 아바데는 언젠가 안토니아 사르델리냐로부터 얘기를 들었다. 남편이 변해도 너무 변했다고 했다. 예전에 남편은 역마살이 끼어도 단단히 낀 사람이었다고 했다. 이제 여행은 오노리오가 대신 다녔다. 빌라노바 가(家)의 장남이 이곳에서 한 발자국도 나가지 않으려는 의지가 벨로 몬테에서의 의무가 그만큼 크기 때문에 그런 것인지, 혹은 단 몇 분일지라도 매일 선지자를 만날 수 있기 때문에 그런 것인지, 아무도 따지지 않았다. 선지자를 만나고 오면 그는 활기가 넘쳤고 마음은 평화로 가득했다.

"선지자께서 경비대의 보호를 허락하셨네." 조앙 아바데가 입을 열었다. "조앙 그란데가 경비대 대장이 되는 것도 허락하셨어."

안토니오 빌라노바는 그제서야 관심을 나타내며 일손을 놓고 조앙 아바데를 쳐다보았다. 앵무새가 다시 소리질렀다. "축하해."

"조앙 그란데에게 나한테 들르라고 전해주게. 사람들을 뽑는 일을 도울 수 있을 거야. 사람들을 다 알거든. 하긴, 그 사람 생각에 달린 거지만."

안토니아 사르델리냐가 다가왔다.

"오늘 아침 카타리나가 당신을 찾아왔어요." 조앙 아바데에게 말했다. "지금 그녀를 보러 갈 수 있어요?"

조앙 아바데가 고갯짓했다. 못합니다. 시간이 없어요. 저녁때라면 몰라도. 조앙 아바데는 부끄러움을 느꼈다. 하나님의 사업 때문에 가족을 멀리한다는 사실을 빌라노바 가(家) 사람들이나 다른 사람들이 충분히 이해해준다 해도 부끄럽기는 마찬가지였다. 이 사람들은 이해하지 못하는 걸까? 그러나 조앙 아바데는 마음속으로 괴로워했다. 이 상황이, 선하신 예수님의 의지가 점점 조앙을 부인으로부터 멀리 떼어놓았다.

"제가 카타리나에게 가서 그렇게 전할게요." 안토니아 사르델리냐가 웃어 보였다.

조앙 아바데는 가게를 나오며 생각했다. 자신의 삶이 너무나 어처구니없다는 생각이 들었다. 어느 누구와도 비교할 수 없었다. '책으로 쓰면 몇 권은 되겠지.' 생각했다. 선지자를 만났을 때 이제 더이상 피를 보지 않을 것이라고 조앙은 생각했다. 그런데 이제 과거 어느 때보다 참혹한 전쟁에 빠져 있었던 것이다. 바로 이 전쟁을 위해 하나님 아버지께서 참회하라고 하셨던가? 계속해서 죽이고 동료들이 죽어가는 것을 보라고? 그렇다, 틀림없이 이 일 때문이다. 길에서 놀던 아이 둘에게 일렀다. 페드랑과 조아킴 마캄비라 노인에게 내가 헤레모아보로 빠지는 길목에서 만나자고 한다고 전해라. 조앙 아바데는 조앙 그란데를 만나러 가기 전에 로사리오 거리에서 참호를 파고 있던 파헤우를 찾아갔다. 마을 외곽에서 수백 미터 떨어진 곳에서 파헤우를 만났다. 파헤우는 길에 파놓은 함정을 어린 가시나무로 위장하고 있었다. 한 무리의 남자들 — 몇 명이 엽총을 메고 있었다 — 이 나뭇가지를 끌고 와 땅에 심고 있었다. 몇 명의 여자들이 땅바닥에 앉아 있는 남자들에게 먹을 것이 담긴 접시를 건네고 있었다. 남자들은 자기 차례의 일을 끝내고 잠시 쉬는 것 같았다. 조앙 아바데를 보고 모두 몰려왔다. 조앙 아바데는 궁금증이 가득한 얼굴들로 둘러싸였다. 한 여자가 아무 말 없이 옥수수 가루를 입혀 튀긴 염소 고기가 담긴 나무 접시를 건네주었다. 다른 여자는 물 항아리를 건네주었다. 조앙 아바데는 매우 지쳐 있었다. 계속 뛰어왔던 것이다. 조앙 아바데는 숨을 고르고 물을 한잔 들이킨 후에야 입을 열 수 있었다. 조앙은 먹으면서 말했다. 사람들이 귀 기울여 듣는지 마는지는 신경 쓰지 않았다. 몇 년 전 ― 조앙의 패거리와 파헤우의 패거리가 서로 치고 박고 할 때 ― 만 해도, 사람들이 귀를 기울이지 않는다 싶으면 온갖 못된 행패를 부리고 끝내 죽이고 말았을 것이다. 다행히 그런 어지럽던 시절은 지나간 과거에 불과했다.

  파헤우는 조아킴 신부가 전해준 새로운 군대가 온다는 소식에 놀라지 않았다. 질문 하나 하지 않았다. 1개 연대면 몇 명인지 파헤우는 알고 있을까? 아니, 몰랐다. 다른 사람들도 몰랐다. 조앙 아바데는 파헤우에게 용건을 꺼내놓았다. 남쪽으로 내려가 군대를 정탐하고 공격하라, 수년간 패거리를 이끌고 그 지역을 돌아다녔으니 누구보다 훤할 것 아니냐, 벨로 몬테가 준비할 시간을 벌기 위해, 군인들의 동태를 살피고 길잡이들과 짐꾼들을 침투시키고 함정을 파 군인들의 행보를 늦추는 일에 자네보다 더 뛰어난 사람이 어디 있느냐?

  파헤우는 받아들였다. 그러나 여전히 입을 열지 않았다. 누렇고 회칠한 듯한 피부, 얼굴에 깊이 파인 커다란 칼자국, 단단한 체구, 조앙 아바데는 파헤우가 도대체 몇 살이나 먹었을까 궁금했다. 나이를 가늠할 수는 없어도 이미 늙은이가 아닐까 생각했다.

"좋아." 소리가 들렸다. "날마다 소식을 전하지. 이들 중 몇 명이나 데려갈까?"

"좋을 대로." 조앙 아바데가 대답했다. "자네 사람들이니까."

"내 사람들이었지." 파헤우가 시답지 않다는 듯 투덜거렸다. 주위를 둘러싼 사람들을 속을 알 수 없는 뚱한 눈초리로 둘러보았다. 교활한 빛이 스쳤다. "이젠 선하신 예수님께 속한 사람들이야."

"우리 모두 선하신 예수님께 속한 사람들이지." 조앙 아바데가 말했다. 그리고 다급하게 덧붙였다. "출발하기 전에 안토니오 빌라노바가 탄약과 폭약을 줄 거야. 도화선도 있어. 타라멜라는 이곳에 남을 수 있겠나?"

타라멜라가 한 발 앞으로 나섰다. 몸집이 작은 남자였다. 날카로운 눈초리, 온몸에 난 흉터, 주름살, 넓은 어깨, 과거에 파헤우의 부관을 지낸 남자였다.

"자네와 함께 몬테 산토에 가고 싶네." 타라멜라가 쉿소리로 말했다. "난 항상 자네를 돌봐왔어. 내가 자네 수호 천사야."

"이제 카누도스를 돌보게. 나보다 더 중요해." 파헤우가 퉁명스럽게 대답했다.

"그래, 우리의 수호 천사가 되어주게." 조앙 아바데가 말했다. "외롭지 않도록 더 많은 사람들을 보내주겠네. 선하신 예수님을 찬양하라."

"찬양하라." 여러 사람이 대답했다.

조앙 아바데는 돌아서서 달리기 시작했다. 들판을 가로질렀다. 조앙 그란데가 있는 캄바이오 습지를 향해 성큼성큼 내달렸다. 달리면서 마누라를 생각했다. 길목마다 은신처를 만드네 참호를 파네 하면서부터 그녀를 보지 못했다. 그가 밤이고 낮이고 나돌아다니는 그 중심에는 카누도스가 자리잡고 있었다. 카누도스는 세상의 중심이나 다름없었다. 조앙 아바데는 한 떼의 사람들 ― 강물처럼 불었다 줄었다 했다 ― 틈에 끼어 돌아다닐 때 그녀를 알게 되었다. 그들은 선지자와 함께 마을을 찾아다녔다. 피곤한 하루 일정을 마친 밤이면 선지자를 둘러싸고 앉아 함께 기도하고 설교를 들었다. 그들 중에 너무 말라 허깨비처럼 보이던 여자가 하나 있었다. 하얀색 수도복을 수의처럼 감싸고 있던 여자였다. 한때 강도였던 남자는 여러 번 여자와 눈이 마주쳤다. 길을 걸을 때, 기도할 때, 쉴 때 여자는 남자에게서 한시도 눈을 떼지 않았다. 남자는 불편했다. 때로 무섭기도 했다. 고통으로 짓이겨진 눈빛이었다. 이 세상의 것이 아닌 형벌로 위협하는 듯한 눈초리였다.

어느 날 밤, 순례자들이 모닥불을 둘러싸고 잠이 들었을 때, 조앙 아바데는 여자 쪽으로 기어갔다. 모닥불 불빛으로 여자의 눈이 그를 쳐다보는 것을 알 수 있었다. "왜 날 항상 쳐다보는지 알고 싶소." 속삭였다. 여자는 힘이 너무 없어서인지 아니면 너무 싫어서인지 용을 한번 썼다. "당신이 복수하러 왔던 날 밤, 저는 쿠스토디아에 있었어요." 거의 들리지도 않는 소리였다. "당신이 처음 죽인 남자, 비명을 지른 남자가 바로 제 아버지였어요. 당신이 어떻게 아버지 배에 칼을 쑤셔 박았는지 봤어요." 조앙 아바데는 한참 동안 말이 없었다. 모닥불이 튀는 소리, 벌레들의 울음 소리, 여자의 한숨 소리를 들을 수 있었다. 오래 전, 그날 새벽, 바로 이 눈을 보았었다. 잠시 후, 아주 낮은 소리로 물었다. "그때 쿠스토디아에서 모두 죽지 않았나요?" "우리 세 사람은 죽지 않았어요." 여자가 중얼거렸다. "초가 지붕에 숨었던 돈 마티아스. 로사 부인은 상처는 치료했지만 아직 아물지는 않았어요. 그리고 저요. 나까지 죽이려 들었지만, 이제 다 나았어요." 마치 다른 사람, 다른 사건, 자기보다 더 가련한 여자 얘기를 하는 듯했다. "당시 몇 살이었습니까?" 강도가 물었다. "열이나 열둘, 그쯤이었을 거예요." 여자가 대답했다. 조앙 아바데는 여자를 쳐다보았다. 아직 어린 나이였을 것이다. 그러나 굶주림과 고난이 여자를 늙은이로 만들어버렸다. 순례자들을 깨우지 않기 위해 남자와 어린 소녀는 계속해서 낮은 목소리로 얘기를 이어갔다. 기억 속에 생생하게 살아 있는 그날 밤 사건을 아주 사소한 것까지 하나하나 파헤쳤다. 여자는 남자 세 명에게 강간당했다. 여자를 강간하고 나자 한 남자가 바지를 내린 남자들 앞에 여자를 무릎꿇게 했다. 똥 냄새가 진동했다. 마디가 굵은 손이 여자의 입을 벌리고 빳빳한 자지를 집어넣었다. 입이 꽉 찼다. 여자는 정액이 터져 나올 때까지 자지를 빨아야 했다. 남자가 정액을 삼키라고 명령했다. 강도 중 하나가 여자를 칼로 찔렀을 때 카타리나는 너무나 마음이 평화로웠다. "칼로 찌른 자가 나였소?" 조앙 아바데가 중얼거렸다. "모르겠어요." 여자가 소곤거렸다. "그때는, 낮이었지만, 사람들 얼굴도 구별할 수 없었고 어디에 있는지조차 알 수 없었어요."

그날 밤부터 한때 강도였던 남자와 쿠스토디아에서 살아남은 여자는 함께 기도하고 함께 길을 걸으며 지금으로서는 도저히 이해할 수 없는 지나온 삶에 대해 얘기를 나누었다. 여자는 구걸로 살아가던 세르히페 마을에서 선지자와 합류했다. 여자는 순례자들 중에서 선지자 다음으로 말라깽이였다. 여자는, 어느 맑은 날, 길을 가는 도중에 정신을 잃고 쓰러졌다. 조앙 아바데는 날이 저물 때까지 하루 종일 여자를 안고 길을 걸었다. 조앙 아바데는 여러 날 동안 여자를 업고 다녔다. 소화를 시킬 수 있도록 음식을 입으로 씹어 먹인 사람도 조앙 아바데였다. 밤이면, 선지자의 설교를 듣고 난 후에, 어린아이를 달래듯 소리꾼들의 이야기를 여자에게 들려주었다. 이제 어릴 때 들었던 그 이야기들이 생생하게 기억나기 시작했다. 어린 시절의 순수함을 회복했기 때문인지도 몰랐다. 여자는 말없이 이야기에 귀를 기울였다. 며칠 후, 여자는 다 죽어가는 목소리로 아랍 사람인 심술꾸러기와 악마 로베르토에 대해 물었다. 이제 이 동화 속의 인물들이 과거에 조앙을 사로잡았듯이 여자를 사로잡은 것 같았다.

여자는 회복되었다. 이제 제 발로 걸어다닐 수 있게 되었다. 어느 날 밤, 조앙 아바데가, 부끄러움으로 몸을 떨며, 여자를 갖고 싶다는 생각에 수도 없이 시달렸다고 순례자들에게 털어놓았다. 선지자가 카타리나를 불러 물었다. 방금 들은 얘기로 마음이 언짢지 않느냐. 여자는 고개를 가로 저었다. 모두가 침묵한 가운데 선지자가 물었다. 쿠스토디아 일로 아직까지 원한을 품고 있느냐. 여자는 재차 아니라고 했다. "너는 이제 깨끗이 씻겼다." 선지자가 말했다. 선지자는 두 사람이 손을 맞잡게 했다. 그리고 두 사람을 위해 하나님 아버지께 기도하자고 모두에게 부탁했다. 1주일 후, 시케-시케의 신부가 두 사람을 맺어주었다. 그게 언제였던가? 4, 5년 전이던가? 가슴이 벅차 올랐다. 마침내 캄바이오 산자락에 야군소들의 그림자가 아슴푸레 나타났다. 달리기는 멈추었지만 세상을 떠돌아다닐 때 그랬던 것처럼 종종걸음으로 빠르게 걸어갔다.

한 시간 후에 조앙 그란데를 만났다. 시원한 물을 마시고 옥수수를 먹으며 새로운 소식을 전했다. 두 사람밖에 없었다. 그 연대 — 그 수가 몇 명인지 아무도 몰랐다 — 라는 것이 온다는 소식을 전한 후 다른 사람들에게 자리를 피해 달라고 부탁했다. 한때 노예였던 남자는 늘 그렇듯이 맨발이었다. 끈으로 허리를 졸라맨 색 바랜 바지, 허리에 단도와 낫을 차고 있었다. 단추가 다 떨어져 나간 윗도리, 털이 무성한 가슴이 드러났다. 어깨에 카빈총을 매고 탄띠 두 줄을 목걸이처럼 목에 걸고 있었다. 선지자를 보호하기 위해 가톨릭 경비대를 조직하는데 자신이 대장이 될 것이라는 말을 듣고 머리를 세차게 흔들었다.

"왜 안 돼?" 조앙 아바데가 물었다.

"난 자격 없어." 흑인이 씹어뱉었다.

"선지자께서 자네가 적임자라고 하셨네." 조앙 아바데가 주장했다. "선지자께서 더 잘 아시지."

"명령할 줄 몰라." 흑인이 고집했다. "또 명령하는 걸 배우고 싶지도 않아. 대장은 다른 사람 시켜."

"자네가 대장할 거야." 거리의 총사령관이 말했다. "다투고 있을 시간 없어, 조앙 그란데."

흑인은 생각에 잠겨 언덕 위 바위 사이에 흩어져 있는 사람들을 둘러보았다. 그들 위에 펼쳐진 하늘은 납덩이 같았다.

"선지자를 모시는 일은 내겐 벅찬 일이야." 마침내 입을 열었다.

"좋은 사람을 뽑아. 이곳에 오래 있었던 사람, 우아우아와 이곳 캄바이오에서 용감하게 싸운 사람을 골라." 조앙 아바데가 말했다. "군대가 오면 가톨릭 경바대는 전열을 갖춰 카누도스의 방패가 돼야 해."

조앙 그란데는 입술을 꼭꼭 씹으며 침묵을 지켰다. 입 안에는 아무것도 없었다. 주변에 우뚝 솟은 봉우리를 바라보았다. 돈 세바스티안 왕의 군대가 봉우리 위에서 위용을 자랑하는 것 같았다. 그는 겁을 먹고 당황해했다.

"자네가 날 뽑았어. 베아티토도 선지자도 아냐." 더듬거렸다. "내게 은혜를 베푼 게 아냐."

"그래, 은혜를 베푼 게 아냐." 조앙 아바데가 긍정했다. "자네에게 은혜를 베풀기 위해 자넬 선택한 게 아냐. 물론 해를 끼치기 위해서도 아니고. 자네가 적임자이기 때문이야. 벨로 몬테로 가서 일을 시작해."

"선하신 예수 선지자를 찬양하라." 흑인이 말했다. 앉아 있던 바위에서 일어나 돌멩이투성이 황무지로 사라졌다.

"찬양하라." 조앙 아바데가 대답했다. 잠시 후, 한때 노예였던 남자가 달려가는 모습이 눈에 들어왔다.

"자네는 두 번씩이나 의무를 저버렸어." 루피노가 말한다. "에파미논다스가 원했지만 자넨 놈을 죽이지 않았어. 그리고 거짓말까지 했지. 죽었다고 믿게 만들었단 말이야. 두 번씩이나."

"첫번째 거짓말만 좀 심했지." 가야바가 말한다. "놈의 머리칼과 시체를 하나 건네주었지. 다른 사람 거지만, 그 사람도, 어느 누구도 구별 못했어. 그 외국인도 이제 곧 죽을 몸이야. 벌써 죽었는지도 모르지. 문젯거리도 아냐."

이타피쿠루의 불그스름한 강변, 케이마다스 무두질 공장 건너편이다. 여느 토요일과 마찬가지로 이번 토요일에도 사방에서 몰려든 온갖 장사꾼들이 노점을 벌이고 물건을 늘어놓고 팔고 있다. 장사꾼과 손님들간의 흥정 소리가 사람들 물결 위로 솟아오른다. 모자를 벗은 사람, 모자를 쓴 사람으로 장바닥이 바글거린다. 말이 울부짖는 소리, 개들이 짖는 소리, 나귀가 우는 소리, 어린애들이 칭얼거리는 소리, 술주정뱅이가 떠드는 소리도 섞여든다. 거지들은 부자연스러운 몸을 더욱 비틀어대며 사람들

동정심을 짜낸다. 기타를 치며 노래하는 소리꾼도 있다. 몇 명 안 되는 사람들을 모아놓고 이교도와 십자군간의 전쟁과 사랑타령을 늘어놓고 있다. 젊거나 늙은 집시 여자들은 팔찌를 촘촘히 두르고 암탉을 흔들어대며 점을 치고 있다.

"어쨌든, 감사한 일이네." 루피노가 말한다. "자넨 의리가 있어, 가야바. 그래서 항상 자넬 존경한다네. 그래서 모두가 자넬 존경하는 거지."

"더 중요한 의무란 게 뭔가?" 가야바가 묻는다. "주인과의 일인가, 친구와의 일인가? 아무것도 모르는 놈이라도 내가 한 일을 잘했다고 할걸세."

두 사람은 심각한 표정으로 나란히 걷는다. 주변이 아무리 혼란스럽고 복잡해도 신경 쓰지 않는다. 막무가내로 길을 열어간다. 사람들을 째려보거나 어깨로 밀치며 나간다. 때로 누군가가 진열대 뒤나 천막 안에서 두 사람을 보고 인사한다. 두 사람 모두 칼로 베듯 인사를 받는 바람에 아무도 가까이 다가오지 못한다. 미리 약속이나 한 듯 마실 것을 파는 좌판으로 향한다. 나무 의자, 나무 탁자, 나뭇가지 장식이 고작이다. 다른 데보다 사람도 적다.

"내가 그곳 이푸피아라에서 놈을 끝장냈더라면 그건 자넬 모욕하는 일이었을 거야, 아마." 가야바가 말한다. 생각하고 또 생각한 것을 말하는 듯하다. "자네 손으로 직접 끝내도록 해야지."

"놈을 죽이러 왜 이곳으로 온 거야?, 처음 번에 말이야." 루피노가 말을 자른다. "왜 하필 내 집이야?"

"에파미논다스가 놈이 그곳에서 죽기를 원했지." 가야바가 말한다. "자네나 후레마를 죽일 생각은 없었어. 후레마가 다치지 않게 조심하다 보니 내 부하만 죽은 거야." 송곳니 사이로 침을 뱉는다. 그리고 생각에 잠긴다. "부하들이 죽은 것도 내 잘못이겠지. 놈이 반격할 줄 몰랐어, 싸움을 못할 걸로 생각했단 말야. 그렇게 보였거든."

"맞아." 루피노가 말한다. "그렇게 보였지."

두 사람이 자리에 앉는다. 다른 사람이 듣지 못하도록 의자를 당겨 앉는다. 그들을 맞았던 여자가 사발 두 개를 내려놓으며 소주를 들겠느냐고 묻는다. 예, 소주요. 여자가 소주 반병을 가져온다. 길잡이가 술을 따른다. 두 사람은 건배도 하지 않고 마신다. 이번에는 가야바가 잔을 채운다. 가야바는 길잡이보다 나이가 더 많다. 항상 꼼짝도 않던 눈이 이제 시들해졌다. 언제나 그렇듯이 가죽옷을 입고 있다. 머리에서부터 발끝까지 가죽을 뒤집어쓰고 있다.

"그년이 놈을 살렸다고?" 루피노가 말한다. 결국 눈길을 떨군다. "그년이 자네 팔을 붙잡았다고?"

"나는 그 여자가 놈과 붙어먹었나 하고 생각했지." 가야바가 끄덕인다. 그날 아침에 나타났던 놀란 표정이 아직 얼굴에 남아 있다. "갑자기 달려들어 내 팔을 붙잡았을 때, 놈과 함께 날 공격했을 때." 어깨를 으쓱하고 침을 뱉는다. "이미 놈의 여자가 된 거였지. 그렇지 않다면 왜 놈을 지켰겠어?"

"맞아." 루피노가 말한다.

"왜 나를 죽이지 않았는지 이해할 수 없어." 가야바가 말한다. "이푸피아라에서 후레마에게 물어보았네. 어떻게 설명해야 할지 모르더군. 그 외국인 놈, 이상한 놈이야."

"이상하지." 루피노가 말한다.

장터에 모인 사람들 속에는 군인들도 있다. 브리토 소령의 토벌대에서 떨어져나온 군인들이다. 이곳에서 군대가 오기를 기다리고 있다고들 한다. 다 떨어진 군복을 걸치고 거지들처럼 떠돌아다니며 마트리스 광장이나 역이나 강변에서 잠을 잔다. 둘씩 혹은 넷씩 짝을 지어 노점상을 기웃거리며 주변에 있는 여자들을, 먹을 것을, 술을 게걸스럽게 쳐다본다. 사람들은 군인들에게 말을 걸지도, 말을 듣지도, 쳐다보지도 않는다.

"약속은 두 사람을 하나로 만드는 거야, 그렇지?" 루피노가 힘없이 말한다. 이마에 깊은 주름이 잡힌다.

"하나로 만들지." 가야바가 끄덕인다. "선하신 예수님이나 성모마리아 앞에서 한 약속을 어떻게 깰 수 있단 말인가?"

"남작 앞에서 한 약속이라면?" 루피노가 고개를 내밀며 말한다.

"그건, 남작 앞에서 한 약속이라면 깰 수 있겠지." 가야바가 말한다. 다시 잔을 채운다. 두 사람은 마신다. 장바닥의 소란 속에서, 격렬한 말다툼 소리가 멀리서 들리다 한바탕 웃음소리로 끝난다. 하늘이 구름장으로 덮인다. 비가 올 것 같다.

"자네 감정 이해해." 가야바가 다급하게 말한다. "잠을 못 이룬다는 것도 알아. 자네로선 세상이 끝장났다는 것도 알아. 다른 사람과 있을 때나 나와 함께 있을 때도 온통 복수 생각뿐이라는 걸 알아. 그래, 루피노. 명예는 지켜야지."

개미떼가 일렬로 탁자 위를 가로질러 술병을 돌아간다. 술병은 비어 있다. 루피노는 개미떼가 사라져가는 모습을 지켜본다. 잔을 손에 들고 꽉 움켜쥔다.

"염두에 두어야 할 일이 있네." 가야바가 덧붙인다. "죽음으로는 부족해. 불명예를 씻지 못해. 팔을 자르거나 면상에 칼을 그어야 해. 얼굴은 어머니나 마누라만큼 신성한 부분이거든."

루피노가 일어난다. 좌판 주인 여자에게 다가간다. 가야바는 호주머니를 뒤진다. 그러나 길잡이가 가야바를 막고 돈을 낸다. 말없이 거스름돈을 기다린다. 두 사람은 나름대로 생각에 잠겨 있다.

"자네 어머니께서 카누도스로 가셨다는 말이 사실인가?" 가야바가 묻는다. 루피노가 끄덕인다. "많이들 가는군. 에파미논다스는 지역 수비대를 만들기 위해 사람들을 대대적으로 모으고 있어. 군대가 오면 돕겠다는 거지. 내 가족도 성자와 함께 있어. 자기 살붙이와 싸우기란 정말이지 어려워, 그렇지 않나, 루피노?"

"내겐 다른 전쟁이 있어." 루피노가 주인 여자가 건네주는 돈을 챙기며 중얼거린다.

"잘되길 비네. 놈이 병으로 죽지 않길 바래." 가야바가 말한다.

두 사람의 그림자가 케이마다스 장바닥 소란 속으로 사라진다.

"남작, 이해할 수 없는 일이 하나 있어." 호세 베르나르도 무라우 대령이 되풀이해 말했다. 흔들의자에 앉아 기지개를 폈다. 다리를 밀며 의자를 천천히 흔들고 있었다. "모레이라 세사르 대령은 우릴 미워하고 우린 그 자를 미워하지. 그 자가 온다는 것은 에파미논다스에게는 대단한 승리지만 우리가 수호하는 것으로 보면 엄청난 패배야. 우린 리우가 우리 일에 참견하지 못하도록 하고 있단 말이지. 그것도 그렇고, 자치당은 살바도르에서 그 자를 영웅처럼 대대적으로 환영했고, 이제 우리는 그 살인마를 누가 더 열심히 돕는지 에파미논다스와 경쟁하고 있지 않나 말이야."

석회를 바른 시원한 방이었다. 세월의 때가 묻어났다. 벽에는 균열이 가 있었다. 어수선했다. 청동 항아리에는 시든 꽃가지가 꽂혀 있었고 방바닥은 거칠었다. 창을 통해 햇빛에 반짝이는 사탕수수밭이 보였다. 집 근처에서는 한 떼의 하인들이 말을 준비하고 있었다.

"시절이 어지럽다네, 친애하는 호세 베르나르도." 카냐브라바 남작이 웃었다. "우리가 지금 살고 있는 밀림에서는 지성인조차도 길을 찾지 못해."

"난 지성인 따위완 인연 없네. 농장주들이 갖춰야 할 덕목이 아냐." 무라우 대령이 투덜거렸다. 밖을 향해 공연한 손짓을 해

보였다. "난 반세기를 이곳에서 살아왔어. 모든 게 무너져내리는 것을 보며 늙어왔단 말일세. 위안을 삼고자 한다면, 이제 곧 죽어 이 땅이 완전히 망하는 꼴을 보지 않는 것이지."

사실 대령은 폭삭 늙은 남자였다. 반질반질한 피부에 뼈밖에 남지 않은 남자였다. 마디가 굵은 손으로 엉성하게 면도질한 얼굴을 자주 문질렀다. 옷도 일꾼처럼 입었다. 색 바랜 바지, 앞이 트인 셔츠, 그 위에 단추가 떨어져나간 생가죽 조끼를 걸치고 있었다.

"몹쓸 바람은 금방 지나가." 아달베르토 데 구무시오가 말했다.

"내겐 안 그래." 농장 주인이 손가락 마디를 꺾었다. "최근 이 땅에서 몇 명이나 달아난지 알아? 수백 가구야. 77년도 가뭄, 남부 커피 농장 농민들과 아마존 고무 농장 노동자들의 허깨비 소동, 이젠 또 저 빌어먹을 카누도스야. 카누도스로 가는 사람들이 얼마나 되는 지 알기나 해? 집이니 가축이니 일이니 다 팽개치고 간단 말일세. 그곳에서 이 세상 종말을, 돈 세바스티안 왕이 오기를 기다린단 말이야." 그는 멍청하게 두 사람을 쳐다보았다. "무슨 일이 벌어질지 내 알려줌세. 지성인이 아니어도 알 수 있어. 모레이라 세사르가 에파미논다스를 바이아 주지사로 임명하겠지, 그러면 에파미논다스와 그 패거리들이 우릴 협박해 농장을 헐값에 넘기게 하거나 공으로 차지하려 들겠지, 우릴 이용해 먹을 거란 말이야."

남작과 구무시오 앞에 탁자가 하나 있었다. 탁자에는 마실 것과 빵 바구니가 놓여 있었지만 아무도 손대지 않았다. 남작은 코담배 상자를 열어 친구들에게 권한 후에 기분 좋게 한 모금 들이마셨다. 잠시 눈을 감고 있었다.

"우린 브라질을 자코뱅당 놈들에게 넘겨주지 않아, 호세 베르나르도." 남작은 눈을 뜨며 입을 열었다. "놈들이 아무리 영악하게 일을 꾸며도 그런 결과는 오지 않네."

"이미 브라질은 놈들 것이야." 무라우 대령이 말을 끊었다. "모레이라 세사르가 이곳에 온 것이 바로 그 증거야. 정부가 보냈단 말야."

"리우 장교 클럽의 압력으로 지명된 걸세. 한 줌밖에 안 되는 자코뱅당 놈들이 모라이스 대통령이 와병중인 것을 이용해먹은 거야." 남작이 말했다. "사실상 이것은 모라이스에 대한 음모야. 계획은 분명해. 카누도스는 놈들이 더 많은 영광과 더 많은 이득을 챙기기 위한 수단에 불과해. 모레이라 세사르가 군국주의자들의 음모를 분쇄한다! 모레이라 세사르가 공화국을 수호한다! 오로지 군부만이 이 나라 안전을 보장한다는 것을 알리는 데 이보다 더 좋은 구실이 어디 있는가? 군부가 실권을 쥐게 되면, 그땐 독재 공화국이 되는 거지." 남작은 조금 전만 해도 웃고 있었다. 그러나 이제 심각해졌다. "그 꼴을 보고만 있을 수는 없어, 호세 베르나르도. 군국주의자들의 음모를 분쇄해야 할 사람은 자코뱅당 놈들이 아니라 바로 우리야." 기분이 상한 듯 얼굴을 찡그렸다. "친구, 신사 노릇 하듯 해선 안 되지. 정치란 더러운 짓거리야."

남작의 말이 무라우 노인의 기분을 자극한 것 같았다. 노인의 표정이 밝아졌다. 노인은 한바탕 웃어젖혔다.

"좋았어. 항복이야, 이 더러운 양반들아." 큰소리로 외쳤다. "그래 내 보내지, 노새, 길잡이, 양식, 그 살인마가 필요로 하는 것이라면 뭐든 보내겠네. 좋아, 이곳을 제7연대 야영지로 제공하겠네."

"자네 땅을 지나가지 않을 것이 확실해." 남작이 감사를 표했다. "자넨 그 작자 얼굴조차 볼 필요 없네."

"브라질이 온통 우리가 공화국에 반대한다고 믿게 놔둘 수는 없지. 게다가 우리가 영국과 짜고 군주국을 재건한다고 하다니." 아달베르토 데 구무시오가 말했다. "자넨 모르나, 호세 베르나르도? 그놈의 책략을 즉시 분쇄해야지. 애국심을 가지고 장난질을 치다니."

"에파미논다스가 장난을 친 거야, 그것도 아주 멋지게 말이야." 무라우가 씹어뱉었다.

"맞는 말이야." 남작이 끄덕였다. "나, 자네, 아달베르토, 비아나, 우리 모두 놈쯤은 신경 쓸 것 없다고 생각했었지. 그런데, 사실 말이지, 이젠 놈이 위험한 적수로 컸단 말이거든."

"우릴 향한 모든 음모는 일고의 가치도 없는 허무맹랑한 것에 불과해." 구무시오가 말했다.

"그래도 지금까지는 효과가 있잖아." 남작은 바깥을 힐끗 내다보았다. 그래, 말은 준비되어 있군. 즉시 여행을 계속해야겠다고 친구들에게 알렸다. 이곳에서의 임무는 마쳤다. 바이아 최고의 고집불통 농장 주인을 설득시켰던 것이다. 이제 에스텔라와 세바스티아나가 출발할 수 있는지 보러 갈 것이다. 호세 베르나르도 무라우가 일깨워주었다. 케이마다스에서 온 남자가 두 시간 전부터 남작을 기다리고 있었다. 남작은 완전히 잊고 있었다. "그래, 맞아." 중얼거렸다. 남자를 들여보내라고 명령했다.

잠시 후 루피노가 문으로 들어왔다. 루피노는 밀짚모자를 벗고 집주인과 구무시오에게 절을 한 후에 남작에게 다가갔다. 절을 하고 손에 입을 맞추었다.

"이 사람, 정말 반갑군 그래." 다정하게 어깨를 두드리며 말했다. "우릴 보러 오다니, 얼마나 좋아. 후레마는 어떤가? 같이 오지 그랬나. 에스텔라가 반가워할 텐데."

길잡이는 모자를 구기며 계속 고개를 숙이고 있었다. 무척이나 부끄러워하는 기색이었다. 옛날에 데리고 있던 일꾼이 왜 찾아왔는지 궁금해지기 시작했다.

"자네 안사람에게 무슨 일 있는 건가?" 물어보았다. "후레마가 아파?"

"대부님, 약속을 깰 수 있도록 허락해주십시오." 루피노가 단숨에 말을 마쳤다. 무심히 있던 구무시오와 무라우가 대화에 귀를 기울였다. 침묵. 팽팽한 긴장감이 감돌았다. 남작은 어떻게 대답해야 할지, 무슨 약속을 했었는지 기억해내기 위해 잠시 시간을 끌었다.

"후레마?" 남작은 눈을 깜박이며 기억을 짜내려 애썼다. "후레마가 뭘 어떻게 했나? 루피노, 설마 자넬 저버리진 않았겠지?

자넬 저버리고 딴 남자를 따라갔다는 얘긴가?"

이마에 축 늘어진 더러운 머리카락이 거의 알아볼 수 없을 정도로 흔들렸다. 남작은 루피노가 왜 눈길을 피하는지 알 수 있었다. 루피노가 얼마나 애를 쓰고 있는지, 얼마나 고통스러워하는지 알 수 있었다. 불쌍한 생각이 들었다.

"루피노, 왜?" 얼굴을 찡그리며 물었다. "뭘 얻겠다고? 한 번도 아니고 두 번씩이나 자넬 욕보이다니. 떠났다면, 그년은 마땅히 죽어야 해. 스스로 목숨을 끊어야 해. 후레마는 잊어버리게나. 케이마다스에서 보낸 시절도 잊어버려. 자네에게 충실한 다른 여자를 구할 수 있을 거야. 우리와 함께 칼룸비로 가세. 그곳에 친구가 많지 않나."

구무시오와 호세 베르나르도 무라우는 잔뜩 긴장해서 루피노의 대답을 기다렸다. 구무시오는 음료수를 마시다 말고 컵을 입에 댄 채 그대로 있었다.

"대부님, 약속을 깰 수 있도록 허락해주십시오." 마침내 길잡이가 입을 열었다. 고개는 들지 않았다.

진심에서 우러난 미소가 아달베르토 데 구무시오의 얼굴에 나타났다. 남작과 옛 하인의 대화를 귀기울여 듣고 있었던 것이다. 반면에 호세 베르나르도 무라우는 하품을 토했다. 남작은 생각했다. 어떤 위로도 소용없다, 피할 수 없는 것은 받아들여야 한다, 그렇다 아니다로 대답해야 한다, 루피노의 결심을 돌려놓기 위해 자신을 속일 수는 없다. 그래도 시간은 벌고 싶었다.

"누가 데려갔나?" 중얼거렸다. "누구랑 갔어?"

루피노는 잠시 후에 입을 열었다.

"케이마다스에 온 어느 외국인입니다." 잠시 말을 끊었다. 신중하게 덧붙였다. "제게 보낸 사람이었습니다. 카누도스로 가고 싶다고 했습니다. 야군소들에게 무기를 공급해주겠다고."

아달베르토 데 구무시오가 컵을 놓쳤다. 컵은 발치에서 산산조각 났다. 그러나 컵이 바닥에 떨어져 요란한 소리를 내며 산산조각이 났어도 세 사람은 꼼짝하지 않았다. 세 사람은 눈을 크게 뜨고 사색이 되어 길잡이를 바라보고 있었다. 길잡이는 고개를 숙인 채 입을 다물고 꼼짝도 하지 않았다. 자신이 방금 무슨 일을 저질렀는지 전혀 모르는 것 같았다. 남작이 먼저 정신을 차렸다.

"어느 외국인이 카누도스로 무기를 가져가려 했다고?" 자연스럽게 보이려고 애쓰는 바람에 남작의 목소리가 잠겨들었다.

"가려고 했지만 가진 못했습니다." 더러운 머리카락이 출렁거렸다. 루피노는 예의바른 자세로 계속 바닥을 내려다보고 있었다. "에파미논다스가 그 사람을 죽이라고 지시했습니다. 에파미논다스는 그 사람이 죽었다고 믿고 있습니다. 그러나 죽지 않았습니다. 후레마가 그 사람을 살렸습니다. 지금 후레마는 그 사람과 함께 있습니다."

구무시오와 남작은 놀라 서로 쳐다보았다. 호세 베르나르도 무라우는 투덜거리며 흔들의자에서 일어나려고 힘을 썼다. 남작이 무라우보다 먼저 일어났다. 안색이 창백했고 손이 떨리고 있었다. 길잡이는 세 사람이 동요하고 있다는 사실을 전혀 눈치채지 못했다.

"갈릴레오 같이 아직 살아 있다면," 구무시오가 주먹으로 손바닥을 내리치며 마침내 입을 열었다. "불에 탄 시체가, 잘라온 머리가, 그 따위 짓거리가 모조리……."

"머리를 자르지 않았습니다, 나리." 루피노가 말머리를 잘랐다. 어지러운 방에 다시 살얼음판 같은 정적이 흘렀다. "긴 머리카락을 잘랐을 뿐입니다. 시체는 자기 자식을 죽인 미친놈의 시체입니다. 외국인은 살아 있습니다."

입을 다물었다. 아달베르토 데 구무시오와 호세 베르나르도 무라우가 동시에 여러 가지 질문을 해왔다. 자세히 설명해보라고, 말을 하라고 다그쳤지만 루피노는 침묵을 지켰다. 남작은 자기 땅에 사는 사람들을 잘 알고 있었다. 길잡이가 하고 싶은 말을 다했다면 아무리 쥐어짜도 한마디라도 더 들을 수는 없었다.

"이 사람아, 우리에게 해줄 다른 말은 없나?" 한손을 어깨에 올려놓았다. 자신이 흥분해 있다는 사실을 숨기지 않았다.

루피노는 고개를 저었다.

"와줘서 고맙네." 남작이 말했다. "이 사람, 날 위해 아주 큰일을 해낸 거야. 우리 모두를 위해 말이야. 자넨 모르겠지만 이 나라를 위해서도 큰일을 한 거야."

루피노의 목소리가 다시 울렸다. 이전보다 더 고집스러웠다.

"대부님, 대부님께 한 약속을 깰 수 있도록 허락해주십시오."

남작은 침통하게 고개를 끄덕였다. 생각했다. 공연히 죄 없는 사람에게 사형을 선고하려고 들었다. 고귀한 이상을 품었던 사람일 수도 있었다. 기분이 언짢아졌다. 해야 할 얘기가 부담스러웠다. 그러나 다른 방도가 없었다.

"자네 생각이 원하는 대로, 그렇게 하게나." 더듬거렸다. "하나님께서 함께하시며 용서하실걸세."

루피노는 고개를 들고 한숨을 내쉬었다. 남작은 볼 수 있었다. 눈은 핏발이 서 있었고 촉촉이 젖어 있었다. 혹독한 시련을 견뎌내고 살아난 사람의 얼굴이었다. 무릎을 꿇었다. 남작은 이마에 십자가를 그어주고 손에 입맞추게 했다. 길잡이가 일어났다. 방에서 나갔다. 다른 두 사람은 쳐다보지도 않았다.

먼저 입을 연 사람은 아달베르토 데 구무시오였다.

"내 머리 숙여 경의를 표하네." 발치에 흩어진 유리 조각을 내려다보며 말했다. "에파미논다스라는 놈, 정말이지 꼼수가 많은 놈이야. 정말이야, 우리가 놈을 너무 과소평가했어."

"우리 편이 아니라는 것이 유감이지." 남작이 덧붙였다. 그러나 놀라운 사실을 발견했음에도 남작의 머리에 떠오른 사람은 에파미논다스 곤살베스가 아니라 후레마였다. 루피노가 죽일 계집. 그 소식을 듣게 되면 남작 부인도 고통스러워할 것이었다.

3

"포고문이 어제부터 저기 붙어 있었다." 모레이라 세사르는 벽보를 채찍으로 가리키며 말한다. 모든 시민들은 집에 있는 화기를 제7연대에 신고해야 한다는 내용이다. "오늘 아침, 부대가 도착해 등록을 시작하기 전에 미리 알렸다. 당돌하게 행동하면 어떤 꼴을 당할지 다들 알고 있었다."

포로들이 서로 등을 대고 묶여 있다. 얼굴과 상체에는 얻어맞은 흔적이 없다. 맨발에 모자도 쓰지 않았다. 부모자식간이거나, 삼촌과 조카, 혹은 형제간일 수도 있다. 젊은이는 늙은이의 얼굴을 빼박은 듯하다. 이제 막 판결이 난 군사재판소 탁자를 쳐다보는 모습도 한가지다. 재판을 담당한 장교 세 명 중 둘은 올 때와 마찬가지로, 판결을 내릴 때와 마찬가지로 서둘러 칸산사오로 속속히 밀려드는 중대를 향해 가고 있다. 모레이라 세사르만이 자리를 지키며 범죄에 사용한 증거물 옆에 남아 있다. 증거물은 카빈총 두 자루, 탄약 상자 하나, 화약 주머니 하나다. 포로들은 무기를 감추었을 뿐만 아니라 자신들을 검거한 군인들을 공격해 사병 한 명을 죽이기까지 했다. 칸산사오의 모든 주민 — 농부 수십 명 — 은 마당에 모여 있다. 군인들이 착검한 채로 주민들이 다가오지 못하도록 앞을 막고 있다.

"이런 쓰레기들은 전혀 쓸모 없다." 대령이 군화발로 카빈총을 걷어찬다. 목소리에는 조금 치의 원망도 섞여 있지 않다. 대령은 옆에 있던 중사 쪽으로 돌아선다. 시간이라도 묻듯 중사에게 명령한다. "소주 한 모금씩 주도록."

망연자실해서, 혹은 겁에 질려, 잔뜩 웅크린 채 숨을 죽이고 있는 포로들 옆에 신문 기자들이 모여 있다. 모자를 쓰지 않은 사람들은 손수건으로 내리쬐는 햇빛을 가리고 있다. 벌판 너머에서 소란한 소리가 계속해서 들려온다. 땅을 밟는 군홧발 소리, 말발굽 소리, 말 울음소리, 명령을 내리는 소리, 삐걱거리는 소리, 웃음소리. 속속 도착하는 군인들이나 이미 와서 쉬고 있는 군인들은 지금 벌어지는 일에 전혀 관심을 나타내지 않는 듯싶다. 중사는 술 한 병을 따서 포로들의 입에 대준다. 두 사람 다 한 모금 길게 마신다.

"총살형 시켜주시오, 대령." 젊은 쪽이 느닷없이 간청한다.

모레이라 세사르는 고개를 젓는다.

"공화국을 배반한 놈에게는 총알도 아깝다. 용기를 내라. 사내답게 죽어라."

신호를 내린다. 두 명의 군인이 허리에서 칼을 빼들고 앞으로 나선다. 절도 있게 서로 동작을 맞춘다. 각각 왼손으로 포로의 머리채를 잡고 우악스럽게 고개를 뒤로 젖힌다. 그리고 동시에 목을 깊숙이 벤다. 젊은이의 짐승 같은 신음 소리와 늙은이의 절규가 끊어진다.

"선하신 예수 선지자 만세! 벨로 몬테 만······!"

군인들이 다가간다. 주민들의 접근을 막으려는 것 같다. 그러나 주민들은 움직이지 않는다. 몇 명의 신문 기자는 눈길을 떨군다. 한 명은 멀거니 쳐다본다. 『뉴스 저널』의 안경쟁이 기자는 우거지상이다. 모레이라 세사르는 널브러진 몸뚱이를 바라본다. 피범벅이다.

"포고문 밑에 전시하도록 하라." 부드러운 목소리다.

그리고 즉각 처형에 대해 잊어버린 듯싶다. 종종걸음으로 마당을 가로질러 그물 침대가 준비되어 있는 오두막으로 향한다. 신문 기자들도 몸을 움직여 대령을 따라붙어 둘러싼다. 대령은 심각한 표정으로 말없이 걷는다. 더위와 충격으로 얼굴이 벌겋게 상기된 신문 기자들과는 달리 피부가 바싹 말라 있다. 신문 기자들은 바로 코앞에서 벌어졌던 참수형으로 인한 충격에서 벗어나지 못하고 있다. 전쟁, 잔혹성, 고난, 운명이라는 말뜻이 이제 더이상 추상적인 의미가 아니었다. 이제는 구체적으로, 생생하게 다가온 것이다. 그래서 입을 열지 못한다. 오두막 입구에 도착한다. 전령이 나와 대령을 맞는다. 세숫대야와 수건을 가져온다. 제7연대 연대장은 손을 씻고 얼굴에 물을 뿌린다. 항상 옷

차림이 단정한 신문 기자가 더듬거린다.

"각하, 이번 처형을 기사화해도 되겠습니까?"

모레이라 세사르는 듣지 못한다. 혹은 대답할 가치조차 없다고 생각하는 모양이다.

"가만히 보면 말입니다, 오직 인간만이 죽음을 두려워합니다." 대령이 얼굴을 닦으며 말한다. 웅변조가 아니다. 자연스러운 어투다. 밤에 부하 장교들과 잡담을 나눌 때 듣던 그런 목소리다. "그래서, 유일하게 효과적인 방법입니다. 물론 공정한 재판을 받아야겠지요. 시민들에게 교훈이 되고 적의 사기를 저하시킵니다. 끔찍하죠. 나도 압니다. 그러나 이렇게 해야 전쟁에서 이길 수 있습니다. 오늘 여러분은 불로 세례를 받은 겁니다. 기자 여러분들은 무슨 뜻인지 아시겠지요."

간단하게, 쌀쌀맞게 인사한다. 신문 기자들은 이제 인터뷰가 완전히 끝났음을 안다. 대령은 등을 돌려 오두막 안으로 들어간다. 군복들이 바쁘게 돌아다니고, 지도가 펼쳐지고, 부관들이 차려 자세를 취한다는 것을 신문 기자들은 짐작만 할 수 있을 뿐이다. 신문 기자들은 착잡하고 어지럽고 혼란스러운 심정으로 마당을 가로질러 참모부로 향한다. 그곳에서는 휴식 때마다 장교와 동등한 대접을 받곤 했다. 그러나 오늘은 국물도 없을 것이 확실하다.

다섯 명의 신문 기자는 부대와 보조를 맞추느라 매우 지쳐 있다. 바지는 엉망이고, 다리는 뻣뻣하고, 피부는 모래사막 태양에 그을렸다. 케이마다스와 몬테 산토 사이에 있는 선인장과 가시

나무뿐인 사막이다. 저 많은 연대 병력이 어떻게 이같은 강행군을 견디어내는지 궁금하다. 물론 견디지 못하는 병사도 있다. 짐짝처럼 쓰러져 의무대 짐마차에 실려 가는 병사도 있다. 지친 병사가 다시 기운을 차리면 호되게 얼차려를 받는 모습도 보인다. '이런 게 전쟁이란 말인가?' 안경쟁이 기자는 생각한다. 처형이 있기 전에는 전쟁처럼 보이는 것이 전혀 없었다. 그래서 제7연대 연대장이 무자비하게 부하들을 몰아치는 것을 이해할 수 없었다. 바로 이런 식으로 미쳐 돌아가게 되는 것인가? 내륙에서는 야군소들이 훨씬 더 잔혹한 짓을 저지른다고 하지 않던가? 적들은 대체 어디 있는가? 거의 텅텅 빈 마을들뿐이었다. 가련한 인간군상이 무심한 눈길로 군인들을 바라보았다. 질문을 하면 꽁무니를 뺐다. 부대는 공격받지 않았다. 총소리도 들리지 않았다. 모레이라 세사르가 확신한 것처럼, 사라진 짐승들은 적들이 훔쳐간 것이 사실인가? 저 왜소하지만 정력적인 남자는 기자들에게 동정을 보이지는 않아도 확신만은 심어준다. 거의 먹지도 자지도 않지만 잠시도 나약한 모습을 보이지 않는다. 밤에, 새우잠이라도 자려고 담요를 두르고 누워 있을 시간에도, 대령은 군복 단추 하나 풀지 않고, 소매도 걷어올리지 않고, 병사들의 행렬을 따라 뛰어다녔고, 보초들을 찾아다니며 말을 걸었고, 참모부와 함께 작전을 구상했다. 새벽에 기상 나팔이 울리면, 기자들이 잠을 이기지 못해 겨우 눈을 뜨는 시간에도, 대령은 세면과 면도를 끝내고, 전초부대 전령들을 만나고, 대포를 검사하고 있었다. 마치 잠을 자지 않은 듯했다. 잠시 전에 처형이 있기까지 신문 기자들에게 전쟁은 바로 대령이었다. 전쟁에 대해 끊임없이 떠벌리는 사람은 대령 한 사람뿐이었다. 대령은 자신 있게 떠들었다. 지금은 전쟁중이다, 당신들 주위에서 이미 전쟁이 시작되었다, 이제 곧 몰려올 것이다. 대령은 신문 기자들을 설득시켰다. 우리를 보기 위해 나온 저 피에 굶주린 철면피들 — 처형당한 사람들과 똑같은 — 중 대부분이 적들과 한통속이다, 저 풀죽은 눈초리 뒤에서 우리를 하나하나 세고 재고 외고 있는 것이다, 이렇게 모은 정보는 항상 우리보다 한 발 앞서 카누도스로 전해진다. 안경쟁이 기자는 아까 그 늙은이가 죽기 전에 "선지자 만세"를 외쳤던 일을 기억하고 생각에 잠긴다. '사실일 것이다. 분명 사실일 것이다. 저들 모두가 바로 적이다.'

여느 때 휴식 시간과 달리 이번에는 기자들 중 누구도 졸지 않는다. 하나같이 착잡하고 불안한 심정으로 입을 다물고 있다. 천막 옆에서 담배를 피우거나 생각에 잠겨 있다.『뉴스 저널』기자는 시체에서 눈을 떼지 못한다. 시체들은 그들이 거역한 포고문이 나부끼는 나무 밑에 널브러져 있다. 한 시간 후, 기자들은 다시 부대 선두에 있다. 모레이라 세사르 대령과 기수들 바로 뒤다. 이미 막을 올린 전쟁을 향해 나아간다.

몬테 산토에 도착하기 전, 또 다른 놀라운 사건이 그들을 기다리고 있다. 휘갈겨 쓴 종이 한 장이 네거리에서 칼룸비 농장으로 가는 지름길을 가리키고 있다. 부대는 여섯 시간의 강행군 끝에 이곳에 도착했다. 다섯 명의 기자 중『뉴스 저널』의 허수아비처럼 마른 기자만이 이 사건의 가장 정확한 증인이 될 것이다. 그 기자와 제7연대 연대장 사이에 미심쩍은 관계가 형성되었다. 우정이라고도 공감이라고도 보기 힘든 관계. 서로 으르렁대는 가운데 형성된 호기심이라고나 할까, 극과 극 사이에 조성된 이끌림이라고나 할까. 사실은 이렇다. 만화 주인공 같은 이 남자는, 받침판을 무릎이나 안장에 대고 글을 쓰거나 휴대용 잉크병 — 카보클로 혼혈들이 사냥용 화살에 독을 바르기 위해 가지고 다니는 독극물병과 같이 생겼다 — 에서 펜을 적실 때뿐만 아니라, 곧 쓰러질 것 같은 위태위태한 자세로 걷거나 말을 타고 갈 때에도 뭔가에 정신을 빼앗긴 듯한 모습으로 대령에게서 눈을 떼지 않았다. 기자는 계속해서 대령을 관찰했다. 그리고 대령에게 다가갈 수 있는 기회를 놓치지 않았다. 동료들과 잡담을 나눌 때도 모레이라 세사르만이 유일하게 관심을 갖는 주제였다. 카누도스나 전쟁보다 더 중요한 듯싶었다. 그렇다면 그 젊은 기자의 어떤 점이 대령의 관심을 끌었을까? 독특한 복장과 외모, 볼품 없는 체형, 균형이 맞지 않는 사지, 무성한 머리털과 솜털, 때가 새카맣게 낀 기다란 손톱, 흐느적거리는 동작. 이 모든 것은 대령으로서는 사내답다거나 용감하다고 볼 수 없었을 것이다. 그러나 그 병신 같은 모습 속에, 그 비위에 거슬리는 목소리에, 확고한 신념으로 눈을 반짝이는 그 왜소한 장교를 알게 모르게 매혹시키는 무엇인가가 있었다. 대령은 기자들과 얘기를 나눌 때면 항상 그 젊은 기자를 쳐다본다. 식사 후에 심심찮게 단 둘이서만 얘기를 나누기도 한다. 행군중에 『뉴스 저널』 기자는 동료들을 이끌 듯 앞으로 나가 대령과 나란히 가기도 한다. 부대가 칸산사오를 떠나고 나서 그 기자가 대령과 나란히 말을 달릴 때 일이 벌어진 것이다. 안경쟁이는 꼭두각시처럼 흔들리며 모레이라 세사르의 백마를 둘러싼 장교들과 전령들 틈에 끼어 가고 있다. 모레이라 세사르는 칼룸비로 가는 길목에 도착하자 오른손을 치켜든다. 정지 신호다.

경비대가 명령을 받고 길을 따라 달린다. 나팔수가 연대 전원에게 정지 신호를 보낸다. 모레이라 세사르, 올림피오 데 카스트로, 쿠냐 마토스, 타마린도가 말에서 내린다. 신문 기자가 땅바닥으로 미끄러진다. 뒤쪽에서는 기자들과 대다수 군인들이 물이 고인 물웅덩이에서 얼굴과 손과 발을 축인다. 소령과 타마린도는 지도를 들여다보고 모레이라 세사르는 쌍안경으로 지평선 쪽을 살핀다. 저 멀리 외롭게 서 있는 산 뒤로 해가 지고 있다. 몬테 산토다. 햇빛으로 인해 유령과 같은 모습이다. 대령은 낯빛이 창백해져서 쌍안경을 내린다. 긴장한 듯싶다.

"각하, 무슨 걱정거리라도?" 올림피오 데 카스트로가 묻는다.

"시간이야." 모레이라 세사르는 입 속에 뭔가를 물고 있는 것처럼 말한다. "우리가 도착하기 전에 도망치겠지."

"도망치지 않을 겁니다." 안경쟁이 기자가 반론을 편다. "그들은 하나님께서 함께 하신다고 믿고 있습니다. 이 땅 사람들은 싸우기를 좋아합니다."

"달아나는 적에게는 은으로 다리라도 놔주라고들 하지." 대위가 농담을 한다.

"이번 경우는 아냐." 대령이 힘주어 또박또박 말한다. "군국주의자들의 망상을 깨기 위해서는 본때를 보여줘야지. 감히 우리 군에 대항한 것도 복수해야지."

한마디 한마디가 똑똑 끊어진다. 가락이 맞지 않는다. 무언가 덧붙이려는 듯 입을 벌리고 있다. 그러나 말을 하진 않는다. 창백한 얼굴, 눈이 이글거린다. 쓰러진 나무에 걸터앉는다. 천천히 모자를 벗는다. 『뉴스 저널』 기자도 자리에 앉는다. 모레이라 세사르는 손으로 얼굴을 감싸고 있다. 모자는 땅바닥에 떨어져 있다. 대령은 벌떡 일어나 몸부림치기 시작한다. 눈이 벌겋다. 대번에 군복 단추가 떨어져 나간다. 목을 조르는 것 같다. 신음을 내뱉는다. 거품을 문다. 몸을 비비꼰다. 올림피오 데 카스트로 대위와 신문 기자 발 밑에서 뒹군다. 두 사람은 어찌할 바를 모른다. 몸을 숙여 살펴본다. 타마린도, 쿠냐 마토스, 전령들이 달려온다.

"만지지 마." 대령이 손을 내저으며 소리친다. "빨리, 모포를. 소우사 페레이로 군의관을 불러. 아무도 다가오지 마. 물러서, 물러서."

쿠냐 마토스 소령이 기자를 뒤로 밀친다. 소령은 전령을 데리고 신문 기자들에게 뛰어간다. 기자들을 사정없이 밀쳐낸다. 이러는 동안 나머지 사람들이 모포로 모레이라 세사르를 덮어준다. 올림피오 데 카스트로와 타마린도는 군복 상의를 벗어 머리를 받혀준다.

"입을 벌리고 혀를 붙잡아." 늙은 대령이 지시한다. 침착하게 일을 처리해 나간다. 두 명의 기수에게 천막을 치라고 명령한다.

대위는 억지로 모레이라 세사르의 입을 벌린다. 경련이 한참 동안 계속된다. 마침내 소우사 페레이로 군의관이 의무대 짐마차와 함께 도착한다. 천막도 친다. 모레이라 세사르는 야전 침대에 누워 있다. 타마린도와 올림피오 데 카스트로가 계속 옆을 지킨다. 번갈아가며 입을 벌려 잡고 있다. 얼굴은 젖어 있고 눈은 잠겨 있다. 몸을 들썩이며 신음 소리를 산발적으로 뱉어낸다. 거품도 일정한 간격으로 내뿜는다. 군의관과 타마린도 대령은 서로 눈짓을 교환한다. 말을 하진 않는다. 대위는 언제 어떻게 경련이 시작되었는지 설명한다. 소우사 페레이로는 상의를 벗는다. 위생병에게 약상자를 침대 가까이 대라고 명령한다. 군의관이 편안하게 환자를 돌볼 수 있도록 장교들은 천막에서 나간다.

무장한 보초들이 부대원들이 천막으로 다가오지 못하도록 막고 있다. 총검 사이로 얼굴을 내밀고 있는 신문 기자들이 보인다. 기자들은 안경쟁이 기자에게 질문을 퍼붓는다. 안경쟁이 기자는 목격한 바를 그대로 얘기해준다. 보초와 야영지 사이는 텅 비어 있다. 쿠냐 마토스 소령이 부르지 않으면 장교도 사병도 다가갈 수 없다. 소령은 뒷짐을 진 채 왔다갔다한다. 타마린도 대령과 올림피오 데 카스트로 대위가 소령에게 다가간다. 신문 기자들은 세 사람이 천막 주위를 서성거리는 모습을 바라본다. 석양빛이 잦아들수록 세 사람의 얼굴빛도 어두워져간다. 타마린도는 가끔씩 천막을 들락거린다. 세 사람은 다시 서성거린다. 이렇게 수십 분이 지나간다. 30분인지 1시간인지 알 수 없다. 갑자기 데 카스트로 대위가 기자들에게 다가와 『뉴스 저널』 기자를 지목하며 따라오라고 한다. 이미 모닥불은 피워놓았다. 뒤에서 식사 시간을 알리는 나팔 소리가 들린다. 보초들이 안경쟁이 기자를 통과시킨다. 대위는 기자를 대령과 소령이 있는 곳으로 안내한다.

"당신은 이 지역을 알고 있으니 우릴 도울 수 있을 거요." 타마린도가 중얼거린다. 예전처럼 호인다운 목소리가 아니다. 이런 일을 외부인에게 말해야 한다는 것에 자존심이 상한 듯싶다. "군의관은 대령을 좀더 편안한 곳으로 모셔야 한다고 우기고 있소. 편히 쉴 수 있는 곳으로 말이오. 근처에 농장이 있소?"

"물론 농장이 있습니다." 쇳소리가 대답한다. "대령님도 저처럼 잘 아시지 않습니까?"

"내 말은, 칼룸비를 제외하고 말이오." 타마린도 대령이 불편한 듯 설명한다. "대령은 우리 연대를 초대하겠다는 남작의 제의를 일언지하에 거절했소. 대령을 모시고 갈 만한 곳이 아니오."

"다른 농장은 없습니다." 안경쟁이 기자는 잘라 말한다. 기자는 야전 천막이 있는 곳을 살피고 있다. 어둑어둑한 가운데 푸르스름한 빛이 새어나온다. "칸산사오와 카누도스 사이에서 눈에 보이는 것은 모두 카냐브라바 남작 소유입니다."

대령은 기자를 애처롭게 바라본다. 이때 소우사 페레이로 군의관이 손을 닦으며 천막에서 나온다. 관자놀이가 흰머리로 뒤덮이고 이마가 상당히 벗겨진 남자다. 군복을 입고 있다. 장교들은 기자를 외면하고 군의관을 둘러싼다. 그러나 기자는 계속 그 자리에 남아 있다. 안경알 때문에 더 커 보이는 눈으로 당당하게 쳐다본다.

"최근에 육체적으로나 정신적으로 너무 시달렸습니다." 군의관이 담배를 입에 물며 한숨을 내쉰다. "2년 만에, 바로 지금 재발하다니. 운이 나빠요. 재수가 없어. 뭘 어찌해야 할지 원. 체증을 가라앉히기 위해 피를 뽑았습니다. 그래도 목욕을 해야 하고 안마를 받아야 합니다. 모든 방법을 동원해야 합니다. 여러분이 결정하십시오."

쿠냐 마토스와 올림피오 데 카스트로는 타마린도 대령을 쳐다본다. 대령은 말없이 헛기침만 하고 있다.

"남작이 있는 줄 뻔히 알면서 칼룸비로 모셔가야 한다는 말이오?" 결국 입을 연다.

"칼룸비 얘기는 제가 꺼낸 것이 아닙니다." 소우사 페레이로가 항의한다. "환자에게 필요한 것을 얘기했을 뿐입니다. 한 가지만 더 덧붙이겠습니다. 이런 상태로 방치한다는 것은 무모한 짓입니다."

"당신도 대령님을 잘 알지 않습니까." 쿠냐 마토스가 끼어든다. "군국주의 반란자 두목 집임을 아신다면 모욕을 느끼실 겁니다. 수치스럽게 생각하실 거란 말입니다."

소우사 페레이로 군의관은 어깨를 으쓱한다.

"대령님 결정을 존중합니다. 저는 부하일 뿐입니다. 제 책임이 아닙니다."

등뒤에서 들리는 소란한 소리에 네 명의 장교와 신문 기자는 야전 천막 쪽을 바라본다. 모레이라 세사르다. 안에서 새어나오는 희미한 불빛에 모습이 비쳐 보인다. 알아들을 수 없는 말을 내뱉고 있다. 상의를 벗은 채 두 손으로 천막을 붙잡고 있다. 가슴에는 거뭇거뭇한 것들이 꼼짝 않고 붙어 있다. 거머리가 틀림없을 것이다. 단지 몇 초간 서 있다. 대령은 신음을 토하며 쓰러진다. 군의관이 무릎을 꿇고 대령의 입을 붙잡는다. 그 동안 장교들이 발이니 팔이니 어깨를 붙잡고 야전 침대 위로 대령을 옮긴다.

"각하, 제가 책임지고 각하를 칼룸비로 모시겠습니다." 올림피오 데 카스트로가 말한다.

"좋아." 타마린도가 동의한다. 보초를 한 명 데리고 소우사 페레이로와 동행하게. 연대는 남작이 있는 곳에 가지 않는다. 이곳에서 야영할 것이다."

"대위님, 저도 따라갈 수 있습니까?" 안경쟁이 기자의 목소리가 어둠 속에서 주제넘게 들려온다. "남작을 잘 압니다.『뉴스 저널』에 들어가기 전에 남작의 신문사에서 근무했습니다."

말을 타고 온 경호원들이 붉은 머리채를 전리품으로 가져간 이후로 열흘을 더 이푸피아라에 머물렀다. 외국인은 회복세를 보이기 시작했다. 어느 날 밤, 수염 난 여자는 외국인이 알아듣기 힘든 포르투갈어로 후레마와 얘기를 나누는 소리를 들었다.

외국인은 후레마에게 이곳이 어느 나라인지, 몇 월인지, 며칠인지를 물었다. 다음날 오후, 외국인은 짐마차에서 내려와 비틀거리며 몇 걸음 걸을 수 있었다. 그로부터 이틀 밤이 지난 후에는 이푸피아라 가게에 있었다. 여위었지만 열은 없었다. 외국인은 가게 주인 — 주인은 재미있다는 듯 외국인의 머리통을 힐끗거렸다 — 에게 카누도스와 전쟁에 대해 열심히 질문을 퍼부었다. 주인에게서 페브로니오 소령의 인솔하에 바이아에서 건너온 5백여 명의 군대가 캄바이오에서 패배했다는 소식을 몇 번이고 확인했다. 아주 흥분해 있었다. 그 소식이 외국인을 너무 흥분시켰기 때문에 후레마와 수염 난 여자와 난쟁이는 이 자가 또 헛소리를 하지 않을까 걱정했다. 그러나 갈은 가게 주인과 사탕수수 술을 한잔 나눠 마신 후 단잠에 빠져 10시간 동안을 내리 잤다.

갈의 제의로 다시 여행길에 올랐다. 서커스 단원들은 이푸피아라에 남기를 원했다. 어릿광대짓과 옛날이야기로 그런 대로 먹고살 만했기 때문이었다. 그러나 외국인은 경호원들이 다시 한번 진짜 머리를 찾으러 오지 않을까 두려워했다. 외국인은 기운을 되찾았다. 얘기도 열심히 늘어놓았다. 수염 난 여자, 난쟁이, 심지어 바보까지 외국인의 얘기에 빨려들었다. 외국인의 얘기는 어려운 대목이 있어 대충 짐작해서 들을 수밖에 없었다. 야군소들에 대해 너무 열정적으로 얘기하는 바람에 불안하기도 했다. 수염 난 여자는 후레마에게 외국인이 세상을 순례하는 선하신 예수님의 사도가 아닌지 물어보았다. 아니, 아닙니다. 카누도스엔 가본 적도 없습니다. 선지자를 만난 일도 없고, 하나님을 믿지도 않습니다. 후레마도 외국인이 왜 그렇게 열심을 내는지 이해할 수 없었다. 같이 북쪽으로 가겠다고 했을 때, 난쟁이와 수염 난 여자는 그와 동행하기로 결심했다. 그 이유는 설명할 수 없었다. 중력의 법칙이었는지도 모른다. 가벼운 것은 무거운 것에 빨려들기 마련이다. 혹은, 그보다 더 좋은 수가 없어서, 다른 방도가 없어서, 자신들과는 달리 뚜렷한 삶의 목표가 있을 것 같은 사람을 거스를 용기가 없어서 그랬는지도 모른다.

  새벽에 출발했다. 바위틈과 날카로운 선인장 사이를 하루 종일 걸었다. 서로 말 한마디 나누지 않았다. 짐마차를 앞세우고 수염 난 여자, 난쟁이, 바보가 짐마차 옆을 걸었다. 후레마는 바퀴 옆에 바싹 붙었다. 제일 뒤에 갈릴레오 갈이 따랐다. 갈릴레오 갈은 햇빛을 가리기 위해 거인 페드린이 사용했던 모자를 썼다. 너무 야위었기 때문에 바지는 자루 같았고 셔츠는 포대기 같았다. 총알이 스친 자리는 귀 뒤쪽에 보랏빛 자국을 남겼고, 가야바의 칼끝이 닿은 자리는 목과 어깨 사이에 구불구불한 상처를 남겼다. 얼굴이 홀쭉해지고 창백해지니까 두 눈마저 흐려진 것 같았다. 길을 떠난 지 나흘 만에, 꽃자리라고 불리는 굽이길에서 굶주린 사람들을 만나 나귀를 빼앗겼다. 엉겅퀴 선인장 숲이었다. 강은 메말라 있었다. 저 멀리 엔고르다 산의 능선이 펼쳐져 있었다. 강도들은 모두 여덟 명이었다. 가죽옷을 입은 사람도 있었고, 동전으로 치장한 모자를 쓴 사람도 있었다. 칼과 카빈총과 탄띠로 무장하고 있었다. 대장은 키가 작은 배불뚝이였다. 매와 같은 생김새에 눈에 살기가 흘렀다. 반질반질한 얼굴이 없는데도 사람들이 털보라고 불렀다. 털보가 몇 마디 간단하게 지시하자 부하들이 재빠르게 나귀를 잡아 토막을 내고 가죽을 벗겨 잘게 썰어 불에 구웠다. 강도들은 고기가 채 익기도 전에 게걸스럽게 달려들었다. 며칠을 아무것도 못 먹은 듯했다. 먹을 것을 보자 흥에 겨워 노래를 부르는 사람까지 있었던 것이다.

갈릴레오는 강도들을 바라보며 생각에 잠겼다. 저 나귀가 이 산악 지대에서 흔히 보게 되는 반들반들한 뼈다귀로 변하려면 얼마나 많은 들짐승과 시간이 필요할까. 인간이나 동물의 자취와 잔해는 길을 가다 정신을 잃거나 죽을 경우 어떤 운명에 처하게 될지 나그네에게 생생하게 가르쳐준다. 갈릴레오는 수염 난 여자, 난쟁이, 바보, 후레마와 함께 짐마차에 앉아 있었다. 털보가 모자를 벗었다. 모자 앞챙에서 영국 파운드 화가 반짝였다. 털보는 서커스 단원들에게 와서 먹으라고 손짓했다. 가장 먼저 용기를 낸 사람은 바보였다. 바보는 무릎을 꿇고 앉아 김이 모락모락 나는 고기를 향해 손가락을 내밀었다. 수염 난 여자, 난쟁이, 후레마가 바보를 따라했다. 그들은 이내 강도들과 어울려 맛있게 먹기 시작했다. 갈은 모닥불로 다가갔다. 갈은 이곳 기후로 인해 산골 사람과 마찬가지로 피부가 그을리고 거칠어져 있었다. 갈은 털보가 모자를 벗은 후로 털보에게서 눈을 떼지 않았다. 고기를 한 조각 입으로 가져가면서도 계속 쳐다보고 있었다. 막 씹으려는 순간 구역질이 치밀어올라왔다.

"부드러운 것만 씹을 수 있어요." 후레마가 사람들에게 설명했다. "앓았거든요."

"외국인입니다." 난쟁이가 덧붙였다. "여러 나라 말을 해요."

"내 원수들만 날 그 따위로 쳐다본다." 대장이 퉁명스럽게 말했다. "눈깔 돌려. 재수 없어."

갈릴레오가 구역질을 하면서도 계속 쳐다보았던 것이다. 모두 갈릴레오를 돌아보았다. 갈릴레오는 털보를 바라보며 몇 걸음 다가갔다. 손이 닿을 정도였다.

"당신 머리에 관심 있을 뿐입니다." 아주 천천히 말했다. "만져보게 해주시오."

강도는 칼을 잡았다. 갈릴레오를 덮치려는 듯했다. 갈이 웃으며 강도를 진정시켰다.

"만지게 해주세요." 수염 난 여자가 부탁했다. "당신의 비밀을 말해줄 거예요."

강도는 신기하다는 듯이 갈을 살펴보았다. 입에 고기 조각을 물고 있었지만 씹지는 않았다.

"당신, 학자야?" 물었다. 눈에서 살기가 순식간에 사라졌다.

갈은 다시 한번 웃어 보이고 가까이 다가갔다. 강도보다 키가 컸다. 강도의 돼지털 같은 머리가 갈의 어깨까지밖에 닿지 않았다. 서커스 단원들과 강도들은 긴장한 채 바라보고 있었다. 강도는 여전히 칼을 들고 있었다. 불안하지만 재미있기도 한 모양이었다. 갈릴레오는 두 손을 들어 털보의 머리 위에 올려놓고 더듬기 시작했다.

"학자가 되고 싶던 시절이 있었죠." 또박또박 말했다. 천천히 손가락을 움직여 머리카락을 헤치며 세심하게 살가죽을 더듬었다. "경찰이 시간을 주지 않았습니다."

"토벌대 말야?" 털보는 이해했다.

"그런 점에서 우린 닮은꼴입니다." 갈이 말했다. "같은 적을 가진 겁니다."

털보의 눈이 순식간에 어두워졌다. 막다른 골목으로 몰린 듯했다.

"내 죽음이 어떨지 알고 싶어." 그가 분통을 터뜨리며 내뱉었다.

갈의 손가락은 털이 없는 부분을 매만졌다. 특히 귀 앞뒤에서 손가락이 자주 멈췄다. 심각한 표정이었다. 정신병이 도질 때와 같이 눈이 번뜩였다. 과학은 실수를 모른다. 공격적인 성향이다. 시도 때도 없이 화를 내는 사람, 싸움을 즐기는 사람, 길들여지지 않는 사람, 무모한 사람에게서 볼 수 있는 것이다. 손가락으로 알 수 있었다. 양쪽 관자놀이에서 둥근 뼈가 두드러졌다. 그러나 이건 파괴적인 성향이다. 반드시 원수를 갚는 사람, 막무가내인 사람, 인정 사정 없는 사람이다. 도덕성이나 지성으로 다스리지 못할 경우 엄청난 잔혹성을 드러내는 사람이다. 귀 위에 두 개의 딱딱한 뼈가 유난히 튀어나와 있었다. '약탈자로군.' 갈은 생각했다.

"내 말 듣지 못했어?" 털보는 우악스럽게 몸을 젖히며 으르렁거렸다. 갈은 비틀거렸다. "내가 어떻게 죽느냔 말야?"

갈은 사과하며 고개를 저었다.

"모릅니다. 그건 머리에 써 있지 않습니다."

강도들은 흩어졌다. 먹을 것을 찾아 모닥불로 돌아갔다. 그러나 서커스 단원들은 갈과 함께 털보 옆에 남아 있었다. 털보는 생각에 잠겨 있었다.

"난 아무것도 두렵지 않아." 심각하게 말했다. "내가 깨어 있는 순간에는. 밤에는 또 달라. 가끔 내 시체를 보니까. 날 기다리는 것 같아. 당신은 알아?"

불만스러운 표정을 지었다. 손으로 입을 훔쳤다. 침을 뱉었다. 당황해하는 것 같았다. 버려진 나귀에 파리, 말벌, 말파리가 잔뜩 몰려들어 수선을 피우고 있었다. 모두 잠시 말을 잊고 그 소리를 듣고 있었다.

"어제오늘 꾸는 꿈이 아냐." 강도가 덧붙였다. "아주 어릴 때, 카리리에서부터 시작된 꿈이야. 바이아로 오기 훨씬 전 일이지. 파헤우와 같이 다닐 때도 마찬가지였고. 꿈을 꾸지 않고 지낸 시절도 있긴 있었지. 그런데 느닷없이 다시 나타난 거야. 밤마다."

"파헤우?" 갈은 털보를 조바심치며 바라보며 물었다. "흉터가 있는 사람? 그러니까……."

"파헤우." 강도가 끄덕였다. "5년을 함께 있었지. 한 번도 다투지 않았어. 진짜 싸움꾼이었지. 그런데 천사가 와서 그를 데려갔지. 사람이 변했어. 이제 하나님께서 선택한 사람이 된 거지. 저기 카누도스에 있어."

어깨를 으쓱했다. 이해할 수 없다는 듯, 관심조차 없다는 듯.

"카누도스에 가봤습니까?" 갈이 물었다. "얘기해주시오. 어떻게 돼 가고 있습니까?"

"여러 소리가 들려." 털보가 침을 뱉으며 말했다. "페브로니오인가 뭔가 하는 작자 군대를 많이 죽였다고 해. 나무에 매달았다고도 하고. 땅에 묻지 않으면 사탄 마귀가 데려간다지 아마."

"무장은 잘 되어 있습니까?" 갈이 계속 물었다. "다른 공격도 막아낼 수 있을까요?"

"그럴걸." 털보가 투덜댔다. "파헤우만 있는 게 아니니까. 조앙 아바데, 타라멜라, 조아킴 마캄비라와 그 자식놈들, 페드랑까지 있으니까. 이 땅에서 가장 잔인한 놈들이지. 과거에는 서로 증오하고 죽이고 했는데, 이젠 형제가 되어 선지자를 위해 싸운단 말이지. 못된 짓을 많이 했지만 천당에 갈걸 아마. 선지자가 용서해주었으니까."

수염 난 여자, 바보, 난쟁이, 후레마는 땅바닥에 주저앉아 열심히 듣고 있었다.

"선지자는 순례자들 이마에 입을 맞춰주지." 털보가 덧붙였다. "베아티토가 무릎을 꿇게 하고 선지자가 일으켜세워 입을 맞춰준단 말이지. 그 입맞춤으로 선택받은 사람 축에 끼게 되는 거야. 사람들은 기쁨에 겨워 울고. 당신도 선택받으면 천당으로 갈걸 아마. 선택만 받으면 죽음이 대순가?"

"당신도 카누도스에 가야 합니다." 갈이 말했다. "그들 역시 당신 형제들입니다. 이 땅에 천국을 건설하기 위해 싸우기 때문이죠. 당신이 겁내고 있는 그 지옥을 몰아내기 위해 싸우는 겁니다."

"내가 겁내는 건 지옥이 아니라 죽음이야." 털보가 담담하게 지적했다. "정확히 말하자면 가위눌림이야. 죽는 꿈 말이야. 그건 의미가 달라. 당신, 알기나 해?"

다시 침을 뱉었다. 괴로운 듯했다. 갑자기 갈을 손가락질하며 후레마에게 말을 걸었다.

"당신 남편은 전혀 죽는 꿈을 꾸지 않나?"

"내 남편이 아닙니다." 후레마가 대답했다.

조앙 그란데가 카누도스로 달려왔다. 방금 맡은 임무로 머리가 어지러웠다. 때때로 사탄 마귀에 홀린다는 느낌(계절이 바뀌듯 주기적으로 찾아오는 두려움이었다) 때문에 자신을 비천한 죄인으로 여겨서인지 갈수록 감당 못할 임무 같았다. 그러나 이미 승낙했다. 그래서 되돌아갈 수 없었다. 마을로 들어서자 걸음을 멈추었다. 어찌할 바를 몰랐다. 일단 안토니오 빌라노바를 찾아볼 생각이었다. 그러면 가톨릭 경비대를 어떻게 조직해야 하는지 알려줄 수 있을 것이었다. 그러나 불안한 심정이 일깨워주었다. 지금 이 순간에 필요한 것은 실제적인 도움보다 영적인 구원이다. 날이 저물고 있었다. 이제 곧 선지자께서 탑으로 오르실 것이다. 서둔다면 기도소에서 선지자를 뵐 수도 있었다. 다시 달리기 시작했다. 좁은 길은 사람들로 만원이었다. 남자, 여자, 아이들이 집을, 오두막을, 동굴을, 구덩이를 나와 흘러들고 있었다. 여느 때 오후와 마찬가지였다. 사람들은 선지자의 설교를 듣기 위해 선하신 예수님의 성전으로 몰려들고 있었다. 빌라노바 형제 가게 앞을 지나갈 때 파헤우와 스무 명 남짓한 남자들이 무장을 갖추고 가족들과 헤어지는 장면을 볼 수 있었다. 교회 앞마당에 몰려든 사람들을 헤치고 나가기가 힘들었다. 어두워졌다. 여기저기서 등불이 깜박이고 있었다.

선지자는 기도소에 없었다. 쿰베로 가는 길목까지 조아킴 신부를 배웅 나갔다. 선지자는 한손으로 새하얀 어린양을 안고 다른 손으로 목자의 지팡이를 짚고 요양원을 방문해 병자와 노인들을 위로했다. 많은 사람들이 그를 에워싸기 때문에 벨로 몬테에서 선지자가 돌아다니기가 갈수록 힘들어졌다. 이번에는 나투바의 레온과 성가대 여자들이 선지자를 수행했다. 베아티토와 마리아 쿠아드라도는 기도소에 남아 있었다.

"난 자격이 없어, 베아티토." 한때 노예였던 남자가 문가에서 숨을 헐떡이며 말했다. "선하신 예수님을 찬양하라."

"가톨릭 경비대를 위해 맹세 문안을 준비해두었네." 베아티토가 부드럽게 달랬다. "영혼을 구원하기 위해 찾아오는 사람들의 맹세 문안보다 더 심오한 것이라네. 레온이 썼어." 종이를 건넸다. 종이가 어둠 속으로 사라졌다. "외우도록 하게나. 자네가 선발하는 사람들은 누구나 그렇게 맹세해야 하네. 가톨릭 경비대가 조직되면 모두 성전에서 맹세하고 행렬을 벌일 것이네."

방 한구석에 서 있던 마리아 쿠아드라도가 수건과 물그릇을 들고 두 사람 쪽으로 다가왔다.

"앉아요. 조앙." 다정하게 말했다. "먼저 좀 마셔. 내가 닦아줄게."

흑인은 순순히 따랐다. 흑인은 키가 컸다. 앉은키가 성가대 대장의 키와 비슷했다. 급하게 물을 마셨다. 땀을 뻘뻘 흘리며 가쁜 숨을 토해냈다. 마리아 쿠아드라도가 얼굴, 목, 희끗희끗한 머리를 물수건으로 닦아주는 동안 흑인은 눈을 감고 있었다. 갑자기 팔을 뻗어 여자를 붙잡았다.

"도와주십시오, 마리아 쿠아드라도 수녀님." 애원했다. 겁에 질려 있었다. "난 그럴 자격이 없어요."

"자넨 한 사람의 종이라네." 여자가 어린아이 달래듯 말했다. "선하신 예수님의 종이 되기 싫다는 건가? 주님께서 도와주실 거야, 조앙 그란데."

"나는 공화주의자가 아님을 맹세합니다. 황제의 추방을 용납할 수 없고 적그리스도가 군림하는 것도 용납할 수 없음을 맹세합니다." 베아티토는 엄숙하게 맹세문을 읽었다. "나는 법적인 혼인도, 교회와 나라의 분리도, 미터법도 인정하지 않음을 맹세합니다. 인구 조사에 응하지 않을 것을 맹세합니다. 도둑질도 하지 않고, 담배도 피우지 않고, 술에 취하지도 않으며, 노름도 하지 않고, 불륜을 저지르지 않을 것을 맹세합니다. 나는 내 믿음과 선하신 예수님을 위해 목숨을 바칠 것을 맹세합니다."

"내 외우겠네, 베아티토." 조앙 그란데가 중얼거렸다.

바로 이때 왁자지껄한 소리와 함께 선지자가 도착했다. 키가 큰 가무잡잡한 말라깽이 남자가 기도소로 들어왔다. 그 뒤를 어린양과 나투바의 레온 ― 네 발로 기는 시커먼 물체, 공중제비를 넘는 것 같았다 ― 과 성가대 여자들이 따랐다. 문밖에서는 소란한 소리가 계속 들려오고 있었다. 어린양은 마리아 쿠아드라도에게 다가와 발목을 핥았다. 성가대 여자들은 벽에 기대 몸을 웅크렸다. 선지자는 무릎을 꿇고 고개를 숙이고 있는 조앙 그란데에게 다가갔다. 조앙은 온몸을 떨고 있는 것 같았다. 선지자와 함께 지낸 지도 벌써 15년이었다. 그러나 선지자 앞에만 서면 자신감을 잃었다. 자신이 아무것도 아닌 것 같았다. 성자는 두 손으로 조앙 그란데의 얼굴을 감싸안고 고개를 들게 했다. 불타오르는 두 눈동자가 한때 노예였던 남자의 축축이 젖은 두 눈에 박혔다.

"매번 고통스러워하는구나, 조앙 그란데." 선지자가 중얼거렸다.

"저는 아버지를 모실 만한 자격이 없습니다." 흑인이 울먹였다. "뭐든지 시켜만 주십시오. 다른 일이 없다면, 죽여주십시오. 제 잘못으로 아버지께서 다쳐서는 안 됩니다. 제 속에는 사탄 마귀가 있습니다, 아버지. 아시지 않습니까."

"네가 가톨릭 경비대를 조직하도록 해라." 선지자는 거절했다. "네가 대장이 될 것이다. 너는 이미 많은 고통을 당했고 지금도 고통을 당하고 있다. 그렇기 때문에 네가 적격이다. 하나님 아버지께서 말씀하셨다. 의인은 죄인의 피로 손을 씻을 것이다. 이제 너는 의인이다, 조앙 그란데."

선지자는 손을 내밀어 흑인이 입맞추게 했다. 멍한 표정이었다. 흑인이 실컷 울게 내버려두었다. 잠시 후, 모든 사람을 이끌고 기도소를 나와 탑에 올라 벨로 몬테 주민들에게 설교했다. 조앙 그란데는 사람들 틈에 끼어 선지자가 기도하는 소리를 들었다. 청동 뱀의 기적에 대한 얘기가 들렸다. 모세는 하나님 아버지의 명령에 따라 청동 뱀을 만들었다. 유대인을 공격한 코브라에 물린 사람들은 이 청동 뱀을 쳐다보기만 해도 치유되었다. 하나님을 믿는 사람들을 죽이기 위해 독사 떼가 또다시 벨로 몬테로 쳐들어올 것이라는 예언도 들렸다. 그러나 믿음을 지키는 사람은 뱀에 물려도 살아남을 것이라고 했다. 사람들이 흩어지기 시작했을 때 조앙은 이미 마음이 차분해져 있었다. 기억이 났다. 몇 년 전 가뭄 때, 선지자는 처음으로 이 기적에 대해 얘기했었다. 코브라가 창궐했던 이 산골에서도 이 얘기가 기적을 일으켰었다. 이 기억이 확신을 주었다.

안토니오 빌라노바의 집을 찾아가 문을 두드렸을 때 조앙은 이미 다른 사람이 되어 있었다. 오노리오의 부인 아순시온 사르델리냐가 문을 열어주었다. 상인, 부인, 자식들, 두 형제 밑에서 일하는 점원들이 진열대에 앉아 식사를 하고 있었다. 자리를 만들어주고 김이 모락모락 나는 접시를 그에게 건네주었다. 조앙은 무슨 맛인지도 모르고 먹었다. 시간만 까먹는 것 같았다. 안토니오가 입을 열었다. 파헤우는 폭약 대신 나무 피리와 독화살을 가지고 가고 싶어한다. 그렇게 하는 것이 쳐들어오는 군인들을 더 효과적으로 골탕먹일 수 있다고 생각한다. 흑인은 음식을 씹고 삼켰다. 자신의 임무와 무관한 것은 상관할 바 아니었다.

식사가 끝났다. 사람들이 잠자리에 들었다. 옆방에서 자는 사람도 있었고, 가게 안에 있는 침대나 그물 침대 혹은 궤짝이나 진열대 사이에 담요를 깔고 자는 사람도 있었다. 사람들이 잠이 들자 조앙과 안토니오는 촛불을 켜놓고 얘기를 나누었다. 한참을 얘기했다. 낮은 소리로 소곤거리기도 했고, 언성을 높이기도 했고, 얘기가 잘 통하는 듯싶다가도 화를 벌컥 내기도 했다. 개똥벌레들이 가게로 몰려들어와 구석에서 반짝거렸다. 안토니오는 상자에서 커다란 책을 꺼내 살펴보기도 했다. 몰려든 순례자들, 죽은 사람들, 새로 태어난 아이들의 이름이 기록된 책이었다. 안토니오는 몇 사람 이름을 거론했다. 그러나 조앙은 상인이 쉴 틈을 주지 않았다. 손에 쥐고 있던 종이를 펴서 안토니오에게 건네주고 외울 때까지 계속 읽으라고 종용했다. 상인은 졸음에 빠져들었다. 너무 지쳐 신발을 벗을 수조차 없었다. 안토니오 빌라노바는 진열대 밑 빈자리에 쓰러졌다. 한때 노예였던 남자는 베아티토가 작성한 가톨릭 경비대 맹세문을 반복해서 외고 있었다.

다음날 아침, 빌라노바 형제의 자식들과 점원들은 벨로 몬테로 흩어져 나가 사람들이 모인 곳을 찾아다니며 이렇게 선전했다. 선지자를 위해 아낌없이 목숨을 바칠 수 있는 사람은 가톨릭 경비대에 지원할 수 있다. 즉시 지원자들이 옛날에 집 겸 가게로 썼던 건물 앞으로 몰려들었다. 카누도스의 유일한 직선 도로인 캄포 그란데가 사람들로 가득 찼다. 조앙 그란데와 안토니오 빌라노바는 궤짝에 앉아 지원자를 한 사람씩 만나보았다. 상인이

지원자의 인적 사항과 카누도스에서 거주한 기간을 확인했다. 조앙이 질문했다. 가진 것을 모두 버리고, 그리스도를 따른 사도들처럼 가족을 버리고, 혹독한 훈련이라는 세례를 받을 수 있는지 물어보았다. 모두가 기꺼이 받아들였다.

우아우아 전투와 캄바이오 전투에 참가했던 사람들이 우선적으로 뽑혔다. 총구멍을 청소할 수 없거나, 장총을 멜 수 없거나, 달아오른 엽총을 식힐 수 없는 사람들은 제외되었다. 너무 늙은 노인이나 너무 어린 청년, 정신이상자나 임산부처럼 싸우는 데 장애가 있는 사람 역시 제외되었다. 과거에 토벌대 길잡이나 세금 징수원으로 일했던 사람과 인구 조사에 동원되었던 사람도 모두 탈락했다. 조앙 그란데는 한 사람 한 사람 뽑을 때마다 마당으로 데리고 나가 적을 공격하듯 자신을 공격해보게 했다. 망설이는 사람은 떨어졌다. 선발된 사람들의 용기를 시험해보기 위해 서로 치열하게 싸우게 했다. 저물녘에 18명의 가톨릭 경비대가 결성되었다. 과거 페드랑 패거리였던 여자도 한 명 포함되어 있었다. 조앙 그란데는 가게에서 그들의 맹세를 받았다. 그리고 집으로 가서 가족과 헤어지도록 했다. 다음날 아침부터는 오로지 선지자를 보호하는 일에 전념해야 했기 때문이었다.

이튿날, 선발은 더욱 신속하게 진행되었다. 먼저 선발된 사람들이 조앙을 도와 지원자들을 시험했다. 선발 과정에서 생기는 소란도 진정시켰다. 그러는 동안 사르델리냐 자매는 선발된 사람들이 팔에 찰 완장과 머리에 쓸 파란색 두건을 부지런히 만들었다. 조앙 그란데는 둘째 날에 30명, 셋째 날에 50명을 선발했다. 주말이 되자 경비대 수는 400명을 육박하게 되었다. 25명이 여자들이었다. 총을 쏠 줄 알고, 화약을 준비할 줄 알고, 칼이나 낫까지 사용할 수 있는 여자들이었다.

그후 어느 주일, 가톨릭 경비대는 카누도스의 거리거리를 누비며 인산인해를 뚫고 행진했다. 축하하는 사람도 있었고 시기하고 부러워하는 사람도 있었다. 행진은 정오에 시작되었다. 대축제 때와 마찬가지로 산 안토니오 교회 모형과 건축중인 성전의 모형이 행진에 참가했다. 주민들은 집에 있는 성자상을 가지고 나왔다. 폭죽이 터졌다. 카누도스의 하늘은 향 연기와 기도소리로 가득 찼다. 저물녘, 아직까지 지붕을 얹지 못한 선하신 예수님 성전에서, 이 축제를 엿보기 위해 미리 나온 듯한 별들이 가득한 하늘 아래에서, 가톨릭 경비대는 베아티토가 작성한 맹세문을 한목소리로 외쳤다.

다음날 새벽, 파헤우가 조앙 아바데에게 소식을 전해왔다. 사탄 마귀의 군대는 모두 1,200명이다. 대포가 몇 문 있다. 살인마라고 불리는 대령이 지휘한다.

루피노는 신속 정확하게 새로운 여행을 떠날 준비를 마친다. 과거의 여행보다 더욱더 불안한 여행이다. 페드라 베르멜라 농장으로 남작을 찾아갔을 때 입은 바지와 셔츠를 다른 것으로 갈아입는다. 똑같이 생긴 것들이다. 낫 한 자루, 카빈총 한 정, 칼 두 자루, 봇짐 하나를 챙긴다. 오두막을 둘러본다. 그릇들, 그물 침대, 의자, 라파의 성모마리아 상에 하나하나 눈길을 준다. 얼굴은 헬쑥하고 끊임없이 눈을 깜박인다. 그러나 각진 얼굴은 이내 속을 짐작할 수 없는 표정으로 돌아간다. 정확한 동작으로 짐을 꾸린다. 짐을 다 꾸리고 나서 촛불로 여기저기 흩어진 물건에 불을 붙인다. 오두막이 타오르기 시작한다. 서두르지 않고 문 쪽으로 다가간다. 무기와 봇짐만 들고 있다. 밖으로 나온다. 빈 짐승 울타리 곁에 쭈그리고 앉아 부드러운 바람 속에 춤을 추는 불길을 바라본다. 연기가 밀려온다. 기침이 나온다. 일어선다. 카빈총 멜빵을 어깨에 걸친다. 낫과 칼 두 자루와 함께 허리에 찬다. 봇짐을 어깨에 멘다. 몸을 돌려 오두막에서 멀어진다. 다시는 케이마다스로 돌아오지 못할 것을 안다. 역을 지나간다. 제7연대와 모레이라 세사르 대령을 환영하는 깃발과 현수막이 아직까지 역에 걸려 있다. 눈길 한번 주지 않는다.

  5일 후 저물녘, 먼지를 뒤집어쓴 말라깽이 그림자 하나가 이 푸피아라 마을로 들어선다. 선하신 예수님께 약속한 칼을 되돌려주느라 길을 돌아왔다. 하루 평균 열 시간을 걸었다. 너무 어둡거나 너무 더울 때만 쉬었다. 하루만 음식을 사먹었고 나머지 날에는 덫이나 총으로 먹을 것을 구했다. 이런저런 노인네들이 담뱃대 하나를 돌려 피우며 가게 문 앞에 앉아 있다. 길잡이는 노인네들에게 다가가 모자를 벗고 인사한다. 모두 길잡이를 알고 있는 듯싶다. 길잡이에게 케이마다스 소식을 묻는다. 군인들을 봤는지, 전쟁이 어떻게 돼가고 있는지 묻는다. 길잡이는 노인네들 틈에 앉아 아는 것을 대답한다. 길잡이는 이푸피아라 사람들에 대해 묻는다. 몇몇은 죽었고, 몇몇은 살길을 찾아 남쪽으로 갔고, 두 집은 얼마 전에 카누도스로 들어갔다. 날이 저물자 루피노와 노인네들은 가게로 들어가 소주를 한잔씩 마신다. 펄펄 끓던 공기가 조금 수그러든다. 공손한 말씨로 얘기를 이끌고간다. 노인네들은 어떤 이야기가 이어질지 뻔히 알고 있다. 길잡이는 구체적으로 밝히지 않고 두루뭉실 묻는다. 노인네들은 호기심을 감추지 않고 듣고 있다. 모두 고개를 끄덕이며 차례차례 얘기한다. 그래, 여기 있었지, 서커스라기보다는 서커스 헛껍데기 같았어, 너무 꼴이 딱해서 한때 집시가 끌고 다니던 그 요란한 서커스단을 상상하기 힘들었다니까. 루피노는 과거에 본 장면을 떠올리며 공손하게 듣고 있다. 잠시 후, 처음 얘기로 다시 돌아온다. 이번에는 노인네들이 루피노에게 보답한다는 듯, 루피노가 알고 싶어하고 확인하고 싶어하는 얘기를 들려준다. 그래 잠시 이곳에 있었어, 수염 난 여자와 난쟁이와 바보가 재주를 부리고 옛날이야기를 해주고 어릿광대 놀이를 하며 밥을 벌어먹었지, 외국인이 하나 와서 야군소들에 대해 미친 듯 물었지, 경호원들이 와서 붉은 머리도 잘라갔고 자식놈들을 죽인 미친놈 시체까지 가져갔다니까. 루피노도 노인네들도 서커스 단원과 외국인 얘기만 묻고 대답한다. 그러나 겉으로 드러나지는 않았지만, 여자가 항상 얘기 주변에 머문다. 외국인이 회복되고 음식을 먹고 하던 얘기를 누군가 꺼낼 때마다 그렇다. 바로 그 그림자가 루피노의 아내라는 사실을 노인네들은 알고 있는가? 틀림없이 알 것이다. 적어도 짐작은 할 것이다. 눈치코치로 말할 것은 말하고 입을 다물어야 할 것은 입을 다문다. 얘기가 끝날 무렵 루피노는 지나가는 투로 서커스 단원들이 어느 쪽으로 갔는지 확인한다. 루피노는 가게에서 주인이 내준 엉성한 침대에서 잔다. 새벽에 빈틈없는 종종걸음으로 길을 떠난다.

　더 빨라지지도 더 느려지지도 않는다. 루피노가 들판을 가로지른다. 그림자라고는 자신의 것밖에 없다. 처음에는 그림자가 뒤를 따라오더니 이제는 앞선다. 일그러진 얼굴, 반쯤 감은 눈, 흔들림 없는 걸음걸이. 사이사이 바람이 불어 발자국을 지운다. 날이 저물어갈 때 잡초가 무성한 오두막에 도착한다. 남편, 부인, 반 벌거숭이 아이들이 반갑게 맞이한다. 그들과 함께 먹고 마신다. 케이마다스와 이푸피아라와 다른 지역 소식을 전한다. 전쟁과 전쟁이 불러일으킨 불안, 카누도스로 몰려가는 순례자들에 대해 얘기한다. 이 세상이 끝장날 가능성에 대해서도 생각한다. 마침내 루피노는 서커스단과 삭발한 외국인에 대해 묻는다. 그래, 이곳을 지나갔지, 올로스 다구아 산 쪽으로 갔어, 몬테 산토로 간다더군. 부인은 민머리에 바싹 바른 남자를 잘 기억하고 있다. 눈이 노랬어요, 뼈가 없는 동물처럼 흐느적거렸어요, 까닭 없이 웃음이 나왔어요. 부부는 루피노에게 그물 침대를 빌려준다. 다음날 아침, 사례도 받지 않고 봇짐을 채워준다.

　하루 내내 걸어도 사람 하나 보이지 않는다. 앵무새가 떼를 이루어 장난치는 덤불 숲이 시원한 그늘을 드리우고 있다. 오후가 시작되면서 목동들과 마주치기 시작한다. 목동들과 잠시 말을 나눈다. 꽃자리 — 장난삼아 붙인 이름 같다. 이곳은 자갈이 깔린 메마른 땅이다 — 를 지난 지 얼마 되지 않아 헌물이 가득한 통나무 십자가를 만난다. 헌물은 나무로 조각한 인형들이다. 다리가 없는 여자가 갈보리 십자가 길에서 한 마리 코브라처럼 땅바닥에 누워 밤을 새우고 있다. 루피노가 무릎을 꿇자 여자가 축복한다. 길잡이는 여자에게 먹을 것을 주고 얘기를 건다. 여자는 그들을 모른다. 본 적도 없다. 루피노는 길을 떠나기 전에 십자가 앞에 촛불을 켜놓고 경배를 올린다.

　3일 동안 흔적을 찾지 못한다. 농부들과 소몰이꾼들에게 물어본 결과 다음과 결론에 다다른다. 서커스단은 몬테 산토로 가는 대신 다른 길을 택했거나 되돌아갔다. 먹을 것을 구하기 위해 장터를 찾아갔단 말인가? 꽃자리 주변 지역을 샅샅이 뒤진다. 주위에 있는 사람들을 모두 찾아다닌다. 얼굴에 수염 난 여자를 본 적이 있는가? 키가 다섯 뼘쯤 되는 난쟁이를 본 적이 있는가? 뼈가 없을 것 같은 바보를 본 적이 있는가? 알아듣기 힘든 말을 하는 붉은 머리통 외국인을 본 적이 있는가? 대답은 매번 아니오다. 임시 피난처에 누워 생각을 정리한다. 누군가가 이미 죽여버렸거나 상처가 덧나 죽어버렸다면? 탄키나로 내려가 다시 올라온다. 흔적을 찾을 수 없다. 어느 날 오후 지쳐 떨어져 잠이 들었을 때, 무장한 남자 몇 명이 유령처럼 살그머니 다가온다. 발로 가슴을 밟고 그를 깨운다. 눈을 뜨고 본다. 카빈총을 물론이고 낫, 나무 피리, 칼, 탄띠로 무장한 남자들이다. 강도가 아니다.

어쨌든 지금은 아니다. 군에 속한 길잡이가 아니라고. 케이마다스에서부터 군인이라고는 꼴도 못 봤다고 누군가 설명한다. 거짓말이라고 할지 모르지만 전쟁에는 전혀 관심 없다. 그때 누군가가 칼을 목덜미에 갖다댄다. 마침내 심문이 대화로 바뀐다. 루피노는 남자들과 밤을 보낸다. 남자들이 적그리스도, 선하신 예수님, 선지자, 벨로 몬테에 대해 떠드는 소리를 듣는다. 남자들은 한때 유괴, 살인, 강도질을 일삼으며 쫓기는 생활을 했지만 이제는 성자들이 되어 있음을 눈치챈다. 남자들이 루피노에게 설명한다. 군대가 흑사병처럼 쳐들어오고 있다, 사람들의 무기를 몰수하고 있다, 사람들을 모아놓고 십자가에 침을 뱉게 하고 그리스도를 욕하게 하며, 저항하면 목을 자른다. 남자들이 합류하겠느냐고 묻자 루피노는 거절한다. 그 이유를 설명한다. 남자들은 이해한다.

다음날 아침, 루피노는 군인들과 거의 동시에 칸사사오에 도착한다. 루피노는 대장장이를 찾아간다. 루피노가 잘 아는 사람이다. 대장장이는 불꽃이 탁탁 튀는 가마 옆에서 땀을 흘리며 충고한다. 최대한 빨리 도망가라, 사탄 마귀들이 길잡이를 모두 강제로 병적에 올리고 있다. 루피노가 설명하자 그 역시 이해한다. 대장장이는 루피노를 도울 수 있다. 당신이 찾는 사람들과 함께 수염 난 여자가 얼마 전 이곳을 지나갔다. 그리고 머리통 모양을 읽을 줄 아는 외국인 얘기도 들려준다. 어디서 그들을 만났는가? 대장장이가 설명한다. 길잡이는 밤이 될 때까지 얘기를 나누며 대장간에 남아 있다. 밤이 되자 보초들 눈에 뜨이지 않고 마을을 빠져나온다. 두 시간 후, 벨로 몬테에서 온 사도들과 다시 마주친다. 루피노는 사도들에게 즉각 알린다. 전쟁이 칸산사오에까지 도달했다.

소우사 페레이로 군의관은 그릇에 알코올을 채워 에스텔라 남작 부인에게 건네주었다. 남작 부인은 간호원처럼 수건을 머리에 둘렀다. 남작 부인은 그릇에 불을 당겨 조심스럽게 대령의 등에 올려놓았다. 대령은 꼼짝 않고 누워 있어 홑이불에 주름도 잡히지 않았다.
"이곳 칼룸비에서는 제가 의사 역할이나 산파역을 감당해야 했어요." 경쾌한 목소리로 말했다. 군의관을 향한 것 같기도 하고 대령을 향한 것 같기도 했다. "그러나, 사실은, 부항을 떠본 적이 없어서. 제가 많이 아프게 하죠, 대령님?"
"전혀 아닙니다, 부인." 모레이라 세사르는 불편함을 감추기 위해 애를 쓰지만 소용이 없다. "이렇게 불쑥 찾아와서 정말 송구스럽습니다. 남편분께도 그렇게 전해주십시오. 제 생각은 아니었습니다."
"찾아주셔서 기쁩니다." 남작 부인은 부항 뜨기를 마치고 베개를 정리했다. "영웅 되시는 분을 직접 만나보기를 얼마나 고대했는데요. 어쨌든 말예요, 병이 나셔서 칼룸비로 오시게 된 것은 정말 유감이지만……."
 다정하고 매혹적이고 경쾌한 목소리였다. 침대 옆에 탁자가 하나 놓여 있었다. 탁자 위에는 항아리, 공작새가 그려진 자기로 만든 세숫대야, 붕대, 솜, 거머리 병, 부항 그릇, 과일 등이 놓여 있었다. 시원하고 깨끗한 방이었다. 하얀 커튼 사이로 새벽이 밀려들었다. 남작 부인의 하녀 세바스티아나는 문가에 가만히 서 있었다. 소우사 페레이로 군의관은 유리 그릇 자국이 남아 있는 환자의 등을 살펴보았다. 잠을 설친 흔적이 뚜렷했다.
 "좋습니다. 이제 30분 후에 목욕을 하시고 마사지를 받으십시다. 훨씬 좋아지실 겁니다, 각하. 혈색이 돌아왔습니다."
 "목욕물은 준비되어 있습니다. 제가 목욕탕에서 시중들겠습니다." 세바스티아나가 말했다.
 "저도 시중들겠습니다." 남작 부인이 말을 이었다. "이젠 물러나겠습니다. 참 잊은 게 있군요. 대령님, 저희와 함께 차를 마실 수 있도록 군의관님께 허락을 구했습니다. 남편이 문안 여쭙고 싶어해요. 군의관님도 함께 오시지요. 데 카스트로 대위님과 저 특이하게 생긴 젊은이도 함께 오세요. 그런데, 그 젊은이, 이름이 어떻게 되나요?"
 대령은 웃어 보이려 했지만 남작 부인은 세바스티아나와 함께 문턱을 넘어가버렸다. 대령은 군의관에게 화를 냈다.
 "날 이 따위 함정에 빠뜨리다니 자넨 총살당해 마땅해."
 "그렇게 화를 내시면 다시 피를 뽑겠습니다. 그러면 하루 더 침대에 누워 계셔야 합니다." 소우사 페레이로 군의관은 흔들의

385

자에 주저앉았다. 지쳐 떨어진 것이었다. "이제 저도 좀 쉬게 해주십시오. 30분만이라도. 제발 움직이지 마십시오."

정확히 30분 후, 군의관은 부시시 눈을 비비고 일어나 부항 그릇을 떼어내기 시작했다. 그릇은 쉽게 떨어져 나왔다. 그릇이 붙어 있던 자리에 보랏빛 자국이 둥글게 남았다. 대령은 계속 엎드려 있었다. 두 팔을 괴고 머리를 박고 있었다. 올림피오 데 카스트로 대위가 들어와 부대 상황을 보고했을 때에야 비로소 입술을 뗄 수 있었다. 소우사 페레이로는 모레이라 세사르를 따라 목욕탕으로 갔다. 세바스티아나가 군의관의 지시에 따라 준비를 마친 상태였다. 대령은 옷을 벗었다 — 구릿빛 얼굴이나 팔과 달리 자그마한 알몸은 새하얗다 —. 대령은 아무 동작 없이 욕조 안으로 들어가 이를 악물고 한참을 있었다. 군의관은 알코올과 겨자 고약으로 대령의 몸을 세게 문지른 후 화로에서 끓고 있는 약초의 김을 쐬게 했다. 치료는 조용히 진행되었다. 그러나 김 쐬기를 마치자, 대령은 분위기를 누그러뜨리기 위해 이렇게 중얼거렸다. 무슨 마술 장난에 걸려든 느낌이로군. 소우사 페레이로는 과학과 마술의 경계는 구별할 수 없다고 대답했다. 과학과 마술이 서로 평화 조약을 체결했다는 것이다. 방에서는 과일, 신선한 우유, 빵, 잼, 커피가 대기하고 있었다. 모레이라 세사르는 맛도 모르고 먹은 후 잠이 들었다. 잠에서 깨어났을 때는 한낮이었다. 『뉴스 저널』기자가 옆에서 카드 놀이를 하고 있었다. 기자는 셋이 하는 카드 놀이를 가르쳐주겠다고 했다. 바이아의 집시들이 즐기는 놀이라고 했다. 두 사람은 말 한마디 나누지 않고 카드 놀이를 했다. 세수와 면도를 마친 소우사 페레이로가 대령을 깨우러 왔다. 대령이 집주인과 차를 나누기 위해 거실로 들어서자 남작 부부, 군의관, 데 카스트로 대위, 신문 기자가 기다리고 있었다. 어제 밤 이후로 씻지 않은 사람은 신문 기자뿐이었다.

카냐브라바 남작이 다가와 대령과 악수를 나누었다. 붉은색 흰색 타일이 깔린 넓은 거실은 홍목으로 만든 가구, 짚과 나무로 만든 '오스트리아' 풍 의자, 석유등, 사진, 유리 장식장, 도자기, 나비 표본이 담긴 우단 상자가 놓인 탁자 등으로 장식되어 있었다. 벽에는 전원 풍경을 담은 수채화가 걸려 있었다. 남작은 손님의 건강 상태에 관심을 보였다. 두 사람은 정중하게 인사를 나누었다. 그러나 농장주는 장교보다 이 놀이에 더 능수 능란했다. 황혼녘이었다. 열린 창문을 통해 현관 돌기둥, 연못이 내다보였다. 앞마당 양편으로 의젓한 타마린도 나무와 야자 나무가 늘어서 있었다. 나무 밑에 일꾼들의 오두막이 있었다. 한때는 노예들의 숙소로 사용되었던 것이다. 세바스티아나와 네모난 앞치마를 걸친 하녀가 주전자, 찻잔, 작은 빵, 과자를 내놓았다. 남작 부인은 군의관, 신문 기자, 올림피오 데 카스트로에게 설명했다. 이 집에 있는 것들은 모두 수년에 걸쳐 칼룸비까지 옮겨야 했는데 아주 힘이 들었다. 남작은 모레이라 세사르에게 식물 표본집을 하나 보여주었다. 청년 시절에는 과학자를 꿈꾸며 실험실과 교실에서 세월을 보냈다고 했다. 사람이 마음으로 자기의 길을 계획할지라도 그 걸음을 인도하는 자는 여호와이시지요. 결국에는 농업, 외교, 정치에 빠져들고 말았습니다. 젊은이라면 돌아보지도 않을 일이지요. 대령님은 어떻습니까? 항상 군인이 되고자 하셨습니까? 그랬다. 대령은 철이 들면서부터 군인의 길을 가고자 했다. 고향 펀다모난가바 습지에 사는 동안 그런 꿈을 키워왔다. 신문 기자는 함께 있던 사람들 틈에서 빠져나와 두 사람에게 다가가 게걸스럽게 귀를 기울였다.

"이 청년이 대령님과 함께 오다니 놀라운 일입니다." 남작이 안경쟁이를 가리키며 웃었다. "전에 나하고 같이 일했다고 하던가요? 그 당시에는 빅토르 위고를 존경하며 극작가가 되고자 했는데. 당시에는 신문을 욕하고 다녔습니다."

"지금도 그렇습니다." 비위에 거슬리는 목소리가 들렸다.

"헛소리!" 남작이 소리질렀다. "사실 말이지, 자네는 남을 헐뜯는 데 솜씨가 있어. 자넨 믿을 수 없어. 헛소문이나 퍼뜨리고 뒤통수나 친단 말이야. 내가 돌봐주었더니, 원수놈의 신문사로 들어가선 나를 가장 혹독하게 욕하는 비열한 놈이 된 거지. 조심하십시오, 대령님. 아주 위험한 놈입니다."

안경쟁이 기자는 칭찬이나 들은 것처럼 눈을 빛냈다.

"지성인이란 자들은 모두 위험합니다." 모레이라 세사르가 동의한다. "나약하고 감상적이며, 못돼먹은 짓거리를 정당화시키기 위해 온갖 사상을 갖다 붙이는 자들입니다. 이 나라도 지성인을 필요로 합니다. 그러나 엉뚱한 짓이나 하고 다니는 짐승 다루듯 해야 합니다."

안경쟁이 기자는 좋아 죽겠다는 듯 웃음을 터뜨렸다. 남작 부인, 군의관, 올림피오 데 카스트로가 그를 쳐다보았다. 세바스티아나가 차를 가져왔다. 남작은 모레이라 세사르의 팔을 잡고 장식장 쪽으로 이끌었다.

"선물을 준비했습니다. 이곳 풍습입니다. 방문하시는 분에게 선물을 주는 것이죠." 먼지투성이 브랜디 병을 꺼내 눈을 찡긋하며 상표를 보여주었다. "대령님께서 브라질에 끼친 유럽의 모든 영향을 근절시키고 싶어하신다는 것은 압니다. 그러나 브랜디까지 미워하지는 않을 것으로 봅니다."

두 사람이 자리에 앉자마자 남작 부인이 찻잔을 대령에게 권하며 각설탕 두 조각을 넣어주었다.

"내 총은 프랑스제이고 대포는 독일제입니다." 모레이라 세사르가 입을 열었다. 너무 심각한 어조라 모두 입을 다물었다. "유럽도 밉고 브랜디도 싫습니다. 게다가 난 술을 마시지 않습니다. 마시지도 못하는 사람에게 선물을 낭비할 필요는 없습니다."

"그렇다면 기념으로 받아주십시오." 남작 부인이 끼어들었다.

"나는 지역 유지들도 싫어하고 예전에 이 지역을 차지했던 영국 상인들도 싫습니다." 대령은 냉정하게 말을 계속했다. "브라질 국민보다 설탕을 더 소중히 여기는 자들을 증오합니다."

남작 부인은 말없이 손님들을 접대했다. 이제 집주인은 웃음을 거두었다. 그러나 어투는 여전히 공손했다.

"남쪽에서 쌍수를 들고 환영한 미국 상인들은 이곳 사람들에게도 흥미를 보입니까, 아니면 단지 커피만 생각합니까?" 집주인이 물었다.

모레이라 세사르는 대답을 준비하고 있었다.
"그들은 브라질의 번영을 위해 필요한 기계, 기술, 자본을 가져다 줍니다. 번영이란 산업, 일자리, 자본을 의미합니다. 미국이 본을 보여주지 않았습니까." 차가운 눈을 깜박이며 덧붙였다. "노예를 부리는 사람들은 결코 이해하지 못할 겁니다, 카냐브라바 남작."

말을 마치자 침묵이 뒤따랐다. 찻잔을 젖는 찻숟가락 소리와 안경쟁이 기자가 차를 홀짝이는 소리만 들렸다. 기자는 양치질이라도 하는 것 같았다.

"노예제를 폐지한 것은 군주국 때였지 공화국 때가 아닙니다." 남작 부인은 농담이라도 하듯 생글거리며 반박하며 손님에게 과자를 권했다. "그건 그렇고 말이죠, 법령이 공포되기 5년 전에 제 남편의 농장에서는 노예를 해방시켰다는 사실을 알고 계세요?"

"몰랐습니다." 대령이 대답했다. "대단한 일입니다, 정말입니다."

웃었다. 억지웃음이었다. 차를 한 모금 마셨다. 분위기가 얼어붙었다. 남작 부인의 웃음소리도 분위기를 누그러뜨리지 못했다. 소우사 페레이로 군의관이 느닷없이 나비 표본에 관심을 보였지만, 올림피오 데 카스트로 대위가 자기 부인에게 살해당한 리우의 어느 변호사 얘기를 꺼냈지만 분위기는 살아나지 못했다. 소우사 페레이로의 예의바른 한마디가 긴장된 분위기를 더욱 얼어붙게 만들고 말았다.

"이곳 농장주들은 이곳을 떠났습니다. 야군소들이 불을 질렀기 때문입니다. 그런데도 남작님께서는 칼룸비로 돌아오시는 용기를 보여주셨습니다."

"제7연대에 농장을 내주기 위해 돌아온 겁니다." 남작이 말했다. "내 도움이 거절당한 것이 유감입니다."

"이렇게 평화스러운 모습을 보면 누구도 전쟁이 닥쳐왔다고 말하지는 못할 겁니다." 모레이라 세사르 대령이 중얼거렸다. "야군소들도 남작만은 건드리지 않았군요. 남작은 운이 좋은 사람이오."

"겉보기와는 다릅니다." 남작이 침착하게 대답했다. "칼룸비에서 많은 가족이 떠났습니다. 밭도 반으로 줄었습니다. 게다가, 카누도스는 내 땅입니다. 그렇지 않습니까? 이곳에서 나보다 더 많은 피해를 본 사람은 없습니다."

남작은 대령의 말로 치밀어오른 화를 감추기 위해 애를 썼다. 남작 부인이 다시 입을 열었다. 사람이 달라 보였다.

"남편이 카누도스를 야군소들에게 넘겨주었다는 중상모략을 심각하게 받아들이지 않으실 것으로 믿습니다." 화가 치밀어 표정이 날카로워져 있었다.

대령은 다시 차를 한 모금 마셨다. 긍정도 부정도 하지 않았다.

"그 헛소리를 믿으시는 모양 같은데." 남작이 중얼거렸다. "내가 저 미친 이단자 놈들을 돕는다는 말을 정말 믿는 겁니까? 농장에 불을 지르고 약탈하는 놈들을 말입니다."

모레이라 세사르는 찻잔을 탁자 위로 내려놓았다. 남작을 쌀쌀맞게 쳐다보았다. 그리고 급히 혀로 입술을 핥았다.
"그 미친놈들이 폭발탄으로 군인들을 죽이고 있소." 또박또박 끊어 말했다. 한마디라도 놓치지 못하도록 하는 듯했다. "그 몹쓸놈들은 최신 무기로 무장하고 있소. 그 도둑놈들은 영국 첩자의 지원을 받고 있소. 공화국에 대항해 폭동을 일으킨 놈들을 지원하는 놈들이 군국주의자들이 아니라면 도대체 누구란 말이오?"
창백해졌다. 손에 들고 있는 찻잔이 떨렸다. 신문 기자를 제외한 모두가 눈길을 떨구었다.
"이 사람들은 세상이 안정되었다고 느끼는 한, 이 세상이 질서가 잡혀있다고 믿는 한 절대 훔치거나 죽이거나 불을 지르지 않습니다. 이들보다 위계질서를 더 존중하는 사람은 없기 때문입니다." 남작이 확신에 차서 말했다. "그러나 공화국이 쓸모 없는 법률로 우리 제도를 망쳐놓았습니다. 복종의 원칙을 없애버리고 근거도 없는 욕심만 판치게 만들었단 말입니다. 플로리아노 원수가 실수한 겁니다, 대령. 사회적 이상은 안정 속에 있는 것이지 소요 속에 있는 게 아닙니다."
"편찮으십니까, 각하?" 소우사 페레이로가 자리에서 일어나며 끼어들었다.
그러나 모레이라 세사르가 눈짓으로 다가오지 못하게 했다. 얼굴이 핼쑥했고 이마에 땀이 맺혀 있었고 입술은 씹은 듯이 하얗게 변해 있었다. 대령은 자리에서 일어나 남작 부인을 향해 중얼거렸다. 목소리가 이빨 사이로 새어나오지 못했다.

"용서해주십시오, 부인. 내 태도에 유감이 많습니다. 나는 하층민 출신입니다. 그리고 군대밖에 사회 경험이 없습니다."

가구와 진열장 사이로 겨우 균형을 잡고 거실을 빠져나갔다. 등뒤로 신문 기자가 듣기 싫은 목소리로 다시 차를 요구하는 소리가 들렸다. 올림피오 데 카스트로와 기자는 거실에 남았다. 군의관은 제7연대 연대장을 따라 거실을 나갔다. 대령은 침대에 누워있었다. 힘겹게 숨을 쉬고 있었다. 아주 지쳐 있었다. 군의관은 대령의 옷을 벗겨주고 안정제를 주었다. 새벽에 연대와 합류하겠다는 소리가 들렸다. 이 점에 대해서는 이의가 있을 수 없다. 다시 부항을 떴다. 대령은 찬물에 몸을 담근 후 부들부들 떨며 욕조에서 나왔다. 송진 마사지와 겨자 마사지로 체온을 회복했다. 침실에서 식사했다. 실내복 차림으로 몇 분간 거실에 있었다. 남작과 남작 부인에게 호의를 베풀어주어 고맙다고 인사했다. 새벽 다섯 시에 일어났다. 소우사 페레이로 군의관과 커피를 마시면서 이보다 더 좋은 적은 없었다며 군의관을 안심시켰다. 안경쟁이 기자가 옆에 깨어나 있었다. 머리는 산발을 한 채 하품을 해댔다. 기자에게 다시 한번 다짐을 두었다. 만일 어느 신문이라도 병에 대한 기사가 한 줄이라도 나가게 되면 당신이 책임져야 한다. 방을 나갈 때 하인이 와서 전했다. 남작님께서 남작님 방에 잠시 들렀다 가시라고 했습니다. 하인은 대령을 작은 방으로 안내했다. 커다란 나무 책상이 있었다. 담배를 묶는 기계가 눈에 띄었다. 벽에는 책꽂이뿐만 아니라 칼, 채찍, 승마용 가죽

장갑과 모자가 걸려 있었다. 앞이 확 트인 방이었다. 희미한 빛 속에서 바이아의 신문 기자와 얘기를 나누고 있는 경비대원이 보였다. 남작은 실내복 차림에 실내화를 신고 있었다.

"서로 의견 차이가 있기는 해도, 대령이 브라질을 위해 최선을 다하는 애국자라고 생각합니다, 대령." 인사조로 말했다. "아닙니다, 입바른 소리로 동정을 구하는 것이 아닙니다. 시간을 뺏고 싶지도 않습니다. 나와 내 동료들에 대해 적들이 꾸며낸 술책을 군이 어떻게 받아들이는지 알 필요가 있습니다. 최소한 대령 생각만이라도 알아야겠습니다."

"군은 지역의 정치 투쟁에 말려들지 않습니다." 모레이라 세사르가 말을 잘랐다. "나는 공화국을 위태롭게 하는 폭동을 진압하기 위해 바이아로 온 것입니다. 더이상은 아닙니다."

두 사람은 거의 동시에 자리에서 일어났다. 그리고 서로를 뚫어지게 노려보았다.

"바로 그것이 음모의 핵심입니다." 남작이 말했다. "리우가, 정부가, 군이 카누도스를 위험하다고 믿게 만든 것입니다. 그놈들에게는 어떤 종류의 최신 무기도 없습니다. 폭발탄은 탄광에서 쓰는 폭약입니다. 전문적인 용어로 말하자면, 황갈색 적철광 광산입니다. 벤뎅고 산맥에 풍부한 광물입니다. 산골 사람들이 아직도 엽총 화약으로 사용하는 겁니다."

"우아우아와 캄바이오에서 군대가 패한 것도 음모란 말입니까?" 대령이 물었다. "리버풀에서 들여와 영국 첩자에 의해 밀수꾼들에게 넘어간 총도 음모란 말입니까?"

남작은 장교의 대담한 작은 얼굴, 적의로 가득한 눈과 경멸로 가득한 미간을 찬찬히 바라보았다. 냉소적인 사람인가? 아직은 알 수 없었다. 분명한 사실은 모레이라 세사르가 자신을 경멸한다는 것이었다.

"총은 영국제가 맞습니다. 에파미논다스 곤살베스가 들여왔습니다. 바이아에서 열심히 대령 편을 드는 사람입니다. 우리가 외국 세력과 야군소들과 음모를 꾸민다고 주장하기 위해 들여온 총입니다. 이푸피아라에서 발견된 영국 첩자도 놈이 조작한 겁니다. 재수에 옴 붙은 붉은 머리 하나를 죽여 꾸며낸 겁니다. 몰랐습니까?"

모레이라 세사르는 눈도 깜박이지 않았다. 근육 하나 움직이지 않았다. 입도 열지 않았다. 여전히 남작을 마주 쏘아보고 있었다. 귀에 들리는 말보다 남작의 내심과 그 말이 뜻하는 의미를 열심히 생각하고 있었다.

"만일 알고 있었다면 대령도 공범입니다. 이제 모든 게 드러나는군요." 남작은 눈길을 거두어 잠시 고개를 숙였다. 무언가 생각에 잠긴 것 같았지만, 사실 아무 생각이 없었다. 멍청한 생각에서 벗어나 다시 입을 열었다. "과연 그럴 필요가 있다고 봅니까? 그러니까, 독재 공화국을 세우기 위해 그 많은 거짓과 그 많은 음모와 그 많은 범죄가 필요합니까? 그렇게까지 해서 세운 독재 공화국이 브라질의 모든 악의 근원이 될 것이라는 사실을 모른단 말입니까?"

모레이라 세사르가 입을 다문 채 몇 분이 흘렀다. 해가 뜨기 전에 하늘이 붉게 물들었다. 말 울음소리와 사람들의 소리가 들렸다. 누군가 서성거리는 소리가 위층에서 들렸다.

"공화국을 반대하는 사람들이 반란을 일으켰고, 토벌대를 두 번씩이나 격퇴시켰소." 대령이 입을 열었다. 확신도 없는 목소리, 무미건조한 목소리, 잦아드는 목소리였다. "객관적으로 볼 때, 이 사람들은 누군가의 하수인에 불과하오. 당신과 같은 사람 말이오. 나중에 좀더 멋지게 배반하여 권력을 차지하기 위해 공화국을 수용한 사람들, 몇몇 사람 이름만 바꾸고 옛 체제를 계속 유지하려는 사람들이오. 사실 옛날에는 그들이 권력자들이었소. 이제 민간인 대통령이 있소. 정당 제도가 나라를 나누고 마비시켰소. 의회에서의 개혁을 위한 노력은 시간만 질질 끌 뿐이오. 의회도 올가미에 걸려 변질되고 말았소. 바로 당신들이 그렇게 만든 것이오. 이미 승리를 노래했지요. 그렇지 않습니까? 국방비를 반으로 줄이자고 하지 않았던가요? 좋았겠죠! 실수한 겁니다. 브라질은 이제 수백 년을 우려먹은 그런 봉건 국가가 아닙니다. 그 이유 때문에 군이 있는 겁니다. 국가를 통일시키기 위해, 번영을 구가하기 위해, 브라질 국민들의 평등권을 보장하기 위해, 이 나라를 강력한 근대 국가로 이끌기 위해 말입니다. 우리는 장애물을 치워나갈 것입니다. 그렇소. 카누도스, 당신, 영국 상인들, 우리가 가는 길에 거치적거리면 누구라도 다 몰아낼 겁니다. 우리 진정한 공화주의자들이 공화국을 어떻게 생각하는지 설명하지는 않겠소. 당신은 이해 못할 거요. 당신은 과거 사람이고 항상 뒤만 보고 있으니까. 4년만 있으면 20세기가 시작되는 마당에 아직까지 남작이라니, 웃기는 일이 아니란 말이오? 당신과 나는 불구대천의 원수지간이오. 우리의 전쟁은 전장이 따로 있는 것이 아니오. 더이상 할 말 없소."

가볍게 머리를 숙인 후 몸을 돌려 문으로 걸어갔다.

"솔직하게 말해줘서 고맙습니다." 남작이 중얼거렸다. 자리에서 움직이지 않았다. 대령이 방에서 나가는 모습을 지켜보았다. 대령이 밖으로 나오는 모습을 지켜보았다. 부관이 잡고 있던 백마에 오르는 모습을 지켜보았다. 경비대를 뒤에 달고 떠나는 모습을 지켜보았다. 그 뒤로 먼지 구름이 일었다.

4

피리 소리가 새소리처럼 들린다. 귀를 뚫는 소리에 몸서리가 처진다. 피리 소리는 군인들의 신경을 마비시킨다. 밤이면 잠을 깨우고 행군중에도 느닷없이 덮쳐온다. 죽음의 전주곡 후에 총알과 화살이 휙휙 소리를 내며 빗발친다. 총알이나 화살은 밝은 하늘이나 별이 총총한 밤하늘을 가르며 반짝이며 날아와 표적에 꽂힌다. 피리 소리가 사라지면 소, 말, 노새, 양, 염소가 울부짖는 소리가 들려온다. 때로는 군인들이 총상을 입고 쓰러지기도 한다. 그러나 예외적인 경우다. 피리 소리는 군인들의 귀 — 정신, 영혼 — 를 겨냥하고 총알과 화살은 짐승들만 고집스럽게 노리기 때문이다. 처음에 죽은 두 마리 소를 보고 알 수 있었다. 죽은 짐승들을 먹을 수 없었다. 수많은 전투에서 돌멩이까지 씹어 먹었던 군인들조차도 먹을 수 없었다. 죽은 쇠고기를 먹은 군인들은 먹은 것을 온통 게워냈으며 심한 설사병에 시달렸다. 군의관들이 의견을 내놓기 전에 이미 알 수 있었다. 야군소들의 화살은 두 가지 목적을 가지고 있었다. 짐승을 죽이고 또 짐승을 몰고 온 사람들의 양식거리까지 없애버리는 것이었다. 이런 사실을 파악하고부터 페브로니오 데 브리토 소령은 짐승이 죽으면 석유를 뿌려 불태워버린다. 케이마다스를 출발한지 며칠 지나지 않아 소령은 바싹 말라 눈만 반짝이고 있다. 무뚝뚝한 표정으로 다른 사람과 이야기조차 나누려 하지 않는다. 군인들 중에서 피리 소리에 가장 많이 시달리는 사람인 듯싶다. 피리 소리는 소령의 잠을 앗아가며 집요하게 괴롭힌다. 운이 없는 사람이다. 네발 달린 짐승들을 이 요란한 피리 소리 속으로 끌어들인 것도 소령이고, 짐승들의 죽음이 앞으로의 굶주림을 의미하는 줄 뻔히 알면서도 완전히 죽여 불태워버리라고 명령한 사람도 바로 소령이다. 소령은 화살이 노린 효과를 방지하기 위해 최선을 다한다. 수송대 군인들이 짐승을 둘러싸게 하고, 짐승들에게 가죽이나 두꺼운 천을 둘러주기도 한다. 그러나 여름 무더위로 짐승들은 땀을 흘리고, 잘 걷지도 못하고, 거품을 물고 쓰러지기도 한다. 소령은 수송대를 선두에서 이끈다. 수송대 군인들은 피리 소리가 시작되면 우왕좌왕 어쩔 줄을 몰라한다. 정말이지 진을 빼는 일이다. 숨이 막히는 일이다. 공격자들은 유령처럼 전혀 보이지 않지만 어디서나 나타난다. 요란한 피리 소리로 보아 수가 많은 것 같다. 그러나 그럴 수는 없는 일이다. 풀 한 포기 제대로 없는 이 허허벌판에서 어디에 몸을 숨길 수 있단 말인가? 모레이라 세사르 대령은 이 점을 지적했다. 놈들은 소수로 움직인다. 놈들은 안전한 장소에 웅크리고 있다. 동굴이나 바위틈이나 강바닥이나 덤불에 수시간 아니 며칠이라도 숨어 있을 수 있다. 피리 소리가 실제 이상으로 요란하게 들리는 이유는 조용한 한밤중에 들리기 때문이다. 그 미꾸라지 같은 놈들 때문에 겁먹을 필요없다. 놈들은 우리 부대를 공격할 능력이 없다. 대령은 부대를 재정비할 때, 짐승들의 피해 상황을 보고받고 이렇게 말했다.
"좋아, 이제 가뿐해졌군. 더 빨리 도착할 수 있겠어."
그 침착함이 신문 기자들을 감동시킨다. 대령은 신문 기자들 앞에서 새로 발생한 사상자에 대한 보고를 들을 때마다 농담을 던지곤 한다. 자신들을 일거수일투족 정탐하면서도 전혀 모습을 드러내지 않는 적들로 인하여 신문 기자들은 신경쇠약에 걸려 있다. 다른 얘깃거리도 없다. 기자들은『뉴스 저널』의 안경쟁이 기자를 붙들고 늘어진다. 끊임없이 신경을 자극하고 부대의 양식을 축내는 이 짓거리에 대해 대령은 실제로 어떻게 생각하는지를 묻는다. 안경쟁이 기자의 대답은 늘상 이렇다. 모레이라 세사르는 화살에 대한 얘기도 하지 않고 피리 소리도 듣지 않는다, 오로지 한 가지 걱정에 온몸과 정신을 쏟고 있기 때문이다. 선지자와 폭도들이 달아나기 전에 카누도스에 도착하는 일이 대령의 유일한 걱정거리다. 대령은 확신에 차 있다. 화살과 피리 소리는 폭도들이 달아날 준비를 하기 위한 시간을 벌기 위해 제7연대를 교란시키려는 것뿐이다. 그러나 대령은 백전노장이다. 속임수에 넘어가지 않는다. 쓸데없는 사냥으로 단 하루라도 낭비하지 않는다. 처음 정한 진로에서 한 치도 벗어나지 않는다. 앞으로의 보급품에 대해 불안해하는 장교들에게도 이렇게 말했다. 바로 그 보급품 때문에 최대한 빨리 카누도스에 도착해야 한다. 카누도스에서 제7연대는 필요한 것을 적들의 가게, 밭, 외양간에서 얻을 수 있다.

다시 행군을 시작하고 나서도 신문 기자들은 수도 없이 목격한다. 젊은 장교가 피투성이 화살을 손에 쥐고 부대 선두로 달려와 새로운 유혈 충돌에 대해 보고한다. 그러나 바로 그날 정오경, 몬테 산토로 진입한 지 몇 시간 지나지 않아 페브로니오 데 브리토 소령이 보낸 장교가 화살뿐만 아니라 나무 피리와 활을 하나씩 가져온다. 부대는 어느 골짜기에서 행군을 멈춘다. 뜨거운 햇빛을 가릴 수 있는 곳이다. 모레이라 세사르는 활을 조심스럽게 살핀다. 원시적인 활이다. 다듬지 않은 나무와 거친 끈으로 만든 활이다. 사용 방법도 간단하다. 타마린도 대령, 올림피오 데 카스트로, 신문 기자들이 대령을 에워싼다. 대령은 화살을 하나 꺼내 활에 재 보이며 신문 기자들에게 사용법을 보여준다. 그리고 갈대 줄기로 만든 피리를 입에 물고 불어본다. 흐느끼는 듯한 음산한 소리가 들린다. 이때 전령이 놀라운 소식을 전한다.

"두 놈을 사로잡았습니다. 각하. 한 놈은 부상당했지만 다른 한 놈은 말을 할 수 있습니다."

잠시 침묵이 흐른다. 모레이라 세사르, 타마린도, 올림피오 데 카스트로는 서로 쳐다본다. 다시 젊은 장교가 설명한다. 3개 정찰대가 피리 소리가 들리는 즉시 출동할 수 있도록 준비하고 있습니다. 두 시간 전에 피리 소리가 들리자마자 3개 부대가 각각 다른 방향으로 진격했습니다. 화살이 쏟아지기 전이었습니다. 1개 부대가 바위 뒤로 달아나는 사수들을 발견했습니다. 놈들을 추격해 따라잡았습니다. 사로잡으려고 했지만 한 놈이 공격하는 바람에 그만 총상을 입히고 말았습니다. 모레이라 세사르는 즉시 부대 후미로 달려간다. 신문 기자들이 따라간다. 드디어 적의 얼굴을 볼 수 있다는 생각에 모두 극도로 흥분해 있다. 즉시 볼 수는 없을 것이다. 한 시간 후 부대 후미에 도착한다. 포로들은 움집에 갇혀 있다. 총검으로 무장한 군인들이 지키고 있다. 군인들이 신문 기자들의 접근을 제지한다. 신문 기자들은 주변을 어슬렁거리며 장교들이 왔다갔다하는 모습을 지켜본다. 장교들은 신문 기자들을 외면한다. 두 시간, 아니 세 시간 후에, 모레이라 세사르는 부대 선두로 돌아온다. 마침내 뭔가 얻어들을 수 있다.

"한 놈은 아주 위독한 상태요." 대령이 설명한다. "몬테 산토에 도착하지 못할 것이오. 유감스러운 일이지. 그곳에서 처형당해야 하는 건데. 그래야 의미가 있지. 이곳에서 죽으면 아무 소용없어."

항상 감기를 달고 다니는 듯한 노련한 기자가 묻는다. 포로들이 무슨 유익한 정보라도 흘렸습니까. 대령은 씁쓸한 표정을 짓는다.

"하나님, 적그리스도, 세상 종말에 대한 얘기뿐이오. 하나같이 이 얘기뿐이오. 공범이나 배후에 대해서는 전혀 입을 열지 않소. 많이 모르는 것 같소. 불쌍한 놈들이지. 파헤우가 이끄는 부대

소속이랍니다. 강도놈이오."
　부대는 즉시 행군을 시작한다. 무서운 속도다. 저물녘에 몬테 산토에 도착한다. 여느 마을과 달리 이 마을에서는 사정이 전혀 달라진다. 다른 마을에서 부대는 무기를 찾아 신속하게 집들을 수색했을 뿐이었다. 신문 기자들은 네모진 예배당 마당에 있는 타마린도 나무 밑에서 말에서 내린다. 아이들, 노인들, 여인네들이 신문 기자들을 둘러싼다. 이제 그 눈초리 ― 무감각하고 미심쩍은 눈초리, 경원하는 듯한 눈초리, 멍청하고 아무것도 모른다는 듯한 눈초리 ― 를 알아볼 수 있다. 군인들은 민첩하게 흙집들을 뒤진다. 군인들은 마치 저항이라도 받는 듯 거총 자세로 집으로 들어간다. 기자들 앞에서, 옆에서, 도처에서, 명령과 고함 소리에 따라 군인들은 개머리판이나 군화발로 문이나 창문을 열어젖힌다. 곧이어 마을 사람들이 보초들이 지키는 네 개의 가축 울타리로 줄줄이 끌려온다. 마을 사람들은 그곳에서 심문받는다. 욕지거리와 항의 소리와 신음 소리가 들린다. 여기에 가까이 다가오려는 여인네들의 울부짖음과 몸부림이 더해진다. 단 몇 분 만에 몬테 산토 전체가 요상한 싸움판으로 변하고 만다. 총소리도 대포 소리도 들리지 않는다. 신문 기자들은 철저히 외면당한다. 어떤 장교도 무슨 일이 벌어지는지 설명해주지 않는다. 신문 기자들은 갈보리 십자가 마을을 이리저리 어슬렁거릴 뿐이다. 이곳저곳 가축 울타리를 둘러보지만 어디나 매한가지다. 총검으로 무장한 군인들 사이에 사람들이 줄을 서 있다. 군인들이 난폭하게 끌고가는 포로나 오두막에서 끌려나오는 포로는 얼마나 심하게 얻어맞았는지 제대로 서지도 못한다. 사방에서 삐걱거리는 이 거대한 기계의 톱니바퀴에 걸려들세라 기자들은 때로 몰려다닌다. 무슨 일이 벌어지는지 알 수도 없다. 그러나 오늘 아침 포로들의 입에서 나온 말의 결과일 것이라는 짐작은 한다.

모레이라 세사르 대령이 확인시켜준다. 기자들은 그날 밤 포로들이 처형되고 난 후 대령과 얘기를 나눌 수 있다. 처형은 타마린도 나무 사이에서 행해진다. 처형이 있기 전에 장교 한 명이 판결문을 낭독한다. 공화국은 탐욕, 광신, 무지 혹은 속임수로 공화국을 더 확실히 착취하기 위해, 공화국을 후진 국가로 유지시키려는 의도와 보수 반동적인 계급 사회의 단물을 빨아먹기 위해 공화국을 공격하는 자들로부터 공화국을 수호할 의무가 있다. 이 마을 사람들이 이런 말을 들어보기나 했을까? 신문 기자들은 눈치챈다. 장교가 찢어지는 목소리로 읊은 이 내용은 보초들 뒤에서 침묵을 지키고 있는 저 사람들에게는 소귀에 경 읽기나 마찬가지다. 처형이 끝난다. 마을 사람들이 허락을 받고 목이 잘린 사람들에게 다가갈 때, 신문 기자들은 제7연대 연대장을 따라 숙소로 향한다. 그곳에서 밤을 보낼 것이다.『뉴스 저널』의 안경쟁이 기자가 여느 때와 마찬가지로 먼저 말을 꺼낸다. 연대장 옆에 붙어 있기 위해서다.

"이런 심문을 통해 몬테 산토 전체를 적으로 만들 필요가 있었습니까?" 기자가 묻는다.

"필요한 일이오. 모두 한통속이니까." 모레이라 세사르가 대답한다. "파헤루라는 강도놈이 요 며칠간 이곳에 있었소. 잔치도 베풀어주고 양식까지 주었답니다. 아시겠습니까? 종교적 광신주의에 빠진 한 지역 때문에 이 가엾은 사람들까지 음모에 깊이 연루된 겁니다."

대령은 전혀 놀라지 않은 것 같다. 사방에서 등불, 촛불, 모닥불이 타오르고 있다. 부대원들이 어둠 속을 유령처럼 돌아다니고 있다.

"공범자를 모두 처단하기 위해서는 몬테 산토 전체를 쳐죽여야 할 겁니다." 모레이라 세사르는 조그만 오두막에 도착한다. 타마린도 대령, 쿠냐 마토스 소령, 한 떼의 장교들이 대령을 기다리고 있다. 대령은 간단한 동작으로 신문 기자들을 따돌린 후 표정 변화 없이 중위에게 묻는다. "가축은 얼마나 남았나?"

"열 다섯에서 열 여덟 마리 정도입니다, 각하."

"독화살을 맞기 전에 부대원이나 실컷 먹게 해주도록. 페브로니오에게 한꺼번에 잡으라고 전하게." 장교가 달려간다. 모레이라 세사르는 다른 휘하 장교들을 향한다. "내일 아침부터는 허리띠를 단단히 졸라매야 한다."

대령이 오두막 안으로 사라진다. 신문 기자들은 농장에 딸린 움집으로 향한다. 움집에서 커피를 마시고 담배를 피고 감상을 나누고 산 위 예배당에서 들려오는 기도 소리를 듣는다. 예배당에서 마을 사람들이 처형당한 두 사람을 위해 밤샘을 하고 있다. 잠시 후, 군인들이 고기를 나누는 모습을 본다. 그들은 풍성한 음식에 희희낙락이다. 서로를 격려하는 소리, 기타 치는 소리, 노랫소리가 들린다. 신문 기자들도 고기를 먹고 소주를 마시지만 군인들을 사로잡은 소란에는 끼어들지 못한다. 군인들은 승리를 바로 눈앞에 둔 듯하다. 잠시 후, 올림피오 데 카스트로 대위가 와서 기자들에게 몬테 산토에 남아 있을 것인지 카누도스까지 따라갈 것인지 묻는다. 카누도스까지 따라가면 돌아오기 힘들 것이다. 중간에 쉬지 않을 것이기 때문이다. 다섯 명의 기자 중 두 사람은 몬테 산토에 남기로 하고, 몸이 불편한 한 사람은 케이마다스로 돌아가기로 결정한다. 연대를 따라 가기로 한 두 사람 — 옷을 반듯하게 입은 기자와 안경쟁이 기자 — 에게 대위가 전한다. 이제부터는 힘든 행군이 될 것이다, 미리 자두는 게 좋다.

다음날, 두 명의 기자가 잠에서 깨어났을 때 — 새벽, 수탉이 운다 — 모레이라 세사르는 이미 떠나고 없다. 전초 부대에 사고가 발생했던 것이다. 사병 셋이 여자아이 하나를 강간했다. 기자들은 타마린도 대령이 지휘하는 중대와 함께 즉시 출발한다. 기자들이 토벌대 선두에 다다랐을 때, 강간범들은 채찍질을 당하고 있다. 세 명이 나란히 나무에 묶여 있다. 한 명은 채찍을 맞을 때마다 신음을 토해내고, 한 명은 기도를 올리고 있는 듯하다. 세번째 사병은 등짝이 벌겋게 달아오르고 피가 튀어도 꿋꿋한 자세를 유지하고 있다.

만다카루스, 벨라메, 칼룸비 나무로 둘러싸인 벌판이다. 전초 부대는 관목과 덤불 사이에 몸을 숨기고 처벌을 지켜보고 있다. 적막이 흐른다. 군인들은 매를 맞는 군인들에게서 눈을 떼지 않는다. 앵무새 소리와 여자가 흐느끼는 소리도 간간이 들린다. 울고 있는 계집아이의 피부가 하얗다. 불구에 맨발이다. 찢어진 옷 사이로 멍든 자국이 보인다. 아무도 계집아이를 주목하지 않는다. 안경쟁이 기자가 어느 장교에게 묻는다. 이 아이가 강간당한 아이인가. 장교가 끄덕인다. 모레이라 세사르는 쿠냐 마토스 소령과 함께 있다. 대령의 백마는 몇 미터 떨어진 곳에서 쉬고 있다. 안장도 없다. 방금 빗질이라도 해준 듯 깔끔한 모습이다.

채찍질이 끝나자 두 명은 정신을 차리지 못한다. 꿋꿋하게 매를 맞은 사병은 군인 정신을 잃지 않고 부동 자세로 대령의 훈시를 듣는다.

"이것을 교훈 삼기 바란다, 제군." 대령이 소리친다. "군은 공화국의 가장 순수한 조직이다. 반드시 그런 조직이 되어야 한다. 우리는 어느 경우라도 지위 고하를 막론하고 시민들이 우리 제복을 존경할 수 있도록 행동해야 한다. 제군들은 우리 연대의 전통을 알 것이다. 잘못을 범하면 혹독한 처벌을 받아야 한다. 우리는 시민을 보호하기 위해 이곳에 온 것이지 강도들과 경쟁하기 위해 온 것이 아니다. 다시 한번 군법을 위반할 경우 사형에 처할 것이다."

대령의 말에 모두 잠잠하다. 꼼짝도 하지 않는다. 정신을 잃은 두 개의 몸뚱이가 어처구니없는 자세로, 우스꽝스러운 자세로 늘어져 있다. 피부가 흰 계집아이도 울음을 멈추었다. 계집아이는 눈을 두리번거리며 가끔 웃는다.

"이 불쌍한 계집에게 먹을 것을 주도록." 모레이라 세사르가 계집아이를 가리키며 지시한다. 그리고 신문 기자에게 다가간다. "미친 계집이오. 우리 군에 대해 편견을 가진 사람들에게는 좋은 본보기가 되겠지요? 우리를 적그리스도라고 부르는 사람들의 말이 옳다고 하기에 이보다 더 좋은 방법이 있겠소?"
 전령이 대령의 말을 준비한다. 벌판은 명령 소리로 가득 찬다. 다시 이동이다. 각각의 중대가 여러 방향으로 출발한다.
 "중요한 공범들이 나타나기 시작했소." 모레이라 세사르는 강간 사건을 즉시 잊어버리고 입을 연다. "그렇소, 여러분. 누가 카누도스에 물건을 대는지 아시오? 쿰베의 사제요. 조아킴이라는 신부요. 사제복을 입고 있으니 무사통과일 수밖에. 어디나 돌아다닐 수 있소. 면책 특권이 있으니까. 가톨릭 사제란 말입니다!"
 화가 난다기보다는 만족한다는 말투다.

 서커스단 단원들은 자갈밭을 뚫고 나갔다. 번갈아가며 짐마차를 끌었다. 이제 사방이 메마른 풍경뿐이다. 때로는 며칠씩 쫄쫄 굶으며 길을 가야 했다. 꽃자리에서부터 카누도스로 가는 순례자들을 만날 수 있었다. 그들과 마찬가지로 가련한 사람들이었다. 가진 것 모두를 등에 지고 가는 사람들. 제대로 사람 구실도 못하는 사람들을 끌고가는 가족도 있었다. 수염 난 여자, 바보, 난쟁이는 틈만 나면 사람들에게 점을 쳐주고, 이야기를 들려주고, 어릿광대 놀이를 보여주었다. 그러나 길에 나선 사람들은 서커스 단원들에게 대가로 줄 게 별로 없었다. 몬테 산토에서 바이아 지역 수비대가 카누도스로 가는 길을 봉쇄하고 싸울 만한 나이의 남자는 모두 병적에 올린다는 소문이 돌았다. 그래서 먼 길을 돌아 쿰베로 향했다. 가끔씩 연기가 피어나는 것을 볼 수 있었다. 사람들 말에 따르면 사탄 마귀의 군대를 굶겨 죽이기 위해 야군소들이 밭에 불을 질러 그렇다고 했다. 서커스 단원들도 이 초토화 작전의 희생물이 될 수 있었다. 몸이 허약한 바보는 이제 웃음을 잃었다. 말도 하지 않았다.

둘씩 짝을 지어 짐마차를 끌었다. 다섯 명의 몰골이 가관이었다. 참담한 꼴을 당한 것 같았다. 짐승처럼 짐마차를 끌어야 할 때마다 난쟁이는 수염 난 여자에게 투덜거렸다.

"그곳에 간다는 것은 미친 짓거리야. 너도 알아. 그래도 우리는 가지. 먹을 것도 없어. 카누도스에서는 사람들이 굶어죽는단 말야." 화가 나서 얼굴을 찡그리며 갈을 가리키며 말했다. "왜 저따위를 상관하는 거야?"

난쟁이는 땀을 뻘뻘 흘렸다. 말을 걸기 위해 몸을 웅크리고 앞서가는 모습이 더욱 작아 보였다. 몇 살이나 먹었을까? 그 자신도 몰랐다. 얼굴에 주름살이 생기기 시작했다. 등과 가슴에 난 자그마한 혹들도 바싹 여위었다. 수염 난 여자는 갈을 쳐다보았다.

"진실한 사람이기 때문이야." 소리쳤다. "이젠 병신들과 다니는 짓도 넌더리가 나."

난쟁이는 비웃었다.

"넌 어떻고?" 몸을 비비꼬며 웃어젖혔다. "그래, 네가 어떤 꼬락서니인지 말해줄까? 노예에 수염까지 난 여편네야. 이전에 집시한테 그랬던 것처럼 굽실거리길 좋아하지."

역시 웃음을 터뜨린 수염 난 여자가 난쟁이의 뺨을 갈기려 했다. 그러나 난쟁이가 슬쩍 피했다.

"넌 노예가 제격이야." 난쟁이가 외쳤다. "놈이 네 머리를 만지며 현모양처가 될지도 모른다고 했을 때 넌 이미 놈에게 팔린 거야. 놈의 말을 믿었지. 눈물을 글썽거리면서."

난쟁이는 다시 웃음을 터뜨리며 수염 난 여자의 손을 피해 달아났다. 수염 난 여자는 난쟁이를 향해 돌을 던졌다. 그것도 잠시였다. 잠시 후, 난쟁이는 다시 수염 난 여자와 나란히 걸었다. 싸움은 늘 이런 식이었다. 장난질이거나 독특한 애정 표현인 것 같았다.

말없이 걸었다. 짐마차를 끌고 쉬고 하는 데 정해진 규칙은 없었다. 누군가 지쳐 떨어지면 멈추었다. 한참 더울 때 개울이나 우물이나 그늘을 만나면 그때도 쉬었다. 길을 가면서도 경계는 늦추지 않았다. 먹을 것이 없나 주변을 살폈다. 우연찮게 먹을 것을 발견한 때도 가끔씩 있었다. 아주 드문 경우였다. 색이 푸른 것이면 무엇이든지 씹어 허기를 달래야 했다. 특히 임부세이로 나무를 찾았다. 갈릴레오 갈도 그 나무를 식별하는 방법을 배웠다. 맛이 달콤하고, 수분이 많고, 시원했다. 뿌리까지 먹을 수 있는 식물이었다.

어느 날 오후, 알고도네스를 지나고 얼마 안 되어 잠시 쉬고 있던 순례자 무리를 만났다. 서커스 단원들은 짐마차를 버리고 그들과 합류했다. 그들 대부분이 카누도스로 가기로 결정한 한 마을 사람들이었다. 전도사 한 명이 무리를 이끌고 있었다. 상당히 늙은 노인으로 샌들을 신고 바지 위에 수도복을 입고 있었다. 커다란 어깨띠도 하나 걸치고 있었다. 전도사를 따르는 사람들은 전도사를 우러러보며 어려워했다. 마치 다른 세상에서 강림한 사람을 대하는 듯했다. 갈릴레오 갈은 전도사 옆에 웅크리고 앉아 질문을 던졌다. 그러나 전도사는 갈을 멀거니 쳐다보기만 했다. 갈의 말을 이해하지 못했다. 전도사는 자기 사람들과 계속 얘기를 나누었다. 그것도 잠깐, 노인은 카누도스, 성경, 선지자에게 내려진 말씀에 대해 얘기했다. 선지자를 가리켜 예수님이 보낸 사자라고 일컬었다. 석 달 하루가 지나면 반드시 부활할 것이다. 그러나 사탄 마귀를 따르는 자들은 영원히 죽을 것이다. 바로 이런 차이가 있는 것이다. 삶과 죽음, 천국과 지옥, 심판과 구원, 적그리스도는 카누도스로 군대를 보낼 수 있다, 그게 무슨 소용이겠는가? 군대는 썩어 사라질 것이다, 믿는 자들도 죽을 수 있다, 그러나 석 달 하루가 지나면 다시 돌아올 것이다. 완벽한 육신으로, 천사들이 만져주고 선하신 예수님께서 입김을 불어넣으면 완벽한 육신과 깨끗한 영혼으로 돌아올 것이다. 갈은 눈에 불을 켜고 귀를 기울였다. 한마디도 놓치지 않으려고 안간힘을 썼다. 노인이 잠깐 말을 멈춘 사이를 이용해 갈이 말했다. 전쟁은 믿음만으로 이길 수 있는 것이 아닙니다, 무기가 있어야 합니다, 카누도스는 부자들의 군대를 이겨낼 수 있을 정도로 준비를 갖추고 있습니까? 순례자들의 눈이 방금 말을 마친 사람을 슬쩍 훑어보고 다시 전도사에게로 향했다. 전도사도 갈을 쳐다보지는 않았지만 말은 들었다. 전쟁이 끝나면 더이상 부자는 없을 것이다. 정확히 말해 구별이 없어질 것이다. 모두가 부자가 될 것이니까. 이 바위에서 샘이 솟을 것이고, 이 메마른 언덕이 옥토로 변할 것이다. 몬테 산토 고원에 난초가 풍성하듯 알고도네스 사막도 난초 정원으로 화할 것이다. 코브라, 땅거미, 개구리가 모두 사람의 친구가 될 것이다. 사람이 만일 에덴 동산에서 쫓겨나지 않았다면 지금도 그럴 것이다. 이런 진리를 알리기 위해 선지자께서 이 세상에 오신 것이다.

어둠 속에서 누군가가 울음을 터뜨렸다. 낮고 깊고 애절한 웅성거림이 한참 계속되었다. 노인이 다시 입을 열었다. 아주 부드러운 음성이었다. 영혼은 물질보다 훨씬 강하다. 영혼은 선하신 예수님이고, 물질은 사탄 마귀다. 우리가 기다리고 기다리던 기적이 일어날 것이다. 가난, 질병, 추악함이 사라질 것이다. 노인이 두 손으로 갈릴레오 옆에 웅크리고 있던 난쟁이를 어루만졌다. 이 사람 역시 다른 사람과 마찬가지로 몸이 펴지고 아름다운 모습을 회복할 것이다. 처음 울음을 터뜨린 사람에게 감염되어 다른 사람들도 울음을 터뜨렸다. 전도사는 바로 옆에 있던 사람의 몸에 머리를 기대고 잠이 들었다. 사람들도 잠잠해졌다. 순례자들은 한 사람 두 사람 전도사를 따라 잠이 들었다. 서커스 단원들은 짐마차로 돌아왔다. 난쟁이가 코고는 소리가 이내 들렸다. 예전에 난쟁이는 잠꼬대가 심했었다.

갈릴레오와 후레마는 따로 떨어져 잤다. 천막 천을 깔고 잤다. 이푸피아라에서부터 단 한 번도 깔고 자는 천막 천을 갠 적이 없었다. 밝은 보름달이 셀 수도 없이 많은 별무리를 지휘하고 있었다. 맑고 시원한 밤이었다. 바람 한 점 없었다. 만다카루스 나무와 만가베이라 나무가 그림자를 늘어뜨렸다. 후레마는 눈을 감았다. 숨소리가 차분해졌다. 후레마 옆에서 같은 반듯이 누워 두 손을 베개 삼아 하늘을 올려다보았다. 카누도스를 보기 전에는 이 벌판을 벗어나지 않을 것이다, 그것은 바보 같은 짓이다. 원시적이고 순수하고 미신이 판을 치는 곳이리라. 그러나 역시 특별한 곳임에는 틀림없다. 자유로운 마을, 돈도 주인도 경찰도 신부도 은행가도 농장주도 없는 마을. 찢어지게 가난한 사람들의 믿음과 피로 건설된 마을. 조금만 지나면 완벽해질 것이다. 종교적 편견, 이상향에 대한 헛소리는 폐기처분될 것이다. 카누도스의 성공 사례를 세상에 전파할 것이다. 또 다른 카누도스가 나타나고, 그렇게만 된다면 누가 알겠는가……. 웃음이 비어져 나왔다. 머리를 쓸어보았다. 머리가 자라기 시작했다. 이제 손가락으로 잡을 수 있을 정도였다. 조바심이 났다. 까까머리라는 사실로 사지가 저려왔다. 왜 두려워하는가? 바르셀로나에서, 교수형에 처하기 위해 그를 치료해줄 때도 이랬었다. 병실에서도 그랬고, 감옥에 갇힌 정신병자들도 그랬다. 그들도 머리를 깎이고 억제복을 입었다. 관리자들은 일반 사범들이었다. 놈들은 환자들의 몫을 갈취했고 환자들을 무자비하게 두드려팼으며 호스로 얼음물을 퍼붓는 놀이를 즐겼다. 거울이나 개울이나 우물을 통해 얼굴을 들여다볼 때마다 기억을 일깨우는 환상. 그 역시 간수들이나 의사들이 괴롭혔던 미친놈 중 하나였다. 그는 당시 '질병에 대한 박해를 고발한다'라는 논문을 한 편 써서 거만을 떨기도 했다. 혁명은 자본과 종교라는 질곡에서 인간을 해방시킬 뿐만 아니라 계급 사회에 만연한 질병에 대한 편견으로부터도 해방시킨다. 환자는, 특히 정신병 환자는 사회의 희생물이다. 정신병 환자는 노동자, 농부, 창녀, 하녀만큼 고통당하고 무시당한다. 방금 전에 늙은 성자가 말하지 않았던가? 그는 하나님에 대해 말한다고 했지만 실제로는 자유에 대해 말한 것이다. 카누도스에서는 가난, 질병, 추악함이 사라질 것이라고 하지 않았던가? 바로 이것이야말로 혁명의 이상이 아닌가? 후레마가 눈을 뜨고 갈을 살피고 있었다. 생각에 잠겨 큰소리로 떠들었던가?

"그들이 페브로니오 데 브리토 부대를 무찔렀을 때 무슨 수를 써서라도 그들과 합류했어야 했어." 중얼거렸다. 사랑을 고백하는 것 같은 어투였다. "나는 평생 투쟁으로 살아왔지만 우리측의 배신과 분열과 패배만 봐왔어. 나도 승리를 만끽하고 싶어. 단 한 번만이라도. 우리의 승리가 어떤 느낌일지, 어떤 모양일지, 어떤 향을 풍길지 알고 싶단 말이야."

후레마는 갈을 바라보고 있었다. 여느 때와 마찬가지로 무슨 생각을 하는지 알 수 없는 표정이었다. 두 사람은 바싹 붙어 있었다. 그러나 서로의 몸을 건드리지는 않았다. 난쟁이가 조용히 잠꼬대를 늘어놓기 시작했다.

"넌 날 이해 못해. 나도 널 모르겠어." 갈이 말했다. "내가 정신을 잃었을 때 왜 죽이지 않았지? 왜 경호원들이 내 머리카락 대신 머리를 가져가도록 우기지 않았지? 왜 나와 함께 있는 거야? 내가 믿는 걸 넌 믿지 않잖아."

"당신을 죽여야 할 사람은 루피노예요." 후레마가 한숨을 쉬었다. 증오가 아니었다. 아주 간단한 뭔가를 설명하는 것 같았다. "당신을 죽이면 당신이 그에게 입힌 해보다 더 큰 해를 그에게 입히는 거죠."

바로 이것이 내가 이해 못할 일이다. 갈은 생각했다. 이 문제에 대해 여러 차례 후레마와 얘기를 나누었다. 그러나 갈은 항상 오리무중이었다. 명예, 복수, 저 신실한 믿음, 저 악착같이 지켜내려는 몸가짐, 이런 것들이 이 세상 종말 때에 무슨 의미가 있단 말인가? 몸에 걸친 것이라고는 이가 득실거리는 넝마밖에 없는 사람들에게 말이다. 부자, 게으름뱅이, 기생충들의 저 체면, 맹세, 약속과 같은 사치스런 장난질을 이곳 사람들은 도대체 이해나 할 수 있을까? 케이마다스에서의 기억이 떠올랐다. 은혜로우신 성모마리아 여관, 어느 장날, 떠돌이 소리꾼의 이야기를 창문에서 들은 적이 있었다. 이야기가 많이 엇갈리기는 했지만 중세기 전설임이 분명했다. 어린 시절에 들었던 얘기였다. 청년 때에는 희가극으로 공연하는 것을 보기도 했다. 악마 로베르토에 대한 얘기였다. 어떻게 이곳에까지 전해지게 되었나? 세상은 보기보다 예측 불가능한 것이었다.

"내 머리카락을 가져간 경호원들도 역시 이해 못하겠어." 갈이 중얼거렸다. "가야바 말이야. 나를 살려둔 건 친구에게서 복수의 기쁨을 빼앗지 않기 위해서인가? 이런 건 농부들이 할 짓이 아니라 귀족들이나 하는 짓이란 말이야."

다른 때 같으면 후레마가 애써 설명을 해주었을 것이다. 그러나 이날 밤은 침묵을 지켰다. 외국인으로서는 결코 이해하지 못할 것이라고 생각했으리라.

다음날 아침, 서커스 단원들은 알고도네스 순례자들을 앞서 길을 떠났다. 프란시아 산을 넘는 데 꼬박 하루가 걸렸다. 저물녘, 너무 지치고 허기져 정신을 놓을 지경이었다. 바보는 길을 걷는 동안 두 번이나 정신을 잃었다. 두번째 정신을 잃었을 때는 창백해진 채 숨도 쉬지 않아 죽었다고 생각했다. 오후녘에 힘든 하룻길을 보상이라도 하듯 이끼가 잔뜩 긴 우물을 하나 발견할 수 있었다. 이끼를 걷어내고 물을 마셨다. 수염 난 여자는 손으로 물을 떠 바보에게 먹였다. 코브라에게는 시원하게 물을 뿌려주었다. 코브라는 굶주림을 겪지 않았다. 먹을 만한 풀이나 구더기는 언제라도 찾을 수 있었다. 목을 축인 후에 뿌리, 줄기, 잎을 뽑고 꺾었다. 난쟁이는 덫을 놓았다. 하루 온종일 찌는 듯했던 더위가 지나고 불어온 산들바람이 위안거리였다. 수염 난 여자는 바보 옆에 앉아 바보의 머리를 무릎에 올려놓았다. 바보와 코브라와 짐마차의 운명도 자기 운명만큼이나 신경이 쓰였다. 바보, 코브라, 자신의 세상이라고 할 수 있는 짐마차를 지켜낼 수 있어야 자기 자신도 살 수 있으리라 생각하는 듯했다.

갈과 후레마와 난쟁이는 천천히 가지와 뿌리를 씹어 물기를 빨아먹은 후 내뱉었다. 마지못해 하는 짓이었다. 혁명가의 발치에 뭔가 딱딱한 것이 반쯤 파묻혀 있었다. 두개골이었다. 누르튀튀하고 깨진 상태였다. 산골로 들어온 이후 사람들의 뼈는 도처에서 볼 수 있었다. 누군가가 얘기해주었다. 몇몇 산골 부족은 적들의 무덤을 파헤쳐 시체를 밖으로 꺼내놓고 산짐승들이 뜯어먹게 한다. 이렇게 하면 적들의 영혼을 지옥으로 보낼 수 있다고 여긴다. 두개골을 찬찬히 살펴보았다.

"아버지는 사람의 머리를 책이나 거울로 여기셨지." 추억에 잠겨 입을 열었다. "내가 이런 곳에, 이런 꼴로 있다는 사실을 아시면 뭐라고 하실까? 아버지를 마지막으로 뵌 것은 내가 열여섯 살 때였어. 행동이 과학보다 훨씬 중요하다고 대들며 아버지를 무시했어. 아버지도 나름대로 혁명가이셨지. 의사들은 아버지를 조롱했어. 무당이라고 놀렸지."

난쟁이가 쳐다보았다. 무슨 뜻인지 이해하려고 애를 쓰는 듯했다. 후레마도 마찬가지였다. 같은 생각에 잠겨 계속 씹고 뱉었다.

"이곳엔 왜 온 거지?" 난쟁이가 중얼거렸다. "조국을 떠나서 죽는 게 두렵지 않아? 이곳엔 가족도 친구도 없잖아. 아무도 자넬 기억하지 못할 거야."

"당신네들이 내 가족이야." 갈이 말했다. "야군소들 역시 마찬가지고."

"자넨 신자도 아니고, 기도도 안 하고, 하나님에 대한 얘기도 안 하잖아." 난쟁이가 말했다. "왜 그렇게 카누도스에 집착하는 거지?"

"나는 다른 사람들 틈에서는 살 수 없을 거야." 후레마가 말했다. "조국이 없다는 것은 고아나 같은 거야."

"언젠가는 조국이라는 단어도 사라질걸." 갈릴레오가 즉시 반박했다. "사람들은 뒤를 돌아볼 거야. 경계선 안에 사로잡힌 우릴 볼 거야. 지도에 선을 그어가며 서로를 죽이는 우릴 돌아보고 이렇게 말하겠지. 참 멍청한 사람들이었군."

난쟁이와 후레마는 서로를 쳐다보았다. 같은 두 사람이 멍청한 놈은 바로 너야,라고 생각한다는 느낌이 들었다. 세 사람은 계속 씹고 뱉었다. 가끔 구역질도 했다.

"자넨 알고도네스의 전도사가 한 말을 믿나?" 난쟁이가 물었다. "그날이 올 것이라는, 죄도 없고, 병도 없고……"

"그리고 추악함도 없지." 같이 덧붙였다. 계속 고개를 끄덕였다. "다른 사람들이 하나님을 믿듯 나는 그걸 믿어. 많은 사람들이 그런 날을 만들기 위해 죽어갔다네. 그래서 내가 카누도스를 고집하는 거야. 그곳에서, 최악의 경우, 가치 있는 일을 위해 죽고 싶어."

"루피노가 당신을 죽일 거야." 후레마가 눈길을 떨구며 말을 더듬었다. "그 사람이 치욕을 잊을 것 같아? 지금 우릴 찾고 있어. 조만간 복수할 거야."

같이 후레마의 팔을 잡았다.

"그 복수극을 구경하기 위해서라도 나와 함께 있겠지, 그렇지 않나?" 후레마에게 물었다. 그리고 어깨를 으쓱했다. "루피노 역시 이해 못할 거야. 그 사람을 욕보이려 한 것은 아니야. 욕망 때

문에 다 망친 거야. 의지도, 우정도. 어느 한 가지에만 매달려서
는 안 되는 거야. 모든 게 뼈 속에 있어. 물론 다른 사람들은 영
혼이라고 하겠지만." 다시 후레마의 얼굴을 가까이 들여다보았
다. "난 후회하지 않아. 그러니까……, 일종의 교훈이었지. 내가
믿은 것은 거짓이었어. 쾌락은 이상과 다투지 않아. 육체를 부끄
러워할 필요는 없어. 알겠어? 아니지, 넌 이해 못해."
 "만일 그게 사실이라면?" 난쟁이가 끼어들었다. 목소리는 갈
라졌고 눈빛은 애절했다. "'소경이 보며, 귀머거리가 들으며, 문
둥이가 깨끗함을 받으며' 라는 말씀이 있지. 만일 내가, '기적을
행하심을 알고 왔습니다' 라고 말하면 선지자께서 나를 만져주시
고, 그러면 내 키가 커질까?"
 갈이 안타까운 듯 난쟁이를 쳐다보았다. 진실이든 거짓이든
대답해줄 말이 떠오르지 않았다. 이때, 수염 난 여자가 바보 때
문에 가슴이 무너져 울음을 터뜨렸다. "이제 틀렸어. 웃지도 않
고, 신음 소리도 없어. 순간순간 조금씩 죽어간단 말이야." 잠이
들기까지 흐느끼는 소리가 한참 동안 들렸다. 새벽녘, 카르나이
바에서 온 한 가족이 그들을 깨웠다. 좋지 않은 소식을 전했다.
지역 수비대와 지역 농장 경호원들이 쿰베의 출구를 봉쇄하고
군대를 기다리고 있다고 했다. 카누도스로 가기 위해서는 북쪽
으로 멀리 돌아가는 수밖에 없었다. 마사카라, 안히코, 로사리오
를 돌아가야 하는 먼 길이었다.
 하루하고도 반나절 후에 산 안토니오에 도착했다. 마사카라의
신록이 우거진 산자락에 있는 온천 마을이었다. 자그마한 정거

장이었다. 서커스 단원들은 몇 년 전에 이곳에 와본 적이 있었다. 거품이 일고 고약한 냄새가 나는 물웅덩이에 몸을 담가 피부병을 고치기 위해 찾아오는 사람들이 많았던 곳이다. 산 안토니오도 강도들 때문에 끊임없이 피해를 보고 있었다. 강도들은 환자들을 털어먹기 위해 몰려들었다. 그러나 이제는 이곳도 버려진 것 같았다. 강가에서 빨래하는 사람도 없었고, 포장된 골목길에도 사람 자취가 없었다. 야자 나무, 무화과 나무, 선인장만 남아 있었다. 사람이나 개나 새 같은 살아 있는 물체는 없는 것 같았다. 그러나 난쟁이는 활기를 되찾았다. 난쟁이는 작은 나팔을 꺼내들고 재미있는 소리를 내본 후 본격적으로 공연을 알리기 시작했다. 수염 난 여자가 웃었다. 바보까지 웃었다. 바보는 쇠약해진 몸이었지만, 어깨로 손으로 머리로 짐마차를 밀었다. 입을 반쯤 벌린 채 침을 흘렸다. 마침내 어느 집 문짝 못에 박힌 색바랜 종이쪽을 발견할 수 있었다. 바보는 사람들이 눈에 보이지 않는 듯했다. 그러나 수염 난 여자가 입맞춤을 해주자 웃어 보였다.

   서커스 단원들은 메꽃이 피어 있는 좁은 광장으로 짐마차를 밀고 갔다. 나팔 소리에 이끌려 창문과 문이 열리고 얼굴들이 나타나기 시작했다. 난쟁이와 수염 난 여자와 바보는 옷가지와 도구를 챙겼다. 서커스 단원들은 화장을 하고, 숯을 바르고, 알록달록한 옷으로 갈아입었다. 단원들은 손때가 묻은 도구들을 손에 들고 나타났다. 코브라 바구니, 바퀴, 요술 막대, 종이로 만든 손풍금 따위였다. 난쟁이가 세차게 나팔을 불고 외쳤다. "자, 공연 시작이오!" 유령과 같은 사람들이 하나 둘 모여들기 시작했다. 나이도 성도 알아볼 수 없는 해골바가지들이, 얼굴과 팔과 다리에 괴저병, 종양, 발진, 여드름 자국이 가득한 사람들이 집에서 나왔다. 사람들은 처음에 느꼈던 두려움을 이겨내고, 서로서로 몸을 의지해, 기거나 다리를 질질 끌며 서커스를 맛보기 위해 왔다. '고통스러워하는 모습이 아니다. 오래 전에 죽은 듯한 인상들이다.' 같은 생각했다. 모두가 폭삭 늙어 보였다. 특히 아이들이 심했다. 수염 난 여자를 보고 몇 사람이 웃었다. 수염 난 여자는 코브라를 놀리며 입을 맞추고 팔을 감게 했다. 난쟁이는 바보를 붙잡고 수염 난 여자와 코브라가 보여주는 몸짓을 따라 했다. 춤을 추게 하고 몸을 비틀게 하고 몸을 둥글게 말게 했다. 산 안토니오의 주민들과 환자들은 심각하게 혹은 들떠서 공연을 바라보며 그럴 듯하다는 듯 고개를 끄덕이거나 박수를 치거나 했다. 몇몇 사람들은 갈과 후레마를 훔쳐보곤 했다. 언제 공연을 시작할 거냐고 묻는 듯했다. 혁명가는 넋을 잃고 사람들을 바라보았다. 후레마는 역겹다는 듯 인상을 찡그리고 있었다. 후레마는 참으려고 안간힘을 썼다. 그러나 그것도 잠시, 더이상 보고 싶지 않다, 가고 싶다고 말했다. 갈릴레오는 후레마를 말리지 않았다. 갈릴레오의 두 눈은 충혈되어 있었다. 완전히 정신을 놓고 있었다. 사랑과 부귀와 마찬가지로 건강 역시 이기적인 것이다, 하나를 차지하기 위해서는 다른 것을 버려야 한다, 그렇다, 아무 것도 소유하지 않고 사랑도 않는 것이 좋다, 그러나 아픈 형제들과 함께 하기 위해 건강을 버려야 한단 말인가? 문제투성이다,

히드라에게는 머리가 많다. 그것의 눈길이 닿는 곳마다 불의가 나타난다. 갈릴레오는 후레마가 역겨워하고 두려워한다는 사실을 눈치채고 후레마의 팔을 잡았다.

"저 사람들을 봐, 보란 말이야." 화를 내며 소리쳤다. "저 여자들을 좀 보란 말이야. 저들도 한때는 젊고 건강하고 아름다웠어. 누가 저들을 저 꼴로 만든 거지? 하나님? 악당 새끼들, 나쁜 새끼들, 부자 새끼들, 건강한 새끼들, 이기주의자 새끼들, 힘깨나 쓰는 새끼들이야."

완전히 흥분한 상태였다. 갈릴레오는 후레마를 밀쳐내고 공연장 한가운데로 나아갔다. 난쟁이가 나폴리 왕의 딸 마갈레나 공주에 대한 신기한 얘기를 시작했다. 갈릴레오는 신경 쓰지 않았다. 사람들은 지켜보았다. 찢어진 바지를 입고 목에 상처 자국이 있는 붉은 수염 남자가 공연을 하기 시작했다.

"용기를 잃지 마십시오, 형제 여러분. 절망에 빠지지 마십시오. 여러분은 구름 뒤에 몸을 숨긴 사탄 마귀 때문에 고통을 당하는 것이 아닙니다. 여러분은 잘못된 사회 때문에 썩어가고 있습니다. 못 먹어서, 의사와 약이 없어서, 아무도 여러분을 신경 쓰지 않아서, 여러분이 가난하다는 이유로 이렇게 된 것입니다. 포기하지 마십시오, 형제 여러분. 여러분의 불행한 처지를 떨쳐버리십시오. 카누도스의 형제들처럼 일어나십시오. 땅과 집을 차지하십시오. 재산을 차지하십시오. 여러분의 청춘을 이용해먹은 놈들로부터, 여러분의 건강을 앗아간 놈들로부터, 여러분의 인간성을……"

수염 난 여자가 말을 막았다. 여자는 불같이 화를 내며 남자를 붙잡고 욕을 퍼부었다.

"미친 새끼! 바보 멍청이! 아무도 못 알아들어. 넌 사람들을 비참하게 만들었어. 넌 사람들을 진절머리 나게 만들었어. 먹을 것을 안 줄 거란 말야. 머리를 만져보고 앞날을 말해줘. 뭔가 희망을 주란 말야!"

베아티토는 여전히 눈을 감은 채 닭 울음소리를 듣고 생각했다. '선하신 예수님을 찬양하라!' 꼼짝 않고 기도했다. 오늘 하루를 견딜 수 있는 힘을 달라고 하나님 아버지께 빌었다. 허약한 육신이 힘든 일을 견뎌내지 못했다. 최근에 순례자들이 늘어나면서 가끔 현기증을 느꼈다. 밤이면 산 안토니오 예배당 제단 뒤에 짚방석을 깔고 누워도 뼈와 살이 쑤셔 쉴 수가 없었다. 꿈이 찾아와 이 남모르는 고통에서 해방시켜주기 전까지 몇 시간이고 이를 악물고 누워 있어야 했다. 베아티토는 비록 허약했지만 아무도 자기 육신의 나약함을 눈치채지 못하게 할 수 있는 강한 영혼의 소유자였던 것이다. 베아티토는 이 마을에서 선지자 다음으로 고귀한 영적인 문제를 다루는 인물이었다.

눈을 떴다. 다시 한번 닭이 울었다. 새벽 빛이 채광창을 통해 들어왔다. 마리아 쿠아드라도와 성가대 여자들이 수도 없이 수

선해준 수도복을 입고 잤다. 샌들을 신었다. 어깨띠와 가슴에 달린 핀에 입을 맞추었다. 선지자가 물려준 녹슨 철사를 허리에 감았다. 어릴 때 폼발에서 물려받은 것이었다. 짚방석을 말았다. 예배당 입구에서 자고 있는 열쇠지기 집사를 깨웠다. 집사는 초로초 출신 노인이었다. 집사가 눈을 뜨며 중얼거렸다. "우리 주 예수 그리스도를 찬양하라." "찬양하라." 베아티토가 대답했다. 채찍을 내밀었다. 아침마다 하나님 아버지께 고통의 희생을 바치는 채찍이었다. 노인이 채찍을 잡았다. 베아티토는 무릎을 꿇었다. 노인은 온 팔의 힘을 모아 등허리와 엉덩이를 열 번 내리쳤다. 베아티토는 신음 소리도 없이 채찍을 받았다. 십자가를 그었다. 이렇게 하루 일이 시작되었다.

열쇠지기 노인이 제단을 청소하러 가는 동안 베아티토는 문으로 다가갔다. 문에 가까이 다가갔을 때, 밤사이 순례자들이 벨로몬테에 도착했다는 사실을 알 수 있었다. 가톨릭 경비대 사람들은 베아티토가 순례자들을 남아 있게 할지 내보내게 할지 결정하기까지 지키고 있을 것이다. 실수로 신실한 그리스도인을 물리치고 선지자에게 해를 끼칠 수도 있는 인물을 받아들일지도 모른다는 두려움이 가슴을 훑었다. 바로 이것 때문에 얼마나 간곡히 하나님 아버지께 도움을 구했던가. 문을 열었다. 소리가 들렸다. 문 앞에서 밤을 지새운 수십 명의 사람들이 눈에 들어왔다. 가톨릭 경비대 대원들이 그들과 함께 있었다. 푸른색 완장이나 두건을 두르고 카빈총으로 무장하고 있었다. 경비대 대원들이 합창했다. "선하신 예수님을 찬양하라." "찬양하라." 베아티토가 중얼거렸다. 순례자들이 십자가를 그었다. 병신이나 병자가 아닌 사람들은 자리에서 일어났다. 사람들 눈에 굶주림과 환희가 담겨 있었다. 베아티토는 수를 세어보았다. 적어도 50명 이상이었다.

"하나님 아버지와 선하신 예수님의 땅인 벨로 몬테에 오신 것을 환영합니다." 베아티토가 인사했다. "선지자께서는 부름받고 오신 분들께 두 가지를 요구하십니다. 믿음과 진리입니다. 믿음이 부족하거나 거짓을 일삼는 사람은 이곳 주님의 땅에 거할 수 없습니다."

가톨릭 경비대에게 사람들을 들여보내게 했다. 예전에는 순례자들을 일대 일로 만나보았었다. 그러나 지금은 여러 사람씩 만나야 했다. 선지자는 아무도 베아티토를 돕지 못하게 했다. "베아티토, 자네가 바로 문이라네." 일을 분담해 달라고 요청할 때마다 선지자는 이렇게 대답했다.

장님, 딸, 사위, 손자 둘이 들어왔다. 케라라에서 왔다고 말했다. 한 달이나 걸린 여행길이었다. 오는 도중에 부인과 쌍둥이 손자 둘이 죽었다. 그리스도교식으로 묻어주었습니까? 예, 관에 담아 명복을 비는 기도도 올렸습니다. 눈꺼풀이 달라붙은 노인이 어떻게 왔는지 얘기하는 동안 베아티토는 가족을 살펴보았다. 어른을 공경할 줄 아는 단란한 그의 가족이라고 할 수 있었다. 네 사람은 장님의 말을 끊지 않고 조용히 듣고 있었다. 노인의 말을 뒷받침이라도 하듯 고개를 끄덕이기도 했다. 굶주림과 육체적 고통, 순례자들이 벨로 몬테 땅을 밟을 때 솟아나는 영혼의 환희가 다섯 사람의 얼굴에 그대로 나타나 있었다. 베아티토는 천사의 손길을 느끼고 그 가족을 받아들이기로 했다. 적그리스도를 섬겨본 사람이 있는지 다시 한번 확인했다. 그리고 공화주의자가 되지 않을 것임을, 황제의 추방과 교회와 국가의 분리와 혼인 제도와 새로운 계량법과 인구 조사를 인정하지 않을 것임을 맹세하게 했다. 베아티토는 그들을 안아주었다. 가톨릭 경비대 대원을 불러 그들을 안토니오 빌라노바에게 데려가게 했다. 문가에서 여자가 장님의 귀에 뭐라고 소곤거렸다. 장님은 몸을 떨며 선하신 예수님 선지자는 언제나 뵐 수 있느냐고 물었다. 베아티토의 대답을 기다리는 동안 가족은 안절부절못했다. 베아티토는 생각했다. '선택받은 사람들이다.' 오늘 오후 성전에서 뵐 수 있을 겁니다. 설교 말씀을 듣고, 또 당신들을 양떼 무리로 받아들여 하나님 아버지께서 기뻐하신다는 말씀도 들을 수 있을 겁니다. 베아티토는 기뻐 어쩔 줄 모르며 떠나는 가족을 지켜보았다. 이 타락할 수밖에 없는 세상에서 은혜가 존재한다는 사실이 신선하게 다가왔다. 이 사람들 — 베아티토는 알고 있었다 — 은 세 사람의 죽음과 고통을 이미 잊어버리고 삶이란 살아볼 만한 것이라고 느끼고 있었다. 이제 안토니오 빌라노바가 그들의 이름을 명부에 올릴 것이다. 장님은 요양원으로 보내고, 딸은 사르델리냐 자매를 돕게 하고, 사위와 손자들은 물을 나르도록 할 것이다.

　베아티토는 다른 부부 — 여자는 손으로 보따리를 붙들고 있었다 — 를 만나는 동안 안토니오 빌라노바를 생각했다. 믿음의 남자, 선택받은 사람, 하나님 아버지의 어린양이었다. 그 사람과 동생은 경험이 풍부한 사람들이었다. 사업도 했고 가축도 길렀고 돈도 벌어본 사람들이었다. 악착같이 모으기로 했다면 집도 땅도 하인도 거느릴 수 있었다. 그러나 형제는 하나님 아버지의 종으로 가난한 형제들과 가진 것을 나누기로 결심했다. 안토니오 빌라노바 같은 사람이 이곳에 있다는 것은 바로 하나님 아버지의 은혜였다. 얼마나 많은 문제가 그 사람 지혜로 해결되었던가? 예를 들자면, 얼마 전 그 사람은 물을 배급하는 방법을 생각해냈다. 밧사 바리스 강과 파센다 벨라 수원지에서 물을 길어 공짜로 나눠주었다. 물을 나르는 사람들은 최근에 도착한 순례자들이었다. 이런 식으로 새로 온 사람들은 사람들 사이에 자연스럽게 소개되었고, 그들 자신들이 선지자와 선하신 예수님을 위해 쓸모가 있음을 알 수 있게 되었고, 사람들로부터 먹을 것을 구할 수 있었다.

　남자의 떠듬거리는 소리로 베아티토는 알 수 있었다. 보따리는 갓 태어난 아이였다. 지난밤 카냐브라바 산을 내려올 때 죽었다고 했다. 베아티토는 보따리 자락을 걷고 들여다보았다. 아이는 양피지 색깔로 뻣뻣하게 굳어 있었다. 여자에게 설명했다. 아이가 사탄 마귀가 틈타지 않은 마지막 남은 땅에서 숨을 거둔 것은 하늘이 주신 은혜입니다. 세례를 받지 않았다고 해서 세례를 베풀어주었다. 마리아 에우프라시아라는 이름도 지어주었다. 그리고 이 어린 영혼을 당신의 영광 안으로 받아주시기를 하나님 아버지께 빌었다. 부부의 맹세를 받은 후 빌라노바 형제에게 가서 딸아이 장례를 치르라고 보냈다. 나무가 부족했기 때문에 벨로 몬테에서 장례는 큰 문젯거리였다. 몸서리가 쳐졌다. 가장 두려워하는 것이었다. 아무것도 없이 맨몸뚱이로 구덩이에 묻히는 일.

새로 온 순례자들을 만나보는 동안 성가대 여자 몇 명이 예배당을 정리하기 위해 들어왔다. 알레한드리냐 코레아가 마리아 쿠아드라도의 전갈과 함께 질항아리 하나를 가져왔다. '자네 혼자만 들게나.' 만인의 어머니는 베아티토가 자신의 몫을 배고픈 사람들에게 나눠준다는 사실을 알고 있었다. 베아티토는 순례자들의 말을 들으면서 배고픔이나 갈증을 느끼지 않을 만큼 강인한 영혼을 베풀어주신 하나님 아버지께 감사 드렸다. 마실 것 몇 모금에 씹을 것 한 입이면 충분했다. 사막을 헤매고 다녔을 때에도 그는 다른 형제들처럼 먹을 것이 없어 고통당하지 않았다. 그래서 선하신 예수님께 금식 기도를 베아티토보다 더 많이 드릴 수 있는 사람은 오직 선지자뿐이었다. 알레한드리냐 코레아가 다른 소식도 전했다. 조앙 아바데, 조앙 그란데, 안토니오 빌라노바가 기도소에서 그를 기다리고 있다고 했다.

거의 두 시간 가까이 순례자들을 만나고 있었다. 페드리나스에서 온 곡물상만이 거절당했다. 한때 세금 징수원으로 일한 적이 있는 사람이었다. 제대 군인, 길잡이, 군 납품업자였던 사람들은 물리치지 않았다. 그러나 세금 징수원들은 떠나야 했고 다시 올 수 없었다. 다시 오면 죽이겠다고 겁을 주었다. 그들은 가난한 자들의 피를 빨았고, 수확물을 모조리 쓸어갔고, 가축을 훔친 사람들이었다. 그들의 탐욕은 끝이 없었다. 잘 익은 과일을 파먹는 구더기와 같은 존재였다. 베아티토는 페드리뉴스에서 온 남자에게 설명했다. 하늘의 자비를 얻기 위해서는 멀리서, 나름대로, 죽음을 무릅쓰고 사탄 마귀와 싸워야 한다. 베아티토는 마당에 있는 사람들에게 기다려 달라고 전한 후 기도소로 향했다. 해가 많이 올라와 있었다. 햇빛에 돌멩이가 반짝거렸다. 많은 사람들이 베아티토를 붙잡으려고 했다. 베아티토는 바쁘다고 사정했다. 가톨릭 경비대의 경호를 받으며 갔다. 처음에는 경호를 거절했었다. 그러나 이제는 어쩔 수 없는 일임을 이해했다. 경비대가 없다면 예배당과 기도소 사이의 그 짧은 거리를 가는 데 몇 시간이 걸릴지 몰랐다. 청을 하기 위해 충고를 듣기 위해 사람들이 몰려들었던 것이다. 오늘 아침 순례자 중에 알라고아와 세아라에서 온 사람들도 몇 명 있다고 생각했다. 예상 밖의 일이 아닌가? 기도소는 그곳을 둘러싸고 있는 사람들로 바글거렸다. 남녀노소를 불문한 모든 사람들이 조그만 나무 문을 향해 목을 빼고 있었다. 하루 중 언젠가는 선지자가 모습을 드러낼 것이다. 베아티토와 네 명의 가톨릭 경비대 대원은 옴짝달싹할 수 없었다. 경비대 대원들이 푸른색 천을 흔들었다. 기도소를 지키고 있던 동료들이 베아티토를 위해 길을 열어주었다. 베아티토는 인간 장벽 사이를 몸을 숙이고 빠져나가는 동안 생각했다. 가톨릭 경비대가 없다면 벨로 몬테는 아수라장으로 변하고 말 것이다. 그렇게 되면 사탄 마귀가 쉽게 들어올 수 있을 것이다.

"우리 주 예수 그리스도를 찬양하라." 베아티토가 말했다. "찬양하라." 누군가의 소리가 들렸다. 선지자 주변에 형성된 평화로운 분위기를 느낄 수 있었다. 거리에서 들려오는 소음도 이곳에서는 음악과 같았다.

"기다리시게 해서 죄송합니다, 아버지." 속삭였다. "갈수록 순례자들이 많아집니다. 그 사람들 전부를 다 만날 수도 없고 얼굴도 기억할 수 없습니다."

"모두 구원받을 수 있는 권리가 있어." 선지자가 말했다. "그들로 기뻐해야지."

"나날이 많아지는 것을 보면 제 마음은 즐겁습니다." 베아티토가 말했다. "제 자신이 실망스러울 뿐입니다. 그들을 잘 알 수 없기 때문입니다."

땅바닥에 앉았다. 그 곁에 조앙 아바데와 조앙 그란데가 카빈총을 무릎에 올려놓고 있었다. 안토니오 빌라노바뿐만 아니라 안토니오의 동생 오노리오도 와 있었다. 먼지를 뒤집어쓰고 있는 것으로 봐서 이제 막 여행에서 돌아온 것 같았다. 마리아 쿠아드라도가 물을 한잔 내밀었다. 베아티토는 입맛을 다시며 마셨다. 선지자는 검붉은 수도복으로 몸을 감싼 채 침대에 꼿꼿이 앉아 있었다. 선지자의 발치에 나투바의 레온이 있었다. 연필과 공책을 손에 들고 커다란 머리를 성인의 무릎에 기대고 있었다. 성인은 한손으로 레온의 성긴 밤색 머리를 쓰다듬고 있었다. 성가대 여자들은 벽에 달라붙어 조용히 꼼짝 않고 웅크리고 있었다. 새하얀 어린양은 잠들어 있었다. '선지자께서는 선생님이시며 어린양이시며 사랑하는 아드님이시다.' 베아티토는 마음을 경건하게 하고 생각했다. '우리는 선지자의 자식들이다. 우리는 아무것도 아니었다. 그러나 선지자께서 사도로 만들어주셨다.' 환희가 물결쳐왔다. 천사가 다시 한번 어루만져주었다.

조앙 아바데와 안토니오 빌라노바 사이에 의견 차이가 있음을 알 수 있었다. 안토니오는 조앙 아바데가 주장한 칼룸비 방화를 반대한다고 했다. 카냐브라바 남작의 농장이 사라지면 사탄 마귀가 손해를 보는 것이 아니라 벨로 몬테가 손해를 본다, 칼룸비는 우리의 가장 좋은 보급소라고 주장했다. 누군가를 모욕하지 않기 위해, 심각한 문제를 건드리지 않기 위해 노력하는 것 같았다. 너무 조심스러운 목소리여서 잔뜩 귀를 모아야 했다. 안토니오 빌라노바 같은 사람조차 선지자 앞에서는 당황하는 걸로 봐서 선지자가 내뿜는 빛은 두말할 나위 없이 기적이다. 베아티토는 생각했다. 일상 생활에서 상인은 원기 왕성한 사람이었다. 그 힘은 아무도 꺾을 수 없었고, 확신에 차 쏟아내는 의견은 모두가 따를 수밖에 없었다. 그 쩌렁쩌렁한 목소리의 주인공, 지칠 줄 모르는 일꾼, 각종 지혜의 공급자조차 선지자 앞에서는 맥을 못 추었다. '고통을 겪는 것이 아니다. 향기에 취한 것이다.' 설교를 듣고 난 다음 얘기를 나누며 산책을 할 때 그 자신도 여러 차례 그런 말을 고백한 적이 있었다. 안토니오는 선지자에 대해 모든 것을 알고 싶어했다. 어떻게 순례를 하고 다니셨는지, 이미 뿌려 놓으신 가르침은 무엇인지. 베아티토가 가르쳐주었다. 향수에 젖어 앞이 캄캄하던 벨로 몬테 초창기 시절을 생각했다. 생각하고 기도하고 얘기를 나눌 수 있었다. 베아티토와 상인은 날마다 만나 얘기를 나누었다. 마을을 구석구석 살필 수 있었다. 그만큼 좁고 사람들도 별로 없었다. 안토니오 빌라노바는 속마음을 털어놓았다. 선지자께서 자신의 삶을 얼마나 바꾸어놓았는지 고백했다. "나는 미친 듯 살았다네. 신경이 마비되고 머리가 터질 지경이었다네. 이제는 선지자 옆에만 있어도 전에는 결코 알 수 없었던 평안을 느낀다네. 그것으로 충분해. 바로 향기와 같은 것이라네, 베아티토." 그 이후로는 얘기를 나눌 수 없었다. 각자 맡은 일에서 벗어날 수 없었던 것이다. 하나님 아버지의 뜻을 이루소서.

생각에 깊이 잠겨 있었기 때문에 안토니오 빌라노바가 언제 말을 멈추었는지 알 수 없었다. 이제 조앙 아바데가 반론을 펴고 있었다. 정보는 정확한 것이다. 파헤우가 이미 확인했다. 카냐브라바 남작은 사탄 마귀를 섬기고 있다. 농장들이 군대에 경호원과 양식과 길잡이와 말과 노새를 조달하도록 조치를 취했다. 칼룸비는 군인들의 야영지로 변하고 있다. 이 농장은 가장 풍요롭고 가장 거대하고 물자도 많다. 10개 군대가 와도 먹여살릴 수 있다. 쳐부수어야 한다. 한 놈도 사탄 마귀를 돕지 못하게 막아야 한다. 그렇지 않으면 군대가 도착했을 때 벨로 몬테를 지켜내기가 훨씬 힘들어질 것이다. 조앙 아바데는 말을 멈추고 선지자의 입술에 시선을 고정시켰다. 안토니오 빌라노바도 마찬가지였다. 더이상의 말다툼은 필요 없을 것이다. 칼룸비를 태워야 할지 그대로 두어야 할지는 성자께서 알고 계실 것이다. 서로 의견은 달라도 ─ 베아티토는 그들이 서로 다투는 모습을 자주 목격했다 — 두 사람의 형제애는 변함 없을 것이다. 선지자가 입을 열기 전에 누군가 기도소 문을 두드렸다. 무장한 사람들이었다. 쿰베에서 왔다고 했다. 조앙 아바데가 무슨 소식을 가져왔는지 알아보기 위해 밖으로 나갔다.

조앙 아바데가 나가자 안토니오 빌라노바가 다시 입을 열었다. 이번에는 죽어가는 사람들에 관한 얘기였다. 순례자들이 몰려들면서 사망자 수가 급격히 늘어나고 있었다. 교회 뒤편에 있는 오래된 묘지에는 더이상 무덤을 만들 자리가 없었다. 그래서 카누도스와 캄바이오 사이에 있는 타볼레리뇨 땅을 정리해 새로운 묘지를 만들게 했다. 선지자께서 허락하시겠습니까? 선지자는 간단하게 승낙했다. 조앙 그란데가 커다란 손을 흔들며, 두서없이, 곱슬머리 사이로 땀을 반짝이며 말을 늘어놓았다. 가톨릭 경비대가 어제부터 참호를 파고 이중으로 돌 벽을 세웠다. 밧사바리스 강가에서부터 파센다 벨라까지 연결시킬 것이다. 이때 조앙 아바데가 돌아왔다. 나투바의 레온조차 눈을 빛내며 그 큰 머리를 들었다.

"오늘 새벽 군인들이 쿰베에 도착했습니다. 오자마자 조아킴 신부에 대해 묻고 다니며 찾았다고 합니다. 신부의 목을 자른 것 같습니다."

베아티토는 흐느끼는 소리를 들었다. 그러나 쳐다보지 않았다. 알레한드리냐 코레아인 줄 알고 있었다. 흐느낌 소리가 점점 커져 기도소 안을 가득 채워도 누구 한 사람 그녀를 쳐다보지 않았다. 선지자도 움직이지 않았다.

"조아킴 신부를 위해 기도하도록 하자." 마침내 입을 열었다. 다정한 목소리였다. "이제 하나님 아버지와 함께 있겠지. 그곳에서도 계속해서 우릴 도울 거야. 이 세상에서 도운 것보다 훨씬 더. 신부에게도 우리에게도 기쁜 일이야. 정의로운 사람에게 죽음은 축제와 같아."

베아티토는 무릎을 꿇고 쿰베의 신부를 진심으로 부러워했다. 사탄 마귀만 제외한다면, 저 천국으로 갈 수 있는 사람은 선하신 예수님을 위해 목숨을 바친 사람들뿐이다. 바로 그곳에 쿰베의 신부가 있는 것이다.

루피노는 2개 부대와 동시에 쿰베에 도착한다. 군인들은 마을 사람들을 적을 대하듯 다룬다. 군인들은 집을 뒤지며 반항하는 사람들을 개머리판으로 후려친다. 포고문을 내건다. 무기를 감추고 있는 사람은 사형에 처한다는 내용이다. 북을 치고 다니며 알린다. 신부를 찾고 있다. 마침내 신부를 찾아낸다. 거리낌없이 교회로 들어갈 배짱이 있는 군인들이 교회로 들어가 신부를 질질 끌고 나온다. 루피노는 쿰베를 돌아다니며 서커스 단원들을 수소문해본 후에 어느 벽돌공 집에 묵는다. 벽돌공 가족이 군인들의 집 뒤짐과 난폭한 행동에 대해 떠든다. 그것들은 신성모독에 비하면 아무것도 아니다. 교회로 쳐들어가 하나님의 사자를 폭행하다니! 그래, 그 말이 사실이야, 저 불신자 놈들은 사탄 마귀를 섬기는 게 분명해!"

루피노는 쿰베를 빠져나온다. 외국인이 이곳을 지나가지 않은 것이 확실하다. 카누도스에서는 만날 수 있을까? 군인들에게 붙잡힌 건 아닌가? 루피노는 카누도스로 가는 길을 봉쇄하고 있는 지역 수비대 포위망에 걸려든다. 여러 사람이 그를 알아보고 다른 사람들을 말린다. 잠시 후 풀려난다. 북쪽을 향해 지름길을 택한다. 걷기 시작해 얼마 지나지 않아 총소리를 듣는다. 발치에 먼지가 이는 것을 보고 자기를 향해 쏜 것임을 안다. 땅에 엎드려 긴다. 총을 쏜 사람을 발견한다. 언덕 위에 수비대 대원 두 명이 웅크리고 있다. 총과 칼을 내려놓으라고 소리친다. 루피노는 재빨리 일어나 갈지자로 달려 무사히 사정 거리에서 벗어난다. 이곳에서부터는 바위틈을 이용해 달아날 수 있다. 그러나 길을 잃는다. 추격을 벗어났다고 안심하는 순간, 너무 지쳐 통나무처럼 쓰러져 잠이 들고 만다. 태양의 위치로 카누도스로 가는 방향을 알 수 있다. 흔적조차 희미한 오솔길은 사방에서 몰려든 순례자 무리로 벅적거린다. 몇 년 전만 해도 가축 몰이꾼이나 봇짐장수들만 다니던 길이다. 저물녘, 순례자들 틈에 끼어 산 안토니오에서 온 부스럼투성이 노인네가 서커스 공연 얘기를 하는 소리를 듣는다. 루피노의 심장이 요동친다. 노인네의 말을 막지 않고 듣는다. 꼬리를 잡았음을 이내 알 수 있다.

어둠을 틈타 산 안토니오에 도착한다. 마사카라 강변에 있는 물웅덩이 옆에 자리잡고 날이 밝기를 기다린다. 조바심이 나서 생각이 정리되지 않는다. 여명이 비침과 동시에 올망졸망한 집들을 뒤지기 시작한다. 대부분 빈집이다. 처음으로 만난 마을 사람이 방향을 알려준다. 고약한 냄새가 나는 어둠 속으로 스며든다. 어둠에 눈이 익숙해질 때까지 기다린다. 빛이 밝아짐에 따라 벽이 나타나고 벽화가 드러나고 예수의 심장이 밝아진다. 가구도 없고 그림도 없고 촛대도 없다. 그러나 이 방에 머무르다 떠난 사람들의 흔적은 여기저기 남아 있다.

바닥에 여자가 있다. 루피노가 들어오는 것을 보고 몸을 일으킨다. 여자 주위에 알록달록한 옷가지들이 흩어져 있다. 버들가지 바구니 하나가 있고 모닥불도 있다. 치마 안에 알아보기 힘든 무언가가 있다. 그렇다 뱀 대가리다. 길잡이는 그제야 여자의 팔과 얼굴을 뒤덮은 수염을 알아볼 수 있다. 여자와 벽 사이에 누군가 누워 있다. 하반신이 드러나 있다. 수염 난 여자의 비탄에 잠긴 눈이 보인다. 루피노는 몸을 숙이고 공손하게 서커스단에 대해 묻는다. 여자는 계속 멍청히 쳐다보고 있다. 마침내 포기했다는 듯 코브라를 내민다. 먹을 수 있어요. 루피노는 몸을 웅크리고 설명한다. 먹을 것을 빼앗으러 온 것이 아니라 뭔가 알아보고자 왔다. 수염 난 여자는 죽음에 대해 얘기한다. 조금씩 힘들어하더니 어젯밤 숨을 거두었어요. 루피노는 고개를 끄덕이며 여자의 말을 듣는다. 여자는 변명한다. 정신에 문제가 있었어요, 죽기 전에 이딜리카를 잡아 먹였어야 했어요, 뱀을 먹였으면 그가 살 수 있었을까요? 그렇지 않다는 사실을 그녀 자신도 안다. 코브라와 죽은 사람은 서커스단 초창기부터 그녀와 삶을 함께 해왔다. 루피노는 기억할 수 있다. 칼룸비에서 어릴 때부터 보아온 집시, 거인 페드린, 그외 재주꾼들의 모습을. 여자는 죽은 사람들이 관에 묻지 않으면 지옥으로 떨어진다는 소리를 들어왔다. 그래서 마음이 아프다. 루피노는 친구를 위해 관을 짜고 무덤을 파주겠다고 제안한다. 여자는 입을 헤벌리고 대가가 뭐냐고 묻는다. 루피노는 떨리는 목소리로 대답한다. 외국인? 수염 난 여자가 되풀이한다. 갈릴레오 갈? 그렇소. 루피노가 대답한다. 마을을 나올 때 말 탄 사람들이 와서 데려갔어요. 다시 죽은 사람 얘기를 꺼낸다. 끌고 올 수가 없었어요, 너무 슬펐어요, 그 사람을 돌보며 남아 있고 싶었어요. 군인들이었습니까? 지역 수비대였나요? 강도는 아니었나요? 여자는 모른다. 이푸피아라에서 머리카락을 자른 사람들이었습니까? 아니, 그들이 아니었다. 그 사람을 찾고 있던가요? 그렇다, 서커스 단원들은 건드리지 않았다. 카누도스로 갔습니까? 여자는 그것도 모른다.

　루피노는 죽은 사람을 알록달록한 옷가지로 싸서 창문 판자로 만든 관에 안치시킨다. 어설프게 짠 관을 어깨에 지고 밖으로 나간다. 여자가 따라간다. 마을 사람들이 묘지로 안내한다. 삽도 빌려준다. 구덩이를 판다. 다시 덮는다. 수염 난 여자가 기도를 올리는 동안 기다린다. 오두막으로 돌아온다. 여자가 간곡하게 감사를 표한다. 눈에 초점을 잃고 있던 루피노가 묻는다. 여자도 데려갔습니까? 수염 난 여자가 눈을 깜박거린다. 당신이 루피노군요. 여자가 말한다. 루피노가 고개를 끄덕인다. 여자가 말한다. 후레마는 당신이 올 줄 알고 있었어요. 그 여자도 데리고 갔습니까? 아니다. 후레마는 난쟁이와 함께 카누도스로 떠났다. 한 무리의 환자들과 건강한 사람들이 재미있다는 듯 그들의 얘기를 듣고 있다. 갑자기 밀려든 피로로 루피노는 비틀거린다. 사람들이 친절을 베푼다. 루피노는 수염 난 여자가 차지한 집에서 자기로 한다. 밤 늦게까지 잔다. 잠에서 깨자 수염 난 여자와 한 부부가 걸쭉한 죽이 담긴 그릇을 건네준다. 그들과 전쟁과 세상 돌아가는 것에 대해 얘기를 주고받는다. 부부가 돌아가자 수염 난 여자에게 갈릴레오와 후레마에 대해 집요하게 묻는다. 여자는 알고 있는 내용을 말해준다. 자신도 카누도스로 갈 것이라고 말한다. 늑대의 소굴로 들어가는데 무섭지 않습니까? 혼자 남는 게 더 무서워요. 어쩌면 그곳에서 난쟁이를 만나 같이 다닐 수 있을 거예요.

다음날 아침, 두 사람은 헤어진다. 길잡이는 서쪽을 향해 떠난다. 마을 사람들 말에 따르면 경호원들이 점령한 곳이 확실하다. 관목 숲과 가시나무 숲과 덤불 숲을 헤쳐나간다. 해가 한참 떠올랐을 때 평야를 훑고 다니는 정찰 부대를 피해 몸을 숨긴다. 흔적을 찾기 위해 자주 발걸음을 멈춘다. 이날은 아무것도 잡지 못한다. 그래서 풀만 씹는다. 리아초 데 바르히냐에서 밤을 보낸다. 다시 길을 나선 지 얼마 지나지 않아 모두가 살인마라고 부르는 사람의 부대가 눈에 들어온다. 먼지 구름 사이로 총검이 번뜩인다. 길을 굴러가는 대포가 삐걱거리는 소리도 들린다. 발걸음을 재촉한다. 그러나 어두워지기까지 셀리아로 들어가지 않는다. 마을 사람들이 일러준다. 군인들뿐만 아니라 파헤우가 이끄는 야군소들도 이곳에 있었다. 갈이라는 사람을 데리고 온 경호원 무리를 기억하는 사람은 아무도 없다. 루피노는 멀리서 들려오는 나무 피리 소리를 듣는다. 피리 소리는 밤새 끊이지 않고 들릴 것이다.

셀리아와 몬테 산토 사이에 있는 땅은 평탄한 지형이지만 메말랐고 때로 위험한 곳도 있다. 길이라고 할 만한 것도 전혀 없다. 루피노는 언제 어디서 부대를 만나게 될지 몰라 조심스럽게 앞으로 나아간다. 해가 한참 떠올랐을 무렵 물과 먹을 것을 구한다. 잠시 후에 자신이 혼자가 아니라는 느낌이 든다. 주위를 둘러보고 왔다갔다하며 벌판을 살핀다. 아무것도 없다. 그러나 잠시 후에 분명해진다. 여러 사람이 그를 추적하고 있다. 그들을 따돌리려 한다. 방향을 바꾼다. 숨는다. 달린다. 소용없다. 능수능란한 추격자들이다. 줄곧 따라온다. 보이진 않아도 가까이 있다. 포기한다. 이제는 태연하게 걷는다. 죽이기를 기다린다. 잠시 후 양의 방울 소리가 들린다. 마침내 공지가 눈앞에 나타난다. 무장한 남자들에 앞서 뒤틀린 몸에 멍청한 눈빛에 피부가 흰 계집아이 하나가 눈에 들어온다. 찢어진 옷 사이로 멍든 자국이 보인다. 계집아이는 방울을 울리고 피리를 부느라 정신이 없다. 목동들이 양떼를 몰 때 사용하는 방울과 피리다. 스무 명쯤 되는 남자들이 루피노가 다가가도 아무 말 없이 내버려둔다. 그들의 모습은 산골 사람이라기보다는 농부에 가깝다. 그러나 낫, 카빈총, 탄띠, 화약을 담은 뿔 등으로 무장하고 있다. 루피노가 다가가자 남자들 중 하나가 계집아이에게 다가간다. 놀라지 않도록 웃어 보인다. 계집아이는 눈을 크게 뜨고 움직이지 않는다. 남자는 여전히 계집아이를 다독이며 방울과 피리를 빼앗아 들고 동료들에게 돌아간다. 루피노는 그들이 모두 방울과 피리를 지니고 있음을 알 수 있다.

남자들은 둥그렇게 모여 앉아 무언가 나눠먹고 있다. 루피노가 다가가도 전혀 신경을 쓰지 않는 것 같다. 오히려 루피노를 기다리고 있는 듯하다. 길잡이는 밀짚모자에 손을 가져간다. "안녕들 하시오." 몇 사람은 계속 먹고, 몇 사람은 고개를 돌린다. 한 사람이 입에 먹을 것을 가득 문 채 중얼거린다. "선하신 예수님을 찬양하라." 체격이 우람하고 살빛이 노르스름한 카보클로 혼혈이다. 코가 반쯤 잘려나간 상처 자국이 눈에 두드러진다. '파헤우로군.' 루피노는 생각한다. '날 죽이겠지.' 서글프다. 자신을 욕 먹인 놈을 손도 못 대보고 죽어야 하다니. 파헤우가 캐묻기 시작한다. 화를 내지도 않는다. 무기를 내놓으라고도 하지 않는다. 어디서 왔나, 누굴 위해 일하나, 어디로 가는가, 무얼 보았나. 루피노는 주저 없이 대답한다. 다시 질문을 받을 때 입을 다문다. 다른 사람들은 계속 먹고 있다. 루피노가 자신이 찾는 것이 무엇인지, 왜 찾는지를 말할 때 파헤우는 고개를 돌려 머리에서 발끝까지 자세히 살핀다. 파헤우가 다시 묻는다. 산골 사람들을 추격했던 토벌대를 안내해준 일을 몇 번이나 반복시킨다. 거짓말이 있는지 알아보고자 하는 것이다. 그러나 루피노는 처음부터 사실을 말하겠다고 결심했기 때문에 실수가 없다. 토벌대가 파헤우를 추격했다는 사실을 알고 있었던가? 물론 알고 있었다. 한때 강도였던 남자가 강도 사냥꾼 헤랄도 마세도 대위의 토벌대를 상기시킨다. 한때 강도였던 남자는 이 토벌대를 따돌리기 위해 무척이나 고생했었다. "자넨 좋은 길잡이야." "그렇지." 루피노가 대답한다. "자넨 추격하는 덴 명수지. 자네 추격을 벗어날 수 없었지." 가끔씩 무성한 가지 사이에 숨어 있던 사람이 다가와 파헤우에게 무슨 말인가를 전한다. 파헤우는 조심스럽게 자리를 뜬다. 루피노는 차분하게, 자기를 어떻게 할 것이냐는 질문도 없이, 사람들이 다 먹을 때까지 지켜보고 있다. 야군소들은 자리에서 일어나 타다 남은 재를 흙으로 덮고 이코 나뭇가지로 자신들이 있던 자리의 흔적을 지운다. 파헤우가 루피노를 쳐다본다. "구원받고 싶지 않나?" 루피노에게 묻는다. "먼저 명예를 회복해야 해." 루피노가 대답한다. 아무도 웃지 않는다. 파헤우는 잠시 생각에 잠긴다. "자네가 찾는 외국인을 칼룸비로 데려갔네. 카냐브라바 남작이 있는 곳이지." 이빨 사이로 씹어뱉는다. 파헤우는 부하들을 이끌고 즉시 떠난다. 루피노는 피부가 흰 계집아이를 바라본다. 땅바닥에 주저앉아 있다. 검은 독수리 두 마리가 임부세이로 나뭇가지 끝에서 늙은이들처럼 쉰 소리로 울고 있다.

　루피노는 공지에서 즉시 멀어진다. 그러나 반시간도 지나기 전에 몸이 마비되어온다. 무거운 피로가 루피노를 그 자리에 쓰러뜨린다. 잠에서 깬다. 얼굴과 목과 팔이 온통 물린 자국투성이다. 케이마다스에서부터 시작해서 처음으로 우울한 기분에 잠긴다. 모든 것이 허무하다는 생각에 짓눌린다. 반대 방향으로 걸음을 옮긴다. 걸음마를 시작하면서부터 몇 번이나 들락거린 지역이지만, 어디에 지름길이 있고, 어디서 물을 찾을 수 있는지, 덫을 놓기 가장 좋은 장소가 어디인지 훤히 꿰고 있는 곳이지만, 이제 길은 끝이 없어 보인다. 무너져내린 심정을 하루 온종일 추슬러야 한다. 그날 오후 꿈꾸었던 것이 가끔씩 머리에 떠오르곤 한다. 쉽게 부스러지는 땅이다. 언제 금이 가 빨려들지 모른다. 발데아 몬테 산토. 조심스럽게 걷는다. 그곳에서부터 칼룸비까지는 열 시간도 걸리지 않는다. 밤새 한 번도 쉬지 않는다. 때로 달리기까지 한다. 그가 태어나 어린 시절을 보낸 농장도 알아보지 못한다. 밭은 황폐해졌고, 사람들도 얼마 없다. 모든 것이 망가졌다. 마주치는 일꾼들이 인사한다. 그러나 인사도 받지 않고 무얼 물어도 대답하지 않는다. 아무도 길을 막지 않는다. 몇 사람이 멀찍이 따라온다.

  대저택을 둘러싼 담벼락에, 야자 나무와 타마린도 나무 사이에 무장한 사람들이 있다. 일꾼들은 마구간, 창고, 하인 숙소를 들락거리고 있다. 무장한 사람들은 담배를 피우며 서로 얘기를 나누고 있다. 창문에는 덧문이 닫혀 있다. 루피노는 천천히 나아간다. 경호원들의 태도를 가늠한다. 명령이 떨어지지 않았지만, 한마디 말도 없었지만, 경호원들이 나와 루피노를 맞이한다. 소리도 치지 않고 위협도 하지 않는다. 경호원들과 루피노는 서로 한마디도 나누지 않는다. 길잡이가 다가오자 경호원들이 팔을 붙잡는다. 때리지도 않고, 총이나 낫이나 칼도 빼앗지 않는다. 모두 조심한다. 더이상 가지 못하게 할 뿐이다. 경호원들은 하나

같이 루피노의어깨를 두드리며 인사한다. 고집 피우지 말고 이성적으로 생각하라고 충고한다. 길잡이의 얼굴은 착 가라앉아 있다. 경호원들을 때리지도 않는다. 빠져나가려고만 한다. 두 명을 뿌리치고 한 발자국 나서자 또 다른 두 명이 나서서 붙잡는다. 한참 동안 이런 드잡이가 계속된다. 마침내 루피노는 더이상 버티기를 포기하고 고개를 떨군다. 경호원들이 루피노를 놓아준다. 루피노는 2층 건물 정면을, 기와 지붕을, 남작의 방 창문을 바라본다. 한 발자국 나선다. 다시 경호원들이 인간 장벽을 만든다. 대저택의 문이 열리고 누군가 밖으로 나온다. 아는 사람이다. 아리스타르코 감독이다. 경호원을 지휘하는 사람이다.

"남작님을 뵙고 싶다면 지금 당장 보자고 하신다." 감독이 부드럽게 말한다.

루피노의 가슴이 오르락내리락한다.

"외국인을 넘겨줄까요?"

아리스타르코가 고개를 젖는다.

"군에 넘겨주실 것이네. 군이 자네 대신 복수해줄걸세."

"그놈은 내 겁니다." 루피노가 중얼거린다. "남작님도 아십니다."

"자네 게 아닐세. 자네에게 넘겨주시지 않을 거야." 아리스타르코가 반복한다. "남작님께서 그 이유를 자네에게 설명하셔야 한다고 생각하나?"

루피노는 창백한 얼굴로 아니라고 대답한다. 이마와 목에서 핏줄이 부어오른다. 정신이 멍해지고 땀이 흘러내린다.

"남작에게 전하시오. 이젠 내 대부가 아니라고." 갈라진 목소리로 씹어뱉는다. "남작에게 전하시오. 그놈이 내게서 훔쳐간 년을 죽이러 간다고."

침을 뱉는다. 돌아선다. 왔던 길을 되돌아간다. 멀어진다.

카냐브라바 남작과 갈릴레오 갈은 창가에 서서 루피노가 떠나는 모습과 경호원과 일꾼들이 원래의 자리로 되돌아가는 모습을 지켜보았다. 갈릴레오는 말끔하게 차려입고 있었다. 이전에 입었던 것보다 더 좋은 셔츠와 바지를 빌려 입고 있었다. 남작은 책상으로 돌아갔다. 책상 뒤편 벽에는 칼과 채찍이 진열되어 있었다. 커피 잔에서 김이 오르고 있었다. 남작은 한 모금 마셨다. 눈에 초점이 없었다. 다시 돌아서서 갈을 살폈다. 희귀한 종을 발견해서 흥분한 곤충학자와 같은 모습이었다. 지치고 굶주린 채 아리스타르코와 경호원들에게 끌려왔을 때부터 줄곧 이런 식으로 관찰했다. 특히 갈의 목소리를 들은 후에는 더욱더 그랬다.

"루피노를 죽이라고 했겠죠?" 갈이 물었다. 영어였다. "들어오겠다고 고집했다면, 무례하게 굴었다면 말입니다. 그래요, 확실히 그렇죠. 죽이라고 했겠죠."

"한번 죽은 사람은 다시 죽이지 않소, 갈 선생." 남작이 말했다. "루피노는 이미 죽었소. 선생이 후레마를 앗아갔을 때, 그때 선생이 죽인 거요. 만약 죽였다면 그건 은혜를 베푸는 것이오. 불명예의 치욕에서 벗어나게 해줄 수 있었겠지요. 산골 사람들에게 그보다 더 큰 고통은 없소."

남작은 담배 상자를 열었다. 담배에 불을 붙일 때 『뉴스 저널』의 기사 제목이 떠올랐다. '남작 수하의 안내를 받은 영국 첩자.' 루피노를 길잡이로 택한 것은 기가 막힌 생각이었다. 남작을 옭아매는데 이보다 더 확실한 증거는 없었다.

"한 가지, 내가 이해 못할 것은, 에파미논다스가 이 산골로 가상의 첩자를 끌어들여 뭘 어쩌자는 것인지 모르겠단 말이오." 경련이라도 일어난 것처럼 손가락을 흔들며 말했다. "난 하늘이 이 상주의자의 편을 들어 은혜를 베풀리라고는 전혀 생각해본 적이 없소. 이상주의자라는 사람들, 정말 희귀한 족속이오. 예전에는 전혀 보지도 못했소. 그런데 지금, 며칠 차이로 두 사람이나 만나보게 된 거요. 모레이라 세사르 대령도 이상주의자요. 그렇소, 그 사람도 몽상가란 말이오. 물론 두 사람이 꿈꾸는 것이 서로 다르긴 하지만……."

밖에서 들려온 요란한 소리가 남작의 말을 끊었다. 창문으로 갔다. 쇠창살 틈으로 내다보았다. 루피노가 돌아온 것은 아니었다. 총을 든 네 명의 남자를 아리스타르코와 경호원들이 에워싸고 있었다. "파헤우로군, 카누도스 사람이오." 갈에게 말했다. 남작도 갈도 파헤우가 포로로 잡힌 것인지 손님으로 찾아온 것인지 알지 못했다. 방금 도착한 사람들을 살펴보았다. 세 명은 입을 다물고 있었고 한 사람이 아리스타르코와 얘기를 나누고 있었다. 땅딸막한 카보클로 혼혈이었다. 젊지 않은 나이에 피부는 쇠가죽 같았다. 상처 자국이 얼굴을 둘로 나누고 있었다. 그렇다. 파헤우가 틀림없었다. 아리스타르코는 계속해서 고개를 끄덕였다. 남작은 집으로 다가오는 아리스타르코를 지켜보았다.

"복잡한 날이로군." 담배를 빨며 중얼거렸다.

아리스타르코는 항상 표정에 변화가 없었다. 그러나 남작은 아리스타르코가 불안해한다는 점을 느낄 수 있었다.

"파헤우입니다." 아리스타르코는 간단하게 보고했다. "남작님을 뵙고자 합니다."

남작은 대답은 않고 갈을 돌아보았다.

"지금 자리를 좀 비켜주시지요. 저녁 식사 시간에 보도록 합시다. 이곳 농촌에서는 저녁을 일찍 듭니다. 여섯 시요."

같이 나가자 감독에게 물었다. 네 사람만 왔는가? 아닙니다. 적어도 50명 정도의 야군소들이 주변에 깔려 있습니다. 저 카보클로 혼혈이 파헤우가 확실한가? 네, 그렇습니다.

"칼룸비를 공격하면 어떻게 될 것 같은가?" 남작이 물었다. "막아낼 수 있겠나?"

"우리만 당할 뿐입니다." 감독이 대답했다. 오래 전부터 생각해온 대답인 것 같았다. "우리 애들도 대부분 믿을 수 없습니다. 언제라도 카누도스로 내뺄 놈들입니다."

남작이 한숨을 내쉬었다.

"데려오게. 자네도 같이 만나보세."

아리스타르코가 나갔다. 잠시 후 방문객과 함께 돌아왔다. 카누도스에서 온 남자는 집주인과 1미터 떨어진 곳에서 걸음을 멈추고 모자를 벗었다. 남작은 남자의 그 고집스러운 눈초리와 투박한 행색 속에서 한때 남자가 빠졌던 나쁜 짓거리와 범죄의 흔적을 찾아보았다. 얼굴에 난 섬뜩한 상처는 총이나 칼이나 맹수에 의해 생긴 것이리라. 그 상처는 남자가 얼마나 거친 삶을 살아왔는지를 보여주었다. 한때는 이웃 주민으로 살았을지도 모른다. 이 사람들은 남작을 바라볼 때면 눈을 깜박거리며 내리깔곤 했었다. 파헤우는 눈을 똑바로 뜨고 있었다. 주눅들지도 않았다.

"자네가 파헤우인가?" 마침내 남작이 물었다.

"그렇소." 남자가 대답했다. 아리스타르코는 동상처럼 남자의 뒤에 서 있었다.

"자네는 이 땅에 가뭄 못지않은 해를 입혔지." 남작이 말했다. "강도에, 살인에, 약탈까지 일삼았지."

"이미 지난 일이오." 파헤우가 대답했다. 원한도 없었다. 오히려 가슴 깊은 곳에서 연민을 느끼는 듯했다. "살면서 죄도 많이 지었지만 내가 감당할 것이오. 이제는 사탄 마귀가 아니라 하나님 아버지를 섬기고 있소."

남작은 이 말투를 알아들을 수 있었다. 카푸친파 선교사들의 말투가 이랬고, 몬테 산토로 몰려든 떠돌이 성자들의 말투가 이랬고, 모레이라 세사르의 말투가 이랬고, 갈릴레오 갈의 말투가 이랬다. 절대적인 확신에 찬 말투로군, 남작은 생각했다, 전혀 의심이 없는 사람들의 말투야. 실로 처음으로 선지자의 말을 듣고 싶었다. 악당조차 광신으로 몰고갈 수 있는 능력이 있는 작자.

"무슨 일로 왔나?"

"칼룸비를 불지르러 왔소." 전혀 떨리지 않는 목소리였다.

"칼룸비를 불질러?" 남작은 망연자실했다. 목소리와 태도가 급변했다.

"정화시키는 것이오." 카보클로 혼혈이 차분하게 설명했다. "이 땅도 오래도록 땀을 흘렸으니 이제 안식이 필요한 거요."

아리스타르코는 움직이지 않았다. 다시 침착해진 남작은 한때 강도였던 남자를 유심히 살펴보았다. 평화롭던 시절, 돋보기를 이용해 나비나 식물 도감에서 풀을 관찰하던 때와 같았다. 느닷없이 이 남자의 속마음을 캐보고 싶었다. 남자의 말이 진정 무엇을 뜻하는지 알아보고 싶었다. 그와 동시에, 불길이 활활 타오르는 가운데 에스텔라의 밝은 머릿결을 빗겨주고 있는 세바스티아나의 모습이 떠올랐다. 창백해졌다.

"저 선지자라는 놈은 지금 지가 무슨 짓을 저지르고 있는지 알고 있기나 해?" 분을 참기 위해 무진 애를 썼다. "농장이 불타면 수많은 가족이 굶주려 죽는다는 사실을 모른단 말야? 저 미친놈들은 지들이 바이아에 전쟁을 몰고왔다는 사실을 모른단 말야?"

"성경에 씌어 있소." 파헤우가 표정 변화 없이 말했다. "살인마 공화국이 도래하면 천재지변이 일어날 것이오. 그러나 가난한 사람들은 벨로 몬테로 인하여 구원받을 것이오."

"자네가 성경을 읽어보기라도 했어?" 남작이 중얼거렸다.

"그 분이 읽으셨소." 카보클로 혼혈이 말했다. "당신과 당신 가족은 떠날 수 있소. 그러나 살인마가 이곳에 있었소. 그리고 길잡이와 가축을 몰고갔소. 칼룸비는 사악해졌소. 사탄 마귀에 넘어갔단 말이오."

"농장을 쳐부수도록 놔두지 않을 거야." 남작이 말했다. "나만을 위해서가 아냐. 이 땅에 붙어먹고 사는 수많은 사람들을 위해서야."

"선하신 예수님께서 당신보다 그들을 더 잘 돌보실 것이오." 파헤우가 말했다. 모욕을 주지 않으려고 노력하는 것이 분명했다. 공손해 보이기 위해 애쓰며 말을 꺼냈다. 확실한 진리를 인정 못하는 남작 때문에 곤란해하는 것 같았다. "당신이 떠나면 모두 벨로 몬테로 갈 겁니다."

"그때쯤이면 모레이라 세사르가 그곳을 박살내버릴 걸세." 남작이 말했다. "엽총이나 칼 따위로는 군대를 막아낼 수 없다는 사실을 몰라?"

못할 것이다, 결코 이해 못할 것이다. 이성적으로 얘기한다는 것은 이미 틀린 일이었다. 모레이라 세사르도 그랬고 갈도 마찬가지였다. 남작은 오한을 느꼈다. 세상이 온통 미쳐 돌아가는 것 같았다. 물불을 못 가리는 믿음과 어처구니없는 신념이 판을 치는 것 같았다.

"내가 양식과 가축과 종자를 보내줬는데도 이런 식으로 나와? 안토니오 빌라노바는 너희들이 칼룸비와 우리 사람들을 건드리지 않겠다고 약속했어. 선지자는 약속을 이따위로 지키나?"

"선지자께서는 하나님 아버지의 말씀을 따를 뿐이오." 파헤우가 설명했다.

"내 집을 불질러버리라고 명한 것도 신이겠지." 남작이 중얼거렸다.

"하나님 아버지십니다." 카보클로 혼혈이 흥분하여 지적했다. 심각한 오해를 방지하려는 듯했다. "선지자께서는 당신이나 당신 가족이 해를 입는 것을 원치 않으시오. 원한다면 모두 떠나도 좋소."

"참 친절도 하시군 그래." 남작이 비꼬았다. "이 집을 불태우도록 내버려두지 않겠어. 난 떠나지 않아."

카보클로 혼혈의 눈에 그림자가 스쳤다. 얼굴에 난 상처가 경련을 일으켰다.

"당신이 떠나지 않으면 나는 공격해야 하고, 그렇게 되면 당신이 살릴 수도 있는 사람들을 죽이게 되오." 힘겹게 설명했다. "당신과 당신 가족을 죽이게 된단 말이오. 나는 이 죽음에 대해 책임을 지고 싶지 않소. 당신만 떠난다면 싸울 일도 없을 것이오." 손을 들어 뒤편을 가리켰다. "아리스타르코에게 물어보시오."

남작은 기다렸다. 애원하는 눈길로 대화를 끝낼 수 있는 대답을 기다렸다.

"1주일만 시간을 주겠나?" 마침내 남작이 중얼거렸다. "떠날 수 없……."

"하루요." 파혜우가 말을 잘랐다. "원하는 것은 가져가시오. 더이상 기다릴 수 없소. 사탄 마귀가 벨로 몬테로 가고 있소. 나 역시 그곳에 있어야 하오." 모자를 쓰고 돌아서 등을 보였다. 아리스타르코와 함께 문지방을 넘어서며 작별 인사를 했다. "선하신 예수님을 찬양하라."

남작은 담뱃불이 꺼졌음을 알아챘다. 재를 털고 불을 붙였다. 담배를 빨며 계산해보았다. 기일이 차기 전에 모레이라 세사르에게 도움을 청하기는 틀린 일이었다. 운명이란 말인가. 남작 역시 어쩔 수 없이 산골 사람이었다. 생각했다. 평생에 걸쳐 일구어온 이 집과 땅이 파괴된다면 에스텔라는 어떤 반응을 보일까.

30분 후에 식당에 있었다. 오른쪽에는 에스텔라가 왼쪽에는 갈릴레오 갈이 앉아 있었다. 세 사람은 등받이가 높은 '오스트리아' 의자에 앉아 있었다. 아직 날은 저물지 않았다. 그래도 하인들은 이미 등불을 밝혀놓았다. 남작은 갈을 살폈다. 마지못해 숟가락질을 하고 있었다. 언제 봐도 괴로워하는 표정이었다. 바람을 쐬고 싶다면 밖으로 나가도 된다고 말했다. 그러나 갈은 남작과 얘기를 나누는 시간만 제외하고 자기 방 — 모레이라 세사르가 묵었던 바로 그 방이었다 — 에 틀어박혀 글만 썼다. 남작은 갈에게 에파미논다스 곤살베스와 면담한 이후로 무슨 일이 있었는지 모든 것을 밝히라고 요구했다. "그렇게 하면 날 풀어주겠소?" 갈이 물었다. 남작은 고개를 저었다. "당신은 내가 적들과 맞설 수 있는 가장 강력한 무기요." 혁명가는 입을 다물고 있었다. 남작은 갈이 증언 내용을 쓰고 있을 것이라고 생각했다. 그게 아니라면 밤낮 뭘 깨작거리고 있단 말인가? 기분이 더러웠다. 의심이 일었다.

"이상주의자?" 갈의 목소리가 남작을 깨웠다. "그 무지한 폭력을 일삼는 놈이 혁명가라고?"

스코틀랜드인은 남작의 반응에 상관없이 계속 말을 이었다.

"대령이 이상주의자라는 게 이상하지 않소?" 영어로 말했다. "틀림없는 이상주의자요. 돈도 명예도 권력까지도 그 사람에게는 중요하지 않소. 대령을 움직이는 것은 추상적인 것들이오. 아주 병적인 애국주의지. 산업 발달을 숭상하고, 이 어지럽고 부패한 나라를 살릴 수 있는 것은 오직 군대라고 믿고 있단 말이오. 한마디로 로베스피에르와 같은 이상주의자요."

하인이 그릇을 치우는 동안 남작은 입을 다물었다. 냅킨으로 장난을 쳤다. 멍청하게 생각에 잠겨 있었다. 내일 밤이면 이 모든 것이 잿더미로 변할 것이었다. 잠시 기적이라도 일어나주기를 바랐다. 비록 원수지간이기는 해도 모레이라 세사르 부대가 칼룸비로 와서 놈들의 행패를 막아주었으면 했다.

"대부분의 이상주의자들과 마찬가지로, 꿈을 실현시키겠다고 발벗고 나선다면 막을 수 없는 법이오." 덧붙였다. 속마음은 표정에 나타나지 않았다. 부인과 같이 남작을 쳐다보았다. "연방주의자들이 플로리아노 원수에 대항해 봉기를 일으켰을 때 대령이 아나토 미람 요새에서 무슨 일을 저질렀는지 알기나 합니까? 185명을 처형했소이다. 모두 항복한 사람들이었소. 그래도 대령은 신경 쓰지 않았소. 본때를 보여주고 싶었던 거요."

"목을 잘랐지요." 남작 부인이 말했다. 영어였다. 남작만큼 유창하지는 못했다. 남작 부인은 치가 떨리는 듯 한마디 한마디 끊어 말했다. "농부들이 대령을 뭐라고 부르는지 아세요? 살인마라고 하죠."
 남작이 피식 웃었다. 하인이 갖다놓은 접시를 멍하니 바라보았다.
 "이 이상주의자가 카누도스의 친영파 군국주의 반도들을 손에 넣었을 때 무슨 일이 벌어질지 생각해보시오." 침울한 목소리였다. "누구 하나 그렇지 않다는 사실을 그도 알고 있소. 그래도 그렇게 간주하는 것이 자코뱅당 놈들에게는 유리하다는 거지. 어쨌든 마찬가지지만. 왜 그러는 것 같소? 물론 브라질을 위해서. 대령은 브라질을 위해 나름대로 최선을 다한다고 믿고 있는 거요."
 남작은 억지로 음식을 삼켰다. 칼룸비를 집어삼킬 불길을 생각했다. 모든 것을 집어삼키는 불길이 보였다. 활활 타오르는 불길을 느낄 수 있었다.
 "나는 카누도스에 있는 그 가련한 놈들을 잘 알고 있소." 남작이 말했다. 손바닥에 땀이 고였다. "무지하고 미신에 빠진 놈들이오. 어느 말쟁이가 세상 종말이 다가왔다고 믿게 만든 거요. 그래도 용감한 놈들이긴 하지. 고통도 많이 당했소. 체면이라는 것을 본능적으로 알고 있는 놈들이오. 기가 막히지 않소? 놈들은 지금 군국주의자 놈들과 친영파 놈들의 희생양이 되려고 하오. 페드로 2세 황제와 사도들 중 하나를 혼동하고 있는 것이오. 영국이 어디 붙어 있는지조차 모르는 놈들이오. 돈 세바스티안 왕이 심해에서 나와 자기들을 지켜줄 것이라고 믿고 있단 말이오."

포크를 입으로 가져갔다. 한 입 삼켰다. 누린 맛이 났다.
"모레이라 세사르는 지성인이라는 작자들을 의심해야 한다고 했소." 덧붙였다. "이상주의자들 역시 더할 나위 없는 거요, 갈 선생."

갈의 목소리가 들렸다. 아주 멀리서 얘기하는 듯했다.
"카누도스로 떠나게 해주시오." 넋이 나간 표정이었다. 두 눈이 반짝였다. 완전히 빠져든 듯했다. "내가 평생을 바쳐 이제껏 믿고 싸워온 것을 위해 죽고 싶소. 바보처럼 끝을 볼 수는 없는 일이오. 저 가엾은 사람들이 이 땅에서 가장 고귀한 것을 보여주고 있소. 고난에 항거하는 것이란 말이오. 우리 사이에 깊은 심연이 가로놓여 있다 해도 남작은 날 이해할 수 있소."

남작 부인은 하인에게 손짓했다. 하인은 그릇을 들고 나갔다.
"나는 당신에게 쓸모 없는 놈이오." 갈이 덧붙였다. "어쩌면 난 결백할지도 모르오. 으스대는 것이 아니오. 괜한 말이 아니오. 사실이 그렇소. 정부 당국이나 군에 날 넘겨준다고 해서 남작이 얻을 게 뭐요? 나는 증언하지 않을 것이오. 필요하다면, 나는 위증도 할 수 있소. 에파미논다스 곤살베스를 그와 상관없는 일로 고발하기 위해 당신이 나를 매수했다고 증언할 것이오. 놈은 쥐새끼 같은 놈이고 당신은 신사라 해도, 군국주의자의 말보다는 자코뱅당놈 손을 들어줄 것이오. 우리는 서로 적입니다, 남작. 잊지 마시오."

남작 부인이 자리에서 일어나려고 했다.
"당신이 자리를 피할 이유가 없소." 남작이 부인을 붙들었다.

갈의 말을 듣고는 있었지만 칼룸비를 휩쓰는 불길에서 벗어날 수 없었다. 에스텔라에게 뭐라고 해야 하나?

"카누도스로 떠나게 해주시오." 갈이 반복했다.

"도대체 왜죠?" 남작 부인이 소리쳤다. "야군소들이 당신을 적으로 알고 죽일 거예요. 무신론자, 무정부주의자라고 하지 않았나요? 당신이 카누도스와 무슨 상관이란 말예요?"

"부인, 야군소들과 저는 많은 점에서 일치합니다. 비록 그들은 모릅니다만." 갈이 대답했다. 잠시 침묵을 지킨 후 물었다. "떠날 수 있는 거죠?"

남작은 얼떨결에 부인에게 말했다. 포르투갈말이었다.

"에스텔라, 우린 떠나야 해. 칼룸비를 불태울 거야. 방법이 없어. 지켜낼 만한 부하도 없어. 그렇다고 죽을 수도 없어." 부인은 꼼짝도 하지 않았다. 얼굴에서 핏기가 완전히 사라졌다. 입술을 깨물었다. 저러다 정신을 놓지 않나 싶었다. 남작은 갈을 돌아보았다. "보시는 바와 같이 에스텔라와 나는 심각하게 상의할 일이 있소. 나중에 당신 방으로 찾아가겠소."

갈은 즉시 물러났다. 집주인 부부는 침묵을 지켰다. 남작 부인은 기다렸다. 입을 열지 않았다. 남작은 파헤우의 말을 들려주었다. 부인이 참으려고 애쓰는 모습이 보였다. 부인은 참지 못했다. 얼굴이 헬쑥해졌다. 몸을 떨었다. 남작은 평생 부인을 매우 사랑했다. 위기가 닥칠 때면 존경하기까지 했다. 약한 모습을 보인 적은 결코 없었다. 저 연약하고 섬세하고 예쁘게 단장한 모습 뒤에 강인한 정신이 숨어 있었다. 이번에도 위기를 잘 참아 넘길 것으로 생각했다. 거의 아무것도 가져갈 수 없을 것이라고 설명했다. 가장 값나가는 것은 트렁크에 넣어 땅에 파묻고, 나머지 것들은 하인들과 일꾼들에게 나눠주는 것이 좋겠다고 말했다.

"전혀 손쓸 수가 없나요?" 남작 부인이 소곤거렸다. 적이 엿듣고 있다고 생각하는 모양이었다.

남작이 고개를 저었다. 전혀.

"사실, 우릴 해치려는 게 아냐. 악마를 죽이고 땅에 안식을 주겠다는 거지. 그들과는 이성적으로 통할 수가 없어." 어깨를 으쓱했다. 감정이 복받쳐오르는 듯 결론을 내렸다. "내일 정오에 떠날 거요. 주어진 기간이 그것뿐이야."

남작 부인이 고개를 끄덕였다. 표정이 날카로워졌다. 이마에 주름이 잡혔고 이가 떨렸다.

"그렇다면 밤을 새워야겠군요." 부인이 자리에서 일어나며 말했다.

남작은 멀어져가는 부인을 바라보고 있었다. 세바스티아나를 만나러 가는 것이 분명했다. 아리스타르코를 불러와 여행에 필요한 준비물을 상의했다. 그리고 방으로 들어갔다. 한참 동안 공책, 서류, 편지를 파기했다. 모두 챙겨가자면 가방 두 개가 필요할 것이다. 갈의 방을 찾아갈 때 에스텔라와 세바스티아나가 일을 시작했음을 알 수 있었다. 대저택은 소란스러워졌다. 하녀와 하인들이 이곳저곳 몰려다녔다. 물건을 옮기고 치우고, 고리짝과 상자와 트렁크를 채우느라 부산스러웠다. 놀란 표정으로 귓속말을 소곤거리기도 했다. 남작은 노크도 없이 갈의 방으로 들어갔다. 같은 침대 머리맡에 놓인 탁자에서 글을 쓰고 있었다. 인기척을 느끼고 연필을 손에 든 채 눈을 들어 남작을 쳐다보았다.

"당신을 놓아주는 것이 미친 짓이라는 건 아오." 남작이 말했다. 찡그린 표정이 살며시 웃고 있는 것처럼 보였다. "당신을 살바도르로, 리우로 보내야 마땅하겠지만, 그러니까, 그 가짜 시체와 영국제 총과 머리카락처럼……."

맥이 빠지는지 말을 끝내지 못했다.

"오해 마십시오." 갈릴레오가 말했다. 남작과 너무 가까이 붙어 있어 서로의 무릎이 닿을 정도였다. "나는 남작을 도와 문제를 해결해주지도 않을 것이고, 남작에게 협력하지도 않을 것입니다. 우리는 전쟁중입니다. 사용할 수 있는 무기는 모두 사용할 겁니다."

위협하는 투는 아니었다. 남작은 멍청히 쳐다보았다. 작고, 우스꽝스럽고, 악의도 없고, 이해 못할 남자였다.

"사용할 수 있는 무기는 모두 사용한다." 중얼거렸다. "우리 시대를 정의하는 표현이지. 다가오는 20세기 말이오, 갈 선생. 저 미친놈들이 세상 종말이 왔다고 믿는 것도 당연한 일이지."

스코틀랜드인의 얼굴은 무수한 고뇌로 일그러졌다. 불쑥 동정심이 일었다. 생각했다. '자신을 이해도 못하고 자신도 이해 못하는 사람들 틈에서 개죽음을 당하고 싶어 이렇게 안달이라니. 영웅처럼 죽는다고 생각하겠지만 실제로는 그렇게나 두려워하는 죽음, 개죽음을 당하겠지.' 세상이 온통 오해의 희생물이 된 것 같았다. 방법이 없었다.

"떠나도 좋소." 갈에게 말했다. "길잡이를 붙여주겠소. 카누도스에 도착할 수 있으리라고는 보장 못하지만."

갈의 표정이 밝아졌다. 고맙다고 중얼거리는 소리를 들었다.

"왜 놓아주는지는 나도 모르겠소." 덧붙였다. "나는 이상주의자들에게는 흥미를 느끼고 있소. 그러나 동정은 하지 않소, 결코. 선생에게는 일말의 동정을 느꼈는지도 모르겠소. 선생은 구제할 수 없이 망가진 사람이니까. 결국에 가서는 실수였다는 걸 알게 될 것이오."

갈은 남작의 말을 듣지 못하는 것 같았다. 탁자에서 그 동안 써온 종이를 집어 남작에게 내밀었다.

"내가 누구인지, 내가 무슨 생각을 하는지 요약한 것입니다." 눈초리가, 손이, 다리가 흥분으로 떨렸다. "남작에게 이걸 넘겨줘도 좋을지 잘 모르겠지만, 다른 사람이 없으니 할 수 없군요. 읽어보시오. 그리고 리옹의 이 주소로 보내주면 고맙겠소. 잡지 삽니다. 친구들이 운영하는 것입니다. 아직까지 나오는지는 모르겠지만……." 입을 다물었다. 무언가 부끄러운 듯했다. "언제 떠날 수 있습니까?"

"지금 당장이라도." 남작이 말했다. "얼마나 위험한 짓인지 말해주지 않아도 되겠지요. 아마, 십중팔구 군에 잡히게 될 것이오. 대령은 일단 선생을 죽여놓고 볼 것이오."

"이미 죽은 사람을 다시 죽일 수는 없습니다, 남작. 남작이 한 말이오." 갈이 대답했다. "나는 이푸피아라에서 이미 죽은 목숨임을 기억하시오."

5

 한 무리의 남자들이 광활한 모래땅을 전진한다. 두 눈은 덤불 숲에 박혀 있다. 얼굴에는 희망이 담겨 있다. 그러나 안경쟁이 기자의 희망은 다르다. 안경쟁이 기자는 야영지에서 나오면서부터 줄곧 생각에 잠겨 있다. '소용없을 것이다.' 물을 배급받고 나서부터 줄곧 느껴온 열패감을 말로 표현하지는 않았다. 먹을 것이 부족하다는 것은 문제가 아니었다. 기자는 평생 먹을 것을 탐해본 적이 없었다. 그러나 갈증은 견디기 어렵다. 매순간 물을 마실 수 있는 시간만 재며 걷는다. 물을 먹는 시간은 엄수해야 한다. 이런 이유로 올림피오 데 카스트로 대위 부대를 따라왔는지도 모른다. 현명하게 판단한다면 야영지에서 휴식을 취할 때나 물을 마셔야 할 것이다. 부대는 달릴 것이다. 말 타기에 서툰 기자는 힘이 들 것이고 그렇게 되면 갈증은 더 심해질 것이다.

그러나 그곳 야영지에서는 불안이 기자를 사로잡을 것이다. 근심 걱정에서 헤어나지 못할 것이다. 적어도 이곳에서는 한 가지 일에만 전력을 다하면 된다. 말에서 떨어지지만 않으면 된다. 안경, 옷, 체구, 받침판, 잉크병이 군인들의 놀림감이라는 사실을 기자도 알고 있다. 그렇다고 불편한 것은 아니다.

부대를 안내하는 길잡이가 우물을 가리킨다. 안경쟁이 기자는 길잡이의 모습만 보고도 야군소들이 우물을 메워버렸다는 사실을 알 수 있다. 군인들이 수통을 들고 기자를 밀치며 달려나간다. 수통으로 바위를 치는 소리가 들린다. 실망으로 일그러진 군인들의 얼굴이 보인다. 도대체 이곳에서 뭘 하고 있단 말인가? 도대체 왜 살바도르의 그 어지러운 집구석을 떠나왔단 말인가? 책 더미에 파묻혀 느긋하게 아편통이나 빨고 있을 것을.

"좋다. 예상했던 일이다." 올림피오 데 카스트로 대위가 중얼거린다. "주변에 우물이 몇 개나 있나?"

"단 두 개 남았습니다." 길잡이가 도리 없다는 듯한 표정을 짓는다. "둘러볼 필요도 없을 것 같습니다."

"상관없다. 조사하라." 대위가 말을 잘랐다. "어둡기 전에 돌아와야 한다, 중사."

대위와 신문 기자는 나머지 부대원과 함께 다시 걷는다. 덤불숲에서 벗어나자 다시 불타버린 공지가 나타난다. 길잡이가 중얼거린다. 선지자의 예언이 실현되고 있다. 선하신 예수님께서 카누도스에 둥근 보호막을 치실 것이다. 그 보호막 바깥에 있는 모든 식물이나 동물은 사라질 것이다. 마지막으로 인간도 사라질 것이다.

"그따위를 믿으면서 왜 우릴 따라온 거야?" 올림피오 데 카스트로 대위가 물었다.

길잡이의 목이 잠겨든다.

"사탄 마귀보다 살인마가 더 두렵습니다."

군인 몇 명이 웃는다. 대위와 안경쟁이 기자는 부대에서 빠져나온다. 두 사람은 잠시 말을 달린다. 장교는 기자가 신경이 쓰이는지 말을 세운다. 기자는 한숨을 돌린 후 규칙을 어기고 물을 한 모금 마신다. 45분 후에 야영지 천막이 눈에 들어온다.

맨 처음 만난 보초들을 지날 때 다른 부대가 먼지를 일으키며 그들을 따라잡는다. 북쪽에서 온 부대. 부대를 지휘하는 중위는 아주 젊은 사람이다. 흙먼지를 뒤집어쓰고 있어도 만족한 표정이다.

"뭐야?" 올림피오 데 카스트로가 인사차 묻는다. "한 건 올렸네?"

중위가 턱짓한다. 안경쟁이 기자는 포로를 발견한다. 손이 묶여 있다. 벌벌 떨고 있다. 수도복을 입고 있다. 작은 키에 다부진 체격이다. 배도 나와 있다. 관자놀이께 머리가 하얗다. 두 눈을 두리번거린다. 부대가 대위와 안경쟁이 신문 기자를 앞질러 간다. 제7연대 연대장 천막에 도착한다. 군인 두 명이 손바닥으로 포로의 옷에서 먼지를 털고 있다. 포로가 도착하자 소동이 일어난다. 포로를 보기 위해 군인들이 몰려든다. 키 작은 남자는 이를 덜덜 떨고 있다. 눈에는 공포가 가득하다. 행여나 두드려패지 않을까 겁을 먹고 있다. 중위가 천막 안으로 포로를 데리고 들어간다. 안경쟁이 기자가 그들을 뒤쫓아간다.

"임무를 완수했습니다, 각하." 젊은 장교가 차려 자세를 취하며 보고한다.

모레이라 세사르는 타마린도 대령, 쿠냐 마토스 소령과 함께 접이식 의자에 앉아 있다가 몸을 일으킨다. 대령은 포로에게 다가가 냉혹한 눈으로 살핀다. 얼굴에는 어떤 감정도 나타나지 않는다. 그러나 안경쟁이 기자는 대령이 아랫입술을 깨무는 것을 볼 수 있다. 무언가 감명을 받았을 때 보이는 행동이다.

"훌륭하다, 중위." 손을 내밀며 말한다. "즉시 물러가 쉬도록."

안경쟁이 기자는 대령의 눈이 잠시 자신의 눈에 머무는 것을 본다. 나가라고 할까 두렵다. 그러나 대령은 나가라고 하지 않는다. 대령은 포로를 찬찬히 살피고 있다. 거의 같은 키지만 장교가 훨씬 말랐다.

"겁이 나 죽겠는 모양이군."

"네, 각하, 그렇습니다." 포로가 더듬거린다. 겨우 입을 연다. 목소리가 떨린다. "부당한 대우를 받았습니다. 저는 사제 신분입니다."

"당신은 조국의 적들을 위해 일해왔다." 대령이 말을 막는다. 대령은 고개를 숙이고 있는 쿰베의 신부 앞을 거닌다.

"저는 평화를 사랑하는 사람입니다, 각하." 신부가 한숨을 토한다.

"아니오, 당신은 공화국의 적이오. 당신은 수구 반동 세력과 외세에 빌붙었어."

"외세라니요?" 조아킴 신부가 더듬거린다. 너무 놀라 두려움마저 사라진다.

"당신이 미신에나 빠졌다고는 인정할 수 없소." 대령은 뒷짐을 진 채 부드럽게 덧붙인다. "세상의 종말이니, 사탄 마귀니, 하나님이니 하는 어처구니없는 타령 말이오."

다른 사람들은 입을 다물고 이리저리 서성거리는 대령을 눈으로 좇고 있다. 안경쟁이 기자는 코가 근질거린다. 재채기가 나오기 전에 나타나는 현상이다. 안경쟁이 기자는 까닭 없이 불안하다.

"겁깨나 먹은 것 같은데, 신부 양반." 모레이라 세사르가 무뚝뚝하게 말한다. "사실 말이지, 우린 가장 용감한 야군소라도 입을 열게 할 수 있는 방법이 있소. 이런 것 때문에 시간을 죽이고 있을 수는 없는 노릇이지."

"숨기는 건 전혀 없습니다." 신부는 다시 몸서리를 치며 더듬거린다. "제가 무슨 잘못을 저질렀는지 모르겠습니다. 도무지 무슨 영문인지……."

"무엇보다 외세와 공모한 거요." 대령이 말을 잘랐다. 안경쟁이 기자는 대령이 뒷짐진 손가락을 신경질적으로 꼼작거리는 것을 지켜본다. "농장주들, 정치인들, 군대 보좌관들, 이 나라놈들이거나 영국놈들이겠지."

"영국이라니요?" 신부는 정신 없이 소리친다. "카누도스에서 외국인을 본 적은 없습니다. 그저 가장 힘없고 가난한 사람들뿐입니다. 어떤 농장주와 정치인이 그런 비참한 상황에 발을 들여놓겠습니까? 맹세합니다, 대장님. 게다가 아주 멀리서 온 사람들입니다. 페르남부코에서, 피아우이에서 온 사람들입니다. 저도 놀랄 일입니다. 어떻게 저 많은 사람들이……."

"몇 명이오?" 대령이 말꼬리를 잡는다. 신부는 몸부림친다.

"수천입니다." 신부가 중얼거린다. "5천? 8천? 모르겠습니다. 진짜 가난한 사람들입니다. 의지가지 전혀 없는 사람들입니다. 이꼴 저꼴 다 겪은 사람들이라고 합니다. 이곳에는 가뭄과 전염병 때문에 이런 사람들로 넘쳐납니다. 그곳에서는 약속을 받은 것 같습니다. 하나님 아버지께서 그들을 불러모았다고 합니다. 환자, 병신, 희망이라고는 모르는 사람들이 서로를 의지해서 살고 있습니다. 그들과 함께 있는 것이 신부로서 제가 해야 할 도리가 아닙니까?"

"가톨릭 교회는 이익을 보겠다 싶은 곳에서는 항상 정치적으로 놀았어." 모레이라 세사르가 말한다. "당신 주교가 폭도들을 도우라고 명령하던가?"

"그뿐이 아닙니다. 그 사람들은 가난하지만 행복합니다." 조아킴 신부가 더듬거린다. 대령의 말을 듣지 못한 것 같다. 신부는 눈을 굴려 모레이라 세사르, 타마린도, 쿠냐 마토스를 번갈아 쳐다본다. "제가 본 사람들 중에서 가장 행복한 사람들입니다, 대장님. 인정하기 힘든 일입니다. 저도 마찬가집니다. 그래도 사실입니다. 정말 그렇습니다. 그분이 영혼에 평안을 내려주었습니다. 빼앗겨도, 고통을 당해도 그 사람들은 편안해합니다. 정말

기적 같은 일입니다."

"폭발탄에 대해 얘기해봅시다." 모레이라 세사르가 말한다. "몸 안에 들어가면 수류탄과 같이 터지는 거요. 몸을 산산조각 내버린단 말이오. 우리 군의관들이 브라질에서는 생전 보지 못했던 상처요. 어디서 난 거요? 이것 역시 기적이란 말이오?"

"무기에 대해서는 전혀 모릅니다." 조아킴 신부가 더듬거린다. "믿지 못하시겠지만 사실입니다, 각하. 제가 입고 있는 옷에 대고 맹세합니다. 그곳에서는 이상한 일들이 벌어집니다. 하나님 아버지의 은혜 안에서 사는 사람들입니다."

대령이 신부를 뚱하니 쳐다본다. 한쪽 구석에서 안경쟁이 기자는 갈증조차 잊고 신부의 말에 귀를 기울이고 있다. 그로서는 생사가 걸린 문제를 얘기하는 것 같다.

"성경에 나오는 정의로운 성인들, 신이 선택한 사람들이란 말이지? 내가 그따위 말을 믿을 것 같아?" 대령이 말한다. "놈들은 농장을 불태우고, 살인을 일삼고, 공화국을 적그리스도라고 부르는 놈들이오."

"저도 이해할 수 없는 일입니다, 각하." 포로가 몸을 떤다. "물론 끔찍한 짓도 저질렀습니다. 그렇다고는 해도……."

"당신도 놈들과 한패야." 대령이 중얼거린다. "놈들을 돕는 다른 신부들은 누구누구요?"

"설명 드리기 곤란합니다." 쿰베의 신부는 고개를 숙인다. "처음에는 미사를 드리러 갔습니다. 그렇게 열심히 미사에 참석하는 사람들은 보지 못했습니다. 그 사람들의 믿음은 실로 놀랍습니다, 대장님. 그런 사람들을 외면하다니, 그게 죄가 아닙니까? 그래서 대주교님께서 말리셨지만 계속 다녔습니다. 생전 처음 보는 그런 믿음으로 믿는 사람들에게 성례를 베풀지 않는 것은 죄가 아니겠습니까? 믿음이야말로 그 사람들에게는 삶의 전부입니다. 저도 차차 깨닫게 되었습니다. 제가 못난 신부라는 사실은 저도 잘 압니다, 대장님."

안경쟁이 기자는 받침판을, 펜을, 잉크를, 종이를 가져오지 않은 것을 후회한다.

"제겐 동거인이 있었습니다. 수년 동안 동거 생활을 해오고 있었습니다." 쿰베의 신부가 더듬거린다. "자식들도 있습니다, 대장님."

고개를 숙인 채 몸을 떨고 있다. 안경쟁이 기자는 생각한다. 신부는 쿠냐 마토스 소령의 웃음소리를 듣지 못했음이 분명하다. 얼굴에 덕지덕지 낀 모래 먼지 아래 볼이 빨갛게 달아올랐을 것 같다.

"자식이 있는 신부라 해도 그리 놀랄 일은 아니야." 모레이라 세사르가 말한다. "가톨릭 교회가 폭도들과 놀아난다는 사실이 놀랄 일이지. 카누도스를 돕는 다른 신부들은 누구누구요?"

"그분은 절 깨우쳐주셨습니다." 조아킴 신부가 계속 말한다. "모든 것을 버리고 살 수 있는 방법을 깨우쳐주셨습니다. 가장 중요한 영혼을 위해 모든 것을 버리는 법을 말입니다. 하나님 아버지와 영혼이 우선 되어야 하지 않겠습니까?"

"선지자가?" 모레이라 세사르가 비꼬듯 묻는다. "틀림없이 성인이란 말이렷다?"

"저는 모릅니다, 각하." 포로가 대답한다. "수년 전 쿰베로 들어오시는 것을 보고 날마다 제 자신에게 물어보았습니다. 처음에는 미친 사람이라고 생각했습니다. 교회 윗분들처럼 말입니다. 대주교님께서 사태 파악을 위해 카푸친 교단 신부님들을 보내셨습니다. 그분들도 전혀 이해하지 못했습니다. 그분들도 놀라 미친놈이라고 했습니다. 어떻게 설명 드릴 수가 없습니다, 대장님. 그렇게나 많은 개종자들, 그렇게나 많은 가난한 사람들이 영혼의 안식을 느끼고 행복해하는 것을 말입니다."

"그렇다면 범죄 행위와 사유 재산의 파괴와 군을 공격한 것은 어떻게 설명하겠소?" 대령이 말을 자른다.

"그렇습니다, 그렇습니다, 변명의 여지가 없습니다." 조아킴 신부가 고개를 끄덕인다. "그러나 그 사람들은 자신들이 무슨 일을 저지르는지 알지 못합니다. 그러니까, 굳건한 믿음 때문에 벌어지는 죄악입니다. 하나님 아버지에 대한 사랑 때문입니다, 대장님. 정말이지 알 수 없는 일입니다."

겁을 집어먹고 주위를 둘러본다. 참담한 상황을 야기할 수 있는 말을 내뱉은 듯하다.

"공화국이 적그리스도라고 그놈들에게 주입시킨 놈들은 누구요? 저 광신자 놈들을 부추겨 무장봉기를 일으키게 한 놈들이 누구냔 말이오? 내가 알고 싶은 것은 이것이오, 신부." 모레이라 세사르가 목소리를 높인다. 목소리가 불안하게 울려퍼진다. "저 불쌍한 놈들을 꼬드겨 브라질에 군주국을 재건하려는 정치꾼 놈들을 돕게 만든 게 누구냔 말야?"

"그 사람들은 정치인들이 아닙니다. 정치에 대해서는 아무것도 모릅니다." 조아킴 신부가 몸을 떤다. "법률상의 결혼을 반대할 뿐입니다. 적그리스도가 시킨 일이라고 믿기 때문입니다. 그 사람들은 신실한 그리스도인들입니다, 대장님. 하나님 아버지께서 창조하신 혼인으로 충분하다고 생각할 뿐 혼인 신고의 필요성을 이해하지 못하는 것입니다."

신부는 신음 소리를 토한 후 입을 다문다. 모레이라 세사르가 권총을 뽑아들었던 것이다. 모레이라 세사르는 안전 장치를 풀고 총구를 포로의 관자놀이에 갖다댄다. 침착한 모습이다. 안경쟁이 기자의 가슴이 요동친다. 재채기를 참으려고 애쓰다 보니 관자놀이가 씨근거린다.

"죽이지 마십시오! 제발이지 죽이지 마세요! 각하, 대장님!" 신부는 무릎을 꿇는다.

"경고했음에도 불구하고 우리 시간을 잡아먹었어, 신부." 대령이 말한다.

"사실입니다. 약품이나 물자를 가져다 주었습니다. 제가 대신 해주었습니다." 조아킴 신부가 울먹인다. "탄약, 화약, 다이너마이트도 갖다 주었습니다. 카사부 광산에서 제가 대신 구입했습니다. 실수였습니다. 분명합니다. 저는 모릅니다, 대장님. 생각도 못했습니다. 저는 평생 몰랐던 그 사람들의 믿음 때문에, 그 편안한 영혼 때문에, 너무 속상했고 질투심이 끓어올랐습니다. 죽이지 마세요!"

"누가 놈들을 돕고 있나?" 대령이 묻는다. "누가 놈들에게 무기와 물자와 자금을 대나?"

"누군지 모릅니다, 몰라요." 신부가 흐느낀다. "그러니까, 그래요, 농장주들입니다. 대장님, 원래가 그렇습니다. 강도들에게도 그렇습니다. 공격하지 말라고, 다른 곳으로 가라고 뭔가를 주는 것입니다."

"카냐브라바 남작 농장에서도 도움을 받겠지?" 모레이라 세사르가 말을 자른다.

"예, 칼룸비에서도 도움을 받는 것 같습니다, 대장님. 원래가 그렇습니다. 그래도 이젠 변했습니다. 다들 떠나버렸습니다. 카누도스에서는 농장주도 정치인도 외국인도 본 적이 없습니다. 가난한 사람들뿐입니다, 대장님. 아는 것은 모두 말씀드리는 겁니다. 저는 그들과는 다릅니다. 저는 순교자가 되기 싫습니다. 죽이지 마십시오."

목소리가 끊어지고 울음이 터진다. 신부는 몸을 움츠린다.

"이 탁자에 종이가 있다." 모레이라 세사르가 말한다. "상세한 카누도스 지도가 필요하다. 거리, 진입로, 방어 상태 등."

"예, 예." 조아킴 신부는 휴대용 탁자로 엉금엉금 기어간다. "알고 있는 건 전부, 속일 이유가 없습니다."

의자에 앉아 그리기 시작한다. 모레이라 세사르, 타마린도, 쿠냐 마토스가 신부를 둘러싸고 있다. 『뉴스 저널』 기자는 한숨 돌린다. 신부의 머리가 산산조각 나는 모습은 보지 못할 것이다. 요구받은 지도를 열심히 그리고 있는 신부를 지켜본다. 참호, 함정, 지름길에 대한 질문에 대답하는 소리가 간간이 들린다. 안경 쟁이 기자는 땅바닥에 앉는다. 재채기가 터져 나온다. 한 번, 두 번, 세 번, 열 번. 고개가 덜렁거린다. 다시 갈증이 목을 죈다. 대령과 다른 장교들은 포로와 함께 '소총수 거점', '진격로'에 대해 얘기를 나눈다. 포로는 이런 용어들을 모르는 것 같다. 기자는 수통을 열고 한 모금 길게 마신다. 생각한다. 또 규칙을 어긴 거로군. 기자는 멍청히, 맥을 놓고, 무심히 듣고 있다. 장교들은 신부가 털어놓는 어지러운 정보에 대해 토론을 벌이고 있다. 대령은 기관총과 대포의 위치, 철통 같은 포위망으로 야군소들을 압박해 들어가기 위해 부대를 배치시키는 방법에 대해 설명하고 있다. 소리가 들린다.

"달아날 구멍은 완전히 차단해야 한다."

심문은 끝났다. 포로를 데려가기 위해 사병 두 명이 들어온다. 나가기 전에 모레이라 세사르가 포로에게 말한다.

"이곳 지리를 잘 아시니 길잡이들에게 도움이 될 거요. 그리고 때가 되면 누가 대장들인지 알려주시오."

"신부를 죽이는 줄 알았습니다." 포로가 나가자 안경쟁이 기자가 땅바닥에 앉아 말한다.

대령이 기자를 쳐다본다. 이제야 기자의 존재를 알아본 모양이다.

"카누도스에 가면 신부는 매우 유용할 것이오." 대답한다. "참고로 알아두시오. 교회와 공화국의 관계는 사람들 생각처럼 그리 매끄럽진 않소."

안경쟁이 기자는 천막에서 나간다. 밤이다. 커다란 노란색 달이 들판을 적시고 있다. 추위를 잘 타는 늙은 기자와 함께 쓰는 움집으로 가는 도중 식사 시간을 알리는 나팔 소리가 울린다. 멀리서 메아리가 들린다. 여기저기 모닥불을 피워놓았다. 영양가 없는 밥을 타기 위해 줄지어 가는 군인들 사이를 걷는다. 움집에 도착하니 동료가 있다. 동료 기자는 여느 때와 마찬가지로 목도리를 목에 두르고 있다. 밥을 타기 위해 줄을 서는 동안 『뉴스 저널』 기자는 대령의 천막에서 보고 들은 것을 얘기해준다. 두 기자는 땅바닥에 앉아 얘기를 나누며 밥을 먹는다. 걸쭉한 죽이 밥이다. 만디오카 맛은 나려다 말고, 파리냐가 조금 들어간 것 같고, 각설탕이 두 개 정도 들어간 것 같다. 커피도 있다. 놀라운 일이다.

"그렇게나 인상적이었소?" 동료 기자가 묻는다.

"카누도스에서 무슨 일이 벌어지는지 우린 이해할 수 없습니다." 안경쟁이 기자가 대답한다. "예상했던 것보다 더 복잡하고 아리송합니다."

"그렇죠. 난 영국 왕이 보낸 사절이 이 산골에 왔었다고는 전혀 생각지 않았소, 이 점에 있어서는 그렇단 말이오." 늙은 기자가 한숨을 내쉰다. "이 모든 것이 단지 신에 대한 사랑 때문이라는 신부의 말도 믿을 수 없소. 이 모든 것을 무식한 세바스티안 추종자들의 작품으로 보기에는 총이며 피해의 규모가 너무 크고 전술 또한 너무 정교하단 말입니다."

안경쟁이 기자는 아무 말도 하지 않는다. 두 기자는 움집으로 돌아간다. 늙은이는 도착하자마자 담요를 덮고 잠이 든다. 안경쟁이 기자는 깨어 있다. 받침판을 무릎 위에 올려놓고 등불에 의지해 글을 쓴다. 취침 나팔 소리를 듣고 담요 위로 쓰러진다. 노천에서 군복을 입은 채 네 정씩 세워놓은 총 옆에서 잠을 자는 군인들과 울타리에 갇혀 대포와 함께 잠을 자는 말들을 생각한다. 한참 동안 잠을 이루지 못한다. 야영장 주변을 돌아다니는 보초들을 생각한다. 보초들은 밤새 호루라기로 신호를 주고받을 것이다. 그러나 그와 동시에 기자의 의식 아래에서는 걱정거리 하나가 숨어 수시로 기자를 괴롭힌다. 포로로 잡힌 신부다. 신부의 더듬거리는 말소리가 기자를 괴롭힌다. 동료 기자나 대령이 옳단 말인가? 음모, 반란, 파괴, 군주국을 다시 세우려는 정치인들의 책략 따위의 고리타분한 용어로 카누도스를 설명할 수 있단 말인가? 오늘, 겁에 질린 신부의 말을 들으면서 아니라고 확신했다. 좀더 복잡한, 비현실적인, 전례 없는 무언인가 있다. 자신의 회의주의 때문에 신성하달지, 귀신에 씌었달지, 그저 영적인 문제라고 치부하기 어려운 무엇인가가 있다. 도대체 그게 무엇이란 말인가? 텅 빈 수통을 혀로 핥는다. 잠시 후 잠이 든다.

 지평선 위로 여명이 밝아올 때 야영지 한쪽에서 방울 소리와 양 울음소리가 들려온다. 덤불 숲 새순이 흔들리기 시작한다. 부대 한쪽 측면에서 몇 개의 머리가 나타난다. 멀리 나갔던 보초가 허겁지겁 달려온다. 소리에 잠을 깬 군인들이 눈을 뜨고 손을 귀로 모은다. 그렇다. 양 울음소리다. 방울 소리다. 잠이 덜 깬 얼굴에, 목이 마르고 배가 고픈 얼굴에 불안과 기쁨이 동시에 나타난다. 눈을 비비고 조용히 하라고 손짓한다. 살그머니 일어나 덤불 숲을 향해 뛰어간다. 양 울음소리와 방울소리는 여전하다. 먼저 덤불 숲에 도착한 군인들이 푸른색의 그늘 속에서 희번덕이는 양떼를 발견한다. 메에에, 메에에……. 양을 잡으려는 순간 총소리가 들린다. 땅바닥을 뒹구는 군인들의 신음 소리도 들린다. 총이나 화살을 맞은 군인들이 쓰러진다.

야영지 다른 한편에서는 행군을 재개하라는 신호가 울린다.

습격으로 인한 피해는 심각한 편은 아니다. 사망이 두 명에 부상이 세 명이다. 부대는 야군소들을 뒤쫓아 출발한다. 습격한 야군소들을 잡지는 못했지만 양 12마리는 얻었다. 식사는 한결 좋아질 것이다. 양식과 물 때문에 갈수록 어려움이 커져서인지, 카누도스에 가까이 다가가고 있어서인지, 기습 공격에 대한 군인들의 반응은 전에 없이 신경질적이다. 희생자가 발생한 중대 병사들은 모레이라 세사르에게 포로를 처형하라고 요구한다. 앙갚음을 하겠다는 것이다. 안경쟁이 기자는 제7연대 연대장이 탄 백마를 둘러싼 사람들의 태도가 변했음을 눈치챈다. 표정은 일그러지고 눈에는 증오심이 들끓는다. 대령은 군인들이 떠들도록 허용한다. 군인들이 떠드는 동안 귀를 기울이며 고개를 끄덕인다. 마침내 대령이 설명한다. 포로는 쓸모 없는 일개 야군소가 아니다. 부대가 카누도스에서 이용할 중요한 정보를 가진 자다.

"반드시 갚게 될 것이다." 대령이 군인들을 타이른다. "얼마 남지 않았다. 지금의 그 분노를 낭비하지 말고 잘 간수하라."

정오경에 군인들은 학수고대했던 복수를 감행한다. 부대는 바위 언덕 곁을 지나고 있다. 검은 독수리 떼가 먹을 만한 것은 다 파먹고 남긴 소의 잔해와 대가리가 눈에 들어온다. 이곳에서는 흔한 풍경이다. 사병 하나가 느낌이 왔는지 중얼거린다. 놈들이 저기 숨어 우릴 엿본다. 이 말이 떨어지자마자 몇 명이 대열에서 빠져나가 고함을 치며 달린다. 소 밑에 파놓은 구덩이에서 바싹 마른 야군소 하나가 기어 나온다. 군인들은 야군소를 덮친다. 칼로, 총검으로 마구 찌른다. 이내 모가지가 달아난다. 군인들은 모레이라 세사르에게 야군소의 머리를 가져온다. 모레이라 세사르는 명령한다. 대포에 장전해 카누도스로 쏘아 보내라, 놈들에게 무엇이 놈들을 기다리는지 보여주어라. 대령은 안경쟁이 기자에게 설명한다. 부대는 전투를 벌이기에 최상의 상태에 있소.

갈릴레오 갈은 길을 가느라 밤을 새웠지만 졸리지 않았다. 짐승들도 늙고 여위었지만 동이 틀 때까지 지친 기색을 보이지 않았다. 울피노라는 길잡이와는 쉽게 말이 통하지 않았다. 구릿빛 피부에 탄탄한 체구의 남자였다. 길잡이는 밤새 담배를 씹었다. 정오경, 음식을 먹기 위해 잠시 쉴 때까지 서로 말 한마디 나누지 않았다. 카누도스까지는 얼마나 걸립니까? 길잡이는 질겅질겅 씹고 있던 콩깍지를 뱉어냈다. 명확한 답변은 없었다. 말들만 괜찮다면 한 2, 3일. 그것도 평소 때 얘기지, 지금이야 원…….

이제부터는 길도 험해질 것이다. 야군소들이나 군인들을 피하기 위해 한 걸음 한 걸음 짚어가야 할 것이다. 누가 됐든지 말을 빼앗아갈 것이다. 갈은 갑자기 피곤해졌다. 그리고 이내 잠이 들고 말았다.

한 시간 후에 다시 길을 떠났다. 얼마간 가다가 조그만 개울에서 목을 축일 수 있었다. 물맛이 짭짤했다. 바위 언덕, 엉겅퀴와 갈퀴풀이 뒤엉킨 벌판, 길을 가는 도중 갈은 조바심으로 시달렸다. 자신이 죽을 수도 있었던 케이마다스의 그날 새벽과 자신의 삶으로 되돌아온 섹스가 떠올랐다. 까맣게 잊고 있던 것들이었다. 며칠이었는지, 몇 월이었는지, 날짜가 생각나지 않았다. 소름이 끼쳤다. 올해가 여전히 1897년이라는 것 외에는 전혀 알 수 없었다. 자신이 사방을 들쑤시며 종종걸음쳤던 이곳에서는 시간조차 사라진 것 같았다. 아니, 나름대로 진행되는 별 다른 시간 속에 갇힌 것 같았다. 무슨 일이 있었는지 기억을 짜내보았다. 이곳에서 만져본 두개골들을 생각해보았다. 시간의 흐름에 맞추어 구성해보았다. 인간과 시간과의 관계를 규정하는 특별한 기관이라도 있단 말인가? 물론 있겠지. 작은 뼛조각일까? 감지하기 힘든 기분 문제일까? 아니면 체온? 위치가 생각나지 않았다. 적응성과 비적응성을 나타내는 것은 분명하다. 정확성과 비정확성, 미래에 대한 예견 혹은 끊임없는 임기응변, 삶 혹은 무질서 때문에 뿌리가 잘리고 혼돈으로 어지러워진 존재를 순서에 입각해 조직할 수 있는 능력……. '내 꼬라지와 같군 그래.' 생각했다. 바로 자기 자신이 전형적인 인물이었다. 만성적인 소란에 휩쓸린 운명, 삶이 온통 혼란에 빠진 신세……. 칼룸비에서 확인할 수 있었다. 자신의 신념과 살아온 역정을 기를 쓰고 정리해보니 바로 그런 꼴이었다. 무기력증에 빠지고 말았다. 여행, 경치, 사람들, 확신, 위험, 흥분, 불운 등이 어지럽게 난무해 도저히 순서를 매길 수 없었다. 이것만 봐도 그렇다. 카냐브라바 남작 손에 넘긴 편지에서조차 자신이 일관된 삶을 살아왔는지, 결코 끝을 보진 못했지만 여전히 충실하게 살아왔는지 분명히 나타나지 않았다. 질서를 가장한 무질서일 수도 있었다. 혁명에 대한 열정, 많은 사람들이 겪고 있는 불행과 불의에 대한 타오르는 분노, 어떤 식으로든 상황을 변화시키려는 의지 등이 모두 그랬다. "당신이 믿는 것 중 어느 것 하나 확실한 것은 없소. 카누도스에서 벌어지는 일은 당신의 이상과는 전혀 상관없는 것이오." 남작의 말이 다시 귓전을 때렸다. 화가 치밀었다. 프랑스혁명을 전혀 인정하지 않는 귀족 지주가 나의 사상에 대해 뭘 안단 말인가? '이상주의'라는 말을 무슨 위험한 말인 것처럼 주워대는 사람이 말이다. 야군소들에게 농장 하나를 빼앗기고 또 다른 하나는 잿더미만 남길 사람이 도대체 카누도스를 이해할 수 있단 말인가? 바로 이 순간 칼룸비는 불바다를 이루고 있을 것이 틀림없었다. 갈 자신은 그 불바다의 의미를 이해할 수 있었다. 광신이나 광기 때문에 벌어지는 일이 아님을 잘 알고 있었다. 야군소들은 억압의 상징을 파괴하고 있는 것이다. 지난 수세기 동안 사유 재산을 옹호하는 자들은 착취당하는 사람들에게 이런 생각을 은밀하게 주입시켜왔다. 사유 재산은 하늘이 내린 권리다. 지주들은 본성적으로 뛰어난 존재다, 반쯤은 신과 같은 존재다. 그래서 이따위 생각이 착취당하는 사람들의 골수에 박혀버렸던 것이다. 이따위 거짓된 신화를 뿌리뽑기 위해, 희생자들이 느끼는 두려움을 없애기 위해, 부자들이 누리는 권력은 파괴되어야 한다. 또한 가난한 자들이 부자들의 횡포를 끝내버릴 수 있는 충분한 힘을 가지고 있음을 굶주린 대중에게 일깨워주기 위해 불보다 더 좋은 방법이 있단 말인가? 선지자와 그 추종자들은 비록 종교의 찌꺼기를 흘리고 다니긴 해도 어느 곳을 공격해야 할지 잘 알고 있었다. 억압의 기본 토대, 즉 사유 재산과 군대와 백성을 바보로 만드는 윤리를 공격했던 것이다. 남작의 손에 넘겨준 자서전과 같은 글을 쓰면서 실수나 하지 않았을까? 아니다. 그 글은 근본 원인에 해를 입히지는 않을 것이다. 그래도 적과 다름없는 사람에게 글을 넘긴 것은 웁지 않은가? 남작은 자신의 적이었다. 그러나 남작에 대한 적의는 없었다. 어쩌면 남작 덕분에 서로의 의견을 충분히 밝힐 수 있었고 또 서로를 충분히 이해할 수 있었기 때문이지 않을까? 살바도르를 떠나온 이후로 이런 일은 한 번도 없었다. 왜 그따위 글을 썼단 말인가? 곧 죽을 줄 알았기 때문에? 부르주아적인 집착에 떠밀려 세상에 살다 간 흔적이라도 남기고 싶어서? 후레마가 임신이라도 했으면 좋겠다는 생각이 불쑥 들었다. 일종의 공포심을 느꼈다. 자식을 갖는다는 생각만 해도 속이 뒤집혔었다. 그래서 로마에서 다시는 여자와 관계를 갖지 않겠다고 결심했는지도 모른다. 혁명에 대한 확신 때문에 아버지가 되는 것이 두렵다고 말하곤 했다. 먹이고 입히고 돌봐야 할 책임이 있는 혹을 달고 어떻게 행동에 나선단 말이냐고 주장했었다. 이 점에 있어서는 확고했었다. 여자도 자식도 그 어느 것도 자신의 자유를 제한하고 혁명 의지를 약화시킬 수 없다고 믿어왔던 것이다.

별이 총총히 떴을 때 벨라메 나무와 마캄비라 나무가 우거진 숲에 도착해 말에서 내렸다. 두 사람은 말없이 먹기만 했다. 갈릴레오는 커피도 마시지 못하고 잠들고 말았다. 꿈이 어지러웠다. 죽은 사람들이 나타났다. 울피노가 깨웠을 때는 한밤중이었다. 울음소리가 들렸다. 여우였을 것이다. 길잡이는 미리 커피를 데워놓고 있었다. 말에 안장까지 올려놓았다. 울피노에게 말을 걸어보았다. 남작 밑에서 얼마나 일했소? 야군소들을 어떻게 생각하시오? 길잡이가 말을 피하는 바람에 더이상 고집하지 않았다. 이곳 사람들이 갈을 믿지 못하는 것은 그 이상한 말투 때문이었던가? 아니 그보다 더 깊은 이유로, 즉 느끼는 방식이나 생각하는 방식이 서로 달라서였을까?

그때 울피노가 뭐라고 말을 했다. 갈은 알아듣지 못했다. 울피노가 다시 말했다. 이번에는 명확히 알아들을 수 있었다. 왜 카누도스로 갑니까? "내가 평생 싸워왔던 일이 그곳에서 벌어지기 때문이오." 갈이 말했다. "억압하는 자도 억압받는 자도 없는 세상을 만들어가고 있소. 그곳에서는 모두가 자유롭고 모두가 평등하오." 설명했다. 가능한 한 쉬운 말로 설명했다. 세상을 위해 카누도스가 왜 중요한지, 과거 수많은 사람들이 목숨을 바쳐 지켜온 사상과 야군소들의 업적이 어느 정도 같은지. 갈이 설명하는 동안 울피노는 말을 끊지도 않았고 갈을 쳐다보지도 않았다. 길잡이에게는 갈의 설명이 마이동풍이었다. 어쩔 수가 없었다. 아무리 바위에 부딪혀도 흔적을 남기지 못하는 바람과 같았다. 갈은 입을 다물었다. 울피노는 고개를 갸우뚱했다. 갈로서는 알 수 없는 표정이었다. 중얼거렸다. 여자를 구하기 위해 카누도스로 가는 줄 알았소. 갈은 놀랐다. 길잡이는 말을 이었다. 루피노가 그녀를 죽이겠다고 하지 않았소? 그녀를 죽여도 상관없단 말이오? 당신 부인이 아니란 말이오? 그렇다면 무슨 이유로 그녀를 훔쳐냈단 말이오? "나는 부인이 없소. 나는 아무도 훔치지 않았소." 갈이 강하게 항의했다. 루피노는 다른 사람 얘기를 한 것이오. 루피노 또한 오해의 희생자요. 길잡이는 다시 입을 다물었다.

 한참 동안 서로 말이 없었다. 순례자 한 무리를 만났다. 짐마차를 끌고 항아리를 지고 있었다. 순례자들이 두 사람에게 마실 물을 주었다. 순례자들을 앞서 가면서 갈은 풀이 죽었다. 울피노의 질문이 문제였다. 전혀 예상치 못했다. 꾸짖는 듯했다. 후레마 생각을 지우기 위해, 루피노 생각을 지우기 위해 죽음을 생각했다. 두렵지 않았다. 죽음에 맞선 것도 여러 차례였다. 카누도스에 도착하기 전에 군인들에게 잡히게 된다면 끝까지 싸울 생각이었다. 자신을 죽이도록 만들 작정이었다. 고문으로 비참한 꼴을 당하고 싶지 않았다. 아니, 어쩌면, 비굴해지지 않을까 두려웠으리라.

 울피노가 불안해하는 것 같았다. 반시간 전부터 밀림 지역, 뜨거운 열기 속을 헤쳐가고 있었다. 길잡이가 나뭇가지를 유심히 살피기 시작했다. "포위당했소." 소곤거렸다. "놈들이 접근할 때까지 기다리는 게 좋겠소." 두 사람은 말에서 내렸다. 갈로서는 주변에서 사람의 인기척이라고는 전혀 분간할 수 없었다. 그러나 잠시 후, 엽총, 활, 낫, 칼로 무장한 남자들이 나무 사이에서 모습을 드러냈다. 장년을 넘어선 거대한 몸집의 반벌거숭이 흑인 한 명이 인사를 해왔다. 갈은 무슨 말인지 알 수 없었다. 흑인은 어디서 오는 사람들이냐고 물었다. 울피노가 대답했다. 칼룸비에서 카누도스로 갑니다. 그리고 군인들을 피해 지나온 길을 알려주었다. 군인들을 피하고 있음을 확실히 밝혔다. 서로 말이 통하기는 어려웠지만 적대적인 분위기는 아니었다. 흑인은 길잡이의 말고삐를 잡고 말에 올라탔다. 다른 한 명이 갈의 말에 올라탔다. 갈은 흑인에게 한 발 다가갔다. 엽총을 가진 사람들이 즉시 갈을 겨누었다. 갈은 손사래를 치며 얘기를 들어 달라고 간청했다. 갈은 설명했다. 서둘러 카누도스로 가야 한다, 선지자를 만나야 한다, 중요한 얘기가 있다, 군인들과 싸우는 데 도움이 되고자 한다……. 그러나 무심하고 무정하고 무시하는 듯한 사람들의 표정을 보고는 입을 다물고 말았다. 흑인은 잠시 기다렸다. 갈이 계속 침묵을 지키고 있자 무슨 말을 했다. 갈은 역시 알아들을 수 없었다. 남자들은 즉시 자리를 떴다. 처음 나타났을 때와 마찬가지로 은밀하게 사라졌다.

"뭐라고 했소?" 갈이 중얼거렸다.

"벨로 몬테와 선지자를 지키시는 분은 하나님 아버지와 선하신 예수님과 성령이라고 했소." 울피노가 대답했다. "더이상의 도움은 필요없다고 합니다."

이제 그리 멀지 않다, 말에 대해서는 신경 쓸 것 없다고 덧붙였다. 두 사람은 즉시 길을 떠났다. 사실, 밀림을 헤쳐 나가자면 걷거나 말을 타거나 속도는 같았다. 그러나 말을 빼앗기면서 양식까지 잃어버리고 말았다. 그때부터 두 사람은 마른 열매, 줄기, 뿌리 등으로 허기를 달랬다. 칼룸비를 나올 때부터 갈은 알고 있었다. 삶의 막바지에 일어나는 일들을 생각해보니 의욕이 꺾이고 실망감만 남았다. 갈은 몸에 밴 습관으로 추상적인 관념에 빠져들었다. '선과 악의 대결.' 카누도스는 역사의 법칙에 그야말로 예외적인 한 가지 사례를 남기지 않았단 말인가? 역사의 법칙에 따르면 종교란 언제나 민중들을 마취시켜 주인에게 대항하지 못하게 막아왔다. 선지자는 종교적인 미신을 이용해 민중의 의식을 일깨웠다. 부르주아가 설정한 질서와 보수 반동 세력이 내세우는 윤리에 저항하게 만들었다. 종교를 빌미 삼아 수세기 동안 그들을 억압하고 착취한 놈들에게 민중이 대항하도록 만든 것이다. 그렇다. 종교란 바로 데이비드 흄이 '환자들의 꿈'이라고 지적한 것과 똑같다. 그러나, 카누도스와 같은 경우도 있는 것이다. 무기력하게 끌려다니는 사회의 희생자들을 몰아붙여 혁명 운동으로 이끌 수도 있다는 얘기다. 그리고 일단 혁명으로 돌입하게 되면 과학적이고 이성적인 진리가 비이성적인 신화나 우상 숭배를 몰아낼 것이다. 이 문제에 대한 글을 『혁명의 불꽃』에 기고할 수 있는 기회가 다시 올까? 갈은 다시 한번 길잡이에게 말을 붙여보았다. 울피노, 카누도스에 대해 어떻게 생각하시오? 울피노는 한참 동안 대답 없이 오물거리고만 있었다. 마침내 입을 열었다. 어쩔 수 없는 일이라는 듯, 들어도 그만 못 들어도 그만이라는 듯, 조용히 말했다. "모두 목이 달아날 거요." 갈은 더이상 서로 말이 필요없음을 알 수 있었다.

밀림에서 벗어나자 시케-시케 나무 한 그루를 발견할 수 있었다. 울피노가 칼로 나무를 긁었다. 시금털털한 즙이 흘러나왔다. 목을 축였다. 그날도 카누도스로 가는 순례자들을 만날 수 있었다. 피곤에 지친 사람들의 눈 속에는 지금 겪고 있는 가난보다 훨씬 강력한 의욕이 깊이 감추어져 있었다. 갈은 사람들을 지나치며 기운을 회복했다. 그 사람들이 갈에게 희망과 용기를 되찾게 해주었다. 사람들은 살던 집을 버리고 곧 전쟁이 벌어질 곳으로 향하고 있었던 것이다. 사람들의 본능이란 어김없이 들어맞는 것이 아니던가? 정의와 해방에 대한 갈증을 풀 수 있는 곳이 바로 카누도스라는 사실을 본능적으로 알기 때문에 그곳으로 몰려가는 것이 아니더란 말인가. 갈은 울피노에게 언제쯤 도착하느냐고 물었다. 불상사만 생기지 않는다면 해질녘에는 도착할 수 있소. 불상사라니? 빼앗길 것이라도 있단 말인가? "우릴 죽일 수도 있소." 울피노가 말했다. 그러나 갈은 실망하지 않았다. 갈은 빙긋이 미소지으며 생각했다. 어쨌든 말을 빼앗긴 사실도 유용하게 써먹을 수 있을 것 같았다.

잿더미만 남은 농장에서 잠시 쉬었다. 풀 한 포기, 물 한 모금 없었다. 갈은 먼 길을 걷느라 쥐가 난 다리를 주물렀다. 울피노가 불쑥 입을 열었다. 선을 넘어왔소. 울피노는 한때 마구간, 가축, 소몰이꾼들이 있었던 방향을 가리켰다. 이제는 흔적만 남아 있었다. 선이라니? 카누도스와 나머지 세상을 구별하는 선이오. 이 선 안에서는 선하신 예수님께서 다스리시고, 선 밖에서는 사탄 마귀가 권세를 잡고 있다고들 합디다. 갈은 아무 말도 하지 않았다. 마지막 때가 되면 이름은 중요하지 않다. 겉포장에 불과한 거니까. 가르쳐주지 않아도 사람들이 속에 든 것을 쉽게 알아보게 만드는 것일 뿐이다. 정의냐 불의냐, 자유냐 억압이냐, 민주 사회냐 계급 사회냐가 중요한 것이지, 신이랄지 사탄 마귀는 중요하지 않다. 생각했다. 카누도스에 갈 것이다. 젊었을 때 파리에서 목격한 것을 그곳에서도 목격하게 될 것이다. 손톱과 이빨로 악착같이 자신의 존엄성을 수호하고 있는 민중, 그들에게 들려줄 수만 있다면, 이해시킬 수만 있다면 도움이 될 것이다. 적어도 그들이 모르는 사실을, 자신이 세상을 들쑤시고 다니며 익힌 것들을 나눌 수 있을 것이다.

"정말로 루피노가 당신 여자를 죽여도 상관없단 말이오?" 울피노의 목소리가 들렸다. "그렇다면 왜 훔쳐냈단 말이오?"

너무 화가 치밀어 돌아버릴 지경이었다. 여자가 없다고 소리쳤다. 발광했다. 한번 대답했으면 됐지 왜 또 따진단 말인가? 울피노가 미웠다. 욕이라도 퍼부어주고 싶었다.

"알 수 없는 일이긴 해." 울피노가 중얼거렸다.

다리가 너무 아팠다. 발이 퉁퉁 부어 올랐다. 다시 길을 나선 지 얼마 지나지 않아 좀 쉬었다 가자고 했다. 땅바닥에 주저앉으며 생각했다. '예전의 내가 아냐.' 많이 여위기도 했다. 머리를 받치고 있던 팔을 내려다보았다. 자신의 팔이 아닌 것 같았다.
"먹을 것이 있나 찾아보겠소." 울피노가 말했다. "눈이라도 좀 붙이시오."
가지만 앙상한 나무 뒤로 사라지는 울피노를 지켜보았다. 눈을 감으려는 순간 반쯤 뿌리가 뽑힌 나무에 걸린 판자 하나가 눈에 들어왔다. 색 바랜 글자가 보였다. 카라카타. 잠을 자는 동안 그 이름이 머릿속에서 들끓었다.

나투바의 레온은 모든 신경을 귀에 집중시키며 생각했다. '내게 말씀하실 것이다.' 작은 몸뚱이가 기쁨으로 떨렸다. 선지자는 침대에 누운 채 계속 입을 다물고 있었다. 그러나 카누도스의 서기는 숨소리만 듣고도 선지자가 잠이 들었는지 깨어 있는지 알 수 있었다. 어둠 속에서 다시 귀를 기울였다. 그 심오한 눈을 감고 계실 것이다. 눈꺼풀이 덮고 있어도, 소식을 전하기 위해 위에서 내려온 천사의 모습을 지켜보고 계실 것이다. 아니면 구름 위로 올라가 성인들과 성모마리아와 선하신 예수님과 하나님 아버지를 만나고 계실 것이다. 어쩌면 지혜로운 생각들을 정리하고 계실지도 모른다. 내일 말씀해주실 것이다. 그때 나투바의 레온은 선지자의 말씀을 조아킴 신부가 구해준 종이에 옮겨 적을 것이다. 미래의 신자들은 그 글을 지금의 복음서처럼 읽을 것이다.

생각했다. 조아킴 신부가 다시는 카누도스에 올 수 없게 된다면 금세 종이가 떨어질 것이다. 그렇게 되면 빌라노바 형제 가게에 있는 종이를 써야 한다. 그 종이는 잉크가 번진다. 조아킴 신부는 나투바의 레온에게 좀처럼 말을 걸지 않았다. 신부를 처음 본 순간 — 선지자를 따라 쿰베로 기어 들어갔던 어느 날 아침 — 부터 나투바의 레온의 눈에는 신부를 볼 때마다 놀라움과 불편함과 혐오감이 서렸다. 나투바의 레온은 허둥거리며 애써 신부를 외면했고 금방 잊어버리곤 했다. 그러나 신부가 살인마의 군대에 붙잡혀 죽었을지도 모른다는 생각으로 선지자만큼이나 마음이 아팠다. 선지자는 그날 오후 새로 지은 성전 탑에서 설교를 하는 동안 "기뻐할지어다, 아들들이여, 벨로 몬테에서 첫 성인이 탄생했노라"라고 말했다. 그러나 나중에, 기도소에서 나투바의 레온은 선지자가 얼마나 괴로워하는지 확인할 수 있었다. 선지자는 마리아 쿠아드라도가 건네주는 음식을 거절했다. 성가대 여자들이 몸을 씻겨줄 때에도, 알레한드리냐 코레아(너무 울어서 눈이 퉁퉁 부어 있었다)가 어린양을 안고 가까이 서 있었지만 여느 때와 같이 양을 쓰다듬어주지도 않았다. 나투바의 레온이 선지자의 무릎에 머리를 올려놓았을 때에도 선지자의 손길을 느낄 수 없었다. 한참 후에 선지자가 중얼거리는 소리가 들렸다. "이젠 미사도 못 올리게 됐다. 우릴 고아로 만들어버렸어." 레온은 불길한 예감이 들었다.

그런 이유로 레온도 잠을 이루지 못했다. 무슨 일이 벌어질 것인가? 또다시 전쟁이 임박해 있었다. 이번 전쟁은 선택받은 사람들과 사탄 마귀들이 타볼레리뇨에서 싸웠던 것보다 훨씬 격렬해질 것이다. 시가전이 될 것이다. 사상자의 수는 더욱 많아질 것이다. 레온이 맨 먼저 죽을 수도 있었다. 아무도 그를 구하기 위해 오지 않을 것이다. 나투바에서 불에 타 죽을 뻔했을 때는 선지자가 구해주었었다. 은혜를 갚기 위해 선지자를 따라왔다. 은혜를 갚기 위해 선지자 곁에 붙어 있었다. 그로서는 초인적인 힘이 필요했지만 세상을 돌아다녔다. 네 발로 엉금엉금 기어다녔다. 그로서는 끝이 없을 것만 같은 고행이었다. 수많은 사람들이 그렇게 돌아다니고 싶어한다는 사실을 레온은 알고 있었다. 처음에는 수가 적었다. 사람들은 선지자를 독차지하려고 했었다. 그러나 세상은 확 변하고 말았다. 밤낮 성인과 함께 있을 수 있는 자신을 부러워하는 많은 사람들이 생각났다. 레온을 다른 사람과 똑같이 대해주는 사람은 선지자밖에 없었지만 그 역시 선지자와 단 둘이 얘기할 수 있는 기회를 아직 얻지 못했다. 선지자는 단 한 번도 등뼈가 구부러지고 머리가 엄청나게 큰 레온을 사람들이 잘못해서 태어난 기괴한 괴물로 여기지 않았다. 그런 점은 조금치도 발견할 수 없었다.

수년 전, 테피도 외곽에서 보낸 어느 날 밤이 생각났다. 선지자 주변에 얼마나 많은 순례자들이 있었던가? 기도가 끝난 후 사람들이 큰소리로 죄를 고백하기 시작했다. 나투바의 레온은 자기 차례가 되었을 때 흥분에 휩싸여 다른 사람 앞에서는 한 번도 밝히지 않았던 사실을 털어놓았다. "저는 하나님 아버지도 종교도 믿지 않습니다. 아버지, 오로지 아버지만 믿습니다. 아버지께서는 저를 사람으로 느끼게 해주셨습니다." 무거운 침묵이 흘렀다. 겁에 질려 몸이 떨려왔다. 순례자들이 눈을 크게 뜨고 자신만 바라보는 것 같았다. 그날 밤에 들었던 선지자의 목소리가 다시 들렸다. "너는 너무나도 시달렸다. 사탄 마귀조차도 그 같은 고통은 이겨내지 못할 것이다. 하나님 아버지께서는 아신다. 네 영혼은 깨끗하다. 매순간 속죄하기 때문이다. 레온아, 너는 더이상 속죄할 것이 없다. 너의 삶 자체가 속죄니라."

속에서 되풀이해보았다. "너의 삶 자체가 속죄니라." 그런 삶이었지만 더할 나위 없는 기쁨을 맛보기도 했다. 그러니까, 너덜너덜한 책, 잡지 한 쪼가리 등 인쇄된 것이면 어떤 것이든 새로운 읽을 거리를 찾아 그 글 속에 나타난 재미있는 일들을 알게 되는 것이 큰 기쁨이었다. 나투바의 이쁜이 알무디아가 살아 있을 적의 모습을 그려보는 것도 큰 기쁨이었다. 알무디아를 저주해 죽이기 위해 노래했던 것이 아니었다. 알무디아는 레온의 노래를 듣고 웃음을 보이기까지 했다. 선지자의 무릎에 머리를 기대어 선지자의 손길을 느끼는 것 역시 큰 기쁨이었다. 선지자는 손가락으로 레온의 부수수한 머리를 가르마를 타주며 어루만져주었던 것이다. 선지자가 머리를 만져주면 슬그머니 졸렸다. 온몸이 짜릿짜릿했다. 머리를 쓰다듬는 손길과 뺨에 와닿는 감촉으로 그 동안 겪은 온갖 불행을 모두 보상받는 것 같았다.

옳지 못한 일이었다. 선지자에게만 감사를 표해서는 안 되는 일이었다. 힘이 떨어졌을 때 자신을 안아준 사람들은 그 얼마였던가? 베아티토 같은 사람은 자신에게 믿음을 심어주기 위해 그 얼마나 기도했던가? 마리아 쿠아드라도는 또 얼마나 자신을 친절하고 자상하게 돌봐주었던가? 만인의 어머니가 자신에게 베푼 사랑을 생각해보았다. 그녀는 레온을 살리기 위해 불가능한 일까지 이루어냈다. 순례를 다니는 동안, 레온이 지쳐 떨어지면 오랫동안 몸을 주물러주었다. 베아티토의 팔다리를 주무를 때와 똑같았다. 레온이 열병에 걸렸을 때는 몸을 따뜻하게 해주기 위해 품에 안고 재웠다. 그녀는 레온의 몸에 맞는 옷도 지어주었다. 나무와 가죽을 이용해 손과 발에 찰 수 있는 보호대도 만들어주었다. 그런데도 왜 그녀를 좋아하지 못하는 것일까? 틀림없이 어느 날 성가대 대장이 하는 말을 들어서일 것이다. 한밤중 사막에서였다. 성가대 대장은 죄를 고백했다. 나투바의 레온을 보면 구역질이 난다. 모습이 추악한 것은 바로 죄 때문이라고 생각한다. 마리아 쿠아드라도는 죄를 고백하며 울음을 터뜨렸다. 못된 생각을 해서 미안하다고, 용서해 달라고 가슴을 치며 사정했다. 레온은 용서한다고 했다. 그리고 그녀를 어머니로 불렀다. 그러나 진심은 그렇지 않았다. '난 원망덩어리다.' 생각했다. '만일 지옥이 있다면 나는 수천 수만 년을 불에 탈 것이다.' 예전에는 불만 생각해도 겁이 났었다. 하지만 오늘은 차갑게 얼어붙게 했다.

마지막으로 참가한 축제 행렬을 떠올리며 생각해보았다. 또다시 행렬에 참가해야만 하나? 얼마나 겁이 났는지 모른다. 선지자를 보기 위해 몰려든 사람들 때문에 숨이 막혀, 짓밟혀 죽을 뻔한 적이 그 얼마나 많았던가? 가톨릭 경비대는 신자들을 막아내기 위해 무진 애를 써야 했다. 횃불과 향을 든 사람들이 성자를 만지기 위해 너도나도 손을 내밀었다. 레온은 떠밀려 넘어져 바동거렸다. 레온은 울부짖었다. 사람들의 물결이 레온을 집어삼키려는 순간 가톨릭 경비대가 레온을 들어올렸다. 결국 기도소 밖을 나가지 못하게 되었다. 모험을 감행할 수는 없었다. 거리는 너무 위험했다. 사람들은 레온의 등을 만져보기 위해 몰려들었다. 행운을 가져다줄 것으로 믿었던 것이다. 사람들은 레온을 인형이나 되는 것처럼 집어들고 몇 시간이고 집에 가둔 채 선지자에 대해 물어보았다. 이 흙벽에 갇혀 나머지 삶을 살아야 한단 말인가? 불행에는 바닥이 없었다. 고통의 뿌리는 도저히 잘라낼 수 없었다.

   숨소리로 보아 선지자는 잠이 든 듯했다. 성가대 여자들이 모여 있는 쪽으로 귀를 기울였다. 역시 자고 있었다. 알레한드리냐 코레아까지 잠이 들었다. 전쟁 때문에 잠을 못 이루고 있는가? 전쟁은 코앞에 다가와 있었다. 조앙 아바데도, 파헤우도, 마캄비라도, 페드랑도, 타라멜라도 길목과 참호를 지키는 사람들도 설교를 들으러 오지 않았다. 교회 주변에 세운 흙벽 뒤에 무장한 사람들이 있었다. 사람들은 나팔총, 엽총, 탄띠, 활, 몽둥이, 갈고랑이 등으로 무장한 채 왔다갔다하고 있었다. 언제 시작될지 모르는 공격에 대비하는 것 같았다.

   닭 울음소리가 들렸다. 갈대 숲 사이로 날이 밝아왔다. 물을

져 나르는 사람들이 피리를 불고 다니며 물을 나누어줄 때 선지자는 잠에서 깨어나 바닥에 엎드려 기도를 올렸다. 그 순간 마리아 쿠아드라도가 들어왔다. 꼬박 밤을 새운 레온은 자세를 바로 하고 선지자의 말을 듣기 위해 귀를 기울였다. 선지자는 오랫동안 기도를 올렸다. 성가대 여자들이 자신의 발을 닦고 샌들을 신기는 동안에도 선지자는 계속 눈을 감고 있었다. 선지자는 마리아 쿠아드라도가 건네준 우유를 마시고 옥수수빵 한 조각을 먹었다. 그러나 어린양을 쓰다듬지는 않았다. '조아킴 신부 일로만 해서 저렇게 슬퍼하시는 것이 아니다.' 나투바의 레온은 생각했다. '전쟁으로도 슬퍼하시는 것이다.'

조앙 아바데, 조앙 그란데, 타라멜라가 들어왔다. 타라멜라를 기도소 안에서 보기는 레온으로서는 처음이었다. 거리의 사령관과 가톨릭 경비대 대장이 선지자의 손에 입을 맞추고 일어난 후에도 파헤우의 부관은 계속 무릎을 꿇고 있었다.

"타라멜라가 어젯밤 정보를 입수했습니다, 아버지." 조앙 아바데가 말했다.

레온은 생각했다. 아마 거리의 사령관도 눈을 붙이지 못했을 것이다. 거리의 사령관은 땀을 흘리고 있었고 더러웠고 걱정하고 있었다. 조앙 그란데는 마리아 쿠아드라도가 건네준 그릇을 들고 맛있게 마셨다. 레온은 두 사람의 모습을 상상해보았다. 밤새 이 참호 저 참호, 이 길목 저 길목을 뛰어다니며 화약을 나르고 무기를 점검하고 작전을 짰을 것이다. 생각했다. '드디어 오늘이다.' 타라멜라는 무릎을 꿇은 채 가죽 모자를 손에 말아 쥐고 있었다. 두 정의 엽총과 겹겹이 목에 건 탄띠가 카니발에서 치장한 모습과 같았다. 입술을 질겅질겅 씹으며 감히 입을 열지 못하고 있었다. 마침내 더듬거렸다. 신티오와 크루세스가 말을 타고 왔습니다. 말 한 마리가 쓰러졌습니다. 다른 한 마리도 곧 쓰러질 것 같습니다. 땀을 너무 많이 흘리게 했기 때문입니다, 양떼도 이틀 동안 쉬지 않고 달려왔습니다. 양떼도 곧 쓰러질 것 같습니다. 타마멜라는 입을 다물었다. 머뭇거렸다. 겁먹은 두 눈이 조앙 아바데에게 도움을 구했다.

"신티오와 크루세스가 가져온 파헤우의 전갈을 선지자님께 보고하게." 한때 강도였던 남자를 도와주었다. 마리아 쿠아드라도는 타라멜라에게도 우유 잔과 빵 한 조각을 건넸다. 타라멜라는 빵을 씹으며 말했다.

"명령을 수행했답니다. 아버지." 타라멜라가 기억을 더듬었다. "칼룸비가 불에 탔습니다. 카냐브라바 남작은 가족을 데리고 경호원 몇 명과 함께 케이마다스로 갔습니다."

성자 앞에서 느끼게 되는 두려움과 싸우며 말을 이었다. 농장을 불지른 후 파헤우는 군인들을 앞질러 오지 않고 살인마 부대의 뒤로 돌아갔다. 놈들이 벨로 몬테를 공격할 때 후미를 치기 위해서다. 타라멜라는 다시 죽은 말에 대해 말을 꺼냈다. 자신이 지키는 참호에서 잡아먹도록 명령했다. 다른 말도 죽으면 안토니오 빌라노바에게 갖다주라고 했다. 안토니오 빌라노바가 말을 나누어……. 바로 그 순간 선지자가 눈을 떴다. 타라멜라는 입을 다물었다. 선지자의 어둡고 깊은 눈초리 때문에 파헤우의 부관은 더욱더 당황했다. 레온은 타라멜라가 모자를 쥐어짜는 모습을 바라보았다.

"잘했다, 아들아." 선지자가 중얼거렸다. "선하신 예수님께서 파헤우와 부하들의 믿음과 용기를 칭찬하실 것이다."

선지자가 손을 내밀었다. 타라멜라가 입을 맞추었다. 타라멜라는 선지자의 손을 두 손으로 움켜쥐고 경건하게 바라보았다. 선지자가 축복해주었다. 타라멜라는 십자가를 그었다. 조앙 아바데가 물러가라는 손짓을 했다. 타라멜라는 물러났다. 몇 번이나 절을 했다. 방을 나가기 전에 마리아 쿠아드라도가 조앙 아바데와 조앙 그란데가 마신 그릇에 마실 것을 부어주었다. 선지자가 조앙 아바데와 조앙 그란데에게 눈빛으로 물었다.

"아주 가까이 왔습니다, 아버지." 거리의 사령관이 몸을 웅크리며 말했다. 말투가 너무 강해 나투바의 레온은 겁이 났다. 성가대 여자들도 몸을 떠는 것 같았다. 조앙 아바데는 칼을 꺼내 바닥에 원을 그었다. 그리고 군인들이 다가오는 길을 표시했다.

"이쪽으로는 아무도 오지 않습니다." 헤레모아보로 빠지는 길목을 가리키며 말했다. "빌라노바 형제가 노인네들과 병자들을 모두 그곳으로 옮기게 했습니다. 총알을 피해서 말입니다."

조앙 그란데를 바라보았다. 이어서 설명하라는 듯했다. 흑인이 손가락으로 원을 가리켰다.

"아버지를 위해 피신처를 마련했습니다. 마구간과 모캄보 사이입니다." 더듬거렸다. "깊고 또 바위도 많습니다. 총알을 견딜 수 있습니다. 이곳에 계셔서는 안 됩니다. 바로 이곳으로 오고 있습니다."

"대포도 끌고 왔습니다." 조앙 아바데가 말했다. "어젯밤에 봤습니다. 길잡이들이 살인마의 야영지로 들어갈 수 있도록 도와주었습니다. 아주 큽니다. 아주 멀리 쏠 수 있는 겁니다. 기도소와 교회가 첫번째 목표물이 될 겁니다."

나투바의 레온은 졸음을 떨칠 수 없었다. 펜이 손가락에서 빠져나갔다. 레온은 선지자의 품에서 빠져나왔다. 선지자의 무릎에 머리를 기댔다. 머릿속이 윙윙거렸다. 성자의 말소리가 겨우 들렸다.

"언제 도착하나?"

"늦어도 오늘밤입니다." 조앙 아바데가 대답했다.

"그렇다면 참호를 둘러보겠다." 선지자가 부드럽게 말했다. "베아티토에게 성자상과 그리스도상, 선하신 예수님의 납골함을 꺼내라고 전해라. 성자상과 십자가를 모두 적그리스도가 쳐들어오는 길목으로 가져가라고 해라. 많이들 죽겠지만 울 필요는 없다. 신실한 신자에게는 죽음도 행복인 것이다."

그 순간 나투바의 레온은 행복했다. 선지자가 손을 레온의 머리에 올려놓았다. 잠으로 빠져들었다. 지나온 삶을 용서할 수 있었다.

루피노는 칼룸비의 대저택을 등지고 돌아서며 몸이 가벼워지는 것을 느낀다. 남작과 묶여 있던 끈은 끊어졌다. 목적을 달성하기 위해서는 더 많은 것을 준비해야 한다는 생각이 든다. 5리쯤 걸은 후에 어릴 때부터 알고 지내던 가족의 초대를 받아들인다. 가족은 후레마에 대해서도 묻지 않고 칼룸비로 온 이유에 대해서도 묻지 않는다. 그저 친절만 베푼다. 다음날 아침 떠날 때 길양식까지 챙겨준다.

하루 종일 걷는다. 카누도스로 가는 순례자들을 도처에서 볼 수 있다. 만나는 순례자마다 루피노에게 먹을 것을 달란다. 그래서 저물녘에 먹을 것이 다 떨어지고 만다. 동굴 옆에서 잠을 잔다. 어린 시절 칼룸비의 친구들과 함께 횃불로 박쥐들을 태우고 놀던 동굴이다. 다음날, 주민 하나가 그에게 알려준다. 군부대가 하나 지나갔다. 주변에 야군소들이 득실거린다. 계속 길을 간다. 착잡한 심정이다.

오후녘에 카라카타 외곽에 도착한다. 저 멀리 덤불 숲과 선인장 사이사이로 한 줌의 오두막이 흩어져 있다. 숨이 막히는 햇볕 속을 걷다가 망가베이라 나무와 묘비가 드리우는 그늘을 만나니 반갑기 짝이 없다. 바로 그 순간 혼자가 아니라는 느낌이 온다. 무수한 그림자가 그를 둘러싸고 있다. 그림자들이 고양이처럼 숲 속을 빠져나온다. 카빈총, 활, 낫으로 무장한 남자들이다. 방울과 나무 피리도 들고 있다. 파혜우를 따라다니던 몇몇 야군소들은 알아볼 수 있다. 그러나 카보클로 혼혈은 없다. 인디오처럼 보이는 맨발의 사내가 손가락을 입술에 갖다대며 따라오라는 손짓을 한다. 루피노는 망설인다. 그러나 야군소의 눈초리가 반드시 따라가야 한다는 사실을 일깨운다. 친절을 베풀고 있는 것이다. 불쑥 후레마 생각이 난다. 표정에 나타난다. 야군소가 고개를 끄덕인다. 나무 사이와 덤불 숲 속에 매복해 있는 야군소들이 눈에 띈다. 풀로 위장 망을 만들어 몸을 완전히 가리고 있는 사람도 많다. 몸을 숙이고, 웅크리고, 바닥에 엎드려 길과 마을을 살피고 있다. 루피노에게도 몸을 숨기라고 손짓한다. 잠시 후 길잡이의 귀에 소리가 들려온다.

회색과 붉은색이 섞인 군복을 입은 군인 십여 명이다. 금발의 젊은 중사가 앞장을 서고 있다. 길잡이가 군인들을 안내하고 있다. 루피노가 보기에 길잡이는 야군소들과 한패가 틀림없다. 무슨 낌새를 차렸는지 중사는 경계 태세를 취한다. 중사는 방아쇠에 손가락을 걸고 이 나무에서 저 나무로 건너뛴다. 부하들도 나무 뒤에 몸을 숨기고 전진한다. 길잡이는 길 한가운데로 간다. 루피노 주위에서 야군소들이 연기처럼 사라져버린 것 같다. 숲 속에서는 나뭇잎 하나 움직이지 않는다.

부대가 첫번째 오두막에 도착한다. 군인 두 명이 문을 박차고 집 안으로 들어간다. 나머지는 엄호하고 있다. 길잡이는 군인들 뒤에 몸을 웅크린다. 길잡이가 뒷걸음치는 모습이 루피노 눈에 들어온다. 두 명의 군인이 이내 집에서 나온다. 손짓과 고갯짓으로 아무도 없다고 중사에게 보고한다. 부대는 옆집으로 이동한다. 똑같은 장면이 연출된다. 결과는 마찬가지다. 오두막 중에서 가장 큰 오두막에서 머리카락을 산발한 여자가 한 명 불쑥 나타난다. 또 한 명 나타난다. 두 사람 다 겁에 질려 있다. 군인들이 총을 겨눈 채 여자들을 살피고 있는 동안 여자들은 희미하게 울부짖으며 손을 내젓는다. 루피노는 심장이 두근거린다. 수염 난 여자가 갈릴레오 갈이라는 이름을 입에 올렸을 때도 이랬었다. 길잡이는 군인들이 방심한 틈을 타 덤불 속으로 사라진다.

군인들이 집을 에워싼다. 군인들이 여자들과 말을 나누는 모습이 루피노 눈에 들어온다. 마침내 군인 두 명이 여자들을 따라 집으로 들어간다. 나머지 군인들은 거총 자세로 밖에서 기다린다. 잠시 후, 집 안으로 들어갔던 군인들이 나온다. 딸딸이 치는 시늉을 하며 다른 군인들에게도 따라 하라고 부추긴다. 루피노는 웃음소리와 말소리를 듣고 있다. 군인들은 하나같이 게걸스러운 표정으로 집 안으로 몰려간다. 그러나 중사가 두 명을 보초로 문에 세워둔다.

주변 숲이 다시 움직이기 시작한다. 매복해 있던 남자들이 미끄러진다. 긴다. 몸을 일으킨다. 길잡이가 보기에 적어도 30명은 될 것 같다. 길잡이는 잽싸게 뒤를 따른다. 대장을 찾는다. "내 마누라였던 년이 저기 있소?" 소리가 들린다. 난쟁이 하나와 함께 있는 게 맞지? 그렇다. "그렇다면 그년이로군." 야군소가 고개를 끄덕인다. 바로 그 순간 총알이 쏟아져 보초를 서고 있는 두 명의 군인을 벌집으로 만든다. 그와 동시에 집 안에서 고함 소리, 비명 소리, 부딪히는 소리, 총소리가 터져 나온다. 루피노는 야군소들과 함께 달리는 동안 칼을 빼든다. 유일하게 남아 있는 무기다. 문으로 창문으로 군인들의 모습이 나타난다. 총을 쏘는 군인도 있고 달아나는 군인도 있다. 군인들은 몇 걸음 달아나지 못해 화살을 맞고 총을 맞고 야군소들에게 붙잡힌다. 야군소들은 칼과 낫으로 난도질한다. 그런 와중에 루피노는 미끄러져 땅바닥을 뒹군다. 몸을 일으키는 순간 처량한 피리 소리가 들린다. 피범벅이 된 군인 시체 하나를 창 밖으로 내던지는 모습이 눈에 들어온다. 옷이 벗겨진 채다. 시체는 둔탁한 소리와 함께 땅바닥으로 떨어진다.

루피노가 집 안으로 들어선다. 참혹한 광경에 기겁한다. 부상당한 군인들이 땅바닥을 기고 있다. 남자 여자 할 것 없이 모두 군인들을 깔고 앉아 칼로 몽둥이로 돌멩이로 짓이기고 있다. 무자비하게 후려치고 찌른다. 새로 도착한 사람들도 가세한다. 네다섯 명의 여자들이 소리소리 지르며 군인들로부터 군복을 벗겨내고 있다. 이미 숨이 끊어진 군인들, 아니면 숨이 끊어져가는 군인들, 여자들은 악착스럽게 달려든다. 피바다, 쓰레기 더미가 발에 걸린다. 야군소들이 군인들을 기다리며 숨어 있던 구덩이도 보인다. 탁자 밑으로 숨어든 여자가 하나 있다. 이마에 상처를 입고 신음하고 있다.

야군소들이 군인들의 옷을 벗기고 총과 배낭을 거두는 동안, 루피노는 자신이 찾는 것이 그 방에 없는 것을 알고 다른 방을 뒤지기 시작한다. 세 개의 방이 줄지어 있다. 첫번째 방은 문이 열려 있다. 아무도 없다. 두번째 방, 문틈으로 살핀다. 나무 침대 하나와 땅바닥에 늘어진 여자 다리가 보인다. 문을 밀친다. 후레마가 보인다. 살아 있다. 루피노를 보자마자 후레마가 얼굴을 찡그린다. 후레마의 온몸이 놀라 얼어붙는다. 후레마 옆에 난쟁이가 있다. 겁을 먹고 몸뚱이를 잔뜩 웅크리고 있다. 어려서부터 알고 있는 사람이다. 금발의 중사는 침대에 누워 있다. 이미 숨이 끊어진 상태지만 두 명의 야군소가 계속 칼질을 하고 있다. 야군소들은 칼로 찌를 때마다 소리를 지른다. 피가 루피노에게까지 튀어온다. 후레마는 입을 반쯤 벌린 채 꼼짝 않고 루피노를 쳐다보고 있다. 핼쑥한 모습이다. 코가 뾰족해졌다. 눈에는 경악과 체념이 담겨 있다. 루피노는 인디오처럼 보이는 맨발의 야군소가 방으로 들어왔다는 것을 알 수 있다. 맨발의 야군소는 다른 야군소들을 도와 중사를 들어올린다. 창 밖으로 던져버리려는 것이다. 야군소들은 죽은 군인의 군복, 총, 배낭을 들고 방을 나간다. 대장은 루피노 앞을 지날 때 후레마를 가리키며 소곤거린다. "봤지? 이 여자였어." 난쟁이가 뭐라고 중얼거리고 있다. 루피노는 듣기는 해도 무슨 말인지 알지 못한다. 루피노는 차분하게 문에 서 있다. 다시 얼굴에서 표정이 사라진다. 마음이 진정되었다. 처음에는 흥분했지만 이젠 완전히 안정을 되찾는다. 후레마는 계속 땅바닥에 앉아 있다. 일어설 기운도 없다. 야군소들과 남자들과 여자들이 숲 쪽으로 사라지는 모습이 창을 통해 보인다.

"가고 있어." 난쟁이가 중얼거린다. 이 사람 저 사람에게로 눈을 굴린다. "우리도 가야만 해, 후레마."

루피노가 고개를 젓는다.

"여자는 남는다." 부드럽게 말한다. "너는 가라."

그러나 난쟁이는 떠나지 않는다. 넋을 놓고, 결심도 못하고, 겁에 질려 텅 빈 집을, 피바다와 쓰레기 더미 사이를 돌아다닌다. 자신의 운명을 저주하고, 수염 난 여자를 소리쳐 부르고, 십자가를 긋고, 하나님께 기도를 올린다. 그 동안 루피노는 방들을 살핀다. 짚으로 엮은 방석 두 개를 찾아 입구에 있는 방으로 끌고 온다. 이 방에서 카라카타에 하나밖에 없는 길과 오두막들이 내다보인다. 기계적으로 방석을 끌고 온다. 어디에 쓸 것인지도 모른다. 방석을 끌고 오고 나서야 쓸모가 생각난다. 잠을 자는 것이다. 물에 잠긴 솜처럼 온몸이 무너져내린다. 밧줄을 들고 후레마에게 가서 명령한다. "따라와." 여자가 따라온다. 의심도 없고 두려움도 없다. 여자를 방석 옆에 앉힌 다음 손과 발을 묶는다. 난쟁이가 그곳에 있다. 겁에 질려 정신이 없다. "그녀를 죽이지 마, 제발 죽이지 마." 소리친다. 길잡이는 거들떠보지도 않는다. 난쟁이에게 명령한다.

"이리 와 앉아. 누가 오면 날 깨워."

난쟁이는 눈을 깜박거린다. 정신이 없다. 1초 후 정신을 차리고 문으로 달려간다. 루피노는 눈을 감는다. 잠 속으로 빠져들기 전에 자신에게 묻는다. 아직까지 후레마를 죽이지 않은 이유는 그녀가 고통스러워하는 모습을 보기 위해서인가, 아니면 이제 그녀를 손에 넣었으니 화가 가라앉아서인가. 1미터 떨어진 곳에서 후레마가 방석에 몸을 눕힌다. 후레마는 시치미를 떼며 속눈썹 사이로 루피노를 살피고 있다. 후레마는 너무 말랐다. 눈이 쏙 들어갔고 옷은 다 헤어졌으며 머리는 산발이다. 팔에는 할퀸

자국이 있다.

　루피노는 잠에서 깨어 벌떡 일어난다. 악몽에서 달아나는 듯하다. 그러나 꿈은 생각나지 않는다. 후레마에게는 눈길도 주지 않고 난쟁이를 지나쳐 밖으로 나간다. 난쟁이는 여직 문가에 앉아 있다. 두려움 반 기대 반으로 루피노를 쳐다본다. 같이 갈 수 있어? 루피노는 고개를 끄덕인다. 말은 나누지 않는다. 길잡이는 스러져가는 빛으로 허기와 갈증을 달랠 수 있는 것을 찾는다. 돌아오는 길에 난쟁이가 묻는다. "그녀를 죽일 거야?" 루피노는 대답하지 않는다. 루피노는 자루에서 풀, 뿌리, 나뭇잎, 줄기 등을 꺼내 방석 위에 늘어놓는다. 묶은 끈을 풀어주면서도 후레마를 쳐다보지 않는다. 후레마가 눈에 보이지 않는 것처럼 행동한다. 난쟁이는 풀을 한 주먹 입에 넣고 질겅질겅 씹는다. 후레마도 기계적으로 씹고 삼키기 시작한다. 가끔 손목과 발목을 문지른다. 세 사람은 조용히 먹는다. 밖은 완전히 어두워졌다. 벌레 소리가 커져온다. 루피노는 함정에 빠져 호랑이 시체와 함께 밤을 새운 어느 날 밤에 맡았던 악취를 다시 맡는다. 후레마가 불쑥 말을 꺼낸다.

　"날 그냥 죽이지 그래?"

　루피노는 허공만 쳐다보고 있다. 후레마의 말을 못 들은 듯하다. 그러나 점점 커지는, 점점 갈라지는 목소리를 듣고는 있다.

　"내가 죽는 걸 무서워할 것 같아? 안 무서워. 오히려 죽기 위해 널 기다리고 있었어. 나는 지겹지도 않고 지치지도 않은 것 같아? 하나님 아버지께서 금하지 않으셨다면, 그게 죄가 아니라면 벌써 목숨을 끊었을 거야. 언제 죽일 거야? 왜 지금 당장 죽이지 않는 거지?"

"아냐, 아냐." 난쟁이가 겁을 먹고 더듬거린다.

길잡이는 꼼짝도 않고 대답도 없다. 완전히 어두워졌다. 잠시 후, 루피노는 후레마가 몸이 닿을 정도로 가까이 다가오는 것을 느낀다. 온몸에 경련이 인다. 역겨움, 욕망, 원망, 분노, 그리움이 한꺼번에 몰려든다. 그러나 그 어떤 것도 내색하지 않는다.

"잊어버려, 지난 일은 잊어버려. 오, 성모마리아여, 선하신 예수님." 여자가 애원한다. 몸을 떨어댄다. "강제로 당한 거야, 난 잘못이 없어. 나도 저항했어. 이젠 더이상 마음 아파하지 마, 루피노."

여자가 남자를 껴안는다. 길잡이는 즉시 여자를 물리친다. 험하게 대하지는 않는다. 몸을 일으킨다. 더듬더듬 밧줄을 찾는다. 말 한마디 없이 여자를 다시 묶는다. 자리로 돌아와 앉는다.

"배고파. 목말라. 지쳤어. 더이상 살고 싶지 않아." 여자가 흐느끼는 소리가 들린다. "당장 죽여줘."

"그럴 거야." 남자가 말한다. "여기선 아냐. 칼룸비에서 죽일 거야. 너 죽는 꼴을 보이고 싶어."

한참이 흐른다. 후레마가 흐느끼는 소리가 잦아들다 이내 사라진다.

"넌 과거의 루피노가 아냐." 여자가 중얼거리는 소리가 들린다.

"너도 마찬가지." 남자가 말한다. "네 속엔 나 아닌 다른 사람의 정액이 뿌려졌어. 하나님께서 왜 널 벌했는지 이제 알겠어. 네게 아기를 허락하지 않으셨지."

순간 달빛이 문과 창문을 통해 쏟아진다. 공기 중에 떠 있는 먼지가 보인다. 난쟁이는 후레마 발치에서 몸을 웅크린다. 루피노도 몸을 눕힌다. 얼마나 지났을까? 루피노는 이를 악물고 생각에 잠긴다. 과거를 회상한다. 목소리를 듣고 잠에서 깬 듯하다. 그러나 눈을 전혀 붙이지 않았다.

"왜 여기 계속 있는 거지? 아무도 강요하지 않잖아?" 후레마가 말한다. "어떻게 이 냄새를 참을 수 있지? 무슨 일이 있을지도 모르면서? 카누도스로 가. 그게 나을 거야."

"가기도 겁나고 남기도 겁나." 난쟁이가 신음한다. "난 혼자 있는 법을 몰라. 집시가 날 산 이후로는 혼자 있어본 적이 없어. 나도 다른 사람들처럼 죽는 게 겁나."

"군인들을 기다렸던 여자들은 무서워하지 않았어." 후레마가 말한다.

"그 여자들은 부활에 대한 확신이 있어서 그렇지." 난쟁이가 몸을 떤다. "나도 부활에 대한 확신이 있다면 겁내지 않을 거야."

"나도 죽는 게 겁나지 않아. 나도 부활할 수 있을지 누가 알겠어." 후레마가 결연히 말한다. 길잡이는 후레마의 말이 난쟁이를 향한 것이 아니라 자신을 향한 것임을 안다.

새벽이 청록빛으로 밝아올 때 무언가가 잠을 깨운다. 바람 소리인가? 아니다. 무언가가 있다. 후레마와 난쟁이는 동시에 눈을 뜬다. 난쟁이가 기지개를 편다. 루피노가 제지한다. "쉿, 쉿."

문 뒤에 몸을 숨기고 바깥을 살핀다. 기다란 남자 그림자 하나가 카라카타에 하나밖에 없는 길을 따라오고 있다. 총은 없다. 오두막을 하나씩 들여다본다. 가까이 왔을 때 누군지 알 수 있다. 칼룸비에서 온 울피노다. 두 손을 입에 모으고 소리친다. "루피노! 루피노!" 루피노가 문을 열고 나간다. 울피노는 루피노를 보고 눈을 휘둥그레 뜨며 이름을 부른다. 루피노는 칼을 붙잡고 다가간다. 울피노에게 인사말도 건네지 않는다. 꼴을 보니 한참을 걸어온 모양이다.

"어제 오후부터 찾아다녔어." 울피노가 반갑다는 듯 소리친다. "카누도스로 갔다더군. 그런데 군인들을 처치한 야군소들을 만날 수 있었지. 밤새 걸었다네."

루피노는 입을 다물고 신중하게 듣고 있다. 울피노는 서로 친구가 아니냐 하는 듯 미소를 지어 보인다.

"내가 놈을 끌고 왔어." 천천히 중얼거린다. "남작님께서 카누도스까지 데려다주라고 했지만 아리스타르코와 함께 결정했지. 자넬 만나게 되면 자네에게 넘기겠다고."

루피노의 얼굴에 놀라움이 나타난다. 믿을 수 없다는 표정이다.

"놈을 끌고 왔다고? 외국놈을?"

"버러지만도 못한 놈이야." 울피노는 역겨움을 과장해 땅바닥에 침을 뱉는다. "자네한테서 뺏은 여자를 자네가 죽인다 해도 상관없다고 하더라고. 이런 말은 꺼내지도 말라고 하대. 자기 여자가 아니라고 거짓말까지 했어."

"어디 있나?" 루피노는 눈을 깜박이며 혀로 입술을 핥는다. 거짓말이라고 생각한다. 놈을 끌고 오지 않았다.

울피노는 어디 가면 찾을 수 있는지 주저리주저리 설명한다.

"내가 상관할 바는 아니지만, 그래도 궁금해서 말인데, 그래 후레마는 죽였나?"

루피노는 고개를 저어 아니라고 대답한다. 울피노는 더이상 토를 달지 않는다. 잠시 자신의 궁금증에 대해 부끄러워하는 듯하다. 뒤쪽에 있는 밀림을 가리킨다.

"지옥과 같아. 여기서 처치한 놈들을 나무에 걸어놓았어. 검은 독수리 떼가 쪼고 난리야. 소름이 쫙쫙 끼친다니까."

"놈을 언제 놔줬지?" 루피노가 말을 자른다. 허둥거린다.

"어제 오후." 울피노가 대답한다. "움직이지 않았을 거야. 완전히 지쳐 나가 떨어졌으니까. 갈 곳도 없어. 명예도 모르는데다가 끈기도 없더라고. 게다가 길을 찾을 줄도 모르고……."

루피노가 팔을 힘차게 붙잡는다.

"고맙네." 눈을 들여다보며 말한다.

울피노는 고개를 끄덕이며 팔을 빼낸다. 헤어지는 인사도 없다. 길잡이는 눈을 반짝이며 오두막 안으로 뛰어든다. 난쟁이와 후레마가 허둥대며 자리에서 일어난다. 후레마의 발을 풀어준다. 그러나 손은 풀어주지 않는다. 재빠르고 능숙한 솜씨로 후레마의 목에 밧줄을 건다. 난쟁이는 몸을 떨며 손으로 얼굴을 가린다. 그러나 목을 조르는 것이 아니다. 끌고 가기 좋게 묶고 있는 것이다. 밖으로 끌고 나간다. 울피노는 가고 없다. 난쟁이가 뒤뚱거리며 뒤를 따른다. 루피노가 돌아서서 명령한다. "소리내지 마." 후레마는 돌멩이에 발이 채이고 덤불 숲에 발이 걸린다. 그러나 입을 꾹 다문 채 루피노와 보조를 맞추고 있다. 그뒤를 난쟁이가 따른다. 난쟁이는 이후로도 오랫동안 나무에 매달려 검은 독수리에게 살을 파먹히는 군인들의 시체를 꿈속에서 보게 될 것이다.

"살면서 불행도 많이 겪었지요." 에스텔라 남작 부인은 거친 방바닥을 내려다보며 입을 열었다. "저기 저 벌판에서. 살바도르 남자들도 벌벌 떨게 할 일들이었지요." 남작을 쳐다보았다. 남작은 흔들의자에 앉아 몸을 흔들고 있었다. 집주인 노인 호세 베르나르도 무라우 대령도 흔들의자에 앉아 몸을 흔들고 있었다. "교리 공부를 마치고 나온 아이들을 공격해 혼비백산하게 만들었던 소가 생각나요? 내가 기절이라도 했던가요? 나는 약한 여자가 아닙니다. 예를 들어볼까요. 대가뭄이 들었을 때도 우린 엄청난 일들을 목격했어요, 그렇지 않아요?"

남작이 고개를 끄덕였다. 호세 베르나르도 무라우와 아달베르토 데 구무시오 ― 카냐브라바 가족을 만나기 위해 살바도르에서 페드라 베르멜라 농장까지 찾아왔다. 두 시간 전에 이곳에 나타났다 ― 는 자연스런 표정을 지으려 애쓰며 남작 부인의 말을 듣고 있었다. 그러나 불안해하는 남작 부인 때문에 조성된 불편함을 감추지는 못했다. 빈틈없는 여자였다. 예절 바른 행동으로 속내를 감출 줄 아는 여자였다. 그녀의 미소는 자신과 다른 사람들 사이에 보이지 않는 벽을 만들곤 했다. 그랬던 여자가 이제 어쩔 줄 몰라하며 불평을 토하며 끝없이 궁시렁대고 있었다. 끊임없이 말을 토해내야 하는 병이라도 걸린 듯했다. 이따금 들러 화장수로 남작 부인의 이마를 식혀주는 세바스티아나조차 남작 부인의 입을 다물게 할 수 없었다. 남편도, 집주인도, 구무시오도 물러가 쉬라고 그녀를 설득할 수 없었다.

"나는 불행을 이겨낼 준비가 되어 있어요." 애원하듯 새하얀 팔을 남자들 쪽으로 내밀며 반복했다. "불타는 칼룸비를 보기가 너무 고통스러웠어요. 어머니의 죽음보다, 어머니가 고통으로 신음하던 그 소리보다, 어머니가 돌아가실 줄 뻔히 알면서도 내 자신이 아편을 놓아주었을 때보다 더 고통스러웠어요. 그 불길이 아직까지 이 속에서 타고 있어요." 가슴을 만졌다. 몸을 부들부들 떨었다. "출산 때 잃은 아이들이 그 불길 속에서 잿더미로 변하는 것 같았어요."

남작 부인은 믿어 달라는 듯 남작, 무라우 대령, 구무시오를 차례로 둘러보았다. 아달베르토 데 구무시오가 웃어 보였다. 이야기를 다른 방향으로 돌리고 싶었다. 그러나 그럴 때마다 남작 부인은 칼룸비 방화 건으로 되돌아갔다. 남작 부인을 그 기억으로부터 빼내려고 다시 한번 시도해보았다.

"그렇지만, 사랑하는 에스텔라, 사람이란 지독한 불행도 받아들여야만 합니다. 아델리냐 이사벨이 노예 두 놈에게 살해당했을 때 내 심정이 어땠는지 얘기하지 않았던가요? 난도질당해 형체도 알아볼 수 없을 정도로 찢겨진 여동생 시체를 발견했을 때 내 심정이 어땠는지 말입니다." 목이 잠겼다. 의자에서 몸을 뒤척였다. "그래서 검둥이놈들보다 말을 더 좋아하는 겁니다. 계급이 낮고 열등한 종자놈들은 야만스럽고 잔혹하기가 이를 데 없습니다. 현기증이 날 정돕니다. 그래도 사랑하는 에스텔라, 사람은 하나님의 뜻을 받아들여야 합니다. 포기해야 합니다. 십자가의 길을 걷다 보면, 그래도 인생이란 아름다운 것으로 가득하다는 사실을 발견할 수 있습니다."

남작 부인은 오른손을 구무시오의 팔에 올려놓았다.

"아델리냐 이사벨을 떠올리게 해서 죄송해요." 다정하게 말했다. "용서해줘요."

"다시 떠오른 게 아닙니다. 한시도 잊어본 적이 없습니다." 구무시오는 두 손으로 남작 부인의 손을 잡으며 미소 지었다. "20년 전 일이지만 바로 오늘 아침 일인 것 같아요. 아델리냐 이사벨 얘기를 꺼낸 이유는, 칼룸비가 사라진 것은 앞으로도 계속 남아 있을 상처라는 점을 알아 달라는 거요."

남작 부인은 미소를 지어 보이려 했다. 그러나 미소 대신 울상이 되고 말았다. 그때 세바스티아나가 손에 병을 들고 들어왔다. 세바스티아나는 남작 부인의 이마와 뺨을 식혀주었다. 한손으로는 조심스럽게 피부를 문지르며 다른 손으로는 헝클어진 머리를 만져주었다. '칼룸비에서 여기까지 오는 동안 젊음도 아름다움도 활기도 다 잃어버렸군.' 남작은 생각했다. 눈가에 짙은 기미가 끼었고, 이마에는 깊은 주름이 잡혔으며, 몸가짐도 흐트러졌다. 항상 보아왔던 총기와 자신감이 눈에서 빠져나가고 말았다. 그렇게나 힘이 들었단 말인가? 정치적 이익을 위해 부인까지 희생시켰단 말인가? 기억했다. 칼룸비로 돌아가겠다고 결심했을 때, 루이스 비아나와 아달베르토 데 구무시오는 카누도스 지역이 혼란스러우니 에스텔라를 데려가지 말라고 충고했었다. 몹시 불편해졌다. 무의식 중에 그리고 자기 욕심 때문에 세상에서 그 누구보다 가장 사랑하는 여자에게 돌이킬 수 없는 상처를 준 것이다. 옆에서 말을 달리던 아리스타르코가 "보십시오, 칼룸비를 불태우고 있습니다"라며 일깨워주었을 때도 에스텔라는 놀라울 정도로 침착했었다. 높은 구릉 위에 있었다. 사냥을 갈 때마다 남작이 발걸음을 멈추고 땅을 둘러보던 곳이었다. 농장을 구경시키기 위해 손님들을 데려가던 곳이었다. 홍수가 나거나 역병이 돌면 그 피해를 알아보기 위해 모든 사람이 오르던 망대였다. 바람 한 점 없는 별이 총총한 밤, 빨갛고 파랗고 노란 불길이 춤을 추는 모습이 보였다. 불길은 그 자리에 있던 모든 사람들의 삶과 밀착돼 있던 대저택을 핥고 있었다. 남작은 어둠 속에서 세바스티아나가 흐느끼는 소리를 들었다. 눈물로 번득이는 아리스타르코의 눈을 보았다. 그러나 에스텔라는 울지 않았다. 남작은 그녀가 울지 않았다고 확신했다. 꼿꼿한 자세를 유지했다. 남작이 옆에서 팔을 붙잡고 있었다. 어느 순간 중얼거리는 소리가 들렸다. "저택만 태우는 게 아니네. 외양간도, 행랑채도, 창고도 태우네." 에스텔라는 다음날 아침부터 불길에 대해 큰소리로 떠들기 시작했다. 지금까지도 진정시킬 방법이 없었다. '절대 용서하지 않을 것이다.' 생각했다.

"만약 나였다면, 그곳에서 죽었을걸세." 무라우 대령이 불쑥 말을 꺼냈다. "나도 불태워야 했을걸세."

세바스티아나가 "실례합니다"라고 중얼거리며 방을 나갔다. 남작은 생각했다. 노인네가 느끼는 분노는 엄청날 것이다. 아달베르토가 느끼는 분노보다 더 엄청날 것이다. 노예 제도가 있던 시절이었다면 틀림없이 싸우자고 나섰을 것이다.

"페드라 베르멜라가 이미 기울어서가 아냐." 대령은 쩍쩍 갈라진 벽을 바라보며 신음을 토했다. "나도 이걸 불태워버릴 생각을 했지. 역겨운 생각이 들 때마다. 누구든 원한다면 자기 재산을 파괴할 수 있는 거야. 그렇지만, 야비한 미치광이 강도 놈들이 몰려와, 땅을 쉬게 하기 위해, 땀을 많이 흘렸으니까, 지껄이면서 내 땅을 태우겠다고 달려들면, 사정이 다르지. 나까지 죽여야 할 거야."

"자네에겐 선택의 기회도 주지 않을걸." 남작이 농담으로 얼버무리려 했다. "자네 농장을 태우기 전에 자네부터 불태울걸세."

남작은 생각했다. '전갈과 같은 놈들이다. 농장을 태우는 짓은 침을 박는 것과 같다. 자기 자신도 죽이는 짓이다. 자기 자신과 우리 모두를 희생시켜 도대체 누구에게 바치겠다는 건가?' 남작부인이 하품하는 모습을 느긋하게 바라보았다. 아, 잠만 잘 수 있어도, 잠이야말로 최고의 진정제일 것이다. 최근 며칠 동안 에스텔라는 전혀 눈을 붙이지 않았다. 몬테 산토에서 쉴 때에도 교회 침대에 몸을 눕히려 들지 않았다. 밤새 앉아 있었다. 세바스티아나와 얼싸안고 울기만 했다. 그때부터 남작은 걱정스러워졌다. 에스텔라는 좀처럼 울지 않았던 것이다.

"이상해." 무라우가 남작과 구무시오와 눈짓을 교환하며 말했다. 남작 부인은 눈을 감고 있었다. "자네가 칼룸비로 가면서 이곳을 들렀을 때 나는 전적으로 모레이라 세사르만 욕했었네. 그런데 지금은 그 사람이 불쌍하게 보이기까지 한단 말이야. 나는 야군소놈들을 에파미논다스나 자코뱅당놈들보다 훨씬 더 증오한다네." 무라우는 흥분이 극에 달할 때면 두 손을 높이 쳐들고 휘두른 후 턱을 훔치는 버릇이 있었다. 남작은 무라우의 그런 버릇이 나오기를 기대했다. 그러나 노인은 거만하게 팔짱을 꼈다. "칼룸비에서, 포소다페드라에서, 수수라나에서, 후아와 쿠랄 노보에서, 페네도와 라고아에서 저지른 짓거리는 부당한 것이야, 영문을 모를 짓이란 말이야. 제놈들을 먹여살린 농장을, 이 나라 문명을 이끈 중심지를 파괴하다니! 하나님도 용서치 않을걸세. 놈들은 악마야, 짐승만도 못하다고."

'자, 어디 보자.' 남작은 생각했다. 노인은 이제 막 동작을 취했다. 마디가 불거진 손을 빠르게 휘두른 다음 검지를 뻗어 거칠게 턱수염을 훔쳤다.

"그렇게 큰소리로 떠들지 말게, 호세 베르나르도." 구무시오가 남작 부인을 가리키며 끼어들었다. "침실로 데려갈까?"

"좀더 깊이 잠들면." 남작이 반대했다. 자리에서 일어났다. 쿠선을 바로 해 부인을 눕혔다. 그리고 무릎을 꿇고 앉아 부인의 발을 작은 의자 위로 올려주었다.

"가능한 빨리 살바도르로 데려가는 것이 좋겠어." 아달베르토 데 구무시오가 한숨을 쉬었다. "그렇게 긴 여행을 다시 하게 만드는 것이 옳은지 모르겠지만."

"내일은 어떨지 두고보세." 남작은 다시 흔들의자로 돌아가 집주인과 보조를 맞춰 몸을 흔들었다.

"칼룸비를 불태우다니! 자네에게 그토록 신세진 놈들이!" 무라우는 두 번씩이나 손을 휘돌리고 턱을 훔쳤다. "모레이라 세사르가 톡톡히 갚아줄 것을 기대하네. 그곳에 가서 놈들이 당하는 꼴을 보면 좋겠어."

"아직 그 사람한테서는 소식이 없나?" 구무시오가 다시 끼어들었다. "조금 전에 카누도스를 끝장내버렸을 거야."

"그래, 나도 계산해보았네." 남작이 고개를 끄덕였다. "다리에 납덩이를 달았더라도 며칠 전에 카누도스에 도착했을 거야. 일만 없다면……." 남작은 눈을 빛내며 자신을 쳐다보는 친구들을 둘러보았다. "그러니까, 모레이라 세사르가 칼룸비로 올 수밖에 없었던 그런 일만 벌어지지 않았다면 말일세. 그런 일이 다시 벌어졌다면."

"폭도들을 싹 쓸어버리기 전에 모레이라 세사르가 병으로 죽는다면 그보다 더 좋을 순 없지." 호세 베르나르도 무라우가 투덜거렸다.

"그 지역 전화선이 다 끊어졌을 가능성도 있지." 구무시오가 말했다. "땅을 쉬게 하기 위해 불을 지른다면 땅이 괴로워하지 않도록 전선과 전봇대를 없애버렸을 수도 있다고. 그래서 대령이 연락을 못하는걸세."

남작은 억지로라도 웃었다. 처음 이곳에서 모였을 때 모레이라 세사르가 온다는 소식은 바이아 자치주의자들에게 사형을 선고하는 것이었다. 그런데 이제는 대령이 군국주의자와 영국 첩자로 간주하는 놈들과 싸워 승리했다는 소식을 듣지 못해 안달이었다. 잠이 든 부인을 계속 살펴보면서 생각해보았다. 남작 부인은 창백한 모습으로 조용히 잠들어 있었다.

"영국 첩자." 갑자기 소리쳤다. "땅에 휴식을 주기 위해 농장에 불을 지르는 신사들. 나도 그런 얘긴 들었지만 믿지는 않아. 파헤우와 같은 산골 무지렁이가, 살인자, 강간범, 도둑, 사람들 귀를 자르고 마을을 약탈하던 놈들이 믿음의 십자군이 된 거야. 이 눈으로 직접 목격했단 말이야. 내가 이곳에서 태어나서 생의 대부분을 이곳에서 살았다고 말할 사람은 아무도 없을 거야. 나는 이제 이곳이 낯설어. 이 사람들은 내가 알던 사람들이 아냐. 오히려 스코틀랜드 사람인 무정부주의자가 이 사람들을 더 잘 이해할 수 있을 거야. 어쩌면 선지자라는 양반이. 미친놈들은 미친놈들이 이해하는 법이니까……."

어쩔 수 없다는 표정으로 말을 끝내지도 못했다.

"스코틀랜드 무정부주의자라면 말이지." 구무시오가 입을 열었다. 남작은 불쾌해졌다. 두 시간 전부터 기다렸던 질문이 쏟아질 것이었다. "내 말해두지만, 자네 정치 감각에 대해서는 한 번도 의심해본 적이 없네. 그렇지만 스코틀랜드 사람을 그런 식으로 놔주다니, 도저히 이해할 수 없네. 중요한 포로였네. 우리 적 제1호와 싸울 수 있는 가장 좋은 무기였어." 눈을 깜박이며 남작을 쳐다보았다. "그렇지 않단 말인가?"

"우리 적 제1호는 이제 에파미논다스가 아닐세. 자코뱅당도 아냐." 남작이 무기력하게 중얼거렸다. "야군소들이야. 바이아의 경제적 손실이야. 이 미친 짓거리에 종지부를 찍지 못한다면 바이아 경제는 무너지고 말아. 땅은 황무지로 변할 것이고, 모든 게 미쳐 돌아갈 거야. 가축을 사그리 잡아먹게 되겠지. 더 나쁜 것은, 항상 일손이 달리던 곳에 사람 하나 남아 있지 않게 될 테지. 지금 무더기로 떠나는 사람들을 다시는 되돌리지 못할 거야. 지금 카누도스가 벌이는 파괴 행위를 무슨 수를 써서라도 중지시켜야 하네."

구무시오와 호세 베르나르도의 놀라 추궁하는 듯한 눈을 바라보았다. 불편했다.

"갈릴레오 갈에 관한 질문에는 대답을 하지 않은 것 같구먼." 중얼거렸다. "지나가는 말로라도 그런 식으로 표현하지 말게. 왜 놔줬느냐고? 시절이 미치다 보니 나도 미쳤나 보지. 모두 미쳐 날뛰니 나도 그런가 보지." 자신도 모르게 무라우처럼 손을 휘두르고 있었다. "우리에게 이로울지 의심스러웠다네. 우리가 계속 에파미논다스와 싸운다 해도……."

"계속 싸워?" 구무시오가 으르렁거렸다. "내가 아는 한, 싸움은 잠시도 멈춘 적이 없어. 살바도르에서는 자코뱅당 놈들이 그 어느 때보다 거들먹거리고 다닌다고, 모레이라 세사르가 오면서부터 그래. 『뉴스 저널』은 비아나 주지사를 재판해야 한다고 국회에 요청했고, 우리의 음모를 조사하기 위해 특별재판소를 설치해야 한다고 난리네."

"공화진보당 놈들이 우리에게 입힌 피해를 잊진 않았어." 남작이 말을 가로챘다. "그러나 지금 이 순간 상황이 방향을 바꾸었단 말일세."

"자네 생각이 틀려." 구무시오가 말했다. "비아나를 몰아내기 위해, 국회를 닫기 위해, 우릴 사냥하기 위해, 모레이라 세사르와 제7연대가 선지자의 목과 함께 바이아로 입성하기만을 기다린단 말야."

"에파미논다스 곤살베스가 군국주의자들에게 빼앗긴 것이라도 있단 말인가?" 남작이 웃었다. "나는 카누도스뿐만 아니라 칼룸비까지 잃었네. 내륙 지방에서 가장 오래되고 가장 풍요로운 농장이야. 모레이라 세사르를 우리 구세주로 받아들일 수 있는 이유가 내게 더 많단 말일세."

"어쨌든, 그 영국놈을 기꺼이 놓아준 이유로는 설명이 안 돼." 호세 베르나르도가 말했다. 남작은 알 수 있었다. 노인이 그 말을 하기가 얼마나 힘이 들었을지를. "에파미논다스의 음모를 밝힐 수 있는 가장 좋은 증거가 아니었나? 그 야심만만한 놈이 우리 브라질을 얼마나 우습게 여기는지 까발릴 수 있는 결정적 증거가 아니었나?"

"이론상으론 그렇지." 남작이 수긍했다. "탁상공론상으론 그래."

"놈들이 그 가소로운 머리카락을 써먹었듯이 우리도 똑같이 써먹을 수 있었어." 구무시오가 중얼거렸다. 목소리까지 딱딱하게 굳어 있었다.

"실제로는 그렇지 않아." 남작이 말을 계속했다. "갈은 그냥 미친놈이 아냐. 그래, 웃지들 말게. 놈은 특이하게 미친놈이야. 광신자란 말일세. 놈은 우리에게 이롭기는커녕 불리하게 증언했을 걸세. 에파미논다스를 고발하겠다고 약속하고서는 나중에 뒤집어 우리 꼴을 우습게 만들었을걸세."

"자네 말을 다시 반박해야겠네, 미안하네." 구무시오가 말했다. "진실을 밝히도록 할 수 있는 방법은 쌔고도 쌨네. 정신이 있는 놈이든 없는 놈이든."

"광신자들은 달라." 남작이 반론을 폈다. "죽음에 대한 두려움보다 더 강한 신념이 있는 사람들은 그렇지 않아. 고문은 갈에게 효과가 없을 거네. 오히려 신념만 강하게 해줄 뿐이야. 종교사를 살펴보면 많은 예를 볼 수 있다네……"

"그럴 경우, 총으로 쏴 죽여 시체를 끌고 오는 편이 나았겠지." 무라우가 중얼거렸다. "그렇다고 풀어주다니……"

"그놈에게 무슨 일이 벌어졌을지 궁금하네." 남작이 말했다. "누가 그놈을 죽였는지 알고 싶어. 카누도스까지 데려다주기 싫어서 길잡이가 죽였을까? 야군소들이 약탈하면서 죽였을까? 아니면 모레이라 세사르가?"

"길잡이?" 구무시오가 눈을 크게 떴다. "아니, 길잡이까지 붙여줬단 말인가?"

"말도 한 마리 내줬지." 남작이 고개를 끄덕였다. "정이 느껴지더구먼. 내게서 동정과 친절을 자아냈어."

"친절? 동정?" 호세 베르나르도 무라우가 급히 몸을 흔들며 반복했다. "이 세상을 피바다로 화염덩어리로 만들려는 무정부주의자 놈에게?"

"얼마나 맡은 역할을 잘 해내는지 보기 위해 사람도 몇 명 딸려보냈지." 남작이 말했다. "말썽을 일으키지 못하도록 말야. 말썽이 날 수도 있겠지만. 그 미친놈은 카누도스를 형제애가 넘치는 지구촌으로, 유물론자들의 지상낙원으로 알고 있었어. 야군 소들을 정치적인 동료로 부르더라고. 놈에게 연민을 느끼지 않을 수 없었지."

친구들은 갈수록 이해 못하겠다는 표정으로 쳐다보았다.

"놈의 증언을 갖고 있네." 친구들에게 말했다. "읽기 어려운 글이더군. 헛소리도 많고. 그래도 흥미 있는 글이야. 에파미논다스의 음모에 대해서도 상세히 적어놓았더군. 어떻게 계약했는지. 나중엔 자신을 죽이려고 했다더군. 기타 등등."

"큰소리로 세상에 알리지 그러나." 아달베르토 데 구무시오가 화를 벌컥 내며 말했다.

"아무도 믿지 않을걸세." 남작이 말했다. "에파미논다스 곤살베스가 지어낸 환상적인 이야기지. 비밀 첩자며 무기 밀수꾼, 실제 역사보다 더 생생하더라니까. 저녁 식사 후에 몇 문장 번역해주겠네. 영어로 씌어 있거든." 잠시 입을 다물고 남작 부인을 살폈다. 부인은 잠에 빠져 고른 숨을 쉬고 있었다. "왜 내게 그 증언을 건네주었는지 알겠는가? 리옹에 있는 무정부주의자 잡지사로 보내 달라더군. 생각해보게나. 나는 이제 대영제국이 의심스러운 것이 아니라 세계 혁명을 위해 싸우는 프랑스 테러리스트들이 의심스럽다네."

남작은 웃었다. 그리고 점점 더 화를 내고 있는 친구들을 바라보았다.

"보다시피 자네 기분에 맞출 수가 없네." 구무시오가 말했다.

"칼룸비를 잃은 사람은 바로 나지 자네들이 아냐."

"농담은 그만 두고 당장 설명해 보게." 무라우가 사정했다.

"무식한 농사꾼인 에파미논다스를 다치게 할 생각은 없어." 카냐브라바 남작이 말했다. "먼저 공화주의자들과 화해를 해야 하네. 우리 사이의 전쟁은 끝났어. 전쟁이 끝났으니 상황도 종료된 거지. 한꺼번에 두 개의 전쟁을 치를 수는 없네. 스코틀랜드 놈은 우리에게 아무 소용 없어. 길게 끌면 문제만 복잡해져."

"공화진보당 놈들과 화해를 해야 한다고 말했나 지금?" 구무시오가 어이없다는 듯 쳐다보았다.

"화해라고 했네. 동맹이나 협정을 생각중이네." 남작이 말했다. "이해하기도 어렵겠지만 실행에 옮기기는 더더욱 난감한 일이네. 하지만 다른 방법이 없어. 좋아. 이제 에스텔라를 침실로 옮겨도 되겠군."